A VONTADE DE MUITOS

JAMES ISLINGTON

A VONTADE DE MUITOS

HIERARQUIA
LIVRO I

TRADUÇÃO
Edmundo Barreiros

PLATAFORMA 21

TÍTULO ORIGINAL *The Will of the Many*

Plataforma21 é um selo da VR Editora

GERENTE EDITORIAL Tamires von Atzingen
EDITORA Thaíse Costa Macêdo
EDITORA-ASSISTENTE Michelle Oshiro
COLABORAÇÃO Marina Constantino
PREPARAÇÃO Bárbara Prince
REVISÃO Bárbara Borges e Juliana Bormio
COORDENAÇÃO DE ARTE Pamella Destefi
ARTE DA CAPA Fabio Sciedlarczyk
DESIGN DE CAPA Pamella Destefi e P.H. Carbone
TRATAMENTO DE IMAGEM Flow Crossmedia
IMAGENS DE MIOLO Freepik | denisik11 | olgad1493
PROJETO GRÁFICO E DIAGRAMAÇÃO P.H. Carbone
PRODUÇÃO GRÁFICA Alexandre Magno

Dados Internacionais de Catalogação na Publicação (CIP)
(Câmara Brasileira do Livro, SP, Brasil)

Islington, James
A vontade de muitos / James Islington; tradução de Edmundo Barreiros. – São Paulo: Plataforma21, 2025. – (Hierarquia)

Título original: The Will of the Many
ISBN 978-65-5008-060-0

1. Ficção australiana 2. Ficção de fantasia I. Título. II. Série

25-285759 CDD-A823

Índices para catálogo sistemático:
1. Ficção: Literatura australiana A823
Cibele Maria Dias – Bibliotecária – CRB-8/9427

VR Editora S.A.
Av. Paulista, 1337 – Conj. 11 | Bela Vista
CEP 01311-200 | São Paulo | SP
plataforma21.com.br | plataforma21@vreditoras.com.br

Para amigos, perdidos.

CLASSIFICAÇÕES CATENANAS

POSIÇÃO	RECEBE VONTADE DE
1. Princeps	40.320 pessoas
2. Dimidius	20.160 pessoas
3. Tertius	6.720 pessoas
4. Quartus	1.680 pessoas
5. Quintus	336 pessoas
6. Sextus	56 pessoas
7. Septimus	8 pessoas
8. Octavus	Ninguém

IMPERIUM SINE FINE

PARTE I

I

ESTOU BALANÇANDO, E A ÚNICA COISA QUE ME IMPEDE DE CAIR É a pegada de meu pai, suja de sangue, em meu pulso.

Ele está de bruços, estendido sobre a borda rochosa. Seus músculos estão tensos. Vermelho grudento cobre seu rosto, seus braços, suas roupas, tudo o que consigo ver. Ainda assim, sei que ele consegue me puxar para cima. Faço tudo o que posso para não me debater. Eu confio que ele vai me salvar. Ele olha para trás de mim. Para o preto de nanquim. Para a escuridão que está por vir.

– Coragem – sussurra ele.

Ele derrama tristeza e esperança no mundo.

E me solta.

– Sei que estou sempre dizendo a você para pensar antes de agir – diz o homem de rosto marcado, se curvando do outro lado do tabuleiro à minha frente. – Mas para que o jogo avance, Vis, você precisa mesmo movimentar alguma maldita pedra.

Afasto o olhar preocupado da fria luz prata que entra pela única janela gradeada na sala da guarda. Lanço sobre o adversário meu melhor olhar irritado para encobrir a onda doentia de lembranças, então forço meu foco a voltar para os triângulos brancos e vermelhos entre nós. As peças têm um brilho baço sob a luz de combustão lenta da lanterna que está na prateleira, que não ilumina nossa disputa muito melhor que o brilho do início da noite vindo de fora.

– Você está bem?

– Estou.

Eu vejo as sobrancelhas grossas e grisalhas de Hrolf se retorcerem no canto de minha visão.

– Eu estou bem, meu velho. Só pensando. Os Sapadores ainda não me pegaram.

Não há calor nessas palavras. Eu conheço o jeito como seus olhos castanhos esmaecidos se enrugam com verdadeira preocupação. E sei que ele tem de perguntar.

Estou trabalhando aqui há quase um ano a mais que ele, então ele está se perguntando outra vez se minha mente está perdendo o gume. Como a dele tem estado há algum tempo.

Ignoro sua preocupação e avalio o tabuleiro de Fundação, calculando as implicações da nova formação vermelha do outro lado. Um ataque simulado, percebo imediatamente. Eu o ignoro. Movimento três de minhas peças brancas em sucessão rápida e garanto a vitória. Hrolf gosta de se gabar da vez em que derrotou um Magnus Quartus, mas, contra mim, nunca é uma disputa justa. Mesmo antes que a Hierarquia – ou a República Catenana, como ainda me esqueço de chamá-los em voz alta – governasse o mundo, Fundação era amplamente visto como a ferramenta para ensinar pensamento estratégico abstrato. Meu pai garantiu que eu fosse exposto ao jogo desde jovem, com frequência e contra os melhores jogadores.

Hrolf olha com raiva para o tabuleiro, depois para mim, então para o tabuleiro outra vez.

– Perdi a concentração. Você demorou demais. Basicamente roubando – murmura ele aborrecido ao reconhecer a derrota. – Você sabia que eu uma vez derrotei um Magnus Quartus?

Minha resposta é interrompida por fortes batidas na porta grossa de pedra. Hrolf e eu ficamos de pé, o jogo esquecido. Nosso turno de trabalho ainda vai demorar horas para terminar.

– Identifique-se – grita Hrolf, ríspido, enquanto eu vou até a janela. O homem visível através da grade está bem-vestido, é alto e tem ombros largos. No fim da casa dos vinte anos, acho. O luar brilha sobre a pele escura de seu couro cabeludo raspado rente.

– Sextus Hospius – diz a resposta abafada. – Tenho um selo de acesso.

Hospius olha para a janela e vê que eu o estou observando. Sua barba é preta, aparada curta, e ele tem olhos castanho-escuros sérios que lhe dão uma bela intensidade. Ele se inclina para a frente e pressiona contra o vidro o que parecem ser documentos oficiais da Hierarquia.

– Não nos avisaram que o senhor viria – diz Hrolf.

– Eu não teria vindo até cerca de trinta minutos atrás. É urgente.

– Não é assim que funciona.

– Esta noite é assim, Septimus.

Não há nenhuma mudança em sua expressão, mas a ênfase impaciente ao status inferior de Hrolf é inconfundível.

Hrolf estreita os olhos na direção da porta, então vai até a fenda na parede ao lado e bate sua chave de Vontade de pedra contra ela, com um clique irritado e pronunciado. O buraco de nosso lado se cerra. Do lado de fora, Hospius vê surgir uma nova abertura correspondente e deposita ali a documentação. Eu observo com atenção para garantir que ele não acrescente mais nada.

Hrolf espera que eu acene com a cabeça, então abre nosso lado outra vez para pegar as páginas de Hospius e as folheia. Sua boca se retorce quando ele as entrega para mim.

– O selo do Procônsul – é tudo o que ele diz.

Eu examino com cuidado o que está escrito; Hrolf conhece seu trabalho, mas aqui, em meio aos Sapadores, é melhor conferir tudo duas vezes. Sem dúvida, há uma autorização completa para a entrada, dada pelo próprio Procônsul Manius, assinada e selada. Hospius é um homem de alguma importância, aparentemente, mesmo além de sua posição; ele é um agente especializado, encarregado diretamente pelo Senado de investigar uma irregularidade no censo do último ano. A cooperação entre as pirâmides senatoriais da Governança – os empregadores de Hospius, que supervisionam o censo – e dos Militares, que estão encarregados das prisões em toda a República, está dando a Hospius acesso a um dos prisioneiros que estão aqui, para interrogá-lo.

– Parece válido – concordo, entendendo o desprazer de Hrolf. Essa papelada dá a nosso visitante acesso ao nível mais inferior. É cruel acordar os homens e mulheres lá embaixo no meio de suas sentenças.

Hrolf pega de volta a página com o selo de Manius e a enfia na fenda estreita de liberação da porta que dá para o exterior. O selo imbuído de Vontade do Procônsul rompe o circuito de segurança de forma tão eficiente quanto a chave de Hrolf. A porta de pedra se arrasta suavemente para dentro da parede, e uma lufada do ar amargo da noite de Letens penetra através da abertura para anunciar a forma imponente de Hospius. Dentro, o homem tira sua bela capa azul e a joga sobre as costas de uma cadeira próxima, dando para nós dois o que ele provavelmente imagina ser um sorriso charmoso. Hrolf vê um homem tomando liberdades em seu espaço, e se contém para não franzir o cenho ao romper o selo de Hospius com mais vigor do que o estritamente necessário, liberando sua Vontade e deixando que a porta deslize e se feche outra vez.

Eu vejo um homem se esforçando demais para parecer relaxado, e faço todo o possível para não reagir.

Provavelmente nada. Por mais que eu tente me convencer, depois de três anos, sou habilidoso em reconhecer outros atores.

Nosso visitante está nervoso em relação a alguma coisa.

– Obrigado, Septimus. – O olhar de Hospius se volta para mim, registra minha juventude e descarta minha presença, em vez disso se concentrando em Hrolf. – Sei que isto é irregular, mas preciso de informações de uma pessoa. Um homem chamado Nateo.

Hrolf pega o livro de registros da cadeia, em uma prateleira alta no canto, e o abre. Por alguns segundos ele percorre o papel com o dedo.

– Nateo, Nateo… aqui está ele. Nas celas profundas, 41 leste. Vis, espere aqui.

Ele pega uma chave no gancho e dá três passos em direção à porta interna da cadeia – há apenas uma fechadura comum nessa –, mas no quarto passo, tropeça. E quando ele se apruma, olha para mim e para Hospius com incerteza. A expressão desaparece em um instante, mas eu sei o que ela significa.

– Minhas desculpas, Septimus. Eu me esqueci de seu joelho ruim – minto rapidamente, então vou até lá e pego a chave de sua mão antes que ele possa protestar. – Vai ser mais rápido se eu escoltar o Sextus. Celas profundas, 41 leste, você disse?

Hrolf olha seriamente para mim, mas vejo gratidão em seu rosto. Ele sabe o que aconteceu, mas provavelmente nem se lembra de quem é Hospius.

– Meu joelho bem que precisa de um descanso – diz ele, entrando no jogo. – Se o Sextus não tiver objeções.

– Nenhuma. – Hospius acena para mim com impaciência. Não acho que ele viu nada errado.

Nós entramos na cadeia propriamente dita, e eu torno a trancar a porta às nossas costas, escondendo de vista um Hrolf de aparência vagamente desalentada. Uma lanterna com uma vela, acesa no início de nosso turno e agora mais perto de um cotoco, brilha na parede. Eu a pego e a ergo alto, iluminando a escadaria estreita que desce. A pedra bem cortada mostra um brilho molhado.

– Cuidado com os degraus – alerto Hospius. – Fica escorregadio aqui embaixo.

Eu caminho à frente do Sextus, a luz fraca demais formando uma poça ao nosso redor enquanto descemos. Minhas costas coçam por estarem voltadas para ele. Não consigo tirar de minha mente seu momento inicial de afetação. Mas seu documento – ou, pelo menos, o selo afixado a ele – foi produzido pelo Procônsul Manius, impossível de falsificar. E sei que não devo pressionar. Então posso apenas esperar que seu nervosismo, e sua tentativa de escondê-lo, não venha de nada desfavorável.

Mais importante, tenho de torcer para que, qualquer que seja seu propósito aqui, ele não atraia nenhuma atenção sobre mim.

– Há quanto tempo seu Septimus está assim?

Vek. Ainda tenho inclinação para xingar em minha língua ancestral, mesmo que eu só arrisque fazer isso em minha cabeça. Assumo uma expressão confusa e olho para trás.

– O que o senhor quer dizer com isso?

– Ele está trabalhando aqui há tempo demais. – Os olhos castanhos intensos de Hospius examinam os meus até eu virar para a frente outra vez, me concentrando nos degraus. – Você não precisa se preocupar. Eu não vou dizer nada.

Eu dou um riso forçado.

– Não tenho certeza do que o senhor acha que viu, mas está errado.

Se o Procônsul Manius descobrir, Hrolf vai perder sua posição aqui. Ele é velho o bastante para ser colocado em uma pirâmide de aposentadoria, e com uma mente desconfiada também, ele com quase toda a certeza seria rebaixado a Octavus. Forçado a viver em exaustão constante ao ser lentamente usado, a Hierarquia roubando anos e qualidade de sua vida da mesma forma que faz com os homens e mulheres aqui nas celas profundas.

E, é claro, eu teria de me adaptar a um novo Septimus. Dos três que administraram a prisão de Letens desde que eu comecei, Hrolf foi de longe o mais fácil com que lidar.

Hospius dá um grunhido em resposta. Ele não parece convencido, mas também não insiste.

Chegamos ao fim da escada, e minha lanterna revela paredes molhadas, com umidade se estendendo à esquerda e à direita. Um zumbido baixo toca meus ouvidos, quase imperceptível. Mesmo após mais de um ano aqui, eu acho isso perturbador.

Escuto um meio pigarro, meio engasgo atrás de mim.

– O que é esse cheiro?

– Os prisioneiros.

Eu quase não percebo mais o fedor de suor misturado com urina. Na verdade, neste nível ainda não é tão ruim.

– Por que vocês não os mantêm limpos?

Hospius está indignado.

– Fazemos isso. Nós os lavamos duas vezes por dia, da melhor maneira possível. Mas eles não conseguem controlar as tripas quando estão nos Sapadores. – Amenizo a raiva em minha voz, mas não consigo evitar acrescentar: – Os regulamentos catenanos dizem para lavá-los duas vezes por semana.

Hospius não fala nada em relação a isso.

Nós fazemos várias curvas e começamos a descer outro lance de escadas, deixando o andar superior na escuridão. Essa escada leva ao nível mais profundo, onde são mantidos os prisioneiros com penas longas. Sentenças de mais de dois anos: assassinos e supostos colaboradores dos anguis, em sua maior parte. Parece que têm sido mandadas cada vez mais pessoas aqui para baixo recentemente.

– Você sabe se localizar por aqui. – A voz grave de Hospius ecoa nas paredes austeras, apesar de sua tentativa de igualar a voz ao ambiente silencioso.

Eu não quero conversar, mas é muito mais arriscado ser rude.

– Tenho de descer aqui mais ou menos a cada dois dias.

– Então você e o Septimus se alternam para cuidar dos prisioneiros?

– Isso mesmo.

– Apesar do joelho ruim dele.

Vek. Eu dou de ombros para encobrir minha preocupação com a persistência de Hospius.

– Dói, mas não é paralisante. E ele leva suas responsabilidades muito a sério.

– Tenho certeza de que leva. – Hospius agora está andando ao meu lado, a escada ficou mais larga que antes. Ele é uma cabeça mais alto que eu. Vejo-o olhar para mim, seu interesse aparentemente despertado. O contrário do que eu estava tentando alcançar. – Como você se chama?

– Vis.

– E há quanto tempo você está ajudando o Septimus aqui, Vis?

– Alguns meses.

Não é mentira, mesmo que não seja realmente isso o que Hospius está perguntando. Não vou contar há quanto tempo na verdade eu estou exposto aos Sapadores.

– Você é jovem para este trabalho.

– Vis Solum.

Eu expando meu nome como uma forma de explicação.

– Ah.

As peças se encaixam no lugar dentro da cabeça de Hospius. Eu sou um órfão. Nitidamente um órfão que teve dificuldade para encontrar um lar, considerando minha idade. Então a Religião – a terceira pirâmide senatorial, que administra os orfanatos na Hierarquia – e os Militares encontraram um uso para mim aqui, em vez disso.

Chegamos ao fim da escada: dois corredores escuros como breu se ramificam para longe de nós em ângulos retos, e há mais um que segue bem em frente. Eu vou para a esquerda, para o do leste.

– Estamos quase lá – digo, mais para evitar outras perguntas que para preencher o silêncio.

O fedor fica pior, mais denso, e Hospius leva um lenço ao nariz e à boca enquanto andamos. Não o culpo. Eu vomitei nas primeiras vezes em que desci aqui. Mesmo estando acostumado agora, meus olhos ainda lacrimejam enquanto a lanterna projeta sua luz no interior da primeira das celas numeradas.

Hospius para de repente, e as mãos caem aos seus lados, o cheiro temporariamente esquecido.

– Nunca viu um Sapador antes?

Tenho de me esforçar muito para não demonstrar satisfação com o horror do homem alto.

As celas na prisão de Letens são demarcadas por paredes de pedra, mas não têm portas nem nenhuma delimitação frontal, tornando seu conteúdo facilmente visível. Com apenas 1,80 metro de largura e não muito mais de profundidade, cada nicho contém apenas duas coisas.

Um prisioneiro. E o Sapador ao qual ele está preso.

O homem da cela um leste tem aproximadamente a mesma idade de Hospius, mas as semelhanças terminam aí. A pele branca tem um palor mortal em sua nudez, quase cinza. O corpo magro e frágil, as bochechas encovadas, o cabelo louro comprido e sujo. Uma respiração chiada e ofegante. Grilhões de aço circundam seus pulsos e tornozelos, conectados por correntes balançantes a uma barra fixa acima dele. Seus olhos azuis estão abertos, mas embaçados, desfocados, e ele está deitado sobre a laje de pedra branca polida como um espelho, que é quase horizontal, mas forma um pequeno ângulo em nossa direção. Na direção da sarjeta estreita que corre em frente a todas as celas, onde o pior dos dejetos dos prisioneiros pode ser lavado com facilidade.

A verdade da Hierarquia fica exposta aqui embaixo, até onde eu sei.

– Não. – A resposta de Hospius a minha pergunta é delicada. – Eu… não. Há quanto tempo ele está aqui?

Oito meses.

– Eu precisaria ver no livro de registros.

Eu me lembro de quando o acorrentei.

– O que ele fez?

Isso importa?

– Eu precisaria ver no livro de registros. – Eu mantinha o tom de voz entediado. Neutro. Tentando fazer com que ele entendesse que isso é todo dia aqui embaixo. – Nós devemos continuar andando, Sextus.

Hospius assente, embora seus olhos não deixem a forma magra do prisioneiro até que a partida de nossa lanterna o devolve à escuridão.

Nós seguimos, e à nossa esquerda e à nossa direita, nosso pequeno círculo de luz revela cópias da primeira cela. Homens e mulheres algemados, frágeis e nus, todos deitados sobre o branco frio. Sua magreza é resultado dos dispositivos aos quais eles estão presos, eu acho, em vez de falta de comida. Eu os alimento muito mais na hora das refeições do que eu mesmo jamais comeria, e eles não fazem exercício.

Hospius está em silêncio ao meu lado, sem qualquer indicação de estar afetado pela desgraça de nosso entorno. Eu quero observá-lo mais atentamente – algo ainda não parece muito certo em relação a ele, a sua presença aqui, a esta noite inteira –, mas meu desejo de evitar ser notado é mais forte. Se ele identificar minha desconfiança, isso vai apenas atrair atenção, independentemente de ele ser tudo o que diz ser.

– Quarenta e um leste – digo quando nossa luz tremeluzente revela o número gravado em tamanho grande no fundo do nicho de pedra.

O homem aqui, Nateo, está conosco há menos de um mês: eu me lembro de sua chegada porque, ao contrário da maioria dos prisioneiros, ele nitidamente foi transferido de outra instalação de Sapadores. Ele é magro como todos os outros, a face encovada, combinando com um nariz adunco para dar a ele um rosto semelhante ao de um falcão. Seu cabelo preto e pegajoso se espalha sobre o banco, abaixo de seus ombros. É difícil dizer a idade de prisioneiros, mas não acho que este tenha mais que trinta anos.

Não há resposta para meu anúncio. Eu olho para Hospius e descubro que ele está observando Nateo, com um pequeno franzido nos lábios. O homem no Sapador retribui o olhar com uma expressão vidrada. Nenhum reconhecimento, nenhuma reação à luz ou a nossa presença.

– Preciso falar com ele.

Hospius dá um passo à frente.

– *Pare*. – Eu disparo a palavra em pânico, então ergo uma mão contrita imediatamente quando Hospius congela. – Minhas desculpas, Sextus, não tive a intenção de nenhum desrespeito. Mas é perigoso chegar perto demais. Preparar um prisioneiro para um Sapador leva dias. Tocá-lo pode matar o senhor. *E* todo mundo que está cedendo ao senhor.

– Ah. – Hospius escuta o alerta e não se aventura mais perto. – Mas você pode desligar isso? Temporariamente?

– Eu posso erguê-lo. Quebrar a conexão. – Náusea me ameaça quando penso no que está prestes a acontecer. – Mas não vai ser agradável. Especialmente para ele.

Hospius esfrega a superfície escura de sua cabeça raspada. É um momento de dúvida – tenho certeza de ver isso em movimento –, mas, quando ele olha para mim, sua expressão está dura.

– Eu vim aqui em busca de respostas. Faça o que você tiver de fazer.

Eu começo a dar a volta na laje de pedra branca, entrando na cela 41. Ainda não fui afetado pelos Sapadores – a mera proximidade afeta a maioria das pessoas em poucos meses, e eu estou trabalhando aqui há quase quinze –, mas ainda ajo com cuidado, evitando meticulosamente esbarrar em qualquer coisa. Imune ou não, essas coisas são projetadas para drenar instantaneamente a Vontade. Não apenas a parte que a Hierarquia normalmente tira dos milhões de Octavii que formam sua base. *Toda* a motivação, o foco e a energia mental e física do sujeito são removidos por essas camas de pedra pálida, para serem recebidos por algum Septimus distante e especialmente favorecido.

Em meus olhos, a morte seria um destino preferível.

E a pior parte é que eu sei que muitos dos homens e mulheres aqui concordariam.

Chego à área mais distante da cela e me abaixo, movendo a lanterna até encontrar o volante com cavilhas. Começo a girá-lo, os músculos trabalhando. Escuto um barulho metálico e um som de trituração acima quando as correntes balançam e então se estendem. O homem no Sapador pende pela cintura enquanto é puxado para cima de um jeito deselegante, soltando-se da pedra branca, balançando. Giro mais duas vezes, até ele estar alguns centímetros acima, então travo o volante no lugar.

Eu me aprumo, com olhos fixos no homem ossudo e flácido suspenso acima da laje à minha frente. Só vi prisioneiros serem libertados algumas vezes; o Septimus da administração fica sempre encarregado dos procedimentos de fim de sentença, e outras razões para despertar um prisioneiro são raras.

Torno a me juntar a Hospius na boca do nicho enquanto ele remexe desconfortavelmente em sua túnica. É o uniforme da Governança, com uma pirâmide azul-escuro costurada sobre o coração. Está impecável, perfeitamente limpo, dobrado em todos os lugares certos. Fresco.

Na verdade, imaculado. Como se nunca tivesse sido usado antes.

– Por que ele não está acordando?

Hospius não tinha percebido meus exames, sua atenção completa no homem a nossa frente.

– Leva um minuto.

Enquanto digo isso, algo muda. Uma ruptura no ritmo arquejante estável da respiração do prisioneiro. Um suspiro menos desesperado escapa de seus lábios. As correntes se retorcem, então suas pálpebras adejam, e o reconhecimento retorna a seu olhar quando, pela primeira vez, ele está pelo menos parcialmente aqui conosco.

Hospius olha para mim, e posso ver que ele está ponderando se tenta me mandar sair daqui. Mas eu não vou; mesmo com o risco de enraivecê-lo. Eu estaria desobedecendo regras demais se o deixasse sozinho aqui embaixo.

Evidentemente chegando à mesma conclusão, ele não diz nada e se aproxima do Sapador, na linha de visão do prisioneiro. Ele se agacha ao lado, de modo que seus rostos ficam no mesmo nível.

– Nateo. Você consegue me ouvir? Meu nome é Sextus Hospius. *Nonagere.*

Ele diz isso tudo com cuidado, enunciando as palavras, mas levo um segundo para identificar a última. É vetusiano.

Não reaja.

Hospius ergue os olhos para mim outra vez, e faço tudo o que posso para sinalizar o alerta que ele está fazendo para Nateo. Eu não deveria saber o que a palavra significa. Por que saberia? O vetusiano é uma língua morta. Uma curiosidade acadêmica. Além de uma ou outra palavra integrada ao comum, ela deixou de ser usada pela Hierarquia mais de cem anos atrás. Seu único objetivo real é permitir a leitura de textos originais de uma era há muito passada.

Mas meu pai era apaixonado em sua crença na importância de uma história sem as cores dadas pelos tradutores da Hierarquia. Minha mãe era uma estudiosa, fluente em três línguas. E eu fui preparado pelos dois e por meus tutores durante quatorze anos para ser diplomata, para apoiar minha irmã em seu futuro governo, viajando para outras nações.

A cabeça de Nateo pende enquanto ele encara Hospius com olhos turvos. Ele passa a língua pelos lábios. Então, lenta e dolorosamente, acena com a cabeça.

Ele entende. Esses dois homens se conhecem.

O sangue martela em meus ouvidos. Será que Hospius está aqui para dar fuga a Nateo? Eu não posso permitir isso; o tipo de escrutínio que isso traria seria meu fim. Mas também não posso agir antecipadamente. Ele até agora não fez nada de errado. Sua documentação pareceu autêntica. *É* autêntica.

Eu não digo nada, não faço nada. Preciso esperar.

– Você consegue falar?

Mais uma vez, em vetusiano. A maneira como Hospius fala é afetada, como se ele estivesse extraindo as palavras de seus próprios estudos ocorridos muito tempo no passado. Nenhum dos homens está olhando para mim, mas finjo uma indiferença perplexa, só por garantia.

– Consigo. Um pouco. – A voz de Nateo é como pregos passando delicadamente por pedra. Ele também usa a língua morta, embora com muito mais conforto que o homem que está aqui para vê-lo. – Quanto tempo?

Seu olhar passeia, como se estivesse procurando a resposta em algum lugar que não em Hospius.

– Cinco anos.

Há um tremeluzir nos olhos de Nateo, e ele torna a focar Hospius. Dessa vez, com mais clareza.

– Você está aqui para me libertar?

– Espero. Informação primeiro. – Hospius vê o pânico crescente no homem aprisionado, estende a mão e aperta seu ombro, firmando-o quando as correntes começam a chacoalhar com seus tremores. – Eu sei… você é inocente. Preciso entender… por que você está aqui. Veridius?

O nome é uma pergunta, feita com intensidade em tom baixo.

– Pode ter sido.

Nateo se acalma, mas há dúvida na resposta.

Eu finjo conter um bocejo quando ponho a lanterna no chão e saio andando para fora de vista, como se estivesse inspecionando as celas próximas enquanto espero. Hospius vai saber que não estou longe, mas é mais fácil me concentrar na tradução se eles não conseguirem ver minhas reações.

– Preciso que você… pense. Sobre Caeror. Qualquer coisa que ele tenha dito antes… – Sua voz se cala, e, embora eu não consiga ver seu rosto, desta vez não acho que seja porque ele está com dificuldade com a língua.

– Faz muito tempo.

Nateo dá uma risada amarga e sufocada.

– Ele enviou uma mensagem antes que acontecesse. Nomes que eu não conheço. Obiteum. Luceum. Falou sobre um… portão. Um poder estranho, de antes do Cataclismo. Você sabe o que… significa?

Silêncio. Um tilintar baixo. Então:

– Primeiro preciso sair daqui. Chega.

Eu fecho os olhos, articulo um palavrão na escuridão antes de forçar o tédio em minha postura, arrastando as botas pelo chão e voltando a ficar à vista, como se nada importante estivesse acontecendo. Lembrando Hospius de que estou aqui. Não acho que ele ainda esteja planejando uma fuga. Mas não quero que mude de ideia.

Hospius se volta para o movimento de minha chegada e encara meus olhos intrigados. Seu aceno de cabeça diz que ele não espera demorar muito mais. Eu escondo meu alívio. Nateo observa a mudança, com a respiração se acelerando. As correntes começam a balançar outra vez. O medo de Nateo trepida na escuridão.

– Eu vou fazer tudo o que puder. Juro. – Hospius atrai a atenção de Nateo para longe de mim. – Mas você… seu amigo… Por favor. Se você sabe…

Nateo retribui o olhar com expressão de pedra. Essa é sua única carta.

Hospius se veste de decepção ao se aprumar e se afastar.

– Por favor – diz Nateo em comum, dessa vez, não vetusiano. Implorando. – *Por favor*. Chega. Não me ponha de volta. Você não sabe como é. – As palavras são pura desgraça. Sua cabeça gira, o suficiente para me incluir em seu olhar. – Você. Você é mais bondoso que os outros. Mais gentil. Eu sei. Eu sei, porque estar nesta laje não é como dormir. É pior. Você fica *quase* adormecido. *O tempo todo*. Mas acordado o bastante para reconhecer que coisas estão acontecendo. Você sabe que sua mente deveria se mover mais depressa. Sabe que o mundo está passando por você. – Agora há lágrimas. Desespero. Ele está soluçando. – Cinco anos. *Cinco anos*. Olhe para mim! Eu nem sequer…

– Nateo – diz Hospius, tentando acalmar o homem. Preocupado. Sem dúvida preocupado por seus segredos estarem em risco. Ele dá um pequeno passo mais para perto.

Então Nateo se retorce mais rápido do que um homem em seu estado deveria ser capaz de fazer. Ele corcoveia, grita, se contorce, um desespero animal emprestando força para seus membros magros. O metal chacoalha de forma ensurdecedora. Ele aproveita o impulso de sua forma balouçante para girar, se projetar e agarrar a túnica nova demais de Hospius.

– *Malditos deuses*.

Estou xingando e me movendo antes de ter uma chance de fazer uma avaliação apropriada. Dou a volta na pedra branca, bato com força no braço de Nateo e me enfio entre os dois homens antes que o Sextus possa ser puxado para o dispositivo. A pegada de Nateo se solta. Sua mão raspa meu ombro. Eu já estou desequilibrado.

Caio para trás, emaranhado em correntes, com a superfície úmida do gelo do Sapador sob minhas mãos.

Um formigamento furtivo e doentio toma as palmas de minhas mãos. Ácido, frio, queimando, aguçado e molhado. Sou tomado por terror. Eu me lanço para longe, me solto da confusão de elos de metal e tento desesperadamente chutar a alavanca que trava o caixilho. O volante sem borda e raiado gira sem parar enquanto eu me afasto do lugar onde Nateo conseguiria me agarrar novamente.

O som metálico de corrente se desenrolando, então só respiração pesada.

– Pelos túmulos dos deuses – murmura Hospius, com aparência abalada, espremido contra a parede da cela. Ele observa a figura envolta em metal de Nateo como se esperasse que o homem pulasse de pé e o atacasse outra vez. Mas o emaranhado de membros e elos está espalhado sobre o Sapador. Os olhos de Nateo estão vazios quando se dirigem para os meus. Ainda sinto sua acusação.

– O senhor está bem?

Eu me levanto, desequilibrado. O coração bate forte. As velhas cicatrizes em minhas costas estão rígidas e doendo com a tensão. Eu toquei no Sapador. Pele sobre pedra. Arrisco um olhar para minhas mãos. Pelo que posso ver, elas estão bem. Ainda formigando, mas bem.

– Estou. – Hospius ajeita a túnica no lugar onde Nateo a agarrou. Ele continua observando o homem, com nítida melancolia, antes de lembrar. – Graças a você.

Ele se apruma e me observa outra vez. Há uma pergunta em seu olhar.

– Não foi nada – respondo a pergunta que espero que ele esteja fazendo. Se ele realmente viu o que aconteceu, estou encrencado. – Mas foi sorte. Eu quase caí no maldito Sapador. – O tremor em minha voz não é falso. Ainda estou esperando que algo terrível aconteça comigo.

– Mas você não caiu?

Eu dou um riso forçado.

– O senhor acha que estaríamos tendo essa conversa se isso tivesse acontecido?

Hospius vem em minha direção e me bate no ombro.

– É verdade. Bom trabalho, Vis Solum. Bom trabalho. Tive sorte por você estar aqui. – É um grande elogio de um Sextus. Outro homem provavelmente teria ficado lisonjeado.

Eu me ponho a devolver o caixilho para a posição inicial, então, de forma um tanto hesitante, ajusto a posição de Nateo no Sapador usando as correntes quase esticadas, garantindo que ele esteja deitado tão confortavelmente quanto possível outra vez. Não o culpo por suas ações.

Quem pode fazer isso, como sempre, são aqueles que o puseram aqui.

A vela na lanterna está quase terminando quando fazemos a viagem de volta. Na base do segundo lance de escada, acendo outra da prateleira próxima e a entrego a Hospius.

– Tenho de pegar algumas coisas no depósito enquanto estou aqui embaixo. – É verdade, mas, mais importante, eu preciso de algum tempo sozinho para examinar adequadamente minhas mãos e me livrar da tensão terrível que está ameaçando se soltar a cada respiração. – A sala da guarda fica subindo em frente. É só bater. Septimus Hrolf vai abrir para o senhor.

Não é exatamente o protocolo, mas Hrolf não vai ligar.

Hospius faz uma pausa quando começa a subir a escada, e vira para trás.

– Vis. Pode ser melhor não mencionar o que acabou de acontecer. – Sua voz soa abrupta em meio ao silêncio. – Eu não iria querer que você se metesse em encrenca com o Septimus ou com o Procônsul.

– Claro, Sextus. Obrigado.

Uma ameaça? É bem verdade que eu seria culpado pelo incidente, não importa o que fosse dito. Mas parece que nenhum de nós quer a atenção. Por mim, tudo bem.

Aqueles olhos penetrantes dele me estudam. Então ele leva a mão a um bolso e me joga uma coisa que brilha; eu a pego com jeito, surpreso por encontrar uma moeda de prata triangular em minha mão. Ela vale mais do que vou ganhar por meu turno esta noite.

– Pelo seu aborrecimento. E sua discrição.

Ele recomeça a subir. A luz de sua vela se afasta.

Quando o eco de suas botas silencia completamente, é que eu guardo a moeda no bolso e deixo minhas mãos tremerem.

Ponho a lanterna na prateleira, estendo os dedos e, com as mãos espalmadas para cima, olho na luz mortiça para cada linha, cada poro, mas não vejo nenhum dano. Eu arregaço as mangas, só por garantia, mas também não há nada de errado com meus braços. E a sensação desconfortável neles desapareceu completamente.

Estou bem.

Eu exalo, trêmulo, e me sento no chão, encostado na parede, dando a mim mesmo um minuto para deixar que o medo se vá. Sempre me perguntei se conseguiria sobreviver ao contato com um Sapador. Eu nunca cedi antes – jamais permiti que minha Vontade fosse levada em uma das Aurora Columnae espalhadas pela República. Quase todas as crianças são levadas para um dos pilares antigos quando fazem doze anos, e depois disso são capazes de ceder para qualquer um a qualquer momento, sem necessidade da presença dos enormes artefatos pré-Cataclismo. Minha melhor teoria é que minha recusa em passar pelo ritual é a razão por que consegui não ser afetado durante todo esse tempo trabalhando aqui.

Mas era sempre apenas conjectura, um palpite meio educado. Eu nunca quis testá-lo.

Minha vela está ameaçando se apagar, e Hospius levou a única que sobrava, então corro até o depósito, pego a comida e o material de limpeza necessários para o próximo turno e os levo para cima. Para minha surpresa, vozes saem por baixo da porta da sala da guarda.

– ... pelo menos para mim. Eu queria saber.

Hospius ainda está aqui. Eu me amaldiçoo quando me lembro, para começar, por que fui eu que levei o homem até as celas lá embaixo, então articulo com os lábios furiosamente para a porta, para que Hrolf mantenha sua boca estúpida fechada. Não tenho amor pelo velho – ninguém da Hierarquia ganhou isso de mim –, tampouco acho que ele mereça o destino que o aguarda se Hospius decidir que ele não está mais apto a fazer suas obrigações.

Escuto um farfalhar de papel.

– Restam três anos e sete meses – diz Hrolf. – Mais alguma coisa, Sextus?

Não é rude, mas uma indicação clara de que seria bom que Hospius fosse embora.

Há silêncio, e eu desejo que pudesse ver a expressão de Hospius.

– Seu jovem assistente parece conhecer o trabalho. – Informal. Apenas uma conversa. Mesmo assim, sinto um aperto no coração.

– Ele deve conhecer mesmo. Está aqui há mais tempo que eu.

– Quanto tempo a mais?

– Alguns meses – diz Hrolf vagamente. Quase o ouço dar de ombros.

– Você o conhece bem?

– Ele é quieto. Um pouco reservado, na verdade. Não gosta de falar de si. Por quê? – Não há desconfiança, apenas curiosidade.

– Ele me impressionou. Estou me perguntando se ele está sendo desperdiçado aqui embaixo.

Hrolf ri.

– Ah, não há dúvida em relação a isso. O garoto joga Fundação como um demônio. E é mais esperto do que parece. Citou o maldito *Fulguris* para mim outro dia, mesmo que depois tenha fingido que não o havia lido.

Eu me repreendo outra vez por essa vaidade preguiçosa, então penso em interromper antes que Hrolf aumente o estrago – ele acha que está me ajudando louvando meu mérito para o Sextus, sem nunca imaginar que a atenção pode fazer com que eu seja morto –, mas se Hospius está atrás de informação, minha presença não vai mudar nada. É melhor esperar e descobrir no que ele está interessado, se é que está interessado em alguma coisa.

– Hum.

Hospius, felizmente, não parece tão impressionado quanto Hrolf parece achar que ele deveria estar.

– Bem, se aparecer uma posição mais apropriada para alguém da idade dele em Letens, eu vou mencioná-lo.

Um vago tom desinteressado sinaliza que essa é a conclusão da conversa. Eu inflo as bochechas em alívio silencioso.

Um arrastar de botas, então a porta à minha frente chacoalha quando a porta externa deixa entrar uma lufada de ar.

– Obrigado, Septimus. Mais fortes juntos – diz Hospius, agora com a voz mais abafada.

– Mais fortes juntos, Sextus – responde Hrolf formalmente. O tremor da porta à minha frente para.

Espero dois minutos antes de bater na porta, e uso o tempo para decidir o que contar a Hrolf. Ele vai estar curioso sobre o que aconteceu.

– Então, o que aconteceu? – É sua saudação enquanto eu torno a entrar na sala da guarda.

– Não tenho certeza. Eles estavam conversando em uma outra língua. – Coloco na estante os suprimentos que peguei, então me jogo em minha cadeira.

Hrolf emite um grunhido intrigado, mas se dá conta de que não há outras conclusões a serem extraídas da informação.

– Algum problema?

– Só o esperado. O prisioneiro não ficou muito satisfeito quando percebeu que seu tempo não tinha acabado. Ele se debateu e gritou um pouco. – Sinto a ardência de bile no fundo da garganta enquanto penso no terror de Nateo, sua súplica. Sua luta. Mas eu não demonstro isso.

Hrolf, de qualquer forma, me dá um tapa nas costas com simpatia masculina, percebendo que estou minimizando as coisas, mesmo que não saiba o quanto.

– Obrigado – acrescenta ele.

Nós ficamos os quinze minutos seguintes conversando sobre nada, passando o tempo até a hora em que normalmente vou embora. Hrolf vai ficar a noite inteira – sozinho da hora em que saio até o amanhecer –, embora, com os prisioneiros já alimentados e lavados nesse dia, suas responsabilidades durante esse período sejam triviais. Ele vai dormir durante a maior parte do tempo.

Em algum lugar lá fora, o relógio comunitário da cidade de Letens toca uma nota trêmula e baixa. O fim do anoitecer e o início da verdadeira noite. Ele não vai tocar outra vez até o amanhecer. Eu me levanto.

– A oferta ainda está valendo, Vis – diz Hrolf, me observando.

Seus olhos de repente estão tristes, embora ele tente esconder isso.

– Não me importo de mudar nossos termos se você quiser ficar e me ajudar por mais tempo.

– Você não precisa de mim aqui.

Eu pego minha capa puída e a jogo sobre os ombros.

– O Procônsul não sabe disso. Sua matrona não sabe disso. E o dinheiro já está pago.

– Obrigado, mas não. Ele é seu. – De qualquer forma, melhor dele que da matrona. Eu avalio o Septimus, procurando qualquer sinal de que ele esteja pensando em desistir de nosso acordo. Mas não é disso que se trata. As rugas preocupadas em torno dos olhos de Hrolf o entregam.

– Menos hematomas se você ficar aqui – observa ele, confirmando isso.

– Conversa melhor, também.

Eu estendo a mão espalmada para cima.

Hrolf dá um suspiro, mas não há surpresa em seu rosto desgastado enquanto ele pega meu pagamento na caixa trancada por Vontade na parede do fundo. Triângulos de cobre, cada um deles gravado com oito linhas paralelas.

Eu recebo seis deles por meu trabalho hoje. Os outros nove que Hrolf guarda eram para pagar por meu tempo esta noite, mas em vez disso são dirigidas a sua tolerância por minha ausência.

O metal tilinta, um peso reconfortante em meu bolso enquanto me dirijo para a pesada porta de pedra. Eu não ofereço nenhuma palavra de agradecimento pela preocupação dele. Parte de mim quer fazer isso.

Mas então eu me lembro que, se soubesse meu nome verdadeiro, esse homem grisalho aparentemente humano iria me querer morto tão rápido quanto todo mundo.

– Até amanhã – diz Hrolf ao enfiar a chave em seu buraco. A porta se arrasta e se abre.

– Até amanhã.

Eu saio para o frio ventoso de Letens e me dirijo para o Teatro.

II

LETENS É UMA CIDADE ESTRANHA.

Aqui, no extremo sul da civilização, mais de quinze anos depois de entrar para a Hierarquia, a influência catenana se mistura desconfortavelmente com o velho mundo. As ruas iluminadas por lampiões são sinuosas, lamacentas e estreitas, inapropriadas para os carros e carruagens movidos a Vontade que às vezes se espremem por elas. Construções mudam bruscamente de caixas de madeira pouco mais que funcionais até as altas mansões de pedra muradas. O Templo de Jovan de muitos arcos eleva-se acima de tudo a distância, coroando o Fórum Tensiano. Ele é cercado pelo último bosque druídico sagrado, que antigamente formava o coração da cidade. Não existem mais druidas.

A prisão de Letens não fica exatamente na periferia, mas a cidade é vasta, e, após mais de dez minutos, ainda estou caminhando na direção de seu centro. Tarde assim, há mais soldados de capa vermelha que qualquer outra pessoa, embora outros poucos ainda enfrentem o vento congelante que sopra do sul. Octavii, em sua maioria. É perceptível pelo jeito como eles andam, evitando contato visual enquanto murmuram cautelosamente uns com os outros em seu tensiano nativo. Algumas das mulheres usam estolas com os nomes de seus filhos costurados acima do seio esquerdo, uma declaração orgulhosa de suas contribuições para a Hierarquia. Suas roupas, fora isso, são puídas e manchadas.

Mesmo assim, há menos da Hierarquia aqui, tão longe para o sul, que em qualquer outro lugar no mundo. Eu às vezes digo a mim mesmo que foi por isso que parei de fugir.

Claro, se eu for honesto, a fome e a solidão contribuíram.

Pelo menos a fome não é mais problema.

As ruas silenciosas finalmente me levam até o fundo escuro de um beco que é quase invisível junto da curvatura feia do prédio comprido e inclinado ao seu lado. A lama sob minhas botas faz um barulho molhado. Antigamente, ruas laterais como esta seriam perigosas; o crime em Letens ainda existe, mas agora ele se deve muito mais à emoção do proibido que à violência da necessidade. Os catenanos levam a sério o Direito de Nascença, seu conjunto de leis com o objetivo ostensivo de preservar a vida humana. Qualquer um desesperado o bastante para desafiá-lo acaba, inevitavelmente, em um Sapador.

No momento em que a luz da rua principal às minhas costas ameaça ficar escura demais, alcanço um pequeno lance de escada que desce até uma porta abaixo do nível da rua, praticamente escondida de vista. Eu abro e empurro a porta sem me anunciar. Dentro, três homens e uma mulher interrompem sua conversa à mesa no canto do pequeno salão abafado, mas a sugestão de tensão se dissipa quando sou reconhecido.

– Vis, meu garoto! – Septimus Ellanher se levanta ao dizer as palavras em sua voz vívida e aristocrática, um sorriso semelhante à expressão de um falcão dividindo seu rosto anguloso. Ela tem uma estrutura poderosa, uma cabeça mais alta que eu, com uma massa de tranças pretas como corvos que caem livremente até sua cintura. Seus braços nus brilham à luz das velas devido ao suor de algum tipo de exercício, destacando tanto músculos como cicatrizes. – Exatamente a pessoa que eu esperava ver!

Eu fecho a porta com cuidado às minhas costas e paro de repente, lançando um olhar inexpressivo na direção dela. A recepção é de longe acolhedora demais para Ellanher.

Ela revira os olhos castanhos com brilhos âmbar, a jovialidade apenas levemente reduzida por minha resposta.

– O que foi? Uma dama não pode se entusiasmar com a chegada de seu lutador favorito?

– Tenho certeza de que uma dama poderia. – Eu aceno educadamente com a cabeça para os três homens à mesa. Todos são maiores até mesmo que Ellanher em altura e força muscular, mesmo que não em presença. Dois, Caren e Othmar, eu reconheço de noites anteriores. Seus olhos brilham melindrosamente ao retribuírem o aceno. – O que você quer?

Ellanher dá uma risada rouca, sem hesitação. Ela sabe que eu estou meio de brincadeira, e a outra parte, de qualquer modo, ela toma como um elogio.

– Você é um tratante. Mas acho que tenho uma queda especial por você, esta noite.

Não gosto do jeito como os três homens estão me observando enquanto ela fala. Antecipando… alguma coisa. Como a maioria das pessoas, eles são Octavii, e normalmente cedem metade de sua Vontade para o comando de um Septimus. Minha pele se arrepia ao pensar nisso.

Esta noite é diferente, claro. Vontade costuma ser cedida o tempo inteiro; a Hierarquia organiza e localiza todos esses arranjos com cuidado meticuloso, e só quem controla a Vontade de alguém pode devolvê-la. Mas os Septimii desses homens acharam apropriado fazer exatamente isso nesta noite – supõe-se que em troca de uma parte de qualquer ganho. Ilegal, é claro. Mas o tipo de coisa que, se descoberta, resultaria apenas em uma pequena multa.

Qualquer um dos três podia quebrar minhas costas com um abraço. Mas ceder um dia após o outro tinha desacelerado seu raciocínio e seus tempos de reação, mesmo que temporariamente estejam inteiros outra vez. Algo foi tirado deles. Estão destruídos de maneiras que não entendem, e isso os transforma em bucha em uma luta.

Eles nunca gostaram que eu, menor e mais jovem, não esteja.

– Uma queda especial – repito, voltando a atenção para Ellanher.

– É, meu garoto! Fui abordada há alguns dias por um cavalheiro mais velho. Não vou dizer o nome dele, mas é bem conhecido no norte de Tensia. Um cavaleiro, acredita? Ele tinha ouvido falar de nossos shows aqui, por meio de um conhecido que desfrutou de nossa hospitalidade de vez em quando. Esse homem tinha uma proposta muito interessante. Seu filho adquiriu dívidas desventuradas, e… – Ela me vê bocejar exageradamente e franze o cenho. – Ele é um Sextus – conclui, um pouco rabugenta, decepcionada por eu ter arruinado sua introdução. – Você vai lutar contra um Sextus esta noite.

No início, não acho que a ouvi corretamente, mas a expressão presunçosa no rosto dos Octavii me diz o contrário. Vou ser carne para o moedor. Parece que o ar foi sugado do salão.

– Quais são as regras?

Fico aliviado ao perceber que minha voz está nivelada, sem deixar transparecer fúria nem medo; Ellanher tinha isso preparado há dias. Ela jogou isso sobre mim porque sabe que não vou recuar, não quando a luta já está marcada, e a multidão está esperando. Eu nunca mais teria permissão de ver o interior deste lugar.

– Sem armas. Sem mortes.

– Vou fazer o meu melhor – murmuro, embora a bravata soe falsa em meus próprios ouvidos. Eu olho fixamente para o chão, tentando entender o que está prestes a acontecer, então me aprumo. Olho para ela. – Pagamento triplicado.

– Dobrado.

– Quadruplicado.

– Você deve chegar a um meio-termo quando está barganhando, querido.

Eu não digo nada, mas não desvio o olhar.

Há silêncio, então Ellanher dá uma pequena risada de consentimento. Delicada e refinada, ainda assim bem estranha de se ouvir emergindo daquele seu físico poderoso

– Então está bem, o triplo. Mas sem extra para curandeiro, mesmo que esse seu rosto bonito precise disso.

E provavelmente vai precisar, mas é o melhor acordo que vou conseguir. Eu aponto um tanto bruscamente na direção do corredor estreito que leva mais para dentro, indicando tanto minha concordância quanto que ela deve ir na frente. Os três homens estão carrancudos outra vez quando saímos. Eles esperavam conseguir uma reação melhor de mim.

Por dentro, ainda estou atordoado.

Percorremos em silêncio o caminho curto até o "escritório" de Ellanher – seu camarim durante o dia e o início da noite. Depois que entramos, me surpreendo outra vez com a incongruência desse espaço. Um espelho bem iluminado, uma penteadeira com frascos de maquiagem. Chapéus emplumados e capas de pele macia, e uma arara cheia de vestidos muito diferentes. É surreal imaginar Ellanher se preparando para cantar e dançar e interpretar ousadamente suas falas no mesmo palco para o qual ela está prestes a me mandar para que arrebentem minha cabeça.

A Septimus vai até o cofre na parede, pega a chave de Vontade em volta do pescoço e a insere na fenda. O trinco no granito emite um estalido e se afasta para o lado, revelando colunas de moedas cuidadosamente empilhadas. Cofres trancados por Vontade, mesmo pequenos como esse, são cem vezes mais seguros que qualquer coisa mecânica. E têm um custo equivalente. O negócio noturno está pagando muito bem.

Ela conta minha remuneração – seis triângulos de prata, que valem sessenta de cobre – e a põe na palma da minha mão.

– Eu admito estar curiosa, Vis – diz ela enquanto torna a trancar o cofre, despida de parte de sua fachada de grandiosidade agora que estamos sozinhos. Ela sabe que isso não me impressiona como impressiona os outros. – O que você ganha aqui… está longe de ser uma riqueza, mas é muito para um órfão. E você está disposto a se submeter a muita dor para ganhar mais. Para que tudo isso? Dívidas? Uma mulher? Algum vício que você não consegue largar? – Seu tom de voz é leve, como sempre é comigo, mas ela está longe de estar brincando. Fica incomodada por não saber.

– Esse Sextus com quem vou lutar. Imagino que ele cederá.

– É claro. – Se Ellanher está incomodada por eu ignorar abertamente a pergunta, ela não demonstra. – Não quero você morto, meu garoto.

– Só quer que eu leve uma surra.

Ela me examina enquanto chega a uma resposta.

– É. – Não há desculpas nem arrependimento. – Um pouco de resistência dos pobres-diabos pode ser divertido, mas, em excesso, se torna uma declaração. O tipo de declaração que atrai atenção catenana.

Eu fecho a mão em torno das moedas, as pontas aguçadas espetando minha pele até ameaçarem me machucar. Tenho testado meus oponentes Septimii cada vez mais ao longo dos meses que venho lutando aqui. Recentemente, ganhei mais vezes que perdi. E pensar que eu na verdade estava me sentindo bem em relação a isso. Eu deveria ter percebido que seria notado. Comentado. Reprovado, em certos lugares.

– Vejo você no palco – digo com rispidez, dando meia-volta e indo embora antes que ela diga qualquer coisa para piorar minha situação.

Os corredores mal iluminados aqui parecem mais apertados que nunca. Os intestinos do maior auditório de Letens são um labirinto de salas particulares e áreas de preparação, a maioria das quais está fechada desde que o último dos atores foi embora, mais de duas horas atrás. Eu, porém, não paro em nenhum dos caminhos que se ramificam, seguindo quase sem prestar atenção até a escada que leva ao alto da plateia. Venho aqui três vezes por semana há mais de seis meses. Conheço o caminho.

Estou acompanhado apenas por minha apreensão pelo que vai acontecer, até chegar quase ao alto da escada, quando o murmúrio de vozes penetra em minha consciência. O público da noite chega aos poucos. Em cerca de trinta minutos, esse murmúrio vai se tornar um burburinho trovejante e cheio de expectativa conforme os lugares forem ocupados. Então haverá um rugido primitivo quando se desenrolar a primeira luta.

Chego à fileira superior do anfiteatro semicircular de pedra branca, minha entrada despercebida pelo pequeno número de pessoas já presentes. O palco abaixo fica distante; este lugar tem capacidade para receber centenas de pessoas. Anteriormente descoberto, agora há, acima, uma cúpula vagamente agourenta e que abafa o som. Com três camadas de espessura, ela é um projeto especial feito pelos arquitetos catenanos, que foram contratados vários anos atrás por alguns dos cidadãos mais ricos, imigrantes da própria Catena. Aparentemente, o distúrbio que as peças tensianas provocavam em suas noites estava se tornando simplesmente insuportável.

A massa curva de pedra não era exatamente popular com os tensianos – está longe de ser esteticamente agradável, e o apelido grosseiro que os locais deram a ela reflete muito isso –, mas *é* eficaz. Mesmo o maior dos barulhos feitos aqui não vai escapar.

Eu examino a plateia próxima e encontro bem rápido o homem que estou procurando, com o caderno preto familiar apertado na mão enquanto fala animadamente com uma pessoa. Gaufrid é energético para um Octavii, mesmo que os efeitos de mais de uma década cedendo o façam parecer mais perto dos cinquenta que do fim da casa dos trinta. O que ele gosta de descrever como um leve recuo da linha de seu cabelo está em grande parte nos domínios da calvície, embora ele pelo menos mantenha seus fios cor de areia restantes limpos e bem aparados. Esta noite, ele está totalmente vestido com uma tonalidade desagradável de verde, por alguma razão.

Eu fico um pouco perto da saída, praticamente fora de vista da plateia cada vez maior, esperando pacientemente até captar seu olhar. Quando ele percebe que estou aqui, pede licença e corre até mim.

– Vis!

– Gaufrid. – Eu olho para seu traje. – Você perdeu uma aposta?

– Ha, ha. Escolha da minha esposa, você deveria saber disso.

– Imagino que seja um jeito para mantê-lo fiel.

– Você é um babaca. – O sorriso de Gaufrid mostra que ele também não gosta muito da roupa. Ele segura meu braço e me puxa de forma conspiratória para as sombras. – Sua admiradora voltou.

Sigo o gesto que ele faz com a cabeça até um grupo pequeno, logo vendo a garota. Uma capa grossa e preta ainda a envolve, apesar do relativo calor aqui dentro. É da minha idade, acho, talvez alguns anos mais velha. Pele escura e cabelo castanho cacheado e comprido. Há algo perturbador no jeito que ela se inclina para a frente em seu assento, ignorando as pessoas ao redor, com o olhar fixo no palco vazio abaixo, embora, enquanto a observamos, sua concentração se desfaça e ela olhe ao redor de cenho franzido antes de puxar o capuz e esconder o rosto. Como se, de algum modo, ela pudesse sentir nosso exame.

– Que sorte a minha. – Eu nunca falei com ela, mas ela esteve aqui para todas as lutas nas últimas duas semanas. Perguntando discretamente sobre mim. Gaufrid acha que é um interesse romântico. Estou preocupado que ela tenha reconhecido algo em mim. – Continuo não interessado.

– E como bom amigo que eu sou, continuo a dizer a ela que você é tão enigmático quanto é bonito. – Como sempre, porém, Gaufrid parece vagamente decepcionado. – Então, veio fazer uma aposta antes da hora?

Eu sinto o peso das moedas em meu bolso. Calculo. Gaufrid é o contador não oficial dessas noites: quando alguém quer fazer uma aposta que realmente vá pagar, é ele que a pessoa procura.

– Última luta da noite.

– Octavus ou Septimus?

Eu faço uma careta.

– Circunstâncias especiais. Desta vez é contra um Sextus.

Ele franze o cenho em confusão, então o sangue se esvai do rosto de

Gaufrid. Ele segura meu braço e me puxa mais para o fundo do corredor, totalmente fora da vista de qualquer espectador.

– Você está *louco*?

– Só descobri isso cinco minutos atrás. Não tem muito que eu possa fazer.

Eu vejo a mente de Gaufrid trabalhando, vejo o momento em que ele entende que esse é um castigo que estão me aplicando.

– Vá falar com Ellanher. Diga a ela que você vai perder para todos os Septimii que enfrentar no próximo mês. Ela vai aceitar o meio-termo. – Gaufrid parece realmente preocupado. – Um golpe errado de um Sextus pode afundar seu crânio, Vis. Isso provavelmente nem seria deliberado. Mesmo que ele… ele? – Eu assinto. – Mesmo que ele esteja cedendo, vai ter a força de dez pessoas por trás de cada soco! Você entende isso, certo?

– Na verdade, nove pessoas e um quarto – corrijo-o, irritado. – E ele não pode ser especialmente hábil com a Vontade se precisa ganhar seu dinheiro aqui. Com Septimii fracos cedendo para ele também, pode estar imbuído apenas parcialmente, valendo três ou quatro.

Algo semelhante à sugestão de Gaufrid tinha passado pela minha cabeça. Pode ser orgulho, pode ser teimosia, mas não vou fazer isso. Eu trabalhei duro demais, sofri machucados demais e zombarias demais para voltar às derrotas constantes.

Além disso, não estou aqui só pelo dinheiro. Eu desisti dos sonhos de me vingar da República há muito tempo, mas isso não significa que nunca vou ter de desafiá-los.

Isso é um treino.

Gaufrid grunhe alguma coisa em voz baixa. Não tenho certeza se é preocupação comigo ou preocupação por estar prestes a perder os benefícios desse acordo mutuamente benéfico que temos. Não posso garantir vitórias e não vou garantir derrotas, mas a maioria dos Septimii que lutam aqui são os de costume: aqueles que ainda não encarei, eu estudei. O que significa que, na maioria das vezes, conheço minhas chances. E, é claro, geralmente posso fazer com que a luta dure quanto eu quiser, mesmo que o resultado não me seja favorável.

Então eu costumo apostar no quanto eu acho que vou durar, e Gaufrid usa essa informação para… *ajustar* as cotações que oferece para todo mundo.

– Quanto você me paga por três minutos? – Parece absurdo, mesmo quando eu pergunto, mas aqui estou eu. Nessa confusão. Posso muito bem usá-la em meu proveito.

Gaufrid contém uma risada incrédula.

– Vis, quando o anúncio for feito, não vou poder oferecer apostas sobre você durando mais de três segundos. – Quando eu não desisto, ele dá um suspiro. – Vinte para um.

– Por *três minutos*?

– Esses são os melhores números que vou oferecer a você – me assegura ele. – Até onde sei, você pode ter feito um acordo com esse Sextus para dividir os ganhos.

– Eu não faria isso com você – digo, ofendido.

– Eu acredito em você. Mas isso não elimina o risco.

– E por dois minutos?

– A mesma cotação. – Gaufrid fixa um olhar sério em mim. – O mesmo para um minuto.

Eu franzo o cenho, mas conheço Gaufrid bem o bastante para saber que ele não vai mudar. Ele acha que está me ajudando ao me forçar a encurtar a luta em vez de tentar um grande resultado inesperado. Pego quatro triângulos de prata do bolso e os estendo.

– Mais de um minuto, então. Menos de um minuto e meio.

Gaufrid emite um assovio entre os dentes ao pegá-las.

– Burro *e* rico, hoje. Está bem. – Ele põe as moedas em uma bolsa em sua cintura. Não há registro em seu caderninho preto, nenhum recibo listando a cotação que ele me deu, mas isso é normal. O homem tem uma memória impressionante, e sei que ele vai cumprir o combinado. Mesmo que seja apenas porque Ellanher sabe de nosso acordo, e, embora ela também fique com uma parte, ela o rasgaria de membro a membro (talvez literalmente) se achasse que ele estava enganando um de seus lutadores.

Eu me viro para ir embora depois de encerrar o negócio, mas Gaufrid segura meu ombro.

– Não há vergonha em desistir ao primeiro sangue. – Ele parece frustrado, quase com raiva, por estar dando esse conselho. Levando em conta como as pessoas são propensas a apostar, isso não é surpresa. – Eu sei que isso não está em sua natureza, mas, Vis... se algum dia você for engolir seu orgulho, seria bom que fosse hoje.

Ele me solta e volta para o anfiteatro, ainda parecendo um pouco ridículo vestido de verde.

O alerta de Gaufrid ecoa desconfortavelmente enquanto eu desço a escada de volta, desta vez me dirigindo para a área de espera perto do palco. Talvez ele esteja certo. Quando há sangue, os dois lutadores podem desistir da luta, e com certeza vai haver sangue ainda no primeiro minuto, não importa o quão rápido eu me movimente.

Mas é um minuto. Um minuto por *oito ouros*. Isso é quase o dobro do que eu consegui economizar desde que comecei aqui.

Também não é apenas a quantia em dinheiro que está sendo oferecida. Tenho sentido a pressão inexorável do tempo sobre os ombros ultimamente. Tenho, na verdade, dezessete anos, completos há dois meses, embora os registros da Hierarquia digam que esse marco só vai acontecer daqui a dez semanas. Parte de mim lamenta não ter esticado mais a mentira quando cheguei pela primeira vez ao orfanato, mas o risco de essa alegação chamar atenção era grande demais.

Independentemente se foi um erro, isso significa que tenho pouco mais de um ano antes que a lei exija minha Vontade. Cedida depois de uma viagem às Aurora Columnae ou tomada por um Sapador.

E todas as maneiras que consigo pensar para tentar evitar isso envolvem um gasto *significativo*.

Sigo pelas vielas dos fundos e chego à sala de preparo dos Octavii, ainda mergulhado em pensamentos. Ela fica à direita do palco principal, uma caixa austera de pedra que é grande o bastante para acomodar confortavelmente os doze homens que estão aqui dentro. Um pequeno altar temporário para Mira está, como sempre, montado ao lado da porta. Eu o ignoro. A sala já fede a suor velho e gordura animal enquanto os homens a passam nos braços e correm no lugar, ou saltam repetidamente, ou fazem o que podem para expulsar o frio rígido em seus músculos.

Nenhum deles para de se exercitar, mas olhos discretamente se fixam em mim enquanto procuro um lugar para me aquecer. Então eles já souberam.

Como Othmar e Caren mais cedo, nenhum dos olhares é especialmente simpático. Sempre me senti como uma bizarrice aqui, mesmo antes de começar a vencer. O mais jovem por pelo menos dois anos e de longe o menos fisicamente imponente. Não que eu seja fraco – o Teatro, sem mencionar o tempo anterior em que participava da competição de gladiadores de Victorum, me deixou mais magro e forte do que eu achava ser possível –, mas esses homens eram escolhidos por seu físico. Eles são montanhas de músculos, sem exceção.

E agora estou prestes a enfrentar um Sextus. Vai ser um insulto para alguns; eles vão ver isso como um reconhecimento de meus sucessos por Ellanher, em vez do castigo que é. Outros vão apenas ficar felizes por eu, provavelmente, ter de passar um período afastado.

O tempo passa em um rastejar interminável enquanto eu sofro seus constantes olhares enviesados, cada um deles aumentando minha preocupação. O ruído de murmúrios animados que vem do anfiteatro aumenta constantemente, embora abafado aqui dentro, até que, por fim, ele é interrompido pela voz de Ellanher. Esquentando o público. Escuto risos, vivas. Ela é amada ali fora.

Dez minutos se passam, dando tempo suficiente para as apostas na primeira luta depois de seu anúncio. Então a porta do palco se abre, e Idonia – supostamente prima mais nova de Ellanher, embora, com seu cabelo louro aparado rente e os olhos azuis brilhantes, elas não tenham nenhuma semelhança física – olha através dela.

– Pabul.

Um gigante com cabelo castanho avermelhado comprido e um dente da frente faltando sai pela porta atrás dela.

É um desfile de nomes chamados e homens partindo. Depois disso, eles não voltam pelo mesmo caminho; nós nunca sabemos como qualquer luta transcorreu até o fim da noite. Embora normalmente possamos adivinhar. Há certa sensação no ruído do público quando uma luta é apertada. Ou quando um ferimento é especialmente feio.

Esta noite, eu bloqueio tudo isso, enquanto formulo uma estratégia. Pensei nisso muitas vezes antes, embora em termos mais abstratos. Não ter armas é um bom começo. Mesmo assim, a maioria dos Sextus consegue imbuir coisas – um simples toque e ele pode fazer minha camisa começar a me estrangular, ou, se ele não quiser que pareça trapaça, apenas me desequilibrar no momento errado. Por mais desagradável que seja, há apenas um jeito de evitar isso.

Ele vai estar forte, é claro. Eu considero brevemente a tática de *deixar* que ele imbua alguma coisa; a Vontade é um recurso finito, e quanto mais ele gastá-la em outro lugar, com menos ele vai ficar para se fortificar. Mas descarto imediatamente a ideia. Nessa situação, um soco errado na cabeça pode só desfigurar em vez de matar. Não é uma grande vantagem.

E há também a questão de sua velocidade. Isso é mais difícil de prever, e uma área que me dá esperança. A Vontade que está sendo cedida para ele melhora seus tempos de reação, mas é uma melhoria pequena em comparação com um Septimus. Treinamento e experiência têm um papel importante aí. E se esse Sextus só estiver lutando esta noite por achar que é um jeito fácil de ganhar dinheiro, então é possível que ele não tenha a disciplina de outros que já enfrentei.

Enquanto avalio e reavalio minha lógica, a sala gradualmente se esvazia ao meu redor. Vai se aquietando. O fedor forte permanece. Os gritos dos espectadores lá fora aumentam e diminuem.

Por fim, de repente, sou o único que resta.

Tiro a roupa com cuidado e metodicamente. Capa, túnica, roupa de baixo. Bem dobradas e postas em uma pilha. Preciso acreditar que vou precisar delas outra vez. Então uso o pote de gordura animal para besuntar o corpo inteiro. É nojento, mas se o Sextus conseguir uma boa pegada em mim, vai poder quebrar ou triturar ossos. E a substância não consegue manter sua forma, por isso não pode ser imbuída.

A porta se abre logo depois que termino.

– Vis, você é o… – diz Idonia ao me ver. Ela fica boquiaberta, então afasta o olhar. É mais tímida que a prima. – Está na hora. Quero dizer, você está pronto. É sua vez. De lutar. – Ela está vermelha. Quase voa de volta na direção do palco.

Eu rio comigo mesmo quando saio andando atrás dela, embora em grande parte para evitar pensar em meu próprio desconforto. Viver em fuga significa que adequação e vantagem raramente foram companheiras nesse primeiro ano e meio, e as reservas que eu podia ter antes foram arrancadas de mim à força, muito tempo atrás. Ainda assim, há algo inerentemente perturbador em estar nu. Parte de mim não consegue evitar o embaraço, se sente exposta, mais que apenas fisicamente, mesmo que essa seja a coisa inteligente a fazer.

É um caminho curto pelo corredor até o palco. Ellanher está fazendo o grande anúncio sobre o Sextus. Há uma empolgação renovada no ar, arquejos e conversas entusiasmadas. À frente, vejo Idonia correr para o palco, com o rosto ainda vermelho, e sussurrar no ouvido de Ellanher.

O cabelo escuro da mulher corpulenta se agita quando seu olhar se volta em minha direção. Aqueles olhos castanhos dela estão insondáveis enquanto ela me observa subir ao palco, sem mudar de expressão quando o primeiro na multidão percebe minha falta de roupa e começa a assoviar e rir. Eu passo por ela na direção da plateia sentada na obscuridade além do palco, com um sorriso largo em meu rosto ardente e erguendo os braços como se eles estivessem me aplaudindo. Os risos aumentam, mas são em sua maioria de aprovação, não de zombaria. Confiança, real ou percebida, tem um poder peculiar sobre as pessoas.

Eu olho para trás, para Ellanher. Seus olhos estão fixos em mim, mas alguma coisa mudou. Eles estão intrigados. Um pouco em choque. Percebo que ela está vendo minhas costas pela primeira vez. A terrível massa de cicatrizes sobre cicatrizes. Isso não importa. Duvido que ela saiba o que elas significam, e não tenho intenção de contar.

Minha respiração fica entrecortada quando percebo movimento no outro lado do palco. O Sextus é... imponente. Talvez uma década mais velho que eu. Alto. Atlético... não feito de músculos como os Octavii, mas possuidor de um poder gracioso, uma leveza quando ele entra pelo palco, dando um sorriso fácil e acenando para uma multidão que agora está aplaudindo abertamente. Ele, além disso, é bonito, cabelo castanho com um corte curto elegante, queixo quadrado coberto por uma barba escura por fazer. Um favorito automático.

Ele tira os óculos escuros – prova definitiva de que é um Sextus; ninguém de nível inferior tem permissão de usá-los – e os entrega para Ellanher. Sua confiança vacila quando ele me vê, só por um segundo. Então seu sorriso volta. Desta vez, porém, ele é mais duro. Não está satisfeito.

Eu retribuo o sorriso.

Idonia já saiu apressada dali. Ellanher desliza até a frente do palco, ergue as mãos e olha para as fileiras de trás do anfiteatro como se pudesse ver cada pessoa sentada nas sombras. Ela mantém essa pose. Os sussurros param, os murmúrios se calam. É como se todo o prédio estivesse prendendo a respiração. Todo mundo está focando nela.

Sangue troveja em meus ouvidos quando me viro e encaro o Sextus, ficando na ponta dos pés, me preparando. Não há apresentações, nenhum nome. Não aqui.

Finalmente, satisfeita por a tensão estar no auge, Ellanher baixa os braços outra vez. Ela sai delicadamente do palco quando sua voz soa, um punhal no silêncio ansioso.

– Comecem.

III

OS GRITOS DA MULTIDÃO SÃO COMO UMA ONDA ATINGINDO O palco, desabando da escuridão ao redor.

Animação me atravessa com o som. Eles são únicos, aqueles momentos eternos antes que uma luta realmente comece. O sangue está martelando. Luto para manter a respiração constante. Não tenho certeza se é empolgação ou medo que está ressaltando cada sensação, fazendo minha pele formigar e as mãos se retorcerem em antecipação. Cada segundo parece se estender, cada detalhe do palco e de meu adversário parece mais iluminado, *mais claro*. Há rachaduras finas no chão de pedra branca esmaecida sob meus pés, várias áreas cobertas de manchas vermelhas frescas. O peso quente do ar de uma noite de corpos apertados juntos. A maneira como os lábios do Sextus se curvam de forma quase imperceptível quando ele caminha à frente, os olhos verdes escurecendo e brilhando sob a luz das tochas dispostas em torno do palco.

Ellanher me perguntou por que eu faço isso. Digo a mim mesmo que é pelo dinheiro, pelo treino. Pela sobrevivência. E nada disso é mentira, mas quando os grilhões em minha mente caem, reconheço que há outra verdade por baixo de tudo.

Este é o único lugar no mundo onde eu não tenho de fingir ser amigável. Nem obtuso. Nem servil. Nem enfadado.

Este é o único lugar onde não preciso me conter.

Eu ligo meu relógio mental. *Cinco segundos*.

O palco é grande, um semicírculo com uns quinze metros de raio. Os limites da contenda são determinados pelas tochas ao redor; se um de nós dois passar por elas, a luta termina. Claro, fazer isso cedo demais não apenas destruiria a carreira de alguém por aqui. Ellanher deixou claro antes mesmo de minha primeira luta que, por mais ferimentos que um lutador possa evitar ao fazer isso, eles podem ser aplicados em dobro contra ele no fim da noite.

Eu sigo até o centro do palco, em ângulo oblíquo ao caminho de Sextus. Ele está se movimentando com determinação, mas sem se apressar. Por um momento me ocorre que ele deve estar extremamente consciente do empenho para parecer que não está se esforçando; qualquer outra coisa seria embaraçosa para ele. Isso é bom. Significa que ele está mais propenso a se fazer de entediado que a se esforçar para me perseguir durante esse primeiro minuto vital.

Eu recuo quando ele se aproxima, e começo a andar em círculos, ficando fora de alcance. Ele me segue, ainda no mesmo ritmo deliberado. *Quinze segundos.*

O primeiro grito de zombaria se ergue do público, rapidamente imitado por outras pessoas. Provocando a mim. Provocando a ele. O ritmo do Sextus de repente se acelera. Eu acompanho, gerando mais desprezo. Não me importo. Vou dar alguns socos e arriscar atingi-lo só quando for inteligente, não importa como eu fique parecendo.

Vinte e cinco segundos. Escuto muitas piadas indecentes sobre o Sextus estar gostando demais da perseguição. Risos. Tem algo sombrio na expressão do outro homem, agora, além da noite em seus olhos. Eles o estão atingindo. Normalmente eu gostaria disso, mas mais raiva significa menos misericórdia. Faço uma finta para a frente, como se fosse atacar. Faço o homem atlético se deter, cauteloso. Eu torno a circundá-lo. *Trinta segundos.* Mal consigo acreditar em minha sorte até agora. Nenhuma luta.

O Sextus permanece parado desesperadamente no centro do palco. Eu me detenho também, sem nunca tirar os olhos dele.

– Octavus! – troveja sua voz, forte e mais alta do que deveria, cortando com facilidade através das zombarias. Não sou tecnicamente um Octavus, pois nunca cedi, mas nem ele nem mais ninguém sabe disso. – Estamos mesmo fazendo isso? Diante de todo mundo?

Ele está tentando colocar o ônus de lutar acima do meu orgulho. Inteligente, entretanto é uma completa falta de compreensão de seu adversário.

Eu não respondo. Não me mexo. *Trinta e cinco segundos.*

Ele dá um passo à frente, e eu recuo. Ele, desta vez, fica abertamente de cara feia.

– Eu teria pensado duas vezes em vir até aqui se soubesse que meu adversário era tão covarde!

– Diz o Sextus grande e corajoso enfrentando o Octavus – grito em resposta, para risos esparsos de aprovação vindos da escuridão.

Eu me contenho assim que as palavras saem de minha boca. Louco para responder. Talvez não seja um mal-entendido *completo* por parte do Sextus, afinal de contas.

E ele vê isso.

– Ellanher me falou de você. – A voz dele ainda está alta, mas menos que antes, e eu duvido que alcance além do palco. – Ela disse que você é um órfão. – Há uma feiura no jeito que as palavras caem, e algo no fundo de meu peito muda, se tensiona em resposta. Preparação para um tipo diferente de ataque.

Ele avança, eu recuo. *Quarenta e cinco segundos.*

– Mas você é velho para um órfão, não é? Então, por algum motivo, ninguém quer você. – Avanço, recuo. Ele me mostra dentes perfeitos. Seus olhos estão mortos e frios. – Começando pelos seus pais, imagino. Você chegou a conhecê-los? Você se lembra de quando eles o abandonaram, Solum, ou sempre se perguntou por que eles fizeram isso? – Avanço, recuo. – Foram eles que chicotearam você? Ou apenas o entregaram para as pessoas que fizeram isso?

Tento bloquear suas palavras, mas é difícil me concentrar nele e ignorá-las. Ele está errado, é claro. Completamente equivocado em seus palpites Mas minha respiração está entrecortada demais, por algum motivo. Mais um rosnado. E eu perdi a conta do tempo. Será que já tem um minuto? Sinto um calor às minhas costas. Uma tocha. Estou perto demais do limite. Cercado.

– Aposto que eles não valiam nada mesmo – diz o Sextus enquanto se aproxima.

Tudo fica frio. Afiado. Não aqui. Não aqui, no único lugar em que não tenho de pensar neles.

Eu avanço.

Ao longe, o público grita.

O Sextus está presunçoso quando nos encontramos. Ele lança o primeiro soco, mas é um soco óbvio, e deixo que ele passe por cima de meu ombro esquerdo, me aproximando e atacando rapidamente suas costelas antes de me afastar depressa outra vez. Não estou mais fugindo, mas mesmo através do véu vermelho da fúria, sei que não devo chegar perto o bastante para ser agarrado.

Foi um golpe forte – não chego nem perto de ser tão pesado quanto os Octavii que lutam aqui, mas *sou* rápido –, e o Sextus dá um passo para trás, com o sorriso malicioso substituído por uma careta. Mas é breve. Surpresa, mais que dor. Eu poderia ter quebrado uma costela se recebesse um soco como aquele. Um Septimus iria pelo menos ganhar um hematoma. Mas o Sextus? Sua Vontade provavelmente faz com que isso pareça mais como se eu tivesse lhe dado um empurrão forte.

– Um pouco sensível, Solum? – escarnece ele, tornando a avançar em minha direção

Eu rosno e soco primeiro, desta vez, mas ele está pronto para isso e se esquiva com mais velocidade e graça do que eu poderia antecipar. Não lhe falta habilidade, como eu esperava. Vou além de meus limites e tento desviar do cotovelo que vejo chegando pelo canto do olho.

O golpe, no fim, é de raspão, mais braço que cotovelo. Mal fazendo contato com meu ombro esquerdo.

Meu rosto arde quando desliza pela pedra fria. Estou cego. Sem ar, tossindo convulsivamente. Ouço vivas abafados e retorcidos em meus ouvidos. Eu engasgo em seco, a visão e a consciência voltam o suficiente para eu rolar para longe do Sextus, que se ergue sobre mim. Sem ao menos olhar em minha direção, percebo. Ele está de costas para mim. Está acenando quase desinteressadamente para a adulação da escuridão.

Ele me esfolou. Parece que o prédio caiu em cima da minha cabeça.

Meu ombro esquerdo está em agonia, por isso levo a mão direita ao rosto. Ela se afasta grudenta e vermelha. Eu me aprumo e me levanto, amargamente grato pela arrogância do Sextus quando minha mente se desanuvia. Deve ter sido mais de um minuto. Minha recompensa, sem mencionar a sobrevivência, me aguarda. Eu só preciso sair do palco antes que ele se vire.

Mas alguma coisa ainda fervilha, e está calculando minhas chances.

Eu sei, tanto academicamente como pela experiência de enfrentar Septimii, que mesmo um golpe que parece não fazer nada ainda é um golpe. Para um Septimus, um golpe tem de atingir o mesmo lugar pelo menos duas vezes antes que comece a fazer todo o seu efeito. Para um Sextus, isso deve se traduzir em pelo menos sete ou oito vezes.

Então, as probabilidades são terríveis. Mas o idiota está de costas para mim.

Uma voz no canto da minha mente está gritando para que eu seja inteligente. Porém, soa muito distante.

Eu me lanço para a frente.

Talvez o Sextus ache que eu estou caído, acabado. Ou ache que vou lutar com honra e esperar que ele fique de frente para mim novamente antes de atacar. Ou, talvez, seja só inexperiência. Qualquer que seja a razão, ele não responde rápido o suficiente ao alerta crescente da multidão.

Eu grito quando ponho toda a minha força e impulso no gancho, mirando o lado de seu maxilar, o ponto que sei que derrubaria qualquer pessoa normal. Ele percebe que há algo errado no último segundo, mas ainda faço um contato quase perfeito.

Sinto um tremor percorrer meu braço com o impacto, e o Sextus dá um gemido enquanto cambaleia.

Os gritos entusiasmados da plateia emudecem, substituídos pelo som de cem pessoas ofegando em uníssono. Eu não presto nenhuma atenção. Mesmo com uma fração de sua verdadeira força, o posicionamento e o poder daquele soco tinham feito uma diferença. O Sextus está atônito. Cambaleante.

Eu estou em cima dele, batendo outra vez com o punho direito, errando o mesmo ponto em seu queixo, mas atingindo a face. Não tenho tempo para pensar. Golpeio outra vez, agora sendo parcialmente bloqueado. Ele está tonto. Mas se recupera o bastante para me xingar furiosamente; o calor desce por meu ombro machucado, mas é uma injeção de pânico, sem veneno por trás, e eu desta vez estou preparado. Já mergulhei fundo demais mesmo para me importar com a dor.

É uma fúria fria e desconexa que me impulsiona agora, uma fúria que desanuvia minha cabeça, desacelera o tempo e me foca. Eu finto e acerto um soco forte na clavícula do Sextus, em seguida mais um. Eu a sinto ceder no terceiro. Ele está respirando com dificuldade. Os olhos pretos e arregalados. Esforçando-se para compreender. Eu o surpreendo me aproximando e dando uma joelhada selvagem em sua virilha – uma estratégia eficaz, não importa quanta Vontade esteja amortecendo o golpe, descobri –, depois recuo e dou sequência com um poderoso golpe em seu queixo quando ele se dobra para a frente.

Ele cai.

Eu não paro. Não lhe dou nenhuma chance. Eu chuto para o lado seu braço de defesa e caio em cima dele. Acerto seu rosto com o punho. Vejo sangue, e não é meu.

– Você quer saber sobre meus pais, Sextus? – Eu estou gritando. Mal sei o que estou dizendo. Eu monto em cima dele e soco outra vez, no mesmo lugar. – Quer saber sobre minha família? – De novo. – Você quer saber por que eu tenho essas malditas cicatrizes nas costas? – As palavras saem entrecortadas. A voz de um estranho.

Ele não está respondendo. Não está mais revidando.

Mãos fortes me agarram pelas axilas e me tiram de cima dele. Eu me debato até perceber que não adianta resistir; então a raiva se esvai abruptamente, me deixando sem nada além de dor e cansaço. Minha visão está turva. Pelo golpe em minha cabeça? As lágrimas? O sangue? Não sei. O Sextus está imóvel no chão. A pedra perto de sua cabeça está molhada de vermelho.

Ellanher está dizendo alguma coisa, mas as palavras não passam de um zumbido estranho. Agora minha ira está morta. Acho que os golpes do Sextus estão cobrando seu preço. Uma capa é jogada sobre meus ombros. O tom de Ellanher é de preocupação coberta de calma. Ela está falando devagar, como uma pessoa falaria com uma criança. Ainda não consigo entendê-la.

Eu deixo que ela me ajude a sair do palco. Não há aplausos nem vivas. Apenas murmúrios atônitos vindos da escuridão ao redor

Enquanto nos afastamos, solto um riso amargo e cansado quando percebo uma coisa. Eu ganhei a luta. O que significa que acabei de perder minha aposta.

Eu não vou ganhar praticamente nada esta noite.

IV

ACORRENTE SUA RAIVA NO ESCURO, COSTUMAVA DIZER MINHA mãe, e ela só vai crescer.

Quando era mais jovem, nunca entendi o que ela queria dizer. Como eu entenderia? Eu era um príncipe de Suus. Eu tinha conforto, segurança, tutores, criados e família. Eu era amado. Minha ira era por ser forçado a ter aulas chatas, por negligências imaginadas e pela injustiça de restrições parentais totalmente justas. Uma raiva pequena, que desaparecia quase tão rápido quanto era expressa.

Quando a Hierarquia chegou, porém. Quando eles tomaram tudo isso. Quando precisei aprender a me esconder em meio a eles todos os dias. Quando tive de sorrir e assentir e me envolver em conversas com pessoas cujas fraquezas tinham permitido que os catenanos se tornassem poderosos. Quando tive de engolir a fúria em todas as respostas e fingi concordar com suas desculpas por sua escravidão, minha escravidão, apenas para sobreviver.

Então eu entendi.

Embora até esta noite eu achasse que minhas correntes fossem fortes o bastante para isso não importar.

Eu odeio isso, mas não consigo evitar me perguntar o que minha mãe pensaria de mim neste momento.

As vaias diminuem, chovendo sobre mim enquanto estou parado sozinho de volta no centro do palco, respingado de sangue. Eu mantenho os olhos no chão, sem permitir que ninguém veja meu desafio. Ellanher acabou de dizer a todos eles que eu trapaceei. Que admiti ter comprado a Vontade de um Totius Septimus, um Septimus que não cede para mais ninguém, por uma noite. Ela contou com perfeição a mentira criada apressadamente, com uma mortificação sincera ao se dirigir a seus clientes. Fez até um pedido triplo de desculpas, pelo costume catenano que prevenia a retaliação se aceito. O público permaneceu mal-humorado diante de seu primeiro apelo por perdão. Na terceira súplica passional, ela os havia conquistado.

Claro, o anúncio subsequente de meu banimento ajudou. Assim como a garantia de pagamento de qualquer aposta ganhadora em minha luta desta noite e da devolução integral de todas as outras.

Apesar de minha frustração fervilhante, não consigo evitar pensar no quanto Gaufrid vai odiar essa última parte.

Meus punhos se fecham contra a fúria da multidão. Os dentes cerrados, a respiração entrecortada. Eu compactuei com essa farsa só porque Ellanher me assegurou que coisas muito piores que uma dor no ombro e um ego ferido me esperavam se eu não concordasse. Assim, nossos destinos podiam se separar, como ela diz, "amigavelmente". Se não houve qualquer inversão da ordem natural aqui, então não vai haver escrutínio extra por parte da Hierarquia, e nós dois sabemos que eu não posso exatamente procurar as autoridades por nada disso.

Em pouco tempo, as reclamações diminuem. Resmungos se transformam em conversa branda. Todo mundo aqui viu um Sextus apanhar, mesmo que por meio de trapaça. Era um escândalo sobre o qual poderiam falar por semanas, e nenhum dinheiro foi perdido. Dito isso, eles tiveram uma boa noite.

– Isso vai ser suficiente, meu garoto.

Ellanher está na beira do palco, esperando que eu comece a andar. Nós deixamos para trás o barulho alto das fofocas já começadas entre a multidão que ia embora.

O caminho de volta até o escritório dela parece longo demais. Nossos passos ecoam.

– Quanto às suas costas...

– Não – rosno a palavra. Eu esperava a pergunta desde a luta, vi os olhares de Ellanher enquanto ela enfaixava meu ombro antes que voltássemos para fora.

Ela sabe que não lhe resta mais muita coisa com o que barganhar.

– É claro, querido – diz, com delicadeza.

Há outro silêncio enquanto caminhamos pelos corredores vazios. Ela acaba dando um suspiro. Mais arrependimento que raiva dentro dela.

– Sempre pode retornar para o Victorum. Ouvi dizer que eles sentem sua falta por lá.

Eu escarneço. A liga Victorum de Letens foi onde Ellanher me encontrou e me abordou pela primeira vez para participar dessas noites. É a prima com menos consequências das grandes disputas de gladiadores de Catena: batalhas feitas de forma voluntária e, mais importante, sem a sombra de ser entregue a um Sapador se você perder três vezes.

Ainda é um trabalho perigoso, apesar do aço sem gume que usávamos – e pior, comparativamente inútil. É uma atividade patrocinada pela Hierarquia. A matrona teria de aprovar oficialmente meu envolvimento outra vez, o que quer dizer que eu não poderia nem ficar com o dinheiro que ganhasse.

– Você era bom, meu garoto – insiste Ellanher ao chegarmos a seu escritório. Ela parece mesmo decepcionada por eu estar de partida. Sinceramente tentando me encorajar. Embora ela também seja uma boa atriz. – E a tentação de matar seus adversários seria menor.

– Eu não estava tentando matá-lo.

Depois da luta, eu não vi o Sextus, cujos ferimentos com certeza estão sendo tratados em algum lugar próximo. Um nariz quebrado e ensanguentado. Hematomas. Uma dor de cabeça. Apesar de minha fúria, não vai ficar nada pior que isso. Ele vai saber através de outras pessoas o que foi dito lá, e vai dizer a si mesmo que foi por isso que perdeu a luta. Que esse era o único jeito pelo qual ele poderia ter perdido.

Ela abre a porta.

– Você pode esperar aqui até que os… nossos clientes menos satisfeitos saiam. Se quiser.

Fico tentado a recusar, mas não estou em condições de lidar com um confronto com espectadores descontentes. Eu entro e relaxo em uma das cadeiras.

Ellanher permanece no corredor, com a mão na porta.

– E, Vis? Eu tinha razão. Vi seu rosto quando você estava batendo nele, querido.

Ela dá um sorriso triste e me deixa sozinho.

Fico sentado por algum tempo, lutando para controlar minhas frustrações de coração pesado. Meu ombro lateja devido ao esfolamento. Foi uma noite horrível.

Uns quarenta minutos depois escuto uma batida curta. Eu permaneço em silêncio, calculando que quem quer que seja vai estar à procura de Ellanher.

– Vis? Eu sei que você está aí dentro.

É Gaufrid. Eu olho fixamente para a porta, tentando decidir se o homem está com raiva suficiente de mim para ter trazido ajuda.

Provavelmente não?

Eu a destranco e a entreabro. Gaufrid escuta e se vira de onde já tinha começado a ir embora, o traje verde ainda mais extravagante quando cercado pelo corredor sem graça. Ele parece cansado em vez de furioso. E está sozinho.

– Entre. – Eu abro a porta um pouco mais. – Mas já vou embora.

– Eu sei. Isso não vai demorar muito. – Gaufrid se junta a mim no escritório de Ellanher, mas fica parado desajeitadamente perto da porta, sem fechá-la, sacudindo a cabeça quando aponto uma cadeira. Em vez disso, ele leva a mão ao bolso e abruptamente se inclina para a frente, segurando meu pulso com uma das mãos e, com a outra, colocando algo frio e pontudo na palma da minha mão.

Quatro triângulos de prata.

– Apenas devolvendo sua aposta – diz ele, asperamente.

Enquanto eu examino o metal em minha mão, intrigado, ele se movimenta para ir embora.

– Por quê?

Eu estou confuso. Grato, mas não consigo evitar uma desconfiança de que, ao mesmo tempo, Gaufrid deve saber que nunca mais vai me ver. E eu sou responsável por ele ter perdido *muito* dinheiro esta noite.

O homem em vias de ficar calvo faz uma pausa.

– Dois minutos e 37 segundos.

Eu olho para ele, intrigado.

– Esse foi o tempo que sua luta durou. E então você *ganhou*. Ver um Octavus bater em um Sextus? Isso foi muito bom. *Muito bom*. – Ele mantém a voz baixa. Com medo de ser ouvido, mas enfático, determinado a dizer as palavras de qualquer jeito. – E eu não ligo para o que Ellanher diz. Você não trapaceou.

Ele vai embora e torna a fechar a porta. Sem dizer adeus. Nem mesmo um aceno de cabeça.

Mas estou de pé, um pouco mais aprumado. Sorrindo, apesar de tudo, enquanto deixo que as quatro moedas tilintem em minha mão e depois as coloco no bolso junto com suas irmãs.

Mais meia hora se passa antes que eu considere ser seguro ir embora. Ninguém me nota quando saio para a escuridão matinal de Letens. O vento diminuiu, mas o frio é mais que suficiente para me arrancar da ameaça de sono.

Eu fico ali parado por um longo segundo, melancólico a contragosto. Esses últimos seis meses me deram um tipo estranho de estabilidade. O que resta dela está, agora, praticamente acabado.

Tem só mais uma coisa que ainda preciso fazer esta noite.

Volto para o orfanato algumas horas depois, quando o céu sem nuvens começa a revelar seu azul forte.

Estou me sentindo melhor quando me aproximo, embora ainda dolorido. Meu desvio até a Bibliotheca de Letens foi um sucesso, o livro de viagem que eu roubei está preso às minhas costas por baixo das ataduras, que ganharam nova utilidade. Ele é cheio de mapas e descrições do arquipélago de ilhas desabitadas a cerca de três semanas de viagem para o leste. Uma opção ruim, uma opção desesperada. Mas, depois desta noite, posso não ter a oportunidade de achar algo melhor.

Uso minha chave para destrancar a porta e entro. Já reapertei as ataduras e guardei em minhas botas o que restou dos ganhos da noite no Teatro; então, quando um movimento me recebe antes que possa sequer me dirigir à escada para meu quarto, estou pronto.

– Vis. – A matrona Atrox se levanta suavemente de sua cadeira. A Septimus encarregada do orfanato é uma mulher magra, com cabelo louro na altura do ombro e traços delicados. Na casa dos quarenta, pelo que calculo, embora possa passar por mais jovem. E pode ser bem atraente, para quem não tiver a desvantagem de conhecê-la.

Eu demonstro relutância ao pegar um triângulo de prata e cinco de bronze do bolso e oferecê-los a ela.

– Por todo o seu trabalho duro, matrona.

O sorriso dela fenece em algo frio e duro, e muito mais familiar para mim.

– Cuidado. Seu trabalho na prisão depende de mim. Há sempre... *outras* maneiras possíveis de encarregar um garoto como você de alguma tarefa para ganhar a vida. – Pelo jeito lascivo como ela fala isso, não há dúvida do que quer dizer.

Eu ignoro a ameaça; faz muito tempo que ela perdeu a força após seu uso repetido. A mulher odiosa franze o cenho diante de minha falta de resposta, então pega o metal de minha mão.

– Eu preciso de sua ajuda assim que soar o sino do meio da manhã – diz ela enquanto confere a quantia. Ela assinou o contrato para eu trabalhar na prisão de Letens. Sabe quanto eu devo receber, até a menor moeda.

Tento não demonstrar quanta dor sua declaração simples provoca em mim. Faltam poucas horas para o meio da manhã, e meu ombro latejante aumenta em dez vezes minha necessidade de descanso.

– Por quê?

– Chegou um mensageiro pouco antes de você. Vem aqui um adotante potencial que deve chegar ao meio-dia. As crianças vão ficar empolgadas, e preciso de sua ajuda para prepará-las.

– Está muito em cima. E é uma hora estranha para ser avisado. – Estou percebendo uma sensação estranha de entusiasmo vinda da matrona Atrox. Ela geralmente considera adoções como tarefas difíceis de suportar.

– A recomendação veio do próprio Procônsul Manius. E o adotante é um Quintus. – Ela espera e assente quando vê minha reação. Quintus são homens importantes na hierarquia, muito mais do que normalmente recebemos. Na verdade, estou aqui há um ano e meio, e apenas uma vez um Sextus adotou alguém. – É vital que tudo hoje ocorra sem percalços, Vis.

É uma afirmação e uma ameaça. Uma afirmação porque, se um Quintus adotar alguém sob seus cuidados, vai aumentar consideravelmente o capital da matrona Atrox. Isso poderia levar a mais fundos da Religião, talvez até a uma promoção para Sextus por seu progresso.

E uma ameaça porque minha presença teria um reflexo ruim sobre ela. Um jovem de quase dezessete anos que ainda se recusa a visitar as Aurora Columnae?

As cicatrizes profundas em minhas costas refletem exatamente o quanto isso é desconfortável para ela.

– Vou me manter longe.

Eu não sou mesmo entrevistado há meses – não desde que a matrona desistiu de se livrar de mim ou me repassar a alguém pela minha Vontade, e resolveu me botar para trabalhar de outras maneiras. O que envolve fazer a maior parte de suas tarefas durante o dia.

Agora que superou a frustração de não conseguir acabar comigo, acho que ela gosta do novo arranjo.

– Bom garoto. – A matrona alisa a saia branca ao ficar de pé. Não tenho certeza da hora em que acorda de manhã, mas ela está sempre impecavelmente vestida e arrumada. Nunca tem um fio de cabelo fora do lugar. – Vou mandar que Wermes venha acordá-lo.

Ela sai andando na direção da cozinha, sem olhar mais para mim.

Aguardo ela ir embora antes de me mexer. Como esperado, a esfoladura recente em meu rosto não provocou comentários – ela supõe, e eu sempre fiz com que parecesse isso, que sou maltratado na prisão –, mas se ela perceber meu ombro, então vai querer garantir que estou em forma para trabalhar. E, no momento, um exame levaria à descoberta do livro de viagem.

Quando tenho certeza de que ela desapareceu, cada músculo geme enquanto subo a escada e sigo o corredor comprido até meu quarto. Ele fica no final. Pequeno. Espaço para um colchão de solteiro no chão e pouca coisa mais.

Mas é todo meu. As cerca de vinte crianças aqui têm mais espaço, mas dormem duas ou três em cada quarto. Eu fui transferido para cá quando comecei a trabalhar fora do orfanato, para não incomodar ninguém com meu horário incomum.

Isso é bom para mim. Desde o início consegui soltar um painel na parede sem causar nenhum dano visível, e a cavidade por trás tem espaço o bastante para esconder as moedas extras que tenho ganhado. Eu deposito as poucas que restaram desta noite, então desenrolo lenta e rigidamente minha atadura e adiciono ali o livro. Ele quase não cabe, levando-se em conta que o nicho não é especialmente grande, mas, depois de fazer manobras carinhosas, consigo botá-lo ali dentro e recolocar o painel convincentemente no lugar.

Apesar da exaustão, levo um tempo tornando a enfaixar o ombro da melhor maneira possível. É um processo desajeitado. Doloroso. Com certeza não tão eficaz quanto o trabalho de Ellanher. Não vou conseguir esconder a lesão de manhã, então, em vez disso, vou ter de convencer a matrona Atrox a cobri-la melhor, depois que eu descobrir como explicar sua existência.

Por enquanto, porém, só preciso dormir.

V

– ACORDE, REX, SEU PREGUIÇOSO.

Dor ricocheteia através de meu ombro quando sou cutucado com força. Eu dou um grunhido ao abrir os olhos e vejo o garoto de quinze anos de aparência presunçosa que assoma sobre meu colchão.

– Wermes. – Eu pronuncio seu nome como se fosse um xingamento dito de maneira exaurida, o que é exatamente minha intenção. – Estou acordado.

– Não parece. – O garoto de cabelo louro me cutuca outra vez com sua bota e se afasta com um sorriso maroto quando fico irritado e me sento. Seu grande tamanho é em grande parte músculo, e ele é alto para a idade. Ainda é menor que eu, mas ele sabe que minha posição aqui é delicada demais para que eu reaja com violência. – A matrona disse que tem uma adoção acontecendo hoje e você precisa arrumar todo mundo.

Eu fecho os olhos. Deixo que minha irritação se acalme quando a conversa com a matrona mais cedo me volta à mente. As cortinas na janela que dá para o norte já foram abertas, e o sol que entra enviesado toca meus pés.

– Que horas são?

– O sino tocou há dez minutos.

Eu massageio o ombro. Ele enrijeceu durante a noite, mas está doendo menos.

– Estou acordado – repito, desta vez com mais firmeza. Longe de uma boa quantidade de sono, mas o suficiente para funcionar. – Diga a ela que já vou descer.

– Diga você. Eu quero me arrumar.

Wermes vai embora antes que eu possa responder.

Eu me levanto e vou até o banheiro, onde jogo água no rosto e uso o espelho para alisar meu cabelo castanho que não para de crescer. Até o orfanato, eu o raspava no estilo aquiriano – fazendo todo o possível para mudar minha aparência de acordo com minha história –, mas a única navalha autorizada aqui é a da matrona Atrox. E eu não vou deixar que essa mulher toque meu cabelo.

Isso provavelmente não importa. Mesmo com as mechas grossas voltando a crescer, eu mal reconheço mais o rosto duro e encovado que vejo.

Eu sigo lá para baixo, parando primeiro na cozinha para pegar alguma sobra. Escuto conversas animadas de algumas meninas na sala ao lado enquanto eu arranco pedaços de um pão parcialmente comido. Uma adoção em potencial sempre gera empolgação – é difícil ter cartas de recomendação para a maioria das pessoas –, mas hoje quase posso sentir o gosto de antecipação no ar. Um Quintus. Se alguém aqui tiver sorte o bastante para ser escolhido, vai partir para uma vida de conforto.

Levo alguns momentos para comer e então saio para o salão principal. É o maior aposento da casa, e a maioria das crianças menores já deve estar brincando por ali.

Algumas das maiores me seguem, sabendo por que estou ali. Eu digo a elas para avisarem aos outros que é hora de se arrumar; elas obedecem, mesmo me chamando de Rex em resposta. Isso significa rei. Um xingamento na República e uma zombaria de minha recusa em ir para as Aurora Columnae, sem mencionar minha fachada frágil de autoridade aqui.

Eu ignoro o nome. Acerta desconfortavelmente perto do alvo, mas elas são crianças, e reagir só vai piorar as coisas. Nem amizade nem razão funcionam muito com elas. Então, na maioria dos dias, faço o possível para ver isso apenas como honorífico. Um lembrete de que eu resisto, quando tão poucos conseguem.

Isso nem sempre funciona.

Em pouco tempo, todo mundo está reunido no salão principal. As paredes de pedra sem ornamentos são estéreis e sem personalidade. A maioria das crianças se sentou às mesas compridas de jantar no centro. Como sempre, é fácil identificar para quais delas chegou a hora de ceder para a matrona Atrox. São quietas, menos obviamente entusiasmadas. A pele levemente pálida. Olhares distantes e piscadas lentas enquanto esperam, especialmente as mais jovens. Pelo menos, elas vão ter um breve alívio hoje; a matrona vai devolver sua Vontade temporariamente para que, em vez disso, elas possam ceder na entrevista.

Dos vinte e poucos ocupantes dos quartos, mais da metade tem entre sete e dez anos. Depois de mim, Wermes é o mais velho, com quinze anos, seguido por Brixia e Jejun, com quatorze, e um grupo muito unido de cinco que têm todos em torno de doze. A presença dos mais velhos normalmente significa muita zombaria, piadas e conversas paralelas dirigidas a mim, mas hoje isso é mantido em um mínimo. Todo mundo está concentrado em se arrumar.

– Não sei por que você se dá ao trabalho. – Wermes dá um sorriso malicioso enquanto arrumo as crianças em fila e começo a ajeitar cabelos e a alisar roupas. – Um Quintus vai querer quem quer que possa ceder mais aqui, e esse sou eu.

– Vamos só torcer para que ele não ligue para a personalidade – murmuro, sem me deter.

Escuto alguns risos contidos vindos dos outros, mas o olhar de Wermes em torno da sala interrompe qualquer alegria.

– Não é como se você precisasse se preocupar com o que eles querem, *Rex*.

Tenho quase certeza de que ele é um valentão com muitas das crianças quando não estou por perto. Gostaria que elas confirmassem isso para mim, para que alguma coisa pudesse ser feita, mas sou muito um pária para ter sua confiança.

Qualquer resposta que eu poderia ter dado é calada pelo surgimento da matrona Atrox, que entra na sala e regala as crianças com um sorriso beatífico. Quase todas retribuem, até Wermes. Elas adoram a matrona. E por que não adorariam? Ela as trata com paciência e respeito. Ela as alimenta, as veste e lhes dá esperança de conseguir uma família. E tudo o que elas precisam fazer é ceder para ela com regularidade, e também, de vez em quando, para estranhos, por um ou dois dias.

Eu já pensei em contar a elas a verdade. Que a maioria desses estranhos não são adotantes em potencial, mas, em vez disso, Octavii tão desesperados para obter uma vantagem temporária que pagam regiamente à matrona pela Vontade extra. Se alguma criança se recusava a ceder, Atrox quase a matava de tanto apanhar. Mas eu não conto isso. Mesmo que eu pudesse convencê-las, não tenho certeza de qual seria a finalidade disso.

– Minhas meninas e meus meninos! Vocês estão todos maravilhosos.

– A matrona Atrox está radiante, seu leve reconhecimento indicando que realizei um trabalho adequado. – Estão animados?

Escuto um coral de respostas altas e confusas, todas variações de um "sim" entusiasmado.

– Bem, vocês não vão ter de esperar por muito mais tempo. Nosso convidado acabou de chegar! – Seus olhos tornam a se dirigir para mim.

Eu entendo a deixa e vou embora.

A maioria das minhas tarefas para hoje são trabalhos no pátio, mas entrevistas podem levar a tarde inteira, então saio do salão pela cozinha. A enorme despensa está sempre bem abastecida, e passo um minuto escolhendo algo.

O som abafado de vozes jovens e ávidas que se ergue em uma saudação chega filtrado do salão. Com uma maçã e dois doces na mão, eu paro. Não estou assombrado como os outros, mas também nunca vi um Quintus de perto.

Ponho minha comida em cima do banco e abro um pouco a porta para o salão.

Todo mundo está de costas para mim, em um círculo em torno do recém-chegado, de modo que posso dar uma boa olhada nele. Eu então fico na ponta dos pés.

E congelo.

É apenas um vislumbre – a impressão de um rosto –, mas tenho certeza.

É o homem da prisão da noite passada. Hospius.

Fecho a porta com a maior delicadeza possível e fujo para o pátio, esquecendo a comida. Ele *me viu* tocar o Sapador. Tem de ser isso.

Só consigo respirar com calma outra vez quando há luz do sol em meu rosto e estou escondido pelas plantas dos grandes jardins do orfanato, sem que tenham percebido minha fuga. Estou ansioso, mas sei como conter o pânico. Muitos anos de mentiras, de vezes em que passou perto. Isso não é diferente. Fique calmo. Pense no problema. Precipitação pode facilmente piorar uma situação ruim.

Relembro nossa conversa da noite da véspera, a linha de tempo dos acontecimentos. Eu disse a ele que era órfão, mas há uma dúzia de orfanatos em Letens. Será que ele tinha mandado mensageiros a todos eles, e essa era simplesmente sua primeira, ou talvez a segunda parada? Isso parece provável.

Ele está tentando ser sutil em relação a me encontrar ou teria simplesmente entrado e perguntado por mim pelo nome. E, antes que eu voltasse para o orfanato, a matrona sabia que ele viria. Ele não me seguiu até aqui.

A matrona não vai mencionar minha existência. Duvido que qualquer criança vá fazer isso.

Se eu ficar aqui, se ficar quieto, ele vai simplesmente seguir para o próximo.

Começo a trabalhar podando e arrancando ervas daninhas, me contorcendo com cada ruído baixo que vem da direção da casa. Por mais que seja trabalho meditativo, eu não faço muita coisa. Quanto mais penso, mais estranha a situação se torna. Na noite passada, esse homem tinha documentos indicando que era um Sextus. Será que está aqui acompanhando o Quintus ou está se passando por um? Ou mentiu na noite passada? E se ele me viu tocar o Sapador, por que não me deteve, no ato? Por que deixar a busca por mim para depois?

Algo não está certo, mas não consigo ver o quê. E isso me deixa nervoso.

O barulho de gravetos se quebrando sob passos, apenas meia hora depois, exacerba a sensação.

– Estão precisando de você, Rex. – É Brixia, olhando com raiva para mim e sem fôlego depois de sua busca.

– Para quê?

– Não sei. – Ela olha para mim com olhos brilhantes pequenos demais para seu rosto gorducho. – Mas a matrona não parecia feliz.

Penso nisso. Se eu fugir, agora mesmo – se conseguir dominar Brixia rapidamente e em silêncio, pegar minhas coisas escondidas no quarto e for embora antes que qualquer outra pessoa venha me procurar... então todas as razões por que não fiz isso muito tempo atrás vão entrar em ação. Eu sou registrado pelo censo da Hierarquia; é o preço que pago por chegar cambaleante e faminto no orfanato um ano e meio atrás. Eles têm minha idade, nome, descrição. Mesmo que duas dessas coisas sejam inventadas, o problema é apenas o fato de estar listado.

Porque, assim que eu tentar fugir do que é visto como meu lugar no sistema, vou ser um proscrito. Vão oferecer publicamente um prêmio para qualquer um que consiga me capturar e entregar. A Hierarquia distribui essas listas com uma eficiência aterrorizante. Em menos de um dia, não vai haver um lugar habitado que não seja perigoso para mim.

E se a matrona Atrox, agora sem o motivador da ganância, revelar também minha recusa de ceder Vontade? Ou pior: se Hospius mencionar o que viu? A recompensa por mim vai aumentar, e, se eu for apanhado, há grande chance de que eu seja confinado até fazer dezoito anos. Destinado a um Sapador, a menos que desista de minha resistência às Aurora Columnae.

Eu cerro a mão, então deixo que meus dedos se afrouxem novamente. Não estou pronto. Não tenho dinheiro suficiente, um plano sólido, uma orientação.

– Estou indo.

Nós voltamos para a casa, Brixia parece emburrada. Escuto conversas baixas e confusas, que se calam quando entro no salão, substituídas por olhares raivosos em minha direção. Todos acham que, de algum modo, eu os estou sabotando.

A matrona Atrox se levanta, parando de consolar um dos meninos mais novos, Lacrimo, cuja entrevista nitidamente não correu muito bem. Os olhos dela estão fixos em mim.

– Vis. – Ela se aproxima. Se inclina para mais perto, de modo que apenas eu consiga ouvir. – Não sei como você conseguiu ser notado por ele, mas juro, se você estragar isso para as crianças ou para mim, vai haver consequências.

Eu quase rio. Como os outros, ela acha que é isso o que eu quero.

Ela me conduz por um corredor de olhares raivosos até a porta da biblioteca, limpa a garganta e bate.

– Eu o encontrei, Quintus. Ele parece ter se recuperado. – Ela lança um olhar cheio de significado em minha direção. Doença, evidentemente, foi oferecida como desculpa por minha ausência.

– Mande-o entrar.

Com um último olhar raivoso, a matrona Atrox abre a porta e praticamente me empurra para dentro.

A biblioteca do orfanato não é maior que um quarto grande. Há sofás surrados embaixo de duas janelas compridas, embora a vista através delas seja apenas para as pedras cinzas do prédio ao lado. Há estantes cheias de livros fornecidos pela Hierarquia por todos os lados.

Hospius – ou qualquer que seja seu verdadeiro nome – está reclinado em uma cadeira do outro lado da mesa que domina o meio da sala. Ele aponta para a cadeira a sua frente.

– Vis.

– Sextus.

Eu me sento. Resisto ao desejo de dizer mais e correr o risco de encher o silêncio com coisas que ele pode ainda não saber.

– Na verdade, Quintus. Quintus Ulciscor Telimus. Eu... peço desculpas pela noite de ontem. Foi uma mentira necessária e totalmente aprovada pelos Militares. – Ulciscor (por enquanto, vou presumir que esse não seja outro nome falso) mexe na manga de sua camisa. – Você não está surpreso em me ver.

– Eu vi o senhor chegar. – Penso no que ele acabou de me dizer. Se os Militares o enviaram à prisão, isso explicaria a qualidade de suas credenciais falsas. E significa que eu não tenho absolutamente nenhum poder contra ele.

– Hum. – Mesmo sentado, o homem à minha frente é imponente enquanto me examina, esfregando a barba escura por fazer em seu queixo. Tenho a impressão de que não era assim que ele esperava que transcorresse sua apresentação – E por que não pensou em mencionar para a matrona que já tinha me conhecido? Que eu usava um nome diferente?

– Não pareceu haver muita necessidade disso.

– Porque não iam acreditar em você?

– Porque o senhor não teria vindo aqui se não achasse que conseguiria passar por uma inspeção mais atenta.

Ulciscor, para minha surpresa, assente de um jeito quase satisfeito. Ele espera que eu pergunte por que ele está aqui. Quando não faço isso, ele deixa que seu olhar percorra os livros a nossa volta.

– Quantos desses você já leu?

Eu hesito com a mudança de direção.

– Alguns. – Uma grande porção dessa biblioteca é irrelevante para mim desde o dia em que cheguei; o material é destinado a crianças menores ou àquelas com menos educação altamente tutelada. O resto, eu tinha praticamente decorado por falta de alternativas em meus primeiros meses aqui.

– Não é tão vasta quanto a Bibliotheca, imagino.

As palavras me atravessam. Elas são ditas de forma muito despreocupada, mas aqueles olhos castanhos profundos do outro lado da mesa estão examinando cada movimento nervoso que eu faço.

– Nem de longe. A matrona Atrox costumava me enviar até lá às vezes, quando ela percebeu que eu era velho demais para muita coisa do que tem aqui. – Não é uma recuperação perfeita, mas não foi ruim.

– Costumava?

– Quando fiquei mais velho, ela decidiu que meu tempo tinha mais utilidade em outras coisas. – Na verdade, assim que percebeu que não havia chance de eu ser adotado. É por isso que, depois de cada luta, eu usava uma parte de meus ganhos para subornar o guarda noturno da Bibliotheca para conseguir entrar. Estudando todo e qualquer assunto que pudesse naquelas últimas horas livres antes de voltar para cá. No início, foi para encontrar um jeito de evitar ceder; uma província catenana distante onde, talvez, isso não fosse uma exigência. Ou alguma brecha jurídica pouco conhecida. Um precedente histórico. *Qualquer* coisa. E depois que encontrei apenas opções ruins, como o arquipélago do livro de viagem, eu segui em frente de qualquer maneira, porque conhecimento é sempre útil, e eu estava aprendendo mais sobre Vontade e o funcionamento da sociedade catenana do que jamais teria conseguido por meio de simples observação. Mais conhecimento significava mais lugares onde me esconder. Mais rotas de sobrevivência.

Mas também era simplesmente porque o tempo ali, perdido naqueles livros... ele me lembrava Suus. Minhas aulas, que antes eu odiava. Algo que eu sempre evitava.

Parecia, por apenas algumas horas, que eu podia viver outra vez uma fração de minha antiga vida.

Claro, sem ter como ganhar dinheiro extra, tudo agora está acabado.

Estou ficando cada vez mais tenso – o que, eu acho, é a ideia. Ulciscor está me provocando, me avaliando. Tentando me abalar. Ele de algum jeito sabe, ou pelo menos desconfia, onde eu estava na noite passada.

Eu curvo os ombros, e um tremor entra em minha voz.

– E... eu tenho voltado lá escondido em algumas noites. O senhor obviamente sabe. Desculpe. Eu só... Eu não tenho mais nenhum jeito de vê-la.

Ulciscor, pela primeira vez, parece visivelmente abalado.

– Quem?

– Não vou dizer o nome dela. – Eu deixo um desafio penetrar em minha voz. Um garoto apaixonado que não quer criar problemas para sua amante. É uma situação inventada para a matrona, mas vai servir bem aqui. – E se o senhor precisar me punir, eu entendo. Mas eu *não vou* entregá-la.

É uma história decente. Se encaixa com a temeridade do que eu estava fazendo, fornece motivação para a maioria de minhas ações. Eu posso até trabalhar em minha recusa de ceder Vontade, se for necessário.

Ulciscor ajusta as mangas outra vez; parece ser um hábito dele quando está pensando. Eu olho fixamente para a mesa, tentando transparecer uma mistura de determinação com vulnerabilidade. Eu era um péssimo ator quando deixei Suus. Agora, estou muito melhor.

Depois de um silêncio interminável, ele dá um sorriso decepcionado.

– Você não está encrencado, Vis.

Eu aplico esperança no rosto e ergo os olhos novamente. Ulciscor acena para mim de maneira exausta.

– Parece que cometi um erro. Você pode ir.

Ainda quero saber como ele soube da Bibliotheca, mas não vou perguntar. Agradeço a ele com o tipo de prodigalidade nervosa que ele provavelmente esperava depois dessa reprimenda e corro para a porta.

– Mais um passo e eu mato você – diz ele, em um vetusiano claro e contido.

Gosto de pensar que tenho passos rápidos, mas quando alguém emite uma ameaça de morte em uma língua que você não deveria conhecer, sua mente e seu corpo lutam um contra o outro.

Eu hesito. Cambaleio. Paro.

Sei que me entreguei, mas mesmo assim tento resgatar a situação.

– Essa é a língua que o senhor estava falando ontem à noite? – Ainda estou de frente para a porta.

– Volte a se sentar, Vis. – Desta vez, não é uma sugestão.

Eu congelo. Não há como fugir, não de um Quintus. Também não há como lutar contra ele.

Eu forço ar para dentro de meus pulmões.

– Eu tenho dinheiro.

– Não estou interessado.

Nenhuma surpresa. O pânico diminui o bastante para meu corpo voltar ao meu controle, e eu me viro e vejo Ulciscor me observando. Não com raiva, não com desconfiança, não severo. Apenas pensativo.

Mas um toque sombrio está desaparecendo de seus olhos.

Eu volto para minha cadeira, tentando não tremer.

– Foi uma boa tentativa. – Ulciscor parece relutantemente impressionado. – É impossível provar, mas plausível. Gera empatia suficiente para que qualquer um com um osso romântico no corpo não pegasse pesado demais com você. Tirando o fato de você ter entendido minha conversa da noite passada, eu talvez tivesse acreditado.

Não estou inclinado a gostar do elogio.

– Como o senhor soube?

– O rosto de um homem é diferente quando ele está ouvindo e quando está escutando. Algo nos olhos. – Ulciscor dá de ombros. – Se serve de algum conforto, eu quase não percebi.

Não serve.

Há silêncio enquanto eu tento entender a situação. Talvez isso tudo seja apenas sobre o que eu escutei.

– Não consegui ouvir muito. E mal entendi o que ouvi.

– Qualquer coisa é demais. – Há uma ameaça implícita no sorriso gentil de Ulciscor. – Mas acho que pode haver um jeito de resolvermos isso, para benefício dos dois. Então vamos começar novamente. Desta vez, sem as mentiras.

– Está bem – minto.

– Bom. Agora. Vamos começar com o Sapador. Eu vi você tocá-lo ontem à noite. Não negue isso – alerta Ulciscor, calando qualquer protesto que eu pudesse ter feito. – Você sabe por que não foi afetado?

Há muita confiança do outro lado da mesa para negativas.

– Não.

Ulciscor assente, aprovando minha falta de dissimulação.

– Eu tenho uma teoria, mas primeiro preciso que você ceda um pouco de Vontade para mim. Só um pouco.

Há um peso repentino e familiar em meu peito. Essa é tradicionalmente a primeira pergunta feita em uma entrevista de adoção, por ser a maneira mais fácil de avaliar a força da Vontade de uma pessoa. Também é o ponto em que, para mim, a entrevista tradicionalmente chega a um fim. Normalmente acompanhado por ultraje. Gritos. Castigos.

– Não.

Ulciscor nem se mexe.

– Só vai levar um minuto. Mas preciso que você faça isso se vamos resolver esse probleminha entre nós.

– Mesmo assim, não – digo com firmeza. Eu costumava tergiversar, pedir desculpas e inventar justificativas, como se eu estivesse errado por recusar. Isso sempre só deixava as coisas piores.

Ulciscor se inclina para a frente.

– Vis, deixe-me provar minha teoria e vou me esquecer da noite passada. Vou dar a você tanto dinheiro quanto você precisar. Vou tirá-lo do orfanato, garantir que você seja indicado para qualquer posição que quiser. Uma palavra minha, e você vai começar uma vida depois daqui como Sextus, não importa a carreira que escolha. Vou garantir a você tudo isso por escrito, se necessário. Selado com minha Vontade. Tudo o que tem de fazer é ceder por um minuto.

Isso é o máximo que já me ofereceram, fácil. Infelizmente para Ulciscor, fico tão confortável rejeitando a isca quanto aceitando a punição.

– Obrigado, Quintus... Isso é muito generoso. Mas minha resposta não mudou. Ela *não vai* mudar.

Eu me asseguro de nem deixar transparecer a raiva quente que está pesada e dura em algum lugar no fundo de meu estômago. Essa é a linha divisória: eu de um lado, as pessoas que mataram minha família do outro. A ideia de cruzá-la me revolta. Eu não fico nem tentado.

Os cantos da boca de Ulciscor se curvam para cima.

Minha força severa e certeira vacila, e eu franzo o cenho para ele em resposta, confuso demais para fazer qualquer outra coisa. Me perguntando se de algum modo interpretei errado a expressão. Ele parece *satisfeito*.

– Você não passou pelos rituais das Aurora Columnae – conclui o homem à minha frente, com satisfação.

Minha expressão vazia perdura, e eu exalo ao entender. Claro, estou tão acostumado a ficar na defensiva, tão abalado por sua conversa surreal, que deixei passar.

– O senhor acha que é por isso que o Sapador não funcionou em mim.

Essa também é minha teoria – há apenas uma única distinção óbvia entre mim e todas as outras pessoas na Hierarquia –, mas parece que a conclusão de Ulciscor é mais que apenas um palpite.

– É uma coisa que ouvi anos atrás. Apenas especulação indolente de... – Ele se cala. Há um lampejo de melancolia. – Eu tinha me esquecido disso até ontem à noite.

– Então o senhor está aqui para garantir que eu não fale. – Eu não escondo minha amargura. Uma imunidade potencial ou mesmo apenas resistência aos Sapadores é algo que a Hierarquia não iria querer que vazasse.

– Em parte. – Ulciscor olha para mim como se eu fosse um quebra-cabeça que ele tivesse de solucionar. – Por que você não quer ceder?

– Para eu poder andar o dia inteiro exausto como aquelas crianças lá fora? Depois de algum tempo me tornar um Octavus e perder, o que, dez ou quinze anos de minha vida?

Ele ignora a última parte, embora a Hierarquia não admita isso oficialmente.

– Não estou falando sobre se recusar a ceder para sua matrona lá fora ou se recusar a ser enfiado em alguma pirâmide sem saída. Isso, eu entendo. Mas não se submeter de jeito nenhum a uma Aurora Columnae? Imagino que você tenha pelo menos sido levado a uma antes. – Eu confirmo de modo sombrio. – Com certeza isso valeria a pena, mesmo que apenas para ter a habilidade em entrevistas de adoção.

– Não podem me forçar.

– Imagino que tentaram. – Seu olhar se dirige inconscientemente para meu ombro. Ele sabe de minhas cicatrizes e adivinhou sua origem. O que significa que ele também estava na luta ou pelo menos ouviu um relato sobre ela. Eu imaginei isso (seria estranho se ele soubesse sobre a Bibliotheca e não sobre ela), mas continuo sendo uma presa encurralada.

– Não o bastante – Eu deixo que ele saiba que eu vi o olhar e entendo o que significa. – Por que o senhor se importa?

– Porque significa que o que tenho a oferecer vai ter um interesse especial para você. Posso garantir que não vão pedir que você ceda Vontade outra vez por pelo menos mais um ano. E depois disso, você pode até ter a chance de ir para outro lugar, onde não vão exigir que você ceda nada.

– Não existe um lugar assim.

Ulciscor pega um livro de algum lugar embaixo da mesa. Levo um momento para reconhecer o volume de viagem. O que eu tinha pegado ontem à noite, que deveria estar escondido em segurança em meu quarto.

– Como…

– Fui escondido até lá em cima depois de usar as instalações mais cedo. Não se preocupe, ninguém viu. O resto de sua grande pilha ainda está lá.

Eu fecho a cara.

– Como você o encontrou?

– Vou dar a você até o fim de nossa conversa para descobrir isso. – Ele gesticula com um dedo. – Mas nós estamos nos distraindo. Eu estou em posição de ajudá-lo. Você *pode* estar em posição de me ajudar. É isso o que importa.

Eu olho fixamente para o livro. Verbalizado ou não, Ulciscor desvelou o bastante para que o alerta esteja ali, em meio às promessas. É assim que a Hierarquia funciona, afinal de contas: a recompensa em potencial à frente, a ameaça de punição correndo atrás. Mesmo que apenas uma delas seja real.

– Está bem, estou ouvindo. – Eu exalo as palavras de forma um pouco fatalista. A decisão está tomada. Não importa o que esteja acontecendo aqui, nós ainda estamos conversando, o que significa que eu tenho algo que Ulciscor quer. Posso trabalhar com isso.

E os deuses sabem: se pelo menos metade do que ele está falando for verdade, não posso me dar ao luxo de descartar essa oportunidade.

Ulciscor sorri.

As perguntas começam.

O começo é lento. Entediante, se a discussão estivesse em outro contexto. Ulciscor quer saber mais sobre o básico de minha educação, o tipo de assunto bastante abordado nos livros ao nosso redor. Meu entendimento da

Hierarquia, de sua estrutura, suas leis e tradições. Geografia, quais áreas são consideradas províncias e quais são apenas "amigas de Catena". A própria história de Catena, que recito diligentemente segundo relatos deles mesmos. Exceto pelas especificidades deste último assunto, eu aprendi as respostas de todas essas coisas antes de deixar Suus.

Mas então, o tom muda. Nós começamos a cobrir considerações econômicas da ampliação da Hierarquia para outros sistemas de governo. Reflexões filosóficas sobre a moralidade da Vontade, seu crescimento exponencial e sua aplicação. A matemática de sua distribuição e como isso é cuidadosamente equilibrado com a necessidade de supervisão e controle. Até o debate sobre se isso podia ter contribuído para, ou até causado, o Cataclismo, trezentos anos atrás. No início, fico surpreso. Algumas perguntas exigem que eu revire minha memória de livros obscuros que li anos atrás. Algumas não sei responder. Muitas, só sou capaz de responder graças ao tempo passado na Bibliotheca. E quase todas exigem de mim verdadeira extrapolação, pensamento de verdade em vez de apenas uma recitação de fatos.

De vez em quando, Ulciscor discute uma coisa que eu disse ou parece decepcionado com uma de minhas respostas. Mas eu me saio bem na tarefa, e na maioria das vezes ele parece satisfeito quando seguimos em frente. Isso começa a parecer com as conversas que eu costumava ter com Iniguez, meu tutor favorito. O homem velho, com o rosto marcado pelo tempo e cabelo grisalho emaranhado, era o único que não me diminuía nem me tratava com deferência, nunca me tratou nem como criança nem como príncipe. O único que parecia interessado em saber se eu estava atingindo todo o meu potencial, em vez de superar o dos outros.

No fim, Ulciscor e eu conversamos por duas horas. A matrona Atrox confere como estamos cinco vezes com o pretexto de nos oferecer um lanche. Ulciscor aceita na sua quarta interrupção. Quando abre a porta pela última vez, ela me vê molhando a garganta com a bebida que ela tinha preparado para o Quintus. Não parece ficar satisfeita.

De minha parte, tento me lembrar da situação e de também não gostar demais da conversa. Ulciscor é um homem inteligente e bem educado – um tipo com o qual não converso há anos –, mas seus motivos, até sua personalidade, permanecem inescrutáveis. Há lampejos de paixão quando conversamos sobre certos assuntos ou quando ele se opõe com veemência a algo que eu disse. E ele seguramente está interessado no que eu tenho a dizer. Mas não deixa escapar nada significativo.

Quando as perguntas param, minha caneca está vazia, e minha garganta, dolorida. Eu não falava tanto assim de uma vez só há muito tempo.

– Acho que isso basta – diz Ulciscor. Ele parece contemplativo. – Você tirou bom proveito do tempo passado na Bibliotheca. Há algumas lacunas, mas nada que não possamos resolver.

Eu estudo sua expressão.

– O senhor tem outras preocupações.

Eu me asseguro de parecer analítico em vez de ansioso. Ulciscor pode não ter tomado uma decisão, mas eu tomei.

Quero ver aonde essa oportunidade vai levar.

– Tenho. – Ele mexe despreocupadamente em uma das mangas e olha nos meus olhos, procurando algo. – Seu temperamento é uma delas.

Claro. A luta ontem à noite. Um tópico ainda intocado.

– Posso manter meu temperamento sob controle.

– É fácil dizer isso, mas você não se comporta assim, Vis. O jeito como você fala. Acho que está acostumado a resistir, não consegue evitar.

Eu sinto um pouco de irritação com aquilo tudo, mas agora muito obviamente não é a hora de demonstrar isso.

– Não tenho certeza se há jeito de convencê-lo quando se trata disso.

– Hum. – Insatisfeito. – Diga-me. Por que você lutou nu na noite passada?

– Eu estava preocupado que o Sextus imbuísse minhas roupas. Que me impedisse de escapar.

– Ele não conseguiria fazer isso. Materiais refinados e flexíveis e tempo limitado, no nível dele… impossível. Mas imagino que você não soubesse disso – diz Ulciscor. – Essa foi a única razão?

– Por que mais eu faria isso?

– Achei que fosse para constrangê-lo.

– Imagino que eu quisesse perturbá-lo. Mas não fui até lá na esperança de humilhá-lo, se é isso o que o senhor está perguntando.

– Está bem. – Ulciscor acredita em mim. – Você demonstrou compostura sob pressão, mais cedo. Essa habilidade de pensar rápido é útil. Sua disposição, as arestas afiadas... nós provavelmente podemos suavizar isso. – Ele não está exatamente falando comigo. É mais como se estivesse tentando me visualizar em uma situação específica.

Porém, ainda está hesitante.

– A moeda que me deu. Você a imbuiu com Vontade?

Ulciscor pisca e torna a se concentrar em mim.

– Por que diz isso?

– O senhor me seguiu até a luta e até a Bibliotheca, percorrendo ruas praticamente vazias sem que eu percebesse, e o senhor está trabalhando sozinho; do contrário, por que vir aqui pessoalmente e correr o risco de ter problemas por causa daquela identificação falsa? – A primeira metade da entrevista, quando eu mal tinha de pensar nas respostas, me deu tempo para refletir sobre o problema. Essa é a única explicação em que consegui pensar. – Além disso, o senhor deve ter enviado mensageiros para todos os orfanatos ontem à noite, mas hoje sabia que eu estava aqui. E duvido que tenha perguntado à matrona sobre como chegar ao meu quarto, muito menos teve o tempo para revistá-lo até encontrar aquele painel solto na parede.

Uma moeda deve ser quase impossível de imbuir, considerando que ela foi forjada, mas ele é um Quintus.

Ulciscor leva a mão ao bolso. Exibe um triângulo de prata. O nó em meu peito relaxa quando ele acena com a cabeça para expressar sua decisão.

– Está bem – diz ele em voz baixa. – Vamos dar a boa notícia à matrona.

VI

O SALÃO SE IMOBILIZA QUANDO SURGIMOS, VINDOS DA BIBLIOTECA.

A matrona Atrox interrompe sua conversa com Wermes e se dirige a nós, lançando um olhar em minha direção ao fazer isso. Todas as crianças continuam aqui. Irrequietas, compreensivelmente, depois de tanto tempo.

– Quintus! Espero que Vis não tenha sido um estorvo. – Ela me lança outro olhar sombrio. Ela já sugeriu diversas vezes para Ulciscor que eu não sou digno de confiança. Tentando mitigar as coisas que está imaginando que eu disse sobre ela, sem dúvida.

– De jeito nenhum. Nós tivemos uma ótima conversa. – Ulciscor fala para que todos no salão possam ouvir. – Na verdade, eu tomei minha decisão, matrona. Se você fizer a gentileza de pegar a papelada, eu gostaria de formalizar a adoção.

A matrona Atrox olha para ele com um ar vazio. Percebo, levemente divertido, que a expressão é espelhada às suas costas.

– De *Rex*? – fala Wermes, contendo o choque. Ele de repente ri, o conceito tão impossível que ele pensa ser uma piada. O riso parece sair como uma expressão de escárnio. – Quintus, quem o senhor realmente escolheu?

Alguns outros risos ecoam do séquito bajulador de Wermes. Eles são interrompidos rápido o bastante quando a expressão de Ulciscor fica mais dura. A matrona Atrox abre a boca, mas, ao ver o rosto de Ulciscor, empalidece e se apressa para buscar os documentos necessários.

– O senhor está mesmo escolhendo *ele*. Acima de qualquer um de nós. – Wermes sempre foi péssimo em ler as situações. Não tem o autocontrole, tampouco o bom senso de saber quando recuar. – O senhor sabe que ele não cedeu quando o arrastaram para as Columnae, certo? Ele é inútil para qualquer um. É uma piada. – Ele fala com raiva. Um murmúrio baixo de concordância vem de algumas das outras crianças mais velhas, embora elas permaneçam no fundo da sala. Pelo menos, um pouco mais espertas que Wermes.

– Wermes, não é? – Ulciscor olha para o garoto grande. – Você quer saber por que não foi adotado?

Wermes pisca. Parece perdido diante da pergunta.

– É porque você é uma criança profundamente desagradável – prossegue Ulciscor, com calma. – Imatura. Odiosa e, se formos honestos, não muito inteligente. Por isso, não importa a força de sua Vontade. Ninguém quer conviver com uma pessoa assim. Você precisa mudar, Wermes. Melhorar, ou vai ser um Solum pelo resto da vida.

Seu olhar percorre o resto do salão. As outras crianças se encolhem.

Os lábios de Wermes se curvam. Ele está totalmente vermelho.

Ele dá meia-volta e vai embora.

Eu o observo se afastar, estranhamente tentado a chamá-lo. Oferecer a ele alguma dose de conforto para equilibrar a acidez do sermão de Ulciscor. Eu desprezo o garoto há muito tempo, mas também estou com pena dele.

– Um pouco duro, não acha? – murmuro quando as outras crianças começam a deixar o salão, vendo que a decisão de Ulciscor foi tomada. Elas estão amargamente decepcionadas. Algumas das mais novas parecem à beira das lágrimas.

– Talvez, se eu tivesse mais tempo com ele, eu demonstrasse a compaixão de que ele precisa. Mas palavras simpáticas minhas, quando estou de passagem, não teriam nenhum efeito. Às vezes, é melhor dizer a verdade a valentões, por mais desagradável que ela seja. – Ele olha para mim. – Você discorda?

– Não.

A matrona Atrox reaparece com a papelada nas mãos. Ela começa a abri-la sobre a mesa.

– Quintus – diz ela com cautela, sem olhar para nenhum de nós dois enquanto arruma os documentos meticulosamente. – Antes que o senhor finalize essa decisão, nós poderíamos ter uma conversa em particular?

– Com certeza. – Ulciscor não pisca diante do pedido. – Vis, talvez seja a hora de pegar suas coisas em seu quarto.

– Isso não é necessário. Vis não tem...

– Tome. – Ulciscor a interrompe enquanto solta a bolsa que trouxe no ombro. – Isso é suficiente?

Eu pego a bolsa e olho em seu interior. Há apenas a narrativa de viagem ali dentro. Com espaço mais que suficiente para as moedas que escondi.

– Obrigado. – Eu olho para a matrona Atrox, cujo olhar me promete violência, depois para Ulciscor. Ainda de costas para a matrona, ele acena com a cabeça para mim, de forma quase imperceptível.

Levo apenas alguns minutos para correr até lá em cima, passar as coisas do buraco na parede para a bolsa e então voltar. Eu passo por algumas das crianças nos corredores. Elas me olham com inveja. Nenhuma delas diz nada.

Quando volto para o salão, a matrona Atrox está sentada à mesa enquanto Ulciscor assina documentos. Ela está pálida. Trêmula.

Ulciscor para de escrever e olha para ela. Ela pula de pé.

– Vis. – Sua voz está tensa, mas não tem mais raiva. Ela está *submissa* enquanto segura um pequeno saco de couro. – Estes são seus salários do Victorum e da prisão. Eu estava... guardando para você. – Ela tropeça nas palavras. Sua mão treme quando ela me oferece a bolsa.

Eu a pego com o cenho franzido, espantado com o peso. Quando espio o interior, ouro brilha para mim. Não há como dizer se é a quantia que eu ganhei, mas parece certo.

Antes que eu possa responder, Ulciscor assina a última página com um floreio, se apruma e leva uma das mãos às minhas costas.

– Pronto?

– Acho que estou. – Tudo aconteceu muito depressa. Não há ninguém aqui em especial de quem eu queira me despedir, e ninguém que vá se importar se eu não fizer isso. Por mais surreal que seja, não há nada que me impeça de ir embora.

Nós nos dirigimos à porta, mas alguma coisa me faz parar. Eu volto até a matrona. Ela parece velha, menor e mais cansada do que eu lembro. Isso não importa quando penso nas cicatrizes em minhas costas.

Eu me inclino para a frente, de modo que meu sussurro chegue ao seu ouvido.

– Eu vou voltar um dia. – Não há nenhum traço de raiva em minha voz. É apenas uma promessa.

Qualquer aparência que ela estivesse mantendo desmorona, e vejo uma expressão de terror em seus olhos verdes. Eu a encaro por um momento a mais, fixando os olhos nos dela. Assegurando-me de que ela entenda.

Então vou embora.

Ulciscor vai na frente quando chegamos ao lado de fora, e fico satisfeito em segui-lo, ainda me aclimatando à mudança sísmica em minha vida. Está mais frio do que eu esperava. O sol desta manhã desapareceu, e nuvens pesadas no oeste são uma ameaça de chuva.

– O que o senhor disse para ela? – pergunto por fim.

– Nada que não precisasse ser dito. – Seu tom é desinteressado, mas há alguma coisa em algum lugar por baixo de suas palavras. – E você?

– A mesma coisa.

É o meio da tarde, e as ruas de Letens estão movimentadas, embora não tão cheias quanto sei que vão ficar no bairro do mercado. Ulciscor observa toda a atividade – carroças movidas a Vontade, grupos de Octavii pálidos trabalhando para seus Septimii, um grupo de crianças tensianas mais novas jogando Victorum com espadas de madeira – com leve curiosidade, embora não impressionado. Ele nitidamente não vem aqui há muito tempo.

– Então, eu acredito que o senhor me deve um pouco mais de informação. – Eu finalmente percebo que Ulciscor está me levando a *algum lugar*, mas não sei nada além disso. Nós estamos seguindo na direção dos limites da cidade. Provavelmente para sair totalmente de Letens.

– Vou explicar tudo no caminho.

– Para onde?

– Deditia.

Em algum lugar às nossas costas, escuto um grito de triunfo quando uma das crianças derruba seu adversário maior no chão e monta em cima dele. Eu me encolho. Não totalmente pelo som. Antes que Catena fosse a capital do mundo, ela era a capital de Deditia.

Mas se passaram três anos, e a história oficial diz que estou morto. Ninguém está mais procurando por mim, se é que alguma vez procuraram. Se eu estou aqui ou no campo acolhendo o coração pulsante da República, provavelmente não importa.

Além disso, agora não há mais volta.

Vinte minutos de caminhada – na maior parte do tempo em silêncio, pois parece que Ulciscor não quer discutir mais nada enquanto estamos em meio às multidões – nos trazem aos limites de Letens.

Eu não venho aqui desde minha chegada à cidade, dezoito meses atrás. O lugar está mudado. As construções baixas e pobres de madeira que abrigavam Octavii e suas famílias desapareceram, substituídas por fachadas altas de pedra ou seus esqueletos parcialmente construídos. Ruas foram alargadas. Alinhadas. Pavimentadas. Octavii ainda circulam por elas, mas eles estão trabalhando duro, usando o que resta de sua força para carregar madeira ou pedras. É um frenesi de construção, com Septimii gritando ordens e até mesmo o que deve ser uma Sextus, com olhos nublados enquanto ergue uma laje de pedra enorme por três andares, permitindo que vários Octavii esforçados prendam a pedra em levitação.

Ulciscor também percebe a Sextus.

– Ineficiente – murmura ele com reprovação

É uma abertura de conversa suficiente, e eu aproveito.

– Estão construindo armazéns? – É a única explicação que consigo imaginar. Esta é uma parte estranha de Letens a ser melhorada, se não for por isso. E não acho que a maior parte dessas construções foram erguidas para serem residências. As portas são altas e largas demais, e não há janelas suficientes.

– Parte do tratado de Tensia conosco foi uma divisão dos recursos que colhemos de suas terras. Principalmente grãos e pedras. Eles mesmos nunca conseguiram extraí-las com eficiência sozinhos. As coisas, porém, só começaram a andar há seis meses.

– Então é tudo para armazenar isso?

– É para guardar a parte tensiana. Embora, depois de algum tempo, eles vão perceber que não podem dar bom uso a ela e nos pedir ajuda para empregá-la. Ou a situação vai virar, e eles vão nos vendê-la com um custo. – Ele fala distraidamente, sem bazófia nem tristeza diante da perspectiva. Apenas dizendo como os acontecimentos vão se desenrolar.

– Então o que acontece com a parte catenana?

– É enviada para Catena.

Eu escarneço.

– Então não deve ter sido uma divisão muito igual.

Nós estamos a quase cinco mil quilômetros da capital, que fica depois do Mar de Quus. A logística seria um pesadelo.

Ulciscor apenas sorri.

Em pouco tempo, estamos deixando para trás os prédios em construção e os trabalhadores, passando pela linha onde um grande muro de pedra costumava proteger a cidade – antes de ser desmantelado de acordo com o tratado da Hierarquia com Tensia, assegurando a confiança apenas na Vontade para proteção –, e entramos em uma planície gramada comprida. Não é difícil dizer para onde estamos nos dirigindo. O monólito branco, de três lados e extremamente alto, está visível no horizonte desde que deixamos o orfanato. Eu me perguntava sobre seu propósito desde que o vi, mas achei melhor seguir o exemplo de Ulciscor e permanecer calado.

Agora estamos perto o bastante para vê-lo bem. É de granito, eu acho, o branco sarapintado com riscos pretos. Uns dez metros de largura em cada lado. Pelo menos setenta de altura. Talvez mais alto. Um único prédio também marca a planície, diretamente atrás da coluna. Ele também é enorme, mesmo em comparação, uma massa extremamente alongada de madeira, aço, pedra e até mesmo vidro, que domina a paisagem. Trabalhadores caminham como formigas por uma estrada pavimentada que contorna o monólito e corta através da grama, ligando a estrutura à cidade. Carros movidos a Vontade a percorrem barulhentamente.

E passam embaixo das construções, em determinados lugares.

Eu tropeço, sem processar bem a última parte. Não há apoios visíveis, ainda assim tudo de repente fica claro, mesmo daqui: a coisa toda está apenas... *flutuando*.

– Pelos deuses, o que é isso? – digo em um sussurro, involuntariamente. Eu estreito os olhos, mas ainda estamos longe demais para que eu consiga entender o que é. O problema deve ser a distância, claro.

– É um Transvect. – Os cantos dos lábios de Ulciscor se curvam para cima enquanto ele observa minha reação. – Nunca viu um?

Eu sacudo a cabeça, incapaz de tirar meus olhos daquela visão.

– O ponto de ancoragem ficou pronto há seis meses. – É sutil, mas há um tom de orgulho. – Ele está carregado e pronto para partir. Na verdade, está apenas esperando por nós. Vamos chegar a Deditia de manhã.

– De manhã – repito em voz baixa. Eu tinha ouvido falar de Transvects antes, é claro; na verdade, estudei brevemente o conceito, muitos anos atrás em Suus. Monstros abastecidos por Vontade que andam várias vezes mais rápido que o cavalo mais rápido, levando cargas enormes de tropas ou suprimentos para os cantos mais distantes do mundo. Ou, nesse caso, imagino, para seu centro. Não que eu tivesse duvidado de sua existência, exatamente, mas eles sempre pareceram demais com propaganda. Um exagero criado pela Hierarquia, uma história que eles fizeram circular para ostentar seu poder. Então nunca tentei visualizar como poderia realmente ser um Transvect. Com certeza nunca imaginei o tamanho *enorme* da coisa.

Mesmo encarando sua realidade diante de mim, não consigo imaginar essa criação flutuante e colossal se movendo rapidamente. Ou se movendo de qualquer maneira.

Uma lufada de vento frio traz as primeiras gotículas de chuva, e eu aperto a capa ao meu redor, tremendo.

A caminhada até o Transvect é interminável; quando eu acho que compreendi sua enormidade, nós chegamos perto dele. É feito principalmente de madeira, mas com o que parecem ser enormes faixas de granito formando um núcleo que percorre sua barriga. Há janelas aqui e ali. Portas enormes para carregamento. A borda mais perto da cidade se afila bruscamente por alguns metros, um nariz de pedra na forma de uma pirâmide baixa virada de lado.

Eu não consigo me lembrar da última vez em que me senti tão pequeno.

Somos cumprimentados quando passamos pela sombra do Transvect e nos aproximamos da escada que leva a uma plataforma de trinta metros de comprimento a nossa frente, o caminho bloqueado por uma mulher de aparência prestativa.

– Só trabalhadores – diz ela assim que podemos ouvi-la. É um alerta.

– E passageiros – corrige-a Ulciscor.

Ele pega documentos assinados – ele parece ótimo em obtê-los – e os apresenta com um floreio animado.

A mulher – uma Septimus; seus movimentos são energéticos demais para uma Octavus – pega os papéis sem acreditar. Examina-os. Começa a ler outra vez, com o rosto empalidecendo.

Sua mão está tremendo quando ela os devolve.

– Magnus Quintus Telimus. Bem-vindo. Bem-vindo. Não me avisaram... – Ela está nervosa.

Eu espero que Ulciscor a corrija pelo uso incorreto de seu título, mas ele não faz isso. Mais credenciais falsas?

– Está tudo bem. Podemos ir em frente?

– É claro. É claro que podem. – Ela olha para mim. Fica vermelha. – Não há nada sobre...

– Este é Vis Telimus. Acredito que um membro da família me acompanhando não seja um problema. – Ele começa a mexer por baixo de sua capa em desespero. – Posso conseguir esses papéis também, se eu...

– Não. Não. Não é necessário. É claro, podem ir em frente. Magnus. Mestre Telimus.

Eu juro que ela quase faz uma reverência.

Vis Telimus. É claro. Tento não deixar que esse novo nome me incomode. Mal me ocorreu, em meio a todas as outras coisas, que eu não era mais um Solum. Isso não deveria fazer diferença; Vis nem é meu nome verdadeiro, e a nomenclatura de órfão nunca foi um distintivo de honra.

Mesmo assim, Solum sempre pareceu me destacar mais. Combinava melhor com meu relacionamento com a Hierarquia. Esse passo é mais próximo apenas em símbolo, e mesmo assim, parte de mim não consegue evitar se sentir desconfortável com o quanto isso parece pessoal.

Não há tempo para refletir. Nós passamos pela mulher e subimos até a plataforma elevada de pedra. O Transvect toma toda a minha visão. Estamos a uns quinze metros da extremidade, e posso ver outro nariz em forma de pirâmide baixa se projetando de sua frente. Eu inconscientemente paro no alto da escada, mas Ulciscor me empurra para a frente.

– Nós estamos naquele.

Eu sigo relutantemente na direção onde há uma única porta claramente aberta. Dentro dela há um quarto ricamente acarpetado. Várias cadeiras confortáveis presas na parede. Um armário no fundo e uma mesinha com comida. Não há ninguém no interior.

O Transvect está imóvel, sem sequer um tremor para indicar que paira em pleno ar. Apenas Vontade o mantém flutuando. Eu ainda hesito.

Ulciscor passa por mim e entra. Ele dá meia-volta, com braços estendidos, então pula para cima e para baixo algumas vezes para provar o que queria.

Eu olho com raiva para ele e entro.

Nada se altera quando meu peso deixa a segurança da plataforma. O lugar é tão sólido quanto se eu estivesse andando no chão.

Ulciscor observa com bom humor meu primeiro passo trêmulo, então fecha a porta atrás de mim e se joga em uma cadeira, parecendo totalmente em casa.

– Somos apenas nós? – Esta seção não é especialmente grande, mas ainda estou surpreso. Nenhuma das outras que pude ver parecia adequada para levar pessoas.

– Não tem mais nenhum passageiro e ninguém para dirigi-lo. Temos a coisa toda só para nós pelas próximas quinze horas. – Ulciscor relaxa em sua cadeira. – Espero que seja tempo suficiente para responder suas perguntas.

– Espero. – Quinze horas. Quinze horas de viagem para percorrer quase cinco mil quilômetros. Eu fico ali parado, olhando ao redor, um pouco impressionado. Na verdade, um pouco preocupado. Por mais que eu odeie a Hierarquia como odeio, algumas das coisas que eles realizaram são verdadeiramente incríveis. É fácil esquecer isso aqui, no limite do continente, onde apenas seus avanços mais modestos costumam estar em evidência. – Quanta Vontade essa coisa usa? – Isso está longe de ser minha maior preocupação, mas ainda estou abalado e preciso de um tempo para me recompor.

Ulciscor gesticula para que eu me sente na cadeira a sua frente.

– Quanto você acha?

Posso ver em seus olhos que esse é outro teste, embora seja improvisado. Eu demoro para me instalar em uma cadeira opulenta, mais confortável do que qualquer coisa em que me sentei há anos, e deixo que meu assombro se reduza a uma avaliação.

O básico do uso de Vontade – *pelifagia*, como chamam os catenanos, embora o termo raramente entre na fala comum – é relativamente bem conhecido. Qualquer criança no orfanato poderia explicar que um Septimus tem oito Octavii cedendo metade de sua Vontade para ele, um Sextus tem sete Septimii cedendo metade da Vontade coletada, e assim por diante até o alto da pirâmide, passando por Quintus, Quartus, Tertius, Dimidius e, finalmente, Princeps. Cada nível mais alto se torna cada vez mais poderoso. Crianças mais velhas também conseguiriam fazer as contas equivalentes. Um Septimus tem o equivalente à Vontade de cinco pessoas: quatro de seus Octavii combinadas, além da sua própria. Isso se reduz à metade quando eles estão cedendo para um Sextus. Um Sextus, portanto, começa com a Vontade de mais de dezoito pessoas. E assim por diante.

Mas a simpática simplicidade teórica desses cálculos termina aqui: eles são úteis para entender a força física de uma pessoa, mas esse é apenas o uso mais básico da Vontade. Imbuir *objetos* – controlá-los através de esforço mental – é onde está o verdadeiro poder da Hierarquia, e aumenta exponencialmente a eficácia dessa força para qualquer um que consegue fazer isso. Eu, porém, só posso adivinhar quanto. Meus estudos em Suus só faziam referência a estimativas com base em rumores e observações. E a Hierarquia não alardeia exatamente para as massas os seus segredos do uso da Vontade de alto nível. Ao longo dos anos eu desenvolvi uma compreensão de alguns dos métodos que eles usam, mas os custos e eficiências exatos em torno disso parecem turvos, na melhor das hipóteses.

Ulciscor sabe isso melhor que eu, é claro; suas perguntas já expuseram hoje meu desconhecimento dessa área. O que significa que ele não espera que eu chegue a uma resposta exata. Mesmo assim, depois de horas fazendo tudo o que posso para impressioná-lo, estou achando difícil resistir ao desejo de me exibir um pouco.

– Acho que talvez um único Quintus possa fornecer energia suficiente – digo, contendo um tremor quando chego a essa conclusão. A força de 55 homens, mas que vale muito mais se for empregada da maneira correta.

– É mesmo? – Há humor nos olhos de Ulciscor, mas também uma centelha de surpresa. – Você acha que eu poderia controlá-lo sozinho?

– Se o senhor não estiver cedendo. – Então ele é mesmo um Quintus. Provavelmente. – Aquelas placas de pedra embaixo da gente devem estar imbuídas, então suponho que estejam presas juntas por Vontade. O que significa que não é preciso erguer a coisa toda, apenas a parte mais pesada. – Um método sobre o qual li na Bibliotheca. Eu olho fixamente para o chão enquanto falo, com o cenho franzido. Havia pelo menos meia dúzia de placas de pedra pesadas. – O senhor ainda precisaria de força para erguê-lo. Mas, depois que isso fosse feito, seria possível usar mais imbuição para empurrar ou puxar a coisa toda com razoável facilidade. Imagino que seja para isso que existe aquela coluna gigante de pedra lá fora. O ponto de ancoragem, como o senhor chamou? – Eu aponto para o caminho por onde viemos, minha voz se aquecendo conforme me envolvo com o enigma. – Então, sim. O senhor não poderia estar pessoalmente a bordo, eu sei que a autopropulsão não é possível com Vontade, e precisaria da infraestrutura, mas, fora isso, eu acho que o senhor poderia movimentar a coisa toda.

Eu ergo os olhos, escondendo um início de mal-estar quando me lembro com quem estou falando. Ulciscor está me observando. A chuva começa a aumentar lá fora, tamborilando no vidro.

– Harmonioso e reativo – murmura ele por fim. – Quando objetos são presos juntos, é um relacionamento harmonioso. Quando puxam ou empurram, é reativo. – Ele se encosta na cadeira e sorri, agitando a mão abruptamente para indicar que a informação não é importante neste momento. – A maioria das pessoas acha que seria necessário pelo menos um Quartus para mover um desses.

– A maioria das pessoas é burra. – É uma resposta distraída, que sai de minha boca antes que eu possa impedir.

Felizmente, isso provoca apenas uma gargalhada de Ulciscor.

– Você não está errado. – Apesar de achar graça, ele parece impressionado por minha análise. – E não é um palpite ruim, também. Um Totius Quintus forte *poderia*, em tese, abastecer todos os mecanismos que movimentam um Transvect. Claro, se algo acontecesse com a pessoa, a coisa inteira cairia, então…

– Então é preciso distribuir a imbuição entre diversas pessoas por segurança, mesmo que por nenhum outro motivo.

– Exatamente.

Há um movimento fora da janela, uma trabalhadora procurando alguma coisa mais abaixo na plataforma, se escondendo em parte do clima inclemente com uma capa erguida. Ela recua e faz um sinal com a mão na direção do chão.

Sinto o menor dos solavancos, e começamos a subir.

Eu me vejo agarrando os lados de minha cadeira conforme a plataforma se afasta, embora o movimento em si seja suave, bastante delicado. Não tenho certeza se o teria percebido, não fosse pelas janelas.

– Por que nós estamos *subindo mais*?

Eu olho para a plataforma abaixo através das trilhas de água nos vidros, e com uma tensão ansiosa na voz. Estamos dez metros acima da plataforma, ainda subindo. Mais de vinte do chão.

– É o jeito mais fácil para evitar obstruções. Queda de pedras, deslizamentos de terra. Navios. Pessoas. Esse tipo de coisa.

– Ah.

Nossa ascensão constante finalmente para, e eu aperto ainda mais a cadeira. Vinte e cinco metros de distância do chão.

– Tem medo de altura?

Não tenho, os penhascos de Suus eram mais altos que isso, e eu os subia o tempo todo, mas não vou dizer isso a ele. Meus olhos continuam colados na ilusão cada vez mais distante de segurança. Eu praticamente posso ouvir o sorriso de Ulciscor.

O Transvect volta a se mover. Dessa vez, para a frente.

Fico hipnotizado quando a plataforma muito abaixo começa a sair de vista. No início, avançamos devagar, mas ganhamos impulso constantemente. Eu aperto o rosto contra o vidro para tentar ver mais longe, me maravilhando com a vista tanto adiante, através das planícies ondulantes e das florestas vastas de Tensia, como para trás, para as estruturas severas e cada vez mais distantes de sua capital.

– Uma vista e tanto, não é? – Não há nenhuma provocação na voz de Ulciscor desta vez.

Eu não respondo. Nossa velocidade já aumentou o suficiente para que eu praticamente não consiga mais ver a plataforma. Há apenas uma pessoa visível sobre ela, absurdamente pequena desse ponto de observação. A mulher que nos deteve, eu acho.

– Ela chamou o senhor de Magnus Quintus. – Meu mal-estar voltou. Eu estava torcendo para que Ulciscor tocasse no assunto por conta própria, mas eu mesmo tenho de mencioná-lo. Preciso saber antes de qualquer outra coisa.

– Esse é meu título completo.

Continuo a olhar pela janela. Com medo de que ele veja meu temor se eu olhar para ele.

– Por que o senhor não me contou? Nem para a matrona? – Ela não sabia disso de jeito nenhum.

– Para ela, porque eu não precisava que ela achasse que podia usar sua adoção para obter alguma vantagem política. Foi por essa razão que o Procônsul concordou em deixar isso fora da papelada. É coisa bem padrão, quando temos negócios nas províncias. – Posso ouvir o dar de ombros em sua voz. – E para você, porque ainda não tinha vindo à baila. Isso é relevante?

Eu quase rio.

– Quintus. – Um *quinto* é uma posição extremamente poderosa dentro da Hierarquia; há 24 milhões de pessoas na República, mas a maioria das pirâmides ainda tem um Sextus em seu topo. O prefeito de Letens, um homem importante e respeitado, é um Sextus, embora seja um Totius Sextus, o cume de sua pirâmide. O Procônsul Manius, atual governante de toda Tensia, portanto no controle de toda a província catenana, é um Totius Quintus.

Há, porém, apenas três pirâmides que se estendem mais altas que Quartus: as três pirâmides senatoriais, às quais todo mundo se refere simplesmente como Militares, Governança e Religião. Só os mais fortes e mais habilidosos são recrutados para essas. Os Quintii, pelo padrão das pirâmides, costumam ser Septimii em uma pirâmide senatorial.

E só quem faz parte de pirâmides senatoriais tem permissão de usar o título de Magnus.

O que faz de Ulciscor um dos homens mais poderosos em toda a hierarquia.

– Bom, isso sem dúvida é uma surpresa. – O Transvect continua acelerando, avançando rápido, a julgar pela velocidade com a qual Letens está desaparecendo às nossas costas. – O senhor é um senador?

– Sou. O Senado na verdade vai ter de ratificar sua adoção, que não vai ser oficial até isso acontecer. – Ulciscor acrescenta distraidamente: – Você vai precisar se apresentar a eles em Catena, em algum momento.

– Isso é necessário?

– É apenas uma formalidade. – A reprimenda distraída em seu tom de voz indica que sim, é necessário. – O nome Telimus pode não ser universalmente amado como um Valerius ou um Tulius, mas sua história ainda é razão de orgulho. O Senado vai querer garantir que eu não estou abrindo uma porta para alguém que não o mereça.

Eu assinto, sem saber de que outra forma reagir, focando as trilhas de água que escorrem de lado através do vidro lá fora. Sinto um temor repentino e profundo de estar aprisionado. E me pergunto se agi de forma precipitada.

Porém, agora não há nada a ser feito em relação a isso. Eu me preparo e desvio o olhar da janela. Estamos alto o bastante para eu não conseguir ver bem o chão, a menos que eu me debruce.

– Então. Por que estou aqui, pai?

Ulciscor dá um sorriso ao ouvir isso.

– Boa pergunta, filho. Já ouviu falar da Academia Catenana? Os filhos de senadores e cavaleiros normalmente têm tutores particulares, mas alguns poucos passam os últimos dezoito meses de sua infância no instituto de maior prestígio de Catena. São preparados para a liderança, para a política, o Senado. A dignidade e a glória catenanas.

Ulciscor olha com firmeza para mim, esperando.

– Ah. *Ah*. Eu? – Eu dou uma risada. O conceito é tão absurdo que tenho certeza de que ele está brincando. – O senhor precisa que eu também me torne um Magnus?

– Não exatamente. – Ulciscor está retribuindo o sorriso, mas meu humor não está refletido em seus olhos.

Meu próprio sorriso fenece em uma coisa mais doentia.

– O senhor disse que eu não teria de ceder.

– Não vai. A Academia é o único lugar em toda a República onde ceder ou receber Vontade está proibido. Eles querem que seja um terreno igual para todos os estudantes. "Uma escada não deve ser subida nos ombros de outras pessoas", e tudo mais. – Isso é nitidamente uma citação, embora eu não a reconheça. – Estamos indo para lá agora, na verdade… Eu arranjei para que o Transvect fosse redirecionado. Vamos ter de apresentar você pessoalmente para tornar sua candidatura oficial.

Fico em silêncio, tentando em vão entender a enormidade da situação. Eu me lembro de ouvir em algum lugar que o uso de Vontade era banido na Academia. Isso não significa que estou convencido. Sempre vai ter alguma coisa. Alguma emergência. Um teste inesperado que termina com eles pedindo que eu ceda.

– Eu mesmo estudei lá. Eles *expulsam* qualquer um flagrado desobedecendo essa regra, mesmo que seja durante as folgas semestrais em que não estão na escola. Não há exceções. Nunca houve. – Os olhos castanho-escuros de Ulciscor são sinceros. Empolgados. Ele acha que tem um argumento vencedor.

– O senhor disse que isso seria uma oportunidade. – Há muitas razões para Ulciscor querer que eu entre para a Academia, mas antes de falarmos sobre isso, quero imaginar por que ele acha que *eu* quero estar lá. Há alguma coisa que não estou entendendo. – Não quero parecer ingrato, mas… isso tudo só tornaria minha vida mais fácil por um tempo. Depois que eu terminar, não vou estar em situação melhor.

– Ninguém que se formou na Academia foi nomeado para uma posição mais baixa que Sextus. E quanto melhor você se sair por lá, mais escolhas vai ter. Termine bem o bastante, e você pode ser um Totius. Nunca vai ter de ceder Vontade.

Eu xingo por dentro esse entusiasmo mal posicionado enquanto entendo. Ulciscor fez a suposição – uma suposição razoável, levando-se em conta o que eu disse até agora – de que minha única intenção é evitar *ceder* qualquer Vontade. Ele nem levou em conta a possibilidade de que minha repulsa se estenda até mesmo a ser parte do sistema.

– E se eu também não quiser *receber* Vontade? – Eu poderia deixar isso passar, mas Ulciscor está prestes a me dizer o verdadeiro motivo para eu estar aqui. O que ele não quer que todos saibam, considerando sua visita secreta a Nateo. Eu passei do ponto de recuar, mas minhas opções vão ser cada vez mais limitadas depois que ele me confiar essa informação.

Ulciscor pisca, surpreso.

– Há algumas posições assim – diz ele lentamente. – As Guardiãs da Chama Eterna em Catena. Auditores especiais subordinados ao Recenseador, que precisam operar sem sequer uma sugestão de influência indevida. Claro, você precisaria ser uma mulher virgem para a primeira opção, e um senador aposentado para a segunda. Elas podem estar fora de seu alcance. – Ele pensa. Relutante. – Você *poderia* pedir que fosse nomeado para trabalhar com o embaixador em Jatiere, imagino. Nosso tratado com eles diz que ninguém na embaixada tem permissão de usar Vontade. Mas isso está longe de ter prestígio. E é muito incomum. Você precisaria terminar na Turma Três, que é a mais elevada, para que o Senado ao menos considerasse deixar você escolher um posto como esse. A única maneira de ter certeza disso seria terminar como Domitor de toda a Academia. – Há dúvida em sua voz. Por mais impressionado que ele esteja comigo, não acha que estou nesse nível.

Ele faz uma pausa e me estuda.

– A Vontade de muito poucas pessoas vem dos Sapadores. E há maneiras de garantir que nenhuma da sua venha – acrescenta ele, com simpatia.

Eu lhe dou uma expressão silenciosamente grata. Que ele ache que minha relutância vem apenas do que vi na prisão de Letens.

Em segredo, porém, sinto uma empolgação diante do que ele acabou de revelar. Não tenho desejo de permanecer em *nenhuma* posição oficial dentro da Hierarquia, em longo prazo, mas essa parece ser uma posição com a qual eu posso conseguir viver por algum tempo. Uma chance de sobreviver, de continuar a procurar por uma saída de verdade, sem precisar trair totalmente a mim mesmo no processo.

Eu poderia comprar *anos*, se precisasse.

– Está bem. – Estou satisfeito com o quanto eu pareço calmo. Não há necessidade de deixar que Ulciscor saiba o quanto eu quero isso. – Então, por que estou indo para a Academia?

– Porque nós, os Militares, precisamos de olhos e ouvidos lá.

– O senhor precisa de um espião... – Eu não consigo conter um sorriso malicioso – Em uma escola?

– Uma escola que abriga filhos das famílias de maior prestígio na

República, onde a classificação dos alunos pode determinar a futura liderança de Catena. – Ulciscor não compartilha de meu bom humor. – A segurança da Religião é tão boa quanto a de qualquer fortaleza. Na verdade, melhor. Eles fornecem os Preceptores, os guardas, até os Octavii que cozinham e fazem a limpeza. É um baluarte, Vis. Uma pequena nação em si mesma.

– Até para o resto do Senado?

– Especialmente para o resto do Senado. – A certeza no tom de voz de Ulciscor acaba com qualquer dúvida. – O mandato da Religião claramente abarca a educação, e a Academia é sua joia da coroa. Militares exigindo acesso seriam como se a Religião exigisse o controle da Sétima Legião. Isso simplesmente não acontece.

Eu assinto, entendendo.

– Não sem prova de algum tipo de delito. – É claro. Militares, Religião e Governança, cada um tem suas próprias áreas de autoridade na República; enquanto eu soube que elas são fonte de tensão e conflito constantes entre as três pirâmides senatoriais, a responsabilidade pela Academia parece um fato estabelecido. Desafiar esse limite, fazer algum movimento contra a autoridade de outra pirâmide dentro do Senado, seria um precedente feio.

Não digo mais nada, transformando minha última frase em uma pergunta.

– É. Bem. Essa é a parte *interessante*, eu acho. – Ulciscor está estranho, quase constrangido. – Nós não temos exatamente certeza do que eles estão escondendo lá. Acreditamos que seja algo importante, mas ainda não temos informação suficiente para especular sobre o que isso pode ser.

– Ah. Certo. Então... o senhor quer que eu procure provas de... *alguma coisa*. – Eu faço gestos largos, enfatizando tudo o que isso abrange enquanto ironizo a vagueza da tarefa. – Fácil.

– Se fosse fácil, não precisaríamos de você.

Eu dou um grunhido de concordância.

– Tem pelo menos alguma sugestão sobre o que eu devo procurar?

Ulciscor puxa sua manga.

– Nosso melhor palpite, até agora, é que tem a ver com a própria Solivagus, a ilha onde fica a Academia. A Religião tem o uso exclusivo de todo o lugar. – Ele hesita. – Há muitas ruínas antigas por lá.

– Antigas quanto? – Pelo jeito como ele falou, e por sua conversa anterior com Nateo, eu já sei a resposta.

– Pré-Cataclismo.

– Então o senhor acha que eles estão procurando algum tipo de tecnologia perdida? – Esses são achados raros, hoje em dia.

– Ou uma arma.

– Eu me remexo desconfortavelmente. Ninguém sabe o que causou o Cataclismo, o desastre que atingiu o mundo inteiro três séculos atrás e deixou vivas menos de cinco a cada cem pessoas. A maioria dos sobreviventes foram crianças, também; os registros que emergiram das décadas caóticas que se seguiram eram poucos, e aqueles que surgiram recordavam aldeias cheias de mortos. Cidades em chamas. Nações inteiras apagadas em um instante.

Mas quase nada da época anterior a isso.

Parece claro, pelo que foi descoberto desde então, que a civilização pré-Cataclismo usava a Vontade de maneiras que a Hierarquia ainda está procurando entender. O propósito das Aurora Columnae, que são a única razão para que a Vontade possa ser cedida, só foi entendido pela República Catenana há um século e meio. Os Sapadores também eram descobertas, e não invenções. E muitos dos outros avanços da Hierarquia vieram do desmonte de dispositivos escavados de ruínas antigas, em vez de qualquer engenhosidade catenana em especial.

O que significa que uma verdadeira arma daquela época tem o potencial de ser muito, muito perigosa.

– Por que a Religião estaria à procura de uma coisa como essa? – Eu deixo que a perplexidade module as palavras, embora haja uma conclusão óbvia. – E desejaria mantê-la em segredo dos Militares?

Há mais que uma sugestão de irritação no olhar que Ulciscor lança em minha direção. Ele não acredita em minha confusão fingida.

– Nós podemos discutir isso depois. Talvez. Por enquanto, tudo o que você precisa saber é que isso é uma possibilidade.

Interessante. Matias, um de meus tutores em Suus, costumava teorizar que a dinâmica de poder entre as pirâmides senatoriais mudaria drasticamente quando não restasse mais ninguém a conquistar. Talvez elas até se tornassem antagonistas. Eu sempre descartei isso como um desejo dele.

– Está bem. – Eu armazeno a informação, sem fazer mais comentários no momento. – Suponho que haja pessoas em particular que o senhor acha que podem estar nessa busca, pelo menos?

– O Principalis da Academia. Quintus Veridius Julii. – É sutil, mas há alguma coisa no jeito que Ulciscor se mexe quando diz o nome. Um endurecimento quase imperceptível em torno dos olhos. Ele não gosta do homem.

– Veridius, eu ouvi o senhor usar esse nome na prisão.

– Acho que foi ele quem colocou Nateo lá. Organizou as coisas para que ele fosse para um Sapador. Eu esperava descobrir por quê. – A confissão de Ulciscor é severa. – Nateo se formou na mesma turma que Veridius, há seis anos. Veridius foi o Domitor daquele ano, e todas as ligações que ele tinha, tudo o que ele dizia, cada ação que ele tinha feito até o momento em que ele ganhou o Iudicium, indicavam que ele se juntaria aos Militares. Como o resto dos Julii. Em vez disso, ele pediu uma posição na Academia. Sob a Religião.

– E isso foi… estranho – digo.

– Muito. Controverso, também. Não foi tanto a troca de lealdades, mas solicitar um papel que detém tão pouco prestígio. Todos achamos que ele tinha sido chantageado, de algum modo pressionado a tomar essa decisão. E o jeito como ele venceu o teste final da Academia, o Iudicium… bem. Dois outros alunos morreram. Supostamente, acidentes.

Há um gume na voz de Ulciscor quando diz isso, e ele faz uma pausa antes de continuar.

– O ultraje por conta disso acabou desaparecendo, mas temos mantido os olhos nele desde então, tentando descobrir o que realmente aconteceu. Em um ano ele se tornou o Principalis da Academia, quando seu antecessor morreu. Causas naturais, até onde soubemos. – Há muita dúvida na frase. – Mas, assim que Veridius assumiu o comando, ele começou a mudar as coisas. O principal campus da Academia costumava ficar em Catena, mas a turma de Veridius foi transferida para Solivagus devido às revoltas dos grãos em 297, e Veridius, quando assumiu, insistiu que ela fosse sediada ali. Ele disse que era porque havia muita trapaça, e que a ilha seria a única maneira de isolar os estudantes adequadamente. A Religião o apoiou. E desde então, outras pessoas de seu ano, como Nateo, começaram a desaparecer silenciosamente. Mais "acidentes", prisões ou transferências repentinas para os cantos longínquos da República. Nada categórico, nada utilizável. Mas há um padrão. – Ele se inclina para a frente. Intenso. – Então, você entende por que estamos desconfiados?

Eu reconheço contemplativamente que entendo; Ulciscor fica em silêncio, e eu não digo nada por um tempo, pensando. Ainda é o meio da tarde lá fora, mas as nuvens deixaram o céu em um tom escuro ameaçador, a chuva vergastando o Transvect ruidosa e constantemente. Agora, há floresta abaixo de nós, as copas das árvores mais próximas borradas no pé de minha visão através da janela com marcas de água. Considerando a velocidade a que devemos estar avançando, o interior do veículo parece um pouco diferente de quando começamos. Eu me surpreendo com a rapidez com que fiquei, não exatamente *confortável*, mas pelo menos acostumado a esse meio de viajar.

– Por que não arranjar outro aluno dos Militares para espionar para vocês? Alguém que já deveria estar estudando? – Eu tenho muito mais perguntas, mas vou começar com as óbvias.

– Veridius não vai deixar provas à vista, o que significa que você vai ter de procurar em lugares que podem fazer com que seja expulso se for apanhado. Talvez pior, dependendo do que descobrir. Não há muitos pais nem alunos dispostos a correr esse risco. Não quando apenas frequentar a Academia significa tanto para eles. – Ele parece vagamente amargo. – Além disso, não podemos confiar neles. Metade deles poderia ir direto procurar Veridius e tentar transformar o que sabe em uma classificação melhor. A outra metade simplesmente não se esforçaria.

Eu dou um grunhido, acompanhando a lógica.

– Mas o senhor pode confiar em *mim*, porque se eu não encontrar algo antes da formatura, o senhor vai... o quê? Me forçar a usar as Aurora Columnae, depois vender minha Vontade? Me entregar aos Militares para que eles possam fazer experimentos com os Sapadores? – As duas são opções legalmente exequíveis para Ulciscor, agora que ele me adotou.

– Algo assim. – Não há nenhum sussurro de humor nem desculpas do homem. As coisas simplesmente são desse jeito.

– E se eu não conseguir descobrir nada? Ou se for apanhado?

– Procure melhor, e não seja. – Sua praticidade relaxa e se torna algo próximo de empatia. – Mas vamos esperar que não chegue a isso.

– Vamos.

Eu não esperava nada melhor, mas é desconfortável ouvir isso tão diretamente. Ele não está preocupado que eu o entregue; as cicatrizes em minhas costas disseram a ele o quanto essa ameaça significa para mim. E mesmo que eu estivesse disposto a arriscar fazer isso, quem me ofereceria um acordo melhor? Eu tenho conhecimento das desconfianças dos Militares, e a Religião sem dúvida já deve estar ciente também. Eu teria alguma utilidade como agente duplo, talvez. Nada que fosse me tornar especialmente valioso para a Religião. Nada que me protegesse do destino que estou tentando evitar.

– Não vai ser óbvio o motivo de o senhor me mandar para lá?

– Não se você se sair bem. Não é incomum que senadores adotem alguém que eles acreditam que vai se sair bem. Alguém que eles um dia podem se ver guiando para uma posição de influência. – Ele tamborila com os dedos na cadeira – Por outro lado, o próprio Veridius vai saber *com certeza* por que você está lá. Ele é muito inteligente e muito desconfiado para não saber. Ele não vai expulsá-lo sem um motivo, pois isso arriscaria disparar uma investigação, mas você vai precisar tomar cuidado perto dele.

– Então nós vamos saber que o outro lado está tramando alguma coisa, mas fingir que não. Maravilhoso. – Eu esfrego a nuca, tentando aliviar a tensão ali. – O senhor está depositando muita fé nas habilidades de uma pessoa que acabou de conhecer.

– Bom, segundo todas as aparências, você é inteligente o bastante, considerando como conseguiu se educar. – Há um toque de esquisitice nisso. Eu disse a Ulciscor, como falei a todas as outras pessoas desde que saí de Suus, que sou de uma família aquiriana de classe média, que meus pais morreram em um acidente pouco antes de o país assinar o tratado com a Hierarquia, e que todas as minhas posses foram desapropriadas pela nobreza depois de sua morte. A linha do tempo é muito próxima da invasão de Suus, e nossa língua e cultura eram bastante parecidas. Também é uma história bem comum em uma região famosa por sua falta de documentação. O que a torna impossível de verificar.

Ulciscor está desconfiado – eu passei metade do dia mostrando a ele os frutos de uma educação real que se estendeu pelos primeiros quatorze anos de minha vida, afinal de contas –, mas, no momento, parece satisfeito o bastante para não insistir no assunto.

– Essa não pode ser a única razão para o senhor ter me escolhido. – Eu insisto, minhas palavras pontuadas pelo repique distante de um trovão. Lá fora, está começando a cair uma tempestade de verdade. – O senhor é um Magnus Quintus; não seria *nada* para o senhor encontrar algum prodígio entre os Octavii para usar, ou mesmo entre os Septimii. Qualquer um deles pularia em cima de uma chance de se tornar um Telimus e frequentar a Academia. E todos eles estariam dispostos a ceder. – Eu destaco esta última parte. Isso deve ter sido um fator em tudo isso, embora eu não consiga entender por quê.

– O que significaria que eu não teria nenhum poder sobre eles. – Ulciscor lança um olhar incomodado em minha direção, mas acaba assentindo. – E está bem. Sim. Alguns dos outros alunos também ainda não vão ter passado pelas Aurora Columnae. Desde que Veridius assumiu, ele parece ter preferido candidatos que nunca cederam antes. Essa é uma qualidade muito rara em alguém da sua idade. – Ele faz uma pausa, seus olhos castanhos profundos hesitam ao olharem nos meus. – Eu, na verdade, tenho uma pergunta.

– Está bem.

– Você diz que não cedeu nas Aurora Columnae porque não quer ser um Octavus. O que eu entendo, mas... Eu vi suas cicatrizes. Eu vi quantas elas são. – Ele se cala, mas há uma intensidade na afirmação. Como se ele estivesse furioso por mim.

– Isso na verdade não é uma pergunta. – Quando ele continua a me encarar, eu dou um suspiro. – Eu me submeti a isso porque estou convencido de que a alternativa teria sido pior. É simples assim.

– Não, não é. A convicção é admirável, mas ela só leva um homem até certo ponto. – Ele se inclina para a frente. – Então, o que eu quero saber, Vis, é por que você está punindo a si mesmo.

Eu olho fixamente para ele, com um aperto doentio e desconfortável no fundo do peito, perdido, sem saber o que responder.

O Transvect dá um solavanco.

Eu aperto os braços de minha cadeira, quase aliviado pela distração, então aperto ainda mais minha pegada ao ver Ulciscor fazer a mesma coisa.

– Ele deveria…

– Não.

Ulciscor está olhando pela janela; sua pergunta, esquecida. Nós ainda estamos nos movendo rápido, mas agora há uma verdadeira vibração forte no Transvect, uma vibração forte e irregular que faz meus dentes baterem.

E parece que a floresta abaixo está se apresentando.

– Parada de emergência, eu acho. Deve haver algum dano. Nós podemos nos atrasar um pouco. – Ulciscor se levanta e se equilibra nas costas da cadeira antes de ir cambaleante até a janela do outro lado e olhar para a frente do gigante em desaceleração. Ao contrário de mim, ele não está demasiadamente preocupado.

Isso muda quando a seção à nossa frente explode.

VII

ULCISCOR SOLTA UM PALAVRÃO E CAMBALEIA PARA TRÁS QUANDO O vidro molhado pela chuva se estilhaça. Um calor chamejante e laranja entra com um ronco. Eu fico de pé e hesito, desequilibrado em meio à nossa descida trêmula, embora eu não tenha certeza do que posso fazer. O Transvect ainda está se movendo rápido o suficiente para parecer que as chamas estão se derramando desde a madeira, achatadas pelo empuxo, voando em nossa direção.

– Talvez mais que um pouco! – grita Ulciscor acima do chiado trovejante da chuva e do grito agudo do vento que vergasta o carro. Seus olhos estão completamente escuros quando ele se move, dessa vez com muito mais suavidade, para longe das chamas e até uma janela grande um pouco mais distante. Ele olha para a floresta que passa correndo abaixo, encoberta pela tempestade.

– Estamos sendo atacados? – Levanto a voz também, com um braço erguido para me proteger do calor e da luz enquanto vou cambaleante até ele. Aquilo, agora, foi uma explosão. Não há mais suspeita de que seja um problema simples.

O Transvect desacelerou o suficiente para que as árvores abaixo passem em uma velocidade menos estonteante, embora ainda consideravelmente mais rápido do que eu gostaria. As mais altas estão ficando mais próximas. Sombras do fogo à nossa frente criam um movimento louco e tremeluzente, laranja e preto, quando passamos depressa pela folhagem mais próxima.

Estou à beira do pânico, mas já passei por isso muitas vezes ao longo dos anos. Eu sei como me controlar em um momento como este.

– Isso importa? – É desconcertante o quanto Ulciscor está inalterado pela cacofonia ou pelo calor de assar que se aproximam de nós. Ele sai andando, impossivelmente equilibrado em comparação comigo, se agarrando à cadeira ao meu lado, até o fundo de nossa seção, então se agacha e começa a levantar um dos tapetes grossos.

– O que o senhor está fazendo?

– Um amigo meu costumava imbuir Transvects. Toda seção deve ter… *ah!*

Ele fica triunfante ao pegar e torcer uma coisa embaixo do tapete. O rangido é audível até mesmo com os gritos do vento, e de repente há um quadrado de aproximadamente um metro de largura faltando no chão.

– Escotilha de acesso – explica Ulciscor com calma enquanto se apruma.

– Para onde?

Ele responde dando dois passos largos em minha direção, me agarrando pelo ombro ruim e me virando bruscamente. Não tenho tempo de reagir à dor antes que a janela do meu lado se estilhace, e cacos brilhantes sarapintados de laranja passem voando quando Ulciscor me protege com seu corpo. Um vento fresco começa a soprar, um contraponto ao inferno que está invadindo.

Ulciscor não parece estar ferido, me segurando no lugar sem esforço, como faria com uma criança.

– Há uma plataforma abaixo. Com pedra em cima e embaixo. Podemos nos abrigar lá sem sermos queimados vivos.

Seus olhos de meia-noite refletem minha expressão aterrorizada.

Sinto que mostro os dentes em resistência ao conceito, mas o calor pressionando as minhas costas é um argumento muito convincente. Ulciscor vai primeiro, entrando pela abertura com tanta facilidade e leveza como se fizesse isso o tempo todo, aterrissando de modo que sua cabeça ainda fica visível acima do chão. Ele gesticula para que eu o siga, então se abaixa e some de vista.

Eu avanço bruscamente em direção à borda da escotilha, e o ar gelado que grita através dela ameaça meu equilíbrio quase tanto quanto a agitação do próprio Transvect.

Não me animo com o que vejo quando olho para baixo. Ulciscor, na verdade, exagerou quando descreveu a seção. É um pilar de pedra de apenas uns sessenta centímetros de largura, e, de onde estou, posso ver copas de árvores em chamas dos dois lados dele. Não é uma plataforma.

– Isso não é uma plataforma! – grito, sem conseguir conter um tom levemente histérico.

Não há resposta, e o barulho de mais vidro quebrando atrás de mim me dá pouca escolha. Eu paro na borda antes de passar desajeitadamente por ela, com o ombro machucado chiando, pedra raspando minha pele através da túnica. Sinto uma onda de pânico quando meus pés ficam pendurados no que parece ser muito alto, mas então Ulciscor me segura com aquela pegada de ferro impossível e me carrega pelo resto do caminho como se eu não pesasse nada. Sou mais baixo que ele e mal consigo tornar a ver o interior da cabine. O que consigo identificar já está banhado em fogo.

– Se abaixe.

Eu obedeço a ordem. No momento seguinte, a escotilha de pedra desliza de volta para o lugar, encerrando o inferno. Ulciscor continua me segurando com uma das mãos, mas eu agarro uma viga molhada pela chuva de qualquer maneira, com determinação louca. O topo das árvores está menos de seis metros abaixo de nós, agora, passando tremeluzente, ainda desaparecendo rápido demais na escuridão. O vento uiva e me fustiga, tentando me arrancar de minha posição. Gotas desgarradas de chuva de algum modo encontram o caminho até embaixo do Transvect, aguilhoando a pele exposta. Acima de nós, a conflagração continua a trovejar em torno dos estalos da madeira.

Passaram-se menos de trinta segundos desde a explosão.

Ulciscor aperta mais meu braço, atraindo minha atenção para ele.

– Quando o Transvect estiver prestes a bater nas árvores – grita ele calmamente –, nós pulamos.

– *O quê?*

Eu tento sem sucesso recuar, mas sou detido por suas mãos semelhantes a tornos.

A atenção de Ulciscor voltou às copas indistintas das árvores abaixo, que se agitam na tempestade. Essa é uma floresta antiga; as árvores têm cinquenta metros de altura, talvez mais.

– Se prepare.

– Não, eu acho que não. Sem chance. – Isso sai como um murmúrio. Ainda não consigo me soltar da pegada do Quintus.

Se Ulciscor escuta, não se dá ao trabalho de responder. Em vez disso, ele se vira e me envolve em um abraço ao qual não tenho forças para resistir. Ele me ergue do chão.

– Lá vamos nós – grita ele em meu ouvido.

Ele salta e gira, ficando de costas para a direção na qual estamos voando. Meu estômago salta. Acho que grito, ou tento gritar, mas há alguma coisa berrando às nossas costas, um barulho que enche a noite e cobre qualquer som que eu possa fazer. Tenho a impressão de que o Transvect em chamas seguiu em frente sem nós, uma pira contra as nuvens de tempestade. Então galhos chegam correndo, se quebrando e rasgando. Há um solavanco terrível quando batemos no lado de um tronco de árvore. A pegada de Ulciscor não vacila.

Nós atingimos o chão.

Ar explode de meus pulmões quando quicamos, rolamos e deslizamos antes de pararmos em meio à umidade. Eu engasgo em seco, tusso, me debato sem forças na pegada de Ulciscor. É instinto, pânico. Eu sei que ele recebeu a maior parte do impacto. Salvou minha vida. Em algum lugar à nossa frente, há uma explosão, uma reverberação trovejante que desaba sobre nós e através das árvores. O abraço de Ulciscor finalmente relaxa, e eu rolo para longe, bem a tempo de ver um brilho infernal desaparecer por trás da folhagem densa e do granizo.

– Ulciscor. – Ainda estou no chão quando me viro para ele. Eu temo pelo pior ao perceber que ele ainda não emitiu nenhum som.

Um movimento repentino e um grunhido dolorido me dão um susto. Eu rastejo até ele e ponho a mão no ombro do homem de bruços.

– Você está bem?

– O que você acha? – Ulciscor dá um gemido, vira para cima e olha para mim. Seus olhos ainda estão tomados por escuridão. Apesar de seus resmungos, ele não parece estar protegendo nenhum ferimento em especial.

Eu me levanto cambaleante. Muito machucado, abalado, ainda sem fôlego. Mas capaz de movimentar todas as partes do corpo. O vento e a chuva não estão tão ruins aqui embaixo, com o dossel folhoso fornecendo alguma proteção. Eu ofereço a mão direita a Ulciscor, e ele se põe de pé com mais um gemido, que eu ecoo ao ser puxado.

– O que foi isso?

– Uma ogiva de Vontade, eu acho. Fácil de fazer. Devia estar escondida na seção a nossa frente – Ele massageia uma perna, fazendo careta.

Eu me lembro do termo. As legiões catenanas as usavam há décadas, antes que o Direito de Nascença fosse estendido a combatentes estrangeiros.

– O que fazemos agora?

O homem grande testa cada membro, cuidadosamente.

– Nós voltamos para o Transvect.

– Isso faz algum sentido?

– Se o núcleo de elevação e a propulsão não estiverem danificados, então há alavancas simples de comando na cabine dianteira. Eu posso usá-las para nos colocar em movimento outra vez.

– E se eles estiverem danificados?

– Aí vamos ter de andar um pouco mais.

Eu dou um grunhido. É fácil para o Quintus dizer isso. Nós não temos comida nem água. E estávamos viajando através das florestas vastas do norte de Tensia há pelo menos meia hora, avançando incrivelmente rápido. Não vai ser uma caminhada curta de volta à civilização.

Ulciscor ignora minha falta de entusiasmo e agarra meu ombro. Em parte para me equilibrar, em parte por si mesmo. Ele está mais dolorido do que deixa transparecer, eu acho.

– Venha. E fique calado. Essa explosão foi suficiente apenas para derrubar o Transvect, não para destruí-lo.

– Você acha que alguém queria que ele permanecesse intacto?

Eu estou em dúvida.

– Bem, acho que não *intacto*. Mas nós estamos quase matando de fome os anguis aqui embaixo, e com certeza havia muitos grãos a bordo. Por outro lado, o Transvect pode ter sido sabotado pelos dissidentes tensianos, que não sabem como usar a ogiva de Vontade com eficácia. Espere o segundo, mas planeje para o primeiro, eu acho.

Ele se abaixa, procura algo no meio do capim e guarda algo no bolso, então gesticula animadamente na direção em que o Transvect desapareceu.

Eu observo a facilidade com que ele está se movimentando outra vez, então olho para trás na direção em que caímos, apertando e protegendo os olhos das gotas pesadas que estão conseguindo atravessar o dossel acima. As nuvens meditativas não são suficientes para esconder a devastação provocada por nossa queda, que abriu um túnel quase perfeito de destruição através da folhagem. Vários galhos pesados pendem como membros quebrados; uma árvore em particular foi partida no tronco, sua metade superior quase em ângulos retos enquanto repousa de um jeito estranho contra sua vizinha.

Também não é uma árvore *pequena*.

Eu estremeço, então corro para alcançá-lo.

Nós seguimos por um tempo através de densas paredes de umidade, arrancando grandes samambaias. Ulciscor abre caminho à frente, e os barulhos sombrios da floresta são os únicos sons que competem com o vento e a chuva. Estou encharcado em poucos minutos, a túnica grudada em mim, a capa rasgada pouco fazendo para conter o frio. Por fim, vemos fumaça acima do topo das árvores e alteramos nossa trajetória.

Não sei ao certo por quanto tempo avançamos, com dificuldade, depois disso. Dez minutos? Vinte? Nenhum de nós fala, toda nossa energia gasta em seguir em frente. Nós andamos devagar. Tudo dói. Apesar das aparências iniciais, percebo que Ulciscor também está cansado. Seus olhos ainda estão banhados em preto. Ele está usando Vontade apenas para continuar em frente.

Acabamos encontrando a trilha deixada pelo Transvect, identificável tanto pelo enorme corredor destruído de floresta como pelos detritos em chamas que ainda queimam após sua passagem. O chiado e o crepitar do Transvect ardendo em fogo lento enchem o ar mais de um minuto antes que o alcancemos.

O gigante de pedra e madeira é um animal moribundo na lama. Algumas seções ainda queimam ferozes, algumas não passam de brasas ardentes. Outras, ainda, perderam partes inteiras, grandes volumes arrancados no impacto. A chuva parece ter impedido que a maior parte da floresta também queimasse. Só algumas árvores próximas urram seus espasmos de morte violentos e brilhantes.

Ulciscor para a uns quarenta metros de distância, com a mão cautelosa em meu braço instando para que eu faça o mesmo.

– Nós vamos dar a volta – murmura ele, olhando através da chuva para os destroços fervilhantes.

Não há ninguém à vista, e eu estou exausto, ferido e completamente encharcado, mas sigo sua orientação. Damos a volta e começamos a atravessar os arbustos que ainda estão de pé no caminho lateral em direção à frente do Transvect.

– *Ali* – murmuro a palavra com urgência, me abaixando ainda mais e gesticulando. Pessoas estão caminhando perto de uma seção junto ao bico. Há quatro delas, pouco mais que silhuetas contra as chamas famintas.

Ulciscor não faz o mesmo. Ele observa por um momento, então leva a mão ao bolso e joga alguma coisa longe, para o lado. O que quer que seja, é pequeno.

– Fique aqui. – Rígido. Tenso. *Raivoso.*

Ele faz uma careta como se estivesse tentando, sem sucesso, se livrar do choque físico de tudo o que fez esta noite. Ele oscila antes de conseguir se equilibrar apoiado no tronco grosso e retorcido de uma velha árvore, então sai em espaço aberto.

Faço o que ele sugere e permaneço abaixado.

– O que estão fazendo aqui?

Por mais cansado que eu saiba que ele está, Ulciscor não demonstra nada disso ao gritar a pergunta imperiosamente.

As pessoas a sua frente hesitam e então param.

– Ah. Nós estávamos a bordo quando o Transvect caiu. Meu nome é Sacro. – Eu agora posso vê-los mais claramente. Todos homens. Assustados pela aparição de Ulciscor. O que está falando tem sangue e terra marcando seu nariz e seus lábios finos. O cabelo louro-sujo está desgrenhado.

– Fazendo o quê?

– Trabalho de manutenção. Alguns dos pilões de Vontade estavam saindo de alinhamento. Nós achamos que podíamos consertar isso durante o…

Há um som molhado e surdo.

A cabeça de Sacro explode.

Leva um segundo para que qualquer pessoa reaja. Todo mundo está congelado. Sem entender nada. O corpo de Sacro está desabado no chão quando os outros três homens gritam e recuam, meio abaixados, olhando loucamente ao redor à procura do que quer que tivesse despachado seu amigo. Há vísceras vermelhas e violentas pintando a fachada do Transvect. Eu me deito sobre o chão molhado, todos os músculos gritando para que eu fuja.

Ulciscor apenas observa. Entendo sua calma pouco antes dos outros.

– Você o matou.

Há medo no homem gorducho de pele oliva à direita. Choque. Não muito diferente do que estou sentindo. Eu passei por algumas coisas horríveis nestes últimos anos, mas o Direito de Nascença significa que não vejo um cadáver há muito tempo Não desde que...

Eu afasto o pensamento.

– Ele mentiu para mim. E *não* estou de bom humor. – Ulciscor dá um passo à frente. Os outros homens respondem dando um passo desordenado para trás. – Vamos começar outra vez. Quem são...

Há um barulho baixo, um zumbido, quase inaudível acima do Transvect crepitante e do vergastar do vento. Ulciscor se cala. Balança bruscamente. Uma flecha surgiu na parte de trás de sua perna esquerda. Ele se vira um pouco e olha para ela, intrigado.

Então ele desaba de cara na lama remexida.

Eu espero que ele se mexa, que se levante e retalie apesar da flecha que sai de sua perna. Ulciscor é um Magnus Quintus. Mesmo enfraquecido como está, um ferimento como aquele, não importa o quanto seja doloroso, não devia ser a única coisa necessária para derrubá-lo.

Os três homens restantes fugiram e se esconderam por trás de diversas partes do desastre, os olhares se dividindo entre a forma emborcada de Ulciscor e a floresta ao redor, parecendo tão surpresos quanto eu.

Finalmente, o que tem o cabelo preto trançado mexe esse quadro congelado.

– Quem está aí?

Só a chuva caindo e o farfalhar constante das folhas saúdam seu grito. Olho atentamente na direção de onde veio a flecha, mas não há ninguém visível.

Há um silêncio tenso, os homens abrigados atrás de suas proteções, imóveis. Eu olho fixamente para a forma inerte de Ulciscor, desejando que ele se levante. Se eu tentar ajudá-lo, vou me expor não apenas para aqueles estranhos, mas para quem quer que tenha atirado nele.

– É melhor irmos embora. – É o homem corpulento que finalmente rompe o silêncio, gritando para os companheiros, de seu esconderijo atrás de um tronco de árvore caído. Ele está com os olhos arregalados, ainda se sobressaltando a cada som que vem da vegetação ao redor.

Seu companheiro magro e de barba ruiva, que está escondido a uns três metros de distância, emite uma concordância fervente, mas seu olhar duro não deixa Ulciscor.

– Ainda não. Ele matou Sacro. – Sua mão vai até o lado de seu corpo, e eu vejo uma bainha em seu cinto.

– Não faça isso, Helmfrid. Ele é pelo menos um Sextus. Vão nos caçar até o fim do mundo.

Helmfrid ignora o aviso. Ele fica de pé e solta a respiração presa quando nenhuma flecha voa. Há uma pausa, então os outros dois também começam a se erguer relutantemente. Nada ainda.

Helmfrid dá um passo na direção de Ulciscor, com aço agora brilhando na mão.

Ah, *vek*.

VIII

EU ESTOU EM MOVIMENTO, CORRENDO DEPRESSA PELA LAMA, E surjo através dos arbustos em uma explosão de folhas e gravetos quebrando, esperando que uma flecha se enterre nas minhas costas. Só preciso correr uns quinze metros, mas todos os três homens estão alertas, sua atenção imediatamente em mim, a espada curta na mão de Helmfrid voltando-se bruscamente em minha direção. Ele, porém, não a segura com confiança, nem adota nenhuma posição em especial ao ver meu ataque. Ele não sabe como usar a arma.

Provavelmente leva menos de cinco segundos para percorrer a distância até Helmfrid. Parece uma eternidade. *Devia* ser uma eternidade para o homem de tranças pretas que está se preparando. Mesmo assim, ele está estranhamente passivo, lento; eu espero ter de desviar, mas ele ainda está com a espada recuada para golpear quando eu bato contra ele, dirigindo o punho a seu queixo.

Eu erro.

É a lama, mais que qualquer outra coisa, muito remexida devido à aterrissagem brusca do Transvect e escorregadia demais para dar apoio adequado. Em vez de acertar diretamente, meu ombro bom atinge Helmfrid no peito, e nós caímos em um emaranhado de membros, os dois se debatendo loucamente. Sinto dor em meu lado direito, aguda e quente e aterrorizante, mas consigo me afastar, gritando e me retorcendo. Eu tenho um segundo para ver o pânico de Helmfrid de perto antes que minha testa encontre seu nariz com um barulho audível de algo se quebrando. Seus olhos adejam e giram para cima.

Eu levo uma das mãos à umidade grudenta e ardente no lado de meu corpo, mas não paro para conferir o ferimento. Eu me levanto cambaleante e corro terrivelmente na direção do homem atarracado ao lado, que agita os braços e escorrega na lama remexida ao perceber que seu camarada armado está no chão. Dessa vez, meu soco acerta, os dentes cedem, e ele solta um grito gorgolejante antes que eu continue com um segundo ataque ao queixo. Ele cai.

O homem de barba ruiva ainda não se mexeu. Chocado. Então sua expressão fica resoluta, e ele ataca. Acho que mais por desespero que por confiança. Seu punho passa longe de qualquer coisa que ele pudesse estar tentando acertar; fico quase confuso ao observá-lo passar. Então eu me aproximo, desajeitadamente graças ao meu lado latejante, mas ainda muito mais rápido que ele. Lanço um golpe indireto em seu ombro, então uso meu impulso para agarrá-lo e jogá-lo contra um tronco grosso caído. Os galhos ainda presos farfalham e estremecem.

– Quem são vocês? – digo com raiva, com o rosto a centímetros do dele enquanto eu o seguro, com o antebraço sobre seu pescoço.

O rosto do homem está quase todo nas sombras. Cabelo ralo e vermelho cai sobre seus olhos.

– Anguis. – Ele diz isso com dificuldade, se esforçando para respirar. – Nós só queremos comida.

Devo ter relaxado a pegada, ou talvez ele sinta hesitação. Ele se retorce e tenta dar um soco forte em meu ferimento.

Sem lhe dar a chance de fazer isso, acerto uma cotovelada na sua têmpora.

– Que surpresa – murmuro enquanto deixo sua forma inerte deslizar contra a árvore molhada, embora mais por frustração que por verdadeira aversão. Anguis. As únicas pessoas, até onde sei, que ainda lutam contra a República. Anos atrás, naqueles meses terríveis depois de Suus, eu teria dado um membro para entrar em contato com eles.

Isso foi antes de ver pessoalmente os resultados de sua resistência, é claro. Eu uma vez ouvi meu pai descrever os anguis como crianças fazendo um escândalo, mas nunca acreditei nisso até testemunhar as consequências de um de seus ataques contra uma pequena aldeia tensiana do norte. Octavii aleijados e incapazes de trabalhar, um Septimus morto com a família em prantos. Casas queimadas, objetos de valor saqueados e as provisões para o inverno roubadas.

Ninguém ali tinha nenhum amor por seus conquistadores, mesmo assim os lábios de cada aldeão por quem passei amaldiçoavam os anguis, e não a Hierarquia. E eles tinham razão nisso.

Eu estremeço quando a emoção da luta me deixa, botando em foco a dor logo acima de meu quadril. Ainda de joelhos, levo cuidadosamente a mão esquerda até o ferimento. Ela sai vermelha. Minha túnica e minha capa estão ambas rasgadas, e sangue escorre do buraco. Eu pressiono a mão com firmeza. Não é um arranhão, mas também não é fatal, eu acho.

– Bom. Pelo menos sabemos que você consegue derrotar Octavii sem treinamento se for preciso.

Eu giro ao ouvir a voz de uma mulher. Meus olhos levam um segundo para se ajustar quando os destroços em chamas saem de foco; a primeira coisa que vejo é a flecha preparada apontando bem para meu coração, a pouco mais de cinco metros de distância. Quando levanto a mão livre, o rosto por trás do arco tensionado se define. Uma confusão vazia supera todas as outras sensações enquanto eu tento identificá-la. Olhos castanhos, pele escura. Cabelo castanho encaracolado grudado ao rosto. Talvez alguns anos mais velha que eu.

– Você. – Eu finalmente a reconheço. Ela é do Teatro. Aquela que sempre pedia que Gaufrid a apresentasse.

– Eu. – O arco não se move um centímetro. – É bom finalmente conhecer você, Diago.

Há uma dissonância mental quando registro o nome que não ouvia há três anos. Um segundo que parece uma eternidade, em que inexoravelmente passo da sensação de estar convencido de ter ouvido errado para um torpor aterrorizado. O perigo do desastre, o choque com as ações de Ulciscor, meu ferimento – tudo isso fica distante em comparação com o quanto me sinto nu. Totalmente exposto.

Estou muito desequilibrado para esconder minha reação, pelo menos totalmente, e praguejo baixinho quando vejo um brilho de satisfação nos olhos dela com a confirmação.

Meu olhar se dirige ao aço nu que está no chão ao lado de Helmfrid, a pouco mais de dois metros de distância.

– Não, não. – Ela me conduz em outra direção com o arco. Um movimento relaxado, mas indicando que ela fala sério. Eu obedeço, me levantando e dando alguns passos rígidos para a direita. – Melhor.

– Quem é você?

Eu monitoro a forma emborcada de Ulciscor pelo canto do olho, vendo a haste da flecha se projetando de sua perna. Ele está respirando, pelo menos, mas não há sinal de que vá acordar e me ajudar.

– Meu nome é... Sedotia. – O jeito deliberado como ela diz isso é para que eu saiba que não é seu nome verdadeiro. – E só quero conversar.

– Dá para ver. – Tento não deixar que a dor transpareça em minha voz quando indico a flecha ainda apontada para mim. Estou começando a me sentir tonto.

– Você cuidou desses três bem depressa. Achei que seria melhor prevenir qualquer mal-entendido, para seu próprio bem. – Sedotia observa meu rosto, então, sem pressa, abaixa o arco. Mas a flecha permanece posicionada. – E nós não temos muito tempo antes que mais deles cheguem.

– Deles?

– Mais de nós – corrige-se ela, um tanto irritada. – Anguis. Há cerca de vinte homens a caminho, esperando pegar sacas e mais sacas de grãos. Nós precisamos ir embora daqui antes que eles cheguem.

– Eu não vou a lugar nenhum com você. – Tento entender o que está acontecendo, olhando para os três homens inconscientes, então para Sacro. Ele está de cara no chão. Há um buraco vermelho carnudo do tamanho de meu punho na parte de trás de sua cabeça. – Se vocês são todos anguis, por que não estão trabalhando juntos?

– Não era para os malditos idiotas já terem chegado aqui. Imagino que eles estivessem querendo pegar um pouco para si mesmos. – Ela acompanha meu olhar. – Escolhas e consequências, Diago. Quanto ao motivo por que não estou com os outros que vão chegar: há atualmente três pessoas nos anguis que sabem quem você realmente é. Eu gostaria de manter as coisas assim, e imagino que você também.

Eu cerro os dentes.

– Então foi *por acaso* que esse ataque aconteceu hoje?

– Este ataque deveria acontecer dentro de um mês, contra um Transvect carregando uma carga muito mais valiosa. Eu passei a maior parte da noite passada antecipando o plano.

A última frase é de uma impaciência espinhosa.

– Como você sabia que eu estaria a bordo?

– Assim que percebi que ele estava no Teatro ontem à noite. – Ela move a cabeça na direção de Ulciscor. – Eu soube que hoje você estaria a bordo a caminho de Solivagus.

– Foi então que vocês decidiram provocar o acidente?

– Não foi minha primeira opção. – Sedotia me lança um olhar de reprovação. – Teria havido muito menos fogo, violência e morte se você tivesse falado comigo em uma das… – Ela conta nos dedos. – Quatro? Quatro vezes diferentes que tentei entrar em contato com você no Teatro. E eu achava que ainda teria algumas semanas, mas *alguém*… – Ela lança um olhar que parece cheio de irritação para Ulciscor. – Chegou à prisão de Letens *muito* mais depressa do que eu esperava.

Ela faz uma pausa, olhando para mim com expectativa, e eu engasgo em seco ao entender.

– Você planejou que o Quintus me encontrasse.

– Nós planejamos que ele soubesse sobre uma transferência específica de um prisioneiro em particular em cerca de um mês, e depois que você chamasse a atenção quando ele chegasse. Deliberadamente, seguindo instruções que daríamos a você. – Ela sacode a cabeça. – Ele está querendo ter alguém na Academia há anos, mas ainda não tinha conseguido. Nós tivemos sorte por ele ter notado você.

Ela deixa a última parte como uma espécie de pergunta. Eu a ignoro. Estou com dificuldade para me concentrar. Não posso deixar que isso continue por muito mais tempo.

– Os anguis me querem na Academia, então. Isso certamente significa que devo salvar Ulciscor e botar essa coisa de volta no ar, e não ir embora com você.

– Você não está pronto. – A certeza inabalável em sua voz é gélida. – Não está pronto para a Academia nem para lidar com o Magnus Quintus. Ele é… formidável. Ele já deve ter percebido que há algo estranho em seu passado, sua educação. Ele vai colocar agentes para examinar cada aspecto de seu passado assim que você chegar a Deditia. Cada conversa que você tiver com ele, com seus amigos, com seus criados, todas elas vão ser testes, armadilhas. Cada. Uma. Delas. – Ela relaxa um pouco, com um toque de desespero ao olhar para a floresta ainda em silêncio. – Olhe, você está nitidamente ferido. Precisa de ajuda. Nos dê três semanas para prepará-lo, no máximo um mês. Ele não vai mesmo mandar você para a Academia antes do início do segundo trimestre.

A chuva está diminuindo, percebo distraidamente. Atrás de mim, os estalidos e o crepitar de madeira queimando. Faz um silêncio sinistro.

– E como eu vou voltar para Ulciscor? – Sinto que minhas palavras estão ficando indistintas, mas Sedotia não parece perceber.

– Fácil. Nós sequestramos você e pedimos um resgate, mas você se liberta heroicamente antes que o Quintus faça o pagamento. O Senado ama uma boa história. – Ela torna a olhar ao redor. Nervosa.

– Supondo, é claro, que seus outros homens não o matem hoje.

– Eles não são tão burros. Ele vai ficar bem.

Eu finjo pensar sobre isso enquanto dou a mim mesmo alguns segundos para me firmar.

– A resposta é não.

– *Não?* – O tom de voz de Sedotia é perigoso. Seu arco se move levemente para cima.

– Eu não sei o que os anguis querem de mim, mas tenho um palpite. – Sair-se bem na Academia. Assumir, ao se formar, uma posição de poder da escolha deles em algum lugar na Hierarquia, onde eles possam fazer o melhor uso de mim. Em algum lugar, eu teria de ceder. – Não estou interessado. E Ulciscor já pretende me treinar antes que eu vá para Solivagus.

– Ulciscor quer que você se encaixe o bastante para descobrir o que ele quer saber. *Nós* queremos que você seja Domitor. Acredite em mim, há uma diferença. – Há frustração em tudo o que Sedotia diz. – Pelos túmulos dos deuses. Eles mataram sua família. Roubaram seu lar. Você não quer fazer algo em relação a isso?

Apesar de minha dor física, o lembrete é um punhal, tornado afiado pela acusação.

– Claro que quero – digo delicadamente. Murchando. – Mas isso *não é possível.* Eu fiz minha escolha há três anos. Eu fugi. – Digo isso sem orgulho nem vergonha. Não é totalmente mentira, mas não acrescento que tenho meus próprios planos, ou que considero os anguis pouco mais que assassinos inúteis. – Esta é minha melhor oportunidade de encontrar algo perto de uma vida normal.

Consigo ouvir os dentes de Sedotia rangendo.

– Se você soubesse os riscos que eu… – Ela se cala, e seu arco se ergue novamente, tensionado e apontando diretamente para mim outra vez. – Não importa. Você só tem essa chance graças a mim, e parece estar com a impressão equivocada de que é algum tipo de oferta. Então vamos, antes que eu tenha de carregá-lo.

Meu coração bate forte. Ainda posso sentir sangue vazando entre meus dedos.

– Você não ganha nada se atirar em mim.

Sedotia mira a flecha.

– Eu vou me sentir melhor.

Mantenho a mão erguida e exalo, então dou um passo arrastado na direção de Ulciscor.

– Eu vou levantá-lo. Aí vamos subir a bordo e partir.

Escuto um grito distante, praticamente inaudível através das árvores, vindo da traseira do Transvect. Sedotia também escuta e pragueja.

– Você está cometendo um erro.

– Talvez. – Eu dou outro passo.

Sedotia fecha os olhos, e seus ombros se curvam quando ela baixa o arco.

– Pirralho. Tolo. Um ingrato… – murmura ela, alto o bastante para que fique claro que eu devo ouvir. Então, diz mais alto quando corro até Ulciscor: – Vou dar a você um mês para mudar de ideia. Vai haver uma naumaquia em Catena durante o Festival de Jovan, esteja lá.

Eu passo o braço de Ulciscor em torno do pescoço e faço um grande esforço para levantá-lo. Fogo arde na lateral do meu corpo, e meu ombro machucado grita para que eu pare.

– Se não o quê?

– Se não, todo mundo vai descobrir quem você é. O Senado vai te executar. Talvez você vire um mártir. Talvez ter um inimigo infiltrado tão fundo gere um caos político, novas suspeitas da qual possamos tirar proveito. – A voz de Sedotia está cheia de promessa. – Nós fizemos um investimento para trazer você até aqui. Vamos cobrar essa dívida, de um jeito ou de outro.

Os gritos ficam mais altos. Já estou cambaleando na direção do Transvect, meio arrastando Ulciscor comigo. Eu acredito nela.

– Como eu chego lá? – Eu arquejo.

– Isso não é problema meu. – Ela olha para a extensão do Transvect, então vem em minha direção. Minha hesitação quando ela se aproxima dura o suficiente para que ela se abaixe e arranque a flecha da coxa de Ulciscor.

Eu me encolho, esperando que sangue borbulhe do ferimento, mas há estranhamente pouco. Será que isso tem algo a ver com ele imbuir a si mesmo? Sedotia agita o que parece ser uma ponta de flecha de pedra banhada em escarlate, então gira e sai andando para dentro da floresta.

– Um mês, Diago – grita ela ao desaparecer.

Eu redobro meus esforços, amaldiçoando a dor na lateral do corpo, rosnando insultos para o homem inconsciente sobre seus hábitos alimentares e obrigando meu corpo a continuar avançando através da lama funda. Só a apreensão crescente supera minha exaustão dolorida e atordoada; os gritos chegaram mais perto e consigo ouvir vozes individuais, quase distingo as palavras.

Finalmente chego à cabine dianteira, abro a porta no bico pontudo do Transvect e arrasto Ulciscor para dentro. O ambiente é pequeno, pouco mais de 1,80 de altura e menos de duas vezes isso de extensão. Há uma única janela estreita, na porta. Um banco em frente a um painel de pedra que é nitidamente o foco do espaço.

Eu abandono Ulciscor no assento e examino o painel, mas agora só me mexer é um esforço, e a vertigem que já estava me incomodando nos últimos minutos fica pior. Há quatro alavancas coloridas. Nada escrito.

Maravilhoso.

Gritos urgentes vêm do exterior quando alguém vê os corpos no chão. Eu fecho a porta tão silenciosamente quanto possível, então olho de cenho franzido para os controles, fazendo o possível para enxergar, através da névoa do cansaço, qualquer lógica por trás de sua arrumação. Três estão para cima, e uma – a alavanca vermelha, a mais à direita do grupo – está para baixo. Essa pode ser a da parada de emergência.

Eu dou de ombros. Movo a alavanca vermelha.

Sinto um solavanco alarmante e cambaleio, recuando até a parede de pedra fria. Os gritos lá fora ficam furiosos e em pânico.

O Transvect começa a se erguer.

Fico de pé, oscilante outra vez. Me senti extremamente satisfeito comigo mesmo, mas fico ansioso quando o chão se afasta, percebendo que na verdade não tenho ideia do que estou fazendo. Mas o Transvect deve ter sido construído com limitações de quanto dano uma única pessoa pode causar aqui de dentro. Não deve?

Eu passo a mão pelas outras três alavancas. Azul, amarela, branca.

Movo a alavanca azul, basicamente porque está ao lado da vermelha.

Não ocorre nada além de um barulho estranho, e eu me pergunto se alguma coisa aconteceu. Então um estrondo horrendo me atrai para a única janela; eu olho para baixo atônito antes de perceber que estou vendo a maior parte do Transvect andando, batendo e abrindo o caminho através da floresta bem abaixo, à base da destruição.

– Não é a certa – murmuro atordoado, sacudindo a cabeça e repreendendo a mim mesmo. Então me animo quando lembro que esse veículo é da Hierarquia. – Também não é a errada. – Minhas palavras saem meio enroladas. Com sorte, não matei ninguém lá embaixo. Eu rio comigo mesmo ao perceber como eu pareceria estranho para qualquer um que estivesse observando. Uma parte de minha mente está falando comigo, me alertando que estou perdendo para o ferimento e para o choque de tudo o que aconteceu. Dizendo que preciso fazer o Transvect se movimentar para a frente.

Restam duas alavancas. A amarela é a próxima.

Nós paramos de subir e começamos a avançar.

Eu me sento no chão; não há outro lugar disponível. Ulciscor está esparramado sobre o único assento. Ainda inconsciente, ainda respirando. Eu olho para ele.

– É melhor você ter gostado disso – murmuro, com sonolência.

O Transvect está ganhando velocidade. Não tenho certeza se a última alavanca deve ser usada para limitá-la, ou se acioná-la vai fazer com que caiamos do céu. Estou cansado demais para descobrir isso. Sangue, percebo distraidamente, ainda está pulsando por baixo de minha túnica. Arrastar Ulciscor até aqui não fez nada para melhorar meu ferimento.

Talvez, digo a mim mesmo indistintamente, dormir ajude.

IX

O SOBE E DESCE DAS ONDAS QUEBRANDO, ABAFADO POR PAREDES, MAS nítido e também muito, muito familiar. Pelo momento mais indistinto e maravilhoso, são anos atrás, e estou de volta a Suus. Em meu próprio quarto. Seguro.

A realidade volta a se afirmar, feia e cortante.

Estou deitado em uma cama. Sinto uma dor latejante e embotada no lado do meu corpo. Pessoas estão conversando em tons contidos. Levo algumas respirações para processar isso tudo, para recordar que a última coisa de que me lembro era estar no chão da cabine de controle do Transvect enquanto avançávamos através da escuridão da tempestade que amainava.

Com esforço, permaneço imóvel, de olhos fechados. Com o foco nas vozes. Sinto uma cócega irritante na garganta, mas eu a contenho.

– Nós vamos nos meter em encrenca. – Homem. Sussurrando. Mais irritado que preocupado.

– Melhor que ficar entediada. – Uma voz feminina, dessa vez. Baixa, também, mas animadamente aduladora. – Você não está curioso? Aquele Transvect chegou de Tensia parecendo mais cinzas que pedra. A maior parte dele estava faltando! E as únicas pessoas que sabem o que aconteceu são o Quintus e *ele*. – Pelo jeito como ela diz isso, está apontando para mim. – Vamos lá. Nós podemos ser sutis em relação a isso.

– Claro que estou curioso, eu só não...

A pena em minha garganta começa a incomodar demais, e eu tusso, tão delicadamente quanto possível, mas a maneira como a conversa é interrompida indica que eles sabem que eu agora estou consciente. Eu finjo despertar só agora – não que eles tenham dito algo especialmente revelador –, então entreabro uma pálpebra.

– Ave? – digo com voz rouca na direção do teto.

– Ele está acordado. – Um movimento arrastado, um murmúrio de protesto do homem. Então alguém põe um copo na minha mão, e o rosto de uma garota com aproximadamente a minha idade entra em meu campo de visão, olhando para mim. Ela tem pele macia levemente oliva e olhos verdes brilhantes. Cabelo castanho liso cai para a frente sobre seu rosto quando ela dá um sorriso ensolarado para mim, de trás dos fios. – Bem-vindo.

Eu pego o copo, então me ergo e me apoio sobre um cotovelo, e meu corpo imediatamente se arrepende do movimento. Cuidaram de mim, me enfaixaram e lavaram, mas ainda sinto dor por toda parte, especialmente na lateral do corpo. Sem a força do terror do acidente e da luta que se seguiu pulsando através de mim, começo a perceber como estou muito machucado.

– Quem são vocês? – Eu engulo a água agradecido depois de fazer a pergunta, usando esse tempo para absorver o choque. Um garoto (também da minha idade) está um pouco afastado de minha cama, parecendo insatisfeito. Ele é a própria imagem de um belo exemplar catenano, com cabelo preto farto em um penteado elegante e um queixo saliente. Olhos castanhos inteligentes me examinam com curiosidade, mas ele não responde.

Atrás dele, o quarto é comprido. Eu estou em uma das cinco camas de solteiro separadas. As outras estão vazias. Pedra espessa, sem emendas, forma a parede, na qual há diversas pinturas de bom gosto, a maioria paisagens pacíficas entremeadas com um ou outro retrato. Eu não reconheço nenhuma das pessoas representadas.

Na parede mais curta, porém, em frente à única entrada, há um símbolo enorme gravado na pedra: três linhas separadas se estendendo para cima até uma meta comum, formando uma pirâmide. As palavras MAIS FORTES JUNTOS estão escritas abaixo dele.

Só para o caso de alguém esquecer quem está no comando, acho.

– Meu nome é Emissa. O de cara amarrada é Indol. Não vá se afogar – acrescenta Emissa, olhando para um filete que escorre enquanto eu bebo do copo sem parar.

Atrás dela, Indol franze o cenho.

– Eu não… – Ele parece notar que está provando o argumento de Emissa e sacode a cabeça, abrindo o que parece um sorriso verdadeiro, mesmo que triste.

– Onde estou? – Suas idades e o destino original do Transvect significam que estou bem confiante da resposta. Mas é melhor saber.

– Na Academia Catenana. Na enfermaria da Academia Catenana, para ser específica. Você chegou ontem à noite em um Transvect. Bem, uma parte de Transvect. Uma parte *bem passada* de Transvect. – Emissa não deixa dúvida de que isso é algo que exige explicação.

Atrás dela, Indol revira os olhos como se pedisse desculpas.

– Talvez seja melhor perguntar o nome dele primeiro.

Eu testo cada um de meus membros, aliviado ao descobrir que estão todos funcionando de forma adequada.

– Vis. – Minha túnica rasgada e ensanguentada foi substituída por uma túnica simples e branca que veste bem, mas não tenho sapatos nem capa. – O que aconteceu com o Quintus que estava comigo?

Não há nada que sugira que eu esteja com problemas aqui – nenhum sinal de guarda e não estou amarrado, mas me sinto aprisionado mesmo assim. Quanto antes eu encontrar Ulciscor, melhor.

– Está falando com alguns dos Preceptores. – Emissa faz um gesto de desdém. – Ele é um Quintus. Ele está bem.

– E tenho certeza de que em breve ele estará aqui – acrescenta Indol, se dirigindo a mim, mas nitidamente dizendo isso para Emissa.

– Há quanto tempo estou aqui?

– Metade de uma noite. Acabou de amanhecer. – Emissa me estuda. Intensa e curiosa. – O que aconteceu com você?

– A sutileza encarnada – murmura Indol, não tão baixo, de trás dela.

– Nosso Transvect foi atacado. – Estou pensando tão furiosamente quanto permite minha mente recém-saída da inconsciência. Quanto Ulciscor viu antes de ser apagado? O que devo contar a ele?

– Por quem?

– Eu não peguei os nomes. Por causa do incêndio, do impacto e da correria – esclareço.

– Desculpe. – Os cantos da boca de Emissa estão curvados para cima. – Então o Quintus salvou você?

– Mais ou menos isso.

– Estranho. Porque Belli, ela é de nossa turma, ouviu ele conversando com o preceptor Nequias pouco depois que você apareceu, e ela jura que pareceu que foi você que...

Ela se cala ao ouvir a porta se abrindo. Todos os três viramos e vemos uma garota se inclinando ansiosamente para dentro, com a respiração entrecortada. A pele dela é pálida embaixo de uma massa de cabelo cacheado e acobreado que cai quase até a cintura.

– Tem alguém vindo – sussurra ela, chamando-os com urgência. Ela reconhece minha presença com os olhos, mas dirige o gesto aos outros dois.

– Malditos deuses. Eu disse a você. – Indol sai apressado na direção da porta.

Emissa faz uma cara para mim que é um pouco divertida, em pânico e se desculpando, tudo ao mesmo tempo.

– Melhoras. E se você não se importar, se alguém perguntar...

– Vocês nunca estiveram aqui.

– Ela dá outro sorriso, então foge atrás de Indol.

Eu torno a me deitar quando eles vão embora. Então Ulciscor já discutiu o ataque com outras pessoas aqui. Ele deve se lembrar de enfrentar os anguis, mas não necessariamente *sabe* que eles eram anguis – e depois nada, supostamente, até o momento em que ele acordou. Provavelmente no Transvect, em algum momento entre as florestas tensianas e aqui.

Devo evitar mencionar que ele matou um homem. Não tenho certeza se as consequências para um Magnus Quintus seriam necessariamente severas, Direito de Nascença ou não, mas ele com certeza veria isso como deslealdade.

Meus pensamentos são interrompidos depois de pouco mais de um minuto pela porta se abrindo outra vez. O único homem que entra sorri quando me vê.

– Você acordou. – Ele está em meados da casa dos vinte anos. Bonito, com cabelo louro-sujo curto e despenteado e olhos azuis pensativos. Há uma capa branca de médico jogada sobre seus ombros. – Como está se sentindo?

Apesar da situação, minha tensão relaxa um pouco com seu tom de voz verdadeiramente preocupado.

– Bem. – Sou traído por uma careta de dor quando me mexo, uma dor forte repuxando o lado de meu corpo. – Onde estou? – Ele provavelmente está aqui para verificar minha saúde, mas não há necessidade de contar a ele que já falei com mais alguém.

– Na Academia. Você está seguro. Assim como Magnus Quintus Telimus, me disseram – acrescenta ele, enquanto verifica meu curativo com uma eficiência revigorante. – E você não está "bem", infelizmente. O Quintus enfaixou você da melhor maneira possível, mas mesmo com unguentos e repouso, esse ferimento vai levar uma ou duas semanas para cicatrizar.

– Poderia ter sido pior – Meus dentes se cerram quando ele começa a apalpar cada um de meus membros, apertando, puxando, girando e em geral examinando-os sistematicamente. Cada toque parece encontrar um machucado novo. – Isso é necessário?

– Tenho de verificar se não há nada quebrado. – Ele sacode a cabeça em um vago desalento ao chegar a meu ombro ruim, notando sua resistência e a dor em meu rosto. – O que aconteceu aqui?

– Eu fui acertado quando nós saltamos do Transvect. – Ele olha para mim, intrigado. – Enquanto ele ainda estava no ar – acrescento.

O médico faz uma pausa, por tempo suficiente apenas para demonstrar um divertimento confuso.

– Ah. Bem. Isso explica – diz ele, com delicadeza exagerada. – Acho que o conselho médico seria não desembarcar desse jeito na próxima vez.

Nós sorrimos um para o outro.

– Houve uma explosão pouco depois que partimos de Letens, e nossa seção se incendiou. Além disso, parecia que a coisa toda ia cair. O que aconteceu mesmo. – Eu me contorço sob seus cuidados, por mais que sejam relativamente delicados. – Magnus Telimus amorteceu a pior parte da queda. – Não tenho certeza se já deveria me referir a ele como meu pai, levando em conta a necessidade de ratificação senatorial, então não faço isso.

– Mas esse corte no lado do seu corpo não foi de uma queda.

– Não. Nós fomos atacados. Eu fui atingido por uma espada. – Não há como negar isso.

O médico larga meu ombro.

– Mesmo com um Quintus por lá?

– Ele foi derrubado e apagou. Não sei ao certo como. – Ainda estou um pouco grogue, achando difícil manter o foco. Esse provavelmente é um território do qual eu deveria estar desviando a conversa.

Dessa vez há respeito no olhar avaliador do homem.

– Então você lutou contra eles sozinho? Quantos eram?

Com certeza um território perigoso, mas vai ficar estranho se eu me tornar reticente.

– Restavam três quando Magnus Telimus foi atingido. A essa altura, eu ainda estava escondido. Consegui pegá-los de surpresa, e só um deles estava armado. Para ser honesto, é tudo um pouco turvo. Eu tive sorte. – Acho que isso cobre tudo que Ulciscor pode ter visto.

– Parece que foi um negócio feio.

– Foi.

O médico faz um som simpático quando começa cuidadosamente a desfazer a atadura em torno de meu ferimento. Ela está suja com algum tipo de unguento verde, e um fluido vermelho-escuro emana do corte costurado, mas não está tão ruim quanto eu esperava.

– Você falou que só um deles estava armado – diz distraidamente o homem de cabelo louro enquanto trabalha, limpando o corte com um pano úmido, então aplicando mais unguento. – Como o Quintus acabou com um ferimento por flecha?

Vek.

– Ela veio de algum outro lugar da floresta. Eu não vi quem atirou nele. – Fico orgulhoso de como me recupero bem, sem hesitação na resposta. – Eu esperava também ser alvejado, mas... – Dou de ombros, lamentando imediatamente o movimento quando uma dor toma meu torso.

– Estranho. – Isso não é dito com nenhum traço de suspeita, felizmente. É mais uma observação distraída. – Havia alguma coisa incomum na flecha?

– Não sei. Ela feriu Magnus Telimus mais do que eu esperava. Mas nada específico. – Eu me contenho, sentindo meu desconforto aumentar, mesmo através da pátina nublada que encobre minha mente. Perguntas demais.

– Nem quando você a arrancou da perna dele?

Sou salvo de mais uma mentira capenga por uma agitação do lado de fora, com vozes elevadas. A discussão está abafada, mas reconheço o tom de comando de Ulciscor.

A porta se abre, e outro homem enfia a cabeça para dentro. Ele é moreno e magro, usando óculos de armação de chifre com vidro transparente. Noto as bolsas escuras em torno de seus olhos quando ele lança um olhar questionador na direção do homem que está cuidando de meus ferimentos.

O médico dá um suspiro, mais resignado que irritado.

– Deixe que ele entre, Marcus. Ele agora é o pai de Vis, afinal de contas.

A cabeça na porta desaparece, e no momento seguinte, Ulciscor entra. Ele está sem a capa preta, substituída por uma túnica e uma toga brancas impecáveis com uma única lista púrpura para indicar seu status senatorial. Sem dúvida tomou banho, mas fora isso parece exatamente como estava ontem. Não há nenhum curativo óbvio em sua perna. Ele nem parece a estar protegendo.

Seus olhos – um tom mais escuro que o normal – não saem de mim quando ele se aproxima. Há nele um silêncio frio. Ele para perto da minha cama, então se vira para o médico.

– Ave, Veridius.

X

– ULCISCOR. – O HOMEM DE CAPA BRANCA SE APROXIMA E ENvolve Ulciscor em um abraço caloroso. – Há quanto tempo.

– Tempo demais. – O comportamento pensativo de Ulciscor derrete quando ele dá alguns tapas nas costas de Veridius antes de se soltar outra vez. Ele aponta a cabeça na direção da porta. – O guarda foi um pouco demais.

– Desculpe. É meu assistente. Ele ultimamente anda muito orientado para a segurança. Nada a ver com Vis, aqui, nem com você. – Sua empolgação se transforma em algo mais como desculpas. – É uma história longa.

Eu observo a conversa. Verdadeiramente confuso. *Veridius.* O homem que eu devo espionar. O homem no comando, aqui.

– Vocês dois se conhecem? – Faço a pergunta com uma resposta óbvia principalmente para encobrir minha surpresa. Tentando parecer curioso em vez de aterrorizado quando relembro o que acabei de revelar. Eu estava sendo cuidadoso. Mas poderia ter sido muito mais.

– Nós nos conhecemos. Veridius aqui está no comando da Academia – diz Ulciscor com um pequeno sorriso nos lábios. Agindo como se estivesse revelando uma verdade impressionante.

– O quê? – Eu faço meu papel e olho chocado para Veridius. – Desculpe, Principalis. Achei que o senhor fosse… – Eu aponto para sua capa, dando uma meia risada nervosa e arrependida.

Veridius ri cordialmente.

– Não há necessidade de desculpas, Vis. Eu deveria ter me apresentado, mas sei que minha presença, para potenciais alunos, às vezes pode causar mais estresse que conforto. Levando em conta as circunstâncias, achei que seria melhor nós simplesmente nos concentrarmos em seu ferimento. Que eu *sou* treinado para cuidar – assegura-me ele. – Ulnius geralmente comanda a enfermaria aqui, mas eu o substituo quando necessário. Ele me pediu para ver você enquanto atendia outra pessoa.

– Isso faz sentido. Eu agradeço – Minha mente ainda está acelerada. Veridius diz tudo isso de forma muito suave, amistosa, cálida e fácil. Ele irradia um charme benevolente. E mesmo assim, ao reprisar nossa conversa, não há dúvida de que ele estava atrás de informações.

E fazia isso bem, também. Mais um minuto, e eu poderia ter me metido em um buraco profundo demais.

Ulciscor vacila, então olha para mim.

– Você, então, mencionou que estava se candidatando?

Eu fico inexpressivo, então xingo por dentro ao me dar conta.

– Não. – Outro erro. Eu fico perturbado.

– Nós mandamos transcrever o manifesto de Letens. Eu apenas presumi, quando vi que você o havia adotado – diz Veridius para Ulciscor. Ele me dá um tapinha delicado nas costas. – Sei que Ulciscor não iria simplesmente escolher qualquer um, não com toda a história que sua família tem aqui. A candidatura sempre foi apenas uma formalidade, e estou satisfeito em aceitá-la. Se pudermos nos basear em seu ânimo depois do ataque, estou ansioso para ver como você vai se sair.

– Obrigado, Principalis. – Não sei mais o que dizer.

– Ulciscor vai precisar preencher uma papelada, então, se você estiver bem o bastante, talvez goste de fazer um tour pelas instalações enquanto ele...

– Eu gostaria que pudéssemos ficar, Veridius, mas precisamos ir para Catena – interrompe Ulciscor. – Quartus Redivius e os outros já devem ter ouvido o que aconteceu, e... bem. Você pode imaginar. Obrigado por admiti-lo. Vou enviar o formulário assim que puder. – Ele é rápido, agindo como se fosse importante que saíssemos dali. – Ele pode viajar?

Veridius hesita, tão brevemente que não tenho certeza se não é minha imaginação.

– Ele vai ficar bem. – Ele se volta para mim. – Apenas se assegure de descansar o máximo possível e ver um médico com regularidade ao longo da próxima semana mais ou menos, para trocar as ataduras. – O mesmo comportamento gentil e realmente preocupado. Se ele está interpretando, está quase perfeito.

– Vou fazer isso.

Ulciscor dá um passo à frente antes que Veridius possa dizer algo mais.

– Então nós devemos ir.

– Vocês vão precisar disso no portão. – Veridius entrega a Ulciscor uma plaqueta de pedra fina e triangular, não muito maior que uma peça de Fundação.

Ulciscor a aceita, e então os dois se abraçam novamente, parecendo velhos amigos.

– Foi bom ver você, mesmo por pouco tempo.

– Se Vis vem para cá, não tenho dúvida de que nossos caminhos vão se cruzar em breve.

– Espero que sim – diz Ulciscor cordialmente, então se dirige à saída. Eu me despeço de Veridius e vou atrás do Magnus Quintus.

– Ulciscor.

Nós paramos pouco antes de chegar à porta, e Ulciscor se vira. É completamente natural, mas juro que seus olhos ficam um pouco mais escuros.

– Esta é a primeira vez que você volta?

– É. – Silêncio. A escuridão em seus olhos não é minha imaginação. Estamos, porém, longe de uma janela, portanto não acho que Veridius seja capaz de ver isso na escuridão.

– O memorial dele fica logo depois do quadrum, a oeste. De frente para o pôr do sol. – O sorriso de Veridius desapareceu, substituído por uma tristeza impassível. – Se você estiver interessado.

Ulciscor o olha fixamente e, por apenas um segundo, parece que a máscara vai cair. Sua garganta se enrijece. A respiração fica entrecortada. Ele responde com um meneio rígido da cabeça, então gira e vai embora.

Porém, não antes que eu veja a escuridão tomar completamente seus olhos.

Nossos passos ecoam nas paredes de granito lavrado do corredor vazio. A luz da manhã se derrama sobre a pedra através de arcos altos. O corredor em que estamos andando fica na lateral de um penhasco; a vista é de uma ilha grande coberta de florestas ao norte e águas ondulantes em todos os outros lugares.

Eu tropeço ao ver estas últimas, com o coração apertado. Os picos das ondas brilham. Cintilam. Sinto o cheiro do sal. Uma série de monólitos enormes de pedra branca que se projeta do azul, talvez a uns dois quilômetros da costa, marca a vista. Mas, fora isso, tudo é luz, cores limpas e horizontes abertos lá embaixo.

Eu não via o mar fazia quase dois anos.

– Nós vamos conversar quando sairmos daqui. – Os olhos de Ulciscor se limparam outra vez, retornando a seu castanho profundo pensativo. Como se aquela fúria ardente e reprimida nunca tivesse estado ali.

Depois de apenas duas curvas, subimos escadas em caracol e chegamos a um salão enorme, com grandes colunas de mármore sustentando um teto curvo. Arcos que vão do chão ao teto de um lado revelam que estamos no alto do penhasco. Várias portas à frente dão para salas separadas, e uma grande quantidade de estudantes circula por aqui e conversa logo à frente delas, reunida em pequenos grupos.

Sem parar, Ulciscor se dirige para a entrada principal. Nós captamos vários olhares ao passar, especialmente para mim, com meu passo rígido. Uma trilha de murmúrios contidos e curiosos se forma em nosso rastro.

– Esta é a Curia Doctrina. O principal salão de reuniões. – Nós saímos do prédio, e Ulciscor aponta para trás, para a grande arcada aberta que acabamos de atravessar.

Eu me viro e vejo frisos profusamente entalhados por toda ela. Etrius com sua famosa espada alada; a captura da fortaleza de Orun Tel; a formação do primeiro Triunvirato. Outras glórias imediatamente identificáveis da história catenana.

Eu levo um momento, mas percebo que as imagens todas se misturam umas com as outras, se combinando com habilidade incrível para formar as palavras *MAIS FORTES JUNTOS*.

– *Mawraur, bacpidyn* – murmuro comigo mesmo, sem realmente pensar.

Ulciscor me lança um olhar crítico.

– Cymriano?

Eu assinto, surpreso pelo reconhecimento da língua: ela não é apenas rara, mas considerada oficialmente morta pela Hierarquia. A única razão para eu conhecê-la é que meu avô materno era das terras cymrianas geladas e desoladas, e apesar da queda da nação mais de vinte anos antes da de Suus, minha mãe insistiu que eu a aprendesse com um tutor. O homem que ela escolheu para o trabalho, Cullen, adorava ensinar a um jovem príncipe as expressões mais grosseiras que a língua tinha a oferecer. Não que eu tivesse alguma vez sido um aluno relutante.

– O que isso significa?

Eu tusso.

– É, ah… algo sobre como usar extravagância como… compensação para outras deficiências.

– Ah. – Ulciscor olha para a friso. – É. *Mawraur, bacpidyn* – diz ele com um sorriso malicioso.

Há mais estudantes em frente à Curia Doctrina, embora menos deles nos notem quando descemos a grande escadaria branca. Estamos entrando em uma enorme praça aberta, com bem mais de cem metros em extensão e largura. Prédios se erguem dos lados – templos, um ginásio para treino, uma Bibliotheca, até o que parece ser um conjunto de banhos –, e pessoas entram e saem de praticamente todos eles. Apesar de o sol mal ter subido o horizonte, o espaço está transbordando de atividade.

– Hum. – Ulciscor inclina a cabeça para o lado. – Eu ouvi você dizer *vek*. Um palavrão aquiriano?

– Isso mesmo.

Suus e Aquíria em geral tinham a mesma língua. Os dialetos eram diferentes, mas só falantes nativos saberiam a diferença.

– E *guiro thanat*?

Franzo a testa. Eu devo ter dito isso perto dele em algum momento.

– Sitreciano. É mais um insulto. Uma tradução tosca é que alguém pode "iluminar um ambiente com sua ausência, ou deslumbrá-lo com seu cadáver". – Dou um leve sorriso. Eu sempre gostei desse.

– Tudo isso em duas palavras?

– Aparentemente, é.

– Eu estudei um pouco de sitreciano e de cymriano e nunca ouvi nenhuma dessas expressões.

– Acho que você não se dedicou tanto assim aos estudos. – Eu desdenho de seu olhar penetrante com um aceno. – Eu tinha um tutor cymriano em Aquíria. Foi ele que também me ensinou um pouco de vetusiano, e sempre dizia que eu tinha jeito para línguas. E aprendi sitreciano com a tripulação que me levou para Tensia, depois…

Eu me calo. De propósito, deixo cuidadosamente lembranças de minha verdadeira família inundar minha mente. Deixo que a tristeza entre, só por um momento.

Ulciscor me observa, então assente com a cabeça e abandona o assunto. Ele nos conduz para a esquerda, para longe do branco brilhante da praça e por um caminho estreito ladeado por jardins. Uma brisa fria sopra do oceano. Eu inspiro ar salgado e uma saudade sofrida.

– Está bem. – Ulciscor olha para trás de nós. – Eu cheguei assim que soube que você estava acordado. Quanto Veridius conseguiu tirar de você? – Ainda há um gume de desconforto em seu tom de voz, mesmo que ele ache que estamos seguros para conversar.

Eu relato o que aconteceu desde que recobrei a consciência, recontando o que disse com a maior exatidão possível. Ulciscor escuta com atenção quando saímos do anel de prédios e seguimos por uma trilha que acompanha o contorno do alto do penhasco, com uma parede baixa de pedra fornecendo segurança, sem obstruir a vista. Toda a Academia é construída no alto desse platô elevado, aparentemente.

Meus olhos se dirigem para a vista à frente enquanto falo. A ilha é vasta, pelo que posso ver daqui. Ela é coberta por uma floresta verdejante; grande parte dela também é montanhosa, com penhascos íngremes desaparecendo em nuvens fofas e baixas a distância. Ravinas profundas se formam no meio. Acho que consigo ver o brilho sinuoso de um rio através da folhagem em uma delas.

Para o oeste, o mar se agita, com ondas de cume branco quebrando contra os costões que parecem formar toda a costa sem praias da ilha. Depois de minha reação emocional inicial, agora vejo que o lugar não tem nada da beleza dourada de Suus. É austero. Desolado. As ondas quebram em vez de ondular; o céu é cinza; o ar machuca onde toca a pele, de um jeito que quase nunca acontece nas terras mais ao norte.

– Ele estava interessado no ataque, na hora. Não em você especificamente. – Ulciscor fica aliviado quando concluo minha explicação. – Provavelmente queria descobrir como eu consegui me ferir. Sem contar perder a maior parte de um Transvect em uma rota que muito poucas pessoas deveriam saber que estávamos tomando.

Estamos nos aproximando de uma seção mais alta do muro de pedra; essa parte é feita de blocos de granito de sete metros e com pontas no alto, um claro alerta contra a entrada. Ou saída, imagino. O muro faz uma curva para longe da borda do penhasco, separando a Academia e a floresta.

– Ele sem dúvida estava interessado em como você apagou.

– Ele não está sozinho nisso. – Ulciscor se abaixa para esfregar a parte de trás da perna. – *O que* aconteceu? Eu me lembro dos homens que fingiam ter caído com o Transvect. E depois... nada.

Eu passo a língua nos lábios, a cabeça do guerreiro anguis, uma imagem indelével.

– Havia uma mulher escondida na floresta com um arco. Ela disparou em você, e você desabou como se tivesse sido atingido na cabeça. Ela apareceu quando você estava inconsciente, arrancou a flecha da sua perna, disse alguma coisa para os homens e foi embora. Depois disso, aconteceu basicamente o que contei a Veridius. Parecia que eles iam matar você, por isso me arrisquei. – Eu dou de ombros, me sentindo desconfortável. – Eu os peguei de surpresa, e acho que eles eram apenas Octavii. Em comparação com o Teatro, não foi difícil.

À frente no muro, vejo uma passarela coberta encimada por um arco com cerca de dez metros de comprimento e a metade disso de largura se projetando da pedra. Há portas duplas altas em seu final, vigiadas e fechadas. A entrada da Academia, presumo.

Ulciscor olha para mim.

– Por que você não contou tudo isso para Veridius?

– Estou achando que havia alguma coisa especial naquela flecha. Eu nunca soube de um Quintus ter sido derrubado desse jeito. Talvez você saiba, mas de qualquer jeito, não pareceu o tipo de coisa que você iria querer que eu contasse para qualquer um.

Estava longe de ser uma obra de arte, mas, levando em conta o pouco tempo que tive para inventar a resposta, não está mal. Como era esperado, Ulciscor dá um aceno de cabeça em aprovação.

– Vou ter de fazer perguntas por aí. Discretamente. Ouvir falar em uma arma como essa vai deixar muita gente nervosa. Tem certeza de que eles não deram nenhuma pista sobre quem eram?

– Nenhuma.

Ulciscor parece querer dizer mais, mas fica em silêncio quando chegamos ao portão.

Há guardas parados dos dois lados da passagem abobadada, mulheres vestindo túnicas até o tornozelo e estolas em um belo vermelho catenano. A mais velha, com cabelo preto aparado rente, dá um passo à frente para bloquear nosso caminho, embora de forma bem cortês.

– Nomes?

– Magnus Quintus Ulciscor Telimus e Vis Telimus. – Ulciscor entrega a ela a plaqueta que recebeu de Veridius.

A mulher bronzeada de sol enfia a pedra triangular em uma fenda estreita na parede. As portas de granito se abrem ruidosamente, o som ecoando pela passagem e batendo contra um ribombar equivalente vindo do outro lado, onde consigo ver uma nesga de luz do dia crescendo enquanto um conjunto igual se abre para a floresta por trás.

Ela sinaliza para a outra guarda, que faz uma anotação em um tablete de cera.

– Muito bem, Magnus Quintus. Nós soubemos que há um Transvect a caminho. Ele deve chegar aqui em pouco tempo – Ela não devolve a pequena plaqueta de pedra.

Nós seguimos pelo túnel curto. Eu reviro os ombros ao entrar; há algo diferente nesse espaço. Uma opressão impenetrável. Acelero o passo.

– Gaiola de Vontade – explica Ulciscor ao perceber meu desconforto. Sua voz reverbera contra a pedra.

– Que é…?

– Um jeito de garantir que nada imbuído entre na Academia. Quando as portas estão fechadas, a passagem fica completamente envolta por Vontade, um meio perfeito de encerrá-la. Ela interrompe qualquer conexão externa de Vontade com um objeto. O que você está sentindo é a Vontade de outra pessoa, por toda a sua volta. – Ele olha com expressão ressentida para o granito ao redor, baixando a voz para que as guardas não consigam ouvir. – É excessivo. Algo muito caro de fazer e manter.

Tento tirar de minha expressão a maneira como minha pele se arrepia. Logo estamos saindo outra vez, e eu exalo, apreciando o ressurgimento. Às nossas costas, as portas da Academia se fecham com um arrastar, seguido pelo ressoar do estrondo de seu trancamento.

Somos imediatamente recebidos por uma floresta densa, e a única trilha através dela desce de maneira brusca bem à frente. Fora isso, a floresta que nos rodeia forma paredes dos dois lados e um telhado grosso acima, criando a sensação de que estamos descendo por outro túnel.

– O Transvect fica nesta direção – disse Ulciscor, de forma um tanto desnecessária.

Antes que eu consiga responder, sou atingido por outra onda de tontura – algo que senti algumas vezes desde que acordei – e cambaleio. Ulciscor percebe isso. Ele me ajuda a me equilibrar, com uma das mãos no meu braço, e então para e se abaixa para me olhar nos olhos.

– Veridius deu alguma coisa a você? Remédios?

– Só o unguento em meu machucado.

– Seria arriscado demais; ele sabe que nosso próprio médico vai examiná-lo em breve. Qualquer outra coisa? Algo para beber ou comer?

– Não. – Eu entendo o que ele quer dizer. – Ele com certeza não faria isso.

– Nada forte. Nada com um gosto perceptível. Mas uma pitada de raiz-preta, talvez um pouco de borda-de-lobo, seria suficiente para mantê-lo desequilibrado. Isso estimularia erros em uma conversa, sem que você necessariamente percebesse o efeito.

Eu penso no que aconteceu, sentindo-me desconfortável.

– Eu bebi um copo de água. Acho que ele foi deixado ao lado de minha cama. Mas isso foi quando os estudantes estavam lá, e não Veridius.

– Você não mencionou nenhum estudante.

Eu, para ser honesto, tinha me esquecido deles.

– Havia três deles. Entraram lá às escondidas para saber o que tinha acontecido com o Transvect, mas eu não contei nada a eles. Acho que eles estavam apenas entediados. De qualquer forma, nós praticamente não tivemos chance de conversar.

Ulciscor repuxa sua manga.

– Você se lembra de nomes?

Eu reviro meu cérebro.

– Emissa, Indol e Belli.

– Hum. Indol deve ser o filho de Quiscil. Magnus Dimidius Quiscil. Ele é militar. – Ulciscor explica para que eu tenha contexto. – Não consigo imaginar que ele tenha feito qualquer coisa com você. E os outros nomes são familiares; acho que também são de famílias militares. Quem deu a água a você?

– Emissa.

– Vou investigá-la. – Ele vê minha expressão. – Veridius é o Principalis, Vis. Ele tem muito poder sobre os alunos. – Ele se assegura de que eu esteja firme sobre meus pés outra vez, então me solta. – Não estou dizendo que nenhuma das pessoas que você conheceu tenha feito algo; isso provavelmente é apenas seu corpo tentando melhorar. A questão é que você não pode descartar isso. Precisa pensar neles sob essa luz. Em todo mundo que você conhecer.

– Aí está algo para se aguardar com ansiedade. – Só o fato de a possibilidade ter ocorrido a Ulciscor é perturbador.

O homem grande franze o cenho para a ladeira íngreme à nossa frente.

– Você vai conseguir?

– Vai ser mais fácil se você me carregar.

Ulciscor hesita, então escarnece.

– Vamos. Se perdermos esse Transvect, vai demorar horas até podermos marcar outro.

Apesar de minha zombaria delicada da preocupação de Ulciscor, a lateral de meu corpo dói enquanto seguimos pela trilha à frente. Os arbustos ao redor continuam verdes e densos, espinheiros e bagas fora de estação aparados. Duas outras trilhas se ramificam para a escuridão pelo caminho. Estou concentrado demais em meus passos para me perguntar para onde elas levam.

Logo o chão se nivela, e emergimos em uma plataforma totalmente vazia que se projeta da encosta de um penhasco. Não há como sair dela, exceto pelo caminho do qual viemos, com uma queda de mais de quinze metros se revelando nos três lados que não são bordejados por árvores.

Eu me sento ao lado do Magnus Quintus em um dos bancos que ladeiam a extensão de pedra de mais de sessenta metros. Mesmo depois de passar o último minuto descendo, ainda podemos ver quase toda a extensão da ilha daqui; ela deve ter mais de trinta quilômetros de largura, talvez o dobro disso em comprimento. Algumas partes ainda estão obscurecidas, mas não consigo ver nenhum lugar que pareça um ponto de ingresso. Isso me lembra da costa norte de Suus; sem praias, sem encostas suaves que levem até a ilha propriamente dita. Nada além de penhascos e costões.

– A Religião a fez desse jeito. – Ulciscor está seguindo meu olhar e lendo meus pensamentos. – Desde o início, ela era praticamente inacessível, mas há três anos eles removeram as praias restantes. Também ativaram o Muro do Mar.

– Muro do Mar?

– Você viu aquele grupo de pontos de ancoragem na Curia Doctrina? É parte de uma medida de segurança que cerca a ilha. Ela só permite a passagem de Transvects, e apenas em um ponto de acesso específico. – Ele sacode a cabeça. – É pré-Cataclismo, achamos. Adaptada por Veridius, de algum modo. Mas a Religião não está exatamente interessada em permitir que nós saibamos dos detalhes.

– Malditos deuses. – Eu nem consigo imaginar quanta Vontade seria necessária para isso funcionar. Ou *como* deveria funcionar. – Só para a Academia?

– É o que eles dizem.

Ulciscor olha para o horizonte.

Por algum tempo, nenhum de nós fala. O gorjeio dos pássaros chega até nós. Ao longe, escuto o som de ondas quebrando nos penhascos.

– Meu irmão mais novo morreu aqui.

Ulciscor diz as palavras com tanta delicadeza que não tenho certeza se as ouvi corretamente. Eu mantenho os olhos na paisagem, então o encaro com uma expressão questionadora.

Ele não tira os olhos das florestas profundas de Solivagus.

– O nome dele era Caeror. Estava na mesma turma de Veridius. Nós achamos que ele foi morto para encobrir o que quer que eles estejam escondendo. – Ele inspira uma porção precária de ar, então finalmente me olha nos olhos. Triste e grave. Sua expressão não sugere uma continuação. – Este é um lugar ruim, Vis. Perigoso. Você ainda pode desistir, mas esta é sua última chance de fazer isso. Essa oportunidade vale a pena? Vale sua vida?

Eu o estudo quando ele se curva para a frente e observa a ilha de contorno irregular. Uma leve camada de suor cobre sua cabeça escura brilhando ao sol. Mais algumas coisas sobre o homem se encaixam no lugar.

– Eu preciso ouvir você dizer isso – acrescenta ele em voz baixa.

É isso ou, na melhor das hipóteses, fugir para sempre.

– É, vale a pena.

Ele dá um sorriso vagamente triste, ainda com o olhar ao longe.

– Dizem que jovens sabem que vão morrer, mas apenas os velhos acreditam nisso. Por alguma razão, não acho que isso seja verdade sobre você, Vis. Espero que não seja. – Ele dá um suspiro. – Está bem. Há dois lugares que você vai precisar observar enquanto estiver aqui. Lugares que, depois de anos de investigação, achamos ser importantes. O primeiro fica cerca de dois quilômetros a leste da Academia. Ruínas em que a Religião está trabalhando ativamente, mas não sabemos mais nada além disso.

– Por que não podemos simplesmente ir lá agora e olhar?

– Nem por um segundo ache que, por estarmos sozinhos aqui, eles não estão nos observando. Além disso, se o lugar não for ativamente vigiado, vai haver alarmes. *E* eu não sei sua localização exata.

Sinto um formigamento na nuca diante da sugestão de olhos sobre nós e assinto.

Ulciscor faz um movimento sutil para o norte e levemente para oeste.

– Está vendo o grande arco natural ali? Que sai do lado do penhasco?

Eu vejo o que ele está apontando, pelo menos a meio caminho através da ilha.

– Há ruínas importantes cerca de dois quilômetros depois, dando a volta até o outro lado da montanha. Esse é o segundo lugar. Pelos três últimos Iudicia, toda aquela parte de Solivagus tem sido proibida. A Religião está escondendo algo por lá.

O afloramento rochoso está a quilômetros de distância, depois de um terreno que parece praticamente impossível de atravessar. Sou perfeitamente capaz de sobreviver na floresta – tive o treinamento exigido e muita experiência nas florestas de Suus –, mas uma viagem até lá e de volta levaria no mínimo uns dois dias.

– Você quer que eu vá mesmo a esses lugares?

– A menos que você ache que consegue investigar de outro jeito.

Eu penso no que já vi da Academia. Na segurança que Ulciscor descreveu.

– Mas como?

Ulciscor dá de ombros.

– O que o trouxe aqui foi sua habilidade de solucionar problemas, Vis.

O mar de copas de árvore abaixo se agita com as lufadas de vento que atravessam a ilha, um oceano verde ondulante entre nós e o arco.

– Vou ver o que posso fazer – digo depois de algum tempo.

Ulciscor aceita a resposta como se fosse exatamente o que estava esperando. Talvez fosse.

Silêncio cai entre nós outra vez, no início confortável, mas então pesado com uma sensação de antecipação de Ulciscor. Ele está esperando que eu fale. Que eu puxe outro assunto qualquer com ele.

Olho fixamente para o carpete de floresta. Não acho que ele queira falar sobre o irmão; havia muita dor na revelação, um esforço nítido para conduzir a conversa para a frente. Tenho preocupações em relação a isso – o interesse de Ulciscor é muito mais pessoal do que pareceu no início –, mas essa não é a hora de falar sobre elas.

Na verdade, há apenas uma coisa assomando sobre nós.

– Você o matou – digo em voz baixa, mas há apenas os sons da natureza ao nosso redor. Sem dúvida Ulciscor consegue ouvir.

Por alguns segundos, o olhar pensativo dele para a paisagem não se move. Então ele dá um suspiro. Há arrependimento no ato, embora eu não consiga ver nenhum remorso.

– Matei.

– E o Direito de Nascença?

Ele finalmente olha para mim. Curioso.

– Você acha que eu fiz a coisa errada?

Eu resisto ao grande impulso de ser honesto. De dizer a ele que o Direito de Nascença sempre existiu não por qualquer razão moral, mas como um meio de maximizar o poder da Hierarquia. Para ser usado só de acordo com sua conveniência. Por um instante, vejo a forma ensanguentada de meu pai enquanto caio, o cabelo fantasmagórico de minha irmã na água. A velha raiva se agita.

– Acho que você não necessariamente desobedeceu a lei. – É isso o que ele quer escutar, mesmo que não seja exatamente uma resposta. – Você pode argumentar que matar um homem empenhado em destruição é um verdadeiro ganho para a vida. Que deixá-lo viver teria, muito facilmente, resultado em mais mortes. – A brecha. Sinto meus pulmões se apertarem só de pensar nisso.

– Eu poderia fazer isso. Eu deveria fazer. – É simples assim para ele. – É um problema?

– Se fosse, eu teria mencionado isso para Veridius.

Ulciscor faz uma pausa, então dá um grunhido de reconhecimento. Ele entendeu o que eu disse. Eu não vou insistir no assunto, mas eu nem por um segundo acho que isso seria ignorado se outros soubessem.

Não me sinto bem com ele simplesmente matando pessoas.

Há silêncio outra vez, e eu estou fervilhando, embora tenha o cuidado de não demonstrar isso. Direito de Nascença. A proteção de toda vida humana. Não é a única hipocrisia da Hierarquia, mas uma de suas maiores. E Ulciscor trata isso com a mesma displicência de qualquer de seus conterrâneos.

Eu me pergunto outra vez se deveria ter ouvido Sedotia. Se estou em perigo aqui.

Agora, é tarde demais.

Eu examino a curvatura rochosa daquele arco distante e espero o Transvect que me levará para o coração de Deditia.

XI

QUANDO MENINO, OUVI MIL HISTÓRIAS DIFERENTES SOBRE CATENA. A grande capital de Deditia localizada em uma baía. O bastião brilhante de inovação, arte e beleza. O coração pulsante do mundo.

Ainda não estou preparado para vê-la pela primeira vez.

Estamos viajando há quase duas horas, atravessando o Mar de Quus, o Transvect correndo centenas de metros acima até das ondulações mais altas. O sol emergiu há uma hora, e a água está cintilando até onde a vista alcança, mas agora uma faixa fina e enevoada de terra escurece o horizonte. Eu me encosto na janela quando uma península protuberante começa a tomar forma à frente. Em minutos, o Transvect está entrando na boca de uma baía que deve ter pelo menos quinze quilômetros de largura. Navios pontilham a superfície cintilante abaixo: barcos de pesca, escunas, até o que parece ser uma trirreme a distância. Ainda mais longe, há uma massa de atracadouros de pedra em um alvoroço de atividade.

E, depois disso, Catena.

A luz do sol brilha sobre um oceano de pedra polida que grita a supremacia da Vontade. Grandes mansões, arcos triunfais, templos repletos de torres que se projetam absurdamente altas, cada um diferente do outro, se torcendo e se curvando e angulados de maneira que nenhum método de construção-padrão poderia ter alcançado. Alguns têm passarelas entre eles, passagens com longos arcos que olham de forma imperial para as ruas abaixo.

Em meio e cercando tudo, há… mais. Estruturas menores de madeira, dez vezes mais numerosas que as de pedra. Há ruas pavimentadas. Praças movimentadas. Grandes banhos. Estátuas. Mesmo daqui, consigo ver que tudo está em movimento constante por toda parte – não apenas pessoas, mas objetos maiores andando ou rolando pelas ruas. As grandes máquinas movidas a Vontade sobre as quais eu supostamente ouvi muito falar. Distantes demais para que eu as veja em detalhes.

– Uma vista e tanto, não é? – Ulciscor está me observando com expectativa.

É aterrorizante. *Aterrorizante.* Esse é meu inimigo. Essas são as pessoas que me querem morto. A sombra da Hierarquia se projeta sobre tudo. Eu nunca me considerei cego em relação a seu poder, mas isso é outra coisa. Não consigo calcular o tamanho da cidade, não consigo ver seu fim. Construções, tanto elegantes como pobres, cobrem as margens da baía e se estendem sobre o terreno que se ergue suavemente além, até encherem o horizonte em todas as direções. Não há como entender sua enormidade, nenhuma comparação mental com a qual eu possa diminuir o assombro horrorizado que ela inspira.

Às vezes, acredito que minha resistência significa alguma coisa. Às vezes, minha raiva me mantém aquecido enquanto digo a mim mesmo que de algum jeito, um dia, eu talvez encontre uma maneira de retribuir a dor e a perda que devo a Catena.

É difícil quando as mentiras que me permitem dormir são expostas de forma tão cruel.

– Nada mau. – Mantenho um tom leve. Sorrio na direção de Ulciscor para mostrar que, sim, estou impressionado. Contenho a melancolia e a enterro.

Ulciscor não contesta a observação, vendo que estou distraído. Houve muito disso, ao longo das últimas duas horas. Ele quer conversar – começar a imprimir em mim as inúmeras coisas que eu sem dúvida preciso aprender antes de frequentar a Academia –, mas está me dando tempo para sossegar. Para finalmente processar os acontecimentos dos últimos dois dias.

Eu precisava disso, mesmo que não pelos motivos que ele pensa. Passei a primeira metade da viagem repassando todos os momentos do ataque ao Transvect, tudo o que eu disse para Veridius e depois para Ulciscor. Tentando decidir se entreguei alguma coisa, e depois me assegurando de que tenho explicações razoáveis para as inconsistências, para comportamentos estranhos, qualquer coisa que possa ser questionada depois.

Pela segunda metade, minha preocupação ficou concentrada totalmente em Sedotia.

No silêncio sibilante na cabine do Transvect, fui forçado a reconhecer que ela é um problema que não posso ignorar: a mulher sabe quem eu sou, e quanto mais eu relembro a ameaça que ela fez ao se despedir, mais me convenço de que ela não estava blefando. Eu não tenho intenção de me tornar um espião dos anguis, mas também não posso simplesmente ignorar isso.

O que significa que vou ter de encontrar alguma razão para estar nessa naumaquia. Eu já ouvi falar sobre esses eventos: combates de gladiadores, mas trocando as bigas e a areia por navios e água. Uma enorme batalha naval encenada, montada com despesas e esforços extraordinários para o prazer da população catenana.

Não é o tipo de coisa que Ulciscor vai me dar folga para ver.

– Quantas pessoas vivem aqui? – Eu impregno minha voz de assombro, sabendo que isso é o que qualquer catenano espera da experiência.

– Um pouco mais de um milhão, segundo o último censo. Mais, se você contar os distritos ao redor.

– Pelos túmulos dos deuses. – Faço disso um murmúrio, quase falando comigo mesmo. – Os velhos gladiadores que cuidam do Victorum costumavam falar sobre as grandes arenas daqui, quantas pessoas vinham, mas eu na verdade nunca acreditei neles. – Eu finalmente olho para Ulciscor. – É verdade que a Arena Catenana pode receber mais de cinquenta mil pessoas? – Eu subestimo o número, imaginando como ele vai reagir.

– Mais de cem mil.

Dessa vez, há um orgulho inconfundível.

Eu escarneço e sacudo a cabeça, como se ainda não estivesse totalmente disposto a aceitar isso. Em algum lugar entre estar impressionado e descrente.

– Não consigo imaginar isso.

– Mesmo assim – insiste Ulciscor, com uma mínima sugestão de irritação na voz.

– Você já assistiu alguma vez? Esteve lá quando está cheio?

– Uma ou duas vezes. Os jogos são entretenimento mais para o populacho que para os senadores, mas são necessários de vez em quando. E são espetaculares – reconhece ele, quase uma reflexão tardia. Ele dá um sorriso ao ver meu fascínio, o quanto eu me envolvo com esse pensamento. – Talvez um dia você tenha a chance de ver por conta própria.

Eu retomo minha observação da cidade, satisfeito de deixar as coisas assim: se eu insistir, só vou fazer Ulciscor desconfiar, mas a semente foi plantada. Quando eu expressar o desejo de ver os jogos durante o Festival de Jovan, ele vai se lembrar dessa conversa e achar que foi porque despertou meu interesse.

– Hoje não vamos ver muito da cidade – diz Ulciscor depois de algum tempo, desculpando-se. – O Transvect vai parar no Distrito Praedium. Em sua maioria, armazéns. Nós vamos pegar uma carruagem de lá para Sarcínia.

Isso faz sentido. Este Transvect foi redirecionado das províncias do leste para nos pegar; pelo que vi, sua carga é em sua maioria grãos. Mesmo para um Magnus Quintus, não consigo imaginar que ninguém estivesse disposto a desviar todo um carregamento de suprimentos mais longe do que o necessário.

– É lá que fica sua propriedade?

Ele assente.

– É uma viagem de aproximadamente uma hora.

Estamos nos dirigindo à propriedade da família de Ulciscor, onde devo passar os próximos dois meses. O curso atual de um ano e meio na Academia começou há quatro meses. O recesso de um mês para o Festival de Jovan está a apenas algumas semanas de distância, então o Quintus decidiu que vou ser ensinado até o fim do período festivo. Que é melhor "aparar meus gumes afiados", como ele diz, em vez de me jogar imediatamente para os lobos.

Ele também me avisou que vai partir para sua residência em Catena dentro de alguns dias, me deixando aos cuidados de outras pessoas, que serão meus tutores. Ainda não sei ao certo o que pensar disso. Por um lado, faz sentido: ele tem obrigações senatoriais e já deixou claro que quer me manter afastado da política na capital enquanto estou treinando. Por outro lado, porém, parece estranho que ele esteja tão disposto a me deixar sem supervisão pessoal.

– Será que... – Tento me lembrar do nome. – Lanistia vai nos encontrar lá? – A Sextus que, aparentemente, vai ficar encarregada de minhas lições.

– Ela já deve estar lá.

Eu estreito os olhos diante da insinuação de dúvida em sua voz.

– Ela sabe que nós estamos indo?

– Ela sabe que *eu* estou indo. – Ulciscor está vagamente encabulado. – Eu não quis dizer demais sobre você em uma comunicação pública. Então você vai ser uma... surpresa. – Pelo jeito como ele diz isso, não tenho certeza se vou ser o tipo de surpresa de quem Lanistia necessariamente vá gostar.

– Ah. Mas ela sabe sobre Veridius? Sobre o que estamos fazendo? – Meu olhar voltou para a cidade; estamos viajando em ângulo oblíquo em relação a ela, perto de trocar a baía por terra. Uma escuna atravessa minha visão, e eu mal presto qualquer atenção antes de perceber que sua proa está subindo e descendo rapidamente enquanto singra as ondas, apesar de não ter velas erguidas. A embarcação passa zunindo abaixo de nós e some de vista.

– Lanistia sabe, e é a única que sabe. O que significa que, quando ela fala, é com minha voz; eu espero que você demonstre o devido respeito e faça tudo o que ela pedir, não importa o quanto exija de você. E se tiver algo que você queira me contar, também pode contar para ela. Eu confio nela totalmente.

A forma cada vez mais familiar de um ponto de ancoragem se ergue quando o Transvect começa a desacelerar. Os cais estão abaixo de nós, agora, uma agitação de atividade ao sol do meio-dia, centenas de pessoas semelhantes a formigas carregando e descarregando navios enormes e o que parecem ser carroças compridas sem cavalos. Vejo algumas destas últimas se afastando suavemente das docas, conduzidas por conjuntos de Octavii, mas nitidamente movidas à base de Vontade. Estão carregadas com sacas, seguindo na mesma direção que nós.

Eu afasto o olhar da janela. Catena é vasta e exótica; eu já sabia disso. Não posso me distrair.

Cinco minutos depois, nós paramos, estacionando em meio a um mar de armazéns de madeira grandes e insípidos de aparência similar. À minha frente, antes de se levantar, Ulciscor leva a mão ao bolso e tira um par de óculos escuros – do tipo reservado para Sextii e acima, supostamente feitos usando algum processo especial no distante deserto de Nyripk.

– Venha.

Não tenho certeza se são os óculos do Magnus Quintus, a lista púrpura em sua toga ou os dois, mas o grande número de trabalhadores correndo para descarregar o Transvect se abre como uma onda à sua frente. Eu sigo atrás dele, sentindo a pressão de cem olhos curiosos.

O ar no nível da rua é denso, rançoso, misturado com suor, peixe e excrementos humanos de onde os Octavii se aliviaram nos becos próximos. Eu quase vomito na primeira vez que encho insuspeitamente o pulmão. Escuto um alarido, um assalto de gritos atravessando as ruas pavimentadas enquanto trabalhadores competem para se comunicar uns com os outros. É caótico. Desagradável.

– Por aqui. – Ulciscor me chama para uma carruagem que está à espera do outro lado da rua.

O condutor se anima em seu assento quando nos vê.

– Sextus Tohrius mandou lembranças, Magnus Quintus. – O homem de cabelo cor de areia com o rosto todo marcado faz uma pequena reverência ao abrir a porta.

– É bom vê-lo outra vez, Marius. Por favor, diga a ele que estou grato por sua ajuda e que vou estar em Catena novamente dentro de dois dias.

– Eu digo. – O condutor espera até que eu suba com rigidez atrás de Ulciscor, respeitosamente reconhecendo minha presença antes de fechar a carruagem e retornar a seu assento. Em instantes começamos a andar, e ouço a voz grave de Marius competindo com todos os outros para abrir caminho.

– Tohrius é um cliente meu – explica Ulciscor enquanto fecha a cortina ao seu lado, escondendo-nos de vista. – E podemos confiar que Marius vai manter a boca calada. Sarcínia é longe o bastante de Catena para que, desde que ninguém tenha certeza de que você está lá, nenhuma pessoa se dê ao trabalho de fazer a viagem. – Ele sinaliza para que eu também feche a cortina do meu lado.

Eu faço isso.

– Você acha mesmo que alguém vai estar tão interessado?

– Em um órfão que de repente se tornou um Telimus, adotado por uma das famílias patrícias mais antigas de Catena? Vão, Vis. Eles vão ficar interessados. – Um eufemismo seco. Ulciscor volta a atenção para uma pilha de documentos que estão à espera no assento ao seu lado. – Tenho algumas coisas para fazer. Você deveria dormir, se conseguir. Tente se recuperar um pouco mais desse ferimento. Essa pode ser sua última chance por um bom tempo. – Ele lambe um dedo e começa a folhear as páginas, totalmente interessado em seu conteúdo.

Eu concordo com ele, relutante, então me instalo em meu assento e fecho os olhos quando a carruagem começa a chacoalhar pelas ruas de pedras arredondadas para fora de Catena.

– Chegamos.

A fala de Ulciscor me acorda de um torpor induzido pelo sol. Eu pisco com olhos turvos e estendo músculos rígidos de me segurar contra os solavancos constantes da carruagem. Não tenho certeza de quando eu peguei no sono, mas em certo momento Ulciscor abriu as cortinas outra vez. Estamos no meio da tarde.

Eu estico o pescoço para olhar à frente. Acabamos de chegar ao alto de uma ladeira, e posso enxergar quilômetros à frente. Tudo é de um verde luxuriante. O sol às vezes difundido por nuvens arde sobre os campos de oliveiras, pomares cuidadosamente plantados e o ouro distante do trigo. Octavii – suponho – pontilham a paisagem, trabalhando na terra com máquinas movidas a Vontade, ou colhendo, ou, em alguns casos, cuidando de gado. Há centenas deles.

– Nossa propriedade sarciniana – diz Ulciscor sem qualquer inflexão de orgulho, apesar da beleza em exibição. Ele aponta para a mansão logo à frente, na direção da qual o caminho de cascalho ladeado por árvores faz uma curva. – Sua casa pelos próximos dois meses.

– Parece que vai servir.

Ele olha para mim, então ri.

– Não deixe Kadmos escutar você dizer esse tipo de coisa.

Ele começa a recolher os papéis ao seu lado.

Antes que eu possa perguntar quem é Kadmos, a carruagem para, e Marius pula de sua posição na frente e abre a porta para Ulciscor com suavidade resultante de prática.

– Desculpe pela viagem acidentada, Magnus.

– Não é sua culpa, Marius. As estradas por aqui precisam de manutenção, mas ultimamente tivemos problemas com salteadores – Ulciscor desce, e eu vou atrás. – Tome cuidado na viagem de volta.

– Tomarei, Magnus.

– Você é bem-vindo a descansar e comer antes de ir.

– Muito obrigado, mas Sextus Tohrius precisa que eu esteja de volta a Catena antes do anoitecer. – O homem com o rosto marcado faz uma reverência respeitosa e então, ao ver o reconhecimento de Ulciscor, torna a subir no banco do condutor. Eu o observo ajustar habilmente um dial de pedra, em seguida usar o volante para dirigir a carruagem enquanto ela avança.

– Ulciscor.

A voz feminina e monótona faz com que eu e o Quintus nos viremos. Uma mulher jovem está parada de pé, com os braços cruzados, no pórtico da villa. Cabelo preto ondulado cai em torno de seu rosto, e ela está usando os óculos escuros espelhados de um usuário de Vontade.

Nada disso encobre sua expressão fechada. Que nitidamente não é dirigida para mim, mas isso não impede que eu dê um passo para trás.

– Lanistia! – Ulciscor passa a mão pela cabeça bem raspada, e seu rosto se abre em algo que é meio prazer, meio timidez. Ele anda com passos arrastados até a minha frente, como se quisesse bloquear a visão de Lanistia. – Eu achava que você estaria...

– Quem é esse?

– Esse é Vis. Vis... Telimus – acrescenta ele com uma tosse.

Os olhos de Lanistia estão escondidos por trás daqueles óculos, e o resto de seu rosto não se mexe. Ela não diz nada. Sua desaprovação é irradiada como um calor físico.

Eu resolvo ficar em silêncio.

– Desculpe por me atrasar. O Transvect de Tensia foi atacado – continua Ulciscor depois de uma pausa desconfortável.

– Eu soube. Você está bem? – A última parte demonstra uma preocupação relutante. Ela quer estar com raiva dele, eu acho, mas está preocupada demais para não perguntar.

– Graças a Vis, aqui. – Ulciscor dá o mais leve aceno de cabeça para ela. Uma garantia de que ele está realmente bem.

Algo no rosto de Lanistia se abranda.

– Bom. – Ela caminha adiante. Há um quê natural em seus movimentos, como os de um atleta reminiscente dos Octavii mais talentosos com quem lutei no teatro. Agora que está mais perto, decido que ela não pode ser mais que cinco ou seis anos mais velha que eu.

– Eu sou Lanistia – diz ela para mim.

– Vis.

Depois que as apresentações aparentemente estão feitas, ela torna a se voltar para Ulciscor.

– A casa não está preparada.

– Kadmos vai dar um jeito. – Ele sorri para ela. É a primeira vez que eu o vejo sorrir com os olhos.

Ela resmunga, mas os cantos de sua boca se curvam para cima. Não tão austera quanto pareceu no início.

– Está bem. Venham. – Ela volta a se dirigir para a mansão.

Ulciscor me lança um olhar estranho, então gesticula para que eu o siga.

– Bem-vindo à Villa Telimus – murmura ele.

XII

TEM ALGUMA COISA PERCEPTÍVEL NA LINGUAGEM CORPORAL DE duas pessoas que estão desesperadas para discutir algo em particular. Uma tensão latente, uma rigidez inconsciente em suas interações. Eu me lembro de ver isso com frequência entre meus pais durante aqueles últimos meses, mas era jovem e ingênuo demais para me perguntar por quê.

E vejo isso agora no jeito como Ulciscor e Lanistia conversam, não importa o quanto eles tentem esconder.

Eu sigo atrás da dupla. Cascalho é triturado sob nossos pés, um barulho alto no silêncio do campo. A casa tem três andares e é feita de arenito mosqueado, parecendo pertencer a uma era anterior ao uso de Vontade na construção.

– Então você voltou com um filho. – Lanistia olha para trás para mim; eu sorrio, mas ela não retribui. – Isso é repentino.

– Eu sei como você anda entediada. Agora tem alguma coisa para fazer pelos próximos dois meses.

Lanistia não está achando graça.

Nós passamos por três arcos altos. Lanistia nos conduz para dentro. A villa é ricamente decorada com grandes aposentos divididos em subseções por cortinas grossas e treliças decorativas, tudo muito no estilo que sei ser popular entre a elite catenana. Os aposentos são arejados, com luz natural entrando por janelas altas. Mosaicos cobrem diversas paredes divisórias. De um lado, vejo o que parece ser a entrada para um conjunto grande de banhos particulares.

– O que Relucia disse?

– Nada, ainda.

Lanistia fica imóvel.

– Você não contou para ela?

Ulciscor faz apenas uma careta.

Eu tusso.

– Quem é Relucia?

– Malditos deuses. Você não contou a *ele*? – A reprovação de Lanistia transparece por trás dos óculos escuros.

Ulciscor dá um suspiro e se volta para mim.

– Relucia é Sextus Relucia Telimus. Minha esposa. Que provavelmente não vai voltar da Sitrécia até que o segundo trimestre da academia já tenha começado. – Esse acréscimo enfático é nitidamente dirigido a Lanistia.

Eu sinto minhas sobrancelhas se erguerem. A mulher, então, é legalmente minha mãe. Isso *parece* uma coisa que ele deveria ter mencionado.

– Ela vai ficar bem com tudo isso?

– Ela sabe que eu esperava encontrar alguém para botar na Academia. – Mas não sabe os verdadeiros motivos, pela forma cuidadosa com que ele escolhe as palavras. Uma mirada rápida de seus olhos para as paredes ao redor indica que eu não deveria dizer nada sobre isso aqui. – Até sugeriu que adotássemos, não muito tempo atrás. Vai ficar tudo bem. Ela foi escolhida para ajudar o Recenseador durante o próximo ano, ela com frequência está no exterior, vai entender. Talvez você nem tenha a chance de se encontrar com ela antes da formatura.

Eu acho que não deveria me surpreender. Ulciscor já tinha bem mais de 23 anos quando a taxação dos solteiros começou a se tornar demasiadamente alta. E, mesmo que ele não tivesse outros motivos, há muitos benefícios monetários e sociais para ter filhos na República. Relucia provavelmente vai considerar minha adoção um movimento financeiro prudente. Supondo que eles já não tenham seus próprios filhos, é claro.

– Você vai mandar notícias ainda hoje. – Lanistia é firme. O jeito como ela fala com ele, o jeito como eles entraram naturalmente em sincronia quando chegamos, são sinais de familiaridade. Um conforto que só vem da amizade, independentemente de sua atitude ríspida.

– Então, eu não tenho nenhum irmão ou irmã que você não tenha mencionado? – É estranho perguntar, mas parece que preciso fazer isso.

– Não. – Ulciscor respira fundo como se fosse dizer algo mais, então muda de ideia. – Não.

– Dominus!

Nós três paramos quando um homem na casa dos cinquenta, bem barbeado e com queixo largo, sai enfaticamente de uma passagem à esquerda. Seu cabelo está recuando na frente, e parece que ele deixou o resto do cabelo ainda preto crescer para compensar. A massa de mechas que cai inerte sobre seus ombros nada faz para melhorar sua aparência. Ainda assim, seu sorriso é empolgado, largo e receptivo. Parece verdadeiro.

– Kadmos. – Ulciscor o saúda apertando-o pelo ombro, sorrindo também. – É bom ver você. Está tudo bem?

– A ceifadora nos campos do leste precisa ser substituída. Mais da plantação de oliveiras foi atingida por aquela podridão estranha. E Incusi está reclamando com seus amigos sobre a quantidade de trabalho que eles têm de fazer, embora ela seja paga adequadamente. Então, está tudo como costuma ser, Dominus. – As notícias são transmitidas de forma jovial. Não são preocupações urgentes.

Seu sorriso se esvai um pouco no final quando ele finalmente registra minha presença. Não está exatamente insatisfeito. Está mais confuso.

Ulciscor dá uma risada.

– Vou cuidar de tudo isso em breve, prometo. – Ele vê o olhar de Kadmos e se vira para me incluir na conversa. – Enquanto isso, conheça Vis. Eu o adotei, e ele vai entrar para a Academia no início do segundo trimestre. Vis, este é o despenseiro Kadmos. Qualquer coisa que você precisar aqui na villa, ele pode ajudá-lo.

Eu aceno educadamente com a cabeça. A apresentação sugere que o administrador da casa não merece a mesma confiança que Lanistia, e a suposição é apoiada pela expressão confusa e vagamente desalentada quando ele olha de mim para Ulciscor. Isso sem dúvida é uma surpresa para ele.

– Kadmos, você poderia levar Vis até a cozinha e arranjar alguma coisa para ele comer, depois mostrar a ele seus aposentos. Os quartos de hóspedes, eu acho. Nós podemos preparar algo mais permanente amanhã.

– É claro, Dominus. Mestre Vis, o senhor pode me seguir, por favor?

– Instale-se – acrescenta Ulciscor me tranquilizando. – Descanse um pouco mais. Lanistia virá encontrá-lo em breve.

Eu assinto, mas registro cuidadosamente a direção para a qual Lanistia e Ulciscor saem andando enquanto sigo Kadmos. Não acho que o Magnus

Quintus estava mentindo para mim, necessariamente, mas tem mais coisas acontecendo do que ele admitiu.

– Bem-vindo à Villa Telimus, mestre Vis. – Kadmos tem um leve sotaque sitreciano, o que reforça minha impressão sobre suas origens. Sua voz perdeu todos os traços de jovialidade. Ele não é rude, de jeito nenhum, mas com certeza nada mais que educado ao me conduzir mansão adentro. – O senhor tem algum pertence que eu devo providenciar que seja levado para seu quarto?

– Não.

Ele olha para minhas roupas. São aquelas da Academia. Limpas, mas com bordas irregulares onde Ulciscor as cortou cuidadosamente com uma lâmina depois que deixamos Solivagus – o suficiente apenas para destruir qualquer imbuição que Veridius pudesse ter usado para me rastrear. Já posso ver Kadmos compilando mentalmente uma lista de coisas que precisa comprar, enquanto tenta identificar minha origem.

– Então, vai precisar de um guarda-roupa.

– Vou. Obrigado.

Ele sinaliza para que eu pare e vai até uma jovem Octavus que está varrendo o chão, então murmura uma instrução. A garota rotunda e sardenta se curva com deferência para Kadmos, me avaliando com os olhos arregalados quando sai apressada.

Nós chegamos à cozinha, que é ainda maior e mais bem abastecida que a do orfanato. Não há cozinheiros à vista, então eu pego o que quero sobre os bancos cheios de coisas em dois pratos separados. Eu praticamente não como desde a véspera, e a comida à disposição – carnes curadas, azeitonas e pão de trigo saído do forno com mel – é melhor que tudo que eu tenha comido em muito tempo.

Kadmos lança um olhar de desaprovação à minha porção maior do que o estritamente necessário, mas não diz nada enquanto conduz a mim e meus pratos precariamente equilibrados até a ala de hóspedes no segundo andar. Ele para na entrada e me entrega uma túnica dobrada que estava esperando em uma cadeira próxima, antes de gesticular para e eu entre.

– Isso deve caber bem o bastante para hoje. – A Octavus fez seu trabalho rapidamente. – Se precisar de mais alguma coisa, mestre Vis, é só tocar o sino ao lado da porta e alguém virá.

O quarto é espaçoso, dez vezes maior do que o que eu tinha no orfanato. A cama no centro também é enorme, com o que parece ser um colchão de penas abaixo da cabeceira decorada em bronze. Meu corpo dói de nostalgia ao vê-la.

– Obrigado, Kadmos. – Eu me volto para o administrador a tempo de vê-lo tocar uma plaquinha de pedra em outra equivalente na porta. – O que está fazendo?

– Desativando a segurança. O Magnus Quintus nem sempre confia naqueles que acomodamos aqui. Ele volta a enfiar a plaquinha no bolso.

Eu escondo meu desprazer por trás de um interesse fingido. O administrador queria que eu o visse. Ele sabe que não tenho como identificar se ele está mentindo, e que a porta pode facilmente estar conectada a um indicador em algum outro lugar da casa – significando que, assim que eu abri-la, alguém vai saber. Agora não posso correr o risco de sair às escondidas.

Eu deixo meus dois pratos de comida em uma bancada lateral, sem ter de fingir o bocejo que acompanha o movimento.

– Desconfio mesmo que vai levar algumas horas antes que eu queira ir a qualquer lugar.

– Então, vou deixá-lo descansar. Aproveite sua refeição, mestre Vis. – Ele faz uma reverência respeitosa pequena e educada e desaparece, e a porta se fecha às suas costas antes que eu possa responder.

Eu pego uma fatia de pão em um dos pratos e a devoro, vagamente irritado, embora não ache que possa culpar o homem por ser cauteloso. Eu sou evidentemente um estranho sem meios que de repente se tornou herdeiro da família patrícia à qual ele provavelmente serviu durante sua vida inteira. Por mais insano que eu tivesse de ser para tentar algo nefasto contra um Magnus Quintus, é difícil criticar o homem por ter algumas reservas.

Fico pensando enquanto descarto minhas roupas rasgadas – o lado do ombro que protesta e está enfaixado repuxa de forma desconfortável – e as troco por novas, e fico satisfeito ao ver que elas são muito mais refinadas do que aquelas às quais estou acostumado. Como prometido, o tamanho está perfeito. Depois que minha túnica está corretamente amarrada, eu como mais um pouco, então vou até a janela maior que dá para o leste e abro as persianas. A vista são apenas montes ondulantes e verdejantes, os mais altos encimados pelo que resta do sol poente. Eu posso ver por quilômetros.

Eu não tento absorver tudo; é bem bonito, mas sempre preferi o brilho e os horizontes claros do oceano. O importante é que os campos cada vez mais escuros estão imóveis. Os Octavii voltaram para suas casas ou estão ocupados no interior da villa.

Fico aliviado ao ver que não há nenhuma plaquinha de pedra no batente da janela. Os tijolos de arenito à frente têm fendas distintas onde a argamassa se gastou. Não são os apoios ideais, mas suficientes para que meus dedos consigam se segurar.

Eu hesito, então subo na beirada. Isso vai parecer ruim se eu for pego, mas preciso saber se algo está sendo escondido de mim. E já fiz escaladas mais difíceis em alturas muito maiores pelos penhascos de Suus. Mesmo com o ombro e a lateral do corpo doloridos, estou confiante. Posso descer em segurança um único andar e tornar a entrar sem ser notado.

Eu mal saí da janela quando caio.

Não tenho certeza se é a dor aguda, inesperada e severa em meu ombro ou só a ferrugem de anos que faz com que eu sinta uma contração muscular no momento errado. De qualquer jeito, de repente estou caindo para trás, agitando os braços, com o coração na garganta, incapaz de tornar a me agarrar a algum apoio. Não são mais de cinco metros até o chão, e eu consigo girar no ar para aterrissar sobre meu lado bom. Isso dói mesmo assim.

Fico ali deitado na grama, arquejando para resgatar o ar que foi expulso de meus pulmões enquanto tento desesperadamente permanecer em silêncio. Leva uns dez segundos antes que eu consiga controlar minha respiração, e o mesmo tempo antes de me recuperar o bastante para testar meus membros. Nada quebrado, eu acho. Há um burburinho emudecido de vozes vindo de dentro da villa, mas nenhum grito, nenhuma indicação de que alguém viu ou ouviu alguma coisa.

– *Idiota* – sussurro para mim mesmo enquanto me levanto com dificuldade, me limpo e checo se não sujei imediatamente minha nova roupa branca. Não tenho certeza se estou mais irritado com o erro ou com minha confiança de que eu não cometeria um.

Está anoitecendo, a forma do mundo ainda visível, mas as cores praticamente desaparecidas. Tochas em suportes crepitam na entrada da villa; não consigo ver ninguém por ali, mas desvio mesmo assim, seguindo para a parte do prédio para a qual foram Ulciscor e Lanistia. A maioria das janelas está escura, mas algumas têm contornos de luz ao redor de persianas fechadas.

Não demora muito até que eu reconheça os tons profundos que vêm de uma delas. Abafados pela madeira, mas certamente é Ulciscor. Eu deslizo mais para perto da janela. Ainda estou em espaço aberto, infelizmente, sem qualquer proteção atrás da qual me esconder se alguém aparecer. Verifico meu entorno à procura de qualquer sinal de movimento, então posiciono a cabeça cuidadosamente ao lado da abertura.

Ulciscor está relatando o ataque ao Transvect – abafado, mas o silêncio aqui fora permite que eu escute as palavras. Ele está trocando o drama pelos fatos secos, e faz isso em poucos minutos, interrompido apenas duas vezes por perguntas delicadas de Lanistia. Ele não esconde ter matado Sacro, nem que foi apagado.

Ele termina quando acordou no Transvect em movimento, a meio caminho da Academia, comigo sangrando no chão ao seu lado. Há um breve silêncio quando ele termina.

– Anguis, então. Você acha que Melior estava envolvido? – A voz mais aguda de Lanistia é mais fácil de entender através do abafar da madeira. Não levo muito tempo para identificar o nome. Melior é o líder dos anguis. Um nome bem conhecido graças a seu banimento e ao tamanho da recompensa por sua captura.

– Eles estavam bem informados demais para uma facção local. Eu só pedi que o Transvect fosse realinhado algumas horas antes de nossa partida. – Ulciscor fica incomodado com o fato. – E não pode ser coincidência que eles tenham conseguido me derrubar com tamanha facilidade. Ninguém carrega uma arma como essa por capricho.

– Tem alguma ideia do que pode ter sido?

– Nenhuma. Mas não foi agradável. Eu vomitei por horas depois que acordei.

– Pelo menos você acordou. – Escuto um rangido de móvel quando um deles muda de posição. – Encontraram mais corpos em Masen. Com as cabeças arrebentadas, exatamente como os outros.

– Pelos túmulos dos deuses. Quem? Quando?

– Dois Sextii. Líderes regionais, mas nenhum deles com nomes que você teria reconhecido.

– Como Quiscil e os outros reagiram?

– No Senado? Eles condenaram os assassinatos como nada mais que sacrilégios covardes. Mas a verdade é que isso os aborrece. Alguma coisa nesses ataques os deixou preocupados, além do simples fato de os anguis estarem mais ousados.

– Talvez seja quem eles têm como alvo.

– Não há nenhuma conexão entre esses dois e os outros, até onde sei. Mas vou continuar procurando.

– Faça isso. Eu acredito neles quando dizem que estão perto de pegar Melior. Gostaria de saber o que está se passando antes que isso aconteça.

Eu faço uma careta. Há uma boa chance de que o chefe dos anguis seja uma das pessoas que sabem minha identidade.

Um tinido baixo – um copo sendo colocado sobre uma mesa, acho –, então um suspiro.

– E os Corretores? Eles estão fazendo mais de seus testes?

– Eles tiraram sangue de Magnus Quintus Cerrus na semana passada. Até onde eu soube, ele é o único novo. Mas disseram que ele não foi infectado.

Um grunhido de Ulciscor.

– Que vergonha.

Escuto um riso baixo de Lanistia.

Faz silêncio, e começo a me perguntar se um deles ou os dois deixaram a sala. Ainda não há movimento no exterior da villa.

– Então, seu filho parece bem. – Há um gume amargo na observação abrupta de Lanistia.

– Olhe, Lanistia…

– O que você estava *pensando*? – Seu tom é baixo, mas intenso. – Como pôde ser tão precipitado?

– Você não estava lá. Se eu acreditasse nos deuses, diria que eles me levaram até ele. Ele foi *feito* para isso.

– Você sabe o que isso implica, certo?

– Eu refleti sobre todos os aspectos de como nossos caminhos se cruzaram, e havia muito acaso envolvido. Ele não é espião de ninguém. – Ele diz isso com confiança absoluta, e eu sinto algo afrouxar em meu peito ao ouvir as palavras.

– Apesar de você ser o alvo de uma emboscada dos anguis dias depois de encontrá-lo.

– Emboscada da qual ele me *salvou*. Se ele estivesse com eles, o único objetivo de todo o ataque seria fazer com que ele conquistasse mais confiança. Nem mesmo os anguis desperdiçam tanto seus recursos.

– Mas você não o *conhece*. Sei que você não teve tempo para investigar o passado dele. – Lanistia fica entre a frustração e a súplica. – E se ele fugir? Ou se entregar? Ou mudar de lado?

– É por isso que você vai passar os próximos dois meses com ele. Se você disser que ele não está pronto no fim, ou que ele não merece confiança, então vou cancelar a coisa toda. – Ulciscor dá um suspiro. – Tem alguma coisa estranha nele. Ele tem uma educação melhor do que um órfão de guerra tem o direito de receber. O garoto foi chicoteado várias vezes em vez de se submeter às Aurora Columnae. Ele carrega um peso e é teimoso e raivoso, e com toda a certeza está escondendo coisas. Mas o que quer que o esteja motivando é algo que podemos usar.

– E se Veridius decidir simplesmente matá-lo?

– Aí nós conseguimos nossa base legal. Se mais um Telimus morresse em Solivagus, desta vez o Senado agiria.

– Ulciscor. – A repreensão delicada e pesada não ajuda a aliviar o frio que percorre meu corpo.

A pausa é um pouco longa demais, até que Ulciscor acrescenta:

– De qualquer forma, Veridius sabe disso tão bem quanto eu. Então ele não vai fazer nada.

– É só um palpite.

– Não importa. Estamos ficando sem tempo, Lanistia.

– Não há nenhuma prova disso.

– Você sabe que é verdade. – Ele está gritando. – Do contrário, eu não o teria envolvido.

Se há uma resposta, eu não a escuto; o som de uma porta próxima rangendo faz com que eu me aprume e volte para a trilha. Não há nenhum lugar onde me esconder, então eu me afasto da porta com as mãos entrelaçadas às costas. Pressiono a rigidez de meu ombro e meu claudicar. Como se eu estivesse apenas aproveitando o ar da noite.

– Mestre Vis.

Eu me encolho com essas palavras, me viro e encontro Kadmos parado às minhas costas, com os braços cruzados. Dou um sorriso cordial para ele.

– Você me pegou. – Quando seu cenho franzido se transforma em algo mais interrogativo, eu aponto com leve embaraço na direção dos morros iluminados pelas estrelas. – Eu mudei de ideia. Não venho ao campo há anos. Tinha esquecido como é pacífico.

– Ah. – Ele afasta uma mecha inerte de cabelo do rosto quando seu olhar se dirige para as janelas fechadas com persianas, a menos de cinco passos de onde estou. Ele está de guarda baixa, mas não é idiota. – Como conseguiu sair e chegar até aqui?

– O que você quer dizer com isso? – Eu finjo estar levemente confuso.

– Eu… – Ele se cala. Irritado, embora esteja tentando esconder isso. – Eu não o vi sair de seu quarto. – Ele não quer confirmar que esperava um alerta quando eu abrisse a porta. Provavelmente não tem certeza se eu evitei isso deliberadamente ou se simplesmente não funcionou por algum motivo.

Eu expresso minha própria confusão.

– Isso é um problema? Não vou demorar muito. Você disse que estava desativando a segurança, então presumi que não precisava ficar confinado. – Eu acrescento um toque de pergunta em meu tom de voz.

– Não, está tudo bem – diz Kadmos, embora nitidamente não esteja. O homem robusto olha novamente para a janela com persianas. – Mas eu deveria ter especificado: o Magnus Quintus é um homem muito reservado, e desconfio que vai haver algumas áreas que ele gostaria de manter fora dos seus limites. Por isso eu me sentiria muito mais confortável se você ficasse no quarto esta noite. Só até eu poder conversar mais com ele, então fazer com você um tour formal amanhã.

– É claro. – Vendo as coisas de forma realista, de qualquer jeito eu não vou ter outra chance de escutar a conversa esta noite.

Kadmos indica que eu devo segui-lo. Evidentemente sem querer deixar que eu encontre meu próprio caminho de volta.

Eu olho de cara amarrada para as costas do despenseiro quando tornamos a entrar na villa. É estranho que tenha sido ele a esbarrar comigo, em vez de um dos muitos Octavii ainda ocupados pela casa. E tão depressa, também. Pouco mais de dez minutos depois que eu saí do quarto.

Kadmos está falando, mas agora é uma conversa-fiada, não algo a que devo prestar atenção. Será que mexer nas persianas de meu quarto também disparou alguma coisa? É improvável; seria um desperdício monitorar ações tão inócuas quanto deixar entrar um pouco de ar. Além disso, como provei de maneira tão certa, descer pelo lado de fora não é das tarefas mais fáceis.

A única outra opção seria algum tipo de rastreador em minha pessoa. Isso se encaixa – permitiria que Kadmos me localizasse, mas também exigiria que ele verificasse ativamente meu paradeiro, explicando por que havia um intervalo de vários minutos antes que ele viesse me achar.

Eu agito minha túnica nova, irritado.

Nós chegamos a meus aposentos, e Kadmos deixa que eu entre novamente, olhando de cenho franzido para a janela aberta, embora não haja nenhuma indicação de que eu a usei para sair. Mantenho a expressão alegre até que a porta se feche, então desabo na cama. Eu passei o dia inteiro me esforçando para me concentrar, para prestar atenção a tudo o que foi dito e tudo o que tem acontecido. As coisas que ouvi só serviram para aumentar minhas preocupações. A lateral do meu corpo dói. Meu ombro dói. Minha cabeça dói.

Estou pronto para descansar um pouco.

XIII

O SOL AINDA NÃO ESTÁ NEM ILUMINANDO O HORIZONTE QUANDO ouço uma batida nítida. Antes que eu consiga acordar direito e sem meu convite, a luz da lanterna no corredor entra pela porta, interrompida apenas pela silhueta de Lanistia.

– Espero que você tenha conseguido dormir. – Ela ainda está usando aqueles óculos escuros espelhados, apesar da penumbra anterior ao amanhecer do lado de fora. – É hora de começar.

– Agora? – Eu me ergo apoiado sobre um cotovelo e lanço um olhar saudoso e exausto para o travesseiro.

– Agora. – Ela vai embora, claramente esperando que eu a siga.

Eu resmungo, mas – ao me lembrar da ênfase de Ulciscor sobre sua autoridade sobre mim aqui, e que ele deixou a aprovação de minha adequação à academia totalmente em suas mãos – ordeno a meu corpo dolorido que saia da cama, pego algumas roupas e vou atrás dela.

Tudo está quieto na villa. Não tenho certeza do quanto é cedo, mas todo mundo ainda parece, sensatamente, estar dormindo como uma pedra. Nós descemos e atravessamos um pátio aberto até a ala leste da casa, a caminhada curta no ar frio da manhã suficiente para desanuviar minha cabeça. Em pouco tempo, nos instalamos em um escritório particular, com estantes de livros cobrindo as paredes. Lanistia se senta em uma cadeira à minha frente. Suas mãos estão entrelaçadas, e ela se inclina para a frente, seus traços transformados em um relevo definido com a lâmpada queimando entre nós.

– Ulciscor diz que você recebeu uma educação muito boa, levando-se em conta sua origem. – Ela consegue deixar a primeira parte dúbia, e a segunda, desconfiada. – Ele também diz que você tem deficiências em algumas áreas. Nós precisamos determinar quais.

Eu resisto a uma leve onda de irritação. Lembro a mim mesmo de que, com base no que ouvi ontem à noite, eu preciso impressionar essa mulher.

– Está bem.

Lanistia afasta alguns fios compridos de cabelo castanho-escuro que estão roçando suas bochechas. Respira fundo.

E começa.

As três horas seguintes são um borrão. Onde Ulciscor me sondou, Lanistia é ameaçadora. Estou começando a entender a mecânica de um veículo movido a Vontade, então explico minha compreensão das áreas legais históricas de controle entre as três pirâmides senatoriais, depois interpreto reflexões filosóficas de Arinus em comparação com as atuais políticas provinciais catenanas – tudo em um intervalo de minutos. Respostas das quais ela gosta ganham um grunhido e uma mudança rápida de assunto. Aquelas das quais ela não gosta – que são desconfortavelmente muitas – são atacadas, abusadas e dissecadas. Se eu apresento um argumento com falhas, ele não é apenas refutado, mas transforma-se em carne jogada para cães raivosos. Qualquer resquício de sono desapareceu depois dos primeiros dez minutos. Estou atordoado depois de uma hora. No final, mal consigo pensar.

Mas tudo termina, por fim, quando o sol subiu o bastante acima do horizonte para derramar luz limpa através da janela que dá para o leste. Eu termino de responder uma pergunta, e Lanistia fica de pé.

– Nós... terminamos? – pergunto, com cautela.

Ela me examina de trás daqueles óculos. Estou começando a desconfiar que ela nunca os tira.

– Terminamos.

– Então. – Eu me remexo na cadeira. – O que você acha?

– O que eu acho? – Lanistia apaga a lâmpada que ainda arde em fogo baixo. – Eu acho que Ulciscor foi apressado ao adotá-lo. Acho que superestimou demais suas habilidades. Talvez ele tenha visto algo em você que eu não vejo, mas você não está pronto para a Academia. Nem perto. E não tenho certeza de poder prepará-lo nos próximos dois meses.

Eu cerro os dentes enquanto luto contra o instinto de reagir. As palavras machucam. Meus tutores em Suus costumavam ser efusivos em relação a minha habilidade de aprender, mas sempre me perguntei quanto desse entusiasmo vinha de meu status em vez de meus resultados.

– Mas o que você acha *mesmo*? Seja honesta, agora.

A expressão de Lanistia nem se altera.

– Gracejos não vão ajudar você. – Ela está perto da estante de livros ao dizer isso e passa um dedo pelas lombadas até encontrar o título que está procurando. Repete o processo duas vezes, então larga em meu colo os tomos que pegou. – Estes livros vão. Eles cobrem suas áreas mais fracas. Leia-os. *Com atenção.* Vamos rever esses tópicos amanhã e ver se você é mesmo capaz de aprender.

– Você quer que eu os leia hoje? – Tento não parecer chocado. Já estou exausto, e nenhum dos livros parece trabalho leve.

– Algum problema?

– Não. – Uma mentira provocadora. – Mas eu esperava conversar com Ulciscor hoje.

– Ele não está aqui.

– Onde ele está?

– No momento? Cuidando de algumas preocupações de clientes que foram comunicadas esta manhã. Mas depois disso ele vai voltar para Catena. – Ela dá de ombros em resposta a minha consternação. – Ele é um membro do Senado. E ainda tem de apresentar seu relatório sobre o ataque ao Transvect e anunciar oficialmente sua adoção, entre outras coisas.

É um desvio. Ulciscor não esperava partir tão cedo.

– Quando ele vai voltar? – Eu rosno as palavras. Ele me disse que eu podia confiar em Lanistia, mas eu não a conheço. E, talvez mais revelador, para ser honesto, não gosto muito dela.

– Quando ele terminar. – Ela é prática em vez de me ignorar, embora seja difícil entender assim.

Não digo nada. Lanistia não parece o tipo que vai ceder território se eu enfrentar suas afirmações.

Ela toma meu silêncio como submissão.

– Kadmos vem examinar suas ataduras mais tarde. E há comida na cozinha se você tiver fome.

Ela sai sem dizer mais nada.

Eu olho com raiva em sua direção, mas a lembrança de que eu ainda não comi me põe em ação. A cozinha desta vez está movimentada, mas ninguém me impede de encher um prato com panquecas de trigo cobertas com tâmaras e mel. Eu levo a comida e os livros de volta para meu quarto. Não adianta tentar procurar mais alguma coisa na villa enquanto está claro.

Do lado de fora de minha janela, o sol é de um ouro quente e sonolento ao subir mais alto acima dos montes verdes ondulantes. Octavii já estão trabalhando, embora pareçam bem felizes; o som de risos ecoa até mim vindo de um grupo próximo que conversa cordialmente enquanto trabalha.

Eu olho para tudo isso, mastigando com um ar severo. A ausência de Ulciscor é um problema. Eu estava contando com, pelo menos, mais uma conversa com o Quintus antes que ele partisse; esperava negociar algumas liberdades no mês pela frente. Nada importante – um pequeno estipêndio, a possibilidade de esticar as pernas até a aldeia mais próxima de vez em quando –, mas coisas que me estabeleceriam como um verdadeiro Telimus, e não um prisioneiro em tudo, menos no nome. O tipo de confiança manifesta que eu poderia transformar em uma viagem até Catena para o Festival de Jovan, e assim para a naumaquia.

Lanistia, já posso dizer, não vai concordar com nada disso. Mas parece que estou preso a ela, agora.

Eu dou um suspiro e começo a ler.

Os livros são bem escolhidos, admito contrariado depois de algum tempo. Cobrem uma área de conhecimento ao qual, anteriormente, eu não tinha acesso. Meu cansaço desaparece. A Bibliotheca de Letens era um tesouro de informação, mas o tempo que eu passava lá era orientado por mim mesmo – por necessidade aprimorando competências existentes, não criando novas. Os tomos são áreas totalmente diferentes e reveladoras de educação. Coisas que eu nunca poderia sequer saber que deveria investigar.

Kadmos se anuncia por volta do meio da manhã para verificar meu ferimento e aplicar um creme. Dessa vez, um de cor amarronzada, que faz formigar onde ele toca o corte.

– Este unguento vai coçar, mas vai acelerar mais o processo de cicatrização que qualquer outra coisa – explica ele enquanto trabalha. – Mesmo assim... o senhor vai sentir um pouco de desconforto por pelo menos uma ou duas semanas, e a Sextus Lanistia disse que o senhor vai precisar de mobilidade total imediatamente. Por isso, começando amanhã cedo, vou mandar fazer um chá para que beba duas vezes por dia. O senhor vai ter de tomar cuidado enquanto treinar, mas o chá vai amenizar a dor, mantê-lo focado. Só saiba que ele vai cobrar seu preço quando perder o efeito, à noite.

– O que tem no chá?

– Um pouco de erva-de-leão. Extrato de sana. Uma quantidade muito pequena de voluptasia. Entre outras coisas.

Kadmos começa a refazer meu curativo, então pausa quando eu me remexo desconfortavelmente. Ele pega mais leve, só um pouco.

– Sei o que estou fazendo, mestre Vis, eu fui médico dos Telimus por quase trinta anos. Isso não vai fazer nenhum mal ao senhor, desde que não seja por um período prolongado.

Aceito as afirmações com relutância. Tenho uma vaga lembrança de voluptasia ser perigosa em altas doses, mas se me lembro bem do nome, ela deve ter propriedades medicinais também. Não reconheço os outros ingredientes. Mas a dor na lateral do corpo e no ombro já estava me distraindo hoje, e isso só enquanto eu estava sentado. Se tiver algo que ajude isso a passar, quero.

Kadmos logo vai embora, e eu retomo minha leitura. Fora da janela, o sol chega ao auge, então começa sua descida; quando eu registro seu progresso, as sombras alongadas sugerem que é quase o final da tarde. Eu penso, então descarto a ideia de fazer uma pausa. Estou progredindo bem pelos textos, mas não rápido o bastante para relaxar.

Além disso, por mais estranho que seja admitir, estou me divertindo.

Não que as matérias sejam fáceis – longe disso –, mas o dia inteiro fazendo apenas isso? Alimentado, aquecido e ocupado, em vez de me matar de trabalhar para a matrona Atrox? É como minhas horas na Bibliotheca, só que melhor. É o mais perto que cheguei de reviver minha velha vida em muito tempo.

Kadmos interrompe brevemente para trazer uma bandeja de jantar no momento em que estou acendendo as lâmpadas, e o entardecer está se transformando em uma noite límpida e estrelada lá fora. A brisa tranquila da noite ainda carrega traços de calor ao agitar as cortinas antes de sussurrar através dos vinhedos e campos vazios abaixo. Uma lasca de lua chegou ao seu lugar no céu quando eu fecho o último dos três livros. Minha visão começou a se turvar – tanto devido à concentração prolongada como ao cansaço físico –, mas acho que entendi o básico do que li. Pelo menos o bastante para passar por qualquer teste que Lanistia tenha planejado para mim amanhã cedo.

Apago as lâmpadas e desabo na cama. A inconsciência me recebe com avidez.

Não podem ter se passado mais que alguns minutos quando acordo. Alerta.

Algo muda, eu acho, quando outra pessoa entra no quarto. Há uma nova pressão no ar, um peso que é sutilmente diferente de quando se está sozinho. Eu nunca percebi isso em Suus, nunca dei nenhuma importância a isso quando era criança. Mas anos em fuga aguçaram minha percepção. Aumentou essa sensação até torná-la imediatamente reconhecível.

Eu me jogo desesperadamente para o lado quando algo violento e pesado bate sobre o colchão. O quarto está escuro, iluminado apenas pela prata que entra pelas cortinas ainda abertas, mas consigo ver o contorno da pessoa que está me atacando. Eu chuto quando me jogo da cama, colocando peso e impulso por trás do golpe. Ouço um grunhido baixo, e a forma alta cambaleia um passo para trás, mas meu pé descalço a sente como se tivesse atingido tijolo.

Um usuário de Vontade. Nada bom.

Eu me arrasto para trás, tentando me recuperar. Meu lado machucado queima com o movimento importuno. A forma escura se recupera e se lança em minha direção. Eu rolo para o lado outra vez e, ao cair, pego uma sandália no chão e a atiro para trás, na esperança de causar pelo menos um momento de distração no intruso. Não tenho como ganhar esta luta. Eu preciso sair daqui.

A figura está entre mim e a porta. Eu corro na direção da janela. Lento demais. Ar explode de meus pulmões quando uma pegada de ferro me agarra e me joga novamente no chão. Então meu agressor monta em cima de mim. Ele põe a mão em torno do meu pescoço. Não consigo me mexer. Mal consigo respirar.

– Quais são os três tipos de relacionamentos Condicionais refinados da Vontade?

Estou congelado. Sem entender nada.

– Lanistia? – digo, quase sem voz. A pegada em meu pescoço se aperta.

– Responda. – É a voz dela. É um rosnado, mas na voz dela.

– Sub-harmônicos, administrados e... causais – sibilo, sem saber o que mais fazer. Eu deveria estar aliviado, mas não é assim que me sinto. A confidente de Ulciscor não vai me matar…

Certo?

Não há reação a minha resposta, pelo menos nenhuma que eu consiga ver. O rosto de Lanistia está envolto pela escuridão.

– Qual a área de inovação mais importante de Catena nos últimos cem anos?

– Agricultura.

– Por quê?

– Você podia apenas…

– *Responda.* – A pegada em meu pescoço se aperta o bastante para que eu não saiba ao certo se vou conseguir.

– Porque ela é chave para a população. – Eu dou uma tosse rouca. – Os avanços na agricultura dos anos 220 permitiu um crescimento enorme na produção de alimentos, o que por sua vez permitiu a explosão populacional criada por incentivos do governo.

O interrogatório continua. Fogo rápido, sem indicação de se estou respondendo corretamente. Como na seção exaustiva com a mulher pela manhã, mas infinitamente mais estressante. Meus ferimentos doem sem parar. Toda vez que me debato ou me recuso a responder, ou tento questionar o que está acontecendo, sou pressionado no chão. Estapeado uma vez, com força suficiente para tudo girar depois. É humilhante. De enfurecer. Aterrorizante.

Depois de um minuto, fica fácil ver o padrão. Algumas perguntas soltas jogadas, mas concentradas em torno dos livros que li hoje. Quando consigo focar esse detalhe, as coisas ficam mais administráveis. Isso é um teste, embora um teste que está me deixando alternadamente abalado e furioso.

Eu respondo uma última pergunta. Um batimento cardíaco permanece impiedosamente em minha garganta, então tudo se afrouxa. O peso em cima de mim desaparece.

Eu rolo de lado, ofegando e tossindo de alívio. Há movimento na escuridão, então a luz suave de uma lâmpada.

Eu me sento devagar, toco o lado do corpo para ver se o ferimento ali não se abriu e olho fixamente e com maldade. Lanistia está parada na porta, de braços cruzados. Sem expressão. Ainda usando aqueles malditos óculos.

– Que diabos é isso? – falo com raiva, embora sua eficácia seja reduzida pela rouquidão em minha voz. – *Por quê?* – Eu cerro os punhos. Não me sentia tão impotente assim em anos.

Eu a odeio por me lembrar de como é.

– Eu precisava testar sua memória sob pressão.

– Você precisava me atacar para fazer isso? Enquanto eu apodreço *ferido*?

– Seu estado físico é irrelevante. – É irritante o quanto ela está composta ao dizer isso. – Ulciscor tinha dúvidas sobre seu temperamento; posso ajudar a prepará-lo intelectualmente para a Academia, mas não emocionalmente. E se você não estiver preparado neste último quesito, então estou perdendo meu tempo com o primeiro. Por isso eu precisava ver.

– É uma porcaria de uma *escola* – eu rosno. – Olha o estado das minhas costas. Não tem nada mais grave que eles possam fazer comigo.

Lanistia leva uma das mãos ao rosto. Ela tira os óculos.

Eu titubeio.

Onde deveriam estar seus olhos há duas órbitas vazias e com cicatrizes brancas. Eu afasto os olhos por um instinto educado, então forço meu olhar a voltar. Ela não tem nenhum problema para encontrar seu caminho, não parece aleijada por sua deficiência. Como?

– Esta é uma pequena parte do que a Academia tirou de mim. – Ela recoloca os óculos, e eu percebo sua mão tremer de forma quase imperceptível. – Sempre há mais alguma coisa a perder, Vis.

Eu me calo. Agora tenho muito mais perguntas, mas estou cansado e dolorido, e ainda desorientado e em parte grato por o ataque de Lanistia contra mim parecer ter terminado. Dou um aceno curto de aquiescência.

Lanistia parece conseguir ver isso.

– Bom. Durma. Vamos começar suas lições ao amanhecer.

Ela se vira na direção da porta.

– Eu acertei as respostas?

Eu quero saber pelo menos isso.

– Se você não acertasse, eu teria continuado a apertar.

Ela vai embora.

XIV

– VOCÊ TEM BOAS REAÇÕES. BONS INSTINTOS EM UMA LUTA.

Hoje faz calor, e o sol arde diretamente do alto. Lanistia e eu estamos almoçando, nossa mesa à sombra da cerca viva muito bem cuidada que forma um túnel verde arejado, manchado de luz, que tem quase a mesma extensão que o pátio. Escuto o tilintar agradável de uma fonte no fundo.

Levo um segundo para perceber que Lanistia está falando comigo, embora estejamos sozinhos. Eu penso que é a primeira vez que ela me fez qualquer coisa perto de um elogio.

– Obrigado – digo com cautela, com a boca cheia de pão, me perguntando qual vai ser o próximo golpe. E se ele vai ser apenas metafórico. Kadmos cumpriu sua palavra e meu corpo está bem (na verdade, quase curado) desde que bebi seu chá, mas ainda estou emocionalmente ferido pelo ataque dela na noite passada.

– Ulciscor mencionou que você lutava. Contra Septimii. Até um Sextus.

– Eu lutava. – A mudança no rumo da conversa me pega desprevenido. Cada respiração de Lanistia desde que acordei foi direcionada a descobrir se eu sei alguma coisa ou ter certeza de que eu aprendi.

– Por quê?

– Era um bom dinheiro.

Ela escarnece.

– *Por quê?*

– Como você consegue ver? – É uma mudança brusca, mas a pergunta estava me devorando. Se o interrogatório vai ficar pessoal, não faz sentido que ele continue de um lado só.

– O que você acha? – Sem hesitação. Nenhum traço de ofensa. Ela provavelmente estava esperando essa pergunta há algum tempo.

Eu recomponho os pensamentos.

– Você, de algum modo, está usando Vontade. – Isso é óbvio. A mulher se movimenta como se tivesse o uso total dos olhos, melhor que total, na maior parte do tempo. Eu não tentaria pegá-la de surpresa. – Se eu tivesse de adivinhar, diria que você, de algum modo, estava imbuindo o ar ao seu redor. Obtendo algum retorno dele. Mas, para fazer isso, você precisaria estar se reimbuindo constantemente para atingir a mudança de receptáculo… – Eu rio, sacudindo a cabeça. Esse é meu melhor palpite, mas é ridículo.

– Duzentas vezes por segundo.

Eu sinto o sorriso desaparecer do meu rosto.

– O quê?

– Essa é nossa estimativa de minha velocidade de imbuição. – Lanistia não sorri. – Agora. Por que você lutava?

Eu levo um instante para me recuperar. Tentado a acreditar que isso é uma mentira, embora eu saiba que não. A concentração extrema, a intensidade e o foco necessários para manter isso? Só para conseguir *ver*? Não consigo imaginar.

Lanistia está esperando. Eu capto seu olhar espelhado.

– Porque eu gostava.

Eu espero que ela continue. Ela não faz isso. Lanistia me estuda, então se levanta.

– Então espero que você também goste desta tarde.

Uma nuvem de poeira se ergue sob mim quando meu corpo escorrega para trás sobre o calçamento de pedra. Eu deslizo e paro com um gemido e falta de jeito, em um impasse, erguendo a mão para pedir clemência enquanto luto para voltar a ficar de pé, com a mão segurando a lateral do corpo.

– Só… um momento – digo arquejante, tocando nervosamente a área enfaixada, apesar de a dor ali não ser pior que em qualquer outro lugar.

Meu adversário, Totius Octavus Conlis, um homem muito grande e sem dúvida maior do que qualquer outro que eu enfrentei em Letens… ele não me escuta ou, mais provavelmente, não dá a mínima para atender meu pedido. Ele avança, exibindo os dentes em um sorriso que fende seu rosto largo, os olhos cinza aguçados fixos em mim. Como algum tipo de urso gigante prestes a partir uma colmeia ao meio.

– Tente acertá-lo de verdade desta vez! – grita Lanistia, com seriedade, do banco de pedra de onde ela está assistindo. Eu disparo um olhar severo em sua direção antes de cambalear alguns passos para trás, dando a mim mesmo espaço para manobrar. Como os Octavii do Teatro, o tamanho de Conlis faz com que ele seja pesado em comparação comigo, mas eu estava excessivamente confiante. Demasiado ávido para me exibir depois da apatia de Lanistia diante de minha habilidade acadêmica. Eu mereci ser acertado, mas não vou deixar que ele faça isso novamente.

Conlis me ataca outra vez, ainda sorrindo, motivado por seu sucesso inicial. Eu removo a expressão de seu rosto depois que desvio de seu segundo golpe alucinado e acerto o punho com força na lateral de seu corpo, provocando um grunhido de surpresa. Estou acostumado a socar homens que estão imbuídos. Conlis pode ser todo músculos, mas sei exatamente onde fazê-lo sentir.

Eu não dou folga, não deixo que ele recue, e em dez segundos eu sei que vou ganhar. Há uma fluência nisso. Uma alegria onírica quando uma pessoa percebe que seu oponente não tem como se equiparar a ela. A pessoa começa a ver seus golpes vindos de tão longe que é tentador deixar que eles se aproximem mais do que deveriam. Escolhe onde acertar, quando acertar. Pensa na luta de um jeito quase abstrato. Ataca ali. Incapacita aqui. Consegue ver a compreensão tomando seus rostos. Consegue ver quando eles reconhecem a derrota, muito antes que realmente caiam. A pessoa se torna a maré. Inexorável.

– Chega.

Eu hesito quando Conlis cambaleia para trás, o esforço para parar quase tão físico quanto o ato de lutar. Ele fica aliviado com o chamado de Lanistia. Eu estou irritado, embora rapidamente contenha a emoção. Aqui não é Letens, isso não é uma luta por dinheiro. Eu provei o que queria.

O homem grande me observa cautelosamente, talvez ainda vendo o fogo em minha postura, depois esfrega a lateral do corpo com cuidado.

– Boa luta – murmura ele a contragosto. E estende a mão.

Eu a olho com surpresa, então a aperto.

– Obrigado.

– Bom trabalho, Conlis. – Lanistia dá um raro sorriso para o homem enorme, embora isso nitidamente também sirva como uma dispensa. Ele faz uma reverência antes de ir. A mulher atlética observa até ele desaparecer, nos deixando a sós novamente.

– Como estão seus ferimentos?

– Eu consigo senti-los, mas não estão me afetando.

– Então você vai ter de melhorar.

Olho com raiva para ela antes que consiga evitar.

– Eu ganhei.

– Você ganhou com um mínimo de estratégia e técnica. Eficiente o bastante para uma primeira luta contra um Octavus sem treinamento, mas se você for testado na Academia, essa não é uma medida que vai impressioná-los.

– Por que eles me botariam em uma luta? – Não consigo evitar me sentir insultado e, secretamente, um pouco diminuído.

– Você leu aqueles livros ontem ou não?

Eu paro de súbito, então resmungo quando entendo ao que ela se refere.

– A necessidade de controle físico sobre a Vontade. – Tento não parecer emburrado. – Manipulá-la nas fileiras mais elevadas exige mais que apenas foco, e mais que apenas força bruta. É necessário ter precisão. Velocidade. Resistência.

Lanistia move a cabeça em reconhecimento. Provavelmente o gesto mais positivo que ela vai fazer.

– E é por isso que habilidades físicas também são valorizadas na Academia. Um estudante que é apenas acadêmico pode subir, com certeza. Mas apenas até certo ponto.

– Eu gostaria de pensar que já sou mais que apenas acadêmico.

– Bom. Vamos encaixar você em uma categoria antes de tentarmos uma segunda. – Lanistia diz as palavras com sua secura habitual.

Eu estou tentando fazer com que seus modos repudiantes não me irritem, mas é difícil ignorá-los.

– Você está exagerando – digo sem rodeios. – Sei que preciso melhorar, aprender mais, mas eu não sou de jeito nenhum tão deficiente quanto você está fingindo achar.

A boca de Lanistia se retorce.

– Ulciscor disse que seu orgulho pode ser um problema. – Ela se levanta e tira a capa dos ombros. A túnica por baixo é relativamente curta, mais no estilo de um lutador do sexo masculino. Seus braços estão nus. Não são musculosos como os de Ellanher, mas certamente estão em forma. – Se você tem tanta certeza, vamos ver como se sai contra alguém que realmente esteve na Academia.

– Você é uma Sextus. – Estou desconfortável, e não apenas por esse fato. Sua autoconfiança possui ameaça.

Ela se inclina e põe as mãos sobre o banco de pedra em que estava sentada.

– Pronto. Eu agora não tenho mais Vontade que Conlis. Todo o resto vai para minha visão.

– Como eu…

O banco flutua brevemente antes de voltar ao chão. Eu fecho a boca bruscamente. É granito, grosso, quase 1,80 metro de comprimento. Se ela rapidamente imbuiu Vontade suficiente para levantar uma coisa como aquela, então vou ter de acreditar na sua palavra.

Lanistia vai até uma cerca viva próxima e a circunda antes de arrancar um graveto comprido e desnudá-lo. O galho deve ter uns sessenta centímetros. Fino e flexível. Ela o agita de um lado para outro a sua frente, fazendo com que ele assovie.

– Se você conseguir me tocar, eu paro. E nunca mais vou sugerir que você é *deficiente* outra vez.

– Então eu só preciso tocar em você?

– Um toque. Um roçar. Um dedo. Se você fizer contato, ganha. – Lanistia faz seu chicote cortar o ar novamente. – Claro, você está ferido. E eu tenho uma arma.

Não preciso de mais esclarecimentos. Eu ataco.

Deveria ser simples. Eu sou atlético e musculoso, mas sem o peso de um físico realmente grande. Tenho reações rápidas, um longo alcance e grande tolerância à dor. Meus ferimentos também não estão me incomodando. Tudo o que preciso fazer é bater de frente contra qualquer defesa que Lanistia acha que aquele graveto lhe dá, e o resto não vai importar. Segundo as regras dela, vai terminar.

Não é tão fácil, é claro.

Seu pulso se move com agilidade, e de algum modo, pouco antes que eu a alcance, há um fogo chocante e cortante embaixo de meu olho esquerdo, doloroso, mesmo sob os efeitos entorpecentes do chá de Kadmos. Dou um grunhido e chego para trás. Quando volto, Lanistia se movimentou para trás e para o lado. Longe o suficiente para estar fora de meu alcance. Não tão longe que isso possa ser interpretado como um recuo.

A dor em meu rosto não chega nem perto de me deter; eu ataco com mais velocidade dessa vez, com os braços erguidos para me proteger de outra vergastada. Não funciona. Ela se inclina e se estica, então sinto mais dor calcinante, quase no mesmo lugar. É impossível não recuar. Ela se afasta novamente.

Dessa vez eu paro, a estudo, com a respiração um pouco mais pesada do que eu gostaria. Lanistia está imóvel. Sem sorrir. Sem humor nem se divertindo. Se ela parece alguma coisa, é entediada.

– Você tem certeza de que seus ferimentos não o estão deixando mais lento, Vis?

Eu a estou avaliando, planejando meu próximo ataque quando ela dá o que parecem ser dois passos de dança para a frente. Um corte assobiante e ardente em minha face esquerda, então novamente na direita, então eu me afasto, rosnando de frustração. A dor me cega por um instante, faz com que eu entre em pânico, eu tropeço.

Quando minha visão desanuvia, Lanistia está de volta onde começou. Exatamente na mesma posição. Como se nunca tivesse se mexido.

– Isso não é justo. – Eu toco as marcas que queimam em meu rosto.

– Eu não tenho olhos e tenho um graveto como arma. Tudo o que você tem de fazer é tocar em mim. – De algum modo, enquanto termina a frase dita de forma monótona, ela torna a avançar. Eu tento reagir, passar para a ofensiva. Ela, de qualquer jeito, passa por mim. Há outro golpe doloroso em minha face direita, dado com uma indiferença de enfurecer. Meu rosto deve estar horrível.

Agora estou com raiva. Com raiva de suas provocações – por mais que tenham sido proferidas de forma calma, sei que é isso o que elas são. Com raiva por uma das coisas de que me orgulhava nos últimos seis meses estar demostrando tão amplamente ser inadequada.

Com raiva da ideia de ela estar certa sobre mim.

Eu pego uma pedra no chão e atiro nela, tentando avançar logo depois do ataque enquanto ela está desequilibrada. Isso não chega nem perto de funcionar. Lanistia gira suavemente, desviando-se sem esforço para deixar que a pedra acerte o calçamento às suas costas. Sinto mais uma vez uma dor na face direita, então um soco na boca do estômago. Não forte, mas com grande precisão. Minha respiração explode. Eu me dobro ao meio.

Ela dá a volta em mim, chega às minhas costas, segura meus braços e me empurra no chão antes que eu consiga me recuperar. Meu rosto se arrasta no cascalho. Eu me debato, mas sua pegada é um torno.

– Desiste?

Eu corcoveio para trás em uma tentativa de acertá-la com a cabeça, mas ela é esperta demais para chegar tão perto. O movimento apenas faz minhas costas doerem, em seguida sinto meu ombro ruim, quando Lanistia torce preventivamente meu braço em resposta.

Eu cerro os dentes e deixo que meu corpo fique inerte.

– Bom. – A pressão em minhas costas desaparece, e vejo a sombra de Lanistia se afastar.

Fico ali deitado, tentando deixar que minha decepção passe. Isso não funciona. Depois de algum tempo, eu rolo para uma posição sentado, sem querer encará-la, limpando a poeira de minha túnica e então esfregando o rosto dolorido.

– Então você é mais rápida que eu. – Minha voz arranha as palavras.

– Sou mais bem treinada que você. Tenho mais disciplina. – Lanistia diz isso com sua franqueza controlada. – Vá se limpar, depois podemos conversar sobre como tentar mudar isso.

Eu lanço um olhar sombrio em sua direção, mas fico de pé e saio com passos arrastados até a fonte mais próxima. Ela tem forma hexagonal, com uma coluna esculpida no centro jorrando um fluxo constante e cintilante de líquido cristalino.

Eu olho para as ondulações delicadas da água e faço uma pausa quando vejo meu reflexo. Franzo a testa, olho com mais atenção.

Minhas faces exibem marcas protuberantes quase iguais. Seis linhas finas riscadas de forma semelhante.

– Maldição.

Eu apago a imagem na água quando lavo o rosto e me viro para trás, na direção de Lanistia.

– Me diga o que eu tenho de fazer.

XV

A ÁREA DE TREINAMENTO À MINHA FRENTE – SE É ISSO O QUE ELA realmente é – não se parece com nada que eu já vi.

Nós descemos, passando por várias portas trancadas por Vontade até uma espécie de porão embaixo da ala leste da villa. Lanistia está acendendo tochas na parede mais próxima; toda vez que ela faz isso, outras dezenas imediatamente se acendem mais longe, revelando mais do salão cavernoso. Tem pelo menos setenta metros de largura, talvez cinco vezes isso em comprimento. A maioria dele, porém, é composta de uma arena. Uma plataforma de pedra com cinco metros de largura – sobre a qual estamos parados – contorna a parede na nossa altura, circundando o nível inferior mais profundo.

É a área abaixo, porém, que chama a minha atenção. A luz laranja tremeluzente revela centenas de paredes de pedra cortada toscamente atravessando o espaço vasto de um lado a outro. Meus olhos tentam traçar um caminho através das passagens retorcidas que são formadas. Eles não conseguem.

– O que é isso? – Minha voz ecoa.

– Uma coisa que vai ajudar. – Lanistia continua a acender tochas.

Há uma prateleira recortada na parede, sobre a qual vejo uma bolsa de couro cheia e o que parece ser um braçal com muitas pontas. Estranho. Eu me aproximo para examiná-lo.

– Não toque em nada.

Eu faço uma expressão contrariada. Quase todas as tochas estão acesas, mas Lanistia está de costas. Será que consegue me ver apesar disso? Estendo a mão para pegar o braçal.

– Estou falando sério.

Eu retiro a mão, satisfeito com a pequena vitória. É bom saber.

Lanistia termina sua tarefa. As tochas em torno das bordas do salão estão brilhantes e igualmente espaçadas, sua fumaça sendo filtrada para fora através de algum tipo de ventilação no teto. Um mar desconcertante de pedras sombreadas agora nos olha lá de baixo.

– Ele se chama Labirinto. É uma réplica de um dispositivo de treinamento da Academia. – Lanistia se aproxima e para do meu lado.

– Por que vocês têm um desses aqui?

– Para treinamento.

Eu respiro fundo, então torno a exalar, voltando-me para encará-la com maldade.

– Sua chegada foi uma surpresa, Vis, mas não o fato de que teríamos de preparar *alguém*. – Seu olhar está focado na arena iluminada por tochas, as mãos estão entrelaçadas às costas. – E este é considerado o teste mais eficaz para decidir o quanto uma pessoa vai conseguir lidar com Vontade. Você pode ser o estudante mais inteligente e mais forte naquela escola, mas se não conseguir demonstrar um alto nível de competência no Labirinto, não vai progredir o bastante para ser útil.

Eu olho com o cenho franzido para o mar de paredes.

– Como isso funciona?

Lanistia me chama para que a acompanhe até a prateleira, onde pega o braçal e o mostra para mim.

Se *é* um braçal, é diferente de todos os que já vi antes. Uma base de couro é cercada por três peças finas de pedra cinza; dispostos à frente dessas, há círculos perfeitamente recortados do que parece ser ônix, cada um menor que uma unha da mão. Deve haver cerca de vinte dos estranhos pinos em cada faixa. Ele tem uma aparência desajeitada, para dizer o mínimo.

Lanistia o prende ao braço, então aponta para uma parte do labirinto abaixo, a uns vinte metros de distância.

– Observe.

Ela toca um dos pinos de ônix e o desliza uma mera fração para a esquerda.

Tudo acontece tão depressa que levo um segundo para entender. Escuto um som arrastado; uma seção da parede na direção indicada por Lanistia se move abruptamente, joga-se para o lado e abre instantaneamente um novo caminho, o que bloqueia outro.

Eu examino a seção do labirinto que acabou de mudar, então torno a olhar para o braço esquerdo da mulher de cabelo escuro.

– Então essas pedras são, de algum modo, ligadas por Vontade às seções lá de baixo. A partes das paredes – presumo, tentando desvendar aquilo. – Você pode mudar sua disposição como quiser?

– Há limitações, mas posso. Cada pedra de controle é ligada a um painel específico. O símbolo aqui mostra a qual. – Ela ergue o braçal em minha direção, e eu me inclino para mais perto para ver os traços horizontais na pedra que ela acabou de usar. Como era de se esperar, o mesmo símbolo está gravado, grande, na seção que acabou de se movimentar lá embaixo. – Também se podem reorientar painéis assim. – Ela gira cuidadosamente o círculo escuro, e a laje de pedra de 1,80 abaixo se move brusca e violentamente para uma posição perpendicular, interrompendo o corredor que ela anteriormente tinha ajudado a formar.

Eu olho com a testa franzida para o labirinto. Há pelo menos cinquenta pedras de ônix no braçal de Lanistia, e supostamente um número correspondente da miríade de símbolos diferentes que posso ver entalhados nas paredes.

– Como funciona? – Sei que meu entendimento da Vontade ainda é limitado, mas a maior parte das invenções da Hierarquia é pelo menos de algum modo compreensível. Como o Transvect: a implementação está longe de ser simples, mas posso ver como ele *pode* funcionar.

Isso… isso parece algo muito mais complexo.

– A mecânica é difícil de explicar, com seu nível de educação. Tudo o que você precisa saber é que ele funciona.

Eu contenho uma réplica mordaz. Não há nada pessoal no tom de voz dela. E considerando que eu realmente não consigo entender os sistemas em ação aqui, ela pode muito bem estar certa.

– Então qual o propósito?

– Na Academia, é uma competição. Quem quer que use isto, tem de ir de um lado ao outro do labirinto, enquanto outros alunos se juntam para detê-lo; alguns correm pelo labirinto, outros atuam como observadores em torno das laterais. – Lanistia solta o braçal e o oferece para mim. – Mas, mesmo que tivéssemos os corpos, você ainda não está preparado para isso. Aqui e agora, vamos apenas nos concentrar em ensiná-lo a manipular as paredes corretamente, e mesmo isso deve vai levar algum tempo. Então calce isto e espere até eu explicar.

Eu o manuseio desajeitadamente, mesmo com o peso esperado, então o prendo a meu braço esquerdo e faço uma careta com o puxão suave em meu ombro. Parece... bem, parece que meu antebraço está encerrado em pedra, eu acho. Com esforço, ergo o braçal para dar uma olhada melhor nas peças de ônix sobre ele. Todos os círculos têm um símbolo gravado em sua superfície, abstratos, mas facilmente identificáveis. Eu encontro a pedra com três linhas horizontais que Lanistia usou.

– Não parece muito complicado.

– Não...

Eu empurro a pedra para a esquerda.

Escuto um rangido estridente quando o painel abaixo estremece. A pedra que estou apertando de repente queima; há um clarão calcinante sobre minha pele, então o ônix se estilhaça, e meu indicador desliza sobre uma nova borda irregular. Eu grito com uma dor surpreendente, recolhendo bruscamente a mão e agitando-a furiosamente. Gotas vermelho-vivo voam pelo ar enquanto a pedra quebrada se solta do braçal e cai ruidosamente no chão.

– Idiota. – Lanistia agarra minha mão e a segura com firmeza enquanto examina o corte. – *Idiota.*

Eu faço uma careta, mas recebo tanto o exame quanto a repreensão em silêncio. Já estou murmurando por dentro xingamentos muito piores para mim mesmo.

– É fundo. – Lanistia pega um chumaço de pano no bolso (não tenho certeza de qual era seu propósito original) e o pressiona, de forma não muito delicada, sobre meu dedo. – Você precisa me escutar.

– Talvez eu escutasse se você não fosse tão condescendente o tempo todo. – Eu vocifero as palavras. Com raiva outra vez. Fui muito afobado, mas isso não significa que tenho de aturar seu constante desdém.

– Por eu ser realista quanto a suas habilidades? Não vou afagar você.

Pego o chumaço de pano dela, tentando não fazer disso um gesto petulante.

– Não quero ser afagado e não quero que você minta. Eu vou escutar. Vou trabalhar duro. Vou tomar o chá horroroso de Kadmos para superar esses ferimentos. Eu aceito que tenho de melhorar. – As palavras são como cinzas em minha boca, mas vi meu pai ganhar discussões demasiadas vezes para ficar sensível. – Quando você me lembra disso com intervalos de algumas frases, porém, isso só faz com que eu queira provar que você está errada. Então que tal me julgar só quando eu fizer algo que precise ser julgado?

– Como agora?

Eu olho fixamente em seus olhos, então não consigo evitar uma demonstração suave de escárnio e afasto o olhar enquanto sacudo a cabeça, minha raiva se dissipando com o começo de um sorriso involuntário.

– Como agora. – Eu aperto o pano em volta do meu dedo, ignorando a ardência seguinte. – Desculpe.

– Com o tempo, isso acontece com todo mundo. – Lanistia está rude, mas de um jeito um tanto brando. – Venha. Precisamos costurar isso.

Nós voltamos para a escada. Ela não diz mais nada, mas parece que um pouco da tensão, da agressividade inconsciente que eu achei que fizesse parte de sua personalidade, relaxou em sua postura.

Eu aperto o dedo machucado. Também pode ser minha imaginação.

O tempo vai dizer.

Eu levei pontos muitas vezes ao longo dos anos. Lanistia não tem o toque de um cirurgião-geral, mas é hábil e surpreendentemente delicada ao deslizar a agulha para dentro e para fora de minha carne.

– Você já fez isso antes.

– Irmãos mais novos. – Isso é dito distraidamente, com seu foco em meu ferimento.

Eu me animo, me aproveitando do fragmento de informação pessoal.

– Quantos você tem?

Sinto uma dor e me encolho quando a agulha penetra fundo demais, um vacilo de Lanistia. Ou talvez ela esteja me espetando.

– Basta. – Algo em seu tom de voz me diz para não insistir.

Eu olho para meu ferimento. É um corte feio, fundo, que vai da ponta do indicador até o segundo nó do dedo. Há uma grande quantidade de sangue. Tenho sorte que o chá de Kadmos ainda esteja funcionando. Eu torno a oferecer relutantemente a mão para ela, então me concentro em seu rosto em vez de no ferimento. Seus óculos escuros refletem a luz que entra pela janela.

– Você deve ver bastante bem para fazer isso – observo com cautela.

Lanistia não responde por um segundo, e eu acho que ela vai me ignorar novamente.

– Quando eu me concentro, consigo. – É em parte uma censura irritada à pergunta, mas ela respira fundo e continua. – Se eu uso Vontade para me concentrar em uma coisa em particular, consigo vê-la perfeitamente. Cada detalhe, cada ângulo. Muito melhor que alguém com uma visão normal.

– Mas? – Há nitidamente um "mas".

– Mas quando faço isso, não consigo ver mais nada. Ou consigo, mas tudo se movimenta em clarões. – Ela hesita, a agulha paira acima de meu indicador enquanto ela procura as palavras. – Imagine que você tem de manter os olhos fechados, mas pode abri-los por um momento a cada segundo, aproximadamente. Como um piscar constante e muito lento. É assim que tudo parece para mim neste momento, exceto pela área em torno de sua mão. – Ela é prosaica em relação a isso, mas há desconforto por baixo da explicação. Lanistia não está acostumada a falar sobre o assunto.

– Isso deve distrair a atenção.

– A gente se acostuma. – Ela encerra o assunto e volta a costurar, acrescentando com destreza os dois últimos pontos e dando um nó na linha. – Pronto. Você vai precisar ser cuidadoso por uma semana, aproximadamente, mas vai cicatrizar.

– Obrigado.

Ela assente de maneira brusca.

– Me escute na próxima vez.

Eu aceito a reprimenda, e, em um acordo silencioso, voltamos na direção da ala leste da villa. É o meio da tarde, os corredores estão nas sombras, frescos e silenciosos. Eu vejo dois Octavii fazendo apressadamente alguma tarefa ao longe, mas mais ninguém.

– Então, as pedras de controle podem se estilhaçar se você tentar movimentar uma parede para uma posição para a qual ela não deve ir – diz Lanistia abruptamente, rompendo o silêncio entre nós.

– Parece uma coisa com a qual eu devo tomar cuidado.

– Hum, hum. – Há uma pausa, então: – Usar o braçal exige precisão absoluta. Mesmo que você tivesse movido aquela pedra na direção certa, é fácil empurrá-la demais. Ou de menos. Ou em um ângulo levemente errado. Qualquer uma dessas coisas pode provocar uma transferência na pedra de controle. Isso normalmente não vai quebrá-la, você precisa empurrá-la *mesmo* para o lugar errado para que isso aconteça, mas faz com que ela caia ou pare de funcionar até ser reiniciada. O que equivale a uma derrota automática na Academia – acrescenta ela.

Penso na dificuldade de correr pelo Labirinto tentando manipular o braçal com precisão ao mesmo tempo que tento criar meu próprio caminho e evitar perseguidores.

– Então, essas competições: elas são mesmo tão importantes?

– É necessário ter memória, lógica, velocidade, precisão e força física para vencer. Sem falar na habilidade de dividir o foco entre diversos problemas ao mesmo tempo. Para um usuário de Vontade de alto escalão, essas qualidades são todas fundamentais. E a Academia põe muito peso nos resultados. – Nós começamos a atravessar o pátio. – Então sim, elas são importantes.

– Mas com certeza há maneiras melhores de testar essas coisas.

– Individualmente? Talvez. Mas juntas... – Ela gesticula, pensativa. – Eu também era cética, no começo, mas competir no Labirinto é *exatamente* como usar Vontade. Eu digo a Ulciscor a mesma coisa o tempo inteiro. É apenas difícil de explicar.

– Ulciscor não aprendeu isso por experiência própria?

– Não havia Labirinto quando ele estava na Academia. Ele é velho. – Há um fantasma de afeição em seu tom, embora isso desapareça imediatamente. – O Labirinto só começou a ser usado em...

Ela se cala quando uma pessoa aparece na porta à nossa frente.

– O senhor se feriu novamente, jovem mestre? – Kadmos diz as palavras ao se aproximar, carregando um caixote com algo nitidamente pesado. O homem vigoroso para bem à nossa frente, dá um gemido de esforço ao botar no chão a caixa de difícil manejo e em seguida limpa um filete de suor de seu nariz.

– Um acidente de luta. Ele se cortou em uma pedra. Nada sério – diz Lanistia, intervindo antes que eu consiga falar.

– Não é o melhor começo.

– Não – concorda Lanistia. – Estou feliz por termos encontrado você, Kadmos. O Magnus Quintus conversou com você sobre a educação de Vis?

– Conversou, Sextus.

– Eu gostaria que você começasse amanhã de manhã.

Kadmos faz uma reverência para nós dois, para demonstrar concordância.

– Onde posso encontrá-lo, mestre Vis, enquanto isso? Eu esperava tomar as medidas para suas roupas novas mais cedo, mas ninguém sabia onde o senhor estava.

Lanistia responde outra vez antes que eu possa abrir a boca.

– Nós estávamos no campo de treinamento do Magnus Quintus. Vamos procurar por você quando terminarmos. – Claramente uma dispensa.

– Ah. – Kadmos faz outra reverência, e alguns fios de cabelo pegajoso caem sobre seus olhos. Seu olhar passeia entre nós, então ele se abaixa e levanta sua carga outra vez com um grunhido. – Estou ansioso por isso, jovem mestra Sextus. – Ele sai andando, respirando com dificuldade devido ao esforço renovado.

Seguimos na direção da ala leste. Eu olho para Lanistia assim que saímos do raio de audição.

– Campo de treinamento?

– Eu deveria ter dito antes. O Labirinto não é *exatamente* algo que deveríamos ter aqui. Ulciscor fez com que muitas pessoas quebrassem um compromisso de sigilo para conseguir os planos. Kadmos... o resto dos trabalhadores... eles não sabem a respeito. Ninguém sabe, exceto você, eu e Ulciscor.

Eu processo o que ela disse.

– Então o Labirinto deve ser exclusivo da Academia – concluo. – Nós estamos trapaceando?

– Os outros alunos já têm vários meses de vantagem em relação a você. Isso vai te dar uma chance de alcançá-los. – Ela vê minha expressão e dá de ombros. – É. Nós estamos trapaceando. Você precisa dessa vantagem.

Entendo a afirmação, praticamente não sentindo nada mais que um lampejo de irritação dessa vez.

– Como, em nome dos deuses, vocês o construíram sem que ninguém soubesse?

– Devagar. Tivemos de obter as pedras sem levantar perguntas, então nós as compramos de fornecedores diferentes, regiões diferentes. Mandamos que as enviassem por rotas tortuosas. Isso levou meses. – Ela destranca a porta externa do Labirinto, e começamos a descer a escada.

Eu quase rio. Estava falando sobre o esforço humano para construir esse porão enorme – mas é claro que o Magnus Quintus seria mais que capaz de fazer isso sozinho.

– Parece um grande esforço.

Nós chegamos à plataforma que dá para o labirinto enorme. As tochas ainda estão todas acessas; o braçal, no chão onde eu o deixei. Tomo cuidado para não esbarrar em nenhuma das pedras ao pegá-lo, examinando o vazio onde se quebrou a que eu empurrei.

– Como nós consertamos isso?

Lanistia vai até a prateleira onde o braçal estava inicialmente, enfia a mão na bolsa de couro que está ali e pega uma peça circular de ônix. Então ela se junta a mim outra vez. Segura a pedra com o polegar e o indicador e a posiciona sobre o espaço vazio no braçal.

Ela não se mexe, mas o ônix de repente é sugado de sua mão e se encaixa no lugar. Escuto um rangido arrastado, e o cheiro de queimado chega a minhas narinas quando a superfície da pedra começa a mudar, com três linhas horizontais se gravando aos poucos em sua superfície.

– Pelos túmulos dos deuses. Como...

– Eu disse a você. Isso está além de seu nível de educação.

Afasto os olhos da pedra recém-gravada.

– De quanta Vontade isso precisa para funcionar?

– Muita. – Lanistia olha fixa e implacavelmente para mim, e, quando eu a encaro, ela dá um grunhido. – Vamos fazer um acordo. Assim que você dominar o Labirinto, vou encher sua cabeça com todos os detalhes irrelevantes de como ele funciona. Parece bom?

– Eu tenho escolha?

– Na verdade, não. – Ela dá um sorriso rígido. – Vamos trabalhar.

Depois de duas horas de prática, estou começando a entender por que Lanistia ficou tão confortável em me oferecer esse acordo.

A luz obscura das tochas oscila e tremeluz sobre os painéis de pedra, muitos dos quais agora mostram marcas feias em suas faces. É fresco aqui embaixo, isolados como estamos do sol calcinante, mas as palmas de minhas mãos estão úmidas. Tensão contrai dolorosamente minhas mãos. O dedo cortado, a lateral de meu corpo e o ombro, todos pulsam com uma dor amortecida. Acho que o efeito do chá de Kadmos está passando.

– Tente usar o triângulo duplo para fechar a passagem esquerda. – Lanistia está com os braços cruzados, focada com expectativa no Labirinto. Ela nem olha em minha direção.

Meus olhos e minhas mãos percorrem de modo incerto o braçal por três segundos inteiros antes de achar a pedra com o símbolo correspondente. Cada músculo está tenso. Eu desacelero minha respiração. Avalio onde está o painel correspondente abaixo, para onde ele precisa ir. Confiro minhas orientações. E me permito um instante de esperança.

Então eu movimento a pedra menos de um centímetro para a esquerda. Um movimento rápido e decisivo. O único jeito de funcionar.

Resistência vibrante. Um barulho estridente horrendo. Fagulhas voam abaixo quando pedra desliza loucamente sobre pedra. O eco do som desaparece quase ao mesmo tempo que começou, o painel imóvel outra vez no momento em que tiro a mão. Uma nuvem fina de poeira sobe daquela parte do Labirinto, avermelhada à luz das tochas. O silêncio abrupto só é interrompido pelo barulho de movimento rápido quando a pedra cai de meu braçal.

– *Malditos deuses*. – Eu dou um passo para trás. Contive minha frustração até agora, mas a represa está se rompendo. – Isso é impossível.

É muito minucioso. O movimento mínimo precisa ter uma angulação perfeita, sem tremor, sem um sopro para um lado nem para outro. Do contrário, o erro é ampliado cem vezes lá embaixo. O painel que está sendo manipulado bate em uma parede ou em outra. Coisas se quebram.

E isso enquanto estou de pé, imóvel. Concentrado com tudo o que tenho.

– É seu primeiro dia. – Lanistia não se mexeu, embora esteja de cenho franzido para a nuvem que se dissipa abaixo. A poeira se reflete em seus óculos.

– Então, no começo, todos os alunos são ruins assim? – Eu estou a meio caminho entre amargo e esperançoso com a pergunta.

– Não. – Lanistia finalmente olha em minha direção. – Mas precisão é chave para manipular Vontade, então a maioria dos estudantes já treinou por anos para afiar esse tipo de habilidade. Você não é nenhum prodígio, mas seu progresso até agora também não é motivo para desespero.

Eu a estudo. Não há calor em seu tom de voz nem simpatia em sua postura. Nenhuma tentativa de me pacificar que eu possa ver.

Eu exalo. E torno a erguer o braço.

– Bom. Losango e quadrado para abrir a quarta fileira. – Lanistia já está olhando novamente para o labirinto. – Não pense demais.

Eu avalio rapidamente a posição do painel em relação a seu destino, então localizo a pedra. *Empurro.*

O painel com o losango e o quadrado gravados desliza ao longo de seu corredor. Escuto um rangido estridente até que ele para no lugar. Como era a intenção.

O ônix ainda cai do braçal, mas dessa vez eu contenho um sorriso.

– Melhorou. – Lanistia observa a nuvem de poeira subindo do lado direito da passagem. Ela parece mais alerta que antes. Surpresa. – Ainda não está bom o bastante, mas… melhorou. Agora, abra um caminho até o centro.

Eu demoro um instante a mais para saborear minha pequena vitória, então obedeço. A tentativa termina como quase todas as anteriores. Mas os rangidos agudos e os estrondos vindos de baixo não me fazem ranger os dentes com tanta força.

Eu só preciso continuar praticando.

XVI

SEMPRE ACHEI QUE MINHA EDUCAÇÃO EM SUUS FOSSE INTENSA. Duas semanas após minha permanência na villa de Ulciscor, estou mais que começando a reavaliar a impressão que tinha quando mais novo.

Aqui, eu me levanto todo dia quando ainda está escuro – ou, mais exatamente, sou acordado por uma Lanistia perigosamente perto de estar feliz, trazendo minha primeira dose do chá fedorento de Kadmos. É o único momento em que ela parece alegre, como se o sofrimento de meu despertar fosse algum tipo de bálsamo.

Nós começamos com uma hora de treinamento físico no escuro anterior ao amanhecer, no gramado imaculadamente bem cuidado, um pouco afastado da casa principal, de modo a não incomodar ninguém. Sempre há orvalho na grama, e o frio praticamente nunca deixa o ar. O foco é velocidade. Sempre achei que minhas reações fossem rápidas, mas Lanistia continua a provar que estou errado, e não hesita em reforçar a lição. Ela nunca atinge o lado do meu corpo nem meu ombro machucados, mesmo assim eu normalmente estou com hematomas sobre hematomas no momento em que o sol surge acima do horizonte.

Para ser honesto, em Suus, eu teria mandado que ela fosse substituída por outra tutora na primeira semana. Sua atitude nunca se abranda, nunca esquenta; ela não gosta de mim, e eu não gosto dela.

Mas por mais doloroso que isso tudo seja – tanto literal como emocionalmente –, ela é inteligente. Eficaz. Provavelmente é dela que eu preciso agora.

Tenho meia hora para usar os banhos aquecidos da villa para me recuperar, então o desjejum, farto e delicioso como sempre, é tomado enquanto inicio meus estudos. Lanistia, nesse momento, desaparece, e Kadmos toma seu lugar. Cada dia há um assunto diferente, vários textos para serem lidos entre mordidas de pão saído do forno mergulhado em mel. A informação à qual sou apresentado é sempre suplementada pelo próprio Kadmos, e apesar de meu ceticismo inicial, logo fica claro que o despenseiro é um tutor mais que apropriado. Ele comunica sabedoria sobre tudo, de tratados geopolíticos a taxas de dispersão mecânica e às Filosofias de Echelon, com autoridade confiante e brusca.

As aulas de Kadmos, embora instrutivas, não são mais agradáveis que as anteriores. A frieza dele é de um tipo diferente. Onde Lanistia é desdenhosa, ele é desconfiado. Onde ela é dura, ele é indiferente. Ele me corrige sem bile quando preciso de correção, reconhece quando me saio bem. É infalivelmente educado. Mas sempre fica a sensação de que ele está ali mais para me observar que para me ver aprender. Ele ainda me considera um intruso.

Só no quarto dia Lanistia menciona que ele foi o diretor mais novo do Aziat em todos os tempos – a instituição de ensino mais respeitada da Sitrécia – antes de ser banido, ter seus pertences e propriedades confiscados e então ser enviado para Catena como um Octavus, várias décadas atrás. Eu tento falar sobre isso, mas ele dispensa a conversa tão rápido quanto eu a inicio. Enquanto posso imaginar que ter seu nome em uma das listas de proscritos da Hierarquia não fosse algo que uma pessoa jamais supera de verdade, não acho que isso continue sendo um assunto sensível para Kadmos. Ele simplesmente não quer discutir assuntos pessoais comigo.

Depois do desjejum, vamos para a sombra e a privacidade do pátio interno, onde Lanistia torna a se juntar a nós como observadora, enquanto Kadmos faz perguntas sobre um tema do dia anterior. Em geral, ele não está interessado pela minha memória. Nunca me pede para citar fatos e números. Em vez disso, insiste em explicações. Quer que eu deduza, raciocine para chegar a conclusões. Prove que estou absorvendo a informação em vez de aprendendo por um procedimento mecânico.

Nessa parte, sou em geral bem-sucedido. Lanistia nunca elogia, mas também raramente faz críticas enquanto assiste. Eu passei a reconhecer isso como um equivalente, da parte dela.

Depois disso – quando já estou exausto dos esforços do dia –, Kadmos retoma seus afazeres em outro lugar, e Lanistia e eu almoçamos, uma refeição leve saboreada com uma pesada guarnição de discursos sobre o cenário político de Catena. Há *muita* coisa a digerir; o Senado é composto de 459 senadores, e pelo menos metade deles é considerada importante de um jeito ou de outro. Então analisamos suas responsabilidades. Áreas do governo. Ancestralidade. Alianças. Ressentimentos, velhos e novos. Preciso conhecer alguns deles, porque seus filhos estarão na Academia, e – como Lanistia sempre insiste – terei de escolher meus amigos por lá com sabedoria. Outros, diz ela, são simplesmente significativos demais para eu permanecer ignorante em relação a eles e não parecer um camponês grosseiro.

Embora eu odeie admitir e fique tentado a atribuir isso ao cansaço, gosto menos dessas aulas. São dezenas e mais dezenas de nomes sem rosto, e os detalhes sobre muitos deles me escapam antes da próxima vez em que Lanistia os menciona. É em parte um desinteresse instintivo, eu acho. Sempre odiei a teia feia e repleta de fofoca dos relacionamentos que invariavelmente se formam em torno do poder. Mas acredito em Lanistia quando ela diz que isso é importante. Então eu tento, e ela insiste.

Depois de minha segunda dose de chá, a rotina continua durante a tarde, que passamos quase inteira no espaço relativamente fresco do Labirinto. Estou ficando melhor em manipulá-lo, empurrando e girando as pedras de controle com movimentos rápidos e precisos. É satisfatório e até divertido reagir com velocidade às instruções de Lanistia, colocando os painéis abaixo em posição com uma confiança que cresce constantemente. Só uma de cada quatro ou cinco tentativas resulta em uma peça de ônix se soltando do braçal. Mesmo que eu esteja, como Lanistia não se cansa de me lembrar, fazendo tudo isso de um ponto de observação privilegiado, enquanto fico totalmente imóvel.

Essas horas no Labirinto são exaustivas, muito mais que o aprendizado acadêmico e o treinamento físico do resto do dia. Preciso me concentrar tão atentamente e com tamanha consistência que, quando subimos, estou pronto para dormir. Não que eu tenha essa chance. O jantar e as horas depois dele envolvem mais aulas com Lanistia, mais estudos, mais avaliações.

Então, por fim – mesmo que muito brevemente –, sou liberado para a benção que é ir para meus aposentos.

Quando deito a cabeça sobre o travesseiro de penas, não consigo evitar catalogar vagamente minhas preocupações. Meu progresso, que parece significativo, mas difícil de avaliar a partir do retorno sem brilho dado por Lanistia e Kadmos. Minha iminente apresentação ao Senado, que Ulciscor marcou para logo depois do Festival de Jovan.

E antes disso, é claro, existe o enigma cada vez maior de como chegar à naumaquia.

A ausência prolongada de Ulciscor fez com que negociar meu caminho até lá seja uma tarefa que nem sei ao certo se é possível. Com o tempo, o Magnus Quintus poderia ser influenciado o bastante para me deixar ir, eu acho. Lanistia é outra história. Ela vê o Festival de Jovan, na melhor das hipóteses, como frívolo; a única vez em que eu o mencionei, ela descartou isso com tanta severidade que não arrisquei levantar o assunto outra vez, temendo que isso só chamasse a atenção para meu interesse.

O que deixa ir escondido como minha única opção. Para começar, chegar lá não é fácil: todas as minhas roupas foram fornecidas por Kadmos. Se eu estiver sendo rastreado, não há como chegar até Catena sem ser pego. E mesmo que eu conseguisse, a viagem seria longa demais para que minha ausência não fosse notada. O melhor resultado seria eu voltar com uma desculpa boa o bastante para seguir para a Academia, mas destruindo qualquer fragmento de confiança que consegui construir aqui no processo.

Mesmo assim. Eu cheguei à aceitação pesada de que não posso correr o risco de não ir; a ameaça dos anguis contra mim é simplesmente grande demais para ser ignorada. Deve haver uma maneira de chegar lá sem arruinar tudo. Deve haver uma solução que não estou vendo. Eu só preciso de tempo para pensar.

Mas não importa minha determinação. Como ele disse que aconteceria, o preparado de Kadmos cobra seu preço assim que começa a perder o efeito. Meus olhos nunca ficam abertos por tempo o bastante para descobrir como fazer isso.

Faz dezesseis dias de minha chegada à villa quando meu corpo desperta em antecipação aos cutucões firmes e insistentes de Lanistia, em vez de como resultado deles.

Fico ali deitado no escuro, imaginando se, de algum modo, eu despertei aterrorizantemente cedo. Não há som no exterior nem do fundo da casa que possa ter me incomodado, até onde sei. E do lado de fora das janelas, os primeiros tons de luz anteriores ao amanhecer estão transformando a escuridão em um roxo profundo no leste. Lanistia geralmente está aqui a essa hora.

Eu me levanto. Molho o rosto em uma bacia de água tépida. Olho para a porta fechada, esperando que ela se abra. Nada, ainda.

Olho novamente para a cama. Se ela não vem ou mesmo se está atrasada...

Mas eu preciso treinar. Não é alguma espécie de rancor reprimido que leva Lanistia a ser incisiva em suas aulas: há uma verdadeira urgência no que ela está fazendo, uma resolução que vem de mais que apenas seu temperamento. Quando ela diz que não estou pronto para a Academia, não está apenas tentando me motivar.

Com um suspiro, eu afasto o olhar, vou me arrastando até a porta e a abro.

– Mestre Vis.

Eu me encolho, sem que os sentidos ainda embotados pelo sono tenham registrado a pessoa ali fora. Há uma lâmpada com chama baixa no fim do corredor, mas é praticamente impossível ver com sua luz.

– Kadmos? – Eu estreito os olhos. Estou sonolento, mas um pouco perturbado pela ideia do administrador espreitando no escuro diante de meu quarto.

– Minhas desculpas. Eu não quis assustá-lo. – O homem dá um passo à frente, permitindo que a lanterna ilumine melhor seu rosto. Seus traços com o queixo saliente são enfatizados pelas bolsas escuras sob seus olhos. Ele parece tão satisfeito por estar acordado a essa hora quanto eu. – Sextus Scipio pediu que eu o conduzisse até os banhos quando o senhor acordasse.

– Lanistia quer que eu vá para os banhos? – repito obtusamente.

– Os banhos. – Ele se retorce em um dar de ombros cansado, indicando estar tão mistificado quanto eu. Então hesita. – Sem dor de cabeça esta manhã?

Eu penso se minha vagueza é algo fora do comum para o horário. Ele começou a retirar o chá nos últimos dias, desde que a lateral de meu corpo parou de precisar de ataduras. Ontem foi o primeiro dia em que não tomei nada.

– Não.

– E seus ferimentos?

Eu giro o ombro.

– Isso está totalmente curado. A lateral do corpo está apenas coçando.

– Bom.

Eu ainda não tenho a energia para um agradecimento educado. Esfrego os olhos e sigo me arrastando pelo corredor sem dizer palavra.

Nós não tínhamos banhos em Suus; eles sempre foram uma coisa típica catenana, parte de sua cultura, não da nossa. Eu me lembro dos conselheiros de meu pai, uma vez, sugerindo que construíssemos um – a fim de fazer com que dignitários em visita se sentissem mais "acolhidos", como eles diziam. Todo mundo, porém, sabia por que nós precisávamos de um. Os banhos são um símbolo de civilização para os catenanos há mais de um século. Neles, os verdadeiros negócios da República são conduzidos, o poder flui e acordos são feitos na Hierarquia. Nossa falta até mesmo de um único banho era fonte de desprezo mal escondido de outros países.

Meu pai, porém, era um homem teimoso, e eu honestamente penso que ele gostava da ideia de deixar nossos visitantes catenanos desconfortáveis. Ou odiava a ideia de adotar qualquer coisa que fosse tão característica da Hierarquia. Ou os dois. De qualquer jeito, sua resposta aos conselheiros foi… descartar a ideia veementemente. Tanto que a questão, até onde eu sabia, nunca tornou a ser levantada.

Seu desdém pela prática me marcou; eu usava com relutância a piscina aquecida como um meio de me recuperar depois dos treinamentos, mas não iria até essa seção da villa se não fosse por isso. É especialmente estranho ir para lá a essa hora, mas estou sonolento demais para saber o que está acontecendo. O único som é de meus passos sobre as pedras do calçamento quando atravesso o pátio escuro, com a mordida do ar da noite fazendo o possível para desanuviar minha cabeça. Algumas estrelas ainda cintilam no céu. A entrada dos banhos, entre duas colunas ornamentadas que guardam a grande ala norte da villa, é iluminada por uma única tocha tremeluzente.

Lanistia está à espera sob ela, encostada relaxada na parede. Suas mãos tamborilam um ritmo constante sobre a pedra. À frente dela, a uma pequena distância, há dois homens.

– O que está acontecendo? – Eu olho para os estranhos.

– Você tem uma visita.

– O quê? – Minha testa se franze quando uma confusão sonolenta luta contra o que ela disse. – Quem?

– Magnus Quartus Advenius Claudius. Ele está lá dentro, esperando – diz ela através de dentes cerrados.

– Entendo – digo, deixando claro que não entendo. Claudius é um homem importante; eu reconheço o nome de minhas aulas diárias, embora detalhes específicos de quem ele é sejam turvos. Ele é da Governança. O senador encarregado de... alguma coisa econômica. Acho que tem a ver com os cavaleiros.

– Ele está visitando suas propriedades nos arredores, e pensou em passar aqui para dar as boas-vindas ao mais novo membro da família Telimus. – Essa é a razão oficial, não aquela em que ela acredita. – Imagino que ele também gostaria de conhecer um candidato a aluno da Academia, levando em conta que sua filha Aequa atualmente está lá.

– Mas por que vir tão cedo? Por quê...? – Eu aponto para trás dela, para os banhos. Ainda confuso.

– O que você acha?

Eu encho os pulmões com o ar frio e fecho os olhos. A pergunta de Lanistia é incisiva. Sem dúvida, não é retórica.

A hora sugere que Advenius não quer que ninguém saiba que ele está aqui – se ele tivesse chegado mais tarde, quando todos os Octavii estão trabalhando, a notícia teria se espalhado. E os banhos indicam que quer privacidade; ele deve saber que Ulciscor está em Catena, e seria demasiadamente impróprio que Lanistia se banhasse conosco.

Claro, o homem poderia ter, com a mesma facilidade, exigido ter uma audiência comigo – ele é um Quartus, afinal de contas –, mas esse não é o jeito catenano. Eles considerariam canhestra uma abordagem tão direta. Tola. Um desperdício de poder.

Lanistia vê o que estou compreendendo, mas evidentemente está preocupada em não falar demais diante dos homens de Advenius.

– E tenho certeza de que ele está curioso para descobrir por que você é digno do nome Telimus.

É claro. Se eu demonstrar fraqueza aqui, Advenius vai sem dúvida apresentar essa informação para o Senado. Solapar a ratificação de minha adoção antes que eu tenha uma chance de me defender.

– Estou ansioso para mostrar a ele. – Eu digo isso de forma que os dois homens do outro lado da entrada possam ouvir.

– Bom. Especialmente levando em conta as desavenças que ele e seu pai tiveram ao longo dos anos. – Ela está de costas para os homens quando me lança um olhar significativo. Então há alguma disputa entre Ulciscor e Advenius. Melhor ainda.

Eu esfrego a testa com a palma da mão e cruzo os pilares de arenito.

Os banhos são modestos em comparação com alguns dos outros que vi ao longo dos anos, mas isso não quer dizer que não sejam impressionantes. Há um aposento aquecido e uma piscina diferentes para cada estágio do ritual do banho, e até um pátio ao lado para exercícios. Mosaicos admiráveis decoram as paredes.

Eu encontro Magnus Claudius submerso na água mais agradavelmente morna das quatro piscinas, reclinado com olhos entreabertos. Ele é um homem grande de pele oliva com uma cabeça quase totalmente calva, embora alguns cabelos molhados ainda se agarrem desesperadamente nas laterais. Ele se mexe ao registrar minha presença, e gordura se agita em torno de seu peito e de sua barriga. Há, porém, músculo pesado escondido por baixo dessa camada externa; algo no jeito como ele se estica indica uma força que contradiz sua aparência inicial. Não é um homem mole, de jeito nenhum.

Ele me observa. Calor irradia do chão quando me aproximo. Os únicos sons são o jorro delicado da água que cai de uma fenda na parede da piscina e o eco dos passos de meus pés descalços.

– Vis Telimus. – A voz de Advenius quase traz à tona um riso; ela é esganiçada, aguda demais para suas formas pesadas. – É um prazer conhecê-lo, meu jovem.

O tom do Quartus é preguiçoso, quase de desdém, apesar das palavras amigáveis. Tento não me irritar.

– E o senhor, Magnus Quartus. É uma honra. – Eu tento chegar a um meio-termo entre uma sinceridade falsa e educada e o sarcasmo. Vou ser cortês, mas não vou fingir bajular o homem. – O que posso fazer pelo senhor?

– Você pode se sentar. Sente-se – insiste ele com aquela voz incongruente, gesticulando para o assento de concreto submerso em frente a ele. – Eu estava ansioso para conhecê-lo desde que soube que Ulciscor o havia adotado.

– Vejo que o senhor está perdendo o sono por isso.

Bocejo para enfatizar o que quero dizer enquanto entro na água morna.

Advenius ri. Na verdade, é mais um riso sufocado.

– Eu peço desculpas pela hora. Achei que teria mais três semanas no campo para passar aqui, mas o Senado me informou do contrário ontem à noite. Minha carruagem para Catena parte logo após o amanhecer. – Ele estende as mãos. – Infelizmente, sou um escravo dos caprichos deles. Esta se tornou minha única oportunidade de me apresentar antes do próximo trimestre na Academia.

Ele fala de forma indolente, como se na verdade não estivesse prestando atenção às palavras que saem de sua boca. Com outro homem, eu poderia ter acreditado que ele está entediado ou distraído, ou mesmo que o que ele está dizendo pudesse ser verdade. Vou até o degrau em frente a Advenius e entro na água até o peito, com cuidado para não mostrar a ele minhas costas. Haveria perguntas demais se ele visse as cicatrizes.

– Eu achava que ninguém soubesse da minha chegada.

– Contudo, aqui estou eu. – É a melhor explicação que vou conseguir.

– E eu me sinto lisonjeado. – Ainda tomando cuidado para não ser sarcástico nem sincero. Educado, mas de jeito nenhum impressionado. – Mas não tenho certeza se mereço a atenção.

– Não? – Advenius ergue uma sobrancelha quando eu me instalo na piscina. – Tirado da obscuridade por um dos homens mais reservados do Senado. Enviado para a Academia, apesar de isso significar que você vai começar com um trimestre inteiro de atraso em relação a todas as outras pessoas. Além disso, não apenas sobreviveu a um ataque de anguis, mas salvou sozinho um Magnus Quintus. – Ele me observa com curiosidade lânguida. – Você pode não estar escutando isso aqui, nos jardins murados de Ulciscor, meu garoto, mas as expectativas são altas. As pessoas estão *falando*.

– Parece que as pessoas estão botando a carroça na frente dos bois. – Não consigo evitar tentar desmerecer tudo isso, minimizando o que disse o

Quartus. Sei que isso é provavelmente o que Ulciscor quer; vai ser difícil avançar na Academia se eu não me destacar. Isso não faz com que eu fique menos preocupado. Posso lidar com qualquer pressão extra que a atenção traga; eu cresci com muito pior, afinal de contas. Mas o escrutínio em si, depois de trabalhar tão duro e por tanto tempo para ficar invisível, é algo difícil de abraçar.

– É modesto também? – O homem grande se remexe. Ondas lentas se afastam de seu torso. Apesar da postura relaxada, há alguma coisa dura em seus olhos castanhos. – Isso é refrescante. Uma qualidade difícil de encontrar entre seus contemporâneos. Embora eu imagine que a criação deles tenha sido diferente da sua.

– O senhor, pelo que vejo, gostaria de ouvir detalhes específicos. – Um pouco direto e cansado demais para, dessa vez, ser visto como de boas maneiras. Está cedo, e não vou fingir interesse em ser sutil.

Há um vislumbre de irritação em Advenius. Catenanos – catenanos *cultos* – sempre fazem esforço para participar dessas conversas cuidadosamente dançadas. Mesmo assim, ele se recupera, praticamente sem pausa.

– Eu acho que estou curioso.

Então eu conto a ele, com calma e de forma sucinta. Em relação às partes mais recentes que ele pode ser capaz de verificar, sou totalmente honesto. Todo o resto é uma mentira ensaiada. Palavras tão confortáveis e familiares que seria muito mais estranho falar sobre coisas que tinham realmente acontecido, a vida que eu realmente vivi. Sorrio distraidamente ao contar sobre minha infância privilegiada em Aquíria. Eu me contenho ao falar sobre o falso acidente de barco que me tirou meus pais amorosos. Cerro os dentes com uma raiva silenciosa, quase engasgando quando explico como nosso senhor local me deu a notícia terrível no mesmo dia em que chegou para me despejar.

Finalmente, fico sóbrio, contemplativo, enquanto falo sobre o que veio em seguida. O que aconteceu depois que Aquíria assinou seu tratado com Catena e como isso afetou um garoto que perambulava sozinho e sem dinheiro pelo país. Então o tempo que passei no orfanato em Letens e, de acordo com a história que eu e Ulciscor combinamos, minha descoberta totalmente fortuita pelo Quintus lá. Eu me animo quando explico como consegui impressioná-lo em minha entrevista. Sugiro satisfação quando relato o momento em que ele informou à matrona Atrox que ia me adotar.

Essa última parte está longe de ser fingida, na verdade. Eu gosto de me lembrar disso.

Quando termino, Advenius exala como se fosse a primeira respiração solta por ele desde que comecei. Ele estava me observando sem piscar. Pelo que parecia, sorvendo cada palavra. Tenho certeza de que isso é, em parte, uma atuação. As pessoas costumam ser mais complacentes, mais acessíveis quando sentem que o interlocutor está fascinado por elas.

– Incrível. – O homem gorducho sacode a cabeça, com aquele guincho agudo ainda destoante. – E agora você está aqui. Treinando na casa de um dos homens mais poderosos da República. – Ele me examina languidamente. – Isso está correndo bem?

– Bem o bastante. – É o mais contido que consigo dizer.

– Deve ser difícil, com tão pouca educação anterior, se preparar para algo como a Academia.

– Meus pais cuidaram para que eu tivesse alguns dos melhores tutores em Cartiz. – Tento me ater a fatos em vez de ficar na defensiva. Esse é facilmente o ponto mais fraco na minha história; adoções não são incomuns entre senadores, mas isso geralmente acontece anos antes de uma criança frequentar a Academia. A ideia de esperar que alguém de minha idade, sem uma profunda educação formal, compita lá é… difícil de acreditar. Mesmo para mim.

– Quais eram os nomes deles?

– De meus pais?

– Seus tutores. – Ele continua falando como se estivesse prestes a pegar no sono, mas não há como desviar da pergunta. – Eu tento acompanhar todos os melhores educadores da Hierarquia. Talvez eu tenha ouvido falar de algum deles.

Eu assinto, como se acreditasse nele.

– Falcona De Guez e Servanda Arales.

– Ambas mulheres? – Surpreso.

– É. – Esses são nomes aquirianos, os mesmos que dei para Ulciscor, os mesmos que dei a todo mundo que ouviu a história, mas não pertencem a pessoas reais. Isso não importa. Aquíria tem a má fama de péssima manutenção de registros. Isso, combinado com sua união complicada e desorganizada com a Hierarquia, significa que nunca vai haver jeito de alguém determinar que essas duas mulheres *não* existiram. O que é tudo o que importa. – Não havia Direito de Nascença em Aquíria, na época. – Não há lei contra mulheres terem posições de poder e educação na Hierarquia, mas o sistema de taxação e as obrigações legais complexas do Direito de Nascença em torno de casamento e filhos faz com que isso seja mais raro.

Advenius concorda com o que digo, com um suspiro pensativo. Ele finalmente baixa os olhos, os tira de mim e olha para as ondulações delicadas da piscina vítrea.

– Conte-me, Vis – diz ele depois de algum tempo. – Você estudou Magelicus? – Nada em seu tom de voz mudou, mas há uma alteração sutil, a sensação de um aumento da importância da conversa. Nós finalmente estamos chegando ao que interessa.

– É claro: Vontade fortifica Vontade. Nenhum homem pode realmente aprender, crescer ou se tornar sábio nos limites de si mesmo. – As filosofias de Magelicus têm mais de cem anos de idade, de uma época em que usuários de Vontade não passavam de uma seita pequena, vista com desconfiança na sociedade catenana. Eu acho os ensinamentos do homem nada demais, mas ele é reverenciado na Hierarquia, visto como um fundador da nação. Não estou prestes a escarnecer dele para o senador.

– Sempre achei que isso fosse verdade para nossos pares, especialmente. Nenhum de nós pode alcançar nosso potencial sem eles. – Os olhos de Advenius saem de sua introspecção e se encontram com os meus novamente. – Minha filha, Aequa, também está frequentando a Academia neste ciclo. Ela está na Turma Cinco e tem uma mente excepcional, se me der licença para ser tão orgulhoso. Mas ela vai ficar sem muito o que fazer quando terminar o primeiro trimestre, agora que estou indo para Catena.

Ele para por aí. Esperando.

– Uma pena. Se Lanistia não estivesse concentrada em me ajudar em áreas tão específicas, eu gostaria de uma parceira de treinamento.

– Tenho certeza de que Aequa poderia ajudar. Se você está cobrindo terreno com o qual ela já está familiarizada, ela sem dúvida seria um recurso. E, de qualquer forma, ela ainda se beneficiaria mais de escutar Lanistia do que se simplesmente se isolasse por quatro semanas. – Ele dá um sorriso afável. – Ela poderia oferecer a você entendimentos valiosos sobre a Academia também. Faz anos desde que Ulciscor e Lanistia passaram por lá, afinal de contas. – Apesar da maneira despreocupada de dizer isso, não é um pedido insignificante, uma coisa que ele simplesmente resolveu perguntar por um capricho enquanto ainda está aqui. Ainda não tenho certeza do motivo, mas Advenius deseja isso.

– Mesmo assim, não tenho certeza de como os dois se sentiriam em relação a isso.

Advenius dá outra risada estranha, delicada e nervosa ao dizer isso. É seu jeito de sugerir que nós dois sabemos exatamente o que eles vão achar disso.

– Estou pedindo a você; se concordar, o resto são simples detalhes. E, ao mesmo tempo que não tenho nada além do maior respeito por Ulciscor e Lanistia, eu me preocupo que a oposição deles venha menos de preocupação com seu sucesso e mais do passado deles na Academia.

O olhar de Advenius não vacila. O silêncio paira no ar.

Ele tem razão pelo menos em relação à primeira parte: como um Telimus, se eu der minha palavra, não vai ser fácil voltar atrás. Lanistia não poderá contrariar a decisão, e quando souber, duvido que Ulciscor entre em uma discussão com um Quartus por isso.

Foi a última frase, porém, que chamou minha atenção. É sutil, mas o jeito como ele diz isso, o jeito como está olhando para mim, sugere que ele sabe que estou por fora de algum assunto. Ou, pelo menos, ele desconfia fortemente disso.

– O senhor está falando sobre o irmão de Ulciscor? – Ele também poderia estar se referindo ao passado de Lanistia; a história dela com a Academia é evidentemente desanimadora, mas esse é meu melhor palpite.

– O jovem Caeror. Seu suicídio trágico. É, é, isso é uma parte, mas... – Ele parece apropriada e afetadamente desconfortável ao registrar minha surpresa, por mais que eu tente escondê-la. – Ah. Talvez eu já tenha falado demais. Achei que tivessem lhe contado. Peço desculpas por tocar no assunto.

Eu me recupero, sacudindo a cabeça. Então a história oficial é que ele cometeu suicídio. Isso não bate necessariamente de frente com o que Ulciscor me contou, mas é estranho que Advenius tenha feito questão de mencionar isso. Eu não pressionei Lanistia nem Kadmos sobre o assunto da morte de Caeror: pensei que não havia mais nada a resgatar, no mínimo, porque simplesmente não houve tempo. Parece que preciso corrigir isso.

– Não tem problema. Na verdade, se eu entendesse mais, isso poderia tornar minha decisão sobre Aequa mais fácil.

– Mesmo assim, não cabe a mim – começa a encerrar ele, em tom de desculpa. – E tenho certeza de que não é necessário dizer, mas se você concordar em passar tempo com Aequa, por favor, não a incomode por causa disso. Ela é uma garota maravilhosa, mas pode ser menos que circunspecta sobre esse tipo de coisa.

Então é algo que ele pensa que eu devo achar importante. Ou está tentando semear discórdia, o que é igualmente provável.

Advenius, de repente, se inclina para a frente, se enruga sob a água que escorre por seu peito corpulento.

– Diga-me, Vis. Quando os anguis atacaram seu Transvect. Como o Magnus Quintus reagiu?

Eu franzo a testa diante da mudança abrupta de assunto.

– O que o senhor quer dizer com isso?

– Ele entrou em pânico ou permaneceu calmo?

– Calmo. Pelo menos em comparação comigo.

– Você diria que ele ficou surpreso?

– É claro. Mas ele se recuperou rápido.

– Hum. – Advenius parece pensativo. – E quando ele enfrentou os atacantes depois da queda? Você se lembra se ele demonstrou algum sinal de… reconhecimento?

– Não. – A implicação agora está clara, e eu deixo que uma raiva dura se insinue em minha voz. Como seria esperado de mim.

– Ah. – Advenius faz um gesto conciliador. – Eu só estou perguntando porque houve… rumores que me pediram para investigar. E esse foi um ataque muito estranho, afinal de contas. Uma grande coincidência. Seria terrível se você fosse pego no meio de algo no qual não teve nenhuma participação. Realmente terrível. Seria bom ter um observador isento para confirmar que você não estava envolvido, se chegar a isso.

Então ele está aqui para investigar o ataque ao Transvect e acha que, de alguma forma, Ulciscor pode estar em conluio com os anguis? A ideia é ridícula – mas acho que apenas porque eu sei a verdade.

Nem por um segundo acredito que Advenius quer a filha dele aqui como uma "observadora isenta", é claro. Essa é uma manobra por posição, uma tentativa de avançar de alguma forma suas próprias pautas. Provavelmente tem algo a ver com a hostilidade entre ele e Ulciscor.

Mas eu percebo, com um choque, que posso usar isso a meu favor.

Escuto apenas o barulho suave da água contra as bordas quadradas da piscina enquanto penso.

– Se Aequa e eu formos treinar juntos – digo, me fazendo parecer relutante –, eu preferiria conhecê-la antes, longe de tudo isso. A rotina aqui tem sido pesada. Não é o melhor ambiente para apresentações.

– Tenho certeza de que é possível organizar alguma coisa. Um jantar, talvez, ou…

– Eu estava pensando que gostaria de visitar Catena para o Festival de Jovan. Ver as vistas. Aproveitar um pouco dos jogos. – Eu olho para ele, esperançoso. Deixo que, agora, ele veja um órfão, um membro sem sofisticação do populacho que foi alçado a este nível da sociedade. – Eu nunca fui.

– É claro. É claro! Se você nunca foi, simplesmente *precisa* ir. É uma tragédia você ter sido privado disso por tanto tempo. Vou *insistir* com seu pai para que ele permita que você tire um dia para acompanhar Aequa. – A única pista da satisfação de Advenius é o entusiasmo fácil com que ele responde. Sua proclamação aguda ricocheteia pelo aposento.

– Então vai ser um prazer ter uma companheira de treino. – Tento parecer que não estou forçando as palavras através de meu sorriso rígido. Lanistia… não vai gostar nada da inconveniência de ter de esconder o Labirinto de Aequa. Ulciscor, também, quando souber disso. Eles vão se perguntar sobre essa conversa, se perguntar o que exatamente Advenius me ofereceu, não importa o quão honestamente eu a relate tudo para eles.

– Maravilhoso. É. Maravilhoso. – O Quartus sorri e se levanta, e água escorre por ele. Mantenho o olhar determinadamente fixo em seu rosto. – Eu gostaria muito de conversar mais com você, meu rapaz, mas infelizmente o tempo nos escapou. Infelizmente, não tenho nem chance de suar um pouco com você no próximo banho. Vou fazer os preparativos necessários com Aequa e mando notícias. Posso deixar que você resolva os detalhes com a jovem Lanistia? – Ele está supondo, é claro, que vou lidar com qualquer oposição que ela tenha. Ele na verdade nem espera por minha concordância; sai da água e veste sobre os ombros o robe que estava jogado sobre um banco próximo.

– Eu consigo fazer isso.

– Bom. Bom. Foi um prazer conhecer você, meu rapaz. – Advenius seca com a manga os fios de cabelo preto agarrados ao lado do couro cabeludo. Sua voz esganiçada ecoa nas paredes de pedra. – Não tenho dúvidas de que vamos ver um ao outro muito mais nos próximos anos.

– Tenho certeza de que vamos.

Se Advenius se irrita por eu não retribuir os gracejos, não demonstra.

– Mais fortes juntos, Vis. – Seus movimentos ao se dirigir para a saída são tão lânguidos quanto o discurso, mas há neles um poder visível. Uma energia represada em cada movimento, impossível de não ser percebida enquanto ele vai embora.

É uma sensação de fisicalidade que é difícil juntar com um homem de meia idade e acima do peso, mas sei que deve ser porque ele é um Quartus. Há uma pirâmide de mais de 1,5 mil pessoas cedendo para ele. É um pensamento assustador. Ulciscor emana uma sensação levemente semelhante de força indefinível, para ser justo, mas um Quintus tem apenas algumas centenas de pessoas sob si. Isso é algo muito diferente.

Se Advenius percebe minha observação, não demonstra. Ele desaparece sem um olhar sequer para trás. Eu fico sentado um pouco mais no calor da piscina, contemplando suas ondulações plácidas. Então dou um suspiro. E me levanto da água.

É hora de encarar Lanistia.

XVII

MAIS FORTES JUNTOS.

Essa é a grande mentira da Hierarquia, proclamada geração após geração por um grupo cada vez maior de pessoas encantadas com o conceito. Parte de mim entende por quê. Há um poder na expressão, um fascínio. Ela promete inclusão. Proteção. Camaradagem. Objetivos comuns. *Pertencimento.*

Mas não é preciso olhar longe para ver sua hipocrisia desnudada.

– Ela é uma espiã. – Lanistia gira e sai do alcance de meu golpe, em um movimento sem esforço. Sua visão única permite que ela veja meus músculos se tensionarem antes mesmo que eu comece o ataque. Estou mais rápido e mais esperto do que costumava ser, mesmo assim, ainda raramente consigo fazer contato.

– Obviamente. – O ar está fresco contra minha pele ainda úmida enquanto lutamos no escuro ao lado dos campos luxuriantes e vazios da propriedade de Ulciscor. Trituro cascalho sob meus pés no silêncio que precede o amanhecer. O vento sussurra através de campos de grãos, produzindo ondulações sombreadas a cada toque. Estrelas brilham forte no céu a oeste, mesmo enquanto aquelas no leste esmaecem e somem de vista.

Os óculos de Lanistia refletem o talho do horizonte às minhas costas enquanto ela me circunda pela esquerda.

– Então o que ele ofereceu a você?

– Proteção contra perseguição. Ele está investigando o ataque ao Transvect. Ele acha que Ulciscor está, de algum modo, em conluio com os anguis. Ou quer que ele esteja.

– Advenius está tentando provar essa ligação há uma eternidade.

– Por quê?

Lanistia faz uma finta para a frente, mas como não atrai nenhuma atenção minha, continua a se mover para o lado.

– Advenius e Ulciscor sempre tiveram uma rivalidade. Alguns anos atrás, alguém nos anguis revelou uma situação que envolvia a irmã de Advenius. Ele estava a caminho de se tornar Recenseador, mas assim que os detalhes se tornaram públicos, a Governança deixou de considerá-lo. Foi tudo muito feio. – Ela faz outra finta. – Se Advenius tivesse sido Recenseador, nunca teria apoiado a indicação de Ulciscor pelos Militares para o Senado. Então, naturalmente, Advenius acha que Ulciscor, de algum modo, teve participação nisso.

– Ele teve?

– Não. Se tivesse, nunca teria usado os anguis.

– Bom. – Tenho de deixá-la pensar que Advenius colocou pelo menos uma sombra de dúvida em minha mente.

– Espero que essa não seja a única razão para você ter concordado em receber a filha de Claudius. Vai ser um pesadelo mantê-la longe do Labirinto.

Eu tensiono os músculos do braço direito, só uma fração. Quando Lanistia hesita, eu ataco com o esquerdo. O ataque chega perto. Ela ainda consegue se esquivar.

– Eu sei, mas o Quartus não estava errado sobre uma coisa: a filha dele passou pela Academia muito mais recentemente que você ou Ulciscor. Ela pode me contar coisas que vocês dois não podem. – Eu, agora, estou sentindo o esforço, a respiração se condensando diante de meu rosto. – E acho que vai ajudar treinar com outra aluna. No momento, não tenho medida de meu progresso. Não há com o que comparar.

Lanistia de repente faz um movimento rápido para a frente, e eu me esquivo para o lado. Ela prende minha perna quando me movimento. Minhas costas batem com força no chão.

Ela para acima de mim, uma silhueta contra o amanhecer.

– Eu sou a medida, Vis. Você cometeu um erro, convidando-a a vir aqui.

– Vamos ver. – A afirmação perde um pouco de sua força devido ao assovio de minha respiração entrecortada.

– Mas com certeza você vê que os benefícios não superam os riscos.

Eu penso em Suus. Com angústia quando a imagem de Ysabel debruçada sobre um livro, tão terrivelmente esmaecida pelos anos, passa pela minha mente.

– Para mim, superam.

Lanistia parece ouvir alguma coisa em minha voz. Ela se abaixa. Oferece a mão.

Eu a seguro, e deixo que ela me ajude a ficar de pé.

– Tem alguma outra coisa que você queira me contar?

– O Quartus fez questão de mencionar que a morte de Caeror foi suicídio.

Ela ainda não me soltou, e sinto sua pegada se apertar.

– Não foi.

– Foi o que pensei, levando em conta o que Ulciscor já disse. Mas o que aconteceu exatamente? – É intimidador estar assim tão perto dela, mas mantenho meu olhar firme. Ela não faz nenhum movimento para me soltar.

Seus lábios se estreitam.

– Veridius o matou e mentiu a respeito. Os detalhes não importam.

– Advenius parece achar que importam.

– Advenius é uma cobra.

– Isso não faz com que ele esteja errado. Como nós na verdade *sabemos* que Veridius o matou? – Quando não há resposta, começo a me sentir desconfortável. – Olhe, Ulciscor deixou claro que estou destinado a um Sapador a menos que descubra o que está acontecendo na Academia. Mas sei que parte de suas suspeitas se devem ao que aconteceu com o irmão dele. Se Caeror realmente se...

– Ele *não* se matou.

As palavras são baixas e repentinas. Mais emoção, mais convicção, tristeza e raiva do que eu já tinha ouvido dela.

Eu me calo. Esqueço o que quer que eu fosse dizer em seguida.

Ela parece perceber o que está fazendo, solta minha mão e se afasta. Meus dedos estão brancos onde ela espremeu o sangue deles.

– Ele não se matou – repete ela, com firmeza e no tom de voz brusco normal. – E nós temos certeza.

Eu massageio a mão para que as sensações voltem.

– Você o conhecia. – Não faço disso uma pergunta. Eu me questiono se esse era o caso, considerando que meu palpite sobre a idade de Lanistia a coloca na Academia ao mesmo tempo que Caeror. Mas ela nunca tocou nesse assunto. Nunca esteve disposta a falar sobre seu passado lá; na verdade, se esquivou intencionalmente das poucas perguntas que fiz.

Ela parece com raiva, mas acho que mais de si mesma que de mim.

– Se você quiser saber sobre o irmão de Ulciscor, vai precisar falar com *ele*. – Seu tom não deixa dúvida de que ela está encerrando o assunto. Esta não é uma negociação aberta.

– É fácil falar isso – digo, irritado – quando ele não está aqui.

– Paciência. Eu recebi a notícia ontem à noite: sua apresentação para o Senado está confirmada para logo depois do Festival de Jovan. Então você pode ir se encontrar com a menina de Claudius para o festival, depois ficar com Ulciscor até a reunião do Senado. Você vai ter bastante tempo, então, para conversar com ele. – Ela, agora, está mais ríspida que furiosa enquanto me observa limpar minhas roupas. – E até onde vai sua tomada de decisões... o que está feito está feito. Só vamos ter de marcar seu transporte para Catena em breve. Isso pode ser difícil de conseguir, com a aproximação do festival.

Ela não me dá tempo para reagir nem insistir, então fica em posição. Eu, por hábito, faço o mesmo. Recomeçamos nosso embate quando os primeiros raios de sol perfuram o céu.

E esse, parece, é o fim do assunto.

As circunstâncias em torno da morte de Caeror continuam a coçar no fundo da minha mente pelas três semanas seguintes. Advenius mencionou deliberadamente suicídio, disso eu não tenho dúvida. Pode ter sido para semear discórdia, imagino, uma tentativa de desestabilizar as coisas por aqui enquanto eu treino.

Também pode ter um significado mais sinistro. Se é sabido que Ulciscor acha que Caeror foi morto – mas ninguém acredita nele –, então sua motivação para me adotar, para me mandar para a Academia, pode ser ainda mais transparente do que ele ou Lanistia admitiram. E *isso* pode ser um problema.

Vou ter de esperar até minha apresentação a Aequa para descobrir.

Eu não revelo nenhuma dessas preocupações para Lanistia, e depois da visita de Advenius, as coisas rapidamente voltam ao mesmo ritmo exaustivo. Treinar. Aprender. Ser testado. Dormir. Meu ferimento cicatriza completamente. Eu começo a ver no espelho os efeitos da boa comida e da atividade diária vigorosa, enchendo meu físico, endurecendo-o muito além do que minha situação em Letens jamais teria permitido. Eu tinha uma força nos punhos em estado bruto do Teatro, mas esse treinamento está fazendo dela algo polido e atlético, a variedade de exercícios fornecendo um domínio muito mais completo sobre meu corpo.

Isso começa a aparecer em meu controle do Labirinto também. Minhas reações estão ficando afiadas, instantâneas, precisas. Eu raramente perco pedras do braçal agora, mesmo através de tardes exaustivas de Lanistia apontando com rispidez seção após seção para que eu as manipule. A mulher de cabelo escuro nunca perde a severidade, mas até ela reconhece minha melhora. Na véspera do Festival de Jovan, ela me diz que vou estar pronto para tentar o desafio de correr pelo Labirinto, mudando partes dele enquanto me movimento, depois que eu voltar de Catena.

O peso da viagem iminente – primeiro tentar encontrar Sedotia, depois ser apresentado a todo o Senado Catenano – parece distante. Na maioria dos dias, não tenho tempo para senti-lo.

Mas as semanas passadas em rotina desaparecem. Então, uma manhã, estou me vestindo para minha ida à naumaquia.

XVIII

O FIM DE TARDE ESTÁ PINTANDO AS COPAS DAS ÁRVORES ENQUANTO minha carruagem chacoalha pela estrada, as batidas de cascos a acompanham, ecoando nas colinas ao redor. Eu olho pela janela, remexendo minha toga. A roupa é de um branco impecável, sem listra para indicar status, como é apropriado para o festival.

Eu estou sozinho na carruagem, e estou assim desde que deixei a Villa Telimus há quase meia hora. Hoje, é uma carruagem puxada a cavalo, e estou acompanhado por meia dúzia de cavaleiros. Todos Septimii. Todos aqui para garantir que os salteadores não me causem problema enquanto viajo, primeiro para a Villa Claudius, e depois para a própria Catena.

Nunca me senti tão desconfortavelmente como um verdadeiro cidadão.

– Chegamos, mestre Vis. – Torvus, o chefe de aparência tosca de minha escolta protetora, me vê olhando para a frente. Eu já avistei a mansão que se ergue em meio aos campos que a cercam. Mais nova e mais ostentatória que a Villa Telimus, ela se estende diante de um espelho d'água comprido. Há colunas e mais colunas de pedra branca cortada por Vontade alinhadas no pórtico, enquanto os jardins floridos têm cercas vivas e choupos ao seu redor, imaculadamente cuidados e perfeitamente simétricos. Velas enfeitam as sacadas, prontas para serem acesas ao anoitecer nas comemorações do feriado.

A única pessoa à vista é uma mulher jovem, sentada em um muro baixo enquanto observa nossa aproximação. Ela está usando uma túnica de seda azul elegante com uma capa branca de várias camadas jogada sobre os ombros; cabelo preto como corvos cai sobre a capa, com cachos captando os raios do sol poente atrás dela. O condutor salta assim que a carruagem para e abre a porta para ela. A mulher o examina, então se levanta suavemente e permite que ele a ajude a embarcar.

– Você deve ser Vis. – Séria, embora não haja hesitação na apresentação. – Eu sou Aequa Claudius. – Ela oferece a mão com a palma para baixo, e eu a aperto brevemente para completar a saudação formal enquanto ela se senta à minha frente.

– É um prazer. – A porta já está fechada, e estamos andando outra vez. – Obrigado por concordar em me acompanhar esta noite.

Há mais que uma leve sugestão de humor irônico em sua expressão.

– É claro.

– Você está ansiosa para ver as lutas?

– A naumaquia? – Ela parece ter acabado de comer uma coisa amarga. – Não. Não… em especial. – Apenas uma sugestão de desculpas nas palavras, para ser educada. É como esperado. Como a maioria dos patrícios, ela sente que comparecer a esse tipo de evento está abaixo dela.

– Ah. – Eu finjo estar decepcionado, então me inclino para a frente, deixando que a avidez penetre em meu tom de voz. O órfão de nascimento comum falando sobre um evento que nem sonhava ver alguns meses atrás. – Eu só… nunca estive na Arena Catenana. Também estou interessado nas bigas e nos gladiadores, mas quando ouvi dizer que isso ia acontecer, eu soube que de algum modo precisava estar lá. Mas se você preferir encontrar seu próprio entretenimento quando chegarmos a Catena, eu vou entender.

Ela me examina, e embora faça algum esforço para esconder, está entediada com o que vê. Isso é bom. Eu quero que ela me subestime hoje para não se importar com meu paradeiro quando chegar a hora.

– Não – diz ela por fim, com relutância. – Meu pai não ficaria satisfeito se soubesse.

Nós já estamos deixando a Villa Claudius para trás, e nossa velocidade aumenta quando a estrada construída por Vontade para o sul fica reta e mais larga. Há vestígios dos traços de Advenius em Aequa, embora tão leves que não estraguem sua aparência. Aceito sua resposta cortesmente. Valeu a tentativa.

O barulho rítmico dos cascos sobre pedra e os rangidos da carruagem são os únicos sons por alguns segundos.

– Então. Me fale sobre a Academia – digo, antes que o silêncio fique desconfortável. – Seu pai disse que você estava na Turma Cinco?

– Quatro – corrige Aequa. – Eu quebrei o braço quando montava, cerca de uma semana antes do exame de entrada, então eles me botaram na seis. Mas eu me esforcei e consegui subir.

– Foi difícil fazer isso?

Ela quase perde a voz.

– Duas promoções em seis meses? Mais ninguém fez isso.

Eu não consigo me segurar:

– Mas é *difícil*?

Dessa vez, ela franze o cenho. Vê que a estou adulando, mas não se encanta nem um pouco.

– É.

Eu dou um sorriso animado, determinado a manter um comportamento cordial e relaxado pela duração da viagem. Em parte porque percebo que isso a incomoda, e eu não tenho ilusão do motivo de ela estar aqui. E em parte porque ela parece o tipo que subestima qualquer um que seja abertamente amigável.

– Muito impressionante, então.

Sua expressão desesperada quase me faz rir.

– Eu imagino que eles vão te colocar para começar na Sete, então você vai experimentar isso pessoalmente em breve. – A ideia parece fazer com que ela se sinta um pouco melhor. Ela relaxa enquanto me examina. – Há quanto tempo Magnus Telimus está preparando você para a Academia?

– Cerca de um mês?

Ela dá um sorriso desconfiado.

– Sério, há quanto tempo? – Ela revira os olhos quando a encaro de um jeito inexpressivo. – É uma bela história, um órfão de guerra talentoso descoberto por acaso, adotado por um Magnus e alçado diretamente à Academia Catenana. Mas meu pai me disse que sabia que Magnus Telimus está preparando você há algum tempo.

Eu tusso uma risada surpresa.

– Eu estou lisonjeado. Mas conheci Ulciscor há um mês.

Ela dá um suspiro, sem estar surpresa nem acreditar em mim.

– Bom, de qualquer maneira, esta viagem é uma boa oportunidade para nós aprendermos as capacidades um do outro, levando em conta que vamos treinar juntos pelas próximas semanas. – Aequa não faz nenhuma tentativa de esconder sua hesitação diante dessa perspectiva. Seus olhos de um tom impressionante de azul, quase violeta, não piscam enquanto olham nos meus. – Alguma objeção?

– Nenhuma. – Ela não está interessada em gracejos, isso é evidente.

– Então vamos começar.

A hora seguinte consiste em grande parte de Aequa jogando problemas sobre mim, e eu devolvendo algumas vezes o favor sem muito entusiasmo, enquanto a paisagem rural passa rapidamente. Eu não me oponho. Nenhuma de suas perguntas é particularmente exigente; na verdade, elas são quase risíveis depois que eu passei pelos interrogatórios quase abusivos de Lanistia. Eu me asseguro de responder corretamente – não estou tentando afastar Aequa –, mas também não tento impressioná-la com nenhuma sensação de despreocupação ou entusiasmo. Não há nenhum benefício em que ela me veja como um rival.

É um ardil bem fácil, e minha mente se dedica em sua maior parte ao que está pela frente agora. Como Sedotia vai me encontrar quando chegarmos? Não tenho como entrar em contato com ela, não tenho como sinalizar onde estou. E vai haver cem mil pessoas na Arena Catenana assistindo à naumaquia. *Cem mil.*

Já estou pensando no problema há semanas, e a hora extra não ajuda. Pelo menos, apesar de meu estado distraído, eu percebo que a arrogância do interrogatório de Aequa está começando a diminuir. Eu sou mais bem-educado do que ela esperava.

A estrada ficou cheia nos últimos vinte minutos, uma longa caravana de peregrinos. A luz do fim de tarde lá fora está dando passagem a um verdadeiro dourado quando chegamos ao alto de uma subida, e a extensão imensa e imponente de Catena surge à frente.

Eu me calo no meio de uma pergunta ao perceber a vista. Minha primeira impressão da cidade, por mais breve que tenha sido, perdurava, e desde então eu me perguntava se minha memória tinha exagerado sua grandiosidade feia e intimidadora. Torcia, na verdade. Estamos chegando do nordeste. O horizonte se transformou em um oceano de construções, ruas, torres e pessoas correndo apressadas por toda parte, tudo em silhueta contra a chama laranja do crepúsculo que esmaecia.

Milha lembrança de Catena é inteiramente precisa.

– Você nunca esteve aqui antes? – Aequa está seguindo meu olhar. Há luzes coloridas piscando e ganhando vida em torno do exterior de algumas das estruturas mais altas, lanternas especiais que tingem as fachadas de tons teatrais e festivos. Quando a carruagem começa sua descida pela estrada, capto um vislumbre da baía por trás, refletindo o brilho delicado do anoitecer. Ela está pontilhada de navios, alguns dos maiores iluminados tão exageradamente quanto os prédios.

– Só por pouco tempo.

– É a cidade mais grandiosa já construída. – Não há ironia na voz de Aequa, nenhuma sensação de que ela seja nada além de autêntica em sua avaliação.

– E Tolverium? Ou Sena Corlisis? – Eu devia deixar para lá, mas parte de mim está na defensiva diante da mera imagem desse lugar.

– Você quer dizer as ruínas?

– Mas em seus dias – insisto. Teimoso. – Tolverium era duas vezes maior que Catena. E mesmo depois de cinquenta anos, ainda estamos descobrindo diferentes inovações em Sena Corlisis.

– Você não pode comparar cidades anteriores ao Cataclismo com agora. Não estamos nem perto de saber o suficiente sobre elas. – Aequa fica indignada por eu não estar simplesmente concordando com ela como a maioria das pessoas aqui faria. Descrever Catena como a "cidade mais grandiosa" deve ser conversa-fiada. Nem mesmo retórica. É como descrever o céu límpido como azul.

– Concordo.

Aequa olha com raiva, mas gesticula para mostrar que não vai se dar ao trabalho de insistir no assunto.

A carruagem continua andando, e eu volto minha inspeção para o mundo exterior. Nós deixamos os campos abertos, descendo a colina em direção a construções de madeira que são erguidas tão baixas em relação ao solo que podemos ver por cima de seus telhados nivelados. Esse bairro periférico de Catena está bem iluminado, com velas em cada soleira, mas distante da estrada principal pela qual estamos viajando, posso ver estruturas em pedaços com até três andares que parecem perigosamente perto de caírem. Aqui tudo é amontoado, sujo, e o cheiro que entra pela janela é uma agressão.

Isso, porém, não parece incomodar os farristas. As ruas estão lotadas; posso ouvir Septimus Torvus gritando com as pessoas à frente para abrir caminho.

– Este é o Distrito Esquilae. Principalmente Octavii. – Aequa não está mais irritada, e chama minha atenção para uma estátua imensa à frente. – Não há muita coisa aqui, além de Sere.

Eu reconheço facilmente a deusa catenana da primavera e da fertilidade. Uma mulher nua com uma expressão melancólica, a mão estendida enquanto ela olha ao longe. A estátua tem sete metros de altura, é de mármore e ricamente trabalhada, incongruente com seu entorno. Criada usando Vontade, sem dúvida. Por lei, é exigido que os símbolos da Religião sejam.

Nós saímos dali em alguns minutos, deixando para trás as casas em péssimas condições e nos aproximando da vasta seção central de Catena. As ruas se alargam. As casas se tornam maiores, entremeadas com templos, estátuas e frisos. Há lanternas coloridas por toda parte, algumas cuidadosamente coordenadas para dar aos prédios suas próprias colorações diferenciadas. Uma enorme torre cônica artisticamente retorcida está iluminada por um azul fresco. Uma monstruosidade angulosa de pedra polida está coberta de vermelho. Outra verde, outra amarela, outra de um tom escuro de púrpura.

E abaixo de tudo, enchendo todas as ruas bem iluminadas, há pessoas.

Muitas pessoas.

Nossa carruagem entra pela multidão. Toda Catena desce na direção da baía, e temos um bom ângulo de observação através das construções. Há movimento até onde os olhos podem ver. Pessoas sozinhas, casais, famílias. Vejo barraquinhas ladeando as ruas, mercadores de rosto vermelho no calor enquanto anunciam seus produtos para qualquer um tolo o bastante para fazer contato visual. Vejo pessoas se aglomerando em torno de ringues improvisados que contêm homens circundando um ao outro, e de vez em quando punhos se erguem quando alguém acerta um golpe. Vejo crianças e adultos tentarem a sorte em jogos de habilidade ou de azar. Comida ser distribuída. Competições de força. De velocidade. De Vontade. É estonteante de assistir, uma massa pulsante de rostos e corpos e movimento.

Deve haver dez mil pessoas aqui. Ou mais.

Só alguns minutos depois, eu afasto os olhos da janela. Ainda estou respondendo às perguntas de Aequa, mas distraidamente, e só agora capto um vislumbre de sua expressão presunçosa enquanto ela me observa ficar assombrado. Finjo não perceber.

Eu não deveria estar surpreso com o tumulto, imagino. O Festival de Jovan é uma das maiores celebrações na Hierarquia; cada cidade importante faz festas nas ruas, jogos, e produz inúmeras exibições generosas movidas a Vontade para celebrar. Eu cheguei a ir uma vez em Letens, antes de entrar para o orfanato. Alguns lugares distribuem comida e bebida para as multidões, tudo pago pelo Triunvirato – os três Princeps no topo das pirâmides senatoriais. Uma expressão de sua generosidade, da riqueza e da segurança de Catena.

Eu detestava tanto a ideia de aceitar suas esmolas como a ideia de ceder, mas a fome tem uma tendência de, às vezes, passar por cima de princípios.

– Mestre Vis. – É Torvus, se inclinando na direção da janela. – Acho que isso é o mais perto a que conseguimos chegar.

A carruagem, que estava andando devagar, para completamente ao ser espremida pela aglomeração de corpos.

– Eu sei o caminho daqui. – Aequa abre a porta e desembarca antes que eu perceba o que está acontecendo.

– Ah… – Torvus olha para mim interrogativamente.

Eu lanço um olhar confuso em sua direção enquanto vou atrás dela.

– Obrigado, Septimus. Vou providenciar para que meu pai saiba que você cumpriu com suas obrigações corretamente.

Torvus fica aliviado.

– Se o senhor precisar de nós, temos quartos reservados na hospedaria em Alta Semita. – Ele olha para Aequa, que assente, demonstrando seu reconhecimento do lugar. – Vamos estar lá até de manhã.

Aequa se afasta da carruagem, e eu a sigo para o coração de Catena. É claustrofóbico quando as estruturas se erguem à nossa volta, passarelas elevadas cruzando de um lado para outro, cobrindo partes do céu que ainda escurecia. Quase todo mundo a nossa volta parece estar falando, rindo, chamando alguém a distância. Música toca em todas as esquinas, notas discordantes quando colidem. Isso se combina em um trovão baixo e perturbador.

Eu odeio isso. Estive em cidades grandes antes, mesmo durante festivais, mas nunca tive de atravessar uma aglomeração de corpos como esta. As pessoas se acotovelando, o calor, o cheiro, o barulho: tudo é desagradável, tudo é uma experiência que imediatamente desejo que termine. Como as pessoas podem vir aqui, sabendo que vai ser desse jeito? Como podem gostar disso?

Eu examino cada rosto pelo qual passamos, sem esperar ver Sedotia ou qualquer outra pessoa que eu reconheça, mas mesmo assim estou em alerta. Todos aqui são estranhos.

– Então você quer saber sobre o suicídio de Caeror Telimus.

As palavras de Aequa são praticamente gritadas acima da confusão, tão abruptas quanto o assunto é inesperado. Eu quase perco a fala.

– Eu… ah. – Eu me inclino para perto, para falar o mais baixo possível nessas circunstâncias. – Quero.

– Ele morreu durante o Iudicium da Academia, há seis anos. Se jogou de um penhasco. Aparentemente, ele estava agindo de maneira estranha semanas antes do início do Iudicium. Quase foi expulso da Turma Três por causa disso. – Aequa diz isso enquanto se concentra no caminho à nossa frente. Simplesmente uma reminiscência, não algo que ela considere ser privado. – Quintus Veridius, que agora é o Principalis da Academia, viu tudo acontecer. Eles eram amigos. Houve um acidente terrível, e Caeror achou que tinha matado outro aluno que estava competindo. Ele não queria encarar os Sapadores, então… – Ela dá um passo exagerado e saltado à frente, imitando o ato.

Isso é novidade.

– Então ele matou uma pessoa?

– *Achou* que tinha matado – corrige Aequa, afastando um fio comprido de cabelo preto do rosto e virando de lado para evitar tocar um homem grande e de aparência suarenta que carrega uma saca. – O Principalis achou que ela estivesse morta também, mas quando descobriram que tinha sobrevivido, ele a levou de volta sozinho. Ele levou quase um dia. O Principalis não gosta de falar sobre isso, mas a história é quase uma lenda na Academia.

A natureza pública dessa conversa é frustrante, mas ninguém está prestando atenção em nós. Imagino que de muitas maneiras Aequa não esteja contando nada que já não seja amplamente conhecido.

– E o que o aluno ferido disse?

– Não tenho ideia. Mas imagino que eles não acusaram o Principalis de assassinato, porque ele recebeu uma Coroa do Preservador do próprio Princeps Exesius. Eu já a vi. Está em exibição em seu gabinete.

Eu mordo o lábio. Ela tem razão: uma honra como essa significa que o caso nunca esteve sob verdadeira suspeita.

– Por que seu pai achou que deveria mencionar isso para mim?

Aequa não parece inclinada a jogar os jogos que seu pai joga. Vale a pena perguntar diretamente.

– Porque seu pai – há meio instante de hesitação na palavra – passou meses depois disso tentando convencer qualquer um que se dispusesse a ouvir que o Principalis estava mentindo. No fim, o resto da família dele teve de intervir e insistir que ele parasse. – Ela ainda está falando alto, para ser ouvida acima do tumulto ao redor. – Pelo que meu pai diz, ele simplesmente não conseguia aceitar o que aconteceu. Mas tudo foi muito público, muito amargo. Ninguém esqueceu.

Eu dou um suspiro. Em essência, exatamente o que eu temia.

– Então todo mundo vai achar que estou na Academia para, de algum modo, me vingar do Principalis.

– Não está?

– Obviamente não. Eu não sabia nada disso.

Ulciscor devia estar planejando me contar pelo menos uma parte disso antes que eu partisse, ele se daria conta de que eu descobriria quando estivesse na Academia. Talvez haja mais alguma coisa na história, e ele apenas ainda não tenha tido tempo para explicar tudo.

Ou, talvez, ele esteja guardando a informação o máximo possível, sabendo o que eu deduziria dela. Se eu vou estar submetido a tanta suspeita a partir do momento em que entrar na escola, então Ulciscor ser o senador a me adotar parece uma escolha muito ruim.

O que significa que ele provavelmente não tem o apoio dos Militares.

Eu me sinto mal, mas faz sentido. Isso tudo é pessoal para ele. Uma cruzada motivada pela morte do irmão. Até onde sei, os Militares podem estar ativamente *contra* minha entrada para a Academia, sem querer o risco de provocar um incidente com a Religião.

E pior – muito pior para mim – é a possibilidade de que Ulciscor esteja à procura de desculpas. Que não haja nada acontecendo lá nos bastidores, que Caeror realmente tenha cometido suicídio. Se esse for o caso, então não vai haver nada para eu descobrir, e Ulciscor vai me culpar, por mais que eu me esforce. Vou acabar em um Sapador.

Minha reflexão pessimista é interrompida por uma lufada de ar que troveja pela rua, e eu me encolho e paro de repente quando uma forma enorme e escura voa no céu. Eu sou a única pessoa que reage.

– Ele não vai matar você.

Eu afasto os olhos do Transvect que está desaparecendo e vejo Aequa me observando com humor, então dou um grunhido, vagamente constrangido.

– Essa não foi minha experiência com eles até agora.

– O quê? Ah. – Ela sacode a cabeça, repreendendo a si mesma quando saímos andando outra vez. – É claro. Algum tipo de ataque, não foi? Eu soube na Academia. – Isso não é surpresa; eu duvido que os Preceptores tenham conseguido impedir que uma fofoca dessas se espalhasse. – Já se sabe quem fez isso?

– Não.

– Segundo o que soube, você salvou seu pai deles.

Eu resfolego diante disso.

– Você sabe que ele é um Quintus, certo?

– É o que todo mundo estava dizendo. – Eu não tenho tempo para reagir à frase, pois Aequa aponta para a frente. – Chegamos.

Eu hesito e, pela primeira vez em um bom tempo, ergo os olhos para além da pressão imediata de corpos. Eu estava tão ocupado examinando a multidão à procura de qualquer sinal de Sedotia que nem percebi o horizonte desaparecer gradualmente. Não tinha percebido que o aglomerado de gente a nossa volta tinha se transformado em um rio, todos fluindo inexoravelmente na mesma direção, a estrutura alta à frente funcionando como um vórtice irresistível. Arcos e afrescos e grandes colunas enchem minha visão contra a luz agonizante, se erguendo cem metros para cima e se estendendo por pelo menos dez vezes isso, fazendo uma curva delicada ao longo de toda a sua extensão. A multidão se divide em filetes separados ao se aproximar, todos entrando avidamente no estômago da Arena Catenana através de uma dúzia de entradas controladas.

Nós chegamos à naumaquia.

XIX

ODEIO ESSA SENSAÇÃO DE IMPOTÊNCIA ESMAGADORA. A SENSAÇÃO de ficar intimidado e assombrado, tudo ao mesmo tempo.

Se o exterior da Arena Catenana era impressionante, o interior é simplesmente magistral. Nós saímos de um túnel grande e ecoante com arcos para chegar a arquibancadas que se estendem, e se estendem e se *estendem*, bancos de pedra formando uma grande curva oval que pulsa com movimento branco e barulho. No meio de tudo há um lago enorme, água turva se jogando ruidosamente contra as barreiras que a contêm, o cheiro de sal se misturando com mil outros odores menos agradáveis.

Barcos atracados em docas temporárias se erguem ali perto, bloqueando parte da vista. Birremes cercam uma trirreme enorme, que está cheia de homens e mulheres fazendo preparativos. Posso ver uma frota semelhante do outro lado da arena; a um primeiro olhar, acho que ela é menor, mas uma inspeção mais atenta sugere que é apenas a distância. Eles estão a pelo menos um quilômetro de distância, do outro lado da água. Preciso estreitar os olhos para ver os indivíduos em seus conveses.

Embora o sol tenha descido o bastante para que os muros agora o escondam de vista, tudo é brilhantemente iluminado. Há lanternas em postes compridos em intervalos regulares na arquibancada, e inúmeras velas já estão nas mãos de espectadores ansiosos prontos para celebrar o deus da luz. Bem acima da água, milhares de pontos escuros pairam suspensos em pleno ar, tomando o céu que está se apagando. Mais lanternas, percebo. Suspensas por Vontade, embora ainda estejam apagadas.

Sou golpeado pela multidão quando Aequa me pega pelo braço e me puxa, nitidamente não tão chocada quanto eu com tal enormidade. Sigo atrás dela aos tropeções, tentando calcular. Quanta Vontade foi usada para criar isso tudo? Quanto tempo, esforço e engenharia foram necessários para canalizar tanta água da baía até aqui? Para construir esses navios? Até mesmo para manter aquelas lanternas flutuando?

Tudo pelo espetáculo. Uma frivolidade com o único propósito de divertir.

Ou, como meu pai teria insistido, para distrair.

Aequa e eu nos deixamos ser levados durante algum tempo; só as entradas do leste estão abertas hoje – as outras estão todas seladas para ajudar a conter a água, supostamente –, e nossos lugares ficam do outro lado. São longos minutos antes de começarmos a descer na direção dos bancos da frente. Pretorianos de uniforme vermelho patrulham a área, olhando para os recém-chegados por trás de seus óculos escuros espelhados. Não há como confundir as lâminas irregulares e cintilantes de obsidiana penduradas ao lado de cada um deles. As navalhas são entalhadas por suas próprias mãos e imbuídas de Vontade. Existem armas mais eficientes na Hierarquia, mas nenhuma tão aterrorizante.

Nós recebemos um olhar demorado do guarda mais próximo, mas a roupa de Aequa parece suficiente para convencê-lo de nosso direito de estar aqui. Ele passa sem parar, e o aperto em meu estômago relaxa um pouco.

Nós nos sentamos em um banco coberto por almofadas ao lado de um casal de meia-idade, que nos ignora e continua a discutir se a realização da naumaquia compensa o fechamento dos banhos locais para redirecionar a água. Estamos relativamente atrasados, e grande parte dos lugares no estádio já está cheia. As idades do público vão de pelo menos dez anos mais novos que eu até homens e mulheres velhos demais para encontrarem seus lugares sem ajuda. É como se toda a cidade tivesse vindo.

– Vai ter mais alguém da Academia aqui?

– Acho que não. Muitos cansaram dessas coisas quando eram crianças.

– Inclusive você, pelo que entendi. – Aequa fez uma provocação muito clara, mas eu continuo com a fachada amigável.

– É.

– Seus pais trouxeram você?

– Tisphone trouxe, algumas vezes. – Ela se remexe diante de meu olhar intrigado. – Uma de nossas Octavii. Minha mãe é uma Sextus e estava sempre viajando, por isso...

Sinto um lampejo de simpatia. Pelo que entendo, não é uma prática incomum que catenanas de alta estirpe deixem a criação de seus filhos com uma Octavus educada.

– Você tem irmãos?

– Nenhum que reconheçamos oficialmente. – Seu tom de voz é descuidado demais para ser indiferente.

– Ah. – Uma vida solitária, então. Provavelmente atormentada por preocupação com todos os filhos ilegítimos produzidos pelo pai, especialmente se forem homens.

Ficamos em silêncio, e aproveito a oportunidade para examinar a multidão. Ninguém parece estar prestando nenhuma atenção especial a nós. Frustrado, cerro um punho ao lado do corpo. Estamos expostos demais aqui na frente. Chamando a atenção demais para que Sedotia faça uma abordagem, mesmo que ela saiba onde estou.

A falação ávida está aumentando lentamente e se transformado em um ronco abafado e sufocante; todo mundo está animado e entusiasmado em antecipação. Eu escuto palavras como "glória", "vitória" e "herói". Apostas são feitas em quem vai ganhar, quem vai ser derrotado e quem vai receber o prêmio pelo maior número de "mortes".

– Então, como isso funciona? – Eu já sei, no geral, de minhas aulas em Suus, mas um órfão de Letens não teria uma ideia tão clara. Aponto as filas de homens com armaduras embarcando nos navios próximos. – Essas armas parecem aço de verdade. Como eles respeitam o Direito de Nascença?

– Suas armaduras são imbuídas condicionalmente. Se sofrerem dano demais nas áreas erradas, elas os arrastam para fora da luta.

– Mas há *milhares* deles. – Não é exagero, se o mesmo número de lutadores estiver embarcando no outro lado da arena. – E se alguém levar um golpe no rosto? Ou cair na água, ou...

– Obviamente alguns vão ter um fim vergonhoso – intervém Aequa com impaciência, como se estivesse falando de algo trivial. – É isso que torna a luta tão tensa de assistir, afinal de contas. E vai haver muitos ferimentos. Mas a maioria dos que forem derrotados vai sobreviver para os Sapadores. – Ela deve ver alguma coisa em minha expressão, porque faz um gesto conciliador. – Eles *são*, em sua maioria, criminosos condenados, Vis. O Direito de Nascença, tecnicamente, nem se aplica a eles.

Eu contenho uma onda de repulsa e assinto, como se a explicação fosse perfeitamente aceitável. Aequa provavelmente não faz ideia de como os Sapadores realmente são, levando em conta minha impressão de que poucos na Hierarquia têm, mas essa é uma avaliação fria. Por um tempo, a villa de Ulciscor me isolou do mundo. Das pessoas. Com apenas Lanistia e Kadmos como companhia, e esses dois focados apenas em meu treinamento, tem sido fácil me esquecer de suas realidades feias.

– Como vai haver Sapadores para tantos deles ao mesmo tempo? – Eu sei que ela não vai saber a resposta (a fonte dos Sapadores da Hierarquia sempre foi um mistério, seus limites conhecidos por alguns poucos no Senado), mas estou curioso para saber o que ela acha.

– Não faço ideia.

Quando fica claro que ela não quer se estender no assunto, eu me levanto.

– Quero andar um pouco por aí antes que comece. Esticar as pernas. Ver tudo. – Eu preciso dar aos anguis pelo menos a chance de entrar em contato comigo.

Aequa se movimenta para se levantar também.

– Tudo bem.

Eu tusso.

– E… preciso localizar um banheiro.

Ela revira os olhos e torna a se sentar; a necessidade de me aliviar aparentemente está abaixo dela.

– Você tem cerca de vinte minutos.

Eu me afasto, fazendo uma observação cuidadosa de onde ficam nossos lugares, então sumo de vista e começo a andar a esmo. Todos os rostos são de estranhos, e há *muitos* deles.

Um minuto se passa. Dois. Isso foi um erro. Eu poderia ter negociado isso por qualquer coisa. Forçado Advenius a, de algum modo, garantir minha segurança depois da Academia. Ou me recusado a treinar com Aequa. Mas aqui estou eu. Circulando pelos caminhos criados por Vontade do maior monumento da Hierarquia, só mais um membro da multidão catenana.

Estou tão perdido em minhas frustrações que não percebo, no início, a pressão em meu ombro.

Eu levo um momento para reconhecer Sedotia. Sob a luz do Transvect em chamas, ela era feroz e fria. Aqui, está bem-vestida, empertigada e parcialmente oculta por trás de um véu. Casada, então, ou fingindo ser, pelo anonimato. Ela parece menor. Até mesmo pálida, sob o brilho rosado das lanternas.

– Venha comigo.

– Como você me achou?

– *Venha comigo*. – Ela vê minha hesitação e, embora não levante a voz, não há dúvida da urgência do que está dizendo. – Agora.

Eu não discuto. Nós seguimos através da multidão sem falar. Não consigo evitar um olhar ansioso para trás, na direção de onde sei que Aequa está sentada, mas eu não preciso me preocupar. Nossos lugares estão bem fora de vista.

– Não posso demorar.

– Eu sei. – Seu olhar é paralisante. – Teria sido melhor se você tivesse vindo sozinho.

– Ah. Eu deveria ter pensado nisso. – Eu dou um tapa de leve na testa. – Por que eu não pensei nisso?

Sedotia não acha graça.

– Você vai estar de volta a seu lugar antes que tudo comece.

Seguimos por uma passagem coberta no anel externo da arena, depois descemos um lance de escada, avançando contra o fluxo da maioria. No início, acho que Sedotia pretende sair daqui, mas antes que eu possa exprimir minha preocupação, fazemos uma curva e descemos outra escada, inteligentemente escondida do ajuntamento do público e quase estreita demais para permitir a passagem de uma única pessoa. Mais ninguém está indo ou vindo, e qualquer pessoa que passe apressada não nos lança nenhum olhar. Estão todos correndo para chegar a seus assentos a tempo.

– Aonde estamos indo? – Minha voz ecoa na pedra. À frente, posso ouvir o barulho de água escorrendo. Minhas narinas se dilatam, e eu tusso diante do cheiro fétido.

– Encontrar uma pessoa. – Nós chegamos ao pé da escada, que termina abruptamente em um buraco com 1,20 metro de altura que se abre para um túnel baixo, comprido e arqueado. Água, ou algum tipo de líquido, se agita no fundo.

Sedotia se abaixa, mexe em uma cavidade discreta na parede e sai dali com a mão cheia de roupas. Ela joga uma túnica puída em minha direção.

– Antes de prosseguirmos, você precisa trocar de roupa.

– O quê? Por que eu… ah.

Ela assente.

– Você precisa deixar aqui qualquer coisa que Ulciscor tenha lhe dado. De qualquer forma, é melhor assim. O que quer que você esteja usando não vai ficar com um cheiro especialmente agradável.

Não me dou ao trabalho de discutir. Não acho que Lanistia não me rastrearia. Eu tiro a túnica pela cabeça.

– O lado do seu corpo cicatrizou bem.

Eu concordo, distraidamente.

– As suturas foram retiradas há algumas semanas.

– Que sorte. – Quando olho intrigado, ela acrescenta: – Nós teríamos de removê-las também.

Eu fico rígido quando a implicação disso assenta, então continuo a me vestir. Eu não tinha levado isso em conta. Foi Veridius quem fez as suturas.

– Deixe suas sandálias aqui também, elas só vão pegar cheiro.

Eu faço o que ela diz, com uma careta enquanto sigo a jovem pelo esgoto. É frio e escorregadio por baixo de meus pés descalços, e lodo penetra entre meus dedos dos pés. Tento não imaginar do que ele é composto. O fedor que anteriormente preocupou minhas narinas agora ataca, um ataque que ameaça me deixar engasgado e ofegante a cada respiração descuidada. As paredes brilham, suando na escuridão e na umidade. Eu faço o possível para não encostar nelas. Também não estou convencido de que seja apenas água.

– Fique quieto. Isso aqui vai se encher em algumas horas, mas ainda pode haver trabalhadores por aqui. – Sedotia sai chapinhando à minha frente, com cuidado em meio à lama. A maior parte das mulheres que conheci estaria engasgando e fazendo esforço a cada passo, isso se tivessem chegado tão longe.

– Encher?

– Quando a naumaquia terminar.

Tenho uma sensação desconfortável ao entender. Quando o espetáculo acima terminar, a Hierarquia não vai perder tempo para drenar o lago artificial. E são os esgotos que eles vão usar para derramar toda aquela água de volta na baía.

Seguimos através da corrente de água na altura das canelas, cada passo cauteloso sobre a pedra escorregadia de lama. Na maior parte do tempo, é difícil ver mais que alguns passos à frente; a iluminação das ruas acima – nesse ponto, já passamos pelos muros da arena – mal chega aqui embaixo através de grades pequenas na extremidade de canos compridos e finos. Conversas, cantoria e risos ecoam, ricocheteando no sistema de túneis com arcadas baixas que nos cerca. O único som que fazemos é de nosso leve chapinhar.

É um labirinto aqui embaixo, mas estamos caminhando apenas há um minuto quando Sedotia para de repente, gesticulando para uma abertura lateral. Através dela, vejo que há uma longa luz laranja brilhando sobre a parede de pedra gordurosa, mais forte que qualquer coisa projetada pelas festividades acima.

Eu quase me dobro ao meio para passar pelo arco baixo. Uma tocha tremeluz com chamas moribundas onde está presa à parede, revelando outra escada que desaparece para cima a cerca de dez metros de distância. Essa área é um pouco mais alta, e o esgoto aqui só chega à altura dos tornozelos, embora o cheiro não seja melhor.

Sentado despreocupadamente em um degrau acima do lodo, há um homem com os traços parcialmente escondidos na sombra. Vestido de maneira simples e aparentemente confortável, apesar de nosso entorno. O jeito como ele está relaxado indica uma espécie de confiança entediada.

Ele se levanta quando Sedotia passa pela abertura para se juntar a mim. Provavelmente tem a minha altura, mas o degrau extra faz com que nos olhe de cima. Ainda não consigo ver seu rosto direito.

– Diago. – Sua voz suave e grave ressoa no espaço apertado.

Não vou correr o risco de admitir quem sou, não em voz alta. Nem mesmo aqui embaixo, no escuro, em meio à putrescência de Catena.

– Meu nome é Vis.

– É claro. – Há humor nas palavras. Uma indicação clara de que nós dois sabemos que estou mentindo, mas que ele está satisfeito em me deixar fingir. – E eu sou Melior.

Ele dá um passo à frente. Desce para a lama conosco, revelando seus traços. Ele tem uns quarenta anos; tanto o cabelo como a barba delicada são grisalhos e estão aparados rentes. Queixo quadrado, pele bronzeada pelo sol com um dourado escuro sob essa luz.

E eu o reconheço. A princípio não quem ele é, mas há uma sensação imediata de familiaridade, confusão enquanto minha mente tenta separar o rosto do cenário. Não digo nada por vários segundos, e o homem espera pacientemente. Então, enfim, eu o reconheço.

– *Estevan?* – Ele está mais velho, mais grisalho e mais mal-vestido, e a barba é nova. Mas é Estevan. Um homem com quem nunca tive muita relação, mas ele é de Suus, um dos conselheiros de maior confiança de meu pai, e tão fortemente contra a Hierarquia quanto qualquer um deles. Alguém que eu imaginei que estivesse morto ou em um Sapador depois da invasão.

– Posso chamar você de Diago agora?

– Vek. Malditos deuses. Eu... *vek.* – Eu sorrio. Rio. Dou um passo à frente para abraçá-lo, mas ele me afasta.

– Desculpe. É difícil de explicar, mas não se aproxime mais. – Ele sorri para mim. – Mas é bom ver você, meu príncipe.

Sinto um nó duro na garganta ao ouvir o título.

– Você também, Estevan. Vek. Você também. – Há mil perguntas girando em minha cabeça, minha ausência da naumaquia de repente uma preocupação secundária. – Como você escapou? Há outros com você? Como me encontrou? – Eu estreito os olhos na direção dele. – Você é mesmo Melior? – De repente, o fato de Sedotia conhecer minha identidade faz muito mais sentido.

– Sou. Eu precisava se um refúgio seguro, depois de Suus, e os anguis precisavam das informações e conexões que eu podia oferecer. Foi uma boa combinação. – Ele olha para Sedotia, que observa a conversa com interesse. A jovem sacode a cabeça. Estevan dá um suspiro. – Quanto ao resto, alteza, vai ter de esperar até termos mais tempo. Há coisas mais urgentes para discutir.

– Como o quê?

– Você nos ajudar.

Nós olhamos um para o outro, e parte de minha alegria estonteante desaparece quando lembro por que estou aqui. Ondulações batem contra a pedra.

– O que você quer que eu faça?

– *Agora* ele está disposto a ouvir – murmura Sedotia às minhas costas.

– Precisamos que você seja Domitor da Academia, ou o mais perto disso que conseguir. Então, quando se formar, deve escolher qualquer posição que você queira que o coloque em Catena, mas com a Religião ou a Governança. Não com os Militares.

– Só isso?

– Isso, obviamente, não é *tudo*. Mas, por enquanto, é o que precisamos que faça.

Penso nisso, e o silêncio se prolonga. Porém, sei minha resposta quase imediatamente.

– Eu lamento, Estevan.

Eu lamento mesmo. O velho amigo de meu pai franze o cenho.

– Você não quer lutar?

– Não do jeito que sei que você quer que eu lute. – Metade explicação, metade exposição enfastiada das razões. Não quero deixar os anguis com raiva, mas a presença de Estevan me desarmou e me leva a agir com candura. Na verdade, essa talvez seja a coisa mais honesta que eu disse em meses.

– Eu disse a você. É uma espada quebrada – murmura Sedotia.

Estevan a ignora, mantém os olhos em mim. Curioso, mais que indignado.

– Por que não?

Eu penso sobre minha resposta. Quero desesperadamente que ele entenda.

– Cerca de seis meses depois de Suus, eu estava viajando por Tensia. Havia essa pequena aldeia em uma encosta, Aiobhinn. Cem pessoas, talvez, a maioria fazendeiros, apenas quatro Septmii. Eu não tinha dinheiro, não tinha comida, não tinha identificação. Eles deviam saber o que a lei catenana exigia, mas, em vez disso, eles me alimentaram e deixaram que eu dormisse embaixo de um telhado, e olhavam para outro lado quando eu embolsava algumas moedas que eles deixavam espalhadas. Não era muito, mas fez com que eu seguisse em frente quando estava prestes a desistir. Eu consegui permanecer fora de orfanatos catenanos por mais de um ano graças a essa experiência.

Eu hesito. Não tenho certeza se esse nível de honestidade é uma boa ideia, mas sigo em frente mesmo assim.

– Eu voltei cerca de seis meses depois. Era quase a época da colheita, e achei que eles talvez tivessem algum trabalho para mim. Quando cheguei lá, os anguis tinham acabado de atacá-los. Metade da aldeia foi incendiada. Os filhos e a esposa do homem que me recebeu estavam ocupados enterrando-o. E todo mundo estava fazendo fila para falar com o Procônsul. Para dar a ele descrições dos homens que os haviam atacado e *implorar* a ele pela proteção de Catena. – Eu estava olhando fixamente para a água em torno de meus tornozelos enquanto falava, mas então ergo o rosto e encaro Estevan. – Então eu fui embora, porque eu sabia o que ia acontecer dessa vez. Os anguis não estão conquistando corações, Estevan, vocês os estão endurecendo. Não tenho certeza de qual é a resposta, qual é a alternativa, mas... seu jeito não funciona. E eu não quero ser parte dele.

Eu fico em silêncio. Terminei. Ele queria saber e agora sabe.

– Eles eram da Hierarquia. Eram nossos inimigos muito antes de serem atacados – diz Sedotia em voz baixa.

– Eles eram inocentes.

– Inocentes? – Estevan estava apenas ouvindo pensativamente, mas ele se agita com isso, ofendido. – Eles não eram Octavii e Septmii, cedendo sua Vontade para Catena, para os propósitos de Catena?

– Eram, mas...

– Então eles eram participantes e, por definição, dividiam a culpa.

– Eles não tinham escolha.

– Você teve? Ela teve ou eu? – Há uma força inamovível por trás das palavras de Estevan, sua voz é pedra se arrastando sobre pedra. – Ou nós não devemos tratar os outros esperando os mesmos padrões que nós mesmos seguimos? Qualquer um que não resista a eles, Diago, está lhes emprestando sua força. É cúmplice de tudo o que eles fazem. Os Octavii não apenas são culpados como também carregam toda a Hierarquia nos ombros. Eu achava que você, acima de todos os outros, teria razões para odiá-los por isso.

– E odeio – A admissão sai mais ríspida do que eu pretendia, quase um rosnado. Eu me contenho, me acalmo. – Mas posso odiá-los sem chegar à violência.

– O ódio é um tipo de violência, meu príncipe. Sua única escolha é se vai deixar que o ódio machuque eles ou você. Mas eu também não vou desistir de você. – O homem reflete e solta um suspiro. – Está bem. Não vou te ameaçar. Tampouco vou desistir de você. – Ele se vira e volta a subir no degrau, fora da água. – Já se perguntou por que a República atacou naquele dia?

– É claro. O tempo inteiro. – Eu franzo o cenho. – Mas nós fomos os últimos a nos render. Imagino que alguém entre os Militares tenha ficado impaciente e…

– Não. – O rosto de Estevan está novamente coberto pela sombra, mas posso ouvir a convicção. – Para ganhar dez mil moedas a mais para incrementar suas pirâmides, quando eles já têm vinte milhões? Não. Tudo o que Catena tinha de fazer era esperar e deixar que sua propaganda fizesse efeito. Você estava lá, você sabe que é verdade. Cedo ou tarde, seu pai teria de assinar *alguma coisa* ou encarar uma revolução. Talvez não imediatamente. Talvez não por mais cinco, dez anos. Mas um dia. – Ele cruza os braços. – Então por que fazer isso? Por que correr o risco de resistência, e potencialmente ter de matar as próprias pessoas que eles queriam como Octavii? E depois, por que matar sua família?

Porque eles temem o que nós sabemos. Essa foi uma das últimas coisas que meu pai me disse enquanto fugíamos naquela noite pelos túneis secretos do palácio, depois que eu perguntei a ele mais ou menos a mesma coisa. Uma ideia que tentei não acalentar ao longo desses últimos três anos. Ele podia querer dizer qualquer coisa. E nunca teve a chance de explicar mais.

– Eu não sei.

– Eu sei. – Estevan respira fundo. – Não vai demorar muito até que você saiba também, Diago. E espero que isso faça você mudar de ideia o suficiente para se juntar a nós. – Ele olha para Sedotia, que sinaliza para ele. – Nosso tempo acabou. Tenha em mente o que eu disse. Vítimas também podem ser inimigos. Ele se move para ir embora pelo caminho às suas costas.

– Estevan? Cuidado. Eu ouvi Magnus Telimus falar sobre você. Sobre Melior. Parece que o Senado está confiante de que vai apanhá-lo em breve.

Ele para na base da escada. Não se vira, mas um riso delicado ecoa pelas paredes à sua frente.

– Obrigado, alteza.

Ele vai embora.

Com o fim do encontro, eu me volto para Sedotia, que aponta a cabeça na direção dos arcos baixos.

– Vamos levar você de volta. Vai começar daqui a pouco. – Sua voz está tensa. Ela não está satisfeita com o resultado de minha conversa.

Eu a sigo, chapinhando mais uma vez pela corrente de lama. Nós andamos por apenas um minuto, tensos. Meus olhos se ajustaram o suficiente para ver a intenção com a qual ela pisa, dessa vez. O escorregão eventual do qual ela é quase meio passo mais lenta para se recuperar. O jeito como ela para depois, seus olhos se esforçando para acompanhar, oscilando enquanto ela se equilibra.

– Como você fez Ulciscor apagar no Transvect?

– Você ouviu Melior. Se quiser respostas, sabe o que tem de fazer.

– Valeu a tentativa.

Nós chegamos à base do caminho para cima. Sedotia remexe no interior da cavidade escondida e dessa vez surge com um odre de água cheio e um pedaço grosseiro de sabão. Eu tiro a túnica meio encharcada e me sento em um degrau, esfregando apressadamente minhas pernas e meus pés, em seguida usando a parte superior seca da túnica para começar a secar a umidade de minha pele.

– Você está cedendo. – Eu estou certo disso agora, a pele sem brilho de Sedotia óbvia sob essa luz. – Para Estevan?

Ela não responde, mas posso ver a resposta na posição de seus ombros.

– Achava que os anguis fossem melhores que isso. – Não me preocupo em esconder minha amargura. Não é surpresa que o Senado esteja dedicado a encontrar Melior.

– Isso não… – Ela sacode a cabeça. – Está bem. Pense o que quiser. Mas você estava certo, esta é uma guerra que não podemos vencer, não do jeito que estamos lutando. E se as opções são usar as armas do inimigo contra ele ou desistir, eu sempre vou saber qual escolher. – Ela levanta uma das mãos quando começo a vestir novamente minha túnica. – Espere.

Cada segundo que passa fica mais pesado, minha ausência lá em cima seguramente ficando mais suspeita.

– O quê?

– Eu preciso tirar sangue com isto. – Ela saca um buril de pedra da mesma cavidade onde o sabão estava guardado. Ele tem cerca de trinta centímetros de comprimento, parecido com os de aço e bronze que vi alguns homens usando em seus quadris. Armas são proibidas dentro dos limites da cidade, por isso buris compridos (que em teoria servem para escrever em tabletes de cera, mas são substitutos muito bons para espadas em uma luta) são bem populares.

– De… mim? – Estou confuso.

– É.

Eu me remexo.

– Não, obrigado.

Ela revira os olhos, se movimenta antes que eu consiga reagir e ataca meu peito nu com a haste longa e fina. A ponta é aguçada e me arranha, e sangue se acumula imediatamente ao longo da linha. Eu reclamo da dor e dou um passo para trás, pronto para me defender, mas Sedotia não está me ameaçando. Ela ergue o buril para que eu possa vê-lo.

Bem da ponta, onde há uma gota vermelha, está começando a sair vapor.

– Precisamos de um pouco mais, por garantia. – Ela está dando um passo à frente; eu recuo, confuso e com raiva, mas de repente minhas costas nuas estão contra pedra fria. Dessa vez, ela apenas aperta o gume do buril sobre o ferimento que está sangrando. Há um chiado audível.

– O que você está *fazendo*? – Eu a empurro para longe, com muita raiva. – O que é isso?

– Proteção. – Ela lança um sorriso de enfurecer na direção de minha expressão vazia. – Agora vista suas roupas. Você está sem tempo. – Eu a olho com raiva, mas saber há quanto tempo eu desapareci é uma pressão grande demais. Ela espera até que eu tenha furiosamente vestido meu traje outra vez, então me estende o buril. – Não o perca. Em nenhuma situação.

Eu hesito, então pego a arma. Minha pele formiga onde toca a pedra. Não consigo ver nenhuma gota de sangue restante em sua superfície.

– Eu não entendo. – Guardo relutantemente o buril em uma dobra de minha toga. O buraco vai ficar aparente quando eu tirá-la, mas, enquanto isso, ninguém vai ver.

– Você vai entender. Agora vá.

Estou dividido entre confusão, raiva e obstinação. Mas faz vinte minutos desde que deixei Aequa. Provavelmente mais.

Eu calo a boca e subo apressado a escada.

– Ora, então você encontrou o banheiro – observa Aequa franzindo o nariz quando me sento.

Eu faço uma careta. Nitidamente não fui cuidadoso o bastante com minha limpeza.

– Depois de um tempo. Este lugar é... – Eu gesticulo, indicando que não consigo descrever sua enormidade em palavras.

– Imagino que seja, para você. – Ela está indignada por minha longa ausência, mas não desconfiada. – Não importa, você chegou bem a tempo.

A multidão está começando a se aquietar, o ribombar de conversas a nossa volta se reduz a um zumbido baixo quando um apresentador – um de centenas em torno do estádio, pelo que vejo – grita os detalhes da batalha que está prestes a ser recriada. A linha sobre o meu peito arde, e sempre que me mexo posso sentir a resistência rígida do buril escondido junto do meu corpo. A luz do sol se esvai do céu a oeste, deixando apenas a iluminação brilhante dos milhares de lanternas que circundam a arena. Homens e mulheres estão tensos e prontos nos conveses, com armadura completa, as espadas desembainhadas enquanto olham para o lado oposto do lago artificial.

O apresentador termina e, por toda a arena, seus colegas ficam em silêncio um por um. Então, em toda a nossa volta, soam clarins. Nítidos. Desafiadores.

Lá embaixo, a naumaquia começa.

XX

JÁ VI OS GRANDES NAVIOS BALEEIROS DE SUUS TREINANDO PERTO da costa, operados e conduzidos por alguns dos marinheiros mais talentosos do mundo. Vi homens fazerem atos de coragem e ousadia em pequenos barcos pesqueiros durante tempestades, cortando ondas duas vezes maiores que seus barcos, que desafiariam a imaginação. Não sei contar quantas vezes observei de minha janela no alto do penhasco e vi o sucesso de manobras loucas que deveriam ter sido impossíveis nas circunstâncias mais ideais, mais ainda no vendaval em que elas eram feitas.

A naumaquia não tem nada disso.

Não estão exibindo habilidade de navegação aqui. Não há nenhuma onda. Nenhum vento. Os barcos saem suavemente de suas docas, liderados por duas trirremes gigantescas, a água se afastando ondulante e sem alma das proas, movidas e conduzidas por Vontade em vez de por remos e leme. Cada casco tem um aríete terrível para criar espetáculos de madeira se partindo e plataformas caóticas de falsa morte quando eles se encontram. Tudo é coreografado, uma decoração espalhafatosa para os gritos, sangue e desespero que virão em seguida.

Isso não fica mais nítido que no clarão de luz infernal que ilumina abruptamente o lago, provocando expressões de admiração no trovão de vozes que acompanha o sinal de início. Eu me encolho e ergo os olhos estreitos para os milhares de lanternas em pleno ar. Todas ganharam vida simultaneamente, iluminadas por algum mecanismo disparado por Vontade. Ao contrário, porém, do dourado quente das lanternas nas arquibancadas, todas essas queimam em um vermelho-escuro e feio que colore tanto os navios como a água.

Não é preciso adivinhar o que a luz simboliza.

Enquanto assisto, as lanternas flutuantes começam a se movimentar. No início, devagar, de forma praticamente imperceptível, mas conforme os navios começam a ganhar velocidade, o mesmo acontece com as luzes, cada uma traçando seu próprio circuito em volta do centro da arena. Os navios se aproximam cada vez mais, e as luzes se movimentam cada vez mais velozes. Elas são rápidas, depois urgentes, então um turbilhão rodopiante de vermelho enquanto os navios chegam ao alcance dos gritos uns dos outros. Naumaquiarii com armaduras estão de pé alinhados nos conveses, cintilando de forma sombria enquanto se preparam. A multidão ao redor está gritando, vibrando, as vozes já roucas.

Sua fome não consegue abafar o barulho de madeira quebrando contra madeira, de aríetes rasgando e abrindo cascos, homens e mulheres nos conveses jogados para o alto, perdendo de alcance qualquer coisa em que achavam que fossem se segurar. Muitos deles batem contra mastros ou cordames, membros de repente se projetando em ângulos estranhos, ou caem pela amurada, surgindo uma ou duas vezes na superfície antes de serem arrastados para baixo por suas armaduras, desaparecendo rapidamente abaixo da agitação e da espuma.

A multidão grita mais alto.

Então os primeiros corpos voam pelo ar, alguns deles se debatendo, outros imóveis enquanto suas armaduras os levam para cima para desaparecerem no turbilhão vermelho ofuscante. Significando sua retirada vergonhosa da vida, seu apagamento da história. Salvos de se afogarem para poderem ser oferecidos aos Sapadores. Não acho que estou imaginando a futilidade em cada linha daquelas formas impotentes em combate, mesmo que eu esteja longe demais para ouvir seus gritos.

A multidão às nossas costas está em sua maioria de pé, embora pelo menos nesses assentos da frente – cheios com patrícios e cavaleiros – as pessoas tenham o decoro de permanecer sentadas enquanto vibram. Os gritos agora estão menos ensurdecedores, mais esporádicos quando grupos de espectadores veem um ou outro enfrentamento especialmente impressionante e renovam seu entusiasmo.

Eu olho para Aequa. Ela está observando com interesse o que está acontecendo, mas não há nada da alegria selvagem demonstrada pelas outras pessoas ao nosso redor. Mais que tudo, ela parece achar a coisa toda tão de mau gosto quanto eu.

– Quantas pessoas você acha que estão aí? – Eu faço a pergunta em meio aos gritos de aprovação, mesmo enquanto tento fazer essa estimativa por conta própria.

Aequa continua a olhar para a carnificina.

– Duas mil, talvez?

É perto do que eu teria dito. Dois mil homens e mulheres. Alguns são voluntários, eu sei: Totius Octavii, até Septimii em busca de fazer seus nomes. Mas a maioria na luta são prisioneiros Octavii.

Os naumaquiarii nas trirremes praticamente se recuperaram do impacto, mas mais navios estão se dirigindo para suas posições. As pessoas ali vão ser atingidas outra vez, outra vez e outra vez. É fácil ver qual lado é qual; um tem o uniforme vermelho tradicional da República, enquanto o outro usa o marrom e dourado de… Butaria? Acho que foi isso o que o apresentador disse. Uma encenação da Batalha de Callage, ocorrida cerca de cinquenta anos atrás.

Posso ver marcas surgindo em rostos, brilhando, densas e escuras demais para ser água. Elas começam a pintar armaduras e espadas também. Eu vejo um homem enorme golpeando febrilmente, gritando enquanto abre caminho até um convés inimigo, esmagando crânios ao fazer isso. Cada golpe lança outro lutador aleijado para o vórtice vermelho e furioso acima. Pessoas na multidão estão apontando para o guerreiro, incentivando-o a continuar. Estão gritando seu nome. Vulferam?

Por toda parte, a multidão grita por sangue. Tento não demonstrar como isso faz com que eu me sinta mal. Os combatentes são, em sua maioria, apenas bucha ali embaixo, prisioneiros arquejantes, aterrorizados e golpeando com armas para as quais eles têm apenas o treinamento mais rudimentar. Com medo dos Sapadores e desesperados por um perdão, poucos, talvez um ou dois em cada mil, vão impressionar o bastante para conseguir este último. Mas, como com todas as outras coisas, a Hierarquia os tenta com isso. Sempre há um jeito de subir, mesmo para os condenados. Um jeito de sair da infelicidade em que eles o puseram, se o sujeito trabalhar duro o suficiente. Se lutar duro o suficiente. Se aproveitar as oportunidades.

As pessoas começam a se sentar novamente em seus lugares quando o último dos barcos menores inicia sua jornada para o caos. De algum modo, isso torna pior o que estamos vendo. Homens ainda estão gritando e morrendo, ainda lutando valente ou loucamente, ainda sem fôlego, sujos de sangue e fazendo todo o possível para sobreviver. Mesmo assim, eles não fazem mais isso sob aplausos extasiados. As pessoas gritam encorajamento ou engasgam em seco quando alguma coisa horrível acontece, mas tudo se combina, agora, em um ribombar baixo e abafado. Uma coisa mais mundana. O ímpeto inicial arrefeceu, e todo mundo está apenas se divertindo.

Eles não ficam assim por muito tempo. Pode ser porque eu esteja procurando por isso, mas acho que estou entre os primeiros a perceber que há alguma coisa errada.

É, no começo, uma agitação espumante na água. Feia, vermelha, linhas borbulhantes vindas das bordas da arena até o centro, onde estão as trirremes. Cinco ou seis delas em torno do lago, em espaços regulares, como os raios de uma roda. Ninguém reage, ninguém parece pensar nada sobre isso.

Então pedras explodem da água, levantando alto no ar uma nuvem fina de líquido escuro, provocando grandes ondulações que se afastam de onde emergiram. Trilhas irregulares recém-formadas reluzem sob a luz lúgubre quando os borrifos caem sobre elas. Pessoas por toda parte ficam de pé, exclamam e apontam quando uma das trirremes aderna, e sua quilha aparece à vista, os naumaquiarii gritando enquanto despencam do convés extremamente inclinado Outros navios menores batem com força nas penínsulas rochosas, o rangido de madeira se rasgando audivelmente enquanto ferimentos são abertos em seus cascos.

Conversas zunem diante disso. Todo mundo está achando que isso é parte do espetáculo, um truque inesperado. Uma atração nova e teatral da arena na qual os combatentes podem entrar em batalha.

Depois de minha conversa com Estevan, não tenho tanta certeza.

Então alguma coisa provoca um estrondo. Baixo, como se estivesse distante, mas grave e, de algum modo, envolvendo tudo. O ar trepida.

– O que foi isso? – Aequa repete a pergunta que está sendo feita por toda a nossa volta.

Outro estrondo trêmulo. Esse é mais próximo. Mais alto. Percorrendo os murmúrios cada vez mais agitados da multidão, eu vejo lutadores na trirreme restante hesitarem quando o som penetra na névoa da batalha. Alguns de seus adversários o ignoram e tiram um proveito impiedoso.

As lanternas que flutuam acima da água caem.

É uma imagem surreal, quase bonita quando a multidão se cala outra vez, com luzes vermelhas chovendo silenciosamente do alto, os reflexos no lago ficando mais fortes até que a maioria delas se apaga abruptamente. As restantes se destroem; algumas se espatifam e espalham poças de óleo em chamas sobre as trilhas longas até o centro da arena, enquanto outras se quebram contra mastros e conveses, causando pânico. Eu percebo que as birremes estão desacelerando. Ainda avançando, mas boiando pela água em vez de abrindo caminho.

– POVO DE CATENA.

As palavras trovejam em torno da arena, giram, explodem e ecoam como se um dos deuses tivesse assumido a palavra. Um suspiro de choque escapa de milhares de bocas. Os combatentes na trirreme congelam, e então, com cautela, por meio de um acordo sem palavras, param de lutar e se afastam uns dos outros

Eu o vejo, meus olhos atraídos em sua direção enquanto outras pessoas ao meu redor apontam animadamente. Ele caminha a passos largos na direção do centro do lago sobre caminhos recém-formados de pedra, com a água cor de fogo ainda agitada de seus dois lados.

Ele está a uma boa distância – talvez uns 150 metros –, mas não há como confundir Estevan.

– MEU NOME É ARTURUS MELIOR LEOS. EU SOU O LÍDER DO GRUPO QUE VOCÊS CONHECEM COMO ANGUIS, QUE LUTA POR UM MUNDO MELHOR DO QUE O CRIADO POR VOCÊS. – Ele faz uma pausa a meio caminho do centro do lago e se vira, apreciando a multidão. – E QUE NÃO HAJA ERRO: SÃO VOCÊS, TODOS VOCÊS, OS RESPONSÁVEIS POR CRIÁ-LO, NÃO AS PESSOAS NO PODER, NÃO AS PESSOAS QUE USAM AQUILO QUE VOCÊS DÃO A ELAS, PORQUE *VOCÊS DÃO* ISSO PARA ELAS. VOCÊS DEIXAM QUE ELAS SUBAM EM SEUS OMBROS, TUDO PELO SONHO DE UM DIA SEREM CAPAZES DE FICAR EM CIMA DOS OMBROS DOS OUTROS. MESMO QUANDO VOCÊS SABEM, BEM NO FUNDO, QUE ISSO É UMA ILUSÃO. TÃO INATINGÍVEL PARA A MAIORIA DE VOCÊS QUANTO É EGOÍSTA.

A voz de Estevan fende o ar como nada que já ouvi antes, esmagadora.

Não sou o único a pressionar as mãos sobre os ouvidos, temendo que o barulho doloroso esteja causando uma lesão permanente.

– A FORÇA DE UMA PIRÂMIDE ESTÁ EM SUAS FUNDAÇÕES, E NÃO EM SEU TOPO. EU VIM AQUI HOJE PARA JULGAR. VIM PARA TRAZER UM AJUSTE DE CONTAS COM SUAS DECISÕES, SUAS FRAQUEZAS, SUA CEGUEIRA, SUA COVARDIA E SUA CUMPLICIDADE.

A multidão está rapidamente indo de animada para temerosa e para furiosa. Escuto cada vez mais gritos quando o discurso de Estevan ribomba adiante. Obscenidades chovem sobre o antigo conselheiro de meu pai, xingamentos saindo de milhares de bocas enquanto os espectadores gritam, apontam e se movem para a frente, como se quisessem coletivamente pular a barreira e se lançarem sobre ele.

Não sei o que fazer além de observar horrorizado. Ele está louco? A maioria dessas pessoas são Octavii ou Septimii, mas deve haver muitos usuários de Vontade de alto escalão. Sem falar nas centenas de Pretorianos aqui. Supondo que eles reconheçam seu nome – e ele é bem infame aqui em Catena –; Estevan vai estar morto por muitas espadas dentro dos próximos segundos.

– Ninguém consegue usar Vontade.

Aequa está inclinada para a frente em seu assento, de olhos arregalados enquanto estuda a arena, seu murmúrio espantado praticamente inaudível acima do tumulto. Eu volto o olhar para o lago e vejo o que ela está vendo. As lanternas caídas. Os navios deslizando delicadamente até pararem contra as passagens elevadas de pedra.

A falta absoluta de um ataque contra um dos homens mais procurados na República.

– Malditos deuses – digo em voz baixa.

Não deveria ser possível, mas, mesmo assim, Aequa está certa. Vejo um Pretoriano de uniforme vermelho parado a apenas cinco metros de distância. Sua expressão está angustiada. Totalmente em pânico.

Abaixo, Estevan se virou para o centro da arena, fortemente iluminado por uma poça de óleo ainda em chamas. Ele está de frente para os navios, a maioria dos quais agora está presa contra as passarelas semelhantes a raios. De frente para os lutadores que começaram a desembarcar cautelosamente.

– AVE, NAUMAQUIARII. HONRA E GLÓRIA. LAMENTO QUE VOCÊS TENHAM SIDO SACRIFICADOS NO ALTAR DA DISTRAÇÃO. LAMENTO QUE OUTROS HOMENS TENHAM FALHADO TÃO PROFUNDAMENTE COM VOCÊS. EU OFEREÇO A VOCÊS LIBERDADE DESSA DEGRADAÇÃO. OFEREÇO A VOCÊS UMA SAÍDA. MAS QUANDO VOCÊS SE FOREM, NÃO SE ESQUEÇAM DE COMO CHEGARAM LÁ, NEM DE QUEM É RESPONSÁVEL POR ISSO. NOS PROCUREM QUANDO ESTIVEREM LIVRES. JUNTEM-SE AOS ANGUIS.

Uma vibração ruidosa é registrada após as últimas palavras soarem sobre a água e se calarem. No início, eu acho que é em resposta, mas então me viro para um lugar à minha esquerda, vendo com o coração na garganta uma dúzia de Pretorianos saltarem a barreira até a península de pedra de Estevan. Vários homens usando buris os seguem, sem dúvida ávidos por compartilhar da glória de matar o líder dos anguis. Centenas na multidão que estão vendo essa incursão os encorajam tumultuosamente.

No centro do lago, onde os navios deram em terra, os naumaquiarii estão desordenados. Alguns voltaram a lutar, como se não fossem capazes de sequer conceber qualquer outra coisa, o aço brilhando com um laranja--escuro diante dos conveses e velas em chamas. Muitos estão correndo pelas trilhas de pedra mais distantes na direção dos limites do estádio, nitidamente empenhados em obter a liberdade que Estevan acabou de lhes prometer. Já posso ver espectadores fugirem do lugar para onde eles estão se dirigindo.

O resto dos naumaquiarii está correndo na direção de Estevan. Estão brandindo suas espadas e, pela maneira como atacam, estão avançando contra ele, não contra os Pretorianos. Na esperança de dar o golpe mortal. Uma recompensa, um perdão, certamente estaria à espera de quem conseguisse fazer isso.

Estevan terminou seu discurso, e ele deve estar vendo tanto a eles como aos Pretorianos convergindo em sua direção. Mesmo assim, ele permanece ali, de cabeça baixa enquanto seus atacantes se aproximam. Trinta metros. Vinte. Dez.

Uma vibração, profunda e discordante, ecoa através da arena.

Há um tremeluzir na escuridão em torno de Estevan, como a imagem após a queda de um raio, e os homens e mulheres que estão correndo em sua direção parecem simplesmente… evaporar.

No momento seguinte, do outro lado do lago, a parte traseira da arquibancada do leste explode.

É impossível compreender, nesses primeiros segundos aterrorizantes. Ninguém está correndo nem gritando, nem em pânico. Estão apenas imóveis, mudos, atônitos. Em torno do ribombar distante de pedra se desintegrando, há… silêncio. Uma nuvem escura e revolta de partículas de pedra está se erguendo; embora a parte ainda de pé do estádio impeça que ela desça sobre o lago, só posso imaginar como deve estar na cidade. Figuras distantes se apressam em fugir do que quer que tenha acontecido. As lanternas ali estão se apagando em sucessão rápida ao serem envoltas por poeira. Escuridão vem atrás.

Outra vibração. Uma ondulação no ar, dessa vez mais perto, acima da arquibancada, cerca de 150 metros a minha esquerda. Há uma *compressão.* Sinto meus ouvidos estalarem.

E todos naquela seção, quatro, talvez cinco mil pessoas, explodem de uma só vez, em um clarão terrível e violento de névoa vermelha.

Mais um segundo. Nada, além do coração batendo. Posso sentir medo aumentando em um crescendo à minha volta, denso e aguçado.

Então há correria, gritos e pânico.

Tudo está um caos. Um borrão. Corredores entupidos, pessoas caindo e outras passando por cima delas para fugir. Corpos se debatem, se arrastam sobre os assentos. Sou empurrado e levo cotoveladas de todos os lados enquanto as pessoas forçam passagem às cegas por mim. Elas estão correndo na direção da saída da arquibancada leste, a única saída, embora eu tenha quase certeza de que foi isso que acabou de ser destruído.

Aequa e eu estamos ambos parados; ela está pálida, com a respiração pesada, parecendo prestes a sair correndo também, com olhos arregalados para os bancos reluzentes cobertos de vísceras onde antes estavam as pessoas. Para seu crédito, ela também parece estar avaliando. Sua recusa em se entregar ao pânico ajuda, e eu me esforço para resistir ao medo puro e animal que está rastejando sob a minha pele, implorando que eu siga a multidão. Os assentos à nossa volta já estão vazios.

– O que fazemos? – A voz de Aequa está trêmula. Sua atenção está voltada para a nuvem de detritos do outro lado do lago. É por isso que ela não se mexe. Percebeu que a única saída não existe mais.

Meu olhar está novamente em Estevan, ainda estou com a cabeça cheia demais, tensa demais e assombrada demais para responder. O homem agora está sentado de pernas cruzadas. De cabeça baixa outra vez. Não consigo imaginar como ele está fazendo tudo isso, mas não acredito nem por um segundo que ele terminou por aqui. Mesmo em sua posição passiva, mesmo dessa distância, uma aura palpável de ameaça emana dele. Uma camada pesada e hostil que se expande e envolve todo o estádio em medo.

A clareza é súbita e forte. Eu agarro o braço de Aequa e a puxo contra o fluxo da multidão em fuga.

– Siga-me.

Aequa resiste. Avalia para onde estamos indo – diretamente na direção da arquibancada onde Estevan acabou de matar milhares –, então avalia a mim.

– Você está louco?

– Não sei como, mas ele está tentando matar o maior número de pessoas possível. Ele não vai atacar uma arquibancada vazia. – Não consigo entender como minha voz está tão calma. Mesmo que ela soe como se estivesse vindo de longe. De outra pessoa. – Acho que conheço uma saída.

Eu me viro para olhar para as massas frenéticas que ainda estão passando. Todo o estádio está cheio de gritos, berros de dor e confusão e de um medo total e louco. Não vou ser ouvido com esse barulho, de jeito nenhum.

– Não! – É Aequa, o grito em meu ouvido algo entre súplica e ordem. Ela aproxima a cabeça da minha. – Eles não vão escutar você. E se escutarem, vai haver correria, e nenhum de nós vai escapar.

Eu cerro os dentes e assinto.

Abrimos caminho para o oeste, na direção da última luz no céu. Não é difícil; os assentos à frente estão praticamente vazios, e os únicos retardatários passam de olhos vidrados e rostos com a rigidez do trauma. Espalhados em torno da arquibancada estão aqueles que também ainda não se mexeram. Pessoas apenas sentadas ou paradas de pé, com expressões vazias.

Outra trepidação sombria vibra através da pedra e de meu peito. Eu cambaleio e me volto para olhar, apesar do medo trazido pelo som.

Estevan está olhando na direção da seção nordeste da arena, que pulsa com uma multidão de corpos desesperados empurrando em vão uns aos outros. Sua mão direita está estendida e espalmada.

Ele a fecha.

De novo, aquele tremeluzir no escuro, uma corrente de ar, dessa vez vinda de Estevan e cruzando a água. Há alguma coisa nisso, eu acho. Uma distorção. Uma *imagem*, embora tão rápida que seja impossível dizer o que é.

Nada disso importa em meio ao que vem depois. Bile queima no fundo de minha garganta quando entendo. Não sei nem quantas pessoas morrem dessa vez. Dez mil? Quinze? É impossível dizer dessa distância, mas toda uma ala do estádio está com um brilho molhado, escuro e vermelho. Assassinados. Massacrados em um átimo.

Estevan estava esperando que eles fugissem. Que se amontoassem juntos, exatamente como fizeram.

O pânico em meio aos gritos, se é possível, se torna mais cruel, mais desordenado. A pressão de corpos que estavam correndo na direção da arquibancada ondula com hesitação. Eu vejo pessoas começarem a pular na água. Mais alto, posso ver algumas escalando a parede dos fundos do estádio. Desaparecendo quando se projetam na direção de Catena. É uma queda de dezenas de metros até a rua.

Eu estremeço e continuo avançando, com Aequa ao meu lado. Estamos nos aproximando do limite da arquibancada que sofreu o primeiro ataque, e, apesar da urgência, nós dois vacilamos. Um leve vapor se ergue da cena à frente, trazendo um fedor salgado e úmido que sugere podridão. Não há nada que identifique os corpos, nada que possa se assemelhar a restos humanos. Tudo é apenas carne rasgada e sangue. Ossos mutilados se projetam de amontoados de carne e cartilagem em estado bruto, desdobrando-se sobre os bancos e sobre o chão, espalhados aleatoriamente. Uma massa grotesca e interminável de morte.

– Venha. – Eu peço, puxando Aequa comigo para a umidade vermelha. Desconfio que apenas o coro de terror às nossas costas empurra Aequa o suficiente para vir comigo.

Nós dois sufocamos e tossimos quando toda a extensão do cheiro quente atinge nossas narinas, penetra em nossas bocas. Escolhemos o caminho com cuidado em meio à carne despedaçada, e vou guiando Aequa até a escada.

Nossos pés pisam no molhado. Aequa não está emitindo nenhum som, mas seus olhos estão vermelhos, há lágrimas em suas bochechas.

Leva uma eternidade até chegarmos ao túnel acolhedor que desce até o anel externo da arena. Eu arrisco uma olhada para trás depois de empurrar Aequa à minha frente. Estevan continua sentado, olhando para o chão outra vez. Se recuperando do ataque, se preparando para o próximo. Mais pessoas saltaram as barreiras e estão avançando em sua direção. Provavelmente é o que eu faria no lugar delas.

Eu não espero para ver o resultado. Já sei qual vai ser.

Outra trepidação de abalar a alma me persegue pelo corredor.

As escadas não estão tão cobertas de vísceras quanto os assentos, embora ainda haja muitas evidências de morte. O mesmo vale para o anel interno da arena. Pedra não serve de escudo para o que quer que Estevan esteja fazendo.

A área em torno da escada do esgoto está deserta e silenciosa, os gritos distantes praticamente emudecidos pela pedra grossa, embora outro acorde trepidante e dissonante logo chegue rosnando até nós. Aequa e eu nos encolhemos. Quem sabe quantos mais Estevan acabou de matar.

– Aonde isso leva? – A respiração de Aequa está saindo em haustos rasos e entrecortados. Para ser justo, não estou muito diferente. Ela está se controlando extremamente bem.

– Esgotos. – Não vejo necessidade de elaborar mais, o leve fedor da abertura, nojento e ainda assim muito melhor do que experimentamos acima, confirma o que digo. Aequa faz uma pausa breve; quase consigo ver as perguntas se formando em seus lábios. Então ela assume uma expressão determinada e começa a descer.

O som de água corrente nos recebe uns vinte segundos antes de chegarmos ao fundo. Os primeiros dois degraus agora estão cobertos de água, a corrente pouco abaixo dos joelhos. Também é rápida, eu logo descubro ao entrar na corrente. Ela não me derruba, mas é forte o bastante para eu me preocupar com meu equilíbrio.

– Cuidado.

Eu deixo que Aequa agarre meu braço enquanto chapinhamos apressadamente. Isso dificulta que eu me mantenha de pé, e quase escorrego algumas vezes, mas ela é mais leve que eu, precisa do apoio. Está quase totalmente escuro aqui embaixo. Posso ouvir a respiração pesada dela acima da torrente que passa por nós. Outra trepidação faz vibrar a pedra a nossa volta, provocando um grito agudo de Aequa, embora ela não pare de andar.

Meu coração parece querer sair do peito, e tento não imaginar o nível da água aumentando. Estevan destruiu a base da arena para criar seu caminho através do lago; não há como dizer quais danos isso causou, quais fraquezas foram criadas nos dutos da arena. Essa corrente pode se transformar em uma torrente mortal a qualquer momento. Não temos onde nos refugiar se isso acontecer.

Embora pareça demorar, provavelmente leva apenas um minuto até chegarmos à arcada estreita onde me encontrei com Estevan. Está quase cheio demais de água para passar abaixados, mas conseguimos; a tocha ali dentro se apagou, mas há luz entrando pelo poço onde termina a escada. Nós nadamos até lá, e eu ajudo Aequa a subir no primeiro degrau. Ela dá um soluço de alívio quando seus pés tocam solo seco outra vez.

– Isso deve levar para fora. Vá para longe daqui. Não há como saber até onde aquela *coisa* que ele está fazendo alcança.

Ela para. Sacode a cabeça, sem conseguir processar as palavras.

– O quê?

Eu hesito. A corrente não é forte nesta sala lateral, só profunda. Vou ter de lutar contra ela no sentido contrário. No escuro. Sozinho.

Sei que deveria sair daqui com Aequa, e todos os meus instintos estão suplicando para que eu faça exatamente isso. Não apenas por medo. Se eu for embora, vou conseguir pensar. Avaliar o que significa os anguis terem esse poder terrível. Entender as consequências, confrontar a insinuação de Estevan de que *essa* é a razão pela qual a Hierarquia invadiu Suus.

E… mesmo horrorizado pelas ações de Estevan, suas palavras ressonam. Essas pessoas *são* meus inimigos. Os Octavii aqui *escolheram* um lado. O fato de não esperarem que houvesse consequências é uma falha deles, e de mais ninguém.

Mas.

A voz de meu pai, como ocorre com tanta frequência, ecoa em minha cabeça. *O poder de proteger é a maior das responsabilidades, Diago. Quando um homem alcança isso, seu dever não é apenas com as pessoas que ele acha serem dignas.*

Na época, estava falando de liderança, mas eu sei o que ele diria para mim agora. Sei o que ele iria querer que eu fizesse. Sei o que ele faria.

E se eu tivesse de adivinhar, com base no que Sedotia disse, o buril ainda guardado, duro contra meu peito significa que eu sou a única pessoa aqui que consegue se aproximar de Estevan o bastante para detê-lo.

– Boa sorte, Aequa.

Eu dou um aperto no braço dela em uma tentativa de confortá-la, então me viro e mergulho de volta na água fria.

XXI

A ÁGUA ESTÁ SUBINDO MAIS DEPRESSA DO QUE EU TINHA PREVISTO. Eu luto contra ela. Não posso me permitir perder o equilíbrio – eu não nado há anos. Desde Suus. Mas ela está na altura de meus joelhos. Mais forte, mais rápida, mais violenta. Tudo que ela toca está dormente. Agora está na altura de minhas coxas. Minha cintura. Eu escorrego. De algum modo me seguro contra a parede. Sigo em frente.

Então eu saio, me arrastando pela escada, arquejando e tossindo enquanto a água se agita alto o bastante para ser inalada. Atrás de mim, há um estrondo gorgolejante quando a torrente passa depressa, espumando tão alto que quase submerge a entrada. Em algum lugar, o caminho entre o lago e esses túneis se partiu.

Agora, não há como sair por esse caminho até que a arena esteja seca.

Levo segundos preciosos para recuperar o fôlego, rasgar minha toga encharcada e resgatar o buril de suas dobras. A haste de pedra parece quente em minha mão. Então começo a subir pela escada estreita de volta para o mausoléu que é o anel externo da arena. Corro desviando de carne despedaçada e sangue enquanto subo outra vez para a parte principal do estádio.

Os gritos estão agourentamente em menor número. Mais sofridos que horrorizados, em desalento em vez de pânico. Mais baixos e esporádicos. Eu paro de repente quando saio nas arquibancadas cobertas de vermelho, atingido por aquele cheiro quente, denso e sufocante. O lago começou a esvaziar; as passarelas irregulares criadas por Estevan se projetam da água decorada pelos destroços escuros de navios cobertos de mortos. Chamas ainda ardem por toda parte, embora agora mais baixas, em um laranja mais escuro. Mas são suficientes para iluminar o único homem ali no centro, de pernas cruzadas, parecendo tão calmo quanto estava quando saí.

Olho para as arquibancadas, e algo se rompe em meu peito. Há menos pessoas do que havia antes. *Significativamente* menos. Os restantes estão encolhidos, escondidos por trás uns dos outros, amontoados onde deveriam estar as saídas, como animais assustados. Grandes faixas do estádio estão vazias. É impossível dizer dessa distância e sob essa luz, mas não é difícil conjurar imagens da mesma carnificina horrenda e melada que está por toda a minha volta.

Ando na direção de onde o molhe de Estevan se encontra com os assentos, mas ou ele não me nota ou está me ignorando.

Chego à intersecção onde pedra lisa cortada por Vontade se encontra com um caminho mal-acabado que se estende através da arena. Ele tem pouco mais de um metro de largura, molhado de água coberta esporadicamente por vermelho onde Estevan detonou seus atacantes. O buril em minha mão está ficando mais quente.

– Idiota – murmuro para mim mesmo enquanto passo por cima da barreira e chego à ponte estreita. – Vek. Idiota. *Vek*.

A água está escoando depressa, e aqui estou eu no alto. Em posição precária. Não vou morrer se escorregar e cair nas ondulações escuras abaixo, mas também não vai haver jeito fácil de sair delas. Minhas sandálias são bem-feitas e me dão, pelo menos, um apoio decente. Eu avanço, passo após passo, apertando o buril como se fosse um totem contra o poder de Estevan.

Estou a uns quinze metros quando começo a ver a distorção no ar.

No início, é quase invisível. Um tremor, uma vibração trêmula que atribuo a uma mistura de escuridão e medo extremos. Mas cada passo a deixa com relevos mais definidos diante das arquibancadas distantes. Uma distorção visual irregular, com Estevan firmemente em seu centro. O antigo conselheiro de meu pai é pouco mais que uma silhueta, ainda sentado, de cabeça baixa. A agitação indistinta no ar faz com que ele pareça estar entrando e saindo de existência cem vezes por segundo.

O buril em minha mão agora está quente, quase queimando minha pele e zumbindo dentro de minha pegada aterrorizada, tentando se soltar. Eu não o solto.

Estevan continua de costas para mim; fico tentado a chamá-lo, a implorar que ele pare, mas as imagens dos homens que se aproximaram dele antes, seus destinos, estão gravadas em minha mente. Estou entorpecido, e não apenas porque minha túnica ainda está grudada a minha pele, molhada e fria. O que estou fazendo? O ar parece mais denso aqui, mais quente e mais duro contra o meu rosto. Medo corre pelas minhas veias. Dou um passo à frente. Mais um. *Mais um*. Se eu parar de me movimentar, não vou conseguir começar outra vez.

Eu corro desajeitada e desesperadamente pelos últimos poucos metros, deslizo de joelhos e, sem fôlego, agarro Estevan, a ponta afiada de meu buril em seu pescoço.

Assim que eu toco nele, tudo *tremeluz*.

Por um momento, nem mesmo um segundo, não estamos mais na arena. Ainda estou sobre a pedra irregular, o padrão semelhante a raios se projetando da terra. Mas a água desapareceu. Os muros ao redor, as arquibancadas atrás dele, desapareceram.

Catena desapareceu.

É rápido demais para eu ter mais que uma impressão. Vejo um hematoma roxo e laranja no céu enfumaçado e dividido por raios. Algum tipo de pirâmide absurdamente grande. A superfície lisa, escura e espelhada, sua base se estendendo por quilômetros. A baía, dividida por uma ponte enorme e iluminada, ladeada por estátuas que devem ter trinta metros de altura. Ondas monstruosas e encapeladas se erguem acima delas. Explodem contra elas.

Dor acompanha essa imagem. Uma queimação atravessa meu corpo, de dentro para fora. Eu estou gritando. Cego. Meu sangue está fervendo, minha carne está despelando, todos os músculos e articulações sendo inexorável e impiedosamente separados.

Então eu volto, a respiração saindo em espasmos entrecortados, mal consciente o bastante para continuar segurando o buril. Estevan continua à minha frente. Ainda estamos ajoelhados na semiescuridão sobre pedras molhadas e quebradas, cercados por rocha escura e morte. Só a lembrança daquele lugar, a agonia que o acompanhava, permaneceu.

– Então você veio. – É Estevan. Ele não parece surpreso. E não se mexeu, embora deva sentir a ponta contra seu pescoço. Sua voz está estridente e sombria.

– Pare o que quer que você está fazendo, Estevan. – Ele está bem calmo, mas minha situação não permite estar igual. Eu aperto o buril com mais força contra seu pescoço, atordoado pelos ecos do que acabou de acontecer.

O ar está pesado e carregado, zunindo. A pedra em minha mão está quase quente demais para segurar. – *Por favor*. Não me obrigue a fazer isso.

– Não vou obrigar. Você ainda pode ir embora. – A vibração pulsante a nossa volta bate mais depressa, mais forte. Crescendo.

– Não. Não posso. – Eu cerro os dentes. – Pare com isso, Estevan. Estamos do mesmo lado. Não somos monstros.

Estevan inclina a cabeça para cima e para o lado, o bastante para que eu consiga ver seu rosto. Seus olhos estão vermelhos. Lágrimas escorrem deles.

– Nós somos aquilo que nos fazem ser, Diago.

– Não precisamos ser.

Ele ri, um som vazio contra os gemidos etéreos de terror que ainda ecoam até nós sobre a água

– Esse é o poder da Hierarquia. Nós precisamos ser, porque não há como nos destacarmos. Você luta contra a tirania dos muitos ou você é um deles? – Ele abaixa a cabeça outra vez. Cansado. – O silêncio é uma declaração, Diago. A inação escolhe um lado. E quando isso leva a benefício pessoal, há cumplicidade.

É uma afirmação estranhamente melancólica, feita sem maldade. Ainda assim, sinto sua acusação.

A energia continua a aumentar a nossa volta, vibrando contra minha pele. Consigo sentir os músculos de Estevan começarem a se tensionar sob minha pegada.

– Talvez você tenha razão, mas deve haver uma maneira melhor. Se fazemos isso, o que nós merecemos? – Minha voz está tremendo. O buril perfurou sua pele. Uma linha fina de sangue escorre pelo pescoço. – Eu ajudo você, se for necessário. Ajudo os anguis se você apenas *parar*.

– Não, você não vai ajudar. Sedotia tinha razão sobre você. – Estevan dá um suspiro. Ainda olhando fixamente para o chão, ele lenta e delicadamente ergue o braço e segura minha mão que sustenta o buril. Um gesto reconfortante. – Mas uma lâmina partida ainda pode cortar, Diago.

A pegada dele se aperta abruptamente.

Então, em um movimento brusco e selvagem, ele gira e empurra o buril para cima, através de seu pescoço, afundando em seu cérebro.

XXII

EU NUNCA MATEI UM HOMEM, EMBORA MEU TREINAMENTO TENHA me ensinado a fazer isso. Cheguei perto algumas vezes, desde Suus. Sempre acreditei que conseguiria fazer isso se fosse necessário.

Quando o corpo de Estevan desaba contra meu peito, e sangue quente escorre do buril sobre as minhas mãos, fico horrorizado. Desnorteado. Enojado.

E, por um único momento de vergonha, aliviado que a decisão tenha sido tirada de mim.

Eu abraço meu antigo compatriota enquanto o terrível acúmulo de energia ao nosso redor desaparece, sendo substituída por um silêncio assustador. Ondas batem contra a passarela, agora mais delicadas, o movimento impulsionado pelo escape constante de água em algum lugar muito abaixo. Gritos eventuais ainda ecoam pela quase escuridão, lamentos de choque e tristeza, mas a maioria daqueles que restaram nas arquibancadas está muda.

Eu curvo a cabeça sobre o corpo que está repousando sobre mim, apenas respirando. Com a mente enevoada pelo choque e pela exaustão que estão me atingindo com força demais, mesmo com tudo o que acabei de passar. As pessoas vão perceber; não posso chorar por um homem que acabou de matar dezenas de milhares. E não posso ter esse buril estranho ligado a mim.

Então, por maior que seja o desconforto indizível que isso me traga, uso o menor movimento possível para arrancar a haste de pedra. Líquido quente e grudento se derrama sobre meus dedos e sobre a túnica de Estevan. Então eu me levanto, deixando que seu cadáver deslize de cima de mim. Ele escorrega até a beira da península estreita. Balança.

Com um esforço, uso o pé para empurrar o corpo de Estevan pela borda.

Sua forma despenca no escuro; escuto o barulho de água. Então ele boia, flutuando de bruços, praticamente invisível. Eu jogo o buril para o outro lado, na direção do mastro erguido de uma birreme, tentando fazer disso um ato irado de desrespeito. Não acho que muitas pessoas vão conseguir ver o que estou fazendo – a iluminação fraca produzida pelas lanternas quebradas, a essa altura, praticamente desapareceu –, mas preciso que pareça desdenhoso, não suspeito.

O buril faz um barulho mínimo na água, afunda e some de vista. Mesmo que ele seja encontrado, notado em meio às ruínas do que aconteceu aqui, muitas outras pessoas carregavam buris hoje. Não vai haver razão para pensarem que esse foi o que eu usei. Nenhuma razão para examiná-lo em busca de qualquer coisa incomum.

Com o fato consumado e o terror que me impulsionava e me mantinha de pé finalmente se esvaindo, eu me vejo olhando fixamente para as mãos. Vermelho goteja delas enquanto tremem.

Demoro alguns segundos para registrar os vivas que soam além da água escura.

Eu ergo os olhos. A distância, as pessoas estão se mexendo. Ficando de pé, emergindo de seus esconderijos junto das saídas bloqueadas, se mexendo cautelosamente para ter uma visão melhor do lago. De mim.

Todo o meu corpo está tremendo de medo, de estresse, de dor. Os aplausos são apenas mais um ataque. Tento tomar pé da situação, descobrir se não estou deixando passar nada que possa me entregar. Onde está Sedotia em tudo isso? Será que ela já escapou? Será que vai querer vingança, considerando o que acabei de fazer? Ainda há pessoas demais no estádio destruído, e minha visão começa a ficar turva; se ela está por perto, eu não consigo vê-la.

Meus joelhos cedem, e eu desabo no chão. Há sangue onde estou caído, mas estou cansado demais para me importar. Não é uma exaustão natural. Meu rosto atinge pedra fria e grudenta.

Eu fecho os olhos e flutuo enquanto uma ovação ecoa à minha volta.

Quando acordo, estou em uma cama. Aquecido e confortável, embora rígido. Há muita luz, e dói abrir os olhos; eu passo vários segundos os ajustando, a dor branca brilhante se desfazendo em imagens.

Estou de volta a meu quarto na villa de Ulciscor. É o fim da manhã, a julgar pelo ângulo em que a luz do sol entra pela janela. Por um instante, acho que dormi demais, e meu corpo fica tenso e tenta se levantar por instinto. Uma dor abrupta me mantém deitado, e de repente estou revivendo imagens de meus últimos momentos acordado.

Ah.

Eu testo os membros, dessa vez com mais cuidado; sinto dor, mas nada parece ferido. Quanto tempo faz desde a naumaquia? Pelo menos uma noite e parte da manhã. Provavelmente mais, se estou de volta aqui.

Não há ninguém por perto, e a porta está fechada, então me dou algum tempo para me firmar. Me sentar ainda faz o quarto girar. Há uma bandeja com pão e água na mesa de cabeceira, e depois de respirar algumas vezes para me firmar, fico totalmente consciente da grande fome que estou sentindo. Eu ataco o pão.

Ainda estou devorando nacos rasgados de pão quando a porta se abre.

– Mestre Vis! – É Kadmos e, para minha surpresa, ele parece satisfeito de verdade em me ver. – Como está se sentindo?

Eu engulo de um jeito estranho, o bocado parcialmente mastigado abrindo caminho através da garganta.

– Dolorido.

– Por tudo o que eu soube, isso é compreensível. Muito compreensível. – Ele ainda está sorrindo. Na verdade, radiante, ao ponto de fazer com que eu me pergunte se há alguma notícia terrível que ele esteja ansioso para me contar. – O Magnus Quintus vai ficar muito satisfeito por ver o senhor acordado.

– Ulciscor está aqui?

– Está. – Ele nem se altera diante de meu uso familiar do nome.

Eu esfrego os olhos.

– Por quanto tempo eu dormi?

– Pela maior parte da semana, jovem mestre. – Pelo jeito sombrio com que ele diz isso, percebo que houve algum debate sobre minhas chances de acordar. – O que significa que eu devo chamar o Magnus Quintus imediatamente. – Ele começa a ir embora, então hesita. Acena com a cabeça em minha direção, realmente respeitoso. – Estou feliz por ver que o senhor está bem, mestre Telimus.

O homem corpulento vai embora, tão rápido que acho que ele não vê meu queixo caído.

Não tive tempo suficiente para digerir as palavras de Kadmos ou sua deferência quando percebo mais movimento no corredor.

Ulciscor sorri quando preenche o umbral, o alívio relaxando as rugas de preocupação em torno de seus olhos castanhos. Ele está composto, mas sua barba preta curta parece um pouco desgrenhada, como se ele não a tivesse aparado nas últimas manhãs.

– Bem, já não era sem tempo – diz ele, andando até a cama e segurando meu antebraço em uma saudação satisfeita. – Como você está se sentindo?

– Dolorido. Confuso. Um pouco preocupado por Kadmos ter me dito que faz uma semana desde a naumaquia. – Eu olho para Ulciscor em busca de confirmação, fecho e aperto os olhos em frustração quando ele confirma isso sombriamente. *Vek.* Uma semana de treinamento perdida, então. Simples assim. – Eu fui ferido?

– Nós não sabemos. Não conseguimos encontrar nada físico, mas depois do que Melior fez... – Ulciscor olha para mim. – Você só se sente mesmo um pouco dolorido? Não esconda se for pior. Você tem aceitado comida e água quando oferecidas e se aliviado, mas, fora isso, era como se estivesse morto.

Eu me remexo desconfortavelmente com esse pensamento, então me estico com cuidado, testando tudo.

– Honestamente, depois de estar aqui deitado por uma semana inteira, isso provavelmente é apenas rigidez muscular.

– Bom. Isso é bom. Mas conte para alguém imediatamente se alguma coisa estiver errada. – Ele está aliviado de verdade. – Muitas pessoas vão ficar satisfeitas ao saberem que você está bem.

– Parece que até Kadmos.

– *Especialmente* Kadmos. Malditos deuses, o homem ficou me perturbando para conseguir um Vitaerium para você, dentre todas as coisas. – Ele aponta na direção de meu olhar inexpressivo. – São como Sapadores, mas para manter pessoas vivas. *Muito* caros. Mesmo assim era algo que eu poderia ter tentado se achasse que fosse funcionar em você.

Fico satisfeito que ele não tenha tentado. Eu não tinha ouvido falar disso antes, mas a ideia me provoca um arrepio.

– Eu achava que ele não gostava muito de mim.

– Você estava certo. Mas, com o crédito do que você acabou de fazer para o nome Telimus, esse não vai mais ser o caso.

Eu reflito sobre o comentário em silêncio.

– Melior? – pergunto por fim.

– Bem morto. – Há satisfação na voz de Ulciscor. Ele deve ver alguma coisa em minha expressão, porque me encara, sério. – Não tenha vergonha do que fez, Vis. Aquele homem era um monstro, e, ao tirar a vida dele, você salvou milhares de outras. *Milhares.* – Ele dá verdadeiro peso à última palavra, tentando fazer com que eu entenda sua importância. – Dizem que mais da metade das pessoas na arena sobreviveu graças a você.

Eu assinto, esvaziado. Composto, agora, o bastante para conter qualquer sinal de tristeza ou remorso. Não importa o que Estevan estava fazendo, ele era um súdito de Suus. E estava lutando por pessoas como eu.

– E Aequa?

– Ela está bem. Pediu mais de uma vez para vir aqui ver como você estava. – Ele parece preso entre divertido e irritado com isso. – Sua... doença, pelo menos, nos deu uma razão para desistir de seu treinamento com ela. – Seu tom de voz indica que essa é uma conversa separada. Uma que ele vai ter em breve comigo.

Eu me calo. Sem querer perguntar, mas sabendo que preciso descobrir.

– O que aconteceu depois que eu... – Eu me calo e aponto para minha cabeça.

Ulciscor se senta, então começa rapidamente a contar os acontecimentos desde que Estevan se matou.

As horas imediatamente posteriores ao ataque foram de caos, o que é bem natural. Mais de um terço das pessoas no estádio morreu, segundo todas as estimativas. A enorme fraqueza em algumas pirâmides de Vontade criou uma onda de problemas de infraestrutura que a Hierarquia ainda está se esforçando para resolver. Pequenas questões, desde as lanternas da cidade não se acenderem até a queda de um Transvect carregando mais de trezentos soldados em algum lugar ao norte da Sitrécia.

Parece que isso era esperado pelos anguis, que fizeram planos de acordo, coordenando mais ataques em outros lugares da capital. Três senadores foram mortos enquanto se dirigiam para supervisionar celebrações no Fórum. Uma dúzia de Sextii morreu em um ataque no Distrito Praedium. Outras incursões, porém, foram repelidas, os combatentes anguis aniquilados quando descobriram que seus alvos não estavam tão debilitados quanto esperavam.

Nenhum resultado faz com que eu me sinta melhor.

Eu não falo muito enquanto o Magnus Quintus faz seu relato. De vez em quando, peço um esclarecimento aqui e ali, ou concordo com algo que ele disse. Estou ouvindo, mas também estou usando furiosamente o tempo para me organizar. Refazendo meus passos na naumaquia. Descobrindo quem pode ter visto algo que possa me entregar.

– A reunião de grandes multidões em Catena foi temporariamente proibida, como precaução. Pediram ao público que fornecesse nomes de qualquer suspeito de ser membro dos anguis para ser proscrito, o que vai durar mais uma semana. O Senado está suspenso até isso terminar. – Ulciscor segue em frente para as consequências mais recentes agora. – Havia, porém, muitos Magnus Octavii e Magnus Septmii entre as baixas na arena. Houve discordâncias sobre como preencher tantas posições-chave. Algum debate sobre como dividir os candidatos mais fortes, mesmo entre os Militares. – Ele parece revoltado com a ideia.

– Você foi afetado?

A confirmação de Ulciscor é desalentada.

– Eu estava caminhando pelo Fórum, e de repente, estava no chão. Não foi doloroso, só… chocante, ser reduzido desse jeito. Me sentir tão mais fraco, como se de repente eu tivesse sido amarrado e vendado. – A voz dele é baixa. Ele esfrega a cabeça escura. – Eu só tinha dezessete mortos em minha pirâmide, e a maioria deles eram Octavii. Alguns dos outros têm centenas.

Eu estudo Ulciscor. Ele está sendo sincero. Muito mais aberto do que estava na última vez que conversamos. O ataque realmente o abalou.

– Sinto muito.

Ele escarnece de leve.

– Você, entre todas as pessoas, não deveria lamentar. Não consigo imaginar como teria sido pior se não fosse por você. Vai levar meses para nos recuperarmos, mas se você não tivesse feito o que fez, poderiam ser anos. – O Quintus se esforça para dar um sorriso. – Pelo menos heróis nacionais têm uma chance muito maior de progredir na Academia.

Eu dou uma risadinha, mas meu humor fenece quando vejo que Ulciscor está sério.

– Lanistia acredita que é melhor não atrair atenção. Surpreender as pessoas na Academia, em vez de criar expectativas.

– Pelos túmulos dos deuses, Vis! Você acabou de matar o líder dos anguis, e sozinho deteve o ataque mais mortal contra Catena em toda a história. O Senado acabou de nomeá-lo Vis Telimus Catenicus! É muito, muito tarde para chegar discretamente. – O desânimo deve transparecer em meu rosto, porque Ulciscor ri de minha aparente modéstia. – Isso é *bom*, garoto. Fique orgulhoso! Nós catenanos amamos nossos heróis. Você não poderia ter desejado uma apresentação mais perfeita.

Vek. Ele diz isso com a intenção de me motivar. Eu sinto que preciso tomar banho.

– E os anguis que ainda estão por aí? – pergunto por fim. Sedotia não me parece o tipo que perdoaria o que eu fiz. Na verdade, estou surpreso por ela ainda não ter me exposto. O peso disso (o entendimento do que sem dúvida é uma ameaça presente) se assenta profundamente.

– Poucas pessoas sabem que você está aqui, mas providenciamos, de qualquer jeito, uma proteção extra em torno da villa. E a Academia se comprometeu a também aumentar a segurança. – Ulciscor parece lamentar esta última parte. Ele sabe que isso vai tornar meu trabalho mais difícil quando eu chegar lá. – Eles deram a você uma dispensa especial para chegar no primeiro dia de aulas, também, em vez dos habituais três dias de antecedência. Para lhe dar o maior tempo possível para se recuperar.

– É simpático da parte deles – murmuro, fazendo um cálculo rápido. Terei, então, mais duas semanas inteiras de treinamento. Ainda assim, não é muito.

Ulciscor olha para mim, e vejo que ele finalmente vai perguntar o que está ansioso para saber desde que chegou.

– Você poderia me contar… exatamente o que aconteceu? Pelo que eu soube, muitas outras pessoas morreram tentando fazer o que você fez.

Eu dou minha própria versão da naumaquia, com o máximo de detalhes que ouso. Percebi fortuitamente a entrada do esgoto antes do ataque, adivinhei seu propósito e então entendi que ela poderia ser uma saída para Aequa. Achei um buril caído no caminho de volta. Percebi como Melior parecia aumentar seus ataques, e esperei até que ele estivesse nesse processo, agindo enquanto ele estava distraído. Então sucumbi à energia estranha em torno dele.

Ainda não tenho ideia do que Aequa contou, mas, para meu alívio, Ulciscor parece satisfeito quando termino.

– É possível que o fato de que você nunca cedeu o tenha tornado resistente ao que quer que ele estava fazendo. – Ele pensa sobre isso, assentindo sua anuência a uma implicação que eu já sugeri. – Isso é complicado. É importante que encontremos um jeito de enfrentar qualquer que seja o poder que o homem estava usando, mas sua situação não é algo que desejamos tornar público. Haveria perguntas demais. – Ele se inclina para a frente e olha para o chão, profundamente mergulhado em pensamentos.

– Terei de me preocupar com isso quando você me apresentar ao Senado?

– O quê? – Ulciscor, então, me lança um olhar inexpressivo. – Ah! Também tenho boas notícias em relação a isso. Sua adoção foi ratificada por unanimidade antes que as coisas fossem suspensas. Parece que salvar umas sessenta mil vidas catenanas deu crédito a você, mesmo com os senadores. – Ele sorri. – Você deveria ter visto a expressão de Advenius quando ele se juntou ao resto deles.

Eu me permito achar um pouco de graça, então tusso.

– Quanto a isso…

– Advenius deixou transparecer que eu era uma aposta ruim, e você entrou em pânico. – Ulciscor suspira. – Lanistia me contou tudo. Não fiquei satisfeito quando ouvi a notícia. Mas isso são águas passadas. Tudo, no fim, ocorreu da melhor maneira possível. Não precisamos mais falar sobre isso.

Depois de um instante, ele dá outro suspiro, dessa vez profundo, ao ver minha expressão.

– Ou você acha que precisamos?

– Advenius… Advenius disse que seu irmão cometeu suicídio. E Aequa me contou que todo mundo acredita nisso, menos você. E que todos sabem de sua opinião sobre Veridius ser responsável por isso. – Ainda estou tentando acompanhar mentalmente, mas preciso saber, e não consigo pensar em um jeito mais delicado de abordar o assunto. – Eu perguntei a Lanistia, e ela só disse que você tem certeza de que Veridius o matou. Ela não quis entrar em detalhes. – Eu me remexo, me sentindo desconfortável. – É só que... considerando nosso acordo... isso me preocupa.

– Você acha que estou apegado a uma ilusão. Tentando resgatar a honra de meu irmão, em vez de seguir as evidências. – Sua expressão não revela o que ele pensa sobre isso. – Acha que pode não haver nada para descobrir na Academia.

– Não. Só quero entender por que eu *não devo* achar isso.

Ulciscor me observa impassivelmente por mais alguns segundos, então se encosta na cadeira. Há uma aceitação enfastiada no movimento.

– Como eu disse, Caeror estava no primeiro grupo que treinou em Solivagus. Por algum tempo, nós achávamos que todo o ciclo da Academia seria cancelado devido às revoltas dos grãos, e ele ficou devastado. Então ficou muito empolgado quando anunciaram a mudança. Antes mesmo que ele partisse, todos sabíamos que ficaria na Turma Três. Meus pais estavam muito orgulhosos dele. Eu também. – Ele está falando deliberadamente, agora, com certo escárnio na voz. Como se tentasse se concentrar nas palavras e evitar as lembranças.

– No primeiro trimestre, tudo parecia estar correndo bem. Ele veio passar o Festival de Jovan em casa e estava muito feliz com tudo. Com seu progresso, com o que estava aprendendo. Com seus novos amigos. Entre eles, Veridius. – Nesse momento, a voz de Ulciscor ganha ácido. – E então, dois meses depois, ele perdeu o Festival dos Ancestrais.

– Isso foi inesperado?

– Muito. E quando tentei ir até lá para me encontrar com ele, fui impedido. Bloqueado. A Religião tinha dito que havia novas regras de visitação, mas não achei que eles fossem aplicá-las. – Ele remexe distraidamente em sua manga. – Mas também não dei muita importância a isso. A Religião sempre protegeu a Academia. E você tem de entender como é estar lá. O mundo exterior parece muito distante. Eu apenas supus que Caeror tivesse ficado envolvido com aquela vida.

Eu assinto sem dizer nada. Não quero interromper.

– Nós não deveríamos nos comunicar um com o outro, mas a segurança em Solivagus, na época, ainda era básica. Não havia gaiola de Vontade na entrada; por isso, depois do festival, eu consegui levar para ele um buril que estava sub-harmonicamente conectado a outro do meu lado. Era arriscado demais usá-lo com frequência, mas ele me mandava mensagens de vez em quando. Na maioria das vezes, eram piadas. Coisas bobas. – Com isso ele dá um sorriso saudoso. – Ele parecia bem. Até mesmo feliz. Pouco antes do fim do segundo trimestre, ele me enviou um bilhete para dizer que não viria ficar comigo em Catena como tínhamos planejado. Ele e dois amigos iam passar o inverno em Solivagus, para se prepararem para o Iudicium. Eu achei um pouco estranho, mas também estava empolgado por ele. Era triste que eu não passasse tempo com ele, mas ele tinha dezessete anos e parecia muito claro que estava lá com uma garota. Não seria eu a afastá-lo disso.

Seu sorriso desaparece.

– Mas, na época, eu tinha apenas acabado de me tornar Quintus. Trabalhava dia e noite. Meus pais me pediram algumas vezes que eu usasse minha influência para saber como ele estava, mas eu sempre dizia que isso não seria apropriado. Que Caeror estava bem. – Ele engole em seco. – As mensagens começaram a secar naquele terceiro semestre, mas supus que ele estivesse apenas estudando muito. Então ele me enviou uma, cerca de uma semana antes do Iudicium. Uma mensagem longa. Ele queria muito se encontrar comigo, mas achei que ele estivesse apenas nervoso e que... isso seria contra as regras. Ele poderia ser expulso, e minha posição poderia ser afetada. Então o ignorei.

Há muito remorso nessa última frase.

– Duas semanas depois, soubemos que uma coisa terrível tinha acontecido durante o Iudicium. Houve um acidente, e a garota com quem Caeror estava tinha ficado terrível e permanentemente ferida, provavelmente morreria. Caeror se culpou. Veridius, que era a única outra pessoa presente, disse que ele ficou inconsolável. Não conseguia encarar a ideia de que iria para um Sapador com aquela culpa. Então ele ficou louco e se jogou de um penhasco em um surto de tristeza, apesar de todos os esforços de Veridius. – Ele encerra com delicadeza. Suas palavras estão à flor da pele.

Eu estou em silêncio, digerindo pela primeira vez como isso deve ter sido difícil para Ulciscor. Para sua família. Não apenas pela perda, mas pela maneira como ela aconteceu. Suicídio na Hierarquia é a atitude mais fundamentalmente desonrosa, a maior das vergonhas. As circunstâncias da morte de Caeror eram uma mancha no nome Telimus, até hoje.

Mas nada disso ajuda a explicar por que Ulciscor está tão convencido de que isso é mentira.

– Sinto muito – digo e hesito.

Ulciscor vê minha indecisão e me poupa da pergunta indelicada.

– Eu o conhecia, Vis. Eu o *conhecia*. Não consigo imaginar uma alma menos inclinada ao desespero, não importa o que tenha acontecido. – Ele ergue uma das mãos quando abro a boca para responder. – Mas fazia quase um ano que eu não o via, então apenas isso não seria suficiente.

Ele leva a mão ao bolso e pega duas folhas de papel bem dobradas. Ele as abre na mesa entre nós, o jeito como ele alisa cuidadosamente os vincos é quase amoroso.

– Isto chegou dois dias antes da morte de Caeror. Eu quase joguei fora sem ler outra vez. Não queria me torturar. – Ele as empurra em minha direção. São velhas, a tinta está esmaecida. – Me diga o que você vê.

Eu examino a carta. Ela relata o nervosismo antes do Iudicium. O texto é confuso e, em alguns momentos, artificial, desconexo. Mas só isso.

Eu sacudo a cabeça.

– Eu não vejo nada.

– Caeror e eu, quando éramos crianças, fingíamos ser espiões no exército catenano e passávamos mensagens em código um para o outro. Nosso código favorito era a regra de três, a primeira letra de uma a cada três palavras depois de "irmão". – Ulciscor aponta para o papel. – Olhe outra vez.

Eu faço isso, sem pressa.

– A primeira palavra é "tradução". – Ele está certo. Tem alguma coisa escondida aqui.

Ulciscor empurra em minha direção a segunda folha de papel. Outro texto, muito mais curto e com uma letra diferente e mais caprichada.

– *Tradução certa. Obiteum perdido. Lucceum desconhecido.* – Leio a primeira parte em voz alta, intrigado. – Lembro de ouvir você mencionando isso para Nateo, na prisão. Mas "Obiteum" *e* "Lucceum"… essas palavras não significam nada em nenhuma língua que eu conheço. – Continuo, em silêncio, comparando as palavras na segunda folha com a carta de Caeror. *Scintres Exunus funcionou. Portão ainda aberto. Mais poder estranho pré-Cataclismo. Só Veridius sabe.* Tudo se encaixa.

Eu as examino por um instante a mais, então devolvo as folhas.

– Você tem razão, é uma mensagem. Mas ela não faz muito sentido.

– Houve dezenas antes dessa. Eu me lembro que algumas delas pareciam ter um texto estranho, mas não prestei atenção suficiente. Todo o objetivo de dar o buril para ele era que ele pudesse me escrever em particular, eu não sei por que ele precisou usar código. Nunca pensei em procurar algo assim. E não tinha motivo para guardar as cartas.

– Você acha que elas teriam fornecido um contexto.

– Acho.

Observo enquanto ele dobra as páginas meticulosamente outra vez.

– Eu concordo que isso é estranho, mas...

– Não é prova de nada – concorda Ulciscor. – E eu mesmo poderia ter forjado esta carta; por isso, nunca a mostrei a ninguém. Mas ela foi suficiente para que eu encontrasse a garota com quem Caeror tinha passado tanto tempo, a que se feriu. Ela sobreviveu, mas era filha de um Sextus que não podia pagar pelo tratamento contínuo necessário. Veridius queria intervir e cuidar dela, mas convenci meus pais de que deveríamos interceder. Que isso de algum modo ajudaria a... melhorar nossa imagem. – As palavras ainda deixam um sabor amargo em sua boca. – Ela passou meses sem poder falar, mas, com o tempo, tudo se curou. Tudo menos sua memória e seus olhos.

Ele olha para mim com expectativa. Minha desconfiança estava crescendo enquanto ele falava, mas mesmo com a última parte, ainda estou certo de que de algum modo cheguei à conclusão errada.

– *Lanistia*?

– Isso.

Eu tenho cem novas perguntas.

– Então ela e Caeror...

– Isso mesmo.

Atraente ou não, é difícil visualizar aquela mulher romanticamente envolvida com alguém.

– Pelos túmulos dos deuses. Isso... – Eu sacudo a cabeça. Ainda estou pasmo, mas outras coisas agora fazem sentido. – E você disse que ela nunca recuperou a memória?

– O Iudicium e os meses anteriores estão perdidos para ela. Grandes outras partes de sua vida também estão faltando. Os médicos disseram que essas memórias poderiam voltar com o tempo. Mas nunca voltaram. – Ulciscor diz tudo isso em um tom inexpressivo e monótono, mas consigo ouvir a tensão subjacente. – Foi Veridius que supostamente a salvou. Ele a carregou desde a floresta, meio morta, e contou sua história para os Preceptores. Quando eles encontraram Caeror, os alupi tinham feito seu trabalho. Não havia como dizer o que realmente tinha acontecido.

Não surpreende que Lanistia não quisesse explicar isso.

– Então ela não se lembra de *nada*?

– Ela se lembra de Caeror. Ela se lembra do bastante para saber que ele e Veridius encontraram alguma coisa por lá. Algo que eles estavam mantendo em segredo. Aquelas ruínas na floresta perto da Academia sobre as quais falei com você, e também aquelas no oeste. – O homem à minha frente esfrega o couro cabeludo raspado. A voz está baixa. Ele parece mais cansado, mais vulnerável do que eu jamais o vi. – Ela diz que Caeror considerava Veridius um amigo. Um *irmão*. Pelo menos, até onde vão suas lembranças mais recentes.

Ele não se dá ao trabalho de disfarçar a amargura.

– Mas por que Veridius diria que ele cometeu suicídio? – Ulciscor tem razão: juntando tudo, parece *mesmo* que há alguma coisa estranha. Mas isso não deixa as coisas menos intrigantes. – Por que não dizer apenas que aconteceu um acidente? E se ele estava disposto a matar Caeror, por que salvar Lanistia? Ele não tinha como saber sobre a memória dela.

– Um argumento usado pelo próprio Veridius. – Ulciscor está severo. – E nem eu nem Lanistia temos as respostas. Talvez ela não tivesse visto nada, ou talvez ele achasse que ela morreria de qualquer jeito. Mas chegar ao ponto de dizer que foi suicídio? Isso provavelmente fez parte de seu acordo com a Religião, que ele claramente *tinha*, considerando que ele entrou imediatamente para ela logo que se tornou Domitor. A história do suicídio protegia toda a Academia de qualquer recriminação ou investigação. Até meus pais quiseram que deixássemos de falar nisso, da maneira mais silenciosa possível. – Ele gira os ombros, e logo fica de olhos vidrados após este último detalhe.

Eu o observo, escondendo uma onda verdadeira de empatia que eu sabia que ele veria como pena.

– Você devia ter me contado tudo isso desde o começo.

– Isso teria complicado seu treinamento. Para você, porque teria questionado cada exigência que Lanistia fizesse. E para Lanistia, porque acho que ela teria percebido e se perguntado se você estava certo em fazer isso. Mas eu ia contar a você antes de sua partida.

Eu penso em protestar, mas não digo nada. Ele pode estar certo. Só posso imaginar o quanto Lanistia deve odiar Veridius, o quanto ela deve estar desesperada para descobrir o que aconteceu com Caeror. Com ela. Suportar sua pressão incessante e suas intermináveis aulas com isso no fundo de minha mente... teria sido difícil não questionar a necessidade daquilo tudo. Seria difícil não pensar que talvez ela não estivesse abordando minha instrução com tanta objetividade quanto deveria.

– Você está me contando agora – digo, de cara amarrada, depois de algum tempo. – Ainda restam duas semanas de treinamento.

– Espero que vocês conheçam um ao outro bem o bastante a esta altura para lidar com isso. – Ele olha para mim. – E que você seja inteligente o bastante para perceber que os métodos de Lanistia estão funcionando. Mesmo depois de uma semana na cama, você está maior do que era um mês atrás. Mais forte.

Eu concordo, com um resmungo. O treinamento constante e toda a dieta continuavam a dar frutos.

– Ela diz que, academicamente, você também está melhorando. Preenchendo lacunas. Mesmo perdendo uma semana, ela acha que você vai ficar pronto a tempo.

– Pelos deuses. Ela realmente disse isso?

– Não diga que eu contei a você.

Nós sorrimos um para o outro, com parte do peso da conversa desaparecendo.

Conversamos por mais algum tempo, mas já tínhamos lidado com os assuntos importantes. Em pouco tempo, ao perceber minhas pálpebras se fechando, Ulciscor sugere que vai instruir Kadmos a ver como eu estou e

Lanistia a me liberar pelo resto do dia. Eu não me oponho a nenhuma dessas ideias. Nós nos despedimos.

– Eu preciso mencionar uma coisa, garoto. Tenho ido e vindo muitas vezes entre Catena e aqui nos últimos dias, e precisam de mim por lá. Então, esta é a última vez que vamos conversar antes de você partir para a Academia. Provavelmente a última vez até o Festival dos Ancestrais. – Ulciscor se levanta e aperta meu ombro. Um gesto afetuoso quase bizarro. – Vida e sorte, Vis. Tenha cuidado.

– Vou ter.

Ele vai embora.

XXIII

PASSOU POUCO DO AMANHECER QUANDO ACORDO COM UMA SA-cudida forte. Eu dou um gemido e abro os olhos para ver o rosto de óculos escuros de Lanistia olhando severamente para mim.

– Você dormiu demais.

– Pelos túmulos dos deuses, Lanistia. É bom ver você também. – Afasto a mão dela e me sento, esfregando a opacidade de meus olhos. Dessa vez, não há tonteira. As dores dos dias anteriores parecem ter diminuído consideravelmente depois do descanso extra. – Achei que merecia começar mais tarde.

– Pensei que uma semana de sono seria suficiente.

– Claro que pensou – resmungo enquanto saio da cama. Lavo o rosto usando a bacia de água sobre a mesa, passo os dedos pelo cabelo e ajeito a túnica. Ela observa com impaciência.

– Como está se sentindo?

– Bem o bastante. – É basicamente verdade. Ainda há certa rigidez em meus movimentos, mas enquanto me espreguiço, posso sentir os músculos se soltando. E embora esteja cansado, não estou sentindo a exaustão que me tomava cada vez que eu respirava ontem.

– Então vamos nos mexer.

É uma manhã estranha. Por um lado, há uma sensação reconfortante de familiaridade enquanto lutamos acima dos campos verdejantes de Ulciscor, triturando o cascalho, com nuvens de respiração se dissipando sob a luz matinal. Alguns dos Octavii que estão trabalhando abaixo lançam olhares em nossa direção – em minha direção, desconfio –, mas fora isso, parece que eu poderia ter apenas imaginado a naumaquia. Como se nunca tivesse acontecido.

Mas também estou muito consciente da passagem do tempo. De como as coisas mudaram dramaticamente desde a última vez que fiz isso. Quando subi naquela carruagem há uma semana, parecia que eu ainda tinha muito tempo para me preparar. Eu me sentia no controle, até onde isso era possível.

Agora não estou preparado o bastante em relação ao tempo que me resta. Estou para trás.

No início, Lanistia não parece me tratar diferente do habitual; nós treinamos duro, e começo a colecionar hematomas em um ritmo constante. Mas, conforme a sessão se arrasta, começo a perceber que seus golpes não doem do jeito que costumavam doer. Que estou conseguindo me safar de alguns erros.

Depois da terceira vez que ela não aproveita uma abertura óbvia na minha defesa, eu recuo.

– Você está pegando leve.

– Talvez. – Lanistia se apruma. – Você ficou inconsciente por uma semana. É melhor voltarmos nesse ritmo.

– Não temos tempo para isso – rosno as palavras. Irritado por ser eu quem tem de dizê-las.

– Também não temos tempo para que você piore. Só porque Kadmos não conseguiu encontrar nada de errado em você, não significa que podemos ignorar o que aconteceu.

Meus lábios se retorcem de frustração.

– Sei que você quer pegar mais pesado. Então faça isso.

Lanistia se movimenta para assumir sua postura outra vez, então hesita, em vez disso limpando alguma sujeira imaginária da túnica.

– Ulciscor disse que contou a você sobre Caeror.

– Contou.

– E não tem nada que você queira me perguntar?

– Tem algo que você acha que eu preciso saber?

– Nada em especial.

– Se tem alguma coisa que você deve me contar, imagino que vá me contar. – Eu *estou* curioso sobre muitas coisas, mas não é justo saciar minha curiosidade à custa da dor dela.

Lanistia me estuda por um momento a mais.

– Está bem. – Vejo um leve relaxamento nos ombros dela. Uma representação praticamente imperceptível do que está quase perto de ser gratidão.

Nós recomeçamos, e rapidamente sinto que a agressividade nos ataques dela voltou. Fico surpreso ao me ver… se não exatamente *feliz*, pelo menos satisfeito. Sinto como se Lanistia e eu entendêssemos um ao outro um pouco melhor que antes.

Nosso enfrentamento continua em relativo silêncio por vários minutos, até que a mulher à minha frente para e ergue a mão para indicar que eu devo fazer o mesmo. Ela se volta na direção da estrada que leva até a villa.

Escuto um triturar leve e persistente de rodas sobre cascalho, e uma carruagem aparece ruidosamente. Lanistia e eu franzimos o cenho juntos naquele lusco-fusco enevoado do amanhecer cheio de nuvens.

– Está esperando alguém?

Ela sacode a cabeça e esfrega uma leve camada de suor da testa.

É cedo para uma visita não anunciada. A carruagem para em frente à entrada da villa; Lanistia e eu vamos juntos até ela enquanto o condutor abre a porta. O homem que sai tem a idade de Ulciscor, eu acho. Baixo e dissolutamente magro, quase ossudo, com bochechas encovadas e cabelo escuro ondulado. Ele desce com uma confiança leve e se volta para observar nossa aproximação.

– Bem-vindo à Villa Telimus. – Eu tomo a palavra, como se esperaria de mim agora que a adoção foi ratificada. – Eu sou Vis Telimus.

– Ah! O próprio jovem Catenicus. – O estranho me examina, parecendo mais fascinado que impressionado. – Disseram que você estava inconsciente.

– Lamento desapontá-lo. E você é?

– Sextus Gaius Valerius. Estou aqui para examiná-lo.

– Você é médico?

– Algo assim. – O homem se vira, retira uma bolsa da carruagem e começa a remexer em seu interior. – Só preciso de algumas amostras. E de algumas respostas, já que está em condições de fornecê-las. Nada que vá tomar muito de seu tempo.

– Nosso despenseiro é um médico excelente e já disse que Vis não tem mais nenhuma doença. – É Lanistia, impaciente. – Com que autoridade…

– Do Senado. – Gaius está calmo quando interrompe, tira uma placa de pedra da bolsa e a entrega a mim. – A autorização de Magnus Tertius Servius.

Pego a placa. Está em branco dos dois lados. Olho-a de cenho franzido, então, supondo que ela signifique o que Gaius diz, mas sem saber ao certo como, e a mostro para Lanistia. Ela a examina com a habitual falta de expressão.

– Ulciscor não está aqui – diz ela por fim.

– Tenho certeza de que você pode encontrar algo para confirmar isso, Sextus Scipio.

Lanistia dá um grunhido – irritada por o homem saber quem ela é, eu acho –, mas então, com um esforço evidente, modifica o tom de voz para ficar mais afável. – É claro. Por favor, entre. Nós precisamos verificar, você sabe, levando em conta os acontecimentos recentes.

– Naturalmente.

Gaius entra atrás de nós na villa. Lanistia lhe diz para esperar no átrio, então me conduz na direção do escritório de Ulciscor. Assim que não podemos mais ser ouvidos, olho para ela.

– O que está acontecendo?

– Não tenho certeza. – Há uma ruga em sua testa. – Ulciscor está na pirâmide de Servius, então isso deveria... – Ela coloca a placa sobre a entrada do escritório enquanto fala; há um clique, e a porta se abre.

– Isso quer dizer que é verdadeira?

– É verdadeira. E é uma forma antiga de autorização. É incomum. Direta e discreta. Mesmo que Ulciscor estivesse aqui, seria esperado que ele obedecesse sem fazer perguntas. E depois esquecesse que Gaius esteve aqui. – Ela torna a fechar a porta do escritório e ajusta os óculos distraidamente.

– Então ele não é médico?

– Não faço ideia. Mas não consigo imaginar que ele tenha sido mandado aqui desse jeito só para se assegurar de que você esteja bem.

– O que eu faço?

– O que quer que ele diga. Registre tudo o que ele perguntar, tudo o que ele fizer. Vou falar com Ulciscor mais tarde.

Nós voltamos para o átrio, onde Gaius está agachado, examinando o mosaico intricado do piso.

– É um belo trabalho – observa ele, sem erguer os olhos. Quando nenhum de nós responde, ele dá um suspiro, se levanta e se alonga. – Imagino que tudo esteja em ordem.

– Está. – Lanistia devolve a placa.

Gaius assente de um jeito nada surpreso, então olha fixamente para Lanistia. Há bons cinco segundos de tensão antes que ela faça uma careta e se retire, fechando a porta às suas costas.

– Então está bem. – Gaius me aponta uma cadeira, então começa a tirar objetos de sua bolsa. Vários frascos de pedra coloridos, que tilintam quando ele os põe sobre a mesa. Uma série de ferramentas aguçadas de aparência desagradável. – Conte-me, Vis. Quando exatamente você acordou?

Ele fala com facilidade, com segurança, sem a hesitação que vem com a deferência. Isso é estranho; o homem obviamente não é ninguém importante, e aprendi o suficiente sobre a sociedade catenana para saber que um Sextus plebeu normalmente seria mais cauteloso junto ao filho de um patrício.

– Ontem.

– Faz pouco tempo, então. Bom. Bom. – Gaius fala distraído enquanto abre um frasco que parece feito de topázio e olha para seu interior, então agita o conteúdo e o cheira rapidamente antes de tornar a guardá-lo. – Você pode contar exatamente o que aconteceu na naumaquia? Tudo o que você viu Melior fazer, cada interação que teve com ele. Com o máximo possível de detalhes, por favor.

Eu começo minha história, que logo se transforma em uma narração entrecortada conforme Gaius interrompe várias vezes, pedindo explicações, esclarecimentos ou mais detalhes sobre quase tudo o que menciono. Ele trabalha enquanto faz isso. Pega amostras de meu cabelo, minhas unhas, minha saliva. Raspa fragmentos de pele de um braço, então faz um corte no outro e, para minha preocupação, começa a extrair uma pequena quantidade de meu sangue para um frasco de obsidiana.

– Pelos deuses, para que é isso? – Eu interrompo o que estava dizendo enquanto glóbulos vermelhos desaparecem dentro do recipiente. Não levantei nenhuma objeção quando o bisturi rompeu minha pele, mas isso é demais.

– Testes.

– Do quê?

Gaius não responde. Ele está observando o frasco com atenção, segurando-o contra a luz. Não tenho certeza do que ele está procurando. Com certeza é de obsidiana. Completamente opaco.

– Para que está fazendo esses testes? – repito a pergunta. Desta vez, de maneira ríspida.

Gaius franze o cenho para o frasco por mais um segundo enfurecedor, então dá um grunhido, como se estivesse surpreso.

– Qualquer coisa estranha. O poder usado por Melior é desconhecido para nós. Não há como saber os efeitos que pode ter no corpo de uma pessoa. Precisamos ser minuciosos. – Ele começa a cuidar do corte, contendo o filete que escorria pelo meu braço.

É uma esquiva, embora uma esquiva bem-dita. Eu não insisto. Qualquer que seja a resposta verdadeira, Gaius não está disposto a revelá-la.

O médico retoma as perguntas, e continuo a agir de forma obediente, um garoto um tanto assombrado que simplesmente quer se esquecer de uma experiência traumática. Repito muitas das mesmas desculpas quando ele pede detalhes específicos. Tudo aconteceu muito de repente. Foi muito violento. Eu estava em pânico, fiz o que achava ser certo na hora, sem muito pensamento crítico envolvido. Eu tive sorte.

No fim, em grande parte para irritação nítida do homem, eu não entrego a ele nada além do que já tinha fornecido a Ulciscor. Da mesma forma que quando conversei com o Magnus Quintus, parte de mim se pergunta se eu deveria contar mais para impedir que aconteça outro ataque daqueles. A carnificina causada pela arma de Estevan é algo que eu nunca iria querer ver de novo. Uma lembrança que vai me assombrar para sempre.

E mesmo assim… *é* uma arma. Uma arma que a Hierarquia não tem. Uma arma que eles podem realmente temer.

Gaius, no fim, reconhece a derrota e guarda suas amostras com cuidado. Porém, ele para antes de fechar a bolsa, então retira de dentro dela um maço de folhas de papel dobradas.

– Última pergunta – anuncia ele, com um tom que é uma mistura de desespero e resignação, ao desdobrar as folhas e espalhá-las desinteressadamente sobre a mesa diante de mim. – Imagino que isso não signifique nada para você.

Cada uma das quatro páginas traz imagens desenhadas com habilidade extraordinária. Um céu noturno, com as silhuetas do que parecem ser pessoas pairando assustadoramente diante de uma lua cheia. Uma paisagem estranha e desolada, com dunas cobrindo parcialmente o equivalente a uma cidade de prédios em ruínas, pilares de vidro estilhaçados erguendo-se da areia entre eles como facas de gume irregular. Um salão enorme com uma abertura triangular igualmente enorme em sua extremidade, inscrito com uma língua estranha que não reconheço sobre todas as paredes a sua volta.

Mas é a quarta que prende meu olhar. Uma pirâmide preta gigante cercada por ondas enormes.

Não é exatamente o que vi no segundo estranho antes de estender a mão na direção de Estevan. Mas é parecido o bastante.

Contra minha vontade, meu olhar permanece por tempo demais sobre essa imagem. Faço todo o possível para me recuperar e afastar os olhos, mas o tom de voz despreocupado de Gaius, o jeito como ele pareceu sinalizar que o interrogatório estava terminado, me desarmou. Uma artimanha deliberada, a julgar pelo jeito como seus olhos brilham aguçados e me avaliam quando torno a erguer o olhar.

– São muito estranhos – Torno a olhar para as imagens com atenção, mais para me recompor que para perceber mais detalhes. – São desenhos de onde?

É uma tentativa razoável de salvar a situação, mas, mesmo sem olhar para ele, posso sentir o calor do ceticismo de Gaius. Isso passa um instante, e então ele diz:

– Você reconheceu este. – O médico se inclina em minha direção e aponta exatamente para a pirâmide escura.

– Eu *achei* que pareceu familiar – admito, tentando parecer ao mesmo tempo dócil e desinteressado. – Talvez eu o tenha visto em um livro? – Eu ergo os olhos, deixando a questão pairando no ar.

Nós nos encaramos por alguns segundos antes que o homem magro dê um suspiro, olhando para baixo e tornando a recolher os papéis.

– Não, não foi de um livro. – Ele age de maneira perfeitamente natural, mas não acredita em mim. Devolve as páginas para a bolsa, então bate duas vezes na mesa com um dedo. Um sinal claro de irritação, eu acho. – Se você... se lembrar... de qualquer coisa, mande avisar Tertius Servius, e eu venho. Qualquer informação que você tenha vai ser bem recompensada.

– Eu mando avisar.

Gaius acena brevemente para mim com a cabeça, quase de forma brusca, então se retira. Ele é substituído por Lanistia, que imediatamente fecha a porta às suas costas.

– E aí?

Levo muito tempo para descrever o encontro, enquanto Lanistia mantém sua habitual expressão inescrutável. Ela fica preocupantemente silenciosa quando eu termino.

– Você precisa conversar com Kadmos sobre isso – diz ela por fim. – Você deve mesmo ter aula com ele depois da refeição matinal.

– Kadmos? Por quê?

– Não sei. Talvez por seu vasto conhecimento médico. O fato de ele ter sido o chefe mais novo do Azriat em todos os tempos. Seu...

– Está bem.

– Bom. Se ele tiver alguma percepção nova, me diga. Agora vou atualizar Ulciscor. – Ela se equilibra na ponta dos pés, como se estivesse prestes a ir embora, então planta os pés novamente. – Por que você fez isso?

– Fiz o quê?

– Voltou. Na naumaquia. – Ela está atenta. Seus óculos estão divididos entre o verde e o azul do horizonte do lado de fora da janela. – Aequa nos contou que você podia ter fugido com ela. Por que não fez isso?

– Fiz o que pareceu a coisa certa a fazer.

– Você pode dizer algo melhor que isso.

– Acha que estou mentindo?

– Acho que o que fez deveria ter sido suicídio. E nós dois sabemos que essas cicatrizes nas suas costas indicam que você não tem amor verdadeiro por Catena. – A voz dela é baixa. Segura. – Você é mais inteligente que a maioria, Vis, mas inteligente não significa corajoso, preocupado ou heroico. Com mais frequência, significa o oposto. Ulciscor pode não ver isso, mas não ache que sou tão cega. – Ela toca os óculos com um pequeno sorriso irônico.

Eu reflito sobre suas palavras.

– Não. *Não*. – Quando, por fim, eu falo, não escondo minha raiva. Minha indignação. Ela é bem verdadeira. – Era a *coisa certa a fazer*. Só porque eu não quero ser um Octavus, isso não significa que eu deixaria todos eles para morrer.

– Eu não disse isso. Disse que é estranho que você estivesse disposto a sacrificar sua vida por eles.

– Talvez eu seja uma pessoa melhor que você – rebato.

Algo na observação a atinge; Lanistia não reage claramente, mas isso sem dúvida a faz pensar. Seu silêncio me dá uma chance de refletir. Eu duvido que teria voltado se não tivesse o buril de Sedotia. Mesmo do jeito que foi, eu hesitei.

Mas não me arrependo.

– Talvez você seja – Lanistia diz essas palavras em voz baixa. – Mas não é necessariamente isso o que precisamos de você, Vis. É uma qualidade que não vai ser de muita serventia na Academia.

Ela faz um giro e sai do aposento a passos largos antes que eu possa reagir, deixando que eu me preocupe sozinho com os acontecimentos da manhã.

XXIV

— AVE, MESTRE VIS.

A manhã de verão ficou sobrenaturalmente quente e úmida, o ar pesado e minha túnica ainda grudada em mim depois do treinamento, apesar da pausa devido ao exame de Gaius. Minha cabeça está curvada sobre um livro que detalha uma perspectiva muito catenana da sociedade pré-Cataclismo; estou comendo pão distraidamente e por um segundo não registro as palavras.

– Kadmos. – Afasto o livro para o lado e saúdo o despenseiro com afabilidade enquanto ele se senta à minha frente, ajeita o cabelo ralo sobre os ombros, em seguida esfrega o suor que já está brotando em sua testa extremamente alta.

O homem corpulento retribui minha expressão alegre depois de se instalar, me surpreendendo. Nada mudou desde ontem, então.

– Acredito que você esteja bem o bastante para retomar nossas aulas, não?

– Estou me sentindo bem. Muito bem, na verdade, depois do descanso extra que tive ontem – garanto a ele. – E também devo lhe agradecer. Não percebi que foi você quem cuidou de mim enquanto eu estava inconsciente. Lanistia me disse que você perdeu muito sono, assegurando que eu atravessasse em segurança aqueles primeiros dias.

– Não foi nada, jovem mestre.

– Para mim, foi. – Estou falando sério. Pelo que Lanistia contou, o homem quase atacava qualquer um que tentasse substituí-lo. Eu me asseguro de fazer com que ele veja que estou sendo sincero, então me inclino para a frente. – Por falar nisso, um homem esteve aqui esta manhã. Outro médico, enviado por Tertius Servius.

– Eles mandaram outra pessoa para cuidar de você? – Kadmos fica ofendido pelo conceito. – Ulciscor e eu temos atualizado o Senado sobre seu bem-estar, até, inclusive, esta manhã.

– Isso foi outra coisa. – Eu conto a ele sobre Gaius pegar amostras, embora omita suas perguntas e desenhos. – Sabe de alguma razão por que ele faria isso?

A consternação de Kadmos cresceu enquanto eu explicava o que foi feito comigo, até seus olhos ficarem saltados de indignação.

– Não há *nenhuma* razão que pudesse justificar – diz ele, esfregando a mão na testa vincada e reluzente. – Alguns cultos antigos teriam queimado o que esse homem pegou de você; o tarcanismo provavelmente foi o último que sobreviveu. Mas mesmo isso seria uma tentativa equivocada de curar você. Não há nada que alguém possa ver em pele morta e um pouco de sangue seco.

Eu me remexo.

– E não há nada que eles possam *fazer* com isso?

Ele me olha sem expressão, então ri.

– Não! Pelos túmulos dos deuses, não.

Lanistia disse a mesma coisa, mas é um alívio ouvir isso sendo confirmado. Eu não fui capaz de pensar em nenhum propósito nefasto, mas também estou muito consciente de que meu conhecimento do uso de Vontade em um nível mais elevado ainda é limitado.

– Que bom. Obrigado.

Ele escuta a insatisfação em minha voz, eu acho, embora não esteja direcionada a ele.

– Posso investigar mais, se você quiser. Ainda tenho contatos na Sitrécia que podem estar dispostos a investigar em algumas das bibliotecas de lá.

– Não, obrigado, Kadmos. Agradeço muito, mas o Tertius nitidamente quis que isso fosse feito discretamente. Não quero que haja nenhum problema.

– É claro, jovem mestre.

Eu olho para ele. Sei desde o começo que ele é um homem culto; a prova está em todas as aulas que me deu. Mas seu mau humor sempre impediu que a fonte desse conhecimento fosse assunto de conversa, e sua menção a contatos sitrecianos me lembrou disso.

– Você foi mesmo diretor de todo o Instituto Azriat?

Kadmos se remexe, e a cadeira range sob seu peso.

– Não foi por muito tempo. Consegui o cargo cerca de seis meses antes que começassem as proscrições.

– Ah. Isso… deve ter sido horrível.

– Os tempos eram assim – diz ele sem nenhum traço de amargura, espalmando as mãos. – Eu era jovem, até para ser professor, e minha posição atraía grande dose de inveja. Quando o pretendente Ermides expôs suas exigências, muito poucos em Deopolis acharam que fosse sábio colocar em risco a amizade com Catena, inclusive eu, e é claro, quando Domidius Carthius inevitavelmente esmagou a revolta, ele quis dar exemplos. Eu ainda não sei quem disse meu nome, mas uma noite eles me tiraram da cama e… aqui estou eu.

– Mas você não era culpado de conspiração?

Ele dá uma gargalhada.

– Eu não daria um bom conspirador, jovem mestre. Nunca fui exatamente o tipo enérgico e com segredos na noite.

Não sei o que dizer. Isso parece muito óbvia e ultrajantemente errado.

Kadmos vê que estou contrariado e sorri novamente, com apenas o mais leve traço de tristeza na expressão.

– Um homem sempre se pergunta o que poderia ter acontecido, mas um homem sábio reconhece a sorte quando ela chega. Mesmo com tudo o que deixei para trás, a vida não foi ruim para mim.

– Mas como conseguiu simplesmente aceitar isso? Como pode não ter ficado ressentido com eles pelo que tiraram de você? – As palavras saem de minha boca antes que eu pense sobre elas; eu estendo a mão como se fosse pegá-las de volta, então a deixo cair com uma careta.

Ele me estuda. Ainda brilhando de suor, mas com dignidade. Então se levanta e se vira, desamarra a túnica e a levanta para que eu possa ver suas costas.

– Nós todos as temos, jovem mestre – diz ele em voz baixa. – Ou você achou que fosse o único que já recusou as Aurora Columnae?

Sem palavras, eu examino as linhas rosadas e leitosas espalhadas por sua pele. São velhas, esmaecidas, mas não há como confundi-las.

– Chega um momento na vida de todo homem em que ele pode lutar contra a injustiça do mundo até perder, ou pode fazer o melhor possível. Permanecer como vítima ou se tornar um sobrevivente. – Kadmos ajusta o pano para cobrir novamente suas cicatrizes. – Me submeter era um fardo, mas nunca um fardo que eu trocasse pela alternativa. Tenho mais trinta anos de lembranças, muitas delas agradáveis. Eu vivo bem, cercado por luxo e com a confiança e respeito de uma família que amo. Mesmo assim, tive colegas que foram para os Sapadores ou que foram vendidos para cavaleiros e foram mandados trabalhar nas minas. Todos homens estudados. Mortos há muito tempo.

Ele me encara. Pensa que está me ajudando, percebo. Acha que, com minhas ações na naumaquia, eu fiz minha escolha, que sou ele há trinta anos, me entregando ao inimigo e me juntando a ele.

Tento não parecer enojado diante da ideia de viver minha vida como Kadmos. Sem dúvida, agora simpatizo mais com ele.

Mas sua abordagem da Hierarquia é o oposto de quem eu quero ser.

Então estudamos por algum tempo. Kadmos decidiu usar minha enfermidade como lição prática, explicando animadamente os vários testes aos quais ele me submeteu enquanto eu estava inconsciente. Apesar do assunto desanimador, gosto da tarefa. Kadmos está mais solto com seus elogios, agora, observando várias vezes o quanto progredi no último mês, mesmo que ainda corrija erros eventuais. Fico surpreso com o quanto me percebo satisfeito com sua aprovação. Parece fazer muito tempo que não recebo qualquer tipo de elogio pelos meus esforços.

Somos interrompidos algumas vezes – o despenseiro ainda está encarregado da propriedade, mesmo enquanto me dá aulas, e quando o sol está chegando a seu zênite, um Octavus chega trazendo uma carta.

– Hum – diz o homem rotundo.

Ele examina a missiva com o cenho franzido.

– A senhora Telimus escreveu. Ela soube da naumaquia e perguntou sobre seu bem-estar. – Ele ergue uma sobrancelha enquanto lê. – Há uma sugestão de que ela também pode estar voltando para Catena antes do esperado.

Eu quase tinha me esquecido da mulher.

– Você acha que ela vai ser um problema?

– Nada com que você deva se preocupar. Duvido que você a conheça antes do fim da Academia, mesmo que ela volte mais cedo.

– Como ela é?

– Ela é adorável. – Isso não é sarcasmo, mas também não é dito com a calidez exigida para parecer honesto. – Mas está sempre viajando.

Há muitas implicações na segunda parte, mesmo que Kadmos, novamente, diga isso como um fato simples e trivial. Em geral, espera-se que as mulheres na Hierarquia, especialmente jovens esposas como a de Ulciscor, concentrem-se na família, não importam suas habilidades em usar Vontade. O fato de Relucia estar no exterior trabalhando, mesmo que ela e Ulciscor não tenham filhos, diz muito.

Fico tentado a perguntar mais, mas duvido que Kadmos vá esticar tanto as regras do decoro para me contar algo que eu já não consiga perceber.

Eu abandono o assunto, e retomamos nossa corrida para me preparar para a Academia.

As duas semanas seguintes se passam em um borrão duro de treinamento, aprendizado e prática no Labirinto.

Minha ansiedade diante de uma resposta potencial dos anguis em relação à naumaquia permanece infundada; não há sinal de vingança, nenhuma preocupação por parte de qualquer dos guardas postados em torno da propriedade dos Telimus. Nenhuma declaração dos anguis. Lanistia acha que a organização está confusa, correndo para se recuperar agora que seu líder está morto e que seu maior ataque foi, em grande parte, frustrado.

Isso não significa que eu descanse tranquilamente. Uma parte de mim foi forjada em aço depois de Suus, eu acho – uma parte de mim que sabe exatamente como emparedar lembranças que, do contrário, me deixariam em pedaços. E posso sentir essa parte trabalhando duro durante os primeiros dias depois de acordar, quando me pediram que revivesse repetidas vezes a naumaquia. Mas as noites são um animal diferente. Eu fecho os olhos e vejo um lago de sangue. Eu passo por cima de entranhas e ossos fumegantes e escorregadios. E acordo suando e tremendo ou, às vezes, gritando no escuro.

Isso diminui, como acontece com todas as coisas. E a implacabilidade de meus dias faz com que, mesmo quando acordo assustado, a exaustão me force a voltar ao sono em minutos.

Mas meu sono nunca mais é o mesmo.

O amanhecer é claro e iluminado na manhã do dia em que parto para a Academia. Lanistia e eu acabamos de terminar nossa última seção de luta; estou banhado em um suor leve, com a respiração condensando enquanto voltamos para a villa. À nossa volta nos campos, Octavii estão começando seu trabalho, uma falação distante ecoando pelas colinas. Lanistia está estranhamente muda; geralmente esse é o momento em que ela me repreende por todos os erros que acabei de cometer, então me repreende por todos os erros que estou prestes a cometer quando for estudar. Então ela me repreende por estar para trás.

Não sei o que diz sobre mim o fato de eu achar esse silêncio desconfortável.

– Ulciscor mandou notícias ontem – diz Lanistia de repente. – Ele fez arranjos para que você viajasse à Necrópole para o Festival dos Ancestrais; essa vai ser a próxima vez em que você vai ter permissão para sair da Academia. E ele investigou os alunos que você conheceu depois do ataque ao Transvect.

– Ah. – Com todas as outras coisas que aconteceram desde então, eu quase me esqueci de sua sugestão de que eu podia ter sido drogado.

– Indol Quiscil é o filho do Dimidius, como ele achava. Belli Volenis e Emissa Corenius eram as outras duas. Belli é a filha de Quintus Volenis, o governador da Sitrécia. Emissa é a filha de Magnus Quintus Corenius.

Eu reconheço seus nomes de meus estudos. Famílias importantes. Alunos importantes.

– Eles estudam na Turma Três, portanto estão entre a elite da Academia. E todos vêm de famílias Militares. Ulciscor diz que isso os torna alvos improváveis para Veridius; é muito mais fácil cooptar alunos para os quais ele poderia oferecer promoções. Então eles *provavelmente* não fizeram nada com você.

– *Provavelmente* uma coisa a menos para me preocupar, então.

Lanistia dá um grunhido.

– De qualquer modo, você não vai ter muito a fazer com eles por um tempo. Lembre-se, você vai começar na Sete, e as turmas na Academia têm o objetivo de imitar as classificações nas pirâmides no mundo real. A menos que você chegue à Turma Três, o máximo que eles vão interagir com você vai ser para lhe dar ordens.

Eu assinto. Silêncio outra vez. *A menos que você chegue à Turma Três*. Eu não quero perguntar. Isso seria admitir que eu na verdade me importo com o que ela acha, o que pareceria demais com aceitar uma derrota.

– Você vai se sair bem. – Ela diz essa frase tão a contragosto quanto tudo o mais que já disse. Seu rosto está virado para a frente, embora até onde eu saiba ela possa estar focada em minha expressão. – Se continuar trabalhando, há uma chance de que possa fazer o que precisa.

– Descobrir aquilo que você e Ulciscor estão procurando?

– Chegar à Turma Três.

Eu engulo em seco. A tensão deixa meus ombros enquanto acato a frase. Então eu me permito um sorriso.

– Você acha que eu sou muito bom.

Ela escarnece.

– Eu certamente não disse isso. Nem sugeri.

Meu sorriso se abre.

– Não, não. Eu percebo agora. Você secretamente gosta de mim. Você acha que sou...

Eu estou olhando para o céu, arquejante, o ar desaparecido de meus pulmões. Pelo canto do olho, vejo Lanistia se afastando, seus passos tão calmos quanto estavam há apenas um momento.

Eu dou um gemido e fico de pé. Sorrio. Saio correndo para alcançar Lanistia na última caminhada de volta para a villa que vamos fazer na vida.

Parece estranho ir embora. Isto não é um lar, qualquer que seja o significado que compreendo dessa palavra. Não há amor aqui, nem para mim nem de mim. Não de verdade, independentemente do que os outros sentem. Não pode haver amor sem honestidade.

Mas ainda assim sinto um vazio quando a porta da carruagem se fecha. Uma sensação de perda enquanto olho pela janela e observo as formas de Lanistia e Kadmos desaparecerem de vista. Ali foi uma espécie de santuário. Um lugar onde encontrei um sentido renovado de propósito.

Depois de algum tempo, as colinas verdes desaparecem no horizonte, eu fico sentado sozinho com meus pensamentos, e as paisagens vão passando. É uma viagem curta até a plataforma do Transvect. Qualquer sensação de nostalgia é rapidamente eliminada pela ansiedade, não importa o que fingi para Lanistia.

Em algumas horas, vou estar na Academia.

DEUS NOLENS EXITUUS

PARTE II

XXV

AINDA ME LEMBRO DA VEZ EM QUE TIVE DE FAZER MEU PRIMEIRO DIScurso oficial em Suus. Uma coisa pequena, algumas palavras de introdução para um banquete. Eu estava cheio de bravata até a tarde da véspera. Então algo se rompeu. Meu coração não desacelerava. Minhas mãos tremiam. Eu vomitei.

– Não quero fazer isso – disse eu por fim ao meu pai. Em voz baixa. De cabeça baixa.

Ele se sentou comigo. Pôs o braço à minha volta. Não disse nada por algum tempo.

– Você deve ficar feliz por estar nervoso – disse ele por fim.

Eu me lembro de rir com amargura. Com certeza ele estava brincando.

– É verdade. – Ele sempre era muito delicado. – O nervosismo indica que à frente há um medo a ser enfrentado, Diago. O homem que nunca fica nervoso nunca faz nada difícil. O homem que nunca fica nervoso nunca cresce. – Ele acariciou meu cabelo. – Faça todo o possível para pensar nisso como uma oportunidade. Uma bênção. Não importa como isso faz com que você se sinta aqui. – Ele pressionou as mãos delicadamente sobre meu peito, cobrindo-o.

Levo minha mão ao peito agora, imaginando que é o toque dele. Sinto meu coração bater. Me agarro firme às palavras dele enquanto o Transvect voa acima do encapelado Mar de Quus.

Embora eu já tenha ido a Solivagus antes, não tenho lembrança de realmente chegar, e hoje sou a única pessoa a bordo. Então logo me pego olhando pela janela, observando com nítida curiosidade enquanto a ilha assoma no horizonte.

O sol passou há um bom tempo de seu zênite enquanto o Transvect primeiro voa acima da água cintilante então desacelera, deslizando baixo e passando por um dos vários monólitos brancos que se projetam das profundezas.

Na última vez, fiz o mesmo caminho quando parti. É o único jeito de atravessar o Muro do Mar, segundo Ulciscor: qualquer outra coisa que tente atravessar a barreira de pedra submersa que circunda a ilha – navios, até apenas pessoas nadando – é sugada por uma força invisível. Arrastada para o fundo do oceano e mantida ali.

Pelo jeito desanimador como ele disse isso, não era um saber teórico.

A madeira e a pedra a minha volta estremecem violentamente como um animal despertando e começam a ganhar velocidade outra vez. Tento estimar a que distância estamos da costa. Um quilômetro e meio, talvez? O Transvect sobrevoa as ondas por mais alguns segundos antes de se voltar para cima. Aos poucos, os penhascos íngremes que guardam a costa começam a baixar no horizonte que se aproxima.

Eu vou para o outro lado, tentando captar um vislumbre das ruínas sobre as quais Ulciscor me falou quando estivemos aqui. Estamos voando muito baixo, porém, e Solivagus é uma massa verde e obscura de morros íngremes e desfiladeiros profundos.

Passei a viagem toda nervoso, mas só agora, quando o Transvect finalmente passa pelo portal da ilha, as primeiras pontadas verdadeiras de ansiedade começam a me atingir. Todo o caos e o estresse dos últimos meses se deviam a isso. Eram uma preparação para *isso*.

Não há mais espaço para erros.

– Vis Telimus?

Um homem de capa branca está esperando sozinho na plataforma quando desço do Transvect. Um nariz grosso e adunco domina seu rosto marcado.

– Sou eu. – Apresento a placa de pedra de identificação que Ulciscor me deu, com o que espero ser um sorriso vencedor.

O estranho retribui o sorriso, revelando a falta de um dente. Ele não parece ter muito mais que quarenta anos.

– Eu sou Septimus Filo. Mas me chame de Ulnius. – Ele aceita a placa e então olha para a bolsa pendurada em meu ombro. – Isso é tudo?

– É.

Ele estende a mão e pede que eu lhe entregue a bagagem. O movimento é mais econômico que exigente.

– Vou levar isso para seus aposentos.

O que significa que primeiro vão fazer uma revista, é claro. Mas não há nada a ser encontrado. Eu a entrego.

– Me siga e fique perto. – Ulnius sai andando. Há um leve claudicar em seu passo. – Tivemos relatos de alupi por aqui nessas últimas semanas.

– Lobos?

Ulciscor os havia mencionado.

– Lobos grandes. – Pelo jeito que diz isso, ele está sendo sutil. – Mas eles normalmente sabem que não devem se aproximar da Academia. Eu duvido que haja qualquer coisa com que se preocupar.

Não me sinto realmente tranquilizado, mas não é como se eu tivesse muita escolha. Vou atrás do homem.

– Você se recuperou bem dos ferimentos? Depois da última vez em que esteve aqui? – acrescenta ele ao ver minha confusão diante da pergunta.

– Ah. – Eu registro a capa branca e, depois, de forma mais vaga, o nome. – Você é o médico da Academia?

– Cuidei de você quando chegou aqui pela primeira vez, com o Magnus Quintus – confirma ele.

Nós começamos a subir a parte mais íngreme da trilha. Ulnius não parece ter nenhum problema com ela.

– Tudo se curou bem. Praticamente não tenho nenhuma cicatriz. – Eu hesito. – Obrigado.

– Por favor. Eu posso me gabar de ter costurado o próprio jovem Catenicus. Eu é que deveria lhe agradecer.

Eu dou um riso estranho em resposta. Por mais insatisfeito que eu esteja com o nome, terei de me acostumar com ele.

Nós caminhamos durante um minuto, apenas as folhas farfalhando para nos acompanhar. A bifurcação da trilha para leste, a que Ulciscor achava que podia levar até as ruínas próximas, logo aparece, mas não olho demoradamente para ela. O que quer que esteja por lá, ainda vai ter de esperar por um tempo.

Ulnius, várias vezes, parece querer dizer mais. No fim, ele faz isso, hesitando e parando.

– Antes de continuarmos, eu... preciso falar uma coisa. O Principalis provavelmente está prestes a dizer a você como seu nome não significa nada aqui. Que você ainda tem de conquistar seu caminho. E no que se refere a suas aulas, ele tem razão. Mas... olhe... Uma de minhas irmãs estava na naumaquia. E ela sobreviveu, graças a Arventis.

Ele fica em silêncio, à procura das palavras. Eu não o interrompo.

– Conversei com ela há cerca de uma semana. Eu já tinha escutado as histórias, mas vê-la realmente se lembrar disso... – Ele exala e me encara. – O que quer que você precise, Catenicus. Enquanto estiver aqui. Depois da formatura. Quando for. É só falar comigo.

Ele baixa a cabeça com seriedade, então se vira e sai andando pela trilha íngreme.

Não demora muito para sermos admitidos através da desconfortável gaiola de Vontade da entrada da Academia. Ulnius aponta os diversos prédios que ele acha que serão de interesse enquanto seguimos pelo caminho bem cuidado até o quadrum. O enorme quadrado de pedra está assustadoramente silencioso em comparação com a última vez em que estive aqui; escuto apenas o barulho da fonte em seu centro. Isso, porém, era de se esperar. O sol está baixo; todo mundo, sem dúvida, está jantando.

Ulnius me conduz até o Praetorium, então seguimos por uma escada em caracol. Ele bate confiantemente na porta no alto.

Um momento depois, o rosto jovial de Veridius sorri para mim.

– Vis! Bem-vindo. Por favor, entre. – Sua expressão é cálida, verdadeiramente satisfeita. Ele volta o sorriso para Ulnius. – O dia está quase terminado. Nós conseguimos?

O médico dá um sorriso forçado.

– Estellia da Cinco chegou com um corte na mão há cerca de uma hora.

– Bah.

Veridius ri pesarosamente, conseguindo dar charme sem afetação até mesmo para aquela palavra simples.

– Depois vou lhe informar sobre quando pode assumir meu turno.

– Ulnius parece satisfeito consigo mesmo enquanto Veridius faz um gesto divertido de derrota. – Vis. Principalis. – Com um aceno de cabeça para nós dois, ele desaparece novamente pela escada.

Eu entro no gabinete de Veridius, que é o único aposento no primeiro andar, a julgar pela falta de portas levando a outros lugares. É bem mobiliado, mas não grandioso: há uma mesa e duas cadeiras no centro, um sofá no canto, uma parede coberta de estantes de livros. Em uma prateleira, exibida sem ostentação, há uma coroa de folhas de ouro que deve ser a Coroa do Preservador de Veridius. Há janelas tanto para o norte como para o sul. Em uma direção, consigo ver a extensão do quadrum. A outra fornece uma vista espetacular das copas das árvores de Solivagus e, além, do oceano.

Por trás de uma das elevações montanhosas, vejo o que podem ser as ruínas das quais Ulciscor me falou. Elas praticamente não são visíveis no horizonte, pouco mais que um vislumbre de pedra em meio às árvores.

– Já trabalhei com vistas piores. – Veridius acompanha meu olhar. Seus olhos azuis pensativos se voltam para mim, e me remexo no lugar, sentindo como se ele soubesse no que estou focado. – Como está a lateral de seu corpo?

– Cicatrizou bem, obrigado.

– Que bom. Vamos dar uma volta? Tenho outras coisas para fazer, mas queria que pelo menos fosse eu a lhe mostrar seu alojamento.

Desço a escada atrás dele, e chegamos ao quadrum.

– Então. Magnus Quintus Telimus tem você em alta conta. Sua carta de inscrição era muito elogiosa.

– Fico satisfeito ao ouvir isso, Principalis.

– Como você o conheceu?

– Por sorte. Nossos caminhos se cruzaram em Letens e... – Eu dou de ombros com modéstia. – Ele estava procurando alguém para adotar, para apoiar. Alguém que pudesse se sair bem aqui. Eu era um pouco mais velho do que ele tinha em mente, mas sou grato pela oportunidade de provar meu valor. – Foi com isso que Ulciscor e eu concordamos, sem complicações e sem implicações controversas. A maioria das pessoas vai ver um senador sem filhos identificando um órfão talentoso e presumir que fizemos um acordo: eu ganhando acesso ao nome de Telimus, e Ulciscor ganhando um membro poderoso e grato da família se eu me sair bem aqui. Um movimento incomum, mas não sem precedentes. Nada fora do decoro.

– Uma sorte mesmo – murmura Veridius. Não há sarcasmo nisso, nenhuma insinuação. Nós saímos do quadrum e seguimos na direção oposta do cume da colina. Estátuas pintadas de deuses ladeiam o caminho aqui, e formas piramidais tradicionais inspiram grande parte do trabalho decorativo nos jardins. Alguns carvalhos-cortiça pontilham a área; a distância, vejo dois alunos reclinados à sombra de um deles, com livros nas mãos. Um riacho raso atravessa o terreno. Tudo está silencioso e perfeitamente cuidado. É um oásis diante da mata selvagem além dos muros.

Veridius me faz parar. Passa um tempo me examinando, então suspira.

– Posso apenas imaginar que Ulciscor lhe contou sobre o passado que compartilho com sua família. – Ele está plácido ao dizer as palavras, sem censura nem preocupação. – E também sobre as coisas que ele acredita que fiz com seu irmão. Com Lanistia. Estou certo?

Eu sou pego desprevenido com a brusquidão da pergunta.

– Está.

– Então posso presumir com segurança que ele pediu a você para fazer *alguma coisa*, enquanto estiver aqui. – Ele gesticula com a mão para minha expressão. – Não vou insultar você pedindo detalhes. Mas espero que você perceba que as acusações de Ulciscor são de um homem que amava o irmão, e não de um homem com uma causa. Caeror e Lanistia eram meus amigos. Meus *bons* amigos. – Sua voz se cala, e há sofrimento nisso. Pesar verdadeiro. Se é uma performance, é uma boa performance. – Ele age motivado pela dor da melhor maneira possível, e acho difícil culpá-lo por isso. Juro que não vou te prejudicar por causa disso. Mas também não vou fazer vista grossa se você quebrar as regras a serviço de sua vingança equivocada. – Ele me encara ao dizer isso. É uma afirmação simples de um fato, dita com firmeza e delicadeza. Ele só quer que eu seja justamente alertado.

– Entendo. – Fico abalado com a candura do homem. Eu deveria negar veementemente qualquer indício de Ulciscor ter seus próprios motivos, mas fazer isso agora pareceria infantil.

O Principalis entrelaça as mãos às costas quando volta a andar, e eu corro alguns passos até alcançá-lo.

– Então. Você prefere Vis ou Catenicus?

– Vis.

– Não gosta da honraria?

– Não é isso – minto rapidamente. – Só prefiro não pensar nisso.

Veridius demonstra simpatia.

– É claro. É claro. E nessa linha, pedi a Aequa e vou pedir a você também: por favor, não entre nos detalhes do que aconteceu. A maioria dos outros alunos só ouviu rumores que, no momento, eles consideram exageros. E os poucos que sabem da verdade não precisam ser lembrados disso. É melhor para todos se mantivermos o foco apenas no que fazemos aqui.

– Está bem.

– Obrigado. Por falar nisso, li os relatórios. A arma usada pelos anguis é monstruosa. Você é um verdadeiro herói, Vis. – Franco. Totalmente sincero.

Mesmo a contragosto, não consigo evitar uma onda de orgulho. Seguida por uma irritação imediata com minha própria reação. Pelos deuses, esse homem é sedutor.

Continuamos andando. Uma brisa marinha fresca sopra sobre nós, amortecendo o que resta do sol e agitando a toga do Principalis de forma dramática às suas costas. Percebo que ele quer perguntar mais sobre a naumaquia, mas, em vez disso, segue em frente.

– Então, quais são seus objetivos aqui, Vis?

– Chegar à turma mais graduada que eu puder. – Uma resposta óbvia, e algo sobre o que Ulciscor me assegurou que eu não deveria ficar tímido. Se eu deixar que os Preceptores conheçam minha intenção de progredir, eles vão prestar mais atenção a mim.

– E como você acha que vai fazer isso?

– É difícil de dizer quando eu ainda não tenho uma turma.

Veridius ri.

– Verdade. – Ele nos conduz para a direita, seguindo uma nova ramificação da trilha, enquanto retribui os acenos amigáveis de dois alunos que passam ao longe. – Houve conversas sobre botar você em uma turma mais elevada, graças a seu… novo perfil. O que acha da ideia?

Eu vacilo. Ele está realmente perguntando, ou pelo menos parece estar.

– Acho que deveria começar na Turma Sete.

Ele passa uma das mãos pelo cabelo louro despenteado, parecendo vagamente surpreso.

– Você quer isso?

– Claro que não. – Eu provavelmente vou me arrepender disso; se eu forçar a ideia, Veridius pode me permitir um bom começo, mas faço o que parece certo no momento. – Mas de outra forma eu estaria tomando o lugar de alguém sem provar meu valor. Eu preciso trabalhar para subir, do mesmo jeito que todos os outros.

Veridius pensa, então torna a assentir com aprovação, o que faz com que eu sinta que fiz exatamente a coisa certa.

Pelos minutos seguintes, ele me sonda mais. Sobre meu passado, minha educação. Mas isso parece mais curiosidade que desconfiança. Um protocolo, até certo ponto, mas amigável – perguntas que ele faz para todos os alunos. Está me conhecendo. Quando evito dar detalhes específicos, ele não insiste. Não é um interrogatório.

Não sei o que esperava dele, mas não era isso. Estou surpreso. Ele me oferece, na verdade, exatamente o que eu poderia esperar de uma conversa introdutória. Conta um pouco sobre a vida aqui. Reitera como funcionam as turmas – a maior parte dos alunos está na Turma Sete, então seus números vão diminuindo quando os grupos são considerados mais avançados, 48 na Turma Seis, 24 na Turma Cinco, doze na Turma Quatro. Há apenas seis na Turma Três, que competem no fim do ano no Iudicium pelas nomeações de elite finais.

Eu já sei isso tudo, é claro, mas escuto pacientemente, mais do que satisfeito por estar fazendo isso em vez de responder perguntas.

Nós chegamos a um prédio alto e afilado em forma de cunha que eu tinha notado a distância vários minutos atrás. É intimidador de perto, com aproximadamente sessenta metros de largura na base e quase trinta até o topo irregular, com o acabamento decorativo em cada andar pintado de vermelho vivo.

– É aqui que você vai morar pelo próximo ano – diz Veridius ao empurrar e abrir as portas duplas. – O espaço dos alunos da Turma Sete é comum, infelizmente. Você tem apenas uma cama e uma mesa.

– Já tive menos.

Veridius me surpreende com uma risada.

– É bom ouvir isso. Às vezes, as reações não são tão compreensivas.

– É mesmo?

– A maioria dos alunos está acostumada com o estilo de vida de seus pais. – Ele ainda está sorrindo. – Todos eles se adaptam. Mas reclamam durante o processo.

Nós adentramos o interior fresco do alojamento dos garotos. Todo o térreo é um espaço enorme e conectado, embora seja dividido em terços por uma série de paredes baixas. Um grande relógio movido a Vontade na parede indica que são quase sete horas depois do meio-dia. Pelo silêncio e pela falta de movimento, devemos ser os únicos aqui. Camas e mesas se alternam ao longo das paredes, cuidadosamente posicionadas para dar a cada conjunto seu próprio espaço, que também é indicado por um número entalhado na pedra. A organização desse arranjo é perturbada pela bagunça de lençóis amontoados de lado em muitas das camas e pela parafernália espalhada sobre a maioria das mesas. E pelo chão, em muitos casos.

Veridius olha insatisfeito para a cena antes de me chamar para entrar mais.

– Há algumas camas não utilizadas aqui em algum lugar. Imagino que elas não sejam difíceis de identificar – acrescenta ele secamente.

Estamos andando há cerca de dez segundos quando vejo movimento pelo canto do olho.

– Callidus? – Veridius também viu a pessoa, sentada a uma mesa com a cabeça baixa em concentração. O garoto leva um susto ao ouvir seu nome. Ele é magro e negro, com uma cabeleira preta densa e encaracolada e traços bem definidos. Da minha idade, mas pequeno em comparação.

– Principalis! – Callidus está embaraçado quando se levanta e fica de pé.

– Por que não está jantando?

Os olhos castanhos do jovem movem-se para o lado.

– Queria entender uma coisa da aula desta tarde. Ficar à frente desde cedo.

– Hum. – Veridius parece tão convencido quanto eu me sinto. – Bem, como você está aqui, conheça Vis. Ele precisa que alguém da Sete lhe mostre o lugar. Começando com uma refeição.

Callidus não consegue esconder a careta.

– Principalis, eu preciso…

– Não é um pedido.

Callidus me estuda. Ele parece mais desconfortável que qualquer outra coisa.

– É claro.

Veridius começa a perguntar amigavelmente a Callidus sobre seus hábitos de estudo durante o recesso, e eu me afasto um pouco até encontrar uma cama vazia. É bem fácil identificar uma, graças aos lençóis bem arrumados e uma mesa adjacente completamente despida de detritos. Escuto partes da conversa no fundo, mas tudo parece bem inócuo, mesmo que Callidus continue parecendo desconfortável em suas respostas.

– Cama número 33 – anuncio para Veridius. Não consigo evitar pensar no sistema de numeração na prisão de Letens.

– Pelo que vejo, você não é supersticioso – diz o Principalis com um toque de humor. Eu escarneço e sacudo a cabeça. – Trinta e três, então. Suas coisas vão estar à sua espera quando você voltar. Callidus vai levá-lo agora até o refeitório, mas se você tiver alguma pergunta, se precisar falar comigo sobre qualquer coisa, não hesite. Sabe onde me encontrar. – Ele me observa para ter certeza de que entendi, para se assegurar de que eu veja que é uma oferta verdadeira, antes de nos conduzir novamente até a entrada.

Veridius se despede de nós; Callidus olha para sua figura se afastando, então nos leva pelo caminho de volta na direção do quadrum, significativamente mais relutante agora que Veridius não está olhando.

– Desculpe por termos interrompido você. Se preferir apenas me dizer onde fica o refeitório...

– Obrigado, mas ele vai checar se eu fui com você.

– Sério?

– Com toda a certeza. Ele percebeu que eu também não estava na refeição do meio-dia. – Callidus não está ressentido, apenas certo. – Não importa. Eu estava mesmo ficando com fome.

Mesmo assim, quando entramos no quadrum, percebo a expressão preocupada no rosto de Callidus, o jeito como ele examina à frente. O quadrado está praticamente vazio.

– Vis, não é? – Callidus faz a pergunta distraidamente. – Acho que o Principalis não se impressionou por você ter chegado tão tarde.

– Ele sabia disso antecipadamente. Circunstâncias atenuantes.

Callidus olha para mim, com o interesse despertado.

– É mesmo? – Então ele desacelera um pouco. – Espere. Vis *Telimus*?

Tento não me encolher.

– É.

– Ah.

Callidus me conduz pela escadaria da Curia Doctrina, e entramos sob o ricamente entalhado MAIS FORTES JUNTOS.

– Você estava na naumaquia. – A curiosidade de Callidus nitidamente superou sua contenção. – Foi você quem matou Melior. Você é Catenicus.

Eu assinto, sem saber ao certo de que outra forma responder.

– Pelos deuses. – Callidus esfrega a nuca enquanto processa isso.

Felizmente, ele não tem tempo para dizer mais; estamos passando sob colunas de mármore e descemos uma escadaria ampla, mergulhando no ronco emudecido de 150 alunos falando entre si.

O salão aqui é enorme; toda sua parede leste é uma série de arcos recortados no próprio penhasco, oferecendo uma vista espetacular do oceano cintilante. Nós entramos pelo mais baixo de cinco níveis distintos, cada um posicionado cerca de um metro mais alto que o anterior. As fileiras que estão logo acima de nós têm menos alunos sentados às suas mesas. No nível superior, parece haver uma única mesa com alguns sofás espalhados ao seu redor.

Ninguém presta muita atenção quando entramos, mas vejo Callidus lançar um olhar preocupado em torno do salão.

– Nós nos sentamos aqui. – Ele aponta para as mesas perto de onde estamos. É o nível mais cheio, com pelo menos cinquenta estudantes amontoados. – Os da Turma Seis ficam um nível acima. Depois os da Cinco, e assim por diante.

Eu continuo a examinar as pessoas. Aequa está na segunda fileira mais alta, de costas para mim. Acima dela, reclinados nos sofás, estão Emissa, Indol e Belli, os três que foram escondidos me ver depois do ataque ao Transvect. Na Turma Três, como disse Ulciscor. Emissa e Indol estão rindo de alguma coisa, e Belli está focada no que parece ser um tabuleiro de Fundação. Nenhum deles me viu. Não parece haver Preceptores no salão.

– Onde pegamos nossa comida?

– No nível superior. – Callidus indica uma bancada com travessas do outro lado dos arcos na fileira de cima. Seu olhar desliza para o lado e para na meia dúzia de alunos nos sofás ali no alto.

Nós vamos até a bancada, Callidus com uma relutância nítida. Alguns dos alunos da Turma Sete – sétimos, como são aparentemente conhecidos – nos perceberam agora, mas só lançam alguns olhares curiosos, sem dizer nada. Eles não cumprimentam Callidus.

Estamos apenas um nível acima quando um dos sextos nos vê e congela. Para de comer e se levanta. E como se *levanta*. O rapaz pálido é enorme; seu cabelo acobreado está aparado curto, embora haja vestígios de barba ruiva por fazer no queixo. Isso e seu físico musculoso fazem com que ele pareça mais velho do que acho que deve ser.

Ele está separado dos outros alunos na Turma Seis, não participa de nenhuma das outras conversas, mas a ameaça pesada na maneira como ele se ergue atrai a atenção dos demais.

– Ericius. – O menino rosna o nome, com os olhos azuis aguçados em Callidus. – Finalmente.

Callidus parou de repente.

– Claro que eles o escolheram – murmura ele, a voz baixa o bastante para apenas eu conseguir escutar. Ele respira fundo e se apruma, encarando a aproximação do outro garoto. – Nós não precisamos fazer isso, Eidhin. – Ele esfrega o pescoço. – Sei que deve ter sido Prav, ou Ianix, ou talvez até mesmo Dultatis que pediu a você. Mas eu preferiria *muito* que nós não fizéssemos isso.

– Mesmo assim, precisamos fazer. – O discurso de Eidhin é lento e cuidadoso. Ele não fica confortável falando comum. – Seu pai cometeu erros.

– Olha quem fala – retruca Callidus.

É uma resposta nervosa e petulante, não especialmente dirigida. Mesmo assim, algo muda em Eidhin ao ouvir essas palavras. Seu rosto fica sombrio e feio.

– Diga isso de novo. – Ele está a apenas três metros de distância. Avançando. O resto do salão começou a se calar, a maior parte dos níveis mais altos percebeu o confronto. Ninguém se mexe para intervir.

Eu suspiro, então dou um passo à frente até o lado de Callidus. Perto o bastante para ser uma presença de alerta.

Eidhin para diante do movimento, olhando para mim pela primeira vez.

– Quem é você? – Seu tom de voz é desdenhoso.

– Vis. – Eu abro um sorriso amistoso e dou mais um passo para ficar entre Eidhin e Callidus dessa vez, estendendo a mão. – Eu sou novo.

– É. – Eidhin afasta minha mão para o lado com um tapa e tenta me tirar de seu caminho. Sei que devo permitir isso. Ele está na Turma Seis, um nível acima de mim.

Mas eu torno a entrar em seu caminho mesmo assim. Eidhin é muito maior que eu. Musculoso. Callidus não teria a menor chance em um confronto físico, e mesmo assim não parece inclinado a fugir.

– Sexto. – Eu olho para trás de Eidhin. É Emissa, chamando do nível acima. Todos os terceiros desceram dois níveis para assistir, com a exceção de Belli e do garoto a sua frente, que continuam no fundo, atentos ao tabuleiro de Fundação. – Não faça isso.

Ela é uma terceira, falando com autoridade inconfundível. O lábio de Eidhin se curva mesmo assim, e dessa vez ele se aproxima e me empurra para o lado, mas estou acostumado a lidar com homens muito maiores que ele, e simplesmente saio do lugar, então ele cambaleia. Não estou tentando embaraçá-lo, mas uma onda de risos percorre os espectadores. Que, agora, parecem ser todo mundo.

– Estamos aqui só para comer – digo rapidamente, estendendo as mãos espalmadas à frente para mostrar que não tenho nenhuma outra intenção. Já xingando a mim mesmo por essa decisão.

Callidus diz algo de trás de mim, e eu me viro um pouco instintivamente.

O que significa que não vejo o gancho de esquerda de Eidhin chegar até pouco antes de ele acertar minha orelha.

Eu me esforço muito para controlar a raiva.

Minha natureza sempre foi de ser rápido com uma boa defesa, seja verbal, seja física – mesmo antes de a Hierarquia tirar minha família, meu país e tudo mais que eu já amei. Mas, nos últimos anos, esse era um luxo que eu não podia me permitir. Uma perdição para o anonimato. Por isso, estou sempre lembrando a mim mesmo de não ser reativo. Não atrair atenção. Chegar para o lado, guardar a raiva bem fundo e sempre me manter em segundo plano.

Por outro lado, o Teatro era minha libertação de tudo isso. Lutar naquele palco era um dos únicos jeitos que eu sentia ter para me me defender.

Então, quando Eidhin – esse estranho valentão – realmente acerta um golpe, eu não deixo de revidar.

O golpe machuca, mas sei como levar um soco e me recuperar depressa; os olhos do garoto maior se arregalam de choque e dor quando giro e respondo, com um golpe mais baixo, acertando-o com força na barriga. Um assovio familiar escapa quando o ar é expulso de seus pulmões. Eu dou um passo para trás. Deixo que ele se dobre ao meio, então dou um gancho no queixo, frio e furioso.

Escuto o barulho terrível de algo se quebrando quando acerto seu nariz. Sangue. Eidhin cai como se estivesse morto.

Eu fico ali parado, com vermelho pintando os nós dos dedos de minha mão direita, e por um segundo horrível tenho de estudar o corpo no chão para me assegurar de que o peito de Eidhin está subindo e descendo. Estou acostumado a lutar contra Septimii, acostumado a colocar cada centímetro de força que consigo encontrar em cada golpe.

Eu provavelmente não deveria ter feito isso com Eidhin, mesmo ele sendo maior que eu.

Todo o salão ficou em silêncio; o peso esmagador dos olhares sobre mim. Callidus está me olhando boquiaberto, com uma expressão meio de assombro, meio de medo congelada no rosto. Eu me movimento antes que qualquer outra pessoa consiga fazer isso, me ajoelho ao lado de Eidhin, removo a toga e a enfio delicadamente por trás de sua cabeça, então contenho o fluxo de sangue com sua barra. Vai haver consequências por isso, mas, se eu pelo menos demonstrar contrição, pode não ser tão desastroso quanto parece.

– Você não deveria ter feito isso. – A voz é raivosa. Eu torno a erguer os olhos e vejo outro sexto se levantando de uma mesa próxima. Ele é atlético, com fios de cabelo preto caindo sobre maçãs do rosto altas e uma expressão pensativa e sombria. Olhos verdes penetrantes olham fixamente para mim, em seguida para uma mão em seu braço. A garota ao lado puxa o jovem com força para seu assento. Ele vai com relutância.

Um instante depois, Emissa, Indol e dois outros membros da Turma Três que não reconheço estão se juntando a mim, mas viram o que estou fazendo e vêm para ajudar em vez de demonstrar agressividade. Interessante. Eles estão no comando aqui, pelo menos enquanto não há Preceptores por perto. Sua falta de ultraje é encorajadora.

– Idiota – murmura Emissa, sacudindo a cabeça, ao se ajoelhar à minha frente, então afasta o cabelo do rosto, pega um pano no bolso e limpa um pouco do sangue que escorre pelo rosto de Eidhin.

– Eu ou ele?

– Eu. O pai de seu novo amigo não é exatamente popular no momento; eu deveria saber que alguém ia querer enviar uma mensagem. – Ela olha para mim. – Embora isso também se aplique a você, um pouco. E a ele. Especialmente a ele. Digamos que abrange tudo – admite ela, com tom de voz leve quando dá um sorriso rápido, formando covinhas.

Eu me vejo retribuindo o sorriso. Os olhos dela são muito verdes. Eu quase me esqueço da situação.

Indol, que está de pé ao nosso lado, tosse forte.

– Nequias.

– Pelos deuses. Não discuta com ele; você vai só piorar as coisas. Boa sorte – murmura Emissa com uma sacudida estranha da cabeça e ficando rapidamente de pé. Eu faço o mesmo e sigo os olhares dela e de Indol até o homem mais velho que vem abrindo caminho a passos largos em nossa direção. Ele é de meia-idade e tem traços tão angulosos que chega a ser esquelético, embora bronzeado sob a túnica elegante e a toga de bordas vermelhas. Um nariz adunco segura um par de óculos escuros parecidos com os de Lanistia.

– O que aconteceu aqui? – Ele olha de Eidhin para mim, parecendo já ter chegado a uma conclusão. – Quem é você?

– Vis Telimus, Preceptor. – Eu mantenho a voz respeitosa. Nequias é o Preceptor da Turma Três, a posição mais alta na Academia depois de Veridius. – Eu só cheguei hoje.

– Uma permanência excepcionalmente curta, então. Nós não gostamos de sétimos atacando seus superiores aqui.

Eu fico arrasado. Ele não está brincando sobre a permanência curta.

– Não foi ele, Preceptor. – É Indol falando, para minha surpresa. Eu me viro e o vejo encarando o olhar de Nequias. – Eidhin começou a briga.

– Não que tenha sido uma grande briga – murmura uma outra aluna, uma garota com olhos azuis brilhantes cujo nome eu não sei. Ao lado dela, Emissa esconde o que desconfio ser um risinho.

Nequias ignora a atuação e se concentra em Indol.

– Por que ele faria isso?

– Ele tinha Ericius aqui como alvo. O senhor provavelmente pode imaginar por quê. O garoto novo não aceitou isso.

Nequias franze o cenho, sua raiva parecendo aumentar em vez de diminuir com essa explicação.

– Então Eidhin *talvez* começasse uma briga com *outra pessoa*, é isso o que você está dizendo. Mas nosso sétimo aqui de fato começou uma.

– Eidhin atacou primeiro.

– Atacar primeiro em uma briga não é o mesmo que começá-la.

Indol cerra os maxilares, mas não diz nada.

– Telimus. Telimus. – Nequias volta a atenção para mim, revirando o nome pela língua como se tivesse acabado de descobri-lo. – É claro. O filho de Ulciscor. *Catenicus*. Nem por um instante ache que sua reputação vai livrá-lo das consequências de uma ação como essa.

Murmúrios percorrem o salão conforme os que estão mais perto de nós ouvem o que Nequias está dizendo. Não há movimento visível, mas a sensação das pessoas mais distantes se esforçando para ouvir se torna quase palpável.

– É claro, Preceptor. – Isso é injusto, mas estou acostumado. E não é que eu confie em Emissa (a suspeita inicial de Ulciscor em relação a ela ainda brinca em minha mente, não importa a conclusão à qual ele tenha chegado), mas seu alerta faz sentido. Deixar Nequias com mais raiva é uma má ideia.

Callidus está parado atrás do Preceptor, e posso ver o jovem tranquilo dando um passo à frente, com a boca aberta para protestar. Eu sacudo levemente a cabeça para ele. Callidus também é um sétimo; duvido que possa dizer qualquer coisa que afaste de mim a culpa, mas há uma boa chance de que ele também se meta em encrenca.

No momento, ele está me devendo. Não é muito, mas posso usar isso.

– Indol, Ianix, levem Eidhin para a enfermaria e contem a Septimus Filo o que aconteceu. – Indol se move para obedecer, assim como o sexto de cabelo escuro que mais cedo parecia prestes a defender Eidhin.

Nequias olha com raiva para mim

– E você? Venha. Agora.

Ele sai andando na direção da escadaria principal, e eu o sigo pensativamente, tentando ignorar o peso dos olhares do que parecem ser todos os alunos da Academia.

XXVI

HÁ UM NERVOSISMO PESADO E DESCONFORTÁVEL QUE SE SENTE AO esperar uma punição *relevante*. Eu me lembro bem disso de meus dias em Suus, sentado do lado de fora do Grande Salão até meu pai terminar seus negócios. Sabendo que ele estava prestes a descobrir o que quer que eu tivesse feito e pronunciar seu julgamento sobre mim, do mesmo jeito como fazia com tantos de seu povo.

A espera era a pior parte. A antecipação e a incerteza. Saber que eu tinha cometido um erro, mas ainda não tinha sofrido suas consequências.

Nunca me senti desse jeito no orfanato. Sentia medo, sim, quando sabia que os açoites estavam por vir. Raiva e frustração. Mas nunca a pontada incômoda de desconforto que agora me preocupa enquanto estou sentado na sala lateral perto do refeitório, olhando pela janela que dá para o leste, para o oceano iluminado pelo entardecer.

– Vis? – A voz feminina me surpreende; eu não ouvi ninguém entrar, enterrado fundo demais em minhas preocupações. Eu me viro e vejo, sentada em uma cadeira a minha frente, uma mulher de meia-idade, a julgar pelas mechas brancas em seu cabelo. Ela me olha fixamente com olhos cor de avelã penetrantes, embora as rugas em torno de seus olhos façam com que ela pareça amigável em vez de severa.

– Sou eu.

Sorrio para indicar que desejava que, no momento, esse não fosse o caso.

– Eu sou a Preceptora Taedia. Dou aulas para a Turma Cinco. – Ela retribui a expressão enquanto diz isso. Um sinal encorajador. – Falei com alguns dos alunos que viram o que aconteceu. Eu ouvi o bastante para saber que Eidhin provocou o que aconteceu com ele, mas... não é necessário dizer a você que esse não é um início auspicioso para sua estadia aqui.

– Eu sei.

– Sabe mesmo? – Seu sorriso esmaece um pouco. Preocupada. – Você é um sétimo, e acabou de bater em um sexto. *Em público*. Se Eidhin resolver levar isso adiante, ele pode fazer com que você seja expulso.

Eu tinha me perguntado isso, mas uma mão fria aperta meu coração diante da confirmação. Lanistia me alertou muitas vezes que os níveis de classificação aqui nasciam das origens da Academia como instituição militar. O que acabei de fazer é o equivalente a um recruta dar um soco na cara de um oficial.

– Como eu evito isso? – É uma súplica aberta. Taedia parece simpaticamente preocupada. Ela é mais propensa a responder à fragilidade que à bravata.

– Engula seu orgulho.

– Vis. – A voz de Veridius perfura a sala, vinda de trás de mim. Pulo de pé e me viro para ver o Principalis entrar, seguido de perto por Nequias e por outro garoto que reconheço vagamente. Ele estava sentado com Emissa, acho. Um terceiro. A expressão de Veridius está sombria. Nequias parece apenas presunçoso.

– Principalis. – Eu resisto à vontade de me lançar em uma defesa de meus atos. Fico frustrado, mas se demonstrar, se parecer que tenho a cabeça quente, isso vai apenas enfraquecer meu caso.

– O Preceptor Nequias me manteve informado. – Veridius se mantém em pé, de braços cruzados. O som de sua decepção é aguçado. – E Iro aqui confirmou que você foi o agressor. O único culpado.

Eu olho boquiaberto para o terceiro. Ele é alto e musculoso, com um nariz grande e adunco. Muito catenano. Eu não o conheço.

Ele olha fixamente para mim, e, embora sua expressão não se altere, juro que há um brilho de satisfação em seus olhos.

– Entretanto – continua Veridius –, antes de fazer qualquer tipo de julgamento, eu gostaria de ouvir seu lado da história.

– Eu peço desculpas pelo que aconteceu. – Pareço tão arrependido quanto possível. – Mas o outro garoto, Eidhin, estava prestes a atacar Callidus…

– Você não tem como saber isso – intervém Nequias.

– Deixe que ele fale. – O tom de voz de Veridius é afiado quando ele repreende o homem mais velho. Nequias o olha com raiva, mas obedece.

Eu continuo, relatando os acontecimentos com a maior fidelidade possível. Não há necessidade de mentir, nenhum benefício nisso. Iro parece desconfiado o tempo inteiro, como se eu estivesse inventando a coisa toda. Nequias tenta me interromper outra vez em um momento, mas Veridius o cala com outra reprimenda ríspida. Posso ver pelo jeito com que Nequias se mantém afastado dele, pelo jeito como eles interagem, que os dois não se dão muito bem. Considerando a rapidez com que Nequias parece não ter gostado de mim, sem dúvida posso tirar proveito disso.

Veridius me observa por alguns bons segundos depois que eu termino.

– Traga-o para cá. – Ele dirige a ordem para Nequias, que desaparece pela porta antes de voltar com um Eidhin de expressão séria a reboque. O nariz do garoto tem um curativo, e há hematomas feios se formando embaixo de seus olhos. Ele, porém, não hesita em me encarar. Em seus olhos há raiva mal contida.

– Desculpe, Eidhin. – Eu me dirijo a ele com calma e de forma direta, colocando cada grama de sinceridade na voz. Preciso assumir o controle da situação, dar a eles o que eles querem ouvir. – Eu sinceramente achei que você fosse atacar o garoto que estava me mostrando o lugar e... reagi muito mal. Eu estava em um orfanato até alguns meses atrás e estou acostumado a lidar com as coisas por meio de violência. Isso, porém, não é justificativa. Você tem minha palavra de que isso não vai acontecer novamente. – Eu dou um passo à frente e estendo a mão.

Há um silêncio surpreso. Eidhin chega a um impasse, sem saber como reagir. Ele, provavelmente, estava esperando mais agressividade. Negações.

– Isso... não é desculpa – diz ele com rispidez, a voz anasalada. Não faz nenhum movimento para apertar minha mão.

– É claro – digo eu rapidamente. De forma obsequiosa. – Mas por favor, entenda que minhas ações se deram devido a uma ignorância também. Eu simplesmente não sabia quem você era. Então, mais uma vez, eu peço desculpas. – Mantenho a mão estendida. Quase dói fisicamente ter de agir assim, mas acredito que vai valer a pena.

– Isso não muda nada. – Eidhin apenas parece se sentir estranho com minha insistência. O que é bom. Atrás dele, vejo Veridius de repente se inclinar para a frente, atento. Ele vê o que estou fazendo. Desejo que ele não abra a boca. Eidhin não é catenano. Ele pode não saber.

Eu estendo a mão para mais perto de Eidhin. Meu braço está começando a doer.

– Por favor, Eidhin. Quaisquer que sejam as consequências de minhas ações, só preciso que você saiba que estou muito arrependido do que fiz.

Eidhin está confuso.

– Está bem. Certo. Você está arrependido – diz ele com repugnância, apertando sem força minha mão, praticamente pouco mais que um tapa, antes de baixá-la outra vez.

Veridius exala, e pelo canto do olho posso ver Taedia se remexer ao entender o que aconteceu.

– O garoto sabe como pedir desculpas – murmura ela com aprovação, alto o bastante para que eu escute.

Para Nequias, Iro e Eidhin, também. A expressão de Iro está sombria.

– Essas não foram desculpas triplas – diz apressadamente Nequias.

– A forma foi observada, Nequias. De maneira confusa, mas foi observada. – Veridius parece estar achando graça. – Ainda vou determinar uma penitência, mas Eidhin aqui abriu mão de qualquer direito de levar isso adiante.

– *O quê?* – É Iro reagindo a Veridius, furioso.

Veridius o encara, seu olhar calmo ficando frio. Ele não diz nada. Iro fecha a cara e afasta os olhos, enquanto Eidhin continua parecendo intrigado.

– Preceptor Nequias, talvez você possa acompanhar Eidhin e Iro de volta para o alojamento. Depois, tenho certeza, você vai ter muito a fazer para preparar a aula de amanhã. – A voz de Veridius continua suave quando ele se levanta e se dirige até a porta, a abre e chega educadamente para o lado.

Nequias, nitidamente furioso, segura Eidhin pelo braço e quase o arrasta para fora, com um Iro furioso seguindo atrás. O Preceptor passa perto de mim ao ir embora.

– Aprenda a respeitar seus superiores, garoto – murmura ele.

Eu o encaro e dou meu sorriso mais largo e amistoso.

– Obrigado pelo conselho, Preceptor.

Os lábios de Nequias se contorcem, e ele parece querer dizer mais, mas em vez disso, se apruma apressadamente e vai embora, fechando a porta com mais força do que o necessário.

– Pelos túmulos dos deuses – diz Taedia assim que eles vão embora, jovial mesmo enquanto repreende. – Talvez você não seja o aluno mais burro do campus, afinal de contas.

– Arventis abençoou você hoje – acrescenta Veridius, com um olhar de reprovação para Taedia.

– É justiça – rebate Taedia com irritação. – Eu conversei com alguns dos alunos que viram o que aconteceu, e todos eles disseram a mesma coisa antes que Iro começasse a sussurrar em seus ouvidos. Breac começou a briga. Telimus acabou com ela.

Breac. Eu não reconheço o nome, mas sem dúvida não é catenano, o que significa que Eidhin não é um adotado como eu. Eu, pelo menos, não criei inimizade com uma casa senatorial poderosa.

– Os detalhes não importam. Na melhor das hipóteses, Vis aqui foi descuidado. Eu preciso determinar uma penitência. – Veridius esfrega o rosto. – Limpar os estábulos todas as noites até o Festival dos Ancestrais, acho que vai ser suficiente. Durante o jantar. Não vai doer manter você e Eidhin longe um do outro por algum tempo.

– Vocês têm cavalos aqui? – Estou surpreso. Nós tínhamos alguns cavalos em Suus, mas não consigo imaginar que eles tenham muita utilidade aqui.

– Nós mantemos alguns. A maioria deles é para treinamento de combate montado. – Veridius não explica mais. – A Preceptora Taedia vai indicar aonde você precisa ir, mas pode começar amanhã à noite. A Septimus Ascenia cuida dos animais. Vou me assegurar de que ela esteja presente para mostrar a você o que fazer.

Nunca limpei estábulos antes, mas vi isso ser feito. Ainda pior que o aspecto desagradável geral da tarefa é o fato de que ela consome tempo – e ter de fazer isso durante o jantar significa que vou perder minha única boa chance durante o dia para socializar, talvez desfazer parte do dano do que fiz hoje. O Festival dos Ancestrais é daqui a dois meses. Mas não vou forçar minha sorte reclamando.

– Bem, acho que todos podemos concordar que este foi um primeiro dia *movimentado*. – Veridius dá um suspiro e se levanta. – Você pode ir. Vá comer alguma coisa. Mas, Vis? Aquele pequeno truque com Eidhin não vai funcionar outra vez. Esta é uma segunda chance. Vai estar além do poder de qualquer um lhe dar uma terceira.

Eu recebo o alerta com a maior graça possível e saio pela porta atrás da Preceptora Taedia. Nós seguimos por um corredor cujo lado direito é uma série de arcos compridos que dão para o oceano. Lá fora está praticamente invisível. Formas escuras se movem e crescem, ondas brancas e encapeladas às vezes captando o que resta de luz.

– Cá entre nós – diz Taedia em voz baixa enquanto voltamos ao refeitório –, ver o que você fez com Eidhin não foi a pior maneira de começar o trimestre.

Eu quase engasgo e olho para a mulher de cabelo grisalho, tentando decidir se ela está me testando.

– É mesmo?

– O garoto mal conhece a língua. Não faz nada além de fechar a cara e estourar. Ele não é exatamente um favorito por aqui.

Eu checo outra vez para garantir que ela não está tentando me enganar.

– Com certeza não pareceu ter muita gente correndo para ajudá-lo.

– Você deve ter aborrecido só quem o colocou naquela situação, e alguns dos Preceptores que acham que deveríamos agir como se fôssemos dos Militares. Mas vou entregar você aos alupi se espalhar que eu disse isso. – Ela está animada, relaxada. Decido que gosto dela. – Só se mantenha longe de Iro Decimus.

Decimus. É bem fácil identificar o nome: Magnus Tertius Decimus, da Religião, deve ser seu pai.

– Eu de algum modo fiz algo contra ele?

– Não. – Ela respira fundo, como se quisesse dizer mais, então sacode a cabeça. – Não. Não mesmo. Só fique longe dele e vai ficar bem. Desde que não faça mais nada estúpido, é claro.

– Vou manter a cabeça baixa.

– Vai mesmo? Até onde percebi, esse não é um de seus pontos fortes. – Ela abre uma porta e me conduz até a cozinha. As pessoas estão ocupadas, indo de um lado para outro entre uma fileira de fornos, uma bancada de preparação e uma despensa. Mal erguem os olhos quando entramos, logo voltando a suas tarefas. – Por que você fez isso?

– Deter Eidhin? Ele estava com raiva e era muito maior que Callidus.

– E se Callidus merecesse?

– Então haveria abordagens muito mais tranquilas para obter justiça que com socos.

Taedia ri ao ouvir isso e acena distraidamente para um dos Octavii, que começa a colocar comida em um prato para mim.

– Verdade, verdade. Bem. Qualquer que tenha sido a razão, obrigada. Isso foi mais diversão em um único dia que eu tive em todo o último trimestre.

Depois que me providenciam um assento e uma refeição, Taedia se despede de mim. Eu me sento na cozinha por algum tempo, debruçado sobre minha comida, ignorando os olhares eventuais dos Octavii e avaliando como as coisas tinham corrido até agora.

Mal, concluo. Muito mal.

Depois de algum tempo, empurro meu prato para o lado, aceno com a cabeça para os Octavii e volto para o alojamento. O local é só barulho e atividade quando entro. Garotos estão reunidos em torno de mesas ou camas, enquanto outros, em um canto, jogam algo que envolve um tipo de bola. Pelos aplausos e gritos tanto dos participantes como dos espectadores, é uma coisa habitual.

No começo, ninguém percebe minha entrada, embora eu receba alguns olhares enquanto me dirijo até meu espaço. Então há uma onda de quietude – não silêncio, mas pausas nas conversas conforme cada vez mais sétimos me notam. Eles estão surpresos, percebo, chocados. Não esperavam que eu voltasse.

Percorro o corredor de olhares de esguelha, primeiro me dirigindo para minha cama, mas mudando de ideia na metade do caminho e seguindo para onde conheci Callidus. Como esperei, o garoto fraco está a sua mesa, com a cabeça enfiada em um livro e ignorando cuidadosamente o que acontece ao redor.

Eu paro ao seu lado, então tusso.

– Callidus? – Ele se vira, e empalideço. Há um grande hematoma inchado em sua face esquerda, e arranhões vermelhos marcam a têmpora. – Pelos deuses.

O cabelo cacheado de Callidus encobre seus olhos, mas não é difícil ver que o olhar que ele direciona a mim não é acolhedor.

– Eidhin não fez com que você fosse expulso? – Quando sacudo a cabeça, ele resmunga: – Enfim, que bom que as coisas acabaram bem para você.

Eu engulo uma resposta irritada.

– Ele acidentalmente aceitou minhas desculpas triplas.

Callidus olha fixamente para mim, então dá uma risada baixa.

– Claro que aceitou. Idiota. – Ele toca o rosto machucado, ainda com um riso amargo.

– Eidhin fez isso?

– Não. – Callidus se remexe cautelosamente na cadeira. Seus machucados vão até embaixo das roupas, então. – É claro, se ele tivesse tido permissão para me empurrar de um lado para outro um pouco na frente de todo mundo, o segundo mensageiro não seria necessário.

Fico arrasado.

– Eu estava tentando ajudar.

– Você estava querendo causar uma impressão. – Não é exatamente uma acusação. É mais como uma observação enfastiada, mesmo que incorreta. – E parabéns, porque parece que conseguiu. – Ele aponta para trás de mim, e estico o pescoço para ver metade do alojamento nos observando.

Quando torno a olhar em sua direção, ele voltou ao livro.

– Desculpe. Sério – digo para um ponto atrás dele, tentando fazer com que as palavras não pareçam estar saindo entre dentes cerrados. – Eu não queria piorar as coisas.

Sem saber o que mais fazer, eu o deixo e volto para minha própria mesa, ignorando os olhares curiosos que me seguem. Minha bagagem está me esperando, e começo a tirar da bolsa seu pouco conteúdo. Alguns livros que Kadmos insistiu que eram importantes, mas que não tinham sido lidos. Um díptico de cera e um buril. Algumas roupas. Nada valioso. Nada especialmente pessoal.

– Não se preocupe com ele.

Eu me viro e vejo um sétimo parado a poucos metros de distância. Ele tem traços cinzelados, cabelo louro e olhos azuis que sugerem uma ascendência no sul. Ele dá um passo à frente e estende a mão com um ar amigável.

– Drusus Corani.

– Vis Telimus. – Corani, família patrícia Militar, pelo que me lembro. Poderosa. Aperto sua mão e olho para Callidus, que continua estudando atentamente seu livro. Ele está a cerca de dez metros de nós. – Está falando de Callidus?

– Ele não merece seu tempo. – Ao contrário de mim, Drusus não se dá ao trabalho de manter a voz baixa. – Ele ainda acha que é melhor que nós porque seu pai lhe comprou uma posição inicial na Três. Mas qualquer um consegue ver que foi um desperdício de dinheiro. – Ele faz esse pronunciamento com uma satisfação ruidosa.

Vários outros garotos por perto, que estão prestando atenção à conversa, assentem.

– É verdade – acrescenta um com um nariz amassado e rosto apertado, vociferando também quando lança um olhar de desprezo para Callidus antes de se aproximar, ansioso para tomar parte da conversa, mas ainda cauteloso em relação a mim, ou intimidado. Talvez os dois.

– E não ache, também, que ele está nas boas graças de Magnus Ericius. Sua família praticamente o deserdou depois do último trimestre – diz em voz alta um garoto corpulento usando brincos de sinos sitrecianos.

Magnus Ericius. Eu me lembro dele imediatamente: recenseador da Governança, o homem que pode vetar indicações para as pirâmides centrais e, assim, para o senado. Um Tertius, e junto com os dois cônsules dos Militares e da Religião, um dos três homens mais poderosos do Senado. Um dos homens mais poderosos na Hierarquia, na verdade.

– Não que alguém possa culpá-los – acrescenta Drusus com uma satisfação sombria, mais confiante agora que tem um coro por trás. Ele olha para Callidus, que continua debruçado sobre o livro e não reagiu abertamente. Seu ombro, porém, está em uma posição tensa e defensiva.

Eu o observo por um segundo. Três. Sem dizer nada. Eu deveria simplesmente aceitar a opinião de Drusus e desses outros, ficar bem com esse grupo. Nitidamente, Callidus não é querido. É uma vitória fácil.

Mas o que ele me disse antes incomodava, sendo mentira ou não. E pior: o tempo que passei em Letens ecoa no sorriso feio desses garotos, o jeito como eles ficam tão ávidos para intervir com um comentário desdenhoso, empilhando ataques de uns e outros na busca de uma conexão fácil. Já estive mentalmente do outro lado disso. Me lembro de como me deixava desalentado – depois que começava, não havia como fazer com que parasse. Ninguém queria enfrentar isso.

– Para ser justo, fico surpreso que as famílias de vocês ainda admitam o parentesco com vocês.

O riso se cala, substituído por um ar de confusão escandalizada. Os olhos de Drusus se estreitam.

– O quê?

– Bem. Vocês são todos sétimos. Assim como ele. – Isso é burrice. Suicídio social. – Pelo que entendi, a única diferença entre você e ele é que o pai dele é mais bem-sucedido que o seu. – Eu deveria parar. – Parece apenas que, se você diz que ele não merece meu tempo, está dizendo que nenhum de vocês merece – explico calmamente. Olho nos olhos dele.

Pelos deuses, eu às vezes odeio meu temperamento.

Escuto um murmúrio vindo de meia dúzia de garotos que estão escutando, e o lábio de Drusus se retorce. Sua compostura se foi.

– E você acha que é melhor... por quê? Porque lutou com Melior?

– Porque eu o matei.

Drusus empalidece. O mesmo acontece com vários dos outros.

– Que assim seja, então – murmura ele de forma quase inaudível. A pequena multidão rapidamente se dispersa, murmurando entre si e de vez em quando lançando olhares sombrios para trás.

Callidus, percebo, continua lendo, agindo como se não tivesse me ouvido suspirar e voltar para minha própria mesa. Não sei o que eu esperava.

As conversas no grande salão a nossa volta estão se calando enquanto todo mundo começa a se preparar para a cama. Eu faço o mesmo. De forma nada surpreendente, nenhum dos garotos dos dois lados de meu espaço parece interessado em conversar, por isso eu apago minha lâmpada e me deito.

Alguns minutos depois, a maioria das lâmpadas penduradas se apaga de uma só vez, mergulhando o salão quase em escuridão. Um mecanismo com base em Vontade, presumo. A penumbra é interrompida por pontos ocasionais de luz encoberta onde algum aluno ainda não se retirou, e ainda há algumas conversas vindas de cantos do aposento, mas em pouco tempo esses se apagam e se calam, respectivamente.

Então tudo fica em silêncio. A distância, escuto ondas quebrando na costa em algum lugar muito abaixo.

Eu fecho os olhos, mas Suus está ali. Eu levo muito tempo para dormir.

XXVII

HÁ UMA DESORIENTAÇÃO QUANDO SE ACORDA EM UM LUGAR PELA primeira vez. Uma breve desconexão entre a memória e o presente, como se a mente da pessoa se recusasse a reconhecer que está em território desconhecido.

Anos atrás, eu gostava da sensação. Esse entendimento lento normalmente significava que eu estava de férias com minha família em algum lugar.

Nesta manhã, ela traz um choque muito próximo do pânico.

Eu me sento ereto, totalmente acordado, morrendo de medo de ter dormido demais, de ter me esquecido de algum detalhe importante relacionado a meu primeiro dia de aulas. Ainda não está claro lá fora. As lâmpadas penduradas estão quase apagadas. Tudo está imóvel. O barulho de respirações constantes enche o aposento, interrompido com muita frequência por resfôlegos e roncos altos. Em algum lugar a várias camas de distância, ouço um dos sétimos murmurar algo em seu sono. Há o som claro de uma página virando, e eu giro para ver Callidus sozinho acordado, a sua mesa outra vez e lendo à luz de uma lanterna vista em silhueta.

Eu olho para um enorme relógio movido a Vontade na parede. Nada fora da rotina. Em mais uma hora, vai amanhecer. Eu sou apenas um dos primeiros a acordar.

Penso em tornar a me deitar, mas mais de dois meses com Lanistia treinaram meu corpo a não ouvir minhas vontades. Eu desço da cama, vou até minha sacola, pego a túnica e amarro minha sandália, antes que resolva não fazer isso. Callidus está de costas para mim, não percebe meu despertar, e eu não o perturbo.

A latrina comunitária também tem bacias de água para nos lavarmos, então eu me alivio, jogo água no rosto e faço meus preparativos habituais para o dia enquanto tento decidir o que fazer em seguida. Não adianta estudar, pois ainda não tenho nada para revisar. E não tenho ninguém com quem possa treinar.

Parece que esse pode ser um bom momento para me familiarizar com o lugar.

Fora do alojamento, a Academia está silenciosa, encoberta por uma névoa tênue e úmida. O oceano sibila a distância. Nuvens difundem a luz das estrelas, embora no leste eu possa ver um falso amanhecer começando a iluminar o céu.

Fora da trilha, na escuridão mais pesada embaixo das árvores que a margeiam, uma sombra se move.

– Vis. – Uma forma esguia e negra se destaca e para a curta distância a minha frente. – Podemos conversar?

– Aequa? – A pele dela está quase prateada sob a luz mortiça, seu cabelo preto e comprido encobrindo a maior parte do rosto, mas sem dúvida é ela. Eu paro de repente, confuso. – O que está fazendo aqui fora?

– Esperando você. Meu pai mencionou que você acordava cedo durante o treinamento. Eu a essa hora geralmente estou acordada, de qualquer forma, e achei que você pudesse estar por aí. – Ela parece envergonhada. – Desculpe. Sei que é um pouco estranho.

– Não. Não, tudo bem. – Eu estou preparado para essa conversa, embora não esperasse por ela antes do amanhecer. Aponto na direção do quadrum. – Imagino que não se importe em me mostrar o lugar enquanto conversamos.

– Claro que não. – Há alívio, uma liberação de energia nervosa quando ela entra em movimento, gesticulando para que eu a siga.

Nós começamos a andar. Fico tentado a abordar o assunto primeiro, mas se fizer isso, vai parecer óbvio que eu estava planejando minha resposta. Nossas respirações se condensam.

– Não tem mais ninguém acordado? – pergunto.

– A maioria dos Preceptores deve estar. E muitos de nós estão estudando. – Ela aponta para trás, para o alojamento. As janelas nos primeiros dois andares estão escuras, mas luzes enchem várias delas mais para o alto. – É a mesma coisa com as garotas. Elas, porém, só vão descer na hora do desjejum. E os sextos e os sétimos não vão nem se dar ao trabalho de acordar até lá. – Há uma dose de desdém nisso.

Ficamos em silêncio novamente. Aequa se remexe enquanto anda, e posso ver que minha paciência não será necessária por muito mais tempo.

– Eu... tinha algumas perguntas – diz ela abruptamente, a voz baixa cortando a imobilidade do amanhecer. – Sobre o que aconteceu na naumaquia.

– Está bem.

Ela ajeita a túnica, nervosa.

– Nós não passamos pela entrada do esgoto quando chegamos. E você nunca tinha estado lá antes.

– Isso na verdade não é uma pergunta.

Ela olha para mim.

– Desculpe. – Eu dou um sorriso relaxado para ela – Sabia que ela estava lá porque a notei quando fui à latrina. E adivinhei o que era porque o casal mais velho ao nosso lado não parava de discutir se aquilo tudo valia a pena, levando em conta que os aquedutos tinham sido desviados de seus banhos. – Ela vai se lembrar disso, o que vai ajudar. – Isso me fez pensar sobre como eles iam se livrar de toda aquela água quando tudo acabasse, e percebi que as escadas deviam ser um acesso aos esgotos.

– Isso não era nada perto das latrinas.

Vek. Ela examinou o assunto, então, com muita seriedade.

– Era pelo caminho que eu fui... eu perambulei uma eternidade antes de encontrá-las. – Eu rio. – Ou você acha que eu passei vinte minutos inteiros me aliviando?

Aequa demonstra um sinal de estar achando graça, embora haja uma curva em sua boca que sugere insatisfação. Não é uma história perfeita – eu certamente pareci seguro demais ao guiá-la pelos próprios esgotos –, mas esse tipo de coisa é difícil de avaliar e fácil de negar.

– É claro. – Ela morde o canto esquerdo do lábio inferior. – Eu só... Eu não paro de pensar nisso. Quando tudo começou. Você estava diferente de todas as outras pessoas. Mais confiante. – Quando tento parecer modesto, ela sacode a cabeça. – Não. Eu não disse isso como um elogio. Era como se... Como se você soubesse que não se machucaria. Você estava abalado pelo que estava acontecendo, mas não parecia *com medo*.

Agora estamos no quadrum, um dos lugares mais públicos da Academia. Eu me pergunto se essa foi uma decisão consciente da parte dela, considerando o que ela pode estar sugerindo.

– Você conhece meu passado, não? Eu estava em Aquíria quando ela caiu, mas antes disso, meus pais naturais foram mortos; minhas terras, roubadas, e então minha vida foi ameaçada por meses até a chegada dos catenanos. Eu nunca ia dormir sem me preocupar se acordaria de novo. – Eu me concentro no templo de Jovan à frente. O contato visual geralmente indica sinceridade, mas, para revelar o que deveria ser uma verdade difícil, a falta de conforto pode se revelar mais autêntica. – Não é que eu não estivesse com medo na naumaquia, Aequa. Apenas estou mais acostumado com isso que o resto das pessoas.

Digo isso com tristeza, então olho para ela. Transmitindo a sinceridade da declaração. Meu passado, por mais ficcional que seja, é uma ferramenta poderosa se eu usá-lo corretamente.

– Ah. – Aequa fica em silêncio, e quase posso ouvi-la analisando minha explicação, se perguntando se há algum jeito de dissecá-la, de investigar mais. – Então quando você voltou…

– Eu estava aterrorizado. – Eu arrasto os pés. – Mas isso também pareceu uma oportunidade.

– *Ah*. – Sei imediatamente que essa é uma motivação que ela consegue entender. Catenanos amam seus heróis, e fazer meu nome não prejudicaria minhas chances na Academia.

– Desculpe por deixá-la daquele jeito.

– Levando em conta o resultado, acho que está tudo bem. – Aequa indica que este é o fim do assunto, e eu relaxo por dentro. Não acho que ela esteja totalmente convencida, mas não vai insistir. Não, pelo menos, por enquanto.

A conversa muda para o prometido tour da Academia, e passamos uma meia hora bastante agradável percorrendo o lugar enquanto o leste começa a clarear. Aequa indica prédios de interesse tanto no quadrum como além. Os templos de Jovan e Mira. O grande ginásio para treinamento físico. A Curia Doctrina e o Praetorium, que eu já conheço, junto com banhos que são aparentemente abertos para quartos e acima. Ela fica um pouco sem jeito no início, como se não estivesse acostumada a conversar, mas melhora nessa tarefa à medida que prosseguimos.

– O que é aquilo? – Eu aponto para um prédio comprido posicionado bem longe dos outros, quase escondido atrás de um grupo de árvores.

– O Labirinto. – Ela olha parta mim, nitidamente curiosa para ver se eu sei do que ela está falando.

– Ah, meu pai me falou disso. Ele disse que é um dos testes mais difíceis aqui.

– Não é fácil. – O olhar de Aequa permanece na estrutura baixa de pedra. – Imagino que vão pedir a você que o percorra em breve. Todo mundo fez isso como parte do exame de admissão.

– Como você se saiu?

– Nada bem, principalmente por causa de meu braço. Só algumas pessoas, porém, foram melhores que terríveis na primeira vez. A maioria de nós melhorou muito desde então.

Há uma pausa, e Aequa olha para o céu, onde o sol está ameaçando espiar acima do horizonte.

– Preciso voltar. – Ela inspira fundo. – Estou em dívida com você, pela naumaquia. Sei disso. Mas do jeito que as coisas são aqui, com você na Sete...

– Está tudo bem, eu entendo. – Mesmo sem os muitos avisos de Lanistia, minha experiência com Eidhin deixou claro que as diferenças no nível das turmas são levadas a sério aqui. Aequa se associar demais comigo seria mal visto por seus pares, talvez pelos próprios Preceptores. – Vamos conversar mais quando eu for um quarto.

Ela não consegue conter uma risada, então acena com a mão para se desculpar, ainda sorrindo.

– Quando você for um quarto. É claro. Estou ansiosa por esse dia. – Isso é dito com humor em vez de malícia, e aceito sua incredulidade com um sorriso antes de me despedir.

Ela, porém, para após alguns passos e vira para trás. Todo traço de humor desapareceu.

– Eu ainda tenho pesadelos.

Não digo nada por um longo momento, então aceno com a cabeça. Só de leve.

Essa é toda a confirmação de que Aequa precisa. Ela se afasta.

Um sino soa quando estou no caminho de volta para o alojamento, uma única nota trêmula e cristalina que invade todos os cantos da Academia. O sino da refeição matinal. Há mais alunos acordados, agora, e a maioria parece estar se dirigindo à Curia Doctrina.

Eu aprumo os ombros e faço o mesmo.

Eu passo o desjejum, o que não surpreende, sozinho no nível mais baixo do refeitório. Drusus e os outros garotos devem ter espalhado alguma versão de nossa conversa da noite passada, porque não recebo nada além de olhares frios dos outros sétimos quando eles vão chegando. Callidus também se senta separado; seu rosto não está tão inchado quanto antes, mas os hematomas permanecem dolorosamente óbvios. Ninguém parece inclinado a perguntar sobre eles.

Não estou desacostumado com a solidão, mas esse não parece um início auspicioso do tempo que vou passar aqui.

A refeição – panquecas de trigo com tâmaras e um pouco de mel – enche o bastante, mesmo que esteja um pouco fria quando chego de volta a meu assento. Eu como sem pressa em meio aos sussurros de vozes, usando o tempo para observar os níveis acima de mim. Todo mundo parece mais quieto esta manhã, mais circunspecto, a empolgação do primeiro dia de aulas diminuída. Eu capto alguns olhares que passam vindos de mais alto. Outra série de olhares sombrios do Iro de olhos verdes da Turma Três, a quem de algum modo pareço ter incomodado. Um aceno amistoso de cabeça de um quinto ruivo, um olhar severo de uma garota magra ao seu lado. Pessoas que eu não conheço, que não reconheço. Vejo que um dos Preceptores presentes esta manhã – um homem forte e de boa aparência, com barba farta e cabelo preto desgrenhado – me observa abertamente. Ele não se dá ao trabalho de parar, mesmo quando eu faço a ousadia de encará-lo.

É uma refeição desconfortável do início ao fim.

Quando o sino seguinte anuncia que é hora de ir para a aula, sigo atrás dos outros sétimos até o coração da Curia Doctrina, então até uma sala perto do salão principal. A maioria dos alunos está amontoada em torno de carteiras em pequenos grupos quando chegamos, rindo e conversando entre eles. Callidus já está sentado, lendo algo sozinho.

Eu inspiro fundo, então caminho até ele e me sento ao seu lado. Ele me olha, mas não diz nada, e rapidamente volta para seu livro. Não tento interrompê-lo.

As conversas se calam quando uma mulher entra praticamente quicando, alegre enquanto examina o grupo no geral. Ela é gorda, mas está em forma, com uma confiança fácil marcando-a como a Preceptora da Turma Sete. Ela sinaliza para que eu vá até a frente da sala.

– Eu sou a Preceptora Ferrea – ela me informa quando me aproximo, afastando para trás o cabelo ruivo na altura do ombro que está desbotando em um acobreado escuro. Se eu tivesse de adivinhar, diria que ela está na casa dos quarenta. – Você deve ser Vis.

– Sou.

– Bem-vindo. – Rápida, mas amigável. – Ainda estamos revisando o último trimestre, então você vai ter uma chance para alcançar os outros se for preciso. E o resto desta semana vai ser focado em aulas de retórica. Se tiver alguma dúvida ao avançarmos, é só perguntar. – Isso é uma dispensa, as apresentações aparentemente terminaram.

Quando volto para meu lugar, Ferrea está parada diante da turma com um livro na mão.

– Vamos continuar hoje com os princípios da Vontade.

Eu estreito os olhos, bem certo de ter ouvido errado. Os princípios da Vontade não são exatamente avançados – na verdade, são o oposto disso. Eu nunca quis usar Vontade e mesmo assim os aprendi quando estava em Suus.

Mas talvez eu esteja entendendo errado. Talvez haja algo a mais nisso do que eu percebo, algum nível a mais de complexidade que seria difícil demais de explicar para mim na época.

– Vontade imbuída pode ser empregada de três maneiras. Alguém sabe me dizer quais são elas?

Dou um sorriso. Mas meu humor termina quando ninguém responde, ninguém levanta a mão. Nenhum aluno dentre os mais de setenta na sala.

Eu olho para Callidus ao meu lado. Ele não está prestando atenção, o cabelo preto encaracolado caindo sobre seu rosto enquanto ele está debruçado sobre um tablete de cera, escrevendo alguma coisa.

– Direta, relacional e condicional – digo a resposta em voz alta e clara.

Alunos se remexem em seus assentos, virando o rosto em minha direção quando Ferrea, surpresa por alguém ter falado, assente.

– Exatamente.

Ela volta para o livro.

– Embora Kaspius diga que a relacional é genérica demais hoje em dia e deveria ser dividida em duas subcategorias.

Estou me arriscando. É o método mais grosseiro possível, exibir meu conhecimento agressivamente assim. Eu não gosto disso; me sinto desconfortável ao fazê-lo. Mas Ulciscor e Lanistia sugeriram que esse seria o jeito mais rápido e eficaz de subir da Turma Sete.

Ferrea para e inclina a cabeça para o lado antes de olhar para mim.

– E por que isso?

– Porque a relacional cobre um campo vasto demais. Relacionamentos harmônicos e reativos estão sendo agrupados pelo mesmo termo, mas são extremamente diferentes um do outro. Considerando que usamos essa linguagem para descrever cada objeto imbuído, ele defende que a falta de especificidade prejudica o desenvolvimento, prejudica a documentação e, assim, prejudica o avanço.

Ferrea anda pelo corredor entre as carteiras até mais perto de mim.

– Você está parafraseando. – O resto da turma está observando, em silêncio.

– Posso citar palavra por palavra, se a senhora quiser.

– Não. – Ela descarta a oferta com um aceno. – Parafrasear é bom. Mostra que você entendeu o material. Mais alguma coisa que queira acrescentar?

– Não em relação ao básico.

Um pequeno sorriso brinca nos lábios de Ferrea. Bom, ela está impressionada.

Ela se vira e retorna para a frente da turma. Callidus enfim para de escrever.

– Tem certeza de que você quer isso? – diz ele em voz baixa, sem erguer os olhos. Eu levo um segundo para perceber que ele está falando comigo.

– O que está querendo dizer?

– Você vai ser promovido de turma se continuar a fazer isso.

– Isso não é… bom?

Callidus hesita.

– É. Se for isso o que você quiser. – Ele volta a escrever, parecendo quase irritado consigo mesmo por ter falado.

A aula continua, e faço questão de responder todas as perguntas feitas por Ferrea, acrescentando mais informação onde posso, assegurando-me de demonstrar um entendimento profundo dos conceitos envolvidos. Não é difícil. Na verdade, estou um pouco confuso por ver como isso é fácil. Posso estar me lembrando errado, mas sinto que poderia ter respondido muitas dessas perguntas igualmente bem quando deixei Suus, três anos atrás.

Com o passar do tempo, posso ver o interesse dela se acelerando. As perguntas ficam mais desafiadoras – não do jeito que eram as de Lanistia, nem mesmo as de Aequa, mas com certeza a dificuldade é cada vez maior, para me testar. E ela para no meio da sala, perto da minha carteira, olhando para mim diretamente na metade do tempo. Como se eu fosse o único com quem ela realmente estivesse conversando.

Os outros alunos, felizmente, não parecem se incomodar por ser ignorados. Na verdade, muitos deles parecem extremamente contentes por a atenção da Preceptora estar em outro lugar; quando começamos, a maioria deles estava sentada prestando atenção, mas agora há muitas cabeças inclinadas juntas em conversa informal, embora sussurrada.

Quando o sol chega ao auge do lado de fora, paramos para almoçar no refeitório. Eu pego minha comida e me sento sozinho a uma mesa. Ferrea se senta com o grupo, um pouco afastada, com a cabeça baixa, trabalhando em alguma coisa enquanto come. Mesmo assim, eu de vez em quando percebo que ela lança olhares preocupados em minha direção.

Para minha surpresa, Callidus para à minha frente um minuto depois. O garoto frágil acena levemente com a cabeça para mim, então pega o livro e continua a ler, me ignorando.

Eu mastigo meu pão salgado, lançando olhares furtivos para o volume que Callidus passou a maior parte da manhã lendo, então franzo o cenho quando reconheço um dos diagramas na página de cabeça para baixo.

– Uma leitura leve? – O livro é *Análise do reconhecimento de padrões com base nos sistemas de Vontade*. Eu o encarei na Bibliotheca. Por um mês. Não sei ao certo se compreendi todo ele, mesmo agora.

Callidus não ergue os olhos.

– Algo assim. – Não consigo evitar me sentir um pouco preocupado.

Talvez eu esteja subestimando o que vai ser necessário para ser promovido da Turma Sete, afinal de contas.

– Eu tive dificuldade para entender os princípios dos quais ele fala nos últimos capítulos. Quando ele chega à imbuição condicional e às teorias por trás de degradação física versus mental das conexões… – Eu gesticulo, indicando minha incompreensão.

– Você o leu? – Callidus, pela primeira vez, parece surpreso de verdade.

– Li. Não necessariamente entendi.

Callidus morde o lábio e torna a me avaliar.

– Eu ainda não cheguei tão longe. – Outro momento se passa, uma respiração contida, então algo parece escapar dele. Tensão deixa seus ombros, e ele se debruça sobre a mesa, estendendo a mão. – Desculpe. Por ter ficado aborrecido ontem à noite. Sei que você estava só tentando ajudar.

– Sabe?

– É isso ou você é ainda mais burro que os sétimos ali. Só um verdadeiro idiota acharia que socar a droga de um sexto fosse um jeito inteligente de se apresentar.

Eu seguro sua mão.

– Prometo que deixo você levar uma surra na próxima vez.

Callidus dá uma risada.

– É justo. – Voltamos a nos afundar em nossos assentos, os dois mais relaxados. – Então é verdade?

– O que é verdade?

– O que estão dizendo sobre você. – Callidus suspira com frustração exagerada quando olho para ele com expressão vazia. – Você deteve heroicamente o ataque na naumaquia. Nadou através de um lago de sangue para matar o líder dos anguis enquanto navios queimavam dramaticamente por toda a sua volta. Salvou toda a droga da cidade de uma arma misteriosa de Vontade. Você se lembra disso, certo?

– Ah. *Isso*. – Eu não consigo conter um sorriso. – Eu na verdade não devo falar sobre isso.

– Por que não?

– O Principalis me pediu que não o fizesse.

Ele revira os olhos.

– Ele não fez muitos favores a você até agora.

– O que você quer dizer com isso?

– O Principalis devia saber que o estava colocando em uma situação difícil quando juntou você comigo. – Ele dá de ombros. – Sabia que eu estava no alojamento quando trouxe você. E com certeza sabia por que eu não ia jantar.

– Mas ele não tinha como saber o que ia acontecer.

– *Todo mundo* sabia o que ia acontecer. Meu pai vetou meia dúzia de candidaturas ao Senado durante o recesso do trimestre, que é mais do que qualquer recenseador fez nos últimos dez anos combinados. Muitas pessoas aqui são de famílias que tiveram anos de planejamento arruinados. – Ele sacode a cabeça. – É claro que haveria repercussões. O que significa que o Principalis botou você bem no meio de um conflito. Ou, pelo menos, adjacente a um.

– Eu poderia ter ficado fora disso.

– Você é Catenicus. Acho que isso deve ter parecido improvável. – Ele olha para mim. – Além disso, a rixa entre ele e seu pai não é exatamente um segredo.

Eu me remexo na cadeira.

– Ah. – Callidus pode estar certo. Veridius não podia simplesmente recusar minha entrada nem ser o responsável por me expulsar; minha reputação depois da naumaquia garantiu que não. Mas ninguém poderia protestar se outro aluno de alto escalão abrisse um caso. Fico um pouco abalado por não ter percebido isso eu mesmo.

– Ah. – Callidus concorda com loquacidade. Ele é intenso quando decide falar. Rápido e inteligente. – Pelo menos você ainda está aqui. O que eu quero saber é: como, pelos túmulos dos deuses, você fez com que Eidhin aceitasse desculpas triplas?

Eu conto a ele. Quando termino, seu riso solto ecoa pelo refeitório, fazendo várias cabeças se virarem. Entre elas a de Eidhin, que olha com raiva para nós através de círculos inchados, roxos e pretos. Sei que deveria me preocupar – o sexto com certeza deduz que estamos rindo a sua custa –, mas não me preocupo. Em vez disso, sorrio com Callidus. Uma expressão genuína.

– Pelos deuses, como eu queria ter visto isso. – Callidus ainda está rindo. – Deve ter sido uma sensação boa.

– Com certeza não foi ruim. – Eu ergo minha caneca. – Aos nossos inimigos e à destruição que eles atraem sobre si.

Ele bate a caneca na minha.

– Seriphius?

Eu não escondo minha surpresa. As filosofias de Seriphius estão longe de ser leitura básica. Na verdade, esses livros estavam na seção restrita da Bibliotheca em Letens.

– Você o leu? – Quando ele indica que sim, eu me inclino para a frente. Seu livro atual, reconhecer despreocupadamente Seriphius, e mesmo assim ele em nenhum momento levantou a mão na aula de hoje. Não tentou responder nenhuma das perguntas. – Seu lugar não é na Turma Sete, é?

Os olhos de Callidus se movem na direção do resto dos sétimos, um grupo grande dos quais acabou de soar uma piada obscena.

– Eu provavelmente poderia estar em uma posição mais elevada.

Ele parece prestes a dizer mais quando soa o sino sinalizando o fim da refeição, e a Preceptora Ferrea fica de pé, chamando nossa atenção. Em um minuto estamos nos dirigindo novamente para a aula; a chance de qualquer conversa mais significativa, perdida.

A tarde avança de forma muito parecida com a manhã; o sol penetra cada vez mais longe por entre as arcadas compridas e sobre nossas carteiras. O relógio movido a Vontade na frente da sala indica que estamos a cerca de uma hora do jantar – ou, no meu caso, de limpar os estábulos – quando Ferrea termina a aula sobre os pontos mais sofisticados da oratória.

– Agora, vamos fazer testes pelo resto do dia. – Há um gemido coletivo ao meu redor, e ela desdenha do som com um aceno e um meio sorriso. – Avisei. Preciso reavaliar todos vocês, descobrir quem realmente *fez* alguma coisa durante o recesso.

– Eu gostaria de saber quantos foram – murmura Callidus, sem tirar os olhos de seu livro.

Ferrea se aproxima e para ao lado de minha carteira.

– Vis, preciso obter uma base do que você sabe, então você pode ignorar as perguntas sendo feitas à turma. Em vez disso, responda estas.

Eu aceito o maço de papéis. Era nisso que ela estava trabalhando na hora do almoço, percebo. Sua letra é clara e precisa.

Eu abaixo a cabeça e começo a ler enquanto a mulher ruiva reassume seu lugar à frente da turma, recitando perguntas em intervalos regulares. Escuto o arranhar pesado e urgente de buris nos tabletes de cera no silêncio ao redor, e quando ergo os olhos, posso ver todo mundo escrevendo furiosamente. Interessante. Os sétimos, então, não são tão apáticos quanto pareceram à primeira vista.

Eu me corrijo quando olho ao redor: todo mundo está respondendo as perguntas, exceto o garoto ao meu lado. Callidus *está* escrevendo, mas apenas toma notas sobre *Análise do reconhecimento de padrões*, que ele mantém aberto descaradamente à sua frente.

As perguntas que ouço são muito básicas; as que estou lendo são menos. Ainda não são nada em comparação com o que Lanistia me perguntava, nem mesmo as leituras que eu fazia na Bibliotheca de Letens antes disso. Mas algumas das perguntas mais simples são as mais difíceis, pois exigem resgatar de minha memória respostas fundamentais que eu não esperava ter de recitar aqui.

Mas eu termino em meia hora. Enquanto os outros alunos respondem a última pergunta, eu aceno e capto a atenção de Ferrea.

– Está com algum problema?

– Terminei. – Eu mostro a pilha de papel para ela para enfatizar o que estou dizendo.

A Preceptora parece desconfiada, mas me chama para ir até a frente da sala, apresentando outro problema para a turma enquanto isso. Eu escuto uma onda de murmúrios de frustração. Ela está indo mais depressa do que muitos alunos gostariam. Quando chego a sua mesa, ela pega as páginas e as folheia, fazendo uma avaliação.

– Hum. Vou ver isto mais tarde. Você pode voltar para seu lugar. Responda o resto das perguntas com os outros.

Apesar de suas palavras, depois que torno a me sentar, posso vê-la arrumando as páginas sobre a mesa a sua frente, erguendo os olhos apenas de vez em quando ao enunciar a próxima parte do teste. Seu rosto está inexpressivo enquanto lê.

Alguns alunos suspiram de alívio quando o relógio movido a Vontade gira para indicar o fim da aula. Ferrea manda duas das garotas recolherem as respostas de todo mundo. Callidus ergue os olhos, parecendo surpreso por já ser hora de ir embora, então começa a guardar suas coisas. Eu me inclino em sua direção.

– Achou que não valia a pena fazer o teste?

– Você não achou? – Ele se espreguiça, sem esperar uma resposta. – É hora de jantar.

Sou detido a alguns passos da porta pela Preceptora Ferrea.

– Os estábulos ficam um pouco a leste do quadrum, na direção do muro. Você não tem como não vê-los. Septimus Ascenia vai lhe dizer o que fazer. Ela está esperando você. – Pelo jeito como ela diz isso, a Septimus provavelmente não vai esperar pacientemente.

Eu mantenho cuidadosamente o rosto despido de qualquer desprazer e escuto-a educadamente. Depois que ela vai embora, dou um suspiro e olho para Callidus.

– Até amanhã, então.

Ele me dá um tapinha encorajador nas costas e se junta ao fluxo de alunos que se dirige para o refeitório, enquanto eu me dirijo para a grandiosa parte principal da Curia Doctrina.

Eu reduzo o passo, apreciando a vista. Está chegando perto do pôr do sol, e a ilha está tingida de um laranja avermelhado e ardente, embora a água ao longe ainda brilhe azul. Há um Transvect se aproximando; eu observo com interesse enquanto ele sobrevoa as ondas, quase parando ao se aproximar de um dos pontos de ancoragem antes de se agitar e entrar em movimento outra vez, avançando e decolando na direção de seu destino.

Eu continuo andando, então torno a parar. Penso. Segundo Lanistia, vai haver um único Transvect comissionado para voar entre aqui e Agerus – onde fica a Necrópole – durante o Festival dos Ancestrais. Viajando de um lado para outro, voltando para a ilha em intervalos de algumas horas ao longo de dois dias.

Tenho me perguntado como posso chegar às ruínas sobre as quais Ulciscor me falou. Pode haver alguma coisa para explorar lá.

Estou afundado em pensamentos pelo resto da caminhada curta até minha punição.

XXVIII

OS ESTÁBULOS SÃO AFASTADOS DA MAIORIA DAS OUTRAS ESTRUTURAS na Academia. O cheiro de estrume de cavalo incomoda minhas narinas quando me aproximo, e posso ouvir o barulho eventual de cascos no interior. Porém, paro por um momento antes de entrar. Analisando. Aqui é mais isolado do que eu esperava, e não estou a mais de uns cem metros de distância do muro leste que separa a área da Academia do resto de Solivagus. As copas das árvores à frente balançam com a brisa.

Não consigo ver mais nada, mas se minha orientação estiver certa – e se Ulciscor estava certo sobre sua localização –, as ruínas que preciso investigar devem estar em algum lugar não muito depois daqui.

Eu olho fixamente para a barreira. Cinco metros de altura, com estacas pontiagudas no alto, douradas pelo sol poente. Difícil, mas não impossível. Com certeza não se compara a passar pela gaiola de Vontade vigiada na entrada e voltar. Tudo de que preciso é um jeito de escalar o muro e um período em que minha ausência não seja notada.

A noite seria a melhor hora de fazer isso, é claro. É praticamente inviável enquanto ocupo a mesma sala com mais de cinquenta outros garotos.

Depois de algum tempo, volto a seguir em frente. Preciso ser paciente. Passar estas primeiras semanas apenas me adaptando, sem fazer nada arriscado.

Septimus Ascenia, uma mulher brusca e desagradável na casa dos cinquenta anos, está esperando por mim nos estábulos. Ela explica sucintamente como limpar as baias. Enfatiza em termos claros que, se valorizo minha vida, não devo tocar em um pelo dos animais. Ela me deixa com um forcado e a promessa de que, se o trabalho não for feito com seu padrão elevado habitual, ela vai me arrastar para cá a qualquer hora que perceber isso.

Os dez minutos seguintes se passam em monotonia enquanto eu limpo esterco de cavalo coberto de feno do chão e o levo para a área designada do lado de fora. Não é um trabalho difícil, e isso me dá uma oportunidade para me acalmar. Para reexaminar as coisas. Estou confortável com a maneira como o dia transcorreu, penso, especialmente levando em conta o anterior. O trabalho na Turma Sete foi chato, mas sinto que comecei bem para impressionar Ferrea. E estou confiante de que ela vai aprovar minhas respostas em seu teste.

– Tem alguém aqui?

A voz feminina ecoa pelos estábulos; eu paro o que estou fazendo, então apoio o forcado na parede e ponho a cabeça para fora da baia.

– Emissa? – É a garota da Turma Três. Seu cabelo escuro está preso para trás, e ela trocou as roupas elegantes pelo traje mais prático de uma túnica simples amarrada na cintura.

– Boa noite, Vis. – Ela me dá um aceno ensolarado.

Eu saio da baia, retribuindo o sorriso.

– O que está fazendo aqui?

– Penitência.

– Ah. – Eu ergo uma sobrancelha enquanto ela vai até o nicho onde os implementos são guardados e pega outro forcado. – Pelo que vejo, você sabe o que está fazendo.

– É uma punição popular por aqui. – Ela entra na baia em que estou trabalhando e gira a ferramenta em um floreio vistoso antes de começar a recolher o feno. – Embora, se ontem for parâmetro, imagino que logo você vá descobrir isso por conta própria. – Os olhos verdes brilhantes entregam seu divertimento.

– Eu já vou ter de ficar aqui por dois meses. Isso vai ser experiência mais que suficiente para mim, obrigado.

– Pelos deuses. Dois meses inteiros? – Ela sacode a cabeça quando começa a trabalhar. – É melhor que a alternativa, imagino. – Há sem dúvida uma pergunta nessa observação.

Eu conto a ela como evitei ser expulso enquanto jogamos dejetos molhados em um balde. Emissa escuta com um sorriso divertido, e sua companhia torna o trabalho menos custoso.

– Você teve sorte – diz ela enquanto eu termino, dando um riso silencioso. – Se eu fosse você, tentaria espalhar isso um pouco mais por aí.

Eu franzo a testa.

– Por quê?

– Bem, você bater em um sexto e se safar disso não é um precedente que ninguém de posição mais alta que a Turma Sete vai gostar por aqui. Mesmo que *tenha sido* justificado. Metade deles vai achar que você está recebendo tratamento especial, e a outra metade vai achar que isso desvaloriza suas próprias posições. – Ela hesita. – E… tenho quase certeza de que Iro tem falado às turmas mais baixas que é isso o que eles deviam estar pensando. Assim como tem sugerido que sua reputação depois da naumaquia foi exagerada por razões políticas.

Eu contenho um palavrão.

– Por que ele faria isso?

– Não faço ideia. Ele pode acreditar nisso. Ou talvez seja algo que o pai dele pediu que fizesse. De qualquer jeito, ele parece não ter gostado de você. Não acho que os quartos vão se apegar muito a isso, mas os quintos e sextos… bom. Mesmo que eles não acreditem em Iro, não vão querer que *ele* perceba isso. – Ela faz uma careta ao ver minha expressão. – Sinto muito.

– Não é sua culpa. – Meu bom humor azeda. Já não sou popular com os sétimos, mas esperava que, se conseguisse avançar rapidamente para a Turma Seis, isso pudesse não importar.

Pior, estou preso aqui durante o jantar por dois meses inteiros: o castigo pareceu uma reprimenda na hora, mas cada vez mais estou me perguntando se Veridius pode ter preferido este resultado. Qualquer que seja o caso, vai ser difícil melhorar minha reputação se eu nunca estiver por perto. E, de observar a política na corte de meu pai, eu sei a rapidez com que até rumores infundados podem se tornar ruinosos.

– Por falar nisso, eu acho que você fez a coisa certa. – Emissa não ergue os olhos ao separar uma pilha de feno de estrume. Há um rubor modesto em seu rosto quando ela diz isso.

– Bater em Eidhin?

Recebo um revirar de olhos como uma falsa reprimenda.

– Detê-lo. Mais ninguém teria feito isso.

– Obrigado. – Eu enfio minha pá por baixo de uma pilha de esterco. O odor fresco atinge minhas narinas com força, e eu franzo o nariz. – Embora, no momento, eu ache que os outros são os espertos.

– Ah, eles são – concorda ela prontamente. – Eu só disse que você fez a coisa *certa*.

Eu dou uma risada ao ouvir isso.

– Como foram suas primeiras aulas hoje?

Eu hesito.

– A Turma Sete foi… menos exigente do que eu esperava.

– Isso é diplomático.

– É mesmo. – Eu afasto feno limpo para o lado. – Algum conselho sobre como subir algumas turmas?

– Sério?

– É claro.

– Bem. – Ela se apoia no forcado e belisca a ponte do nariz enquanto pensa. – Tudo se trata de impressionar os Preceptores, acho, mais que qualquer outra coisa. Ferrea é fácil: seja legal com ela. Se ela gostar de você, e você mostrar a ela que é inteligente o bastante, ela vai pressionar por isso imediatamente. Da Turma Seis, porém… – Seu rosto se retorce.

– O quê?

– Dultatis. – O jeito como ela diz o nome não é exatamente respeitoso. – Vai depender dele promover você, e ele é… – Ela dá um suspiro. – Ele é amigo do Preceptor Nequias; pense em uma versão mais baixa, mais gorda e mais traiçoeira. Comigo e com os outros "verdadeiros catenanos", eles são educados. Até mesmo amigáveis. Mas uma pessoa como você, nascida em…

– Aquíria – digo.

– Aquíria, ou em algum lugar fora da região central, eles têm a tendência de menosprezar. Não tenho certeza de que é possível impressionar Dultatis o suficiente para ajudá-lo com isso.

– Ah. – Isso parece menos que o ideal. – É bom saber.

– Sinto muito.

A conversa muda para assuntos mais leves, e em pouco tempo terminamos uma baia e vamos para a seguinte. Cavalos batem as patas quando passamos, como se tentassem chamar nossa atenção. O sol se foi do lado de fora, mas lanternas disparadas por Vontade ganham vida assim que a luz diminui e agora projetam um brilho rosado sobre os estábulos.

Nós conversamos o tempo todo, em sua maioria sobre a Academia e o que eu posso esperar ao longo das próximas semanas. Há uma conexão tranquila e imediata com Emissa – é fácil gostar dela, e ela consegue isso sem esforço –, há nela uma vivacidade que não parece afetada. Também devo admitir que, mesmo em suas roupas de trabalho, ela é inegavelmente bonita.

Porém, tenho de tomar cuidado com isso também.

Meus pais sempre me alertavam que a atração – a onda do flerte, a excitação de ver alguém retribuir seu interesse – pode se tornar uma compulsão se não for controlada. Um desejo que estimula decisões ruins. O rei e a rainha de Suus, é claro, estavam me alertando sobre garotas mais interessadas em minha posição que em mim, mas o princípio permanece o mesmo. Já posso sentir uma pontada em meu peito quando Emissa ri de algo que eu disse, e meu sorriso em resposta é instintivo. Sinto meu prazer com a conversa ir além de apenas gostar de sua companhia. Não é algo que eu possa me dar ao luxo de ignorar.

– Eu tenho de admitir – digo enquanto estamos soltando e espalhando feno fresco pela última baia –, depois de ver como as coisas são por aqui, que eu não esperava ter uma conversa amigável com uma terceira esta noite. – Deixo que haja nisso uma sugestão de pergunta. Eu na verdade não quero perguntar, não quero ameaçar o prazer que estou sentindo em sua companhia, mas parece incomum que ela esteja tão disposta a ignorar as barreiras sociais aparentemente rígidas da Academia. Também parece coincidência que ela também esteja comigo aqui esta noite. Uma das poucas pessoas que eu já conhecia em toda a escola.

Estou tentando ignorar isso, mas a preocupação de Ulciscor depois daquele ataque ao Transvect continua desconfortável no fundo de minha mente.

– Eu faço o que os Preceptores querem enquanto eles estão olhando, mas honestamente? É ridículo não podermos socializar fora de nossas turmas. Para mim, isso deixa apenas *cinco outras pessoas* com quem tenho a permissão de conversar, e não gosto de mais da metade delas. – Ela dá um sorriso. – Além disso, estamos recolhendo esterco juntos. Acho que isso tende a nivelar um pouco as coisas.

Eu dou uma risada, embora não consiga evitar sentir um mínimo lampejo de decepção, também. Isso, então, não vai seguir adiante além desta noite. Pelo menos, isso provavelmente absolve Emissa de qualquer suspeita. Ela não fez nenhuma pergunta curiosa. Ela só mencionou a naumaquia de passagem, embora eu saiba que ela deve estar tão curiosa quanto qualquer outra pessoa. Fico grato por sua contenção. Parece que isso dominou todas as outras conversas que tive desde que aconteceu.

Entre as brincadeiras e o par de mãos extra, estamos trocando a água na última baia antes que eu me dê conta. Apesar de minha relutância repentina em terminar, logo estamos guardando as ferramentas e voltando juntos para o quadrum.

– Eu devo me apresentar a Ferrea e pegar meu jantar – admito ao chegarmos à praça ampla com calçamento de pedras. Tochas brilham e tremeluzem em uma brisa constante. Não há mais ninguém por perto. – Você precisa vê-la também ou alguma outra pessoa?

– Ninguém. Eu vou estudar.

– Achei que você tivesse dito que estava pagando penitência.

Ela está soltando o cabelo e começa a seguir na direção do alojamento das garotas.

– Eu nunca disse que alguém mandou. Eu só estava… me sentindo mal. Por não fazer mais para ajudar ontem. – Ela continua sorrindo para mim. Seus olhos verdes brilham à luz das tochas. – Vejo você por aí, Vis. – Emissa vira, acena e vai embora antes que eu possa responder. Ela não olha para trás.

Fico olhando para ela por um segundo inteiro antes de voltar a andar, vagamente irritado ao descobrir um sorriso em meu rosto.

Sigo na direção da Curia Doctrina e desço até o refeitório, onde Ferrea disse que estaria aguardando. E, como esperado, a mulher está sentada sozinha a uma das mesas compridas.

– Vis. – Ela ergue os olhos surpresa quando me aproximo. – Você terminou.

– Terminei.

– Ascenia vai arrancar você da cama nas primeiras horas se você não tiver feito tudo perfeitamente.

– Eu sei. – Penso em mencionar a contribuição de Emissa, mas isso só vai fazer com que pareça que me safei fazendo menos do que meu castigo exigia.

– Muito bom. Sua comida está esperando por você na cozinha. Depois disso, vai precisar ir até o alojamento e recolher suas coisas.

Sou tomado por uma sensação gélida.

– Por quê?

Com certeza Nequias e Eidhin não pensaram em algum jeito de fazer com que eu fosse expulso, no fim das contas.

– Porque você precisa subir um andar. Há uma cama à sua espera no quarto nove. – Ela se levanta e me dá um sorriso de aprovação. – Parabéns. Você vai se apresentar ao Preceptor Dultatis pela manhã.

XXIX

HÁ LUZ QUANDO EU ACORDO, MAIS DO QUE DEVERIA HAVER. Esfrego os olhos para afastar o vermelho que arde através de minhas pálpebras, abrindo-as para encontrar uma das mesas no canto ocupada, com uma lâmpada acesa acima. Protegida, mas ainda brilhante no espaço restrito.

A informação de onde estou volta a mim bem devagar. Só três outros garotos dividem o mesmo quarto comigo agora, embora ainda não tenha encontrado nenhum deles: era tarde quando reuni meus pertences e encontrei meu caminho até aqui em cima, e não pareceu educado me apresentar acordando-os. O andar pertencente à Turma Seis – pouco menor que o de baixo, mas abrigando quase a metade do número de alunos – é dividido em vários quartos, cada um oferecendo mais espaço e significativamente mais privacidade.

O suficiente, penso, para sair escondido à noite sem que ninguém perceba.

Eu permaneço deitado, imóvel, observando a pessoa à mesa do outro lado do quarto. Ele é agourentamente grande. Familiar, o cabelo cortado rente é acobreado à luz da lâmpada.

Vek.

Eidhin está sem camisa, o que eu acho estranho considerando o frio evidente no ar. Se é um sulista, ele deve estar acostumado a climas muito mais frios. Ele está debruçado sobre um tablete de cera com o buril na mão, escrevendo nele com movimentos curtos e precisos e murmurando algo baixo o bastante para que eu não consiga entender as palavras. Não há como não notar seu desprazer.

A escuridão entra pela janela atrás dele, mas meu corpo me diz que é hora de acordar, por isso eu me levanto. Acho que não faço nenhum som, mas um murmúrio no canto me detém, e o garoto de ombros largos se vira na cadeira para olhar para mim. Todo seu peito é tatuado com padrões complexos, linhas pretas se cruzando e sobrepondo em nós e arabescos estonteantes. Seus olhos são surpreendentemente azuis quando me perfuram.

Nós observamos um ao outro por alguns segundos cautelosos.

– Lentius foi embora? – Ele pronuncia cada palavra com um rosnado cuidadoso.

– Eu... – Eu estou perturbado, sem acompanhar, até que digo: – Ah. O garoto que estava aqui antes de mim? É. Eu sou seu substituto. – Lentius deve ser o nome do garoto que estava na última posição na Turma Seis. Ele agora vai ser um sétimo.

– Eu gostava de Lentius. Ele falava pouco. – Eidhin me examina, então volta deliberadamente para sua mesa e retoma o que quer que estava fazendo.

Fico ali parado, debatendo se devia dizer mais algo, então sacudo a cabeça em uma resignação irritada e começo a me vestir.

Sem meu próprio material para estudar, jogo água no rosto usando a bacia sobre a mesa, então me dirijo à saída. Posso pelo menos correr um pouco antes do desjejum.

O garoto ruivo à mesa não para seu ataque frustrado contra o tablete de cera enquanto eu saio.

Apesar da interação brusca, estou me sentindo bem enquanto corro pelas escadas externas do alojamento iluminadas por lanternas, o frio úmido do amanhecer mordiscando a pele exposta. Estou há dois dias na Academia e já avancei. Chegar à Turma Três antes do fim do ano parece um pouco mais possível.

Passo algum tempo me exercitando no silêncio do parque próximo, o ar da manhã começando a queimar em meus pulmões quando o sino do desjejum ecoa pela Academia. Vejo Callidus um pouco à frente no caminho para a Curia Doctrina e, depois de um segundo de hesitação, corro para alcançá-lo.

– Então. Vi que suas coisas tinham desaparecido esta manhã. Ferrea não perdeu tempo – saúda-me ele alegremente quando chego ao seu lado.

– Ela claramente reconhece a excelência.

Ele sorri.

– Bem, ela reconhece participação. Uma falta de incompetência, talvez.

Faço um gesto divertido de aceitação.

– E essa falta de incompetência me levou ao mesmo quarto que Eidhin, na verdade.

– Ah. – Callidus se encolhe. – Tenso?

– Ele não pareceu satisfeito em me ver.

– Para ser justo, eu não acho que Eidhin já tenha ficado satisfeito em ver alguém. Mas você agora também é um sexto. Se ele não tentar bater em você outra vez, você provavelmente vai ficar bem. Provavelmente.

Eu dou uma risada.

– Obrigado. – Meu bom humor melhora com o jeito fácil como entramos em uma conversa. Faz um bom tempo, *muito* tempo, desde que senti até mesmo o laço mais tênue de amizade, e fico surpreso ao descobrir o quanto sentia falta disso.

Quando chegamos ao refeitório, porém, Callidus sacode a cabeça com simpatia quando eu me movimento para me sentar em frente a ele.

– Sente com os sextos – diz ele com seriedade, seu olhar me garantindo que isso não significa nenhuma ofensa, nem vai aceitar qualquer forma de concessão de minha parte. – Você incendiou seus navios com este grupo – ele estica a cabeça na direção das mesas que não param de encher ali perto –, em minha opinião. Não faça com que eu me sinta culpado pela segunda vez.

Eu vacilo, mas posso ver a sabedoria em seu conselho.

– Está bem. Mas não ache que isso significa que não vou arrastar você para treinar luta amanhã cedo.

– Treinar luta? – Ele geme bem-humorado, mas, quando levanto uma sobrancelha, ele me dispensa com um agradável aceno de cabeça. Mesmo com toda a sua reclamação, acho que ele também gosta da minha companhia.

Já há um grupo de sextos reunidos com suas refeições matinais, talvez dez garotos e a metade disso de garotas amontoados em torno de uma das mesas compridas. Eidhin, percebo, está presente também, mas novamente separado. Não em ostracismo, mas com espaço suficiente entre ele e os outros para indicar que ele não faz parte da conversa.

Essa conversa vai ficando mais baixa com minha aproximação e se cala totalmente quando ocupo um lugar vazio com o que, espero, seja uma confiança sociável.

– Desculpem por interromper. Eu sou Vis. Eu acabei de chegar da Turma Sete.

Há um silêncio longo e desconfortável.

– Nós sabemos – diz por fim um dos garotos, com impaciência. É Ianix, o catenano sorumbático que ficou com raiva de mim quando me defendi de Eidhin. – Nós soubemos tudo sobre você.

– Ah, é? – Eu ignoro a sugestão, mantenho a expressão cordial.

– O que Ianix está tentando dizer é que pode ser melhor se você não se sentar conosco. – A intervenção da garota de cabelo escuro à esquerda é baixa, mas direta. Ela afasta os cachos compridos do rosto e olha ao redor para seus companheiros em vez de para mim ao dizer isso.

– Desculpe – acrescenta a garota que estava falando quando eu cheguei. São desculpas delicadas, parecem verdadeiras. Nenhum dos outros do grupo, porém, me encara.

Eu deixo que minha fachada amigável desapareça, tentando parecer ofendido mais que com raiva.

– Olhem, eu sei que não causei a melhor primeira impressão, mas prometo a vocês que…

– Pare com isso. – Ianix empurra a cadeira para trás e fica de pé, se dirigindo a seus companheiros. – Há muitas outras mesas.

Sinto o queixo se retorcer quando os outros alunos o seguem. O jeito como eles se movimentam – apressadamente, com ansiedade, sem nada da ofensa oculta que indicaria uma verdadeira aversão a mim – indica que eles têm mais medo das aparências que de qualquer outra coisa. Alguns deles até lançam olhares para Iro na mesa da Turma Três ao passarem. O resultado, porém, é o mesmo. Em dez segundos, sou deixado na mesa apenas com Eidhin, sentado a alguns espaços de distância.

O garoto ruivo e musculoso ergue os olhos da comida, como se estivesse sentindo minha intenção de falar com ele.

– Não. – Ele baixa a cabeça outra vez, me ignorando, e retoma sua refeição.

Eu dou um suspiro. Penso brevemente em insistir em minha defesa, ou esperar que alguns dos sextos que ainda vão chegar possam ser mais receptivos.

– Não. Que se dane isso – murmuro, sentindo calor nas bochechas quando pego minha refeição e me dirijo para baixo, para a mesa de Callidus. Porém, paro antes de pousar meu prato.

– Posso? – Estou realmente perguntando. Não quero ser responsável por Callidus se meter em mais problemas.

Ele me faz uma careta simpática, deixando claro que viu o que tinha acabado de acontecer. Infelizmente, acho que todas as outras pessoas presentes também viram.

– Pode – diz ele, alongando a palavra, a hesitação sugerindo que ele pensou em responder o contrário. – Mas se você fizer isso, vai ser o mesmo que admitir que pertence a este lugar abaixo. Isso não vai ajudar sua posição com ninguém.

– De qualquer forma, não tenho certeza se as coisas podem piorar muito.

– Está bem. – Ele dá de ombros e ergue a caneca de forma jovial. – À mesa dos párias.

Apesar do bom humor de Callidus, é difícil não permanecer rígido quando começo a comer, mas em pouco tempo o comportamento relaxado dos outros garotos passa para mim, e há apenas um formigamento eventual em minha nuca quando imagino olhares de desprezo caindo sobre mim desde cima. A conversa permanece leve, e quando soa o sino para indicar o início da aula, todo o embaraço desapareceu. Substituído, se estou sendo honesto, principalmente por uma irritação incômoda.

Se todo mundo na Turma Seis vai tentar me ignorar, então vou ter de fazer com que eles prestem atenção.

XXX

AS SEIS SEMANAS SEGUINTES ESTÃO ENTRE AS MAIS FRUSTRANTES DE que consigo me lembrar.

Fica claro desde o início que, de certas maneiras, a Turma Seis não vai apresentar um grande desafio. Enquanto os sextos estão mais dispostos a interagir nas aulas que os sétimos, o que estão ensinando a eles não parece ser nem um pouco mais difícil; na metade do tempo, as aulas cobrem coisas que aprendi antes de fugir de Suus, e quando passamos para tarefas de natureza um pouco mais física – lutas no ginásio, na maior parte, entremeadas com corridas pelos limites da Academia para testar nossa resistência e velocidade –, eu consistentemente provo estar mais bem preparado que a maioria da turma. Dos 47 outros, na verdade, apenas Eidhin, Ianix e uma garota chamada Leridia me pressionam nas duas disciplinas.

Nada disso parece importar para Dultatis.

O Preceptor da Turma Seis é grande e de rosto redondo; a maior parte de seu cabelo desapareceu do topo da cabeça, e o pouco que restou é preto e cortado curto. Apesar de sua barriga, não há dúvida de que ele deve ter sido um homem forte no passado, e a dureza não deixou seus modos: desde o momento em que entro para sua turma, fica claro que ele não gosta muito de mim. Quando tento responder perguntas, ele me ignora em favor de outros; quando mais ninguém está disposto a falar e ele é forçado a ouvir minhas respostas, ele as ridiculariza, implicando com o uso de certas palavras ou sugerindo que não cheguei nem perto de dar a ele informação suficiente. Mesmo quando ele apenas olha para mim, seus olhos são frios. *Raivosos*. Parece que há uma inimizade especial, embora, além de eu não ser catenano (e há outros na turma que se encaixam tão bem nessa descrição quanto eu), eu não faça ideia do que fiz de errado para merecer isso.

O resto da Turma Seis parece assumir o mesmo desdém do Preceptor.

Combinado com a influência permanente de Iro, isso significa que raramente ouço mais que duas palavras deles dirigidas a mim. Minhas aberturas amigáveis com certeza não levam a lugar nenhum.

Porém, eu contenho a língua, todo dia. Aceito o isolamento, o desrespeito e o pedantismo com tanta gratidão quanto possível. Tecnicamente, não estão fazendo nada de errado contra mim, e não há como ignorar o fato de que minha apresentação à Academia passou longe de ser equilibrada. Não posso me dar ao luxo de ser visto discutindo com um Preceptor, não importa a atitude do homem em relação a mim.

Então, em vez disso, tento me concentrar nas pequenas coisas positivas.

Eu entro em uma rotina confortável de treinar luta antes do amanhecer e de passar as duas primeiras refeições com Callidus, cuja companhia eu valorizo cada vez mais. Ele é sedutor, inteligente e agradável, e nossas conversas se tornam um bálsamo contra as feridas da turma. Ele também é inteligente demais para ser sétimo. Percebo que há mais na história de sua queda da Turma Três; mais de uma vez parece que Callidus está prestes a elucidar sua posição, só para mudar abruptamente de assunto. Por mais curioso que esteja, eu não insisto.

Emissa se materializa mais diversas vezes para me ajudar enquanto eu limpo os estábulos também, dizendo ter um sentimento de obrigação. Não posso negar que gosto da companhia. Nessas noites, quando vou dormir, eu me vejo reprisando minhas brincadeiras com ela e sorrindo. Não há nenhum mal nisso. Preciso encontrar alegria em algum lugar.

Mas esse calor em meu peito sempre desaparece pela manhã, e eu logo volto a me sentir aprisionado. Sem opções.

E é por isso que, na metade de meu segundo mês, eu finalmente desmorono.

– Durante os próximos dois dias – anuncia o Preceptor Dultatis, depois que todos estão reunidos –, nós vamos correr o Labirinto. – Seus olhos castanhos pequenos e esmaecidos olham ao redor da sala, que se reuniu na base das escadas da Curia Doctrina no quadrum. Tenho a impressão de que ele não está especialmente com raiva. É só o jeito como ele sempre é.

Eu me debruço para a frente em expectativa. Minhas habilidades na manipulação do Labirinto na Villa Telimus tinham progredido muito quando meu treinamento com Lanistia terminou. Eu estou, silenciosamente, ansioso para me testar contra os outros estudantes aqui.

– Esse vai ser nosso único acesso no trimestre. Então precisamos garantir que nosso tempo lá seja proveitoso. – Sua voz troveja pelo quadrado enorme. Que, fora isso, está vazio. – Será que alguém pode me lembrar por que essa é uma avaliação tão importante?

Há um instante de silêncio, então eu digo:

– Porque testa as mesmas habilidades necessárias para usar Vontade. – Esperava-se que eu soubesse tudo sobre o Labirinto a esta altura, mesmo que eu não tivesse visto nada como ele antes.

Os olhos de Dultatis percorrem a multidão, como se procurassem outra pessoa para responder, antes de deslizar a contragosto em minha direção.

– Isso é uma grande simplificação...

– Ele testa a memória, que é necessária para qualquer imbuição de longo prazo; força física para verificar capacidade; velocidade e precisão para eficiência; lógica e divisão de foco para harmonizações e condicionais.

– Vis? – Eu assinto. – Não me interrompa outra vez. – Há risadas divertidas de alguns dos alunos.

Dultatis já está seguindo adiante.

– Seus resultados também vão contribuir de forma significativa para sua posição na turma. Então tenham certeza de serem o tempo todo educados e atenciosos. Como sempre.

Parecendo ter terminado o discurso, o Preceptor sai andando, e a turma segue atrás dele por uma passagem estreita que passa pela Curia Doctrina e dá no quadrum. Escuto conversas animadas entre os alunos, mas nenhuma é dirigida a mim. Na verdade, sou uma ilha um tanto notável em meio à multidão. Faço o possível para ignorar o isolamento deliberado. Pelo menos Eidhin, perto da frente do grupo, comanda um espaço igualmente apreensivo a sua volta.

São apenas poucos minutos antes que nosso destino surja à frente: uma construção comprida e baixa com telhado, muito parecida com um templo por sua entrada ser adornada com uma colunata. É pedra cinza-escuro uniforme, sem nenhum dos frisos e acréscimos artísticos feitos para lisonjear os deuses. Um santuário estranhamente vazio, se é que se pode chamar assim.

Sou capturado pela sensação geral de expectativa quando passamos pelas colunas altas de forma triangular e começamos a descer uma escada iluminada por tochas. Mesmo que Dultatis não tenha dito isso, esse obviamente é um acontecimento raro para a Turma Seis. A pedra cinza como carvão levemente polido continua para baixo, e o som de nossos passos ecoa nas paredes, misturado com o burburinho empolgado.

Estou preparado para fingir assombro quando entramos na câmara principal – não há como dizer quem vai estar observando minha reação, afinal de contas –, mas não preciso fingir.

Enquanto a disposição do Labirinto é reconfortantemente familiar quando chegamos à plataforma que dá vista para ele, essa é a única coisa que parece a mesma. Onde havia paredes rústicas na Villa Telimus, aqui há painéis escuros e lisos, polidos até obterem um brilho semelhante a espelhos; onde havia símbolos de visualização difícil gravados nos portais, agora há trabalho de artesanato em exibição, cada representação grande e preenchida com bronze avermelhado. As tochas esparsas do Labirinto Telimus aqui são substituídas por uma linha de fogo que circunda toda a arena, chama ininterrupta dançando vermelha e se refletindo vividamente sobre o espelho escuro de seu entorno. Vejo a silhueta do braçal de controle em cima de um pedestal preto polido, com as pequenas pedras preciosas que pontilham sua superfície dando a ele uma aparência maligna.

Minha surpresa com a ostentação disso tudo faz com que eu cambaleie e erga os olhos para ver Dultatis sorrir maliciosamente, embora não esteja olhando diretamente para mim. Bom. Quanto mais assombrado eu parecer, mais eficaz vai ser meu desempenho aqui.

– Preceptor Dultatis. – O chamado vem da extremidade esquerda, mais longe na plataforma, e a pressão de corpos se afasta o suficiente para que eu veja Veridius se aproximando a passos largos. A conversa animada ao meu redor se aquieta e se transforma em um murmúrio de surpresa quando os outros também registram sua presença.

– Principalis? – Dultatis parece tão surpreso quanto seus alunos. – Me disseram que o Labirinto seria nosso hoje, mas me informaram mal…

– Não, não. – Veridius acena com a mão em uma dispensa geral. – Eu apenas encontrei algum tempo extra e pensei em assistir esta manhã. Você tem alguma objeção?

Ele para à frente de Dultatis. Veridius é uma cabeça mais baixo, mas Dultatis parece ser o menor dos dois; a presença de Veridius é mais sedutora que imponente, ainda assim ela comanda o espaço de formas que, imagino, Dultatis pode apenas sonhar.

– É claro que não, Principalis. – A resposta de Dultatis não chega a ser convincente.

Veridius amistosamente toma sua resposta de forma literal.

– Maravilha. Estou ansioso para ver como seus estudantes progrediram desde o último trimestre. – Com o assunto resolvido, ele recua, gesticulando com um floreio na direção do Labirinto. – Por favor, finjam que não estou aqui!

Dultatis assente bruscamente, virando-se para novamente olhar para nós. Quando Veridius não consegue ver, ele não se dá ao trabalho de esconder sua irritação, e seu olhar raivoso me examina antes de seguir em frente. Ele obviamente acha que sou a origem da intromissão do Principalis, não importa o que Veridius tenha acabado de lhe dizer.

– Vamos proceder de acordo com a colocação na turma. Os dez melhores e os dez piores correm hoje; todos os outros, amanhã. Quem não for correr hoje, em algum momento vai ser um caçador – anuncia o Preceptor em vias de ficar completamente calvo. – Todos vocês conhecem as regras. Se a pessoa que estiver usando o braçal de controle ferir alguém, isso representa expulsão imediata da Academia. Não deve haver nenhum combate aqui, e também não adianta tentar passar correndo pelas pessoas. Se os caçadores encurralarem você, você perde. Só isso. Agora, escolham seus parceiros.

As instruções já tinham sido antecipadas; estudantes em torno de mim imediatamente começam a se dirigir na direção uns dos outros, e em momentos a maioria formou duplas.

Todos, na verdade, menos eu e Eidhin.

Eu hesito. Evitei com sucesso interagir com o sulista grande por quase todo o tempo em que estou na Seis. Seu nariz há muito tempo se curou, e ele nunca me ameaçou. Mesmo na vez em que Dultatis nos fez treinar luta juntos – deliberadamente, tenho certeza –, Eidhin não tentou fazer mais do que o treinamento exigia.

Isso, porém, não quer dizer que seu olhar não queime sempre que ele olha em minha direção.

Dou um suspiro, então sigo na direção do garoto de ombros quadrados.

– Parece que somos nós.

Ele dá um grunhido, parecendo tão satisfeito quanto eu me sinto.

Nós nos arrastamos até a beira do balcão, nos juntando aos outros, olhando para o Labirinto enquanto a primeira dupla é escolhida. É Ianix, o primeiro lugar da Turma Seis, junto da Leridia, a garota de cabelo escuro cacheado e atitude geralmente desagradável. Com eles, meia dúzia de outros alunos estão sendo orientados a seguir até o outro lado do Labirinto. Eles partem em uma corrida apressada.

O Preceptor pega o braçal de controle de sua posição no alto do pilar. Parece menor do que o da Villa Telimus. Mais leve. Ele sinaliza para Ianix, e então, enquanto o garoto desce a escada reluzente até a entrada do Labirinto, começa a fixar o braçal no braço de Leridia.

– Eles não usam o braçal de controle enquanto correm? – Não foi assim que Lanistia descreveu isso para mim.

Pergunto a Eidhin, mas é uma garota à minha direita que responde.

– Só fazem assim na Turma Três. – Ela abre a boca como se fosse dizer mais, então registra com quem está falando, fecha a boca outra vez e vira o rosto.

Ao perceber que essa é a maior resposta que provavelmente vou conseguir, observo com curiosidade quando Leridia se posiciona no balcão acima de Ianix, no centro de nosso lado. A distância, quatro dos seis alunos chegaram à outra extremidade do labirinto; um deles está parado em frente a Leridia, enquanto os outros três descem e desaparecem de vista. Os dois remanescentes do grupo estão de pé nos balcões leste e oeste, respectivamente, mais perto de nosso lado que do outro.

Leridia vai controlar o labirinto enquanto Ianix corre por ele, então. E os três nos lados devem ser os observadores que Lanistia me descreveu, ali para avisar sobre a posição de Ianix para seus parceiros abaixo enquanto eles tentam impedi-lo de chegar à outra extremidade.

Quando Dultatis constata que todo mundo está em posição, ele ergue a mão até haver silêncio. Leridia, Ianix e os três observadores todos olham para ele. Sem piscar. O fogo que risca as paredes crepita. A mão de Leridia está parada acima do braçal.

Dultatis baixa a mão de forma dramática.

– Comecem!

Ianix está fazendo a primeira curva, correndo para oeste antes que o grito ecoante do Preceptor se cale. Leridia manipula uma pedra, e um som raspado vindo de baixo responde quando o primeiro painel gira, liberando o que antes era um beco sem saída. Eu me encolho com o som; o comando de Leridia não foi grosseiro a ponto de perder uma pedra do braçal, mas quase posso ouvir a reprovação de Lanistia diante de sua deselegância.

– Meu lado – grita o garoto no balcão do oeste, se posicionando no mesmo nível de Ianix e erguendo a mão. Há vislumbres de movimento do outro lado do labirinto quando os três caçadores começam. Leridia está caminhando para o oeste, os olhos percorrendo o caminho à frente de Ianix, à procura do próximo painel para mover.

O resto da Turma Seis está debruçado no balcão, alguns sussurrando entre si enquanto assistem. Esses são de vez em quando calados por outros, que lançam olhares nervosos para o Principalis. Veridius não parece perceber, absorto na competição, mas evidentemente não é apropriado fazer barulho aqui.

Há um minuto de suspense quando Ianix avança para mais fundo no Labirinto. O observador cuja mão está erguida se mantém alinhado com ele e, de vez em quando, avisa os outros abaixo sobre especificidades de seus movimentos. Leridia caminha pelo lado e à frente de seu parceiro, em silhueta contra o fogo, parando duas vezes para se concentrar no braçal. Nas duas vezes ela recebe um som de trituração de um painel, e uma expressão de aversão minha. Ela grita números diferentes para Ianix sempre que altera algo, mas não consigo ver nenhuma relação entre isso e o que ela está fazendo. É algum tipo de código combinado antecipadamente para evitar ajudar os caçadores, imagino.

Um palavrão alto ecoa pelo espaço vasto quando Leridia tenta usar o braçal uma terceira vez, e vejo que a pedra caiu. Ela imediatamente grita outro número para Ianix, que desliza e muda de direção. A habilidade de Leridia pode não ser muita, mas a comunicação entre ela e o parceiro é impressionante.

Eu me junto à multidão quando todo mundo começa a se aproximar da borda do labirinto, o grupo permanecendo próximo enquanto toma cuidado para não interferir com Leridia ou qualquer dos observadores. Consigo sentir o interesse a minha volta se aguçar quando Ianix passa pelo centro e começa a reduzir a velocidade até uma corrida lenta e cuidadosa, cada vez mais hesitante em cada intersecção. Ainda estamos captando apenas vislumbres dos caçadores conforme eles se aproximam. Eles se mantêm abaixados, usando as paredes para se esconderem de Leridia tanto quanto possível.

Dou um olhar para Veridius, que ainda está perto da entrada. O Principalis assiste – de acordo com todas as aparências, atentamente –, mas há algo ausente de sua expressão. Algo que sugere que sua mente está em outro lugar.

– Onze! – exclama Leridia, quase um grito, quando uma garota loura de repente surge correndo a apenas algumas curvas de distância de Ianix, e sem barreiras entre eles. Ianix sai correndo para a direita quando a câmara subterrânea explode em ordens gritadas com urgência dos observadores e de Leridia, a última se enrolando com o braçal, tentando freneticamente encontrar nele os símbolos certos. Um painel estremece no caminho da garota loura, meros momentos antes que ela pudesse passar. Ela reclama e dá meia-volta, olhando para os observadores acima em busca de orientação.

Eu percebo que a observadora na outra extremidade do labirinto levantou a mão também. Ela consegue ver Ianix e está se mantendo alinhada com ele enquanto ele avança. Com ela e o observador do lado ainda fazendo a mesma coisa, deve ficar fácil para os caçadores calcularem onde ele está.

Os outros dois caçadores também deixaram de se esconder, convergindo de direções diferentes, e posso ver a frustração e o pânico no rosto de Leridia enquanto ela briga com o braçal. Ianix vê as dificuldades da garota de cabelo escuro e reage recuando, parecendo ele mesmo abalado, se movimentando em direções cada vez mais aleatórias, e às vezes se abaixando para tentar romper a linha de visão de quem está no alto.

Nada disso importa. No minuto seguinte, está acabado, com Ianix cercado em um beco sem saída pela garota loura. Há um suspiro de decepção, uma salva de palmas da turma. Veridius também aplaude, mas é nitidamente um encorajamento, não adulação.

– Os corredores normalmente são pegos? – pergunto a Eidhin, sem esperar, na verdade, uma resposta.

Ele observa Ianix chegar se arrastando desanimadamente de volta na direção da escada.

– Sempre. – Pelo jeito como ele diz isso, é uma pergunta idiota.

Eu tusso.

– Será que deveríamos combinar algum tipo de código? Como o de Ianix e Leridia?

Ele vira as costas para mim e sai andando na direção da entrada do labirinto com o resto da turma.

– Isso é um não, então – murmuro comigo mesmo, me juntando ao grupo. À frente, Ianix emerge no balcão e troca algumas palavras sucintas com Leridia, então pega o braçal. Uma mudança semelhante de papéis está acontecendo entre os observadores e os caçadores, embora mais congratulatória.

Logo, a competição começa outra vez; embora Leridia seja uma corredora mais rápida e Ianix melhor em manipular o labirinto, a combinação ainda está longe de ser forte o suficiente para a garota evitar ser capturada. Outra salva de palmas acontece depois que ela é pega. Aparentemente, isso é uma boa demonstração na opinião da turma, embora Veridius continue a parecer dar mais seu apoio que estar impressionado. Isso não me surpreende. Se Lanistia estivesse aqui, ela não deixaria de demonstrar seu desânimo diante desses desempenhos.

– Os de classificação mais baixa vão correr em seguida. – Dultatis faz o anúncio com uma nítida falta de entusiasmo. – Telimus, chame seu parceiro e entrem em posição.

Por um átimo, eu não me mexo. Surpreso por ser chamado tão cedo e ferido, talvez por ingenuidade, por ser indicado como o aluno de classificação mais baixa na turma. Isso, porém, faz uma espécie de sentido doentio, eu acho. Não é como se Dultatis já tivesse me dado a oportunidade de provar qualquer coisa.

Eidhin já está se dirigindo ao braçal de controle, então eu contenho minha raiva e me dirijo para a entrada do Labirinto.

Olho para Veridius enquanto caminho. Ele está me observando pensativo e me dá um aceno infinitesimal de cabeça quando nossos olhares se cruzam.

Depois que desço a escada e chego ao labirinto, tenho um minuto para me preparar enquanto os caçadores e observadores tomam suas posições. Eu controlo a respiração, acalmo meus nervos. Passei a maior parte das tardes de meu último mês na Villa Telimus andando pelo Labirinto de lá: em parte para praticar a manipulação dele em movimento, mas também para traduzir meu conhecimento íntimo de sua disposição de alto a baixo com uma confiança igualmente exaustiva enquanto dentro dele. E o Labirinto da Academia é estruturado de forma idêntica. *Idêntica.* Tirando diferenças superficiais, cada canto deste lugar deve parecer familiar.

Eu examino a multidão acima. Muita curiosidade por lá, mas não tanto na forma de apoio. Eidhin está em posição, o braçal preso, alternadamente estudando os botões e o labirinto. Dultatis está a seu lado, olhando para mim. Ele afasta os olhos quando percebe que vi seu olhar e examina a câmara antes de levantar o braço e depois deixá-lo cair quase imediatamente.

– Comecem!

Então eu corro.

O Labirinto tem mais de trezentos metros de comprimento e mais de cinquenta painéis que podem ser manipulados; se eu correr pela rota mais direta possível, posso chegar ao fim em menos de dois minutos. Claro, a rota mais direta também é a que tem menos opções, o maior número de gargalos para os caçadores. O único jeito de passar por todos os três deles é escolher um caminho com grande potencial de variação e confiar que Eidhin vai tomar as decisões certas para mim.

Então eu desvio para a direita, o lado do labirinto oposto ao escolhido por Ianix e Leridia. Avanço em bom ritmo, mas tomo cuidado para não me cansar, reservando minha energia para quando eu mais precisar dela. À frente, escuto o ribombar de painéis deslizando para o lugar. Não é, porém, uma trituração horrenda e trepidante. Isso é um bom sinal.

Minha respiração está quente nos pulmões conforme eu avanço, fazendo todo o possível para me manter perto das paredes protetoras entre mim e a observadora na extremidade oposta. A da direita já me avistou, está com a mão no ar enquanto acompanha meu ritmo. Percorri cerca de um terço do caminho através do Labirinto agora e posso sentir a tensão fazendo meus pés se arrastarem, me fazendo hesitar cada vez que me aproximo de uma curva. Eidhin não fez nenhum som, não se comunicou nem uma vez. Eu uso um segundo precioso para olhar para trás, para o balcão de onde ele está acompanhando. Ele está examinando o caminho à frente. Não vê minha expressão frustrada.

Outro minuto se passa enquanto eu corro, com apreensão crescente. Eu me encolho quando a passagem a minha frente se fecha sem aviso, cortando o caminho pelo qual eu pretendia ir; eu vacilo, então, em vez disso, sigo pelo corredor recém-formado enquanto o observador a minha direita grita informações furiosas e frustradas para alguém. O observador atrás também está gritando, de mão levantada. Eu estou suando, com o coração batendo forte. Deve haver outro aluno à minha frente. Eu recalculo minha rota, tentando visualizar para onde é mais provável que eles sigam, especialmente se conhecem minha posição exata. Há apenas opções ruins à frente. Eu giro e retorno, tomando um caminho diferente.

Não sinto, porém, pânico. Se havia um caçador muito perto, eles potencialmente se aferraram a esta rota; retornando um pouco, eu posso conseguir dar a volta neles. Sinto um lampejo de empolgação quando o corredor se rearruma outra vez, criando uma abertura à esquerda. Outros painéis trovejam mais ao longe. Eidhin, ainda em silêncio, teve a mesma ideia.

O tempo se arrasta em meio a uma névoa tensa e sem fôlego. Um minuto. Três. Eu já durei mais que Ianix e Leridia. A manipulação de Eidhin do labirinto me dirige para trás novamente, mas nessa terceira vez, consigo ouvir painéis se fechando *atrás* de mim. A parte de trás de minha cabeça registra um murmúrio vindo do resto da turma, rapidamente calado. Eu aproveito a deixa e corro adiante, os pulmões queimando. Já percorri dois terços do caminho.

Estou apenas começando a sentir um sorriso fender meu rosto quando Stult, de cabelo cor de areia, surge de uma passagem lateral.

– Peguei você.

Eu paro onde estou, giro. Há uma garota magra – Tanila – cerca de sete metros atrás de mim, com as mãos nos joelhos, escorrendo suor. Ela ergue os olhos, o cabelo preto e molhado cai sobre seu rosto, e me dá algo entre um sorriso e um olhar de raiva.

Não há como passar por nenhum deles. Os dois caminhos que levam para fora deste corredor não têm saída, sem painéis para mudar esse fato.

Eu perdi.

XXXI

– UM POUCO DE COMUNICAÇÃO TERIA CAÍDO BEM. – EU PEGO O braçal de controle de Eidhin. Frustrado. Não ajudou que a primeira coisa que vi depois que emergi do Labirinto foi a expressão presunçosa do Preceptor Dultatis. – Eu quase consegui.

O olhar do garoto ruivo grandalhão quando prendo o dispositivo em meu braço é implacável. Não é defensivo, não é uma reação, apenas… firme. Eu abro a boca para falar mais, então, em vez disso, exalo.

– *Nós* quase conseguimos. – Não é um pedido de desculpas. Estou apenas me corrigindo. – Você é bastante bom com isso. – Eu agito o braço, indicando o braçal de controle, que é significativamente mais leve do que o da Villa Telimus. Faço disso uma meia pergunta.

Eidhin dá um grunhido. Dá de ombros.

– Você foi… – Aborrecimento brilha em seu rosto. – *Gwyll cymlys* – encerra ele, uma mistura de exasperação e má vontade. Antes que eu possa responder, ele sai andando.

Eu franzo o cenho atrás de Eidhin enquanto ele desce com passos pesados a escada para o Labirinto. *Gwyll cymlys*: "Mais que competente". Um elogio fraco, mas não foi isso o que me surpreendeu. Essa é uma expressão peculiar da língua cymriana oficialmente morta.

Eu estudo a forma corpulenta de meu parceiro ali embaixo, revisando nossas raras conversas rápidas ao longo das últimas semanas. Ele sem dúvida tem a aparência de um sulista, mas isso também se aplica ao sudoeste distante. Suas respostas curtas devem ser pelo menos em parte devido ao mau humor, mas se…

– Comecem!

Há uma satisfação selvagem no anúncio trovejante; desconfio que Dultatis percebeu minha distração e me apresso a me orientar enquanto Eidhin sai correndo diretamente pelo centro, e por um momento terrível, acho que ele vai simplesmente mergulhar na série de corredores da qual é praticamente impossível escapar. Mas no último segundo, ele dispara para a esquerda, para uma parte apertada e sinuosa que já se ramifica em quatro saídas diferentes.

Eu consigo ver seu plano, acho, depois de mais trinta segundos correndo atrás dele enquanto ele rodopia e vira confiantemente. Ele tem um caminho determinado em mente, mas é um bem sinuoso, e ele está correndo tão depressa que é difícil para os observadores informarem corretamente. Eles estão gritando instruções desesperadamente e, em seguida, correções, então correções *dessas* correções, e até os dois com as mãos erguidas têm de correr para acompanhar. Os caçadores já estão se aproximando, mas com certa hesitação, uma incerteza que vem da velocidade com que suas informações estão sendo ajustadas.

Uma coisa é extremamente clara: meu parceiro não espera nenhuma ajuda de mim. Sinto uma onda de raiva diante dessa presunção. A tática de Eidhin não é horrível, mas ele não vai vencer apenas com ela.

Agora, estou acompanhando o ritmo de seu movimento. E os caminhos que acho que os caçadores vão tomar com base nos vislumbres que tive deles. Eu respiro fundo, olho para baixo para verificar que escolhi a pedra certa e giro.

O caminho à frente de Eidhin se fecha repentinamente.

– Vá para a direita! – grito quando o garoto ruivo para, gira e examina o balcão até sua expressão assassina parar em mim. Ele gesticula furiosamente para o caminho bloqueado a sua frente, mas eu sacudo a cabeça com o mesmo fervor. – *Vá para a direita!*

Por um segundo inteiro ele apenas fica ali parado, congelado por indecisão e frustração, então dá um tapa na parede de pedra, com força o bastante para certamente doer, e corre para a direita.

– Está bem – murmuro, exalando longamente.

Pelos dois minutos seguintes, eu mudo o labirinto constantemente enquanto Eidhin corre. No início, fico hesitante. Nervoso. Isso transparece nos meus primeiros ajustes, no rasgar de pedra rangendo pela câmara. Mas quando me tranquilizo, aquela calma extracorpórea, um fluxo quase meditativo se derrama sobre mim. Estou completamente focado e *sei* que estou completamente focado, uma pequena parte de minha mente vigiando minhas ações e empolgada com a precisão com que estou trabalhando. Vejo três, quatro escolhas à frente dos caçadores, bloqueio suas melhores opções a cada curva. Redirecionando-os não apenas para longe de onde Eidhin está como também de onde Eidhin *vai estar*.

Eu paro de me preocupar com a multidão, com Veridius ou Dultatis. Minha única preocupação agora é o medo de sair cedo demais desse estado mental maravilhoso, vacilar e perder a confiança antes de conseguir terminar.

Eidhin, de sua parte, se adaptou bem, respondendo quando eu abro ou fecho painéis exatamente como fiz com ele. É, porém, um método tosco de comunicação, e, embora tenhamos mantido uma distância segura até agora, os caçadores estão se aproximando.

– Eles estão tentando flanquear você! Pegue a segunda à esquerda e volte! – grito o alerta quando vejo isso acontecendo, sabendo que dei informação demais para os caçadores, mas fiquei sem muita alternativa.

Eidhin tropeça ao ouvir meu grito. Diminui a velocidade e para. Há incerteza em todos os seus traços.

Lembro de meu breve encontro mais cedo, e algo dá um estalo.

– *Pegue a segunda esquerda à sua frente e volte por esse caminho!* – Eu grito a ordem.

Mas, dessa vez, eu faço isso em cymriano. Um murmúrio se eleva da turma que está assistindo, e não consigo evitar sentir prazer ao ver a aparência totalmente aturdida que provoco em Eidhin. Ele olha apalermado em minha direção. Estático.

Então, de repente, começa a correr outra vez.

Ele pega a segunda esquerda.

Continuo a gritar instruções em cymriano, a empolgação crescendo enquanto Eidhin faz curva após curva como orientado. Estou longe de ser fluente, mas minha mãe era e se assegurou que eu aprendesse a língua nativa de seu pai assim que comecei a falar. Esses comandos simples não são difíceis de lembrar.

Depois disso, fica quase fácil.

Entre Eidhin ir exatamente aonde eu preciso dele e meus ajustes cada vez mais confiantes no labirinto, os caçadores começam a se agitar. O ruído da turma no balcão fica cada vez mais alto. Os sextos se amontoam sobre a balaustrada, se acotovelando para abrir espaço e se debruçando para ter uma visão melhor.

Não consigo me lembrar de um momento mais satisfatório que quando giro minha última pedra no braçal, então, de repente, Eidhin está avançando pelo corredor final, os caçadores aprisionados nas passagens dos dois lados dele. Ele está livre.

Não há aplauso, apenas conversas animadas do resto da turma, mas Eidhin soca o ar em um gesto de triunfo enquanto sobe correndo a escada do lado oposto. Eu rio animadamente ao ver isso, então começo a soltar o braçal de controle, com as mãos trêmulas enquanto a tensão se esvai de meu corpo. Ulciscor e Lanistia enfatizaram diversas vezes como eram importantes esses testes. Eu hoje fiz tudo o que podia.

Dultatis e Veridius estão ambos me observando quando ergo os olhos. O rosto do Preceptor está vermelho à luz do fogo, parecendo exatamente o oposto de satisfeito. Veridius parece mais intrigado que impressionado. Quando vê meu olhar, porém, ele faz um aceno de aprovação profundo com a cabeça.

Eidhin se junta a nós depois de um minuto, pouco antes dos observadores e caçadores, que formam silhuetas desanimadas contra as chamas. Ele não está sorrindo, mas há uma energia em seus passos. Eu nunca o vi tão feliz.

Dultatis olha para nós quando Eidhin chega a meu lado. O garoto ruivo ainda não abre um sorriso, mas a maneira como ele está é próxima de amigável.

– *Eu gostei disso* – murmura ele em cymriano, olhando diretamente para a frente.

Sinto os cantos de minha boca se curvarem levemente para cima, embora eu tente manter também um ar inexpressivo.

Dultatis franze ainda mais o cenho, como se desconfiasse que Eidhin tivesse acabado de dizer algo sobre ele.

– Vocês se saíram bem – anuncia ele em voz alta, para que toda a turma possa ouvir. – Infelizmente, também desobedeceram as regras, então isso não vai entrar em nenhum registro oficial

– O quê? – Eu digo as palavras sem pensar, sem acreditar, e, ao meu lado, Eidhin fica tenso.

– Vocês se comunicaram em uma língua estrangeira. Códigos são permitidos porque isso estimula o planejamento, o trabalho em equipe. Vocês dois conhecerem a mesma língua morta é uma vantagem e uma coincidência, mais nada. Isso não pode ser recompensado.

– Foi um código – diz Eidhin imediatamente.

– Como assim?

– Nós falamos em código – diz ele, enfatizando cada palavra deliberadamente, como se Dultatis fosse uma criança. – O senhor não disse que o código tinha de ser em língua comum.

– Isso é verdade – concordo calmamente.

Os olhos de Dultatis se retorcem quando alguns risos ecoam pela turma, que continua assistindo.

– Códigos também são permitidos porque há a possibilidade de serem decifrados pelos caçadores se não forem herméticos o suficiente. Por isso, por mais que vocês ainda devam ser parabenizados – diz ele através de dentes cerrados, as palavras sem dúvida para Veridius em vez de para nós –, mesmo assim devem ser desclassificados.

Eu olho em silêncio para o Preceptor. Vejo novamente aquele rancor especial nos seus olhos quando ele se volta para mim.

Meu olhar se dirige a Veridius, que está parado alguns passos atrás de Dultatis, observando. Ele sacode a cabeça de forma muito leve em minha direção.

O ressentimento ferve no fundo do meu peito. Estou a um triz de explodir.

Eu me acalmo por meio de pura determinação e abaixo a cabeça em uma aquiescência severa.

Pelo canto do olho, vejo Eidhin olhando de mim para Dultatis, com a expressão ficando sombria. Ele se vira contrariado e volta andando para sua posição habitual no fundo da turma, qualquer alegria que ele tivesse obtido de nossa vitória desaparecida. Eu inspiro, então volto para os outros sextos, me recusando a encarar qualquer um deles. Qualquer emoção que eu visse ali – divertimento, pena, o que fosse – poderia me provocar com muita facilidade agora.

Eu assumo uma posição afastada de todo mundo, junto da balaustrada do balcão, olhando para o labirinto sem realmente vê-lo. Dultatis está chamando uma nova dupla para correr. Eu não presto nenhuma atenção. Na verdade, não me importo.

Eu observo sozinho os procedimentos abaixo, desinteressado e meditativo enquanto dupla após dupla corre e fracassa durante a hora seguinte. Não me dou ao trabalho de seguir a turma quando ela vai para as laterais, tentando continuar a ver o que está acontecendo: Ianix e Leridia, na verdade, foram os mais habilidosos do grupo. Ninguém chegou nem perto de terminar.

– O que você acha?

Eu levo um susto; estava tão perdido em minha frustração que nem percebi Veridius se aproximar de mim. Ele está assistindo à nova corrida com curiosidade distraída, sem olhar para mim, mas não há mais ninguém por perto a quem ele possa estar se dirigindo:

– Do quê?

– Deles. – Ele aponta para o movimento abaixo e em torno das laterais da câmara. – Dessas corridas.

Observo o corredor do momento enquanto ele segue inutilmente de um lado para outro através de passagens que estão praticamente estáticas, depois que seu parceiro no alto no balcão já perdeu três pedras do braçal.

– É basicamente apenas uma pessoa tentando atravessar correndo, torcendo para que os caçadores e os observadores sejam burros o bastante para cometer erros. *Muitos* erros, e quem quer que esteja com o braçal de controle parece estar ali mais para gritar instruções em código que para realmente ajustar o labirinto. – É uma avaliação franca, eu sei, mas não estou no clima para ter tato. – Eles são horríveis.

Espero uma reprimenda, mas em vez disso Veridius apenas sacode a cabeça.

– Eles são medianos – corrige-me ele. – Só porque você é bom em uma coisa, isso não torna os outros ruins. – Ele faz uma careta quando o garoto abaixo corre para um corredor sem saída, facilmente interceptado pelo único caçador em sua perseguição. – Bem, alguns deles são medianos.

Sinto um sorriso repuxar os cantos de minha boca, mas isso rapidamente passa.

– O Preceptor Dultatis não parece ter a mesma opinião que o senhor. Quero dizer, que eu sou bom. – Não consigo manter o tom de voz leve. – Em alguma coisa.

– Bem, temo que isso seja menos por seu desempenho e mais por seu nome.

Eu franzo o cenho e finalmente olho diretamente para ele.

– Como assim?

Veridius parece estar debatendo se deve ou não expandir o que disse.

– O Preceptor Nequias e o Preceptor Dultatis estavam entre os encarregados das coisas aqui quando eu era estudante – diz ele por fim. – Era quase certo que o Preceptor Nequias seria o próximo Principalis, e ele teria escolhido o Preceptor ali para ser seu segundo em comando. Então seu tio... – Ele exala. – Bem. A morte dele teve consequências.

– Então eles foram rebaixados – Minha voz fica neutra quando entendo o que ele está dizendo. – E eles culpam a mim?

– Culpam a mim. Mas eles não têm amor pelo nome Telimus.

Minha testa se franze de frustração. Não me sinto inclinado a acreditar na palavra de Veridius, mas o que ele está dizendo faz algum sentido: a Hierarquia deve ter ficado ávida para punir qualquer um que estivesse na supervisão durante a morte de um aluno valorizado, sem se importar com as circunstâncias. E isso deve ter sido um assunto disciplinar interno para a Religião. Ulciscor não saberia necessariamente sobre uma rixa mesquinha e antiga como essa.

– O senhor não pode fazer nada em relação a isso? – Estou apenas meio perguntando. Já sei a resposta.

– É a turma dele. Avaliação dele. – Veridius sacode a cabeça. – Mas, mesmo que eu pudesse, a Academia tem como propósito refletir os desafios que enfrentamos na vida, não proteger os alunos da realidade. A maioria das pirâmides é cheia de Dultatis. E Iro – acrescenta ele de forma significativa. – Sejam os obstáculos a nosso progresso vindos de nossas ligações, sejam vindos de nossas ações, precisamos aprender a superá-los sozinhos. Não é justo, mas o mundo também não é. – Sua expressão está sincera, cálida. Com a intenção de encorajar. – Imagino que você já saiba um pouco sobre isso.

– Eu sei. – Os modos delicados e compreensivos de Veridius fazem com que seja tentador continuar falando. Para me livrar do fardo. Mas quanto mais eu disser para ele, mais me arrisco a escorregar.

Veridius vê que eu não vou continuar, se apruma e se volta para o resto da turma.

– Este lugar frequentemente está vazio no início da manhã – diz ele distraidamente, falando mais para o ar que para mim. – E nunca está trancado. Um aluno com iniciativa pode achar que é um bom horário para treinar.

Ele sai andando, sorrindo e acenando para outro aluno que viu. Eu observo por um tempo. Ele para e fala com todo mundo. E todos parecem receber bem a conversa, ávidos para aproveitar a breve atenção do Principalis.

Eu volto a olhar para o labirinto, ruminando raiva, revirando as palavras de Veridius em minha cabeça. Não encontro nenhuma armadilha nelas.

Mas mesmo me dar conta disso é um aborrecimento. Estou preso aqui. Bloqueado. Impotente. Posso treinar tanto quanto quiser e nunca serei promovido da Turma Seis. Posso sentir fisicamente a frustração crescer. Um encurtamento da respiração, um aperto em meu peito.

E quando vejo outro aluno fracassar lá embaixo, tomo uma decisão. Eu preciso fazer alguma coisa. Preciso *agir*.

Esta noite vou dar uma espiada nas ruínas além dos muros da Academia.

XXXII

– VOCÊ PARECE ABORRECIDO – DIZ CALLIDUS QUANDO SE SENTA na cadeira à minha frente.

Nossa mesa no refeitório está, como sempre, vazia, exceto por nós dois. As conversas de mais de 150 estudantes enchem o salão grande e dividido em níveis, embora hoje eu esteja deliberadamente de costas para as seções mais altas, sem vontade de aturar mais os olhares especulativos que venho recebendo dos sextos por toda a manhã. Faz sol lá fora, e a vista para o oceano é espetacular, as ondulações cintilantes muito abaixo, um azul vívido contra o verde das florestas de Solivagus.

Eu dou um suspiro e afasto meu prato enquanto Callidus mergulha seu pão em azeite e começa a devorá-lo com entusiasmo.

– É possível dizer que estou.

Conto a ele sobre minha manhã. Sobre como guiei Eidhin pelo Labirinto apenas para ser desclassificado. E o que Veridius me disse depois sobre Dultatis.

– Pelos túmulos dos deuses. Sinto muito. – Ele sacode a cabeça, espantado. – Não é surpresa que metade dos sextos não pare de olhar para cá. Você fez mesmo Eidhin cruzar o Labirinto? Em sua primeira tentativa?

Eu me permito um pouco de orgulho diante do tom de voz impressionado de Eidhin.

– Só porque eu por acaso sei cymriano.

– Agora você está se exibindo. – Callidus mastiga e engole, seu olhar passando por cima de meu ombro – Você disse cymriano?

– Isso mesmo. – Eu me viro, seguindo a direção de sua contemplação. Eidhin está sentado no nível acima, com o resto da Turma Seis, e mesmo assim, como sempre, ainda está afastado. Ele não percebe nossa observação.

– Ah.

– Isso significa alguma coisa para você?

– Na verdade, não. Alguém me disse no semestre passado que é isso o que ele fala, mas o resto do que me foi dito era tão absurdo que não acreditei em nenhuma palavra.

Eu inclino a cabeça para o lado.

– Como o quê?

– Disseram que ele é de algum lugar nas montanhas. Um daqueles pequenos bolsões além da própria Cymr que nunca foram civilizados de forma adequada. – Ele parece relutante. – Eu *ouvi dizer* que, quando a Quinta Legião chegou atrás deles, toda a sua família ou toda a sua tribo, uma dessas duas, cometeu suicídio em vez de se render. Que ele os *ajudou*. E depois matou uma dúzia de Pretorianos antes que o pegassem. – Ele diz isso com uma voz baixa e desconfortável. – Mas nós dois sabemos que não devemos acreditar em rumores. Ele não estaria aqui se isso fosse verdade.

– Ele estaria em um Sapador – escarneço, concordando. – Quem contou isso a você?

– Um dos terceiros. Porém, praticamente todo mundo soube depois das primeiras semanas. A história se espalhou depressa.

– É o que costuma acontecer com mentiras.

Ele ri.

– Verdade.

– Você já falou com ele? Sem contar a vez em que ele tentou bater em você, obviamente.

Callidus dá um sorriso estranho.

– Não. Eu estive naquela turma só por uma semana – diz ele com um leve movimento dos ombros, como se isso fosse irrelevante.

– Ah. – Eu mexo com a comida em meu prato. – Tenho a impressão de que ele deveria estar em posição melhor que na Seis.

Callidus ri outra vez.

– Isso é engraçado?

– É engraçado você estar surpreso.

Eu como um bocado e falo de boca cheia:

– O que você quer dizer com isso?

Callidus dá de ombros.

– A estrutura deste lugar foi feita para reproduzir a Hierarquia, então o trabalho duro e a inteligência são... não irrelevantes, óbvio. Mas são apenas fatores em uma equação muito maior. – Ele vê minha curiosidade se aguçar e pensa que é confusão. – Você acha que é um sistema justo. Seja bom o bastante e você vai ser justamente recompensado. Os melhores sobem até o topo. Todas essas drogas de besteiras.

– Você não acredita nisso? – Eu sinto dificuldade para conter a incredulidade em minha voz.

Callidus olha através das arcadas enormes à esquerda para o oceano cintilante. Medindo suas palavras.

– Você acha que lá fora é diferente? – Ele aponta para o oeste quando finalmente fala, na direção de Catena. – Acha que todos os Septimii presos em suas posições são menos talentosos que todos os Sextii? Ou pelo menos inferiores aos Sextus para quem eles estão cedendo? Um sistema só pode ser justo se houver um meio imparcial de avaliar o mérito. Se não houver orgulho nem egoísmo envolvidos. – Ele escarnece baixo, sacudindo a cabeça. – O que significa que sistemas justos não podem existir quando pessoas estiverem envolvidas.

Callidus não me encara. Deve saber como essa linha de conversa seria impopular com a maioria dos alunos aqui.

Ele não está errado – sei disso porque estudei a Hierarquia por anos, e mais que isso, fiz isso a partir do exterior, sob a orientação de pessoas que nem tinham sido doutrinadas nem seduzidas por ela. Mas é um assunto perigoso.

– Você leu Thavius, pelo que vejo – digo isso sem expressar opinião.

– Li! A Academia é um exemplo perfeito do que ele fala: nós devemos ser os mais brilhantes da República, mas quase todos nós aqui somos filhos de senadores e cavaleiros. Fomos treinados e educados desde que aprendemos a andar. Claro que vamos ser "melhores" que o quinto filho de um Octavus que cede metade de sua Vontade só para que sua família possa sobreviver. Especialmente em testes que são desenvolvidos pelas mesmas pessoas que nos treinaram e que decidem o que *é* mérito. – Ele olha para mim. Desculpando-se. – Então, quando há exceções como você, que vem do nada, aprendeu do nada e salvou metade da droga da cidade, ainda vai haver detritos como Dultatis para garantir que nada mude.

Eu fico em silêncio. Não tenho certeza se devo sentir vergonha do embuste. Minha educação foi tão vantajosa quanto a de qualquer outro aqui. Mais ainda: meu pai pôde escolher desertores sitrecianos como tutores, e minha educação formal começou anos antes do que começa a de um catenano. É uma mentira necessária, é claro, mas parece estranhamente suja aqui e agora.

Callidus entende errado meu desconforto.

– Sei que não é isso o que você quer ouvir. Nós podemos simplesmente deixar para lá. – Ele está estranho. Tão inseguro quanto passional. Ele acredita no que está dizendo, mas sem dúvida não foi bem recebido em relação a esse tipo de opinião no passado.

– Não. – Eu não consigo abandonar o assunto. Ouvir alguém falar sobre isso parece ar fresco. – Você acha mesmo isso?

Callidus relaxa um pouco.

– Você viu como são os sétimos, eles não fazem nenhum esforço. Você sabe por quê?

– Presumi que fosse preguiça.

– Bom, é. Obviamente. – Ele faz um gesto condescendente. – Mas também porque eles sabem que, no fim de tudo isso, é garantido que vão receber pelo menos uma posição de Sextus. – Ele dá a volta na mesa para se sentar ao meu lado, pega um tablete de cera, apaga o que estava nele e o mostra para mim quando começa a escrever. – Você sabe quem é meu pai?

É uma pergunta retórica. O pai de Callidus é Magnus Tertius Ericius, O Recenseador, responsável pela gestão do recurso mais importante da Hierarquia. O homem encarregado de estruturar e monitorar suas pirâmides.

– Então a coisa à qual ele tem acesso, à qual praticamente mais ninguém tem, são dados dos censos. Todos eles. – Callidus continua. Ele começa a escrever números. – Com base em uma pirâmide-padrão, quantas pessoas de cada cem você acredita que são Octavii?

– Um pouco menos que noventa?

Ele para, com o buril no ar.

– É. – Há um toque de surpresa na palavra.

– Eu sei fazer contas.

– A maior parte das pessoas não sabe. Não se dá ao trabalho ou não quer. – Ele faz uma careta, então continua. – Cerca de dez devem ser Septimii; uns dois, Sextii. Quintii e acima nem entram na conta com todos esses números, mas você entendeu a ideia. Levando isso em conta, com 24 milhões de pessoas na Hierarquia, quantos você espera que sejam Octavii?

– Cerca de… 21 milhões?

– Um pouco menos. Depois há 2,5 milhões de Septimii. Cerca de meio milhão de Sextii. – Ele escreve os números, então me olha para conferir se estou acompanhando.

– E daí? – As proporções parecem um pouco estranhas para mim (eu diria que Sextii são mais raros que isso), mas na verdade, eu praticamente não compartilhei do mesmo espaço com senadores e afins durante os últimos anos.

Ele desenha o símbolo da Hierarquia ao lado de seus números. Três linhas se encontrando no alto, formando uma pirâmide, então ele começa a escrever uma nova série de números.

– Regionalmente, a maioria das comunidades é organizada de modo que Sextus seja a posição mais elevada; todas as outras pessoas importantes em cada área são Septimii. Dados do censo do ano passado disseram que há apenas sessenta mil Sextii, oito mil Quintii e cerca de duzentos Quartii na República. Não em Catena nem em Deditia. Em *toda* a República. – Ele lança um olhar significativo em minha direção.

Eu franzo o cenho enquanto faço os cálculos em minha cabeça.

– Isso é… – Eu sacudo a cabeça. – Isso não muda muito o número de Octavii e Septimii, mas significa que uma pessoa em cada *mil* é um Sextus. Não uma em cada cem.

– Exatamente. – Callidus desenha uma segunda pirâmide distorcida ao lado dos novos números. Os lados dessa se curvam bruscamente para dentro, depois para cima, deixando uma base larga e um pilar comprido e afilado no alto – E fica melhor. Uma das outras coisas que meu pai e os Cônsules administram são as admissões na Academia. Quantos alunos ela tem permissão de aceitar. Isso varia de ano para ano. Você sabe por quê?

– Me conte.

– Isso tem base no cálculo de quantas vagas de alto nível vão se abrir durante os dezoito meses seguintes. Aposentadorias esperadas, expansões nas pirâmides devido ao crescimento populacional, qualquer posição que possa ficar livre que eles vejam que possa levar a uma posição de influência. – Ele escreveu um número enquanto falava; agora o sublinha com veemência. – Esse era o número quando começamos no primeiro trimestre.

– Cento e setenta e quatro – leio. Faço uma soma rápida na cabeça, mas não tenho certeza do tamanho exato da Turma Sete. – O número de alunos aqui?

– Um a mais. Dois alunos desistiram no primeiro trimestre, e você chegou. – Callidus parece satisfeito por eu não estar discutindo. – É por isso que as confirmações de posição têm um ciclo de dezoito meses. Eles querem ter certeza de que, quando nos formarmos, eles possam transferir as pessoas para pirâmides mais regionais, se necessário. Garantir que haja *boas* posições suficientes para todos nós.

– Não é bem a história de que "qualquer um pode ser um senador com trabalho duro suficiente" que contam aos Octavii.

– O sujeito precisa mais de Arventis que de Vorciano – concorda Callidus, invocando os deuses da sorte e do esforço, respectivamente. – E eu sei que isso é apenas parte da vida, não é diferente de nascer inteligente, forte ou bonito. Mas, se quer ter sucesso aqui, Vis, você precisa ver as coisas como elas são. Você não pode esperar ser promovido apenas porque deveria ser. A República recompensa pessoas que tomam, não as que merecem. – Ele está citando Thavius novamente.

– Um sistema construído sobre promessas e, portanto, sobre ganância – murmuro, fornecendo minha própria citação do livro. Ele tem razão: eu tenho treinado tão duro, ficado tão ansioso para ser melhor que os outros na Seis, que perdi de vista o fato de que isso não vai necessariamente me ajudar. Eu preciso encontrar outro jeito de passar por Dultatis.

Minha decisão de ir até as ruínas esta noite se fortifica. Se eu puder descobrir alguma coisa importante para Ulciscor, talvez eu consiga sua ajuda quando nos encontrarmos no Festival dos Ancestrais. Talvez consiga que ele exerça influência sobre Dultatis, de algum jeito.

Por um longo momento, eu estudo o garoto sentado ao meu lado.

– Posso perguntar uma coisa?

Callidus contorce o rosto. Ele sabe o que estou prestes a dizer.

– Está bem.

– Como, pelos túmulos dos deuses, você acabou na Sete?

Callidus volta para seu lugar original à minha frente. Pega o pão, dá uma mordida e mastiga. Espera para responder só depois de ter engolido.

– O que faz você pensar que eu não pertenço a este lugar?

Eu dou um olhar sério em sua direção.

Ele não consegue conter um sorriso.

– Está bem, está bem. – Seu olhar percorre o refeitório, como se ele estivesse preocupado que alguém pudesse escutar. Ele abre a boca para dizer mais, mas em vez disso, o sino cristalino do fim da refeição ecoa pelo ambiente, despertando uma confusão de movimento quando todo mundo fica de pé. Callidus exala.

– Uma história para outra hora.

– Eu vou cobrar isso.

– Claro. E… Vis? – Callidus está falando em voz baixa, tanto que quase não consigo escutá-lo acima do barulho de sandálias a caminho das aulas. – Esses números que acabei de contar a você? Não os repita para ninguém. Eu na verdade não deveria falar sobre isso.

Sinto a testa franzir, mas ele está falando sério. Eu assinto.

Nós partimos para nossas turmas diferentes, eu me juntando ao fluxo de sextos que sai da Curia Doctrina e vai na direção do Labirinto. Meu estado de ânimo melhorou. Não posso confiar em Callidus simplesmente porque ele vê a podridão sob o verniz da Hierarquia – se ele descobrisse quem eu sou, duvido que isso importasse –, mas ainda sinto uma afinidade com ele. Afeição verdadeira, mesmo que não possa ser acompanhada por honestidade.

Isso é o mais perto que cheguei de uma verdadeira amizade em muito, muito tempo.

A tarde transcorre de maneira muito parecida com a manhã, nas profundezas das entranhas do Labirinto, enquanto eu meio assisto à sequência de corridas fracassadas iluminadas pelo fogo envolvente dramático. Veridius não retorna. De vez em quando, eu me vejo examinando um Eidhin pensativo pelo canto do olho, me perguntando sobre o que Callidus me contou a respeito dele. Eidhin parece não perceber meu exame. O garoto musculoso está absorvendo o que acontece abaixo de forma tão sombria quanto eu. Nenhum de nós é chamado para participar de novo, nem mesmo como observadores ou caçadores.

No geral, porém, eu uso o tempo para me preparar mentalmente para o que estou pensando em fazer esta noite. Depois de limpar os estábulos, só preciso separar o equipamento necessário, ir para o alojamento como sempre e então esperar que Eidhin e os outros dois garotos em meu quarto peguem no sono. Há estribos nos estábulos; ninguém vai perceber se eu pegar um par deles, que são fortes o bastante para servirem como corda no muro. Uma parte de armadura catafracta – uma sela protegida, basicamente – do estábulo pode cobrir as estacas pontiagudas no alto também. Já escolhi um ponto nos limites da Academia, depois da área de treinamento dos cavalos, onde as luzes não tocam. Bem distante de qualquer prédio.

Depois disso, porém… bem. Tento não pensar em como tenho pouca informação sobre as ruínas. Se elas são bem guardadas, ou pior, protegidas usando Vontade. Ou por quanto tempo posso me ausentar com segurança antes que alguém acorde e perceba minha ausência.

O tempo de reflexão me faz vacilar, mas toda vez que isso acontece, olho para o rosto presunçoso de Dultatis e fortifico minha decisão. Callidus tem razão: não há muito o que eu possa fazer aqui. Mas não posso desanimar, ficar sem fazer nada e torcer para que o melhor aconteça. Faltam apenas duas semanas para o Festival dos Ancestrais, e se quero progredir, preciso dar a Ulciscor um motivo para me ajudar.

É hora de descobrir o que a Religião está tramando lá fora.

XXXIII

QUANDO EU ERA MAIS NOVO, YSA E EU FREQUENTEMENTE BRINCÁVAmos de escapar dos estudos pelos corredores emaranhados do palácio, evitando tanto criados como tutores que sem dúvida nos mandariam voltar ou informariam a um de nossos pais. Eu sempre era melhor nisso que ela. Há uma sensação no ar quando alguém está por perto. Uma presença que se aproxima, que sempre consegui sentir com antecedência suficiente para me encolher em um abrigo ou em uma soleira, ou fazer a curva de volta antes que a pessoa surgisse à vista.

Uma habilidade para tempos mais sombrios nos últimos anos.

Os outros três garotos no meu quarto entraram em padrões regulares de respiração em menos de uma hora depois que as luzes se apagaram. Eu espero mais alguns minutos só por garantia, então me levanto da cama, calço as sandálias, pego minha sacola de couro vazia e vou até a porta. Ninguém se mexe.

Mantenho os ouvidos atentos para alguém que possa estar acordado quando pego os corredores do dormitório dos sextos, mas tudo está silencioso. Em pouco tempo, chego à porta para a escadaria externa e saio para o ar cortante da noite. Há um fiapo de lua esta noite, embora ela esteja difusa por uma camada fina de nuvens. Eu paro no alto da escada, deixando que meus olhos se ajustem. Tudo está coberto por prata baça, os vermelhos, brancos e dourados dos prédios todos emudecidos em sombras. Nada se mexe abaixo.

É minha última chance de voltar. De esperar por uma oportunidade mais segura. Há um toque de recolher tácito na Academia, e se um de meus colegas de quarto acordar e perceber que não estou, duvido que hesite em informar alguém. Ser apanhado perambulando pela Academia tão tarde assim levaria a perguntas duras. Ser apanhado além dos muros vai significar expulsão.

Mas se eu não puder progredir, não puder conseguir um quarto só para mim, uma oportunidade mais segura nunca vai surgir. E o Festival dos

Ancestrais está chegando. Mesmo que Ulciscor não consiga fazer com que eu passe por Dultatis, pelo menos preciso de algo para garantir que ele não perca a fé em mim. Para que não decida que sou uma experiência fracassada e me mande para os Sapadores.

Eu desço e me dirijo para o lado mais distante do complexo.

Evito a iluminação violenta do quadrum, optando em vez disso por me manter sob as árvores que margeiam os limites da Academia. Eu vejo figuras de vez em quando – Preceptores ou Octavii, imagino –, mas eles estão todos longe, andando por caminhos bem iluminados sem se voltarem uma vez sequer em minha direção.

Não demoro muito para chegar aos estábulos. Escuto com atenção, então entro abaixado e arrisco acender uma luz para pegar o conjunto volumoso de estribos de couro, lanterna pequena e um pedaço da armadura que tinha escondido mais cedo. Eu torno a sair em instantes, sem disparar nenhum alarme.

O muro é de uma proporção imponente visto de perto. Cinco metros de altura, de pedra lisa e cortada por Vontade, nas sombras, sem apoios nos quais eu possa me segurar. Há uma floresta de estacas pontiagudas de aspecto maligno, pintadas de cinza pela lua fraca. Eu penso nelas por vários segundos sombrios antes de dar uma última olhada cautelosa ao redor, então solto meu equipamento.

Preciso de mais de dez tentativas pulando e jogando os estribos para o alto, com o coração na boca o tempo inteiro por causa do barulho que estou fazendo, antes que eles finalmente fiquem presos a uma estaca pontiaguda com um arranhar metálico. Dou um puxão cauteloso no couro, então testo todo o meu peso sobre ele. Nada cede.

Eu exalo. Nenhum grito de descoberta até agora. Não há partes móveis no alto do muro, então não pode haver nenhum alarme simples com base em Vontade. Também estou confiante de que não vai haver nenhuma condicional armada; essas, sem dúvidas, seriam caras demais para acrescentar a cada centímetro dos limites da Academia, mesmo para o Veridius preocupado com segurança. Sem dúvida.

Eu prendo a armadura catafracta em um pulso e começo a subir.

Meus músculos se tensionam quando me ergo do chão, o couro dos estribos rangendo, metal arrastando na estaca afiada à qual eles se prenderam, a armadura em meu pulso fazendo um barulho metálico ao se arrastar furiosamente. É um som alto diante do silêncio a nossa volta, mas eu sigo em frente, erguendo a mão e encontrando apoio na borda do muro com os dedos, os braços trêmulos quando consigo me segurar. Com um impulso final, jogo a sela para cima, e ela faz barulho no alto da estrutura de estacas pontiagudas.

Me resta apenas força ansiosa o bastante para subir de um jeito estranho, precário e esparramado em cima da armadura de placas de metal. A lateral de meu corpo se arranha em uma das estacas ainda expostas. Ela é muito fina, totalmente afiada.

Eu prendo a respiração. Estico o pescoço para trás, olhando para as sombras da Academia. Apesar do barulho, não há movimento. Tochas ardem em fogo baixo na entrada e no quadrum, mas a única outra luz é a luz suave e prateada filtrada através das nuvens.

Não perco tempo permanecendo exposto no alto do muro e me movimento lentamente sobre as pontas cobertas pela catafracta. Suando quando giro, rastejo e tento não visualizar o que aconteceria se uma delas abrisse caminho através da armadura. Eu paro apenas para soltar cuidadosamente os estribos de onde eles estavam e prendê-los do outro lado, deixando que caiam pendentes. Não vai haver patrulhas fora do complexo, e é melhor que, quando eu voltar, não precise fazer barulho tentando prendê-los novamente.

Finalmente, deslizo para o outro lado até conseguir agarrar o estribo com as duas mãos e descer. Eu prendo a respiração quando chego ao chão, de olhos fechados. Ainda não há nenhum som.

Estou do lado de fora.

Eu me viro de frente para uma floresta que é densa, escura e imediata. A escuridão aqui é mais profunda, cortada apenas por um raio ocasional que consegue passar pelo dossel de folhas em constante movimento. Só o farfalhar quebra o silêncio.

Solto meu saco e pego a lanterna dentro dele, rapidamente verificando se ela sobreviveu à subida antes de encobri-la e acendê-la. O caminho à frente é escuro demais; o terreno, traiçoeiro demais, se eu depender do luar.

Eu me oriento e saio andando para o leste.

Minha tensão não diminui enquanto atravesso uma parede de samambaias e então sigo pelo meio das árvores. Muitas pessoas me disseram que os alupi – os lobos enormes e inteligentes nativos de Solivagus – não se aproximam da Academia, mas sei que isso é uma generalização, e não uma regra. Cada sombra que se move além da luz da lanterna faz com que eu me contorça.

Passam-se quinze minutos antes que eu chegue a qualquer coisa que pareça uma trilha. Não muito mais que uma trilha de animais muito utilizada, mas posso ver que a vegetação foi cortada e removida em alguns lugares, e também o indício de uma pegada ou duas na terra. É provavelmente o caminho que se junta com a trilha principal entre a Academia e a plataforma do Transvect.

Eu sigo por ele sob galhos isolados que se agitam ao vento, a pele coçando com a preocupação de ser derrubado a cada curva. Mas não há ninguém aqui. A trilha segue sinuosa, mas sempre se mantém na mesma direção no geral. Eu insisto por mais dez minutos, pelo menos, avançando com cuidado.

Então, à frente, surge um halo enevoado acima das árvores.

Eu diminuo o passo. Apago e guardo a lanterna e deixo a trilha em favor dos arbustos densos, ignorando o jeito com que gravetos secos espetam minha pele. Meus ouvidos ficam atentos, mas escuto apenas o farfalhar de galhos contra galhos com a brisa, o ruído de folhas caindo.

Finalmente paro e me agacho quando uma fonte de luz surge de trás da última barreira de arbustos.

As ruínas de uma estrutura antiga – ou várias estruturas – se estendem a minha frente, com escombros quebrados e cobertos de musgo cobrindo uma clareira que deve ter mais de 150 metros de largura. A maior parte das pedras cinzentas quebradas não é mais alta que minha cintura, mas no meio de tudo há um prédio alto e abobadado, os vários buracos no telhado curvo são o único sinal imediato de dano. A estrutura é ladeada por uma dúzia de lanternas brilhantes, luzes que balançam delicadamente e lançam sombras movediças sobre as pedras espalhadas por perto.

Eu observo por um minuto. Cinco. Nada se mexe. Nas sombras, vejo uma porta esperando no fim de uma colunata curta que leva até a estrutura. A porta está intacta. Fechada.

Dou a volta pela borda da clareira, preocupado com aquelas lanternas. Elas podem ser acesas a partir de qualquer lugar por meio de Vontade – seja por precaução, seja por conveniência – e não necessariamente indicam a presença de alguém. Mas, se a Religião está disposta a desperdiçar Vontade e óleo fazendo isso, então também deve haver medidas de segurança.

Não vejo nada anormal em meu circuito tortuoso. Muros guardaram essas ruínas no passado, mas não mais: resta apenas uma linha de escombros como barreira contra esse espaço. As seções externas parecem ser os restos de um grande complexo. Longe das lanternas, a luz difusa da lua pinta a pedra irregular. Uma brisa fria vinda do oceano faz farfalhar o capim comprido que cresce entre as pedras.

O mais preocupante é que não há outras entradas óbvias para o prédio central. Portas são uma das coisas mais fáceis de proteger com Vontade: podem ser conectadas harmonicamente com um alarme na outra ponta ou apenas com uma coisa tão pesada que seja impossível de abrir.

Mas não há mais nada aqui para investigar. Nenhuma outra opção, a menos dar meia-volta.

Eu saio de onde estou encoberto e começo a seguir cautelosamente na direção do prédio abobadado.

Mexer em qualquer coisa aqui poderia disparar um alarme conectado por Vontade, então eu tomo cuidado com onde ponho os pés, me assegurando de pisar apenas em grama. Duas vezes paro para passar por cima de pedras onde um caminho mais óbvio exigiria mover escombros para o lado. Ainda não há outros barulhos além daqueles sussurrados pelo vento. Eu me contorço e me abaixo a cada movimento imaginado, me sentindo exposto demais enquanto atravesso a área iluminada pelas lanternas, então entro nas sombras da colunata.

Quando chego à porta, eu paro e olho para a floresta atrás antes de examinar a entrada. De perto, o prédio está em piores condições do que eu achava. A pedra se desfez nas bordas da maioria dos blocos, e há mais verde que cinza visível. Com certeza não é da era da Hierarquia. Está aqui há centenas de anos. Talvez mais.

O prédio pode até ser pré-Cataclismo, como disse Ulciscor. Do tempo das Aurora Columnae, feito antes da história registrada.

Meus olhos se ajustam. Posso ver que a porta não é de pedra como achei que fosse no início, mas de aço sólido, frio ao toque. Isso é bom: é muito, muito mais difícil imbuir aço. Há símbolos estranhos inscritos em sua superfície. Outra língua, eu acho. Eu não a reconheço.

Fico parado, calculando. A porta pode estar trancada, nesse caso minha noite terminou, e se ela não estiver, ainda há uma boa chance de que abri-la dispare algum tipo de alarme na Academia. Um Veridius autoimbuído que pegasse a trilha correndo provavelmente poderia estar aqui em vinte minutos. Que sejam quinze, só por garantia.

Não é muito tempo para ver o que há ali dentro.

Eu começo uma contagem mental e, com sangue pulsando nos ouvidos, empurro.

A porta se abre ao toque. Em silêncio. Há luzes mortiças, e eu dou um meio passo nervoso para trás. Mas não há gritos, nenhum movimento nem som. Eu entro, tentando combinar a necessidade da pressa com a prudência. Encontro uma única câmara grande. Um círculo de colunas de mármore ladeia seu centro, com talvez sete metros de diâmetro. Ferramentas estão apoiadas nas colunas – picaretas, pás. Corda.

Eu estreito os olhos. A luz é estranha, com uma tonalidade verde baça. Quando entro mais, posso ver sua fonte: um buraco aberto no centro do círculo. Uma corda amarrada em uma das colunas desaparece na área onde não há chão, que parece ter sido esmagada.

Quatorze minutos.

Eu me esforço para ignorar o arrasto natural da cautela e corro adiante na direção da luz verde. O buraco leva a um túnel não muito abaixo, e a corda está pendurada até o chão. Eu a agarro, a testo e desço, as palmas das mãos queimando devido à velocidade da descida. Minhas sandálias atingem o chão com um baque surdo que ecoa.

Eu sacudo as pernas para reduzir a dor do impacto da aterrissagem enquanto olho ao redor, embora sua pontada seja rapidamente esquecida quando vejo o corredor comprido.

Tudo está iluminado aqui embaixo, mas não por lanternas nem chamas.

Há escritos gravados na pedra nas duas paredes, e cada letra, até a última, brilha com um verde doentio. Milhares e milhares de palavras. Porém, não foram gravadas com cuidado. Não foram feitas pelas mãos de um artesão. São quase ilegíveis. Irregulares. Apressadas.

Treze minutos.

– Mas o que é isso? – sussurro quando me aproximo, embora não haja ninguém aqui. Nunca ouvi falar em nada que possa iluminar pedra desse jeito. E as inscrições… elas parecem profundas, entalhadas, e mesmo assim o jeito como elas fluem indica alguém escrevendo apressadamente. Mais abaixo, vejo palavras dando lugar a diagramas, desenhos complexos com mais notas brilhantes gravadas a sua volta.

Não é uma língua que eu já vi antes, concluo depois de mais um minuto de avaliação. Não há nada familiar, nenhuma centelha de reconhecimento das formas. Eu movo a boca em silêncio para articular as palavras, mas algumas das letras são totalmente estranhas para mim, o que faz delas até foneticamente misteriosas.

O corredor se estende para os dois lados, mas eu corro na direção onde a escrita é interrompida pela série de pequenos diagramas. Esses também têm a aparência de terem sido gravados apressadamente, mesmo assim são incrivelmente detalhados – algum tipo de esquema, eu acho, dezenas de linhas e setas se cruzando sobre um mar de anotações. Símbolos estranhos se repetem em cada um deles. Números, talvez? Uma sequência de instruções para criar… alguma coisa. Os vários estágios da construção não são claros o bastante para que eu saiba exatamente o quê.

Onze minutos.

Eu balanço sobre os calcanhares, os dedos de meu limite de tempo autoimposto pousando de leve sobre meu pescoço. Estou dividido entre estudar as imagens para compreendê-las melhor ou seguir em frente para ver o que mais este lugar pode conter. O primeiro não vai ajudar Ulciscor, por isso o segundo acaba vencendo. Desvio o olhar dos esquemas estranhos e brilhantes e saio andando em um trote cauteloso, movendo-me o mais depressa possível enquanto permaneço atento a qualquer sinal de companhia. O túnel e as inscrições se estendem sem interrupção até onde posso ver. Começo a me arrepender de minha decisão. Cada segundo que me afasta da entrada é um segundo que vou ter de gastar para voltar.

Continuo avançando por mais dois minutos, os passos cada vez mais ansiosos. Até onde vai este túnel? Ele é reto e estreito; corredores menores de vez em quando se ramificam, mas estão envoltos em escuridão, nada atraentes mesmo que eu tivesse tempo para gastar com eles. Há mais diagramas em meio às inscrições verdes pulsantes que iluminam meu caminho: alguns são pequenos, enquanto outros consomem vários metros de parede. Não dou para nenhum deles mais que uma olhada superficial quando passo. O que quer que estejam retratando é totalmente incompreensível para mim.

Pelo menos até eu identificar uma série de símbolos familiares.

Eu paro. Franzo o cenho. Levo alguns segundos para identificá-los, mas assim que faço isso, as imagens ao meu redor começam a tomar forma.

Os símbolos são os mesmos do Labirinto.

E o diagrama, eu acho, mostra como fazer o braçal que o controla.

Minha mão fica ávida por alguma coisa para copiá-los. Em vez disso, eu os estudo com uma angústia febril, tentando gravar cada linha na memória. Não sei o que eles significam exatamente, mas devem significar *alguma coisa*. Ulciscor vai querer saber sobre isso com o máximo de detalhes.

Eu quase decidi voltar quando percebo que o túnel à frente se alarga em uma abertura. Eu começo a correr.

Oito minutos.

O fim do corredor é uma arcada que se abre suavemente para um espaço muito maior. Há alguma coisa escrita sobre ela na mesma letra verde brilhante, mas a língua é diferente. Essa é reconhecível. Não é a língua comum, mas uma forma antiga de vetusiano. Que, antigamente, era nativo desta área.

Ao tentarem se tornar Deus, eles O criaram. Pelo menos, acho que a tradução é essa. Eu avanço cautelosamente pelos últimos metros e olho através dos arcos. O salão que há depois é enorme, mais de quinze metros de altura e pelo menos cem de comprimento. Não há inscrições aqui, mas ele está totalmente verde, graças às fileiras de cavidades com iluminação fraca escavadas nas duas paredes. Têm uns três metros de largura e altura, e ficam igualmente afastadas. Há dezenas delas. Centenas.

É seu conteúdo, porém, que capta minha atenção. Faz com que minha respiração fique presa na garganta e meu sangue congele.

Em cada uma, perfurado no peito por uma espada preta comprida, há um único cadáver nu.

Eu fico paralisado, de olhos arregalados, por cinco segundos. Dez.

Minhas mãos tremem quando me apoio na borda da entrada. A luz verde está vindo das lajes de pedra sobre as quais os homens e mulheres estão deitados, fazendo com que eles pareçam estar em alguma espécie de mostruário extravagante. São pouco mais que silhuetas, e ainda assim não há dúvida sobre o que estou vendo.

Eles também não são esqueléticos, percebo devagar. Não estão ressecados após séculos de espera nesta tumba. Pelo que posso ver em seus corpos e rostos, essas pessoas parecem ter sido mortas ontem.

Sete minutos.

– Pelos deuses – sussurro, em grande parte para me aprumar. O que quer que a Religião esteja fazendo aqui embaixo, eu não quero tomar parte disso. Mas Ulciscor vai querer saber mais. Vai valorizar os detalhes.

Dou um passo sem vontade para dentro do salão. Dois. Minhas pegadas ecoam. Os olhos imaginários dos mortos me perfuram. Eu ignoro minha pele arrepiada e sigo em passos largos e apressados, me dirigindo ao caixão aberto mais próximo.

Os traços se definem quando eu me aproximo. O homem tinha queixo quadrado, era atlético. Seu cabelo preto está bem penteado para trás. Sua pele é lisa, sem marcas, com a exceção de onde a espada de brilho escuro perfura a pele sobre o coração. Seus olhos estão fechados. Não há sangue.

Eu paro a menos de dois metros de distância. A lâmina é totalmente de obsidiana, eu acho. Vale uma pequena fortuna.

Seis minutos.

Murmuro um xingamento baixo e frustrado. Eu preciso de mais tempo. Correndo, não são mais que dois minutos para voltar até a corda, depois mais dois para subir e chegar à segurança da floresta. Afasto os olhos do cadáver e dou mais uma olhada ao redor.

Agora que estou mais fundo, percebo que os corpos não ocupam a totalidade do salão: há uma seção mais estreita no centro do lado oposto que é escura e sólida. Parte da parede ali parece diferente. Ela emite um brilho trêmulo.

Eu corro através do espaço vasto e aberto do salão. O espaço vago entre os caixões macabros iluminados de verde tem cerca de seis metros de largura, e há uma placa engastada em seu centro, com aproximadamente a altura e a largura de um homem, que parece ser de metal em vez de pedra. Não é aço, porém. Bronze? Há mais palavras como as das paredes lá fora inscritas sobre ela, embora a letra seja diferente. Minuciosamente clara, gravada com uma mão firme e meticulosa.

Eu paro perto da parede, de olhos estreitos para a luz mortiça enquanto tento identificar qualquer coisa familiar. O metal está sem brilho. Estendo impacientemente a mão à frente e passo os dedos sobre a superfície fresca, tentando tornar alguns símbolos mais claros.

Há um choque e um formigamento onde minha pele faz contato. Eu retiro a mão.

Um ribombar baixo e ressonante abala o salão.

Eu recuo um passo, então giro quando uma luz nova surge às minhas costas. O chão de pedra no centro do salão ondula com luz branca. Cintila e se agita, como se água tivesse se formado e, de alguma forma, se acendido. Essas ondulações recuam rapidamente, escoando para três piscinas grandes separadas. Afloramentos de luzes dentro delas e se consolidam em formas.

Em meio ao choque, eu reconheço os contornos do que está mais à esquerda.

É Solivagus.

A semelhança com a ilha fica mais óbvia quando seções da luz líquida se erguem e endurecem em picos e depressões para criar cordilheiras de montanhas e vales incrivelmente detalhados. Lagos e rios e cabos. Árvores individuais. Uma topologia com a qual estou parcialmente familiarizado de olhar pela janela da Curia Doctrina.

As outras duas piscinas também estão formando massas de terra. A da direita parece idêntica, mas quando olho mais de perto, posso ver que o contorno é diferente. Há praias ao norte em vez de falésias íngremes. Falta uma montanha no oeste. Toda uma área de floresta está limpa à sombra de um penhasco, com uma cidadezinha aninhada ali.

A imagem mais ao centro é significativamente diferente das outras duas. Não há árvores, embora haja semelhanças com a forma da terra no leste. Para o oeste, porém, não há nada além de uma cratera, estéril exceto por uma esfera perturbadora que paira sobre seu centro. Em escala, ela tem o tamanho de uma montanha pequena.

Eu a estudo, assombrado, então deixo que meus olhos percorram os contornos da costa ao sul. Eles se encaixam com os mapas dos seus dois lados.

Essa também é Solivagus. Mas totalmente destruída.

Enquanto compreendo isso, uma voz rouca começa a flutuar pelo salão. Falando vetusiano, reconheço depois de um susto momentâneo. As palavras são lentas e precisas o bastante para que eu as traduza.

– Obiteum está perdido. Não abram o portão. Synchronous é morte. Obiteum está perdido. Não abram o portão. Synchronous é morte.

E continua assim.

Eu giro, com a pele arrepiada, procurando a fonte. Não vejo nenhuma. Logo outra voz se junta a ela, em perfeito uníssono. Suave, severa e triste, então outra. O som enche o salão. Eu saio correndo, desviando do mapa brilhante, com medo do que poderia acontecer se eu o tocasse. A iluminação que vem dele supera o verde mortiço, deixando os cadáveres aos lados em relevo duro. Eu capto um vislumbre de um homem à minha direita.

Suas pálpebras adejam e se abrem. Não há nada além de órbitas ensanguentadas por baixo.

Um medo gelado se agarra ao meu peito. Eu olho para o corpo, congelado. Ele me encara de volta. Imóvel. A lâmina de ébano atravessando seu peito.

– Obiteum está perdido. Não abram o portão. Synchronous é morte...

Seus lábios estão se mexendo.

Eu cambaleio para trás, quase caio. Meu olhar se dirige ao corpo na cavidade seguinte. Ele está me encarando com um olhar sem olhos, também, e o outro. E o outro. Todos sussurrando.

– Obiteum está perdido. Não abram o portão. Synchronous é morte. Obiteum está perdido. Não abram o portão. Synchronous é morte. Obiteum está perdido. Não abram o portão. Synchronous é morte. Obiteum está perdido. Não abram o portão. Synchronous é morte. Obiteum está perdido. Não abram o portão. Synchronous é morte...

Eu corro.

De volta pelo túnel de garatujas pulsantes, com os pulmões queimando, sem olhar para trás. Eu saí do alcance dos murmúrios, mas não paro; eu chego à corda, me agarro a ela e subo com uma energia alucinada, balançando loucamente, a respiração em pânico, alta em meus próprios ouvidos. As esfoladuras em minhas mãos não se recuperaram da descida e doem, mas eu ignoro isso, me puxando para cima repetidas vezes até meus pés estarem procurando apoio no andar de cima.

Só quando saio do buraco e chego à aparente segurança da parte superior do prédio eu me acalmo o bastante para recuperar o controle. Eu desabo, com as costas contra pedra fria, arquejante, deixando que minhas mãos machucadas tremam. Só por alguns segundos. Só até eu encontrar força para rolar para o lado e me levantar outra vez. Eu perdi a noção da contagem, mas preciso dar o fora daqui. Agora.

Fujo para o ar frio da noite, parando apenas para puxar e fechar a porta de aço outra vez, a luz cálida e natural das lanternas que circundam o prédio é como um lar depois dos pesadelos lá dentro. Eu passo depressa pela luz e saio nas ruínas cobertas de prata.

Estou a meio caminho da floresta quando escuto o ruído baixo e esporádico de uma conversa sussurrada se aproximando.

Eu me abaixo atrás de uma das paredes quebradas, me encolhendo no fundo da sombra quando outra conversa abafada chega até a clareira, essa mais alta, embora as palavras permaneçam indistintas. Dois homens, eu acho. O barulho rápido de passos ecoa. Eles se aproximam correndo.

Então os passos desaceleram. Chegam à clareira e ficam em silêncio quando uma luz nova se derrama sobre os escombros.

– Está vendo alguma coisa? – É Veridius, o esforço perceptível em sua voz. Eu arrisco dar uma espiada pelo canto de minha pedra. Uma tocha paira no ar à frente de Veridius e de seu acompanhante, a três metros de altura, iluminando a área. O próprio Veridius está examinando as ruínas de forma implacável. Seus olhos estão escuros. Há três punhais de obsidiana presos a sua cintura.

– Talvez... só me deixe... respirar, primeiro. – O outro homem é moreno e magro, com aproximadamente a mesma idade que Veridius. Ao contrário do Principalis, porém, ele está curvado ao meio, com as mãos nos joelhos. Óculos transparentes com armação de chifre estão apoiados sobre seu nariz de ave, refletindo a luz da chama.

Veridius responde mandando a tocha subir ainda mais, deixando que ela gire acima das ruínas. Minhas sombras desaparecem por um instante, mas estou escondido dos dois homens por pedra e controlo os nervos. Depois de trinta segundos de observação infrutífera, o Principalis franze o cenho.

– Eu vou entrar. Vá para o meio das árvores e fique de vigia. Se eu não sair em dez minutos ou se alguém entrar atrás de mim, volte e fale com Xan. Ele vai saber o que fazer. – Antes que o homem ainda sem fôlego possa protestar. Veridius passa por ele, entra na luz das lanternas e estende a mão. A tocha flutuante desce em sua direção; o Principalis a pega no ar sem alterar o passo, então abre a porta e desaparece no interior do prédio.

Os minutos seguintes se estendem interminavelmente. O homem de vigia – ele é vagamente familiar, mas não um Preceptor nem um funcionário, até onde sei – faz o que foi mandado e desaparece na sombra próxima das árvores. Eu não tenho como saber para onde ele está olhando, não sei se é seguro me mexer. Posso apenas esperar e respirar, e fazer com que minhas mãos ainda trêmulas voltem a meu controle. Não penso sobre o que vi lá dentro. Não consigo refletir sobre isso. Ainda não.

Veridius reaparece rápido, seu olhar mudado de ameaçador a pensativo. Ele acena de modo vago na direção da floresta, um sinal para seu acompanhante.

– Eles estão todos lá, Marcus.

– Tem certeza? – O outro homem, Marcus, sai do meio das árvores, limpando fragmentos de folhas de sua túnica. Ele se junta a Veridius, assentindo em concordância e desculpas diante do olhar reprovador do Principalis. – Está bem. Pelos deuses, isso é um alívio. Mas então, o que disparou o alarme?

– Quem. *Quem* disparou o alarme. – Veridius está falando distraidamente, ainda pensativo. – Alguém esteve aqui há menos de dez minutos. Tudo ainda está aceso. – Seu olhar fica mais aguçado e percorre as ruínas. Eu chego para trás, embora não haja como ele me ver na escuridão.

– Você acha que penetraram na ilha outra vez? – A tensão na voz de Marcus é óbvia.

– Talvez. – Há uma pausa longa. – Volte para a Academia o mais depressa possível. Taedia deve estar a caminho daqui; faça com que ela volte ao alojamento e veja se não há nenhuma das terceiras ou quartas faltando entre as garotas; se ela perguntar por que, diga para falar comigo *depois* de fazer isso. E você vá conferir os garotos. Terceiros e quartos. E sextos – acrescenta ele, quase uma reflexão tardia. – Eu vou dar mais uma olhada por aqui.

– Cuidado.

Eu calculo furiosamente quando o barulho dos passos apressados de Marcus desaparece. Ele já estava cansado de correr até aqui, tem de entregar uma mensagem para a Preceptora Taedia. Eu ainda posso chegar antes dele. Talvez.

Veridius, conforme disse, está voltando para as ruínas. Eu espero até a porta de aço se fechar atrás dele.

Então eu corro.

Tento variar meu progresso pelo caminho entre explosões de corrida e um andar rápido, sabendo muito bem que estou atrás de Marcus. É improvável que eu alcance o homem, mas tenho de considerar a possibilidade de ele parar para descansar ou pelo menos fazer uma pausa enquanto fala com a Preceptora Taedia.

Levo cinco minutos até chegar ao ponto que marquei cuidadosamente quando descobri a trilha, e mais dez para atravessar descuidadamente os arbustos e percorrer um terreno irregular, correndo o risco de torcer um tornozelo sob o luar muito encoberto, antes de milagrosamente chegar ao muro da Academia com apenas uma miríade de arranhões e roupas rasgadas devido a minha temeridade. Meu peito está arquejante enquanto sorvo a visão do muro. Levando-se tudo em consideração, eu fui rápido.

Minha corda improvisada, praticamente invisível nas sombras, está pendurada a menos de trinta metros de onde eu surjo; eu corro até ela, mais concentrado na velocidade que na discrição, muito consciente de que segundos podem fazer a diferença entre a segurança e a descoberta. Mesmo se Marcus tiver parado em algum lugar no caminho, agora ele provavelmente já está na entrada da Academia. Só posso torcer para que ele resolva verificar primeiro os andares superiores do alojamento.

Eu salto e agarro o estribo em movimento, deixando que meu impulso me jogue para cima. Funciona, mas quando tento me agarrar à borda do muro, já estou mais alto do que imagino, e cansado, e eu em vez disso raspo em uma estaca aguçada a mão que tenta se segurar com urgência. A dor é quente e aguda na palma da mão. Eu contenho um palavrão e quase perco a pegada, quase caio. Com o desespero, de algum modo, superando a dor, eu consigo me puxar para cima usando apenas as pontas dos dedos.

Estou sangrando copiosamente quando solto o estribo da ponta que o prendia, então puxo a armadura de placas de ferro e os jogo em arbustos próximos abaixo com um barulho desconfortavelmente alto. Vou conseguir me esgueirar e recolhê-los amanhã à noite quando estiver nos estábulos outra vez. Uma mancha escura no alto do muro brilha mesmo sob a luz mortiça, mas não há tempo para limpá-la.

Eu pulo para a grama da Academia e rolo para reduzir o impacto antes de me levantar e correr na direção do alojamento, atento a qualquer sinal de luz ou movimento, cuidando um pouco de minha mão. Gotas escuras pingam enquanto eu corro.

Levo mais três minutos em uma corrida de queimar os pulmões para voltar até o alojamento, tendo de desviar apenas uma vez de uma linha reta quando vejo uma figura ao longe correndo pelo quadrum. Não vejo mais ninguém, mas há luzes acesas nas janelas do andar de cima. Luzes demais.

Eu finalmente desacelero minha disparada louca, faço uma parada nas sombras do parque diante do prédio alto e rasgo uma tira da túnica para envolver minha mão dolorida. Eu estou um lixo: sujo, suado, sangrando, com braços arranhados e roupas rasgadas. Mas posso consertar o pior disso me lavando rapidamente na fonte da entrada; os arranhões posso cobrir, e tenho outras roupas. A mão é um problema – o corte é fundo e está latejando –, mas só posso torcer para que Marcus não esteja fazendo mais que uma inspeção superficial.

As luzes começam a se apagar no andar de cima, e a porta do alto para a escada externa se abre. Eu me encolho quando uma figura magra desce correndo até o andar seguinte e desaparece em seu interior. Essa vai ser por pouco.

Eu me limpo loucamente na fonte, tirando a túnica e usando-a para me secar, a ansiedade um escudo contra o frio cortante da noite. Então começo a subir a escada dois degraus de cada vez, o mais silenciosamente possível. Escuto vozes vindo do andar que abriga os quartos. A luz de lâmpadas enche suas janelas.

Chego ao topo das escadas para o primeiro andar. Entro e tateio o corredor até meu quarto. O nervosismo começa a se misturar com um júbilo descrente. Eu vou conseguir.

Eu entro em meu quarto, fecho a porta às minhas costas, me viro e vejo Eidhin girar diante de sua mesa e olhar para mim.

Nenhum de nós dois diz nada, congelados. A lâmpada encoberta de Eidhin ainda projeta luz suficiente para me iluminar nu até a cintura, carregando a túnica nitidamente ensanguentada que usei para me limpar. Seu olhar vai de mim para a túnica, depois volta para mim.

– Sonho estranho – diz ele por fim em cymriano. Baixo o bastante para que os outros dois garotos não acordem, mas com firmeza. De forma significativa.

Então ele se volta para sua mesa e curva a cabeça sobre o livro que está lendo.

Eu olho fixamente para suas costas por meio segundo a mais, então corro para minha cama, pego uma túnica limpa de minha sacola e escondo a suja e rasgada em seu lugar. Em meio minuto, estou com roupa limpa, embaixo dos cobertores e de olhos fechados à força.

Menos de dois minutos depois disso, nossa porta se abre novamente, e a luz forte de uma lâmpada entra no quarto. Posso ouvir um dos garotos que estão dormindo murmurar algo e se revirar, irrequieto com a intrusão.

– Ah, Eidhin. – Eu reconheço a voz de Marcus. – Eu não esperava que alguém estivesse acordado.

Uma cadeira arranha o chão.

– Sextus Carcius? – Eidhin evidentemente reconhece o homem. – Por que o senhor está aqui? – Isso é dito em um comum claudicante. De uma vez, quase o mesmo número de palavras que ouvi do garoto forte.

– Você viu ou ouviu algo fora do comum esta noite? – Posso sentir o olhar de Marcus percorrendo as camas. Eu me concentro em respirar fundo e com regularidade. O corte em minha mão enfaixada dói. – Houve um pequeno problema fora do campus. Nada preocupante, mas preciso me assegurar de que nenhum aluno esteja envolvido.

– Eu acordei... há apenas uma hora. Desde então não vi nada.

– Tem certeza? – Uma tosse estranha. – Não preciso lembrar você das consequências para seu povo de mentir. Nem dos benefícios de cooperar.

– Não precisa. Tenho certeza. – Há mais que uma intimação de raiva em sua resposta deliberada e fria.

– Se você diz. – Há uma pausa longa. Marcus está evidentemente pensando sobre isso. – Então não preciso acordar os outros. Mas informe a mim ou ao Principalis se ouvir algo. – A luz da lâmpada começa a recuar, então para na porta, deixando metade do quarto em sombra profunda. – E descanse um pouco, filho. Até Aedhu precisa dormir mais que isso.

A porta se fecha. Passos se afastam pelo corredor até o quarto seguinte.

Eu não me mexo, mesmo depois de estar confiante de que Marcus foi embora, e meio que espero que Eidhin exija uma explicação. Mas não escuto nenhum som vindo do outro garoto. Só o ruído de uma página virando de vez em quando.

Depois de um minuto, meu coração relaxa o suficiente para eu respirar e avaliar a situação. Os arranhões nos braços são leves o bastante que mal sejam visíveis pela manhã, e posso usar roupas por cima deles. Vou precisar descartar minha túnica rasgada e ensanguentada, mas terei bastante tempo sozinho nos estábulos durante o jantar. Posso queimá-la então sem ninguém saber.

O ferimento em minha mão esquerda é um problema totalmente diferente. O corte é profundo, vai me impedir de fazer coisas. E tenho quase certeza de que ele ainda está sangrando. Eu provavelmente vou ter de procurar os cuidados de Ulnius pela manhã. Ele vai perguntar como isso aconteceu.

Não acho que deixei muito sangue na ponta no alto do muro da Academia, mas se alguém perceber, o momento de meu ferimento vai parecer mais que suspeito. Não posso correr esse risco. Não com o que eu vi lá fora esta noite.

O que quer que na verdade tenha sido.

Eu contenho um tremor quando minha mente involuntariamente retorna à cripta embaixo das ruínas. Eu não imaginei aqueles corpos abrindo os olhos. Imaginei? Seus rostos estavam nas sombras antes que o estranho mapa aparecesse. Eu fiquei desconcertado e em pânico.

Qualquer dúvida momentânea, porém, é rapidamente detida pela lembrança de sua mensagem. Aqueles *sussurros*. Meu medo não conjurou aquilo. Outra referência a Obiteum que não entendo, a mesma palavra da mensagem oculta de Caeror para Ulciscor. E um alerta claro.

Estou bem certo de que seus olhos foram removidos. Isso é estranho e perturbador, mas também familiar. Não consigo evitar me perguntar se o acidente de Lanistia durante seu Iudicium está de algum modo ligado a tudo isso.

Há muita coisa, porém, para examinar. Minha mente corre, combatendo a exaustão.

Eu não durmo muito.

XXXIV

A NECESSIDADE FEZ DE MIM UM ATOR CONVINCENTE AO LONGO dos últimos anos.

O truque, concluí, é convencer a mim mesmo de que o que estou dizendo é verdade. Não apenas contar uma mentira, mas visualizar a situação em minha cabeça. Imaginar qual seria a sensação, o que eu teria feito. Apagar a verdade de meu passado e substituí-la por uma falsa, não apenas jogá-la por cima.

Então, quando eu tropeço ao descer uma escada enquanto estou carregando meu desjejum, batendo com força na aluna à minha frente, eu me asseguro de não me preparar para o impacto. Meu queixo bate no chão. Louça se quebra. E quando minha mão esquerda se dobra de modo estranho embaixo de meu corpo, ainda segurando a faca que eu estava levando sem nenhuma preocupação, vou em frente e a enfio no ferimento em carne viva e ainda escorrendo que eu estava escondendo desde que me levantei esta manhã.

Não preciso fingir meu grito de agonia.

Eu me enrosco em torno de minha mão depois disso, me contorcendo, comida e pratos quebrados por toda a minha volta. As conversas no refeitório praticamente se calam. Sangue brota, qualquer casca formada na noite anterior desapareceu.

Vários quartos – eu, atualmente, estou em seu nível – olham para mim, murmurando entre si quando veem o sangue escorrendo pelo meu pulso. Ouço uma risada vinda de algum lugar mais abaixo. Provavelmente um dos sextos.

– Idiota. – A aluna com quem eu colido se levanta e limpa farelos de cima dela. É uma quinta. Baixa e magra. Não sei seu nome. Ela olha desinteressadamente para o sangue que escorre de minha mão fechada. – Olhe por onde anda, sexto. E aprenda a carregar utensílios. – Isso provoca um riso baixo de alguns dos quartos.

Ela sacode a cabeça com aversão e volta andando na direção da cozinha, imagino que para substituir sua refeição destruída. A sombra da Preceptora Ferrea toma seu lugar.

– Foi muito feio?

Eu mostro a ela a palma da minha mão. Ela se encolhe, então gesticula para que eu me dirija à porta.

– Para a enfermaria, então. Ulnius vai cuidar disso.

Fico de pé de um jeito estranho e saio correndo quando um dos Octavii da cozinha aparece com um esfregão na mão. A conversa ruidosa do refeitório retornou a seu habitual ribombar abafado, embora eu ainda veja algumas pessoas me observando. Callidus, em nossa mesa, parece verdadeiramente preocupado. Aequa, no canto, está me lançando olhares de esguelha. Eidhin observa minha partida com uma expressão inescrutável quando passo por ele e pelos outros sextos.

Eu chego na porta da enfermaria e toco o sininho na parede, que é ligado por Vontade a outro atrás. Um minuto depois, Ulnius aparece correndo.

– Vis Telimus. – A animação do homem de capa branca desaparece e seu cenho franze quando ele vê o jeito como estou segurando a mão, imediatamente se aproximando claudicante e segurando meu pulso com delicadeza. – Me mostre.

Eu abro os dedos e faço uma careta quando sangue escorre do ferimento recém-reaberto.

Ulnius me conduz até um assento próximo, então pega um pano, mergulha-o em uma tigela de água e começa a limpar o sangue.

– Como isso aconteceu?

– Tropecei na escada no desjejum. Me cortei com minha faca.

Ele para por um instante de limpar, e percebo que há alguma coisa de que ele não gosta em minha explicação.

– Que faca afiada – observa ele depois de um momento.

– Caí em cima dela. Eu a estava segurando pela lâmina – admito timidamente.

Ele não para o que está fazendo, não olha para mim.

– Teve sorte, então. Dois centímetros abaixo e você poderia ter cortado o pulso. Mais para o alto e talvez perdesse o uso dos dedos. – Ele pega suas ferramentas, e seus olhos ficam sombrios quando ele começa a suturar com uma mão firme, de forma rápida e limpa. – Que coincidência engraçada. Há apenas uma hora, o Principalis estava perguntando se eu vi algum ferimento incomum.

– Incomum? Como o quê? – resmungo entre dentes cerrados.

– Ele não disse.

Eu me esforço para sorrir através da dor.

– Imagino que ferimentos autoinfligidos por idiotia não contam.

– Não. – Ele se agacha à minha frente. Olha fixamente para mim. – Mas você precisa tomar mais cuidado.

Eu paro de sorrir. Meneio a cabeça em meio ao silêncio significativo que vem depois.

Satisfeito, Ulnius se ergue e ajusta a capa branca.

– Isso não vai cicatrizar rápido, você não vai poder usá-la normalmente por algumas semanas. – Ele começa a enrolá-la. – Volte a cada duas noites para trocar as ataduras. Não a use a menos a seja necessário.

– E limpar os estábulos?

– Se isso é algo que você precisa fazer, então cai na categoria "necessário". Mas me procure de imediato se os pontos se soltarem.

Eu esperava por isso.

– Entendido.

– Então nós terminamos. – Ele finaliza o curativo com um floreio animado. – Mais fortes juntos, Vis. Espero não ver você por dois dias.

Eu dou uma risada.

– Eu também.

Quando saio no corredor e me vejo sozinho, eu me encosto na parede de pedra e exalo, me permitindo parar e apenas olhar para o oceano cinza agitado lá embaixo. Minha mão dói. Estou exausto. Ainda sinto um calafrio que me faz estremecer toda vez que ouso pensar no que aconteceu ontem à noite e estou prestes a encarar um dia inteiro assistindo aos outros sextos correrem o Labirinto, enquanto não terei outra chance de provar meu valor.

A vida está longe de ser boa. Mas, por enquanto, pelo menos, parece que minha posição aqui está segura.

– Você conseguiu chegar até aqui sem se cortar ao meio – observa Callidus com a boca cheia de peixe quando eu me sento à sua frente em nossa mesa habitual. – Muito bem.

Eu olho feio para ele.

– Imagino que eu mereci isso.

– Pelos deuses, você mereceu. Acho que nunca vi um fracasso tão espetacular do movimento humano básico. – O humor de Callidus se transforma pelo menos um pouco em simpatia quando ele aponta para minha mão enfaixada. – Está muito ruim?

– Ruim o bastante para doer. Não ruim o bastante para me livrar do trabalho nos estábulos.

– Ah. O pior tipo de ruim. – Callidus se compadece. Ele se encosta e se alonga preguiçosamente. – Fora isso, imagino que esta manhã correu tão bem quanto o normal.

– Eu me atrasei por causa do acidente. Por isso, pelo menos não tive de ver todo mundo *fracassando*. – Quanto mais vejo as tentativas desajeitadas de meus colegas de turma correrem o Labirinto, mais frustrado me sinto por estar preso na Seis. – Honestamente, acho que no fim foi bom.

Callidus ri e parece prestes a dizer mais algo quando fica com uma expressão estranha no rosto, a atenção de repente fixa em algo às minhas costas. Eu me viro e vejo os terceiros chegando pela escada. Iro está olhando para mim do alto de seu nariz aquilino quando nota minha inspeção. Indol me faz um leve cumprimento.

Meus olhos, de forma um tanto instintiva, se dirigem para Emissa. Seu cabelo castanho comprido está bem preso hoje.

Os terceiros provavelmente estão prestes a treinar luta ou fazer outra atividade física. Ela está profundamente envolvida em uma conversa com Belli, mas quando eles chegam ao nosso nível, ela murmura alguma coisa, se afasta do grupo e se aproxima. Belli, parecendo surpresa e levemente desconfortável, vem atrás dela.

– Catenicus. – Emissa para na extremidade de nossa mesa, os olhos verdes brilhantes focados diretamente em mim. Ela sorri ao dizer o nome, formando covinhas. – Você conseguiu finalizar uma refeição sem nenhum ferimento sério desta vez, pelo que vejo. Muito bem.

– Callidus já fez essa piada – digo a ela com um falso azedume, me recuperando de minha surpresa. Emissa nunca desviou de seu caminho para falar comigo fora dos estábulos antes.

– Claro que fez. – Ela dá um suspiro, ainda sorrindo, e olha brevemente para meu amigo. – Como você está, Callidus?

Callidus não percebe, de cara, que alguém está se dirigindo a ele. Seu olhar, percebo, está fixo de forma um tanto firme em Belli, que está parada um passo mais para trás e olha ao redor sem interesse, dedicada a mostrar que não faz parte da conversa. Quando Callidus registra as palavras de Emissa, ele pisca, como se estivesse acordando, então dá um meio sorriso na direção dela.

– Boa tarde, Emissa. Melhor que ele, acho. – Ele aponta o dedo em minha direção.

Emissa concorda, com um movimento bem-humorado das sobrancelhas, então se volta para mim.

– Eu esperava que você pudesse nos confirmar uma coisa. Boatos dizem que você correu o Labirinto ontem com Eidhin, ali – ela aponta a cabeça na direção dos sextos, sem olhar –, e venceu. Em sua primeira tentativa.

Eu paro de lançar um olhar nitidamente especulativo para Callidus, que ele está cuidadosamente ignorando, embora o rubor em suas bochechas indique que ele tenha visto.

– Isso mesmo.

– Mas depois foi desclassificado por trapacear?

– Nós fomos desclassificados porque Dultatis é um babaca. – Eu digo as palavras mais alto do que deveria, mas, felizmente, ou ninguém escuta, ou ninguém discorda. – Eu só usei cymriano para gritar instruções, em vez de um código. Isso deveria ter valido.

Emissa olha para sua acompanhante ruiva.

– Está vendo, Bel?

Belli concentra a atenção em Emissa, como se Callidus e eu não fôssemos parte da conversa.

– Se ele foi desclassificado, não conta. E ainda temos apenas a palavra dele sobre isso.

– Menos a parte sobre Dultatis – eu observo.

– Menos a parte sobre Dultatis – concorda Emissa de forma solene.

Belli se remexe, e percebo pela primeira vez que falta um dedo em sua mão direita. Ela registra meu olhar e esconde o membro incômodo às suas costas, uma pose tão familiar que percebo que ela deve fazer isso com bastante frequência. Então ela escarnece, olhando de Emissa para mim antes de revirar escancaradamente os olhos.

– De qualquer modo, ele só estava enfrentando sextos.

Ela sai andando, a massa de cachos ruivos balançando com o movimento.

Emissa abaixa a voz de forma conspiratória.

– Nós fomos as mais rápidas a passar pelo Labirinto durante os exames de admissão, isso é parte do que nos levou à Turma Três. Conseguimos completar na quarta vez. – Ela olha pesarosamente para a forma de Belli que está desaparecendo. – Belli não é má. Ela pode só ser um pouco *competitiva*, às vezes. Não gosta de acreditar que alguém possa fazer as coisas melhor que ela.

Callidus assente, concordando distraidamente, até ver meu olhar e se conter. Emissa não parece perceber, a atenção de novo em mim.

– Estou surpreso só por você ter sabido disso. – Fico satisfeito que a notícia tenha se espalhado. Se os outros Preceptores perceberem, isso vai me ajudar a conseguir uma promoção.

– As pessoas falam bastante sobre você. – Seus olhos verdes brilhantes dançam. Divertidos por minha expressão verdadeiramente surpresa. – Elas, na verdade, não sabem o que pensar de você, sabia? Desde a naumaquia até o que você fez com Eidhin, uma hora correndo o labirinto e na outra se machucando estupidamente… bem. Você não é *entediante*.

Eu faço um pequeno movimento confuso.

– Melhor que a alternativa, eu acho.

– Emissa! – É Belli, impaciente enquanto espera ao pé da escada fora do refeitório.

Emissa dá um suspiro. Parece prestes a ir embora, então para.

– Foi grave o que aconteceu com sua mão? Sério.

– É só um corte. Não vai me impedir de fazer nada.

– Bom. – Ela me dá outro sorriso. – Vejo você por aí.

– Foi bom conversar! – grita Callidus depois que ela se vai, sem deixar de perceber o fato de que ela nem mesmo olhou em sua direção ao partir. Ele ri quando Emissa faz um gesto rude sem sequer se virar, então torna a se concentrar em mim. Seu sorriso é largo. – Alguém está popular.

– Não estou interessado – minto com firmeza. Ele tem feito insinuações desde que eu mencionei que Emissa tem me ajudado nos estábulos.

– Mentiroso.

Eu o ignoro.

– Sabe, eu nunca percebi antes que Belli não tem um dedo. Isso aconteceu recentemente?

– Não. Ela foi mordida por uma cobra-amarela quando tinha treze anos. Eles tiveram de amputar para salvar a mão.

Sinto um sorriso malicioso repuxar o canto de meus lábios.

Callidus franze o cenho ao ver isso.

– Ela tem frieiras nele no inverno. Todo mundo na turma sabe – murmura ele na defensiva, corando.

Há um breve silêncio. Callidus parece sentir uma mistura estranha de vontade de falar com ficar verdadeiramente desconfortável quando se trata de Belli.

– Você nunca me contou por que é um sétimo – digo depois de um tempo, superando minha inclinação de provocá-lo. – Você obviamente esteve na Turma Três por tempo suficiente para estarem em situação amigável.

– Algumas semanas. – Callidus come outro bocado de sua comida. Ele engole. – Está bem. Você jura que não vai contar para ninguém? – Quando confirmo que não, ele se inclina para a frente, baixando a voz. – É principalmente por causa do meu pai.

Eu dou um grunhido. Não estou surpreso.

– Quanto você sabe sobre a situação política em Catena no momento?

– Não muito. – Eu me esquivo. – Ulciscor mencionou que houve alguns conflitos no Senado ultimamente, mas tive a impressão de que isso não é nada novo.

– Sim e não. Sempre houve tensão entre as pirâmides senatoriais, mas as coisas têm piorado ao longo dos últimos anos. Piorado muito. Pelo menos, segundo meu pai. – Callidus mantém a voz baixa, embora não corra nenhum risco de ser ouvido em meio ao burburinho do refeitório. – Os Militares sempre foram os mais importantes dos três, concorda?

– É claro. – Um Sextus Militar e um Sextus da Governança são tecnicamente iguais, mas ponha os dois na mesma sala, e não há dúvida sobre quem é considerado superior.

– Isso porque a República é construída em cima de expansão. – Callidus se anima com a explicação. – Os Militares ou vencem uma guerra ou negociam um tratado, e então Catena ganha um fluxo novo de entrada de riqueza pelos anos seguintes: ouro, recursos, Octavii. Seus sucessos encheram os tesouros, pagaram exércitos. Eles eram a razão para continuarmos a ficar mais fortes, para sermos constantemente capazes de fazer *mais*. Eles eram o coração que bombeava nosso sangue.

– *Eram* – repito, percebendo o tempo passado que ele está usando. Eu penso por um instante. – Mas agora não resta ninguém para conquistar?

– Exatamente. – Callidus está satisfeito por eu estar seguindo sua lógica. – O que significa que não há mais riquezas nem glória. Menos importância, menos fundos. Guarnições precisam ser reduzidas; exércitos permanentes, desmobilizados. Mas isso não está acontecendo. Pelo menos, não na proporção que o resto do Senado quer.

– Como assim?

Callidus assente com a expressão fechada.

– É tenso. Quando os exércitos desaparecem, o poder militar vai com eles, e os Militares deixaram claro que não têm interesse de permitir que isso aconteça. A Governança e a Religião poderiam vetar fundos para as tropas, é claro, *se* elas estivessem dispostas a trabalhar juntas, mas do jeito que as coisas estão, pode ser isso que os Militares estão esperando. Nada encorajaria tanto um exército a marchar sobre Catena quanto a ameaça de não ser pago. – Ele respira fundo. – Então todo mundo aparenta estar cooperando, mas a coisa toda está no gume de uma faca.

– Pelos deuses. Eu não fazia ideia.

– Poucas pessoas fazem. Uma guerra civil em potencial não é algo que o Senado goste de anunciar por aí.

Eu mordo o lábio. Guerra civil? Meu velho tutor Matias teria ficado empolgado ao ver que suas teorias eram tão precisas – e na época, eu teria delirado ao pensar na República Catenana se autodestruindo também. Mas Suus não existe mais. A Hierarquia se estende através de oceanos. Uma guerra civil seria uma guerra mundial, lutada com Vontade por todos os lados. Seria inimaginavelmente sangrenta.

– Isso é aterrorizante, mas não vejo o que tem a ver com você ser um sétimo – admito.

– Bem. Pelo que vejo, duas coisas podem acontecer. Uma: a situação continuar a escalar e eclodir um conflito antes do fim do ano. Nós, aqui, nos tornamos reféns, na prática, e você sabe quem é meu pai. Um filho na Turma Três é alguém com quem ele tem de se preocupar. Um filho na Turma Sete não é.

Eu o estudo.

– Mas ele continua sendo seu pai. Com certeza isso não vai fazer nenhuma diferença para ele.

– Ele praticamente já me deserdou. Não está interessado em mediocridade, e minhas duas irmãs têm perspectivas tão boas quanto eram as minhas quando comecei. A Religião sabe disso tudo, então meu valor como instrumento de barganha agora é mínimo. Que é como deve ser. – Ele gira os ombros e rapidamente continua. – A outra opção é que este ano passe sem que as coisas saiam de controle. À exceção de quem for o Domitor, todo mundo nas Turmas Três ou Quatro vai ser nomeado para os Militares para seus dez anos de serviço, não importa a posição que escolham. – Ele me lança um olhar significativo. – Militares. Por dez anos. Com a possibilidade de uma guerra civil a qualquer momento. E meu pai ainda vai ser Recenseador pelos três primeiros desses.

– Enquanto um sétimo poderia escolher uma posição de nível inferior na Governança – concluo lentamente. – E quanto à opção três? A guerra civil nunca acontecer?

– Então agradeço a Deus, reconheço que cometi um erro de cálculo e sigo em frente com a minha vida. – O jeito como ele vê as coisas, porém, deixa poucas dúvidas sobre se ele acha que isso é provável.

Eu como um pouco de meu peixe, dando a mim mesmo tempo para pensar. A situação política não me choca; a sugestão de Ulciscor de que a Religião esteja procurando uma arma aqui sem dúvida indicava algo mais que as habituais tensões internas. E a decisão de Callidus parece radical, mas faz algum sentido. Linhagens são importantes em Catena, entretanto são realizações e status que são vistos como realmente valiosos. Se há mesmo uma guerra se aproximando, Callidus se remover da equação pode ser vital para seu pai.

– Você é um filho leal – digo depois de um tempo. Não acho que Callidus tenha assumido essa responsabilidade devido ao medo, não importa o que ele diga.

– Sou um filho que não quer terminar em um Sapador – corrige ele com uma risada. – De qualquer forma, não é como se eu não pudesse progredir depois da formatura. O nome Ericius abre muitas portas.

Fico curioso para prosseguir com a conversa, mas o sino que indica o fim da refeição interrompe qualquer outra coisa que ele poderia ter dito. Nós nos levantamos, o arrastar de nossas cadeiras pelo chão repetido pelo refeitório.

Callidus dá um suspiro.

– Divirta-se vendo todas as outras pessoas serem incompetentes.

– Divirta-se fingindo ser incompetente.

Nós sorrimos um para o outro, uma simpatia compartilhada na brincadeira.

Eu começo a longa caminhada de volta ao Labirinto.

XXXV

MEU PAI ODIAVA MENTIRAS.

Não apenas do tipo que era contado a ele – isso, observou uma vez, era o oposto de uma condição única. Mas ele odiava a falsidade em si como conceito. Sempre me dizia que uma verdade dura era melhor que uma ficção reconfortante. Para ele não existiam mentiras inofensivas, e o mentiroso perdia uma parte de si mesmo ao fazer isso.

Enquanto observo a corrida agitada abaixo, eu me pergunto o que ele pensaria de mim agora. Às vezes, não tenho certeza se ainda resta algo do verdadeiro eu.

– Eles são muito ruins.

Levo um susto com a voz de Eidhin à minha direita; eu não o vi se juntar a mim no balcão. Eu torno a me concentrar na atividade abaixo e faço uma careta quando o rangido de pedra ecoa pela câmara, seguido imediatamente por um xingamento gritado quando uma pedra de controle se solta do braçal. A corrida termina menos de trinta segundos depois. Eidhin escarnece com ironia.

Eu olho para ele, então rio. Principalmente para esconder meu desconforto. Essa é a primeira vez que Eidhin se aproxima de mim desde a noite passada.

Ficamos em silêncio por um minuto enquanto observamos os competidores saírem lentamente do labirinto. O resto da turma acompanhou a ação, assim como fez Dultatis. Nós somos as únicas pessoas em um raio de mais de quinze metros.

– Você matou alguém? – Isso é perguntado em cymriano informal. Como se ele estivesse perguntando sobre o clima.

– O quê? – Eu me aprumo, por um instante pensando ter ouvido errado. – Não. Não! É claro que não. – Eu mantenho a voz baixa e também falo em cymriano. – Era meu sangue ontem à noite. Meu. Totalmente meu sangue.

– Ah.

Eidhin parece vagamente decepcionado.

Silêncio outra vez, nós dois olhando para o Labirinto. Eu mais desconfortável do que estava antes.

– Eu me cortei subindo o muro. – Eidhin já sabe o suficiente para me entregar. E, embora eu não tenha nenhuma razão para achar que ele seja de confiança, o fardo do que aconteceu ontem à noite vem crescendo dentro de mim. Um peso enorme no meu peito.

– Desajeitado.

Eu olho para ele, então dou uma risada pouco animada, sem saber, por sua expressão, se ele está falando sério.

– Acho que sou. – Eu tamborilo com os dedos na balaustrada, nervoso. – Obrigado por cobrir para mim.

– Você estava fazendo uma coisa que eles reprovam. Não é necessário agradecer.

Eu sorrio ao ouvir isso, embora, depois de uma olhada, eu novamente não saiba ao certo se Eidhin está brincando.

– Pelo que entendo, você não gosta muito dos Preceptores.

– Você é muito observador.

O garoto musculoso continua a assistir ao que está acontecendo abaixo e não diz mais nada. Eu reavalio minha inclinação de lhe contar mais. Espero que ele fique curioso, que pergunte. Em vez disso, ele parece ter a intenção de descobrir o mínimo possível.

– Poucas pessoas conhecem a língua de Cymr. – Eidhin não muda de posição, mas o tom de sua voz muda com a observação abrupta. Ele fica quase melancólico. – Você fala bem. Quem lhe ensinou?

– Eu tive um tutor cymriano em Aquíria. Antes de… – Eu me calo. Finjo me recuperar. – Quando eu era mais novo. Ele costumava chamá-la de "a bela língua". Dizia que não ligava para o que a Hierarquia ordenava, que, se eu estava aprendendo outras línguas, seria um crime se eu não aprendesse a fala dos deuses. E música. E dança.

– E todas as coisas que alegram o coração – murmura Eidhin. As palavras soam estranhas, vindas do garoto brusco e carrancudo. Entretanto, ele amolece apenas por um segundo. Os cantos de sua boca se curvam para cima. – Qual era o nome dele?

– Cullen. – Não preciso mentir. Esse é um nome cymriano bem popular.

– Ele... não importa. – A centelha de prazer que vi em Eidhin desaparece. – Estou satisfeito que ele tenha ensinado a você. É bom ter alguém neste lugar desolado que fale a língua. Além de algumas palavras estranhas do Principalis, ontem foi a primeira vez que ouvi outra pessoa falá-la em muito tempo.

– E sua família?

Pelo jeito como a expressão de Eidhin de repente fica gelada, percebo que falei a coisa errada.

– Não. – Ele encerra a conversa com essa palavra.

A corrida seguinte no Labirinto está quase organizada, e o bando de alunos está voltando em nossa direção. Não consigo evitar retornar brevemente à noite passada, como já fiz várias vezes. Visualizo os diagramas na parede. Me pergunto se a Religião apenas tirou das ruínas a ideia para este lugar ou se a conexão é alguma coisa mais sinistra.

Dultatis olha para nós parados por perto, mas não se dá ao trabalho de nos forçar a nos juntarmos ao resto da turma. Em pouco tempo, ele anuncia o início da corrida, e todo mundo sai correndo outra vez.

– Tem algum tipo de escavação. A leste da Academia, na floresta. Ruínas antigas. – Restam apenas algumas corridas, e o desejo de falar sobre isso é grande demais. – Havia alguma coisa estranha lá, Eidhin.

Eidhin não reage de imediato. Então inclina a cabeça e volta sua atenção para mim.

– Estranha?

Então eu conto a ele. As inscrições reluzentes na parede. O projeto do braçal de controle do Labirinto. O mapa. Os corpos sem olhos empalados em espadas de obsidiana. Não menciono o jeito como os últimos pareceram se mover, falar; mesmo agora, não consigo acreditar plenamente que isso não passou de minha imaginação confusa e me preocupo que, se disser isso em voz alta, Eidhin não acredite no restante da história.

É um alívio, mas não sem cálculo. No momento, Eidhin ainda pode mudar de ideia e contar a alguém sobre minha ausência. Mas quando ele souber o que eu vi, ele vai perceber que a Religião não vai querer que ele tenha essa informação, o que tornaria muito mais arriscada a ideia de me entregar.

Quando termino, Eidhin pergunta:

– Por que você estava lá fora?

– Os Militares acham que a Religião está à procura de uma arma em algum lugar da ilha. Me mandaram dar um a olhada.

– Então você está trabalhando para eles.

– Estou fazendo o que preciso fazer para sobreviver – corrijo-o. – Eles também não foram legais com meu povo.

Há um brilho de alguma coisa no rosto de Eidhin. Raiva? Repulsa? Desaparece rápido demais para identificar.

– Por que, então, me contar?

– Eu precisava contar a alguém. – Eu tento transmitir sinceridade.

O garoto grande dá um grunhido, mas assente quando afasta os olhos.

– Você me deve uma.

– Devo – concordo, com cautela.

– Então pode pagar me ajudando a aprender essa maldita língua de vocês.

Eu pisco, surpreso pela frase brusca.

– Posso fazer isso. – Se esse é o preço pelo silêncio de Eidhin, é um preço fácil de pagar.

– Bom. – Ele faz uma pausa. – E não conte a ninguém.

– Está bem.

A corrida à qual estávamos assistindo é tão curta que chega a ser cômica. Nós não dizemos nada quando a turma retorna. Eu entendo pelas conversas que essa foi a tentativa final do dia. Alguns lançam olhares de esguelha para Eidhin e para mim, dessa vez juntos, como se finalmente registrassem que estamos nos falando. Levando em conta nossas respectivas reputações, imagino que isso seria motivo de alguma curiosidade.

Dultatis logo passa por nós e para a três metros de distância. Eu olho com raiva para suas costas.

– Lamento nossa desclassificação ontem. – Eu estou falando com Eidhin em cymriano, mas falo alto o bastante para que o homem escute, sabendo que ele não tem ideia do que estou dizendo.

Eidhin segue meu olhar. Resmunga.

– Nisso, você não teve culpa. Ele é um porco – diz ele, ainda mais alto.

Eu sorrio, concordando com isso; infelizmente, Dultatis escolhe esse exato momento para olhar para nós. Vê Eidhin e eu olhando para ele, eu demonstrando estar me divertindo com o que Eidhin acabou de dizer.

– Me conte o que vocês falaram. Imediatamente – diz ele rispidamente para Eidhin.

Eidhin estende as mãos, se desculpando.

– Traduzir... é difícil – diz ele em um comum terrivelmente ruim. Muito pior do que eu sei que ele é capaz.

Dultatis fica vermelho. Volta-se para mim.

– Você fala a língua.

– Ele disse que desejava que não tivéssemos trapaceado de maneira tão flagrante ontem – digo de forma solene.

– Diga a ele que está parecendo que uma pessoa tomou toda sua Vontade e a enfiou em lugares aonde ela não deveria ir – acrescenta Eidhin, olhando diretamente para o Preceptor.

Dultatis olha para Eidhin, depois para mim, com expectativa. Estou inescrupulosamente orgulhoso de como consigo manter minha expressão.

– Ele vai trabalhar duro. Ser melhor – digo.

Eidhin assente seriamente para o que eu estou dizendo.

– Ele é um completo fracasso como ser humano. Eu frequentemente fico embaraçado por ter de respirar o mesmo ar que ele.

Uma pequena multidão se reuniu – porque a sessão terminou, e não com a intenção de observar, mas mesmo assim curiosa em relação à interação.

– E agora ele está me dizendo que devo fazer a mesma coisa – digo com falso desespero, revirando os olhos. Eu me volto para Eidhin. – Você percebeu que ele tem um cheiro estranho o tempo todo? Como se tomasse banho de perfume, mas isso não fosse suficiente para encobrir seu odor.

– Percebi, sim! É horrível, não é? Como uma nobre morta há alguns dias.

Eu sinto os cantos da minha boca se retorcerem e engulo uma risada. Assinto com gravidade e me volto outra vez para Dultatis, a hilaridade ameaçando explodir de mim histericamente mesmo enquanto coloco uma expressão sofrida no rosto.

– Ele... não está sendo muito elogioso em relação aos meus esforços.

Dultatis olha com raiva para mim, depois para Eidhin, enquanto o garoto forte dá início a uma série de injúrias, palavrões que fariam até mesmo eu enrubescer, fluindo com facilidade. Eu os traduzo displicentemente como perguntas sobre as próximas aulas, que Dultatis responde através de dentes cerrados. Ele deve saber, ou pelo menos desconfiar, que estamos zombando dele. Mas todas as outras pessoas estão olhando, e ele não tem como provar isso.

– E o hálito dele? – provoco Eidhin.

– É forte, não é?

– Forte.

– Às vezes eu me pergunto se ele está morrendo. Ou fazendo amor consigo mesmo.

A vontade de rir descontroladamente torna a ameaçar, mas eu sou corajoso e a engulo.

– Eidhin se desculpa pela dificuldade de ensinar a ele. Quer que o senhor saiba que ele está se se esforçando.

Dultatis nos observa com olhos estreitos.

– Se esforce mais – diz ele para Eidhin, quase um rosnado.

Decidindo que a conversa terminou, ele vai andando na direção da saída, seguido pelo riso baixo de outros alunos que perceberam o que estávamos fazendo.

Todo o resto sai do Labirinto atrás do Preceptor, deixando a mim e a Eidhin para segui-los. Nós começamos a subir a escada.

– Hoje não foi um dia tão ruim – diz Eidhin abruptamente. Ele ainda não está sorrindo, mas a expressão em seu rosto é diferente. Está mais relaxado do que eu já o vi.

– Não foi um dia ruim – concordo. Eu protejo os olhos quando chegamos ao alto da escada e saímos no sol dourado da tarde. – Quando você gostaria de começar a melhorar seu comum? Eu tenho de trabalhar nos estábulos à noite, mas depois disso…

– Não. – Eidhin olha para mim de forma especulativa, observando minha mão enfaixada, e sacode a cabeça. – Você ainda tem duas semanas de castigo?

– Um pouco menos.

– Então conversar vai ser suficiente até lá. Eu sei como é estudar cansado – acrescenta ele asperamente.

Eu demonstro meu apreço.

– Toda noite depois do Festival dos Ancestrais, então. Não importa o que aconteça. Você tem minha palavra.

Ele recebe a declaração com um grunhido e aperta o passo, encerrando a discussão. Sinto um sorriso surgir em meu rosto enquanto o observo se afastar.

Hoje não foi um dia tão ruim.

XXXVI

HÁ UMA TEMPESTADE QUANDO O PRIMEIRO DIA DO FESTIVAL DOS Ancestrais finalmente amanhece.

A brisa marinha do oeste sopra gotas de chuva através das arcadas altas que circundam o refeitório, distorcendo as ondas furiosas e abafadas do mar bem abaixo. As conversas no salão comprido estão em um tom mais alto que o habitual, apesar do clima, muitos alunos carregam sacolas como a que eu tenho aninhada aos meus pés, prontos para o Transvect que chegará em menos de uma hora.

Eu ergo os olhos de minha refeição quando a sombra de Callidus cai sobre a mesa, minhas boas-vindas se transformando em um franzir de testa intrigado quando eu o vejo.

– Onde estão as suas coisas?

– Eu não vou. – Callidus se senta pesadamente, parecendo quase tão surpreso com as palavras quanto eu.

– O quê? Por quê?

– Recebi notícias do meu pai. Tenho de me concentrar em meus estudos. – Ele se esforça para dar animação a sua voz, mas não há como disfarçar seu aspecto abatido.

– Ah. – Callidus não precisa dizer mais: a desilusão de Tertius Ericius com o filho não é segredo. Mesmo assim. Honrar os ancestrais é uma das tradições mais importantes em Catena. É a *essência* da família. Ser excluído de comparecer… – Sinto muito.

– Obrigado.

Eu hesito. Estudo minha comida.

– Se você contasse a ele…

– Não. – Callidus não está com raiva, mas seu tom de voz evita qualquer discussão. – Já disse antes, ele está reagindo do jeito que precisa reagir. Tenho certeza de que ele sabe o que estou fazendo, e está honrando o sacrifício garantindo que ele pareça real. Um ano afastado é pouco a pagar pela segurança que isso traz.

Eu concordo, embora não esteja convencido, e também não acho que Callidus esteja.

– O que você vai fazer, então, se está preso aqui?

– O mesmo que todo mundo que não vai. Estudar. Treinar, aproveitar alguns dias sem a maioria dos Preceptores por perto. Não vai ser tão ruim.

Ainda posso ver sua decepção, mas chamar atenção para ela não vai ajudar.

– Pelo menos você não tem de passar pela situação estranha de conhecer sua mãe nitidamente desencantada.

Uma sugestão do humor habitual de Callidus retorna.

– Ela vai à Necrópole?

– Eu soube disso ontem à noite. – Isso era ostensivamente parte de uma mensagem mais longa que me instruía sobre aonde ir se ninguém se encontrasse comigo na plataforma, mas sei que Ulciscor a enviou especificamente para me alertar. Com sua esposa presente, vai ser muito mais difícil fazer um resumo do que fiz a mando dele. – Relucia está pegando um Transvect da Sitrécia só para me conhecer, aparentemente, e eu por algum motivo duvido que ela fique impressionada com um sexto.

Callidus escarnece.

– Sei que Iro e Dultatis não fizeram maravilhas pela sua reputação aqui, mas você ainda é Catenicus lá fora. Acho que ela vai ter alguma tolerância com você.

– Vamos torcer para que tenha.

Estou prestes a dizer mais quando uma onda de pausas nas conversas cai sobre o refeitório, e me viro e vejo Veridius chegando pela escada. O Principalis é uma visão rara na Academia, estou descobrindo, e geralmente chama atenção imediata sempre que sai de seu gabinete. Acho que nunca o vi aqui embaixo.

Veridius chega a nosso nível e o examina, até seu olhar parar em mim e Callidus. Ele para na extremidade de nossa mesa, indicando amigavelmente um lugar vazio.

– Posso?

– É claro – diz Callidus enquanto concordo com um aceno de cabeça, com cuidado para não demonstrar nenhum desconforto. É minha primeira interação com o Principalis desde minha expedição às ruínas há duas semanas. Não que isso alguma vez tenha se afastado muito de minha mente. Ainda luto contra o que vi, ou achei que vi, quando fecho os olhos toda noite, não importa minha exaustão. Me vejo preocupado com como, ou *se* aquilo tem alguma relação com o Labirinto. Entre isso e os pesadelos vermelhos com a naumaquia que me assolam, minhas horas de sono ultimamente têm sido menos que repousantes.

– Seu ferimento está cicatrizando bem, Vis? – Veridius olha para minha mão esquerda, que não precisa mais de ataduras. Isso é dito de forma natural, cordial, sem nenhum traço de insinuação. Ainda sinto como se ele estivesse afirmando alguma coisa.

– Está. – Ulnius fez um bom trabalho, a cicatriz na palma da minha mão está praticamente invisível. Eu dou para Veridius um sorriso modesto. – Embora a vergonha de fazer isso de forma tão pública possa não ir embora tão depressa.

Veridius ri, mais uma vez com naturalidade, como se não tivesse nenhuma desconfiança sobre o momento do ferimento. Ou ele não tem, o que acho difícil de acreditar, não importa o que Ulnius tenha dito a ele, ou ele mais uma vez está demonstrando ser um ótimo ator.

– Fiquei satisfeito ao saber que isso não impediu que você pagasse sua penitência nos estábulos. É em parte por isso que eu vim aqui, na verdade. Você, oficialmente, terminou. Quando voltar da Necrópole, pode começar a jantar com todos os outros. – Ele dá um tapa de leve na mesa com uma das mãos e sorri, parecendo satisfeito por dar a boa notícia.

Então seus olhos se dirigem ao saco a meus pés, e sua expressão fica séria.

– Mas principalmente, eu queria me assegurar de que a segurança seja forte em sua viagem. O Preceptor Scitus vai acompanhar você no caminho até lá, e vamos emitir passes para todos os alunos para garantir que mais ninguém embarque no Transvect na volta. O Transvect em si está previsto para viajar constantemente de um lado para outro pelos próximos dois dias, o que significa que não há como saber quando vocês estarão nele. E no meio-tempo, a Necrópole é sempre bem vigiada. Você não vai ter nada a temer dos anguis.

Eu me remexo desconfortavelmente.

– Obrigado. – Trancado aqui na Academia, tem sido fácil esquecer que Sedotia e os anguis provavelmente querem me matar pelo que fiz. Embora, se eles quisessem apenas vingança, poderiam facilmente ter revelado minha verdadeira identidade para a Hierarquia e me ver morrer. Não tenho certeza se isso faz com que sua fúria me pareça melhor ou pior.

– Devo admitir que não tinha certeza se você compareceria ao festival.

– Bem, eu *sou* um Telimus.

– É claro. É claro. É só que Ulciscor é um homem muito reservado e... – Ele parece estar sem jeito, o que não é característica sua, como se estivesse se esforçando para escolher as palavras do que tem a dizer. Então ele suspira. – Tenho certeza de que vai haver muitas conversas sobre Caeror. Por favor, apresente uma oferta minha, Vis. E lembre-se do que eu lhe disse sobre tristeza se transformando em amargura com muita facilidade.

Eu olho para ele, e ele devolve meu olhar, firme. De forma triste.

– Seu pai é um bom homem. O que quer que ele tenha dito a você, eu não vou acusá-lo de mentir – acrescenta ele com delicadeza. – Estou dizendo que às vezes contamos para as pessoas aquilo em que precisamos acreditar. Não importa o quanto isso possa ser errado ou quanto possa feri-los.

Ele me dá um tapinha no ombro e vai embora.

Nós observamos até ele sair do raio de audição, então Callidus franze o cenho para mim.

– Eu sei o que seu pai pensa, mas o Principalis não parece ser o tipo. – As tensões históricas entre Ulciscor e Veridius são bem conhecidas; eu já "admiti" para Callidus as suspeitas constantes, sabendo que a maioria das pessoas supõe mesmo que fui mandado para cá para descobrir sobre a morte de Caeror. Ele, sem dúvida, não ficou surpreso com a revelação.

– Eu sei. – Vejo Veridius parar para falar com alguns quintos, sussurrando para o grupo algo divertido e conspiratório que provoca risos em resposta. Todo mundo adora o homem.

– E mesmo que fosse, não consigo imaginar que reste nada para encontrar. Não depois de seis anos.

– Sei. – Repito isso com um grunhido, dando um olhar de reprovação para Callidus. – Isso não vai me impedir de investigar, se eu tiver a chance. – Pelo menos, se eu precisar fazer algo suspeito pelo caminho, é uma boa desculpa para obter a ajuda de Callidus sem ter de explicar minhas verdadeiras motivações.

Callidus abandona o assunto com um gesto de derrota, e falamos sobre trivialidades até o sino soar através do refeitório. Eu jogo minha sacola sobre o ombro e me despeço do garoto espirituoso – que parece um pouco desconsolado enquanto me observa me juntar à coluna de estudantes que segue na direção do portal principal, depois caminhar com dificuldade pela chuva torrencial, entrar na gaiola de Vontade na entrada da Academia e seguir para a plataforma do Transvect, onde o monstro de pedra e madeira já está atracado. Eu estou entre os primeiros a chegar, então pego um lugar em uma das seções na parte traseira e me instalo junto de uma janela. Leva pouco mais de uma hora até a Necrópole, me disseram. Se vou passar esse tempo sozinho, é melhor ter uma vista.

Gotas pesadas vergastam o vidro, obscurecendo parcialmente a vista das ondas cinza agitadas abaixo. Eu me pergunto o que aconteceria se os anguis conseguissem derrubar o Transvect enquanto estivéssemos sobre o mar. Tento não pensar.

– Ave, Vis.

Eu ergo os olhos de minha inspeção desolada, surpreso ao ver Aequa se sentar à minha frente. Ela passa os dedos pelo cabelo preto como um corvo para tirar água, então, irritada, afasta fios molhados dos ombros.

– Aequa. – Estou surpreso demais para dizer mais que isso. Ela não falava comigo desde nossa breve conversa em meu primeiro dia aqui. E ainda há muitos outros assentos vazios.

Antes que qualquer um de nós possa dizer mais, há movimento ao lado, então Emissa e Indol ocupam os dois lugares restantes ao nosso lado, parecendo que essa é a coisa mais natural do mundo. Emissa sorri para mim.

– Eu me perguntei se você viria.

– Você *torceu.* Você *torceu* – corrige Indol. – Você está morrendo por uma oportunidade para perguntar a ele sobre a naumaquia.

Emissa lança um olhar com raiva na direção dele e se inclina para socar seu braço em reprovação. Eu observo, um pouco atônito com a aparição abrupta deles. É claro, Indol não sabe que já conversamos sobre a naumaquia tanto quanto eu estive disposto a falar – um lembrete fácil para não mencionar as visitas de Emissa aos estábulos. Mas faz mais de uma semana desde a última vez, e o Festival dos Ancestrais estava tão longe que nunca foi mencionado.

– Eu... fico surpreso que vocês tenham permissão de fazer isso – admito, olhando ao redor para os três. – Vocês todos sabem que ainda estou na Seis, certo?

Indol desdenha disso.

– Não estamos na Academia agora. Aqui fora somos todos iguais.

– Diz o filho do Dimidius – observa Emissa secamente.

Indol dá um suspiro.

– Então somos todos potencialmente iguais aqui fora. As classificações da Academia não se aplicam. Além disso, todo mundo sabe que você deveria estar em uma turma mais elevada – acrescenta ele para mim.

– Obrigado.

Emissa e Callidus já tinham me dito isso antes, mas é bom ouvir de outra pessoa.

– Dultatis parece mesmo odiar você – acrescenta Emissa para ajudar.

– Obrigado – digo com uma inflexão mais sarcástica dessa vez. – Eu sei muito bem disso.

Há uma pausa quando mais estudantes passam por nós. Eu ergo os olhos e vejo a expressão de escárnio e reprovação de Iro dirigida a nosso grupo. Tanto Emissa como Indol dão um sorriso de saudação e logo o encaram. Os vincos na testa de Iro se aprofundam, mas ele acaba rompendo o contato visual e seguindo para um lugar mais no fundo do carro.

Emissa observa com tranquilidade enquanto ele vai embora, então olha para Indol.

– Nada de Belli?

– Ela não vem.

– Ah.

Eu olho fixamente para Iro.

– Ele na verdade não gosta muito de mim, não é?

Aequa fica rígida, como se desejasse olhar para os outros mas estivesse se contendo.

– Você não sabe?

– É evidente que não.

– Ele perdeu a irmã na naumaquia. Ela tinha nove anos. – Aequa parece desconfortável. – A família dele não gostou que você fosse nomeado Catenicus, quando tantas pessoas morreram.

Faço uma careta.

– Não há muito que eu possa dizer em relação a isso. Mas explica bastante. Emissa estuda Aequa.

– Tem certeza? Ele pareceu mais irritado que o normal desde o recesso do trimestre, mas nunca o ouvi nem mesmo mencionar isso.

– Meu pai na verdade não é o maior apoiador dos Telimus. Ele gosta de se assegurar de que eu saiba sobre esse tipo de coisa. – As bochechas de Aequa ficam vermelhas com essa confissão, e ela não faz contato visual comigo.

Há um silêncio desconfortável, então Indol ri.

– Parece o meu pai. – Ele ergue uma das mãos quando olho em sua direção. – Não, não. Não contra os Telimus. Mas ele sempre me diz onde as pessoas são mais fracas, sempre me diz onde acha que eu devo apertar. – Ele olha para Aequa. – A melhor coisa a fazer é ignorá-los. Nós não temos de jogar os jogos deles.

Aequa dá para ele um pequeno sorriso de gratidão.

– Você deveria falar com Scitus – diz Indol repentinamente para mim. – Quero dizer, sobre Dultatis.

– Isso não adiantaria nada – rebate Emissa antes que eu consiga responder – Dultatis tem autoridade sobre essa turma; a menos que ele faça alguma coisa contra as regras, seu julgamento é tudo o que importa. – Ela afasta para trás uma mecha comprida de cabelo que caiu sobre seu rosto. – É claro, se você conseguisse provar que o Preceptor está fazendo algo contra as regras…

– Vis precisaria do apoio da turma inteira para isso – intervém Aequa. – Pelo que ouvi dizer, duvido que isso aconteça. Desculpe – acrescenta ela para mim, quase uma meditação.

Os três começam um debate animado sobre qual seria a melhor maneira para eu superar a implicância de Dultatis, o que rapidamente se desfaz quando ideias cada vez menos práticas – e assustadoramente violentas, em alguns casos – são sugeridas e descartadas, para o divertimento de todos. Aequa permanece um pouco mais indiferente e reservada, mas Emissa e Indol discutem e fazem piadas como se nós quatro fôssemos amigos desde sempre. Imagino que seja a confiança, a segurança e a despreocupação da realeza catenana em exibição.

Em pouco tempo nós estamos descendo na direção do Mar de Quus, desacelerando muito quando passamos por um dos pontos de ancoragem brancos que se projetam das ondas. É uma cena espetacular pela janela; o sol do final da tarde está se esforçando para passar através das nuvens no oeste, e os raios de luz que conseguem penetrar destacam a água cinza-prata agitada em um frenesi pelo vento que sopra. Mesmo dentro do carro, escuto um assovio trovejante quando as lufadas martelam madeira, vidro e pedra, e de vez em quando, de forma um tanto preocupante, tenho de admitir, o próprio carro estremece, como se estivesse sob o risco de ser empurrado para o lado. Mas sei que os mecanismos de vontade vão ser fortes mais que o suficiente para aguentar.

Eu finjo olhar para a água, mas estou fazendo uma avaliação. Na verdade, tomando nota de nossa velocidade. O Transvect está devagar o bastante para que eu pudesse facilmente saltar dele, se eu estivesse em posição de fazer isso, mas voltar a subir nele é uma ideia totalmente diferente. A coisa voa no mínimo a mais de três metros acima da água.

– E você, Vis?

Eu perdi o fio da conversa; me volto para o grupo, escondendo minha frustração com a interrupção com um sorriso distraído na direção de Emissa.

– Desculpem. Qual foi a pergunta?

Nós já estamos acelerando novamente. A chuva fustiga as janelas com mais força ao ganharmos velocidade.

– Quantas vezes você esteve em Agerus?

– Ah, é minha primeira vez.

– Que sorte – diz Indol, com certa tristeza. – Pode ser bem espetacular se você nunca viu antes.

– Você não quer ir?

Indol faz uma careta.

– Não, está tudo bem. Eu quase disse a meus pais que é perda de tempo, mas eles ficariam horrorizados só de imaginar que eu posso não os visitar depois que eles morrerem.

A hora seguinte se passa depressa. Aequa e eu contamos novamente nossa experiência na naumaquia, para entreter Indol e – supostamente – Emissa. Ainda posso ouvir indícios de algumas das perguntas de Aequa no jeito como ela conta seu lado da história. Mas ela não expressa suas dúvidas, faz apenas elogios em relação a mim.

Depois disso, Emissa e Indol reclamam de Nequias, e eu facilmente vejo semelhanças entre suas histórias e as de Dultatis. Aequa, de sua parte, parece ter apenas coisas boas a dizer sobre Scitus. Eu a observo enquanto ela fala, ainda me perguntando por que ela se sentou comigo. Os outros dois eu posso entender – Emissa porque estamos nos tornando amigos, e Indol porque ele parece satisfeito em entrar no jogo. Mas há outros quartos no Transvect. Parece que Aequa está aqui mais para observar que para conversar.

Finalmente, quando as nuvens se abrem e mostram um brilho dourado no oeste, entramos em Agerus.

Ela é imediatamente identificável desde as terras ao redor: campos vastos se estendem a distância, e todos eles são cercados de lápides. Milhares e milhares. Caminhos iluminados por lanternas cortam através delas, e flores coloridas pontilham o chão por toda parte. Montes de pessoas já estão reunidos em torno de túmulos até onde os olhos enxergam.

As três Chamas Eternas, faixas de fogo com pelo menos cinquenta metros cada, separam os campos. Essas são as chamas para as quais vai a maioria dos corpos catenanos após a proclamação dos rituais.

Depois, fica a Necrópole.

A cadeia de montanhas é imensa, alta, e esconde o horizonte por quilômetros para a esquerda e para a direita quando nos aproximamos. As montanhas em si não são incrivelmente altas – elas se estendem por centenas de metros na direção do céu, não milhares –, mas são íngremes.

E são pontilhadas por criptas.

Eu já li sobre a Necrópole. Primeiro, há anos em Suus; depois, um pouco mais na última semana com a aproximação desta viagem. Essas criptas não são como os túmulos nos campos abaixo, lápides que são cuidadas uma vez por ano. São mausoléus inteiros esculpidos na montanha, colunas belamente pintadas marcando muitas das entradas; estátuas de deuses ou caldeirões flamejantes, outras. Uma escada íngreme serpenteia entre elas. Gerações inteiras estão enterradas ali, junto das áreas separadas para celebrações privadas do Festival dos Ancestrais. Aposentos completos, onde famílias podem relaxar e comer com conforto enquanto homenageiam seus ancestrais.

Tudo é uma visão estranha e com uma beleza mórbida. As montanhas escondem o sol de nós, lançando toda a planície em sombra profunda; entrar em Agerus parece ser uma passagem da vida para o lendário submundo dos catenanos. Pelo canto do olho, vejo Aequa estremecer de forma quase imperceptível quando a escuridão cai sobre o Transvect. Nossa conversa se cala ao percebermos isso.

Indol, de repente, franze o cenho, se inclina para o lado e aperta a cabeça contra a janela.

– Há muitas pessoas lá embaixo.

Eu me viro, e os outros também se voltam para a janela quando o Transvect inicia sua descida. Indol tem razão: a plataforma de granito está repleta, com muito mais que apenas as famílias esperando pelos cerca de quarenta estudantes.

O Transvect para. O Preceptor Scitus caminha por todo o carro, assegurando-se de que todos desembarquem de maneira organizada, distribuindo placas que vão nos permitir embarcar para a viagem de volta. Ele nos deixa para o fim.

– Vocês venham comigo – diz ele quando Iro e outros desaparecem pela porta.

Eu me levanto desconfortavelmente, olhando pela janela. Ainda há ali uma grande multidão, apesar de metade dos alunos já ter ido embora com seus parentes. Nós saímos do carro. Eu percebo como Scitus fica perto do meu lado.

Assim que estamos na plataforma, uma onda de empolgação passa através da horda. Eu tento me esquivar. Todo mundo parece estar olhando para nós. Para mim. De repente, a preocupação permanente com o que os anguis poderiam querer fazer comigo fica aguçada em meus pulmões.

– É *ele* – murmura alguém por perto, sussurrando alto demais para seu acompanhante.

À nossa frente, um homem grande praticamente empurra Iro para o lado, ignorando as fortes objeções do garoto, e para à nossa frente. Scitus fica tenso. Meu coração quase sai pela boca.

– Catenicus. – Ele está olhando para mim. Ele grunhe o nome em meio a um silêncio abrupto.

Antes que Scitus possa se mover para impedi-lo, ele agarra meu braço com força no abraço catenano da irmandade.

XXXVII

É COMO SE O GESTO ROMPESSE A REPRESA DA CONTENÇÃO DAS pessoas; de repente, elas estão todas se aglomerando à minha volta, falando comigo, me dando tapas nas costas com tanta força que eu cambaleio, agarrando minhas mãos e meus antebraços, beijando meu rosto. Em instantes, estou separado de Indol, Emissa e Aequa, enquanto os outros alunos são empurrados para o lado, ignorados e quase pisoteados no aperto.

– Abram caminho! – Os olhos de Scitus estão como a meia-noite quando ele começa a afastar as pessoas de mim, sem malícia, mas com firmeza; o menor de seus toques é o suficiente para mover até o maior deles. Estou desorientado demais para fazer muito mais que observar. Por mais ansioso e esmagado que eu me sinta, sei que esse não é um ataque dos anguis, mas se houvesse algum deles à espreita na plataforma, eu seria, agora, o mais fácil dos alvos.

Depois de abrir um pequeno espaço para nós – e mostrar aos mais próximos que não tem medo de usar a força –, o Preceptor Scitus inclina a cabeça para perto da minha.

– O Transvect vai fazer viagens constantes daqui à Academia até o pôr do sol de amanhã. Pode embarcar quando quiser. Só não conte a mais ninguém. E não perca o último – acrescenta, como uma reflexão tardia. – Você só daria ao Preceptor Dultatis motivos para censurá-lo.

Eu assinto e vejo Emissa esticando o pescoço para me olhar enquanto é conduzida para fora da plataforma por uma mulher perto dos quarenta anos, as semelhanças entre mãe e filha óbvias mesmo a distância. Não consigo ver Indol ou Aequa, embora veja Iro abrindo caminho com dificuldade através da multidão, de cara fechada, xingando e empurrando enquanto é empurrado por todos os lados. A visão me anima um pouco.

– Vis!

Eu me viro e vejo Ulciscor abrindo caminho em meio aos corpos apertados uns contra os outros. Ele é uma figura imponente, e a maioria das pessoas que percebe a listra púrpura em sua toga se assegura de se afastar depressa para o lado.

Eu sorrio. Ulciscor não é um amigo, mas neste momento é a coisa mais próxima que tenho de um confidente.

– Pai. – Nós apertamos os antebraços, então nos abraçamos calorosamente. Isso é parte do teatro que combinamos. Acreditar sempre que há alguém observando e tomando notas. Nunca demonstrar nada além de boa vontade um com o outro em público.

– Não é seguro aqui. – Ele sinaliza seu agradecimento para Scitus, então sai andando, presumindo que vou segui-lo.

Ele avança desviando de grupos de famílias animadas demais com o reencontro para já terem saído da plataforma; há barulho demais, corpos demais, para nos darmos ao trabalho de iniciar uma conversa imediatamente. Nós descemos por um caminho ladeado de flores e entramos mais fundo na escuridão projetada pelas montanhas. A chuva parou, mas o ar ainda tem cheiro de umidade. Está mais fresco aqui. Eu puxo minha capa em torno dos ombros.

– Você é popular – observa Ulciscor quando o ambiente fica silencioso o bastante para que eu o escute.

– Como eles sabiam que eu estaria no Transvect?

– Todo mundo sabe que você está na Academia. A notícia deve ter se espalhado quando me viram. – Ulciscor dá um suspiro. – É minha culpa. Eu deveria saber que não podia chegar antes.

– Eu não achava que as pessoas ainda estariam tão... entusiasmadas.

Ulciscor ri.

– Imagino que provavelmente tem sido diferente para você. Aqui fora, tudo o que se sabe é que você foi adotado, salvou heroicamente metade da cidade, depois desapareceu por trás dos muros da Academia. Então você não só é corajoso e misterioso como também começou como uma pessoa do povo. Um deles. Todo mundo que não é patrício *sonha* ser você, Vis, e metade dos patrícios também sonha, desconfio. Na maioria dos dias, ouço mais perguntas sobre você que sobre os negócios do Estado. – Seu tom seco indica que ele não gosta muito dessa situação.

– Ah. Sinto muito.

Ele escarnece.

– Não se preocupe. Isso está fazendo maravilhas para o nome Telimus. O que compensa muito sua falta de progresso na Academia. Embora eu espere que você tenha alguma notícia para compensar o resto também.

– Eu tenho, na verdade…

– Como foi a viagem? – A interrupção de Ulciscor é intencional. Ele acha que ainda não é seguro dizer qualquer coisa importante.

– Bem agradável. Mas preciso me assegurar de estar de volta amanhã ao pôr do sol, ou…

– Ou vai haver consequências, e por aí vai. Eu não me preocuparia com isso. Nunca vi ninguém ser punido muito duramente por se atrasar.

Eu tusso.

– Eu talvez não queira testar isso.

– Ah, é? – Ulciscor vê minha expressão. – Bem. Vamos manter isso em mente, mas não consigo imaginar que isso possa ser um problema.

– Você não está preocupado com os anguis? – Eu meio que esperava ter uma comissão protetora.

– Os Militares administram a Necrópole. Não há por que temer os anguis aqui.

Eu olho para ele.

– São os Militares? E não a Religião?

Ele dá de ombros.

– É uma atribuição estranha.

Nós continuamos andando, passando por centenas de grupos reunidos nos campos vastos, uma pequena fogueira queimando para cada um deles. Alguns prestam atenção quando veem Ulciscor, apontando e murmurando, mas a empolgação da multidão na plataforma não se repete. Vejo coroas de flores colocadas sobre muitas das lápides, e oferendas de tigelas de grãos ou pão embebido em vinho estão cuidadosamente equilibradas em cima de túmulos por toda parte. É nítido que muitas famílias já chegaram e se foram. Provavelmente aquelas que não podem se dar ao luxo de viajar de Transvect ou carruagem, que precisam de mais tempo para voltar para Catena.

Leva vinte minutos até chegarmos à montanha. Caminhamos ao longo de sua base por mais dez antes que Ulciscor finalmente indique uma escada, então começamos a subir.

É uma subida íngreme, embora bela. Escuto músicas suaves e tristes vindas de muitos dos túmulos pelos quais passamos, algumas apenas instrumentais, outras com o acréscimo de um coral de vozes. O vale abaixo deveria estar coberto de escuridão a essa hora, mas as três Chamas Eternas projetam fachos de luz vermelha dramática através dele, aumentados pelas fogueiras e lanternas menores.

– Estamos logo à frente – murmura Ulciscor após menos de cinco minutos de subida. Ele vê minha surpresa. – Telimus é uma família antiga. Nosso nome remonta aos catenanos que viram o Cataclismo.

Eu acredito nele quando vejo o túmulo dos Telimus. Ele fica no primeiro quarto da montanha, ao lado da escada, e tem uma vista excelente. Uma tumba mais baixa indica um nome de família antigo e de maior prestígio. Em outros lugares, criptas às vezes são reivindicadas por famílias que são absorvidas por outras, cujos nomes fenecem e morrem, mas não aqui na Necrópole. Aqui, a sepultura é um monumento eterno.

A entrada é grandiosa: não tão grandiosa quanto algumas mais ostentatórias pelas quais já passamos, mas ainda assim tem uma arcada tradicional, ricamente decorada e ogival, vigiada por três cães enormes de mármore, de aparência realista, não fosse a tinta vermelha que colore seus traços. O nome Telimus está inscrito orgulhosamente acima da entrada, gravado e dourado.

– Vocês não têm problemas com ladrões? – Não é a pergunta mais respeitosa, mas estou curioso. Isso, admito para mim mesmo, se parece mais com o que eu esperaria de um Magnus Quintus. Apenas o ouro usado para decorar o nome provavelmente poderia alimentar uma família de Octavii por vários anos.

– Na Necrópole? – Ulciscor parece ofendido com a mera sugestão. – Ninguém ousaria.

Um corredor de pedra ladeado por tochas nos leva a uma escada pequena que desce até uma câmara grande. Mesmo tendo ouvido as histórias, fico surpreso com o luxo exibido aqui.

Tapeçarias com detalhes em vermelho e dourado cobrem as paredes. O chão é revestido de mármore, entremeado com lajotas triangulares de ouro para honrar tanto os deuses como Catena. Há uma mesa coberta de comida, assentos confortáveis e até um espelho d'água raso e decorativo no centro, com flores brancas sobre sua superfície semelhante a vidro. Uma miríade de lanternas fornece luz, e há também alguma fonte invisível de calor, porque o frio do exterior desaparece assim que entramos.

É o sarcófago, porém, que chama minha atenção. Ele é embutido na parede, uma longa cavidade de pedra coberta com vidro, de modo que é possível ver o corpo no interior. É um homem mais velho, talvez na casa dos setenta, alto e distinto. Se não fosse pelo cabelo grisalho farto, seria fácil confundi-lo com uma cópia mais velha de Ulciscor. Ele está deitado de costas. Olhos fechados. Mãos entrelaçadas sobre o peito.

– É um Vitaerium.

Eu me contorço ao ouvir a voz feminina que vem de minha direita, me viro e vejo um par de óculos escuros brilhantes me observando impassivelmente.

– Lanistia! – Parte de mim está surpresa. Não importa seu relacionamento com Caeror, o Festival dos Ancestrais deve ser para famílias, e a dela, até onde sei, ainda está viva. – Ave. – Minha atenção volta para o corpo. – Achei que eles servissem para curar pessoas.

– Entre outras coisas. – Ulciscor se junta a mim à frente do sarcófago, olhando para a forma em seu interior. – Também funcionam para preservar da decomposição, embebendo de Vontade algo que antes estava vivo. Muitos, na verdade, são usados nos armazéns de Catena, para manter grãos e carne frescos, mas cada uma das famílias antigas também tem permissão de possuir um.

Eu olho fixamente para o corpo, e quase não consigo esconder minha repulsa. A vaidade de uma coisa dessas é impressionante.

– Então esse é…?

– Meu tio – diz Ulciscor em voz baixa. – O Vitaerium deve ser usado para o morto mais recente ou para aquele que mais queremos lembrar. Mas…

Ele fica em silêncio, inexpressivo enquanto se volta para dentro de si mesmo. Aceno com a cabeça para expressar que entendi, embora eu não tenha certeza se ele vê isso.

Meu olhar finalmente deixa o homem morto e se volta para o resto do aposento.

– Então somos apenas nós?

– Por enquanto. Minha mãe e meu pai vão chegar em algumas horas. Assim como minha esposa. – Ulciscor inconscientemente franze o cenho de preocupação para acompanhar a frase. – Antes que eles cheguem, porém, nós precisamos conversar.

Ele aponta para uma cadeira.

– Então você ainda está na Turma Seis – diz ele quando me sento à sua frente. Não é uma acusação. Posso sentir sua mistura de reprovação e decepção.

– Eu não deveria estar. Dultatis...

– Você não deveria estar. – Ulciscor diz as palavras calmamente, mas com força suficiente para me interromper. – Eu não escolhi você por sua educação, Vis. Em relação a isso, há cem estudantes melhores que você que não estão na Academia. Também não o escolhi porque você nunca cedeu antes. Eu o escolhi porque você é *talentoso*.

– Não ajuda o fato de o Preceptor me odiar porque eu sou um Telimus.

– E daí? Eu alertei você desde o início que o nome Telimus não é amado por todos. E mesmo que eu não tivesse alertado, *sei* que você entende que nosso mundo não funciona com base apenas no mérito. Escolhi você porque eu esperava que houvesse obstáculos. É isso o que nos diferencia, Vis. Há aqueles que veem como as coisas *deveriam* ser e reclamam por não receber seu quinhão. E há também aqueles que veem como as coisas *são* e descobrem como usar isso em seu próprio benefício. Ou, pelo menos, as superam.

Meu rosto fica vermelho enquanto ele fala. Parte de mim sabe que Ulciscor tem razão. Estou aqui porque ele espera que eu encontre soluções, não que peça sua ajuda. Mas nem isso nem o sermão mudam minha situação.

– Há algum jeito de você botar pressão sobre a Preceptora Taedia para ela rebaixar alguém? Dultatis não vai tomar a iniciativa, mas se Taedia iniciar a troca, vai ter alguma influência sobre quem vai ser o substituto. – Foi uma observação de Indol na viagem até aqui. Eu espero que ele esteja certo.

– Parece que você quer que eu resolva seu problema.

– Você é um recurso. Isso sou eu reconhecendo como as coisas *são* e descobrindo um jeito de superar isso. – Uso um toque inevitável de sarcasmo quando repito essas palavras para ele.

No canto, Lanistia dá uma risada. Ulciscor parece irritado.

– Você, pelo menos, já visitou alguma das ruínas?

– Visitei.

– Ah. – Ulciscor fica surpreso. – Bom. Isso é… isso é bom. – Seu tom se suaviza em algo mais conciliador enquanto ele pensa. – Bem, duvido que possa botar muita pressão sobre os Preceptores da Academia, mas com a reputação que você conquistou na naumaquia… talvez. Talvez. Vou ver o que posso fazer. – Ele se inclina para a frente, ávido. – Agora, comece do princípio, desde a última vez que conversamos. Me conte tudo o que aconteceu.

Nós passamos as duas horas seguintes no ambiente perturbador do túmulo dos Telimus enquanto relato meu tempo na Academia. Depois do ritmo calmo das aulas da Turma Seis, tinha me esquecido de como podem ser intensas as expectativas de Ulciscor e Lanistia. Não demora muito para que eu me lembre. Eles imediatamente me fazem percorrer todos os aspectos de minha chegada como se ela tivesse acontecido ontem, em vez de dois meses atrás. Fazem com que eu me esforce para lembrar cada palavra de conversas com os Preceptores das quais me recordo apenas vagamente. Então insistem nos detalhes de hora e lugar, e querem saber se alunos com os quais nunca interagi estão na companhia de outros alunos com os quais nunca interagi.

No fim, passamos quase uma hora falando de minha excursão às ruínas, e Ulciscor e Lanistia vão de impressionados a horrorizados quando explico os riscos que corri para investigar. Porém, param de me interromper quando relato as ruínas propriamente ditas. As escavações. A escrita brilhante, os símbolos do Labirinto, os mapas, os corpos medonhamente presos contra a parede. Seus olhos vazios.

Eu respiro fundo quando termino de explicar a última parte. Não menciono o jeito como eles pareciam vivos, a forte impressão de que seus olhos estavam fechados quando entrei. E não menciono as palavras que eles sempre repetiam. A confiança de Ulciscor ficou abalada com minha falta de progresso na Academia. Fazer com que ele se pergunte se estou cedendo à pressão não é algo que eu esteja disposto a arriscar.

Quando termino, há um silêncio longo. Depois de algum tempo, Ulciscor olha para Lanistia, então novamente para mim.

– Havia quantos corpos lá?

Tento visualizar o espaço.

– Uns duzentos?

– Todos estavam empalados por obsidiana?

– Acho que estavam, sim. – Eu me corrijo com firmeza quando Ulciscor franze o cenho para minhas evasivas. – Todos os que eu vi estavam.

– Era mesmo obsidiana? – diz Lanistia, quebrando o próprio silêncio.

– Eu não as toquei. Mas parecia que sim.

– É muito dinheiro para a Religião deixar para lá – reflete Ulciscor.

– E você tem certeza sobre os olhos deles? – Há algo mais na pergunta de Lanistia, não importa o quanto ela pareça natural ao fazê-la.

– Eles pareciam com você – confirmo em voz baixa.

– Os mortos empalados pareciam comigo – repete ela de forma inexpressiva.

Eu dou uma risada.

– Você sabe o que quero dizer. – Nós observamos um ao outro, então eu me remexo, e meu sorriso desaparece quando a expressão dela não muda. – Eu só pensei…

– Sei o que você pensou. Continue.

O assunto, evidentemente, não é para ser discutido. Continuo. Cada detalhe de que consigo me lembrar daquela noite é examinado, revisado e esclarecido.

Quando fica evidente que não tenho nada novo a dizer, Lanistia se levanta calmamente. É como se trocasse um olhar com Ulciscor, então vai embora.

– Eu disse alguma coisa errada?

– Não. – Ulciscor observa a porta pela qual Lanistia acabou de desaparecer. – Você fez um bom trabalho. Correu um grande risco, mas foi melhor do que eu esperava, levando em conta sua falta de progresso.

– É mesmo? – Eu estreito os olhos na direção dele. – Alguma dessas coisas *significa* algo para você?

– Isso é uma peça do quebra-cabeça. Uma prova de que a Religião está procurando algo por lá. – Ulciscor fica energizado com o pensamento. – É quase certamente pré-Cataclismo também. Se for uma arma… ou qualquer avanço desconhecido…

Eu assinto. Seria algo pelo qual valeria a pena matar.

– Preciso que você desenhe tudo de que se lembra – continua Ulciscor.

– Não sou um artista muito talentoso. – Depois de ver algumas de minhas pinturas, mesmo minha mãe sempre otimista teve de admitir que eu não deveria insistir mais.

– Faça o melhor que puder. – Ele me estuda. – E também precisa descobrir mais. Volte para lá.

– Isso não vai ser fácil. – Eu ergo a mão espalmada, exibindo a cicatriz. – Eles devem desconfiar de mim. E, na próxima vez, não vou ter a desculpa de trabalhar nos estábulos.

– Vai ficar mais fácil depois que você for promovido uma ou duas turmas. Vai ter muito mais liberdade quando chegar à Turma Quatro.

– Ouvi falar.

– De qualquer forma, precisa estar na Três para o Iudicium. – Ulciscor ignora meu tom seco. – Porque o que quer que esteja acontecendo, pelo menos algumas das respostas estão naquelas ruínas do outro lado de Solivagus.

– Quanto a isso, há algo em que eu tenho pensado. Acho que posso fazer funcionar, mas preciso de uma coisa de você. E precisa ser esta noite.

– O quê?

– Uma espécie de garra imbuída. Duas partes. Algo com uma atração forte o bastante para me içar, não apenas me segurar no lugar. – Resumo minha ideia.

Ulciscor não diz nada por longos segundos depois que termino.

– Pelos deuses, garoto. Você acha mesmo que vai conseguir fazer isso?

– Acho. – A dúvida nos olhos de Ulciscor reflete o que estou sentindo, mas não demonstro isso para ele. – Em quanto tempo você consegue me preparar uma?

– Uma hora, talvez, depois que eu encontrar os materiais certos. Algo que aguente firme, mas que você possa destruir quando terminar. – Ulciscor está profundamente mergulhado em pensamentos, agora. – Vou ter de fazer isso logo depois da cerimônia. E meus pais não vão ficar satisfeitos por eu desaparecer tão cedo.

– Mas você vai fazer?

– Vou. – Ulciscor sacode a cabeça, como se estivesse atônito com a ideia do que eu vou tentar. Eu não o culpo. – Mas entenda que, se você for apanhado ou se alguma coisa der errado, você vai precisar destruí-lo. Não importa o que aconteça. E se você se perder, não vou poder nem mesmo sugerir o que aconteceu com você. Ninguém vai procurar por você. – Ele espera até ter certeza de que entendi antes de continuar. – Se você tiver sucesso, mesmo assim não vamos poder conversar até o recesso do trimestre. O que quer que encontre, vai precisar anotar. Não pode confiar que sua memória guarde detalhes por tanto tempo.

Todos esses são aspectos nos quais já pensei.

– Está bem. Mas tem certeza de que a escotilha pode ser aberta pelo lado de fora? Sem Vontade?

– É uma medida de segurança. É fácil se você souber o truque. – Ulciscor me examina por um momento mais longo, então solta uma risada suave de admiração e olha para a entrada. – Os outros logo vão chegar. Vá procurar Lanistia.

Eu hesito.

– Ela vai querer me ver?

– Ela só precisava de um pouco de ar. – Ulciscor mexe distraidamente na manga. – Lanistia é a pessoa mais forte que conheço, Vis. Ela vai ficar bem.

Eu saio da tumba. Agora a noite escureceu de verdade, mas o vale abaixo está cheio de luz. Escuto cantos distantes e sinto uma corrente de ar vinda de duas criptas próximas e bem iluminadas. Outras permanecem escuras: seus donos vão celebrar o Festival dos Ancestrais em outra noite ou todos são ocupantes permanentes.

Lanistia não está em nenhum lugar à vista, então eu sigo de volta pelo caminho estreito na direção das escadas. Eu ando a esmo por cinco minutos antes de finalmente encontrá-la sentada no alto de uma rocha, com as pernas balançando a três metros de altura, olhando fixamente para a vastidão do vale iluminado por fogo. Há uma tocha a uns sete metros de distância, mas pouco ilumina onde ela está. Seus óculos refletem as chamas laranja distantes.

– Lanistia.

Ela leva um susto ao ouvir seu nome, devia estar focando a visão em outro lugar.

– Vocês terminaram?

– Terminamos.

Ela se levanta suavemente, sem parecer se preocupar com a borda a apenas alguns centímetros de seus pés. Nós começamos a andar.

Há um silêncio vasto, rompido apenas pelos sons que chegam lá de baixo.

– Desculpe se ofendi você. Foi uma coisa estúpida de se…

– Você não me ofendeu. – Lanistia está rude. Acho que ela vai encerrar o assunto, mas então ela dá um suspiro, e parte da rigidez deixa seus ombros. – Passei os últimos seis anos sem saber por que perdi a visão. Sinceramente não achava que houvesse respostas para serem encontradas. Mas parece que pode haver, e eu… não consigo decidir se quero abrir essa ferida outra vez.

Outro silêncio. Dessa vez, mais longo.

– Você precisa fazer mais, Vis. – A afirmação abrupta de Lanistia é delicada, mas soa alto em meio ao vazio das tumbas pelas quais estamos passando. Ela escolheu uma área da montanha que, esta noite, parece ter poucos visitantes. A maior parte do lugar está escuro.

– Você deveria estar pelo menos uma turma acima. Essa deveria ser a parte fácil.

– Eu sei.

– Não acho que sabe. – Lanistia não se vira para mim. – Ulciscor estava fazendo preparativos ontem à noite, depois que soube que você ainda estava na Seis. Se você não tivesse conseguido chegar àquelas ruínas, talvez nem voltasse para a escola.

Eu sinto o sangue se esvair de meu rosto.

– Foram apenas dois meses.

– Ele teme que sua reputação o tenha deixado complacente. Que talvez você esteja começando a pensar que não precisa ajudá-lo, no fim das contas. Se esse *fosse* o caso, você seria mais um problema que um recurso. – Nós chegamos à cripta dos Telimus. – Por isso, faça mais.

Eu engulo em seco e assinto, sabendo que discutir seria um exercício infrutífero, e vou atrás dela. Vozes desconhecidas vêm de dentro enquanto entramos. Não consigo ouvir as palavras exatas, mas elas parecem relaxadas. Leves. Nós chegamos ao grande salão interno da tumba, e a conversa aos poucos se cala quando nossa entrada é notada.

Além de Ulciscor, encontro dois recém-chegados. Eles são mais velhos – um homem e uma mulher na casa dos cinquenta, talvez no início dos sessenta. A mulher é alta e imponente, com fios brancos em meio ao cabelo preto comprido, uma clássica catenana de pele oliva. Bem-vestida com uma estola de seda preta presa por uma faixa púrpura-escura. O homem é grande, tanto em altura como na cintura, embora pelo jeito gracioso com que fica de pé quando entramos, fique claro que ainda há músculo por trás daquela massa. Seu couro cabeludo escanhoado brilha à luz das lâmpadas, idêntico ao de Ulciscor. Parados lado a lado, não é difícil ver a semelhança.

– Relucia! – grita Ulciscor na direção da área de preparativos. – Venha conhecer nosso filho! – Ele me dá o mais leve dos sorrisos.

Eu me viro na direção da porta, observando quando uma mulher jovem e sorridente aparece. Ela está elegantemente vestida, de forma parecida com a mãe de Ulciscor, com uma estola de seda preta atravessada por uma faixa fina azul-claro. Entre o sorriso, as roupas e o penteado elaborado, levo quase um segundo inteiro para reconhecê-la.

É Sedotia. A mulher que derrubou o Transvect e atirou em Ulciscor. A mulher que estava ajudando Melior na naumaquia.

A mulher dos anguis.

XXXVIII

NÃO IMPORTA O QUANTO SE É UM BOM ATOR, NÃO IMPORTA quanta experiência se tem, é difícil esconder qualquer dose de surpresa quando não se está adequadamente preparado. Felizmente, Sedotia – ou Relucia, aparentemente, pois esse deve ser seu verdadeiro nome – sabe muito bem disso. Ela se aproxima com um gritinho jovial de satisfação, e sua reação exagerada tira o foco de mim. Então, quando ela me toma em um abraço apertado, minha expressão de pânico pode facilmente ser confundida com choque pela intensidade da saudação.

– Vis! Eu estava ansiosa para conhecer você! – Ela me beija nas duas bochechas e finalmente se afasta, me segurando pelos dois ombros como se quisesse me examinar adequadamente. Isso impede que eu me encolha, contém meu instinto de fugir, por tempo suficiente para que eu mantenha a compostura. O jeito como ela está falando nada tem a ver com as conversas que tivemos antes. É exuberante, quase frívola. – Eu sou Relucia. Você deve me chamar assim, nada dessas besteiras formais. Mas Ulciscor não mencionou o jovem bonito que você é. – Seu tom de voz é desconfortavelmente de aprovação. Eu enrubesço, ainda confuso.

– Ora, ora. – Ulciscor ri, dando um passo à frente e me soltando da pegada de Relucia. – Não deixe que a *primeira* coisa que você faça seja envergonhar o coitado do garoto. Dê a ele algum espaço para respirar.

Relucia sorri alegremente em resposta, reconhecendo a afirmação, mas sem parecer especialmente incomodada por ela.

– Desculpe. Eu só estou empolgada. Ulciscor procurou durante muito tempo por alguém que pudesse fazer justiça ao nosso nome na Academia. Por falar nisso, como você está progredindo? Em que turma está? O que acha dos Preceptores? Eu mesma nunca estudei lá, mas conheço alguns deles. Você já tem favoritos? – É uma torrente de perguntas que parece mais um ataque que qualquer outra coisa; eu posso ver o pai de Ulciscor começar a sorrir, e o próprio Ulciscor suspira e vira de costas com uma expressão parecida, sacudindo a cabeça.

Relucia continua a me olhar, de olhos arregalados. Ela está mais perto de mim que os outros, de costas para eles. Pelo mais breve dos segundos, algo em seu olhar se aguça. Um alerta.

Eu retribuo com um sorriso agradável, finalmente recuperado o bastante para parecer uma mistura de surpreso e vagamente satisfeito com a apresentação tumultuosa e demasiado afetuosa.

– Eu...

– Talvez, antes de continuarmos, eu deva apresentar meus pais, também. – A observação estranha de Ulciscor me salva de precisar examinar mentalmente as perguntas de Relucia. – Vis, estes são seus avós: meu pai, Lerius sese Quintus Telimus, e minha mãe, Milena sese Sextus Telimus.

Sese. Os dois em pirâmides de aposentadoria, então – o que não é surpresa, considerando sua idade e seu status anterior. Ainda contribuem com Vontade para a Hierarquia e recebem os benefícios de empregá-la, mas são encarregados de trabalhos menos cruciais. As pirâmides de aposentadoria são para pessoas acima dos cinquenta anos: elas administram estruturas pequenas e não cruciais, mas nada como Transvects ou qualquer coisa que possa comprometer a segurança em caso de falha. Nada que possa provocar um desastre devido a uma morte na corrente, uma redução ou repentina ausência de Vontade.

– É um prazer conhecer vocês dois também. – Tento me concentrar, e não parecer distraído nem desinteressado, mesmo enquanto minha mente gira. Ainda estou ébrio achando difícil não me virar e olhar para Relucia. A esposa de Ulciscor. A *esposa* dele.

– O prazer é nosso, Vis! Catenicus. Um acréscimo muito bem-vindo à família. – Lerius tem uma voz profunda e alta, aparentemente do tipo que costuma contar piadas seguidas por gargalhadas trovejantes provocadas por seu próprio humor. Ele repete a saudação de Relucia e me beija nas duas bochechas. É uma recepção bem mais contida, mas não chega a ser fria.

Milena não se mexe, me estudando.

– Espero que compreenda a honra que é estar aqui, meu jovem. – Um contraste absoluto com Relucia. Não raivosa, exatamente, mas há antipatia nas palavras.

– Mãe – diz Ulciscor rispidamente, ao mesmo tempo que Lerius dá um suspiro e lança para a esposa um olhar de reprovação.

– Eu compreendo – digo depressa, deixando de lado temporariamente minhas preocupações com Relucia. Ela não vai tentar me matar aqui; pelo menos, não abertamente. Preciso agir com naturalidade. Não tenho nada a ganhar se entregar que a conheço. – Prometo que vou fazer todo o possível para viver à altura disso. – Faço meu olhar mais franco enquanto a encaro.

– Hum. – Milena não parece convencida, mas há um mínimo relaxamento em sua expressão. – Acho que vamos ver. – Ela se volta para Lanistia, que estava esperando bem atrás de mim. – Lanistia, querida. É ótimo vê-la novamente. Quer vir ajudar com os preparativos? – Ela faz para mim um aceno de cabeça com educação fria, então desaparece no aposento dos fundos. Lanistia vai atrás dela, e o som de uma conversa baixa logo emana da porta.

– Não ligue para ela. – Lerius se desculpa, se inclinando para perto. – Não é você. Ela apenas não gosta da ideia de mais ninguém estar aqui quando nos lembramos de Caeror. Ela vai melhorar com você.

– É claro. Totalmente compreensível – garanto a ele, de forma simpática, fazendo meu melhor para não focar a esposa de Ulciscor. A mulher não ajuda, pois entrelaça alegremente o braço no meu e me conduz até os sofás, onde sou obrigado a me sentar. Tento não me encolher a cada toque. Lerius e Ulciscor vêm atrás e se juntam a nós, ambos com expressões bem-humoradas.

– Agora – diz Relucia, passando um braço à minha volta de modo demasiadamente familiar. – Tem muitas coisas que eu quero saber.

Nós conversamos pela meia hora seguinte – Relucia me enche de perguntas rápidas em sequência, e eu tenho de me situar em meio à confusão e responder da melhor maneira possível. Suas perguntas sempre são ou inócuas ou facilmente relacionadas ao passado que Ulciscor e eu inventamos. De vez em quando, Lerius intervém para fazer um comentário ou uma piada, mas em grande parte fica satisfeito só de ouvir. Ele tem modos fáceis e parece mais relaxado que o filho. Muito mais em paz que qualquer outro no aposento, com a exceção de Relucia, na verdade.

Ao fundo escuto fragmentos da reunião de Lanistia e Milena. Elas parecem se dar bem, conversando e rindo, embora nunca sejam barulhentas. Estão satisfeitas com a companhia uma da outra, mas vieram aqui para compartilhar sua tristeza, eu acho, não para aproveitar o tempo juntas.

De sua parte, Ulciscor parece contente por sua esposa estar conversando tão bem comigo, sem demonstrar qualquer sinal de suspeita. Meu pânico inicial desapareceu, mas ainda estou atordoado durante a maior parte da conversa enquanto reavalio o relacionamento deles. Reavalio tudo o que aconteceu até agora através das lentes dessa nova informação. Ela *atirou* nele. Relucia parece satisfeita de verdade em estar aqui com Ulciscor, mas também é nitidamente uma mentirosa excepcional. Mesmo levando em conta o casamento político e os longos períodos afastados, não consigo compreender direito tudo o que ela deve ter feito por esse embuste.

– Está na hora – diz a voz de Lanistia vinda pela porta às nossas costas. Seu tom é sombrio.

Nós todos ficamos de pé, e Relucia toca meu ombro.

– Me conte, Vis, você já esteve na Necrópole antes?

Eu sacudo a cabeça.

– É uma bela visão depois do pôr do sol. Devo insistir em mostrar o lugar para você depois que terminarmos. – Ela olha de lado para Ulciscor, que hesita, então concorda. Ela sorri. – Como bônus, isso vai nos dar a chance de nos conhecermos melhor.

Eu retribuo o sorriso e decido que não vou a lugar nenhum onde ela possa me matar com facilidade.

A cerimônia é conduzida por Lerius, que recita os ritos sagrados para os ancestrais dos Telimus e faz oferendas de pão embebido em vinho e trigo no altar da tumba. É algo breve, solene. Melancolia emana do grupo.

Enquanto ele fala, sinto o nó em minha garganta antes de reconhecer a emoção que começa a crescer dentro de mim. Eu deliberadamente ignorei o Festival dos Ancestrais desde Suus, exceto quando roubei oferendas de cemitérios para sobreviver. Mas a sensação de perda que emana dos outros no momento… é potente demais. Familiar demais para ser ignorada.

Pela primeira vez em muito tempo, meus pensamentos se voltam para o destino de minha própria família. Eu ouvi apenas os rumores parcialmente sussurrados de que minha mãe, meu pai e minha irmã foram enforcados antes do amanhecer, deixados lá por horas para que a população de Suus pudesse vê-los e saber que seus antigos governantes tinham realmente morrido. Mesmo que isso seja verdade, não há como saber o que pode ter acontecido com seus corpos depois disso. Será que eles foram postos para descansar em alguma cova não identificada? Jogados nas águas do Aeternum para se juntar a Cari?

Sinto dor em meu peito, pressão atrás de meus olhos. Tento não pensar neles, na maior parte do tempo, porque no fundo sei que não fiz o suficiente para vingar sua perda. Será que eles teriam orgulho das decisões que tomei? Será que aprovariam o que estou fazendo agora? Não tenho certeza. Parte de mim acha que eles ficariam horrorizados por eu estar fingindo ser quem não sou. Outra parte se lembra das lições de meu pai sobre honra. Ele dizia que a honra existe para fornecer orientação sobre como viver, não como morrer.

Com esforço, respiro fundo algumas vezes, de forma discreta e contida.

Quando Lerius termina, antes de nos sentarmos à mesa, Lanistia se aproxima do altar e deixa ali uma coroa de flores. Ela não diz nada, mas Milena passa o braço ao seu redor. Nesse breve instante, a fachada de pedra de Lanistia desmorona. Eu finjo não ter visto.

Não consigo evitar observar Relucia pelo canto do olho o tempo todo. A esposa de Ulciscor parece realmente pesarosa, embora esteja pranteando a perda dos outros de Caeror, mais que a sua própria. Ela segura a mão de Ulciscor o tempo inteiro, e sussurra algo carinhosamente em seu ouvido antes de nos sentarmos para comer.

Quando a comida é trazida, a conversa se volta delicadamente para lembranças – às vezes de outros parentes, mas principalmente de Caeror. Grande parte da refeição se passa com Ulciscor e Lanistia rindo ao se lembrarem das várias peculiaridades irritantes dele, ou Lerius contando novamente histórias de vinte anos atrás que normalmente envolvem Caeror pregando peças inteligentes no irmão mais velho. Ele dirige muitas dessas histórias a mim, acho que por entender a estranheza de ser um recém-chegado, e faz o possível para me incluir. E ele talvez sinta que, ao compartilhar a lembrança, também esteja compartilhando uma pequena parte de seu filho. Chego à conclusão de que gosto dele.

Aos poucos, eu tenho um quadro de Caeror. Do jovem raramente sério que, pelo que dizem, era muito bom em tudo o que fazia. Que, pelo menos segundo sua família, era considerado a melhor chance para um Telimus de se tornar Princeps dos Militares.

Ao contrário dos outros, Milena permanece calada enquanto assiste ao que está acontecendo, com um sorriso estranho e triste. Às vezes, seu olhar se dirige ao santuário, ou ao homem morto no Vitaerium, antes de afastá-lo outra vez e mirar o nada. Lanistia está sentada ao seu lado e, de vez em quando, aproxima sua cabeça dela. O diálogo murmurado entre as duas é a única conversa de Milena.

Quando a comida se reduz a restos, Relucia se levanta, tocando o ombro do marido.

– Posso levar Vis para aquele passeio agora.

– Não precisa fazer isso – diz Lerius.

Ulciscor olha para ele, pensa, então acena com a cabeça para Relucia e põe a mão brevemente em cima da dela.

– Vamos – chama Relucia, ainda interpretando seu papel com perfeição. Leve, mas respeitosa com o estado de ânimo da família. Quando eu hesito, ela inclina a cabeça para o lado, me provocando. – Não precisa ficar nervoso.

Torcendo para que ela esteja dizendo a verdade, eu me levanto e a sigo para fora da tumba.

Tento me soltar do braço familiar demais de Relucia assim que saímos da cripta, mas ela segura firme, sorrindo o tempo inteiro.

– Não faça isso. As pessoas podem estar olhando. – Ela espera até eu parar de resistir, então me puxa pelo caminho que corre paralelamente ao mausoléu dos Telimus.

Faz silêncio aqui no alto, muito acima das chamas vermelhas e dos cantos fúnebres suaves do vale. Estrelas pontilham o céu. Nossos pés pisam em pedras soltas. Há algumas outras tumbas iluminadas aqui perto, mas nenhum movimento nelas. A saliência elevada pela qual estamos andando é muito pouco iluminada.

– Então você não está planejando me matar. – Estou orgulhoso da calma em minha voz.

– Ah, garoto. Não me diga que você ainda não entendeu. – O jeito animado e juvenil de antes desapareceu. Essa é a mulher de quem me lembro.

Nós continuamos andando. Seu tom de voz indica que ela acha absurda a ideia de me matar. O que, agora que consegui tirar a preocupação da cabeça, deixa apenas uma outra opção.

– Você ainda quer me usar.

Chegamos a uma escada recortada na encosta da montanha, e Relucia começa a subir, me forçando a segui-la.

– Continue em frente.

Outro silêncio, então:

– Se você ainda estiver querendo me usar, depois que matei Melior e detive seu ataque… – Eu me calo e quase perco o equilíbrio quando entendo. – *Vek.*

– Bom! Bom. Foi mais devagar do que eu esperava, mas você chegou lá. – Relucia pega um caminho que se afasta da escada, se senta em um banco e dá tapinhas no lugar ao seu lado. Está quase totalmente escuro aqui; qualquer um que olhe vai ter dificuldade em nos ver, mas vemos o vale inteiro de onde estamos.

Atordoado, eu ocupo o assento oferecido.

– Não acredito que você *sabia* o que eu ia fazer. Que você *queria* que eu fizesse isso… – Mesmo enquanto falo, vejo Estevan enterrando o buril em seu próprio cérebro. Se sacrificando quando eu não consegui terminar o feito. – Vocês perderam seu líder. E centenas de seu povo em ataques fracassados depois disso, até onde sei. Esse foi o maior ataque coordenado contra Catena em um *século*!

– Nós os fizemos sangrar. E se você não tivesse intervindo, eles teriam sido feridos de maneira muito pior. – As palavras de Relucia mal alcançam meus ouvidos, apesar da ausência absoluta de outras pessoas por perto. – Mas eles nunca vão morrer assim. Sangramentos podem ser estancados, Vis. Feridas cicatrizam. O corte só funciona mesmo se houver veneno na lâmina.

– Mas eu já disse que não quero ter nada a ver com vocês.

– O que você quer é irrelevante. Não espero que trabalhe para nós. Você vai simplesmente continuar em seu caminho atual, e de vez em quando vamos dizer o que precisamos que faça.

Ela não precisa explicar o que vai acontecer se eu me recusar.

– Se me expuser, vou fazer o mesmo com você.

– E isso seria lamentável. – Ela dá um sorrisinho. – É claro, eu tenho testemunhas sobre meu paradeiro todas as vezes em que você pode alegar que nos encontramos. Isso se alguém estiver disposto a ouvir as palavras desesperadas de um garoto indo para o cadafalso.

Meu lábio se curva. Nós olhamos fixamente para a noite escura.

– Vocês mataram todas aquelas pessoas – digo por fim, com delicadeza.

– Elas estavam lá para estimular estranhos a encarar um destino pior. O que aconteceu não me deu nenhum prazer, mas também não chorei por elas.

Os gritos de pânico e o estádio banhado de vermelho se destacam com nitidez em minha mente. Deixo que o silêncio seja minha repulsa.

– Catena está chegando perto da gota d'água, Diago. O equilíbrio entre os Militares, a Religião e a Governança está mudando. Se desestabilizando. A próxima década vai decidir se a Hierarquia sobrevive ou se ela se quebrará por dentro. – Relucia está calma, confiante do que fala. – Uma pessoa em boa posição, com influência suficiente, pode garantir o segundo.

– E você acha que essa pessoa sou eu.

– Um campeão do sistema, acima de qualquer suspeita ou reprovação. Homenageado, mas não seduzido por isso. É, Diago. Com o tempo, acho que pode ser.

Eu me levanto.

– Já ouvi o suficiente.

– Sente-se.

Olho com raiva para ela, mas me sento.

Relucia me examina com irritação, então dá um suspiro, e parte da raiva deixa seus ombros.

– Nós não precisamos ser inimigos. Por enquanto, temos o mesmo objetivo: que você progrida na Academia.

– E depois disso? Se eu me tornar Domitor, meu objetivo é me juntar à embaixada em Jatiere. Deixar toda a droga da República para trás. E se eu *não* me tornar Domitor, vou fugir. De qualquer jeito, você não vai me ver chegar perto de Catena depois que eu me formar. – Mantenho a voz baixa e dura. Dou ênfase ao que estou dizendo com um gesto derrisório.

– Fugir não é uma opção, Vis. Acho que você sabe disso. – Relucia está delicada em comparação. Cuidadosa. – Jatiere, porém… pode funcionar. Não é tão bom quanto uma posição em Catena, mas não é pior que o serviço militar em alguma outra província empoeirada. Se você fizer a sua parte e se tornar Domitor, podemos nos dar ao luxo de permitir que você tenha alguns anos lá.

Não respondo, surpreso. Ela parece sincera. O nó de tensão em meu estômago se alivia. Eu pretendo que minha estadia em Jatiere seja mais longa que isso, é claro, e Relucia certamente sabe disso, mas é uma espécie de meio-termo, que nos mantém querendo a mesma coisa, pelo menos no curto prazo.

– Quais são, porém, suas chances de chegar à Turma Três a tempo do Iudicium? Seu progresso até agora não foi digno de nota.

– Eu sei. As coisas têm sido… mais complicadas do que eu esperava. – Eu falo brevemente sobre Dultatis, algo que Ulciscor me aconselhou a não mencionar perto de seus pais. Relucia faz algumas perguntas investigativas. Eu as respondo, mas evito qualquer menção a minha ida às ruínas ou ao interesse de Ulciscor por elas. Parece que ela não sabe muito sobre aquilo em que Caeror estava envolvido. Não quero dar mais informação do que ela já tem.

– Bem, não tenho dúvida de que em pouco tempo vai surgir uma oportunidade para você progredir – diz Relucia quando eu termino, seu tom de voz alegre e me dispensando, indicando que eu devo descobrir como fazer isso. – Eles já tiraram seu sangue?

– Tiraram – digo devagar. – Mas depois da naumaquia. Não achei que isso tivesse nada a ver com a Academia. Por quê?

– Ainda estamos tentando descobrir. Parece que, em algum momento, acontece com todos os alunos. – Ela morde o lábio ao dizer isso, então se remexe. – Não devemos demorar muito mais, e não vou ter outra chance de falar com você por um bom tempo. Então, se você tem perguntas, esta é a hora.

Eu penso.

– Como Melior… fez o que fez?

Ela escarnece.

– Perguntas dentro do razoável, Diago. Você deixou perfeitamente claro que não é amigo dos anguis. Essa não é uma informação que vou lhe dar.

Sinto um aperto de necessidade em meu peito. Isso está me incomodando mais do que gosto de admitir, até para mim mesmo.

– Está bem. Mas ele disse que sabia por que a Hierarquia atacou Suus. Esse poder era a razão?

Relucia vacila.

– Acho que era, mas não tenho certeza.

Eu exalo. Decepcionado, mas não surpreso.

– Certo. Vamos começar, então, pelo começo. Há quanto tempo vocês estão me observando?

– Conseguindo relatórios sobre você? Mais de um ano. Você foi identificado lutando na liga Victorum – acrescenta ela, como forma de explicação. – Melior deu sua descrição para alguns de nossos informantes de maior confiança, embora ninguém soubesse quem você era. Desde antes de se juntar a nós, ele estava procurando você. E sua irmã. – Esta última é uma meia pergunta.

Cânticos fúnebres chegam até nós vindos do vale, se juntando em uma confusão sombria de acordes melancólicos.

– Ela morreu. Durante a fuga. – Eu a olho nos olhos enquanto digo isso, preferindo que ela veja a raiva em vez da dor.

Ela afasta o olhar. Assente.

– Vi você, lá. Quando Lerius estava proclamando os ritos. Sinto muito. – Ela afasta para trás uma mecha de cabelo preto cacheado, então continua: – Eu sabia que Ulciscor estava procurando alguém desesperado e educado o suficiente para botar na Academia. E sabia que ele buscava outro aluno da turma de Caeror para interrogar. Quando descobri que Nateo estava em um Sapador e que você trabalhava na prisão de Letens... bem, foi muito fácil mexer alguns pauzinhos e fazer com que ele fosse transferido para lá. E então o documento de transferência bastou para que isso chegasse aos ouvidos de Ulciscor.

Não consigo esconder minha incerteza.

– Foi puro acaso ele ter falado comigo?

– Eu disse a você na floresta: eu *ia* fazer contato com você semanas antes. Prepará-lo para chamar a atenção dele quando ele chegasse. – Relucia está irritada com minha dúvida. – Houve uma falha de comunicação, e tudo aconteceu mais rápido do que deveria. Nateo foi transferido dois meses antes, e então pessoas a serviço de Ulciscor de repente estavam em Letens, vigiando a prisão. Enquanto eu, supostamente, estava a mil quilômetros de distância em um país diferente.

Eu resmungo. Isso faz mais sentido.

– Você presumiu que eu estaria interessado.

– Eu presumi que o assassinato de sua família seria motivação suficiente, sim.

Uma brisa fresca sopra do vale, fazendo brilhar e tremeluzir as tochas mais próximas de nós. Eu deixo que o vento refresque a raiva que está esquentando meu rosto. Contenho uma resposta que seria alta demais, mesmo isolados como estamos.

– Então por que atacar o Transvect? – pergunto por fim. – Por que não apenas me visitar na Villa Telimus? Não é como se você não tivesse desculpa para estar lá.

Relucia olha para mim com desdém.

– Porque eu não sou tola. Nós nunca tínhamos conversado; até onde eu sabia, você poderia estar muito perto de desmoronar e revelar a história de sua vida para Ulciscor. Eu queria avaliar seu estado mental antes que você descobrisse quem eu era. De preferência, treinar você bem o bastante para eu poder ficar realmente confiante em mandá-lo para perto dele. – A boca dela se retorce. – Eu nem estaria aqui, mas Ulciscor insistiu. Não tive como enviar uma mensagem antes para você. Mas você fez bem em esconder sua reação – reconhece ela.

Interessante. Então não há anguis na Academia. Eu arquivo mentalmente a informação.

– Quem mais entre os anguis sabe sobre mim? – Faço o possível para ocultar minha hesitação. A ideia de estranhos por aí que sabem quem eu sou, segurando minha vida em suas mãos, é mais que perturbadora.

– Mais uma pessoa. Então não adianta tentar me matar, mesmo que você achasse incorretamente que poderia conseguir.

Eu contenho um riso instintivo quando percebo que ela não está brincando.

– Quem?

– Alguém de confiança. Alguém que vai morrer sem revelar sua identidade. A menos que alguma coisa aconteça comigo. – Ela dá um sorriso tenso. – Claro, isso significa que todas as outras pessoas acreditam no mesmo em que os catenanos acreditam. Eles culpam você pela morte de Melior. Por deter o ataque.

Maravilha.

– Nós precisamos voltar. – Relucia se levanta. Suas feições estão indistintas no escuro. – Dê um jeito de ir a Catena para o Festival de Pletuna. – Lá, eu vou entrar em contato com você de novo.

– Espere. Eu preciso saber. Se isso funcionar. Se... de algum modo, no futuro, a Hierarquia desmoronar mesmo – eu olho para as fogueiras –, vocês vão destruir as Aurora Columnae?

Pela primeira vez, Relucia parece surpresa.

– Eu nem sei se isso é possível – diz ela com delicadeza. Como um pai explicando um conceito simples para uma criança lenta. – E só o Princeps sabe onde estão todas elas. Então... não. Nós vamos esperar pelo momento certo, esperar até a Hierarquia estar pronta para desmoronar, e então atacar. Eliminar nossos opressores. Começar de novo.

Eu cerro os punhos. Essa é a resposta que eu esperava.

– Esse, porém, é o problema com as pessoas, não é? Elas sempre acham que os *outros* são o problema. – Em voz baixa. Com raiva. – Vocês querem remover o Princeps? Os senadores? Vocês vão apenas se transformar neles, cedo ou tarde. Se tudo o que vocês estão tentando fazer é mudar quem está no controle, então na verdade não querem mudar nada. – Eu encerro com um grunhido baixo e vigoroso. Deixo que ela ouça minha aversão.

Relucia me estuda.

– Talvez você tenha razão – diz ela. – Mas é preciso começar por algum lugar.

Nitidamente considerando que o assunto está encerrado, ela começa a descer a escada.

Nós descemos praticamente em silêncio. Muitas perguntas ainda queimam dentro de mim – sobre os anguis, sobre ela, sobre o que realmente esperam que eu faça para eles quando meu período na Academia terminar –, mas sei que não vou conseguir respostas.

Ao nos aproximarmos das luzes do mausoléu dos Telimus, Relucia diminui o passo.

– Se alguém perguntar sobre esta noite, nós conversamos sobre seu passado. Sobre o tempo que você passou no orfanato. Esse tipo de coisa. – Ela arruma a estola. – Eu sei mais que o suficiente da história que você e Ulciscor têm contado para que isso funcione.

– Como você faz isso? – Eu franzo o cenho para ela. – Eu entendo fingir, mas isso… você é *casada* com ele.

– Hábito. – A resposta de Relucia é brusca, mas então ela amolece. – Ele não é o pior deles, você sabe. Não está nem perto disso.

Estamos quase na entrada. Eu paro, forçando Relucia a fazer o mesmo. Não é importante – pelo menos, não parece ser, para ela –, mas preciso que ela saiba.

– Estevan se matou. Eu não consegui fazer isso. Eu estava com o buril no pescoço dele, e ele simplesmente…

Relucia me examina. Assente com seriedade.

– Uma pessoa não pode ser livre se tem medo de morrer.

Sem dizer mais nada, ela abre um grande sorriso e entra a passos largos na luz da tumba.

XXXIX

VOZES ALTAS E TENSAS ECOAM PELA PEQUENA ENTRADA DA TUMBA dos Telimus.

– Eu simplesmente não entendo por que nenhum de vocês vai sequer *considerar* isso. – É o rosnado de Ulciscor. – Não estou pedindo que denunciem ninguém publicamente. Só que peçam um favor para alguns velhos amigos.

– Ulciscor, se fosse por outra coisa, você sabe que faríamos o que está pedindo. Mas você não pode continuar por esse caminho. Não havia *prova*. – A jovialidade de Lerius desapareceu de sua voz. Substituída por uma súplica frustrada.

– Não há prova porque mais ninguém está procurando. – Lanistia. Fria e precisa.

– Nós amamos você, Lani, mas vocês dois estão arrastando um ao outro para baixo com todo esse disparate. E agora envolveram mais uma pessoa. Um garoto que nem sabe no que está se metendo! Não ouse me dizer que ele não tem nada a ver com isso – diz Lerius, parecendo antecipar uma refutação.

– Parem. Todos vocês. Não dá para trazê-lo de volta. – É Milena. Sua voz está embargada. – Por favor. Filho. Lani. Nós o amávamos também, mas nada disso vai trazê-lo de volta. – Um choro leve pontua a súplica.

Relucia hesita ao ouvir o que eu estou ouvindo.

– Essa conversa de novo – murmura ela para mim, de forma praticamente inaudível. Então tosse ruidosamente, fazendo uma pausa para garantir que os ocupantes que estão além ouvissem antes de entrar na área principal comigo a reboque, sorrindo como se não tivesse escutado nada.

Há uma fricção clara no ar, e os olhos de Milena estão bordejados de vermelho, mas Relucia e eu fingimos não perceber. Quando Relucia começa a falar animada e absortamente sobre como sou agradável, a tensão diminui. Não desaparece totalmente, mas recua para o fundo por trás da conversa e do riso. Só Milena não parece inclinada a fingir, observando em silêncio o que está acontecendo, mal prestando atenção a nós quando nos sentamos.

As duas horas seguintes são longas, embora não aconteça nada, e para administrar o desconforto, todo mundo concentra suas atenções em mim. Lerius e Relucia lideram o ataque, e depois de um tempo percebo que muitas das interrupções aparentemente displicentes de Relucia são feitas no momento exato para evitar linhas de questionamento potencialmente difíceis. Lerius, de sua parte, parece mais preocupado com meu bem-estar que desconfiado. Levando em conta o que ouvimos de sua discussão com Ulciscor, desconfio que ele me veja mais como vítima que como conspirador.

Ulciscor desaparece pouco depois do início da conversa; posso ver a curiosidade de Relucia quando ele pede licença, mas ela não faz qualquer tentativa de ir atrás dele. Fico um pouco preocupado quando ele volta menos de uma hora depois. O equipamento que eu quero que ele faça não é algo que pode ser feito com pressa.

Eu dou um suspiro de alívio quando, depois de mais meia hora, Ulciscor se levanta outra vez e me chama para a porta.

– Vis não pode ficar a noite inteira, infelizmente.

– Ah – diz Relucia, amuada. – Por que não?

– Estudos. Preciso aproveitar todos os dias se quero sair logo da Turma Seis. – Vejo a aprovação de Lerius, que já deixou evidente que não ficou satisfeito com minha falta de progresso.

– Ah. – Sem esconder a decepção, Relucia vai até onde estou parado e joga os braços ao meu redor. – Bem, estou muito satisfeita por ter conhecido você, querido. Você é um prazer. De novo, bem-vindo à família. – Ela me beija com entusiasmo nas duas bochechas. Enquanto faz isso, aumenta a pressão onde está me segurando. Um lembrete delicado.

Em seguida, Lerius e Milena se despedem, o primeiro ainda muito mais afetuoso que a segunda, embora a mulher imponente pelo menos permaneça educada enquanto eu saio. Lanistia se junta a Ulciscor e a mim na entrada da tumba e checa rapidamente se não há ninguém por perto antes de falar.

– Por que tão cedo? – pergunta ela com ênfase deliberada, se dirigindo a Ulciscor mais que a mim. – Achei que parte do objetivo deste exercício fosse fazer com que Vis caísse nas graças da família. Dar a ele laços mais fortes, outros aliados que expressem opinião, caso isso seja necessário. Para provar que não o estamos usando apenas para investigar Veridius.

– Ele descobriu um jeito de chegar ao outro lado de Solivagus. Mas precisa ir agora.

Lanistia parece curiosa, e um olhar cheio de significado de Ulciscor faz com que ela apenas se volte para mim.

– Que você fique em segurança. E pelo amor de todos os deuses, não seja apanhado.

Ela se dirige para dentro antes que eu consiga responder.

Nós começamos a descer. Algumas das fogueiras abaixo estão se reduzindo a brasas, embora muitas ainda queimem, e tanto as conversas como a música continuam a ecoar até nós.

– Você e Relucia pareceram se dar bem – observa Ulciscor. Seu tom de voz é neutro, mas há nele uma sugestão de riso.

– Ela… sem dúvida é falante. Mas adorável. – Finjo a reação que teria tido se a persona de Relucia fosse real. – Há quanto tempo vocês estão casados?

– Quatro anos. – Ele olha para mim. – E ela é adorável, mas também é prudente. Uma Sextus pelo próprio mérito. E mais inteligente do que parece.

Eu me contenho e não faço comentários.

– Como vocês se conheceram?

– A família dela são os Cilaris. Cavaleiros, senadores, mas sem muita história. – Ele dá de ombros. – O pai dela procurou o meu, um ano depois de Caeror. Nossa reputação tinha ficado manchada, e nossas finanças não estavam em seu melhor. Já estávamos comprometidos antes que puséssemos os olhos um no outro.

– Quanto ela sabe?

– Ela sabe o que acho que aconteceu com Caeror. Mas não discutimos isso. De qualquer jeito, o trabalho a mantém quase sempre afastada.

Nós chegamos ao fim da escada e começamos a caminhar pela trilha de cascalho cuidadosamente cuidada, iluminada por uma das três linhas de chamas que marcam a extensão do vale. Ulciscor olha ao redor.

– Preciso que você me diga uma coisa, Vis.

– Está bem.

Ele para e me faz parar também. Sério.

– De onde você é? De verdade?

A pergunta paira no ar entre nós. Tento não transparecer que minha mente está acelerada.

– Eu já disse a você…

– Não, não disse. – Ulciscor não está com raiva, apenas com certeza. – Eu hoje o trouxe para o seio da minha família. Confiei em você. E você sabe que nenhum órfão de Aquíria jamais poderia atingir o nível de educação que você tem. Uma vida inteira de estudos e treinamento não é algo que você possa esconder. – Ele dá um suspiro. – Não ligo para seu passado, não ligo para do que você está fugindo. Mas preciso saber o que é, caso isso vá ser um problema. Caso isso alcance você.

Penso em me ater a minha história, mas Ulciscor está seguro demais.

– O passado… não vai me alcançar – digo por fim. É a confissão de que ele precisa, mas também uma promessa de que não vou dar respostas a ele.

– Como pode ter certeza?

– Você conseguiu descobrir alguma coisa sobre mim?

– Não. – Ulciscor nitidamente não está satisfeito. – Mas meus recursos são minúsculos em comparação aos de outros.

Eu levo um longo momento para pensar.

– Juro para você, pelos deuses e por tudo o que amo, que vou fazer o que estiver em meu poder para descobrir o que aconteceu com Caeror. E que meu passado não vai interferir.

Ulciscor retribui meu olhar firme pelo que parece uma eternidade.

Então assente rapidamente e volta a andar.

– Você lembra ele, sabia?

– Quem?

– Caeror. – Ulciscor sorri para a escuridão à frente, com as mãos entrelaçadas às costas, o passo mais lento que antes. – Só percebi isso hoje, enquanto estávamos conversando. Mas você tem muito em comum com ele.

– Obrigado – digo em voz baixa. Estou falando sério. Sei que esse é um dos maiores elogios que Ulciscor poderia fazer.

Nós nos dirigimos ao Transvect. Quando a plataforma surge à vista, Ulciscor leva a mão ao interior de sua sacola e me entrega a túnica e a capa extras que lhe pedi, então pega duas argolas de pedra.

– Quando as duas estiverem fechadas, a atração vai ser disparada. Ela é forte o bastante para levantar você, então tome cuidado – alerta ele, um pouco preocupado. – Abra uma, e elas param novamente. Não esqueça, também, que você vai ter de quebrar uma quando voltar. Se for encontrado com elas...

– Eu sei. – Pego as argolas e as giro em minhas mãos. Pedra lavrada, uma dobradiça simples com base em Vontade em cada uma delas. A primeira se fecha com um estalido, como se as partes separadas estivessem sendo sugadas juntas, e quando fecho a segunda, as seções da garra improvisada se encaixam violentamente umas nas outras. Meus dedos quase ficam presos.

– Eu avisei.

Dou um grunhido, liberando a trava de uma delas outra vez. Imediatamente as duas argolas se separam.

– Você acabou de fazer isso? – É mais elaborado do que eu esperava.

– Fiz o melhor que pude.

– Eu imaginei que fosse receber apenas duas pedras com um método de ativação. Isso é muito melhor.

Ulciscor escarnece.

– Você, então, não pensou nas forças que estão envolvidas. Não há como você se agarrar a uma pedra com essa velocidade. Ela simplesmente escaparia de sua mão, e você estaria perdido.

– Ah.

– Do jeito que elas são, você vai precisar cronometrar tudo perfeitamente. – Ulciscor é enfático em relação a isso. – Se o Transvect estiver muito alto, se movendo depressa demais, elas vão arrancar suas mãos. E você vai se machucar se não estiver na posição exata: se ficar longe, vai bater com força demais no Transvect. Provavelmente vai quebrar algum osso.

– Eu dou um jeito. – Tento parecer confiante, mesmo que não esteja, agora que a realidade da tarefa está me olhando nos olhos. – E o localizador?

– É um pouco mais fácil. – Ele põe duas pedras na palma da minha mão. Uma é pequena e redonda. A outra é fina, parecendo uma agulha, com uma corrente presa a sua extremidade. Nenhuma delas é maior que a unha do meu polegar, e elas se agarram delicadamente uma à outra. – Atração constante. Largue a redonda quando pular. E é desnecessário dizer... não salte cedo demais.

Passa da meia-noite quando nós chegamos. Eu puxei meu capuz – está frio o suficiente para justificar isso –, e Ulciscor cobriu sua listra púrpura. A plataforma é operada por um único Pretoriano de cabelo escuro, que confere a placa de pedra que Scitus me deu com uma eficiência entediada antes de nos deixar por conta própria.

Depois disso, Ulciscor e eu esperamos. De vez em quando conversamos sobre coisas sem importância, mas ficamos em silêncio a maior parte do tempo. Tenho a impressão de que ele quer que seja assim; ele passa a maior parte dos vinte minutos seguintes olhando para as Chamas Eternas, imerso em pensamentos. Desconfio que esteja pensando no irmão. Não interrompo.

Enfim, o cinza e marrom iluminado por lâmpadas do Transvect surge da escuridão, uma forma desagregada descendo deslizante na direção das tochas. Minhas mãos, de repente, estão úmidas. Fico de pé, segurando com firmeza as argolas de pedra que Ulciscor me deu. Olho ao redor, mas ainda estamos sozinhos.

– Lá vamos nós. – Vai levar apenas um minuto para que as portas se fechem e o Transvect zarpe outra vez.

– Boa sorte. – Ulciscor observa enquanto o gigante para. Ele aperta meu braço da maneira tradicional, e eu retribuo o gesto.

As portas do Transvect deslizam e se abrem, e eu hesito um instante diante da possibilidade de que alguém o tivesse pegado para a Necrópole tão tarde da noite. Mas não há movimento, apenas assentos iluminados por lâmpadas. As próprias lâmpadas parecem prestes a se apagar. Provavelmente ninguém se dá ao trabalho de cuidar delas há horas.

Eu entro na cabine mais atrás, sigo até o fundo e me abaixo. Então fecho uma das argolas e a guardo, com as roupas que Ulciscor me deu, em um espaço entre o assento e a parede traseiros. Ninguém vai vê-las ali.

Olho para fora do veículo outra vez. Ulciscor está conversando com o Pretoriano, atraindo a atenção dele para longe de mim. Corro os últimos passos até o fim do Transvect. Há um pequeno convés ali, abaixo do proeminente nariz de pedra, logo embaixo dos próprios carros. Uma espécie de plataforma de serviço, segundo Ulciscor. Vou até ela, então ergo as mãos e apago cuidadosamente as duas lâmpadas que deviam delinear a parte traseira do Transvect enquanto ele está no ar. Durante o dia, eu não conseguiria fazer isso; qualquer um que olhasse ao passar me veria imediatamente. Mas agora estou praticamente invisível.

Quando meu entorno mergulha em escuridão, tateio ao redor até meus braços se prenderem a dois apoios compridos que parecem ter sido feitos com esse propósito. Estou de costas para o Transvect, olhando para as fogueiras que ainda iluminam o vale. Não consigo ver a que distância está o chão, mas sei que ela é grande.

Eu tento me firmar, com o corpo tenso e preparado, o coração parecendo querer sair do peito. Não consigo evitar xingar a mim mesmo. Essa ideia… foi mesmo muito ruim. Eu provavelmente deveria…

O Transvect dá um solavanco e começa a se mover.

XL

EU ENGASGO EM SECO QUANDO MEU CORPO É JOGADO PARA A frente, forçando os braços antes que eu consiga ficar ereto outra vez. O Transvect começa devagar, felizmente, mas estamos subindo e também ganhando velocidade em um ritmo aterrorizante. A plataforma iluminada já está muito abaixo, e posso ver Ulciscor ainda conversando com o Pretoriano. Em nenhum momento ele olha para cima.

Em pouco tempo, tudo desaparece de vista: Ulciscor, a plataforma e as fogueiras no vale. O vento começa a gritar e a soprar forte à minha volta, embora eu saiba que estou abrigado do pior dele. Tudo está mais frio aqui em cima. O ar corta através de minha túnica. Não arrisco me mexer para fechar melhor a capa, que não para de se agitar.

O tempo corre. Tudo começa a virar um borrão quando a noite grita ao meu redor, sobre mim, através de mim. De vez em quando, a grande escuridão é interrompida pela iluminação de cidades distantes abaixo, cujo rápido desaparecimento me faz lembrar como estamos voando assustadoramente rápido.

Eu me agarro desesperadamente, e me arrependo de minha decisão durante o que parece ser uma eternidade.

Então, o ar cortante de repente fica mais gelado. Sinto nele um traço de sal. Eu engasgo em seco com alívio quando as poucas lanternas nos barcos da aldeia de pescadores se refletem nas ondas agitadas do Mar de Quus. Agora, estamos a cerca de vinte minutos.

Essas luzes há muito desapareceram de vista quando sinto o Transvect começar a reduzir a velocidade.

É fácil o bastante perceber isso, mesmo no escuro. Sinto pressão sobre minhas costas quando sou apertado contra a pedra pela desaceleração. Um aperto no estômago quando começamos a descer.

O vento ruidoso se aquieta. Minha respiração fica entrecortada.

Se eu saltar cedo demais, vou ficar fora do anel protetor do Muro do Mar em torno de Solivagus que, segundo Ulciscor, vai me arrastar para o fundo do oceano se eu tentar cruzá-lo a nado. E se eu esperar muito, o Transvect vai estar rápido demais, alto demais. Não vou conseguir controlar como atinjo a água. Nesse cenário, há uma boa chance de que eu apague, fique inconsciente com o impacto e me afogue.

Pelo menos, há um brilho muito suave de luz abaixo, uma mancha de iluminação das ondulações surgindo enquanto o Transvect se nivela. É o reflexo das lanternas na sua barriga, imagino. Felizmente. A totalidade absoluta da escuridão aqui fora não é algo que eu tinha antecipado.

Meus braços rígidos e praticamente congelados quase escorregam quando enfim arrisco relaxar minha pegada, na preparação para me soltar. As elevações cintilantes de água estão perto o bastante, sem dúvida. Mas preciso esperar até que passe o ponto de ancoragem. A janela para pular vai ser de um ou dois segundos. Não vou poder me dar ao luxo de hesitar.

O Transvect avança lentamente por uma eternidade. Tenho certeza de ter perdido o momento. Resisto à vontade de erguer os olhos e olhar para trás, em vez disso me concentro naquela faixa diminuta de água iluminada abaixo. A pedra vai estar mais visível lá.

Eu o vejo. Um clarão mais suave e imóvel sobre as ondas.

Então salto.

Há um momento de deslocamento em que meu estômago sobe até meu peito; a escuridão, as profundezas abertas aos meus pés, e estou de volta a Suus. Caindo, impotente e assustado enquanto desapareço sob o olhar suplicante e ensanguentado de meu pai.

Então sinto a pancada da água fria e forte que cobre minha cabeça. Não é nem de longe a queda que sofri naquela noite há três anos, e meus olhos se abrem depressa o bastante para ver as lanternas do Transvect através da água. Eu me esforço para conter as lembranças e nado desesperadamente para cima conforme essas luzes vão ficando menores. Irrompo na superfície com um arquejo quando elas desaparecem por completo a distância.

Pelo menos acertei. Estou entre o ponto de ancoragem e a ilha. Dentro da barreira de proteção.

Eu me mantenho à tona para me situar, toco o bolso fechado onde a argola de pedra está guardada e exalo de puro alívio quando sinto o volume. Não posso usá-la sem ativá-la, mas um de meus piores medos era que ela se soltasse e afundasse durante o salto.

Temendo ser varrido para longe demais da posição, ou de volta ao Muro do Mar, eu levo a mão à bolsa, pego a pedra localizadora e a largo, deixando-a afundar. Há muitos pontos de ancoragem idênticos aqui fora, tão longe da orla que só se pode distingui-los contra o horizonte. Preciso ter certeza de conseguir encontrar o caminho de volta exatamente até o ponto usado pelos Transvects, quando chegar a hora.

Tudo ainda está escuro como breu conforme deslizo pelas ondas, mas sei que estou de frente para onde desapareceram as luzes do Transvect apenas alguns segundos atrás. Depois de um minuto, meus olhos começam a se ajustar. Mesmo na noite nublada, longe de qualquer lanterna, há luz suficiente para identificar a forma de Solivagus à frente.

Eu me viro aproximadamente para onde acho que estão as ruínas antigas e começo a nadar.

A floresta escura de Solivagus se ergue carrancuda à frente quando enfim chego à borda da falésia e subo até o topo plano varrido pelo vento. Meus pulmões queimam. Os braços doem. Meus últimos esforços fazem com que pedras soltas caiam pelo precipício, seu ruído rapidamente perdido em meio às ondas quebrando. Minha capa ainda está fria e pesada com a água quando desabo de costas, arquejante.

Depois de um tempo, ainda respirando com dificuldade, faço um esforço para rolar e examinar a costa rochosa abaixo. São pelo menos uns setenta metros para chegar lá embaixo outra vez.

– Isso… era mais fácil… na minha cabeça – digo sibilante a mim mesmo.

Faz mais de duas horas desde o Transvect. Quase dois quilômetros nadando teriam sido fáceis o bastante para mim no passado, mas faz anos que não entro na água, e meus músculos se esforçaram muito a cada movimento ao qual estou desacostumado. Então, depois que eu me levantei sobre a costa rochosa arquejando, tremendo e já exausto, tudo estava entorpecido. Levei um pouco mais do que gostaria para encontrar o que eu precisava para uma fogueira e acendê-la com uma batida da faca em uma pederneira. Provavelmente passei mais uma hora debruçado nu sobre ela, encolhido perto das chamas, tanto para absorver o máximo possível de calor como para escondê-las de quaisquer olhares que pudessem estar passeando pelas águas enquanto minhas roupas torcidas secavam.

E depois disso, é claro, houve a escalada. Uma subida tortuosa feita com cuidado, enquanto eu testava metodicamente cada ponto de apoio, com grande parte da face do penhasco rochoso lançada em sombras impenetráveis diante da luz prata mais suave que vem do alto. Eu escorreguei mais de uma vez. Minhas mãos estão arranhadas e esfoladas.

Mas agora estou aqui.

A parte fácil está feita.

Levo mais uns dois minutos para recuperar o fôlego. Me orientando. Eu cheguei um pouco mais ao sul do que gostaria, talvez a uns quinze minutos de distância da montanha originalmente indicada por Ulciscor, mas felizmente ainda perto o bastante de onde eu estava mirando. Calculo que vou precisar de seis ou sete horas para percorrer a floresta até as ruínas, e o mesmo tempo para voltar. Ou um pouco mais, na verdade, para descer o penhasco em segurança outra vez. E levando em conta que não sou mais um nadador tão forte quanto era antes, pelo menos mais meia hora, provavelmente mais para 45 minutos, se eu quiser estar em posição outra vez antes da chegada do último Transvect da Necrópole.

Isso deixa apenas algumas horas para explorar as ruínas.

Eu preciso *mesmo* começar a me mexer.

Fico de pé. Passo alguns minutos fazendo uma tocha com resina de árvore, um risco, mas não há luz suficiente para ver meu caminho sem ela, e, ignorando os protestos de meu corpo, começo a andar.

A floresta está imóvel, embora um tanto barulhenta graças a gravetos que se partem e ao farfalhar pesado de minha passagem. Eu avanço incansavelmente, seguindo trilhas abertas por animais onde possível, embora elas sejam poucas. Várias vezes chego em lugares sem passagem, buracos ou ravinas largas demais ou com mato demais para atravessar, então eu preciso fazer a volta. Meus braços começam a mostrar os efeitos de centenas de pequenos arranhões: linhas vermelhas gravadas sobre a minha pele. Grilos cricrilam sem parar. Asas adejam acima. De vez em quando, um grito de outra vida noturna penetra na escuridão, e eu me encolho, erguendo a tocha um pouco mais. Ainda preocupado que alguém na plataforma do Transvect possa ver minha luz – ela pode ser visível de lá, de vez em quando, através das árvores, mas esse é um risco que preciso correr. Com pelo menos quinze quilômetros e alguns desfiladeiros profundos pelo caminho, não seria possível que eles chegassem aonde estou, a menos que tivessem algum tipo de diligência.

O amanhecer está iluminando o horizonte quando percebo pela primeira vez que meu localizador parou de funcionar.

Relutante e apreensivo, faço uma parada. Até agora, eu estava usando a lasca de pedra pendurada como uma melhoria em meu sentido de direção. Mas dessa vez, quando eu a pego, não há nada. Nenhum puxão delicado em direção de sua contrapartida no fundo do oceano, mesmo quando fico imóvel.

Eu olho com severidade para ela. A peça não é vital no momento, mas o retorno a nado vai ser uma história diferente. Passo um minuto examinando a agulha à procura de qualquer defeito ou marca. Tentando decidir o que poderia ter dado errado. A distância não deveria afetar sua atração.

No fim, desanimado, percebo que não há muito o que eu possa fazer em relação a isso. Devo apenas seguir em frente. Torcer para conseguir encontrar o caminho de volta para o ponto de ancoragem certo no Muro do Mar sem ajuda.

Uma hora e meia depois, as árvores à minha frente começam a rarear, e vejo pela primeira vez as estruturas desmoronadas.

Eu reduzo o passo. Minha respiração está difícil, com nuvens de vapor emanando de mim sob o sol do início da manhã, o cansaço e a falta de sono já pesando. Há um peso no ar. Nenhum som. Nem mesmo os grilos.

As ruínas aqui estão em melhores condições que no sítio perto da Academia. São muito mais vastas, também. Estou em uma encosta olhando para o equivalente a uma cidade pequena de estruturas cobertas por mato.

É a cúpula enorme, porém, que chama minha atenção.

As nuvens agora não passam de um verniz de leve neblina, e a luz da manhã se reflete fortemente em uma superfície curva que parece sem danos, inserida na encosta da própria montanha. Ela é enorme, muito mais alta que qualquer outra coisa na área, com uma fachada lisa polida que o tempo cobriu com a terra que escorreu com a chuva. Por baixo da sujeira, porém, não vejo o cinza ou o marrom-claro de pedra. É difícil dizer ao certo, mas ela parece colorida de um vermelho-sangue escuro.

Fico parado, avaliando por um minuto. Nenhum sinal de movimento. Começo a descer.

Pedras se movem e folhas são esmagadas sob meus pés enquanto avanço, firme em meio ao silêncio. Minha nuca está formigando. Abaixo, em meio aos prédios, o ar está sombrio e denso, parecendo absorver meus passos. Eu ainda não escuto nenhum canto delicado de pássaros nem o movimento rápido e rasteiro da vida selvagem que me acompanharam até aqui. Parte da vegetação emaranhada ao meu redor foi removida para fornecer uma trilha mais fácil. Eu não sou o único visitante recente.

Faço um tour superficial por alguns dos prédios menores, mais como uma formalidade que por achar que vou encontrar algo importante. Eles são escuros e empoeirados, contendo nada além de escombros e líquen. Eu não fico surpreso. O que quer que Veridius queira com este lugar, com certeza tem a ver com aquela cúpula. A projeção na encosta da montanha deve ter 150 metros de extensão e pelo menos isso de altura.

Eu me aproximo com cautela da estrutura vermelha, diminuído enquanto uso a borda de minha túnica para limpar uma pequena área de sua base. Meu rosto fatigado e faminto olha para mim, tingido de vermelho. Não com a mesma nitidez de um espelho, mas não longe disso.

Bato na superfície com uma unha. Ela emite um tilintar baixo, mais perto de vidro que de pedra. Estranho. Pego a faca e raspo a lâmina na área que limpei. O som estridente é desagradável.

Quando retiro o aço, não há nenhuma marca.

Examino esse ponto com uma sensação desconfortável, então me afasto um passo. A coisa toda parece ser uma só peça, a parede que se ergue verticalmente por mais de seis metros antes de começar sua curva delicada quase imperceptível para dentro na direção da montanha. Posso ver linhas irregulares aparentemente aleatórias na terra endurecida mais acima: não é escrita, mas também não acho que sejam rachaduras. Não há sacadas, nem escadas, nem janelas.

Nenhuma porta, também, que eu consiga ver. Nenhuma indicação de seu propósito.

Eu começo a andar margeando sua curvatura com apreensão. Não pode ser isso. Tenho... duas horas, talvez, antes de precisar voltar. Eu olho para o céu. Talvez duas horas e meia, levando em conta que vou fazer o caminho de volta sob a luz do dia.

– Pelos deuses. – Eu chego à borda onde o vidro vermelho empoeirado desaparece na face do penhasco, então giro para o outro lado, com os olhos atentos a alguma coisa à qual eu possa me agarrar. – Vek, vek, *vek*.

Depois de um minuto voltando na direção oposta, eu vejo o símbolo da Hierarquia.

Corro até lá. O emblema está a três metros de altura, e termina no chão, mas não mostra nenhum sinal de ser uma entrada. Há inscrições acima dele. Letras que reconheço. A mesma forma antiga de vetusiano que vi nas outras ruínas.

LUCEUM. OBITEUM. RES.

LEMBREM-SE, MAS NÃO CHOREM.

Meu coração bate mais depressa. Obiteum e Luceum. Mais uma vez essas palavras desconhecidas da comunicação misteriosa de Caeror com seu irmão.

Eu passo a mão pelas ranhuras do símbolo. A superfície onde ele está gravado é fria e dura; as arestas, aguçadas. Nenhum sinal de desgaste. Eu o empurro e meus sapatos escorregam sobre a grama. Então tento encontrar apoio nos sulcos profundos e puxo. Nada se mexe.

Faço uma volta rápida e verifico o resto da base da cúpula para me assegurar de que não há outros sinais marcantes – não há –, então volto. Não faz sentido que isso esteja aqui se não há como entrar. E este símbolo tem o tamanho certo de uma porta.

Passo os dez minutos seguintes limpando terra em volta da imagem da pirâmide, passando as mãos pelo vidro liso, à procura de… alguma coisa. Mais inscrições. Pistas. Qualquer coisa.

Depois de algum tempo, volto para a inscrição no alto. Eu me sento e me dedico a limpar a mente da pressão pesada do tempo. O sol está subindo mais alto às minhas costas.

Eu examino o texto. Repito-o para mim mesmo em voz alta, tentando decidir se isso traz alguma pista, qualquer significado além de apenas o que ele está dizendo. Luceum e os outros dois são nomes. Lugares? Pessoas?

Eu fecho os olhos, tentando me lembrar do resto da mensagem de Caeror.

– Luceum – murmuro para mim mesmo. – Luceum e Obiteum e… Scintres Exunus?

Escuto um som arranhado, um ronco acima do silêncio da manhã que faz com que eu me levante depressa, em pânico. O vidro avermelhado estremece enquanto o símbolo de pirâmide que há nele começa a se abrir, cada metade se dobrando cuidadosamente para o lado. Luz desaparece na boca da abertura enquanto o gemido continua nas profundezas da cúpula, o som de centenas de peças se reposicionando.

Tudo termina com um ribombar ecoante, que deixa um vão triangular aberto para a escuridão.

A abertura exala uma ameaça inominável. Eu a estudo pensativamente. O momento não poderia ser coincidência, mas eu nunca soube de nenhuma habilidade com base em Vontade que pudesse ser ativada com uma frase específica.

Mas não há tempo para hesitar.

Acendo minha tocha outra vez. Sua luz se derrama pelo corredor sombrio. Há uma escada que desce. Meus passos ecoam enquanto eu avanço.

O caminho logo se nivela, transformando-se em um corredor comprido e largo no qual minha luz mal toca as paredes. Não consigo ver o teto. A pedra escura parece recortada na montanha, nenhum traço do vidro vermelho do exterior. Há ar de antiguidade em tudo, como se eu talvez fosse a primeira pessoa a percorrer esse caminho em décadas.

Dou apenas mais um passo até tropeçar e parar outra vez, com os braços trêmulos enquanto levanto a tocha mais alto para olhar as cavidades escuras ao longo da parede.

É como nas ruínas perto da Academia. Homens e mulheres estão alinhados pelo corredor. Nus. De olhos fechados e com espadas de obsidiana cravadas no peito, prendendo-os à pedra atrás.

Nenhum deles se move. Nenhum deles abre os olhos.

Eu estremeço e passo apressado.

O fim do corredor surge antes que eu caminhe por dez segundos; há talvez duas dúzias de corpos aqui dentro, e não mais que isso. O brilho laranja de minha chama revela um caminho sem saída, uma parede de pedra interrompida apenas por um espaço estreito que permite que o chão se prolongue mais em uma plataforma semicircular. Uma balaustrada na altura da cintura sugere que ela dá vista para algo. Mais além, no entanto, há apenas escuridão.

Eu me aproximo, lançando olhares desconfortáveis para trás. Tentando não imaginar movimento ali no vazio.

A balaustrada reflete a luz quando me aproximo, brilha vermelha. Há apenas um espaço sem fundo depois dela, e a plataforma em si mal tem espaço o bastante para que uma única pessoa fique em pé sobre ela. Meus ombros tocam as paredes dos dois lados quando passo pela abertura, os olhos se esforçando para ver dentro do abismo.

Um barulho de trituração, então de repente sou arremessado cambaleante. Me agitando. Meu braço estremece quando bate na balaustrada vermelha. Posso apenas observar com um horror mudo quando minha tocha escapa de minha pegada entorpecida. Ela cai pela borda, girando de ponta cabeça.

Cai por um bom tempo antes de desaparecer.

Quando me recupero o bastante para tornar a ficar de pé, a plataforma começou a segui-la para a escuridão.

XLI

QUASE TENTO UM SALTO LOUCO E DESACONSELHÁVEL DE VOLTA para o corredor antes de perceber que a descida é suave. Controlada, sem cair. Eu já vi plataformas de transporte imbuídas por Vontade se movimentarem desse jeito, embora nunca tenha estado em uma.

Eu me agarro à grade vermelha, a respiração ainda entrecortada e agitada; quando minha pele faz contato, a superfície parecida com vidro brilha, trazendo um alívio surpreendente da escuridão absoluta. A luz, porém, tem a mesma coloração. Projeta sobre tudo um vermelho-escuro. É preferível ao desconhecido aterrorizante, mas não muito.

Eu me recupero o suficiente para me situar. O corredor acima já desapareceu, e a parede às minhas costas é lisa. Impossível de escalar.

Parece que vou aonde quer que isto esteja me levando.

Com relutância, eu paro de esticar o pescoço. Os nós dos meus dedos estão brancos contra o rubor da balaustrada quando a parede às minhas costas de repente desaparece, substituída pela mesma escuridão completa que há acima, abaixo e por todos os lados, como se eu estivesse afundando em um abismo sem fim. A descida da plataforma de pedra continua por minutos ansiosos.

Minhas mãos estão começando a doer devido a sua pegada apreensiva quando a iluminação vermelha vinda da grade se apaga outra vez. Eu sigo pelo vazio por mais alguns segundos em uma escuridão aterrorizante e silenciosa.

Então, finalmente, uma luz brilha abaixo.

Eu me encolho; a restauração abrupta de minha visão é desorientadora. Tochas ganham vida uma a uma a distância. O salão pelo qual estou descendo é esculpido na própria montanha, com uns duzentos metros de largura e comprimento, provavelmente trinta metros de altura. As fileiras de colunas enormes se estendem do chão até o teto abobadado, fazendo com que o espaço quase pareça uma catedral.

E na outra extremidade do salão há um símbolo enorme da Hierarquia na parede, diante de tudo. Linhas de bronze que brilham sobre a pedra escura.

Minha plataforma desacelera ao se aproximar do solo, então pousa suavemente no chão. Eu não me mexo. Não tenho ideia de onde estou, mas o lugar parece antigo. Fora dos limites. Perigoso.

Mesmo assim, não vejo nenhuma atividade, nenhum som.

O medo tensiona meus músculos, mas ainda estou dentro do horário – e seja o que for este lugar, ele deve ter algo a ver com o período que Caeror passou na Academia. Se eu conseguir descobrir o que aconteceu com ele, posso me libertar de pelo menos um dos punhais que estão posicionados sobre as minhas costas.

Forço meus dedos a soltarem o gradil e desembarco.

Eu me afasto um passo. Dois. Meus passos são engolidos pela enormidade do salão. Continuo olhando para trás, mas a plataforma permanece parada.

Eu me componho e me dirijo ao enorme símbolo de bronze na parede. É o único ponto de interesse em todo o lugar, até onde posso ver. Não há portas, nenhuma saída que eu tenha notado. As colunas são quadradas e simples. Com toda a imensidão, na verdade não há muito aqui para ser visto.

– O que é este lugar? – murmuro distraidamente, olhando para o símbolo enorme à minha frente.

– É um teste.

– *VEK!* – Eu giro e cambaleio para trás diante da voz masculina calma que vem de não muito longe às minhas costas. O homem está a apenas três metros de distância, embora eu não consiga ver de onde ele pode ter surgido. Está vestido com andrajos. Seus pés estão descalços. Cabelo preto comprido e ralo cai inerte sobre seu rosto.

Não é farto o bastante para esconder que, onde seus olhos deveriam estar, há apenas buracos vermelhos e vazios.

O estranho não reage ao meu medo. Só me encara. Imóvel. Mudo.

– Quem... quem em todos os infernos amaldiçoados pelos deuses é você? – digo por fim. Ainda estou aumentando mais distância entre nós, com a mão firme em torno do cabo de meu punhal.

– Eu era conhecido como Artemius Sel. Traí o mandamento do isolamento.

Tentei obter sincronismo e remover o selo do Obiteum durante a rebelião da sétima era depois das Lacerações. Por isso fui condenado pela lei à servidão, guiando os outros que vêm depois. – Ele fala de um jeito indiferente, com um tom monótono, embora suas palavras também sejam estranhamente indistintas. Estremeço. É difícil não olhar para suas órbitas oculares em carne viva.

– Está bem. – Eu, agora, estou tão confuso quanto cauteloso. O homem não parece inclinado a atacar; mesmo assim, faço a volta para que ele não fique entre mim e a plataforma na qual eu vim. – O que é este lugar, Artemius?

O homem gira para continuar de frente para mim, mas não responde.

– Você me ouviu? Você… sabe onde estamos?

Nenhuma resposta.

– Está bem – digo novamente, de forma lenta. – Você disse que isto era um teste. Para quê?

– Habilidades básicas.

– Em quê? O que isso significa?

Silêncio.

Eu dou um passo hesitante à frente. Aceno com as mãos para ele, olho em seu rosto. Não há sinal de que ele observou meu movimento.

– Por que você não está dizendo nada? – Nada ainda.

Dou um suspiro, mais perturbado que qualquer outra coisa, mesmo que reste uma fartura de cautela. Parece que o homem responde apenas certas perguntas. Ele é perturbador, seguramente. *Muito* perturbador. Mas não parece oferecer perigo imediato.

– O que é o teste, Artemius?

– Você deve chegar à entrada. – Ele aponta.

Franzo o cenho, seguindo seu dedo até o símbolo enorme na outra extremidade do salão. Não há nada além de um amplo espaço de pedra entre mim e ele.

– Isso não parece…

Eu me calo ao me voltar para Artemius. O homem estava com as mãos entrelaçadas às costas, mas agora está soltando uma coisa de seu braço esquerdo e a oferecendo para mim.

Um braçal, coberto com várias dezenas de pedras pequenas. Cada uma delas gravada com um símbolo único.

Eu não me mexo para pegá-lo, frio diante da visão familiar.

– Não entendo.

Ele não diz nada, apenas continua a oferecê-lo para mim.

– Por que eu preciso disso?

– Você precisa usá-lo para chegar à entrada.

Estendo a mão com hesitação. Aceito o braçal. O braço de Artemius volta para o lado de seu corpo. Eu faço uma careta diante de seu olhar vazio, a curiosidade cada vez mais igualando o desconforto que me toma diante de sua presença. O jeito como o homem está respondendo é mecânico, como se estivesse lendo um roteiro. Será que ele só consegue falar quando lhe fazem perguntas específicas? Perguntas para as quais ele sabe a resposta ou perguntas que ele *tem permissão* de responder? Qualquer que seja o caso, e embora eu só tenha ouvido falar nessas coisas nos contos de fadas mais exagerados, ele parece submisso a alguma força invisível. Sob o poder de alguém que não ele mesmo.

Se eu não soubesse qual era o propósito do braçal, não acho que o teria pegado. Mas depois de alguns longos segundos de hesitação, eu o ponho no braço esquerdo e o prendo apertado. É absurdamente leve.

Sinto um arrepio quando o objeto toca minha pele.

Então o salão explode em uma atividade trovejante e triturante.

Eu cambaleio para trás quando pedras irrompem do chão à minha frente. Muros de pedra escura se erguem até pelo menos uns dez metros de altura, bloqueando parcialmente a visão do enorme símbolo da Hierarquia. Bem à frente está a única entrada, em arco, da estrutura recém-formada. Através dela, posso ver corredores se ramificando em diversas direções.

Os muros são altos, e não há como ver a disposição de cima. Mas eu sei exatamente qual ela é.

Seguro uma pedra com duas cruzes perpendiculares e a giro breve e pronunciadamente. Como esperado, um barulho arrastado ecoa desde o canto mais à esquerda da seção. Bem onde ele deveria soar no Labirinto.

– O que acontece se eu passar no teste, Artemius? – pergunto em voz baixa.

– Você vai atravessar o portão para Obiteum e Luceum. Mas não vai ter permissão de ficar aqui. O sincronismo é reservado apenas para a liderança.

– Obiteum e Luceum… são lugares? Onde ficam? – Nenhuma resposta. – O que é sincronismo? – Nenhuma resposta.

Eu observo a visão intimidadora à frente por um tempo a mais. Tentando entender.

– Se eu entrar aí, alguma coisa vai tentar me impedir de chegar ao outro lado?

– Remanescentes guardam o caminho.

– O que são Remanescentes?

Nenhuma resposta.

Eu esfrego a testa. Suspiro. Insisto com minhas perguntas.

Artemius, na maior parte do tempo, exibe um olhar vazio; ele parece capaz de responder perguntas relacionadas a este salão, este "teste", mas mais nada. Quando pergunto sobre sua história, ele repete a explicação de ser um traidor. Quando insisto querendo saber mais sobre o propósito do Labirinto, ele me diz que devo usar o braçal para chegar à entrada. Este é um teste de habilidades básicas. Ser aprovado nele vai me permitir cruzar o portão para Obiteum e Luceum.

As minhas outras perguntas são respondidas por um silêncio sem olhos.

Depois de uns quinze minutos de investigação infrutífera, eu murmuro um xingamento frustrado e começo a soltar o braçal de controle. O que quer que seja esse teste, eu não sei os riscos. Não entendo o que está em jogo. Assim que o dispositivo se solta de minha pele, escuto o triturar trovejante de pedra quando os muros escuros começam a afundar novamente no solo. Em segundos, há apenas um chão liso entre mim e o símbolo na parede ao fundo.

Eu jogo delicadamente o braçal aos pés de Artemius.

– Por que eu preciso disso? Por que não posso simplesmente atravessar o salão agora?

O homem sem olhos se abaixa. O pega e o prende impassivelmente no braço.

– O pacto se torna forte demais, muito perto do portão. Remanescentes de Obiteum guardam o caminho. Você gostaria que eu fizesse uma demonstração?

Eu me aprumo. Uma nova resposta.

– Está bem – digo, estendendo as palavras para indicar minha insegurança.

Se a entonação tem algum efeito sobre o homem, ele não demonstra. Ele se vira e sai andando na direção da enorme pirâmide de bronze de três pontas.

– Espere. – Eu franzo o cenho. Desconfortável. Artemius não para.

Há uma vibração quando ele chega aonde estava o Labirinto. Um borrão translúcido que ondula pelo ar, como se o homem tivesse acabado de atravessar um muro invisível de água.

Então, quando a ondulação chega ao símbolo da Hierarquia, algo tremeluz e ganha vida.

Eu congelo. Poderia jurar que não havia nada ali um instante atrás, mas agora há três formas escuras. Ondas escuras, brilhando sob a luz baça.

Elas correm na direção de Artemius.

Fico mudo de horror. As ondulações crescentes são formadas por milhares de fragmentos do que parece ser vidro escuro, raspando, arranhando e se triturando à medida que se aproximam.

Eu finalmente encontro minha voz:

– Artemius! Volte!

Artemius não se vira. Continua andando.

– Corra! – Dessa vez, eu grito as palavras.

As ondas o atingem.

Elas mudam de forma ao atacar. Surgem lanças pontiagudas que perfuram Artemius no torso, pontas cobertas de sangue se projetam de suas costas. Eu grito com um horror desalentado. Consigo ouvir o homem sem olhos arquejar. O som se interrompe quando ele é envolvido; há vislumbres de pele sendo esfolada, fragmentos vermelhos em meio à escuridão. Artemius desaparece sob uma montanha retorcida de vidro escuro.

O caos termina rapidamente, e a ondulação recua. Saciada. Tudo o que resta no chão é uma mancha brilhante.

Eu cambaleio para trás, me dobro ao meio e vomito. Tudo parece distante, desconectado, como se estivesse acontecendo com outra pessoa.

Quando o medo me apruma outra vez, as massas escuras desapareceram.

Eu cuspo e limpo a boca com uma mão trêmula. Aqueles devem ser os Remanescentes. Será que eles podem ir além dos limites de onde se ergueu o Labirinto? Será que têm consciência de minha presença aqui?

Não posso usar o braçal de controle para erguer os muros outra vez. Ele foi consumido junto com Artemius.

Quando enfim afasto os olhos da mancha vermelha à frente e me viro, há uma mulher jovem parada em silêncio a uns três metros de distância. Ela está com as mãos entrelaçadas às costas. O cabelo na altura do ombro está grudento. Sua túnica comprida está rasgada. Seus olhos são tão cegos quanto eram os de Artemius.

Eu cambaleio para trás. Digo, assustado, uma série de impropérios. Ela não reage.

– O que em todo… – Eu jogo as mãos para o alto. O alarme se transforma em inquietação. – Quem é *você*?

– Eu me chamava Elia Veranius. Fui traidora do mandamento do isolamento. Eu tentei ganhar sincronismo e remover o selo do Obiteum durante a 11ª era depois das Lacerações. Por isso, fui justamente condenada à servidão, a guiar aqueles que aqui vêm. – A voz dela é aguda. Estridente.

Minha pele se arrepia.

– Claro que foi – murmuro. – Está bem. Conte-me tudo o que puder sobre esse teste.

Ela estende o braço esquerdo, revelando um braçal.

– É um teste de habilidade básica. O caminho é guardado por Remanescentes. Eu posso demonstrar…

– Não. Não. Pelos deuses, não. – Gesticulo freneticamente com as mãos para detê-la. – Nada de demonstração. Com certeza, nada de demonstração.

Passo os cinco minutos seguintes fazendo todo tipo de pergunta em que consigo pensar para Elia. Sondando. Experimentando. Descubro pouca coisa. E estou muito, muito consciente de que meu tempo está se esgotando.

– Como eu saio daqui sem passar pelo teste? – Já pensei nisso a partir do que disse Artemius, mas quero verificar.

Elia aponta para a plataforma pela qual eu cheguei.

– Isso vai levá-lo de volta à entrada.

Eu exalo de alívio com a confirmação e assinto, embora não ache que o gesto faz diferença para ela.

– Posso voltar pelo mesmo caminho? – Nenhuma resposta.

Com um último olhar cauteloso para o símbolo de bronze na parede – e a mancha escura abaixo dele –, saio andando. Elia não se mexe para me seguir.

A viagem de volta é mais uma vez banhada de vermelho, quando a plataforma se ergue assim que eu subo nela e agarro o gradil. Minha mente está acelerada enquanto eu subo. Isso foi parte do que aconteceu com Caeror? Ele tentou correr o Labirinto e foi morto por aquelas… *coisas*? Nem sei o que vou dizer para Ulciscor. Agora, entendo que o Labirinto é um teste. Um meio de chegar a um portão do outro lado, que leva a Obiteum e Luceum. Além disso, porém… eu não sei onde ficam Obiteum e Luceum. Nem o que é sincronismo, nem Laceração, nem o mandamento do isolamento.

Mas ficou claro que tudo isso é importante.

A luz vermelha continua acesa quando a plataforma chega ao fim do corredor de entrada, fornecendo iluminação suficiente apenas para que eu siga aos tropeções. Os corpos dos meus dois lados estão em seus nichos envoltos por sombra profunda.

– Scintres Exunus – grito uma vez ao chegar ao pé da escada.

Conforme o caminho para cima se desdobra e ar fresco bate em meu rosto, qualquer alívio é interrompido pela luz dourada. *Vek*. Passa de meio-dia. Muito mais tarde do que eu tinha me dado conta. Subo com dificuldade. Não há tempo para comemorar a sobrevivência. A urgência empresta vigor a meu corpo exausto.

Essa vai ser por pouco.

XLII

GALHOS RASGAM MINHA TÚNICA CONFORME AVANÇO PELA FLORESTA, os músculos cansados fazendo esforço, a respiração saindo em arquejos irregulares. Consigo arriscar uma velocidade maior que antes graças à hora do dia, mas não por muito. A luz já está esmaecendo. Na verdade, já faz mais de vinte minutos que o sol encoberto pelas nuvens beija a ladeira que subo com dificuldade.

Até aqui, percorri mais de dois terços do caminho, acho, mas estou exausto. Avanço mais aos tropeções que correndo. Meu estômago suga minhas entranhas, meus pulmões queimam, minha garganta não consegue se lembrar de como era estar úmida. Mesmo com ansiedade correndo através de mim, meu corpo não está aguentando mais. Eu preciso parar. Comer e beber. Descansar, mesmo que por alguns minutos.

Sigo em frente até chegar a um dos muitos riachos que cruzam meu caminho, então me ajoelho e bebo antes de desabar no solo musgoso, de cabeça na grama. Eu não fecho os olhos, por mais tentador que isso seja. Não há chance de voltar a tempo se eu dormir.

A floresta farfalha ao meu redor, pacífica, e a água borbulha alegremente. Ainda não estou perto o bastante do mar para ouvir as ondas. Eu fico deitado, a respiração ofegante diminuindo e se tornando mais estável, enquanto avalio a situação. Tento descobrir quanto percorri, quanto mais ainda falta. Quais são minhas chances a partir daqui.

Depois de algum tempo, torno a me sentar. Estou zonzo, preciso comer.

O riacho está cheio de peixes, e a prática da infância faz com que seja relativamente fácil apanhar um. Suas escamas brilham sob a luz que começa a morrer enquanto ele se debate e tenta respirar na margem. Eu uso a pederneira para acender uma pequena fogueira; há uma brisa decente, e não deve haver fumaça suficiente para que ela seja vista. Logo o peixe está assando nas brasas.

Eu pego a agulha do localizador do bolso e a balanço outra vez, me esforçando para senti-la puxar para algum lado. Mas não há nada, ainda.

Estou tão perdido em meus próprios pensamentos que quase não percebo o lamento baixo e triste que chega de algum lugar rio abaixo.

Eu me viro quando o escuto outra vez, franzindo o cenho naquela direção. É um som sofrido e suplicante. Não humano.

Saco minha faca. A fogueira ainda está acesa; um peixe é uma coisa, mas algo maior seria melhor. E pelo jeito como cambaleio ao me levantar, qualquer tempo extra que eu precise gastar cozinhando vai mais do que valer a pena.

Sigo pelo leito do rio, com a faca na mão, bem abaixado. O som fica mais alto. Há nele certa persistência. Um queixume angustiado, pontuado por ganidos.

Faço uma curva no rio e vejo o filhote de alupi.

Ele está preso, meio submerso, se debatendo com as patas traseiras e dianteiras para sair de baixo de um galho pesado que de algum modo caiu em cima dele. A criatura tem apenas uns trinta centímetros de comprimento – deve ser muito jovem, considerando o tamanho que deve alcançar. Há sangue escorrendo pelo lado de sua cara; um vermelho forte se mistura com a água antes de desaparecer em meio às pedras nas partes mais rasas. Sua pelagem preta está emaranhada. Olhos cinza brilhantes me veem e reluzem com uma fúria feroz, mostrando os dentes em um rosnado de alerta.

Eu examino seu entorno, mas não há mais nada se mexendo. O filhote, então, foi abandonado pela matilha. Já ouvi falar nisso. Diferente dos lobos, os jovens alupi precisam cuidar de si mesmos. Se um deles se fere, é extirpado como um membro gangrenado.

Caminho na direção do filhote, com a faca pronta, ignorando seus pelos eriçados. Avaliando a situação, posso esfolá-lo e assar sua carne em… meia hora? A criatura rosna outra vez, seu tom agudo longe de ser aterrorizante. Então gane ao afundar mais na água, com a cabeça quase coberta, e se esforça loucamente para se firmar. Escorrega de forma desajeitada até ficar o suficiente sobre a grama para estar em segurança.

Então se revira corajosamente para me encarar. Ainda está mostrando os dentes. Ele emite outro alerta agudo, mas então seu ímpeto parece desaparecer, e o filhote torna a chorar quando começa a escorregar outra vez.

Eu cerro os dentes. Vou ser misericordioso; ele ia morrer mesmo. Sigo chapinhando até a bola de pelo trêmula que rosna. Eu me preparo levanto a faca. O animal continua olhando para mim, direto nos meus olhos. Com medo, mas sem se encolher.

Cari tinha um filhote em Suus. Ela o ganhou... dois meses antes da invasão? Ela o chamava de Abrazo. Costumava deixar que ele dormisse em sua cama. Contra a vontade de nossos pais, é claro.

– Vek. *Vek.* Pelos deuses. – Abaixo a mão. – Você é a droga de um frouxo.

Guardo a faca novamente na bainha e me agacho ao lado do alupi.

– Sei exatamente como você está se sentindo – murmuro para ele, estendendo cautelosamente a mão para indicar que não quero fazer nenhum mal a ele. – Talvez eu deva chamá-lo de Diago. – Rio amargamente comigo mesmo.

Ele me morde rápido como um raio, veloz demais para que eu reaja. Seus dentes pequenos e afiados como navalhas cortam minha pele, eu grito de dor e puxo a mão para trás, sacudindo-a, as gotas vermelhas respingando no riacho. Quase decido que talvez ele estivesse melhor assado, afinal de contas. Então eu paro e, em vez disso, me repreendo. Ele não é um cachorro. É um animal selvagem sofrendo. É claro que ele iria fazer isso.

Lavo o ferimento no riacho antes de rasgar uma tira de minha túnica para envolvê-lo. Dói, mas não é profundo. Então me volto na direção de minha fogueira. O filhote, vendo que estou me afastando, geme de modo comovente para mim.

– Tenha paciência – rosno olhando para trás.

Eu retorno até onde o peixe está assando, ou melhor, a essa altura, queimado de um lado e cru do outro. Tiro-o das brasas, meio murmurando xingamentos para mim mesmo o tempo todo. Então eu retorno, irritado demais para me importar com qualquer barulho que eu esteja fazendo.

– Toma. – Eu rasgo um pedaço de peixe e o ofereço, com muito cuidado, para o animal. O alupi olha para mim com grande desconfiança, mas assim que o cheiro atinge suas narinas, ele se aproxima com dificuldade, fechando a boca algumas vezes antes de, enfim, pegar o pedaço. O animal o devora com avidez.

Ele olha para mim assim que termina, com antecipação nos olhos.

Eu o encaro de cenho franzido.

– Ah, pelo amor...

Eu sacudo a cabeça, então jogo o resto do peixe no chão. Este desaparece quase tão rápido quanto o primeiro pedaço.

– Agora vai me deixar ajudá-lo? – Vai ser pior para o filhote se ele não deixar, pois mais uma tentativa e vou fazer a coisa certa e acabar com seu sofrimento.

Felizmente, quando estendo a mão – bem protegida por diversas camadas de túnica, dessa vez –, o lábio superior do filhote se afasta, mas ele não faz nada além disso.

Levo um minuto para desemaranhar o animal; assim que ele está livre, tenta se afastar, claudicante, mas imediatamente desaba, deitado de lado, gemendo entre os arquejos. Eu observo seu peito ofegante, consternado.

– Está tudo bem – sussurro para ele. Abandonado e sozinho, ferido, lutando. Talvez eu veja mais de mim nele do que quero admitir.

Eu rasgo mais uma tira de pano de minha túnica. Mergulho-a na água e lavo cuidadosamente as crostas de sujeira e o sangue do ferimento do animal. A criatura gane e se retorce, em um momento girando para morder sem sucesso minha mão, mas estou esperando por isso e escapo a tempo. O corte nele é feio, mas não fatal, e não acho que haja nada quebrado.

Lavo a tira outra vez e enrolo o ferimento. Está longe de ser uma solução ideal – imagino que o animal vá removê-la em pouco tempo –, mas até lá, pode ser suficiente para que seu sangue coagule. Também não acho que os movimentos habituais vão abrir o ferimento outra vez. A criatura está tremendo, então tiro a capa e a envolvo em torno do corpo do filhote, secando-o da melhor maneira possível. Não percebo quando acontece, mas, depois que termino, o alupi parou de tremer e está dormindo ou desmaiou. De preferência, o primeiro.

Eu o observo com preocupação, então suspiro. Passaram-se quase quinze minutos. Ainda estou com fome, mas descansado. Minha cabeça também está mais desanuviada. Eu me sinto melhor do que acho que estaria me sentindo se tivesse matado o filhote, mas de qualquer forma, eu preciso ir andando.

Ponho a mão com delicadeza sobre a cabeça do alupi. Aliso seu pelo preto para trás. Ele se contorce, mas seus olhos não se abrem. Não faço ideia se em algum momento ele vai acordar.

Eu o deixo envolto em minha capa. A peça não pode ser identificada como minha e, de qualquer forma, não vou usá-la quando estiver na água.

Chuto terra sobre o que resta de minha fogueira e começo a correr outra vez, com pensamentos mais aguçados, mais organizados do que estavam desde que saí da cúpula. Continuo exausto, mas a pausa me fez bem. Eu avanço por uma hora e meia até a floresta ao meu redor começar a rarear e o travo de sal tocar o ar.

Logo estou na borda do penhasco: não exatamente onde eu subi; porém não acho que seja muito longe. Mas é difícil me orientar diante da costa desconhecida ou da série de pontos de ancoragem idênticos no horizonte. Olhando além da borda, não consigo ver nada abaixo que pareça os restos de minha fogueira de ontem à noite.

O sol já mergulhou atrás do horizonte parcialmente encoberto por nuvens, tudo tingido de tons de rosa e roxo. O Transvect já deve ter deixado a Necrópole.

É sem muita esperança que pego a agulha do localizador outra vez, mas assim que eu a balanço em sua corrente, posso sentir a força delicada e insistente da atração em funcionamento. Meu coração fica aos pulos. Alguns segundos a mais de testes confirmam isso. O localizador se move para o oeste, bem na direção de um monólito branco distante em meio às ondas. Não faço ideia de por que não estava funcionando de mais longe, mas não me importo, desde que esteja agora.

O alívio me empresta uma explosão de energia, e não perco mais tempo. O caminho de descida que escolho não é exatamente o mais seguro, mas é o mais rápido. Há pontos em que posso deslizar até a próxima borda estreita, o próximo afloramento, sem muito medo de passar do ponto. É doloroso – mesmo com as duas palmas das mãos enroladas, a pedra e o mato rasgam através de minha túnica já em frangalhos –, e em pouco tempo há borrões vermelhos manchando o branco, mas é eficaz o bastante. Eu chego à praia de pedras em dez minutos.

Tiro as botas e a túnica e as enterro atrás de algumas pedras. A luz está terminando. Tenho, talvez, quarenta minutos antes do retorno do Transvect. Se eu tiver sorte.

Eu verifico se meus objetos imbuídos de Vontade estão em segurança, então mergulho nas águas geladas e encapeladas do Mar de Quus.

Meu cansaço é lavado pelo choque inicial do frio; eu engasgo em seco, então sou forçado a parar antes de cerrar os dentes e começar a nadar contra as águas. É mais difícil seguir nessa direção, e meus músculos já estão desgastados. Não durmo há quase dois dias. A cada braçada parece que estou arrastando duas vezes o meu peso pela água.

São meus anos de natação em Suus que me salvam, eu acho. A técnica instintiva faz com que eu continue avançando, minimiza cada um de meus esforços, garante que eu não inale água para os pulmões mesmo enquanto perco forças. Sempre que começo a fraquejar, o que acontece com frequência, eu ergo os olhos. Vejo como a escuridão está mesmo terminando de tomar o céu. E redobro meus esforços.

Duas vezes eu paro para conferir minha posição consultando a costa, o ponto de ancoragem que se ergue à frente e a agulha do localizador. A demora custa tempo precioso, mas não posso correr o risco de desviar muito do curso e acabar saindo do Muro do Mar. Felizmente eu só preciso corrigir uma questão de graus.

O céu ficou escuro como breu, com nuvens obscurecendo qualquer estrela no céu. Estou quase lá, mas também deve estar quase na hora. Meus pulmões queimam e eu estou prestes a chorar com o esforço de cada braçada, só o desespero me movendo adiante. Começo a fazer pausas cada vez mais frequentes, com medo de nadar muito para longe. O ponto de ancoragem se ergue acima de mim.

Eu olho e o vejo no horizonte, parecendo apenas um ponto diante do último beijo do anoitecer, mas não há como confundi-lo.

O Transvect está chegando.

Com a mão trêmula, pego o localizador mais uma vez. Ele mal se move, talvez pendendo muito de leve para a esquerda. Eu nado mais algumas braçadas e tento de novo. Dessa vez, não há movimento nenhum. Ele está apontando direto para baixo. Isso é o mais perto que vou conseguir chegar.

Tudo estremece devido ao cansaço, o frio e a ansiedade, então quebro a agulha ao meio e a jogo fora. A imbuição de Ulciscor agora deve estar desfeita. Se ele perceber uma quantia tão pequena de Vontade retornar, provavelmente vai ficar aliviado. Então pego a argola no bolso. O Transvect está se aproximando, descendo. Estou com pressa demais, irrequieto e nervoso demais; meus dedos, dormentes demais. A argola de pedra se prende na roupa quando tento soltá-la.

Eu a deixo cair.

Há um momento de horror, puro, descrente e perturbador. Eu me debato na água escura onde acho que o bracelete pode estar, mas minhas mãos tocam apenas líquido depois de várias tentativas em pânico. Pelo canto do olho, vejo o Transvect crescendo, já absurdamente grande em minha visão, deslizando suavemente em direção a mim.

Eu encho os pulmões de ar e mergulho.

Não há esperança. Já sei disso; a pedra vai afundar muito mais depressa do que posso nadar para baixo. Estou quase cego, praticamente não há luz suficiente no alto para me mostrar qual é o lado de cima. Eu nado para baixo, o mais depressa possível, pelo que parece tempo demais. Deve estar muito fundo, eu nunca vou encontrá-la.

Minha mão atinge pedra.

Não a argola de pedra, mas algo maior, liso e plano. Levo um segundo para registrar o que é, embora eu devesse saber. A borda do Muro do Mar.

Eu contenho uma onda de medo e continuo buscando desesperadamente, meus pulmões – já tendo trabalhado demais e estando à beira da exaustão – quase não aguentam. Estou atordoado. Não há nada além de pedra lisa sob minhas mãos.

Então meus dedos roçam em algo que muda de posição; eu o agarro com avidez e quase perco ar precioso para uma expressão de alívio quando minha mão se fecha em torno do bracelete. Eu ergo os olhos, e minha alegria tem vida curta. O Transvect está exatamente acima de mim.

Não há tempo para pensar, para considerar as consequências.

Eu fecho a algema em torno de meu pulso esquerdo.

O resto do meu ar desaparece em um berro; quando sinto como se meu ombro estivesse sendo arrancado de seu encaixe, e pedra perfura a base da minha mão quando tenta se soltar de meu pulso. Sou puxado pela água como se fosse uma boneca, mais rápido do que poderia acreditar. Eu inspiro involuntariamente. Meus pulmões se enchem de líquido salgado.

Eu meio grito, meio engasgo quando sou arrancado do mar, usando a mão livre freneticamente para agarrar o bracelete e reduzir a pressão intensa em meu pulso. Há um instante surreal em que eu percebo estar voando, a água escura abaixo se afastando depressa.

Então, sou jogado contra a barriga do Transvect, com tanta força que apenas fico ali, desorientado demais para fazer qualquer coisa além de gemer. O vento sopra contra mim, atravessando o pouco de roupa que ainda estou vestindo. Eu balanço atônito, precariamente, enquanto o Transvect continua a subir e ganhar velocidade. Meu punho e meu ombro esquerdos doem terrivelmente em meio ao frio congelante.

A neblina diante dos meus olhos desvanece o bastante para que eu tente me firmar contra a barriga do Transvect. Tive uma sorte inimaginável; o Transvect já estava terminando de passar quando consegui alcançá-lo; por isso estou preso à parte traseira como planejado. Se tivesse sido antes, a algema no interior poderia ter se mexido, me deixando pendurado em algum lugar de onde eu não poderia me recuperar.

É difícil chegar à plataforma de acesso, mas depois de me balançar algumas vezes e de quase gritar com a dor no braço, eu consigo agarrar a beirada com as pontas dos dedos e desajeitadamente passar a perna em torno da estaca. Tão seguro quanto posso estar, eu estendo a mão direita e solto a algema de pedra de meu pulso esquerdo.

Imediatamente, a forte pressão em meu ombro relaxa. Eu deixo que a algema caia na água muito abaixo – eu só preciso da que está no interior –, então consigo subir. Seguindo as instruções de Ulciscor, eu abro a escotilha de acesso, empurro para o lado o tapete que está sobre ela e olho pelo vão. Ninguém correria o risco de pegar o último Transvect de volta, mas, mesmo assim, Ulciscor garantiu que esta seção estivesse livre. Entretanto, ainda me sinto aliviado ao ver que não há ninguém ali dentro. Pelo menos, uma coisa funcionou em meu proveito esta noite.

Subo para a calma feliz do carro e desabo de costas, lutando contra a tentação de ficar ali, então me coloco de pé outra vez.

Minha trouxa de roupa ainda está, felizmente, bem guardada onde eu a botei na noite passada, junto com a algema de ancoragem que me puxou aqui para cima. Não há tempo para descansar; já estamos sobrevoando a própria ilha. Eu estou tremendo quando tiro as roupas encharcadas e me seco com a capa nova, então me visto apressadamente. Estamos quase lá, mas jogo minha túnica rasgada e minhas roupas de baixo na escotilha ainda aberta mesmo assim, junto com a atadura de minha mão. Mesmo que alguém encontre essas coisas na floresta, não há como ligá-las a mim.

A escotilha de acesso tenta se fechar quando eu a toco, quebrando com sucesso a argola de pedra que enfio em seu caminho, com um estalo triturante. Eu jogo fora os pedaços quebrados. Deixo que a escotilha se feche corretamente. Recoloco o tapete no lugar. Estamos reduzindo a velocidade outra vez, e pela janela vejo a plataforma da Academia. Eu passo os dedos pelo cabelo, esfrego o rosto com a capa outra vez, escondo o maior número possível de ferimentos por baixo das roupas. Esfrego as mãos uma na outra vigorosamente para tentar parar de tremer, então ocupo o assento mais perto da porta e faço meu melhor para parecer entediado.

Vinte segundos depois, O Transvect para. As portas se abrem, e eu me levanto calmamente. Entrelaço as mãos às costas. Desembarco.

– Vis? Você chegou bem a tempo. – É a Preceptora Taedia, com mechas de cabelo grisalho destacadas pelas lâmpadas atrás dela quando se aproxima. Ela olha de cenho franzido para o Transvect atrás de mim, sem qualquer sinal de suspeita. Na verdade, ela mal me dá atenção. – Feriun está com você?

Eu olho para trás, mas não há sinal de movimento. Feriun é aluno da Turma Quatro, eu acho. Um garoto alto e atlético que lembra um pouco Indol de muitas maneiras. Totalmente catenano.

– Eu não o vi, mas estava com pressa. Ele pode ter embarcado depois de mim, eu acho. – Faço todo o possível para manter as palavras suaves em vez de dizê-las através de dentes batendo.

– Hum. – Taedia e eu ficamos parados e observamos; depois de bons trinta segundos, as portas se fecham, e o Transvect decola outra vez, retornando pelo caminho por onde veio. Taedia olha para ele de cenho franzido. – Garoto tolo. Scitus vai baixar sua classificação se ele perder as aulas.

Eu espero que ela diga mais, que perceba a falta de fôlego da qual mal me recuperei ou o cabelo molhado, ou mesmo que questione por que eu corri o risco de pegar o último Transvect de volta. Porém, não faz nada disso. Apenas me dá tapinhas distraidamente no ombro.

– Venha, então.

Eu a vejo retirar a mão imediatamente e a olho; ela obviamente sentiu a umidade ali. Ela parece prestes a dizer alguma coisa, então apenas olha para o céu encoberto de nuvens e dá um grunhido.

A caminhada de volta é bem inócua; Taedia me faz perguntas desinteressadas sobre minha experiência no Festival dos Ancestrais. Acenamos ao passar pelos portões da Academia, meu nome é conferido na lista de estudantes que estão retornando, e sou mandado para o alojamento sem receber muita atenção.

Eu volto apressado pelos caminhos bem iluminados, grato por não encontrar mais ninguém que pudesse querer conversar. O alojamento está silencioso, não há ninguém nos corredores. Vou para o quarto. Cyrus e Cato estão dormindo, mas costuma ser assim. Eidhin está debruçado sobre a mesa em seu canto; a lâmpada encoberta ardendo.

Ele se vira quando eu entro. Me estuda.

– Você está péssimo.

Não é uma pergunta, como qualquer outra pessoa faria. Ele faz a observação, então se vira sem esperar por uma resposta, retomando seus estudos.

Eu sorrio para suas costas, então, trêmulo, tiro as roupas úmidas e deito na cama. Demora um pouco para meus maxilares relaxarem por eu não querer deixar que meus dentes batessem, mas depois de algum tempo, o calor contido em meu corpo faz efeito. Minha respiração se acalma.

Ainda estou muito dolorido, especialmente no ombro. Tenho arranhões feitos por galhos, a mordida do alupi na mão, uma marca feia no pulso. Tenho quase certeza de que todo o meu lado esquerdo é um enorme hematoma devido ao impacto com o Transvect.

Nada disso me impede de abraçar um sono profundo e sem sonhos quase imediatamente.

XLIII

EU JÁ ESTIVE MUITO FERIDO ANTES. COM RAZOÁVEL FREQUÊNCIA NO Teatro em Letens, é claro. Depois de surras e açoites no orfanato. Mesmo no treinamento físico ao qual era submetido quando príncipe, quando meus tutores eram instruídos a nunca se conterem por causa de minha juventude ou posição.

Porém, não me lembro de já ter acordado com uma dor tão *completa* antes.

Eu durmo até tarde; todo mundo já está no desjejum quando eu abro os olhos. Ninguém se deu ao trabalho de me acordar, é claro. Dou um gemido quando me arrasto para fora da cama, cada centímetro de mim fraco, cada músculo parecendo ter sido esticado até romper.

Incrivelmente, porém, depois de uma verificação preliminar, todo o dano parece limitado ao superficial. Músculos estirados e machucados, juntas doloridas: coisas das quais sei que vou me recuperar em alguns dias, se não antes. Não há nenhum osso quebrado. Nada que me faça ir à enfermaria para tratamento.

Eu me visto rigidamente, então ignoro o ronco feroz em meu estômago e passo algum tempo alongando cada músculo que consigo antes de ir para o refeitório. Isso e a caminhada até lá fazem com que eu relaxe o bastante para que, quando estou descendo a escada – com uma túnica de mangas compridas e a capa por cima –, eu acredite que ninguém vai sequer perceber que estou machucado.

Assim que entro, percebo que hoje há uma morosidade no refeitório. Conversas murmuradas, menos sorrisos, qualquer gargalhada reduzida a um risinho contido. Metade dos alunos da Turma Quatro está ausente. Capto um olhar estranho de Aequa quando entro, embora ela não faça nenhum movimento para falar comigo quando passo. Não há fila para a comida – um benefício de estar atrasado, imagino –, então pego minha refeição e me junto a um Callidus que parece cheio de expectativa à mesa da Turma Sete que costumamos frequentar.

– Quem morreu? – pergunto de forma leve quando me sento, apontando a sobrancelha na direção do resto do refeitório.

– Feriun. – Callidus assente com aparência sábia enquanto observa minha reação. – Isso mesmo. Você é uma pessoa horrível.

Fico dividido entre o assombro e um riso horrorizado diante da piada de Callidus.

– Pelos túmulos dos deuses. Está falando sério? Taedia estava esperando por ele ontem à noite, mas… – Eu sacudo a cabeça, atônito. – Como?

– O pronunciamento não foi exatamente farto em detalhes – observa Callidus. – Mas pelo que ouvi, a conclusão popular é o suicídio.

Fico pálido. O suposto suicídio de Caeror ainda assombra sua família, mais de seis anos depois. É difícil me livrar do horror até mesmo dessa sugestão.

– Por quê?

– Aparentemente, ele achou que, a esta altura, estaria na Turma Três. Assim como sua família. A Necrópole deve ter sido a pressão final. – Callidus faz uma careta. – Expectativas podem ser uma coisa terrível.

Eu na verdade nunca interagi com Feriun, mas sinto uma espécie de melancolia com a ideia de que qualquer um de minha idade possa afundar tanto. Há uma tristeza breve e dolorosa por um rosto conhecido desaparecer do mundo para sempre.

Callidus me observa com simpatia.

– Esse também não é o jeito pelo qual eu iria querer subir.

Eu hesito com a colher a caminho da minha boca.

– O que você quer dizer com isso?

– Bom, Dultatis vai ter dificuldades para segurar você na Turma Seis. – Callidus aponta para a garota de cabelo preto comprido e pele bronzeada pelo sol alguns níveis acima de nós. – Ava está classificada em primeiro lugar na Turma Cinco, então ela vai subir. O que, e acompanhe com atenção a lógica complexa aqui, deixa uma vaga aberta para o melhor aluno da Seis. – Ele me dá um sorriso alegre, embora um pouco forçado, para indicar quem ele acha que é esse aluno.

– Dultatis vai só escolher outra pessoa. – As classificações dos Preceptores dentro das turmas raramente são confirmadas, mas não há como ele me colocar no topo.

– Ele não pode fazer isso. Todo mundo sabe que você deveria estar mais alto. Talvez Taedia tenha querido encarar as consequências negativas de rebaixar alguém para fazer pressão, mas você pode apostar que ela não vai aceitar a promoção de mais ninguém.

Não digo nada em resposta a isso, dando uma mordida no pão e mastigando. Callidus tem razão. Por mais terrível que seja, isso vai implicar a minha promoção para a Turma Cinco. Sendo realista, essa poderia ser a única maneira de isso acontecer.

E Relucia também pensaria assim.

– Não se sinta mal em relação a isso – observa Callidus, meu mal-estar nitidamente transparecendo. – Você não tem culpa.

Eu me esforço para não rir amargamente. Isso tudo ainda poderia ser coincidência.

Ficamos em silêncio, então Callidus se estica.

– Como foi na Necrópole, afinal? Estranho, imagino, encontrar a maior parte de sua família pela primeira vez.

Pelo restante da refeição, nós conversamos despreocupadamente sobre os últimos dois dias. Callidus se diverte ao ouvir como Milena não gosta de mim, em particular, insistindo para saber cada detalhe desconfortável das conversas. Felizmente, a noite de sono e minhas escolhas cuidadosas de roupas desta manhã fizeram o suficiente para esconder meus machucados, porque ele não menciona nada.

A maior parte de minha refeição ainda não está comida quando toca o sino, mas eu me levanto imediatamente sem querer correr o risco de me atrasar para a aula. Dultatis seria bem capaz de usar o atraso como desculpa para tentar não me promover. E enquanto eu espero desesperadamente que Relucia não tenha tido nada a ver com o destino de Feriun – só a ideia me provoca náusea –, recusar a promoção não vai mudar nada.

Callidus também se levanta.

– Aproveite a Turma Cinco – diz ele, me dando um tapinha no ombro. Ele se movimenta para ir embora, então parte de sua animação desaparece. Ele parece desconfortável. – E obrigado.

– Por quê?

Ele tosse. Enrubesce, mantém a voz baixa.

– Eu nunca passei por isso, mas... imagino o que Feriun poderia estar pensando. Aprisionado. Sem saída. Uma decepção. – Ele se remexe, inquieto. – Mas, na verdade, ele também não tinha amigos. É só que... esse é o tipo de coisa que faz diferença. – Sua expressão se contorce, e ele sacode a cabeça, embaraçado, então sai andando com pressa.

Eu o acompanho com o olhar, então sorrio e me junto ao grupo de estudantes que está se dirigindo à aula da Turma Seis.

Eidhin se senta no lugar ao meu lado.

Há muitas conversas hoje antes da aula, contidas e baixas, mas com um fio de expectativa. A ansiedade com a perspectiva de uma promoção, domada pelo motivo pelo qual ela iria ocorrer. Eu acho, porém, que ninguém aqui realmente conhecia Feriun. O interesse emudecido parece ser mais por formalidade que por qualquer tristeza verdadeira. Muitos olhares de soslaio são lançados em minha direção, ainda mais que o habitual.

– Um bom dia para você – diz Eidhin com aspereza em cymriano, com o olhar focado adiante.

Eu olho para ele.

– Nem tanto para Feriun.

– Nem tanto para Feriun – concorda ele. Há silêncio, então: – Seus ferimentos significam que você não vai conseguir começar a me ensinar esta noite? – Há uma modulação estranha na pergunta. Depois de um momento percebo que ele na verdade está perguntando se vou cumprir minha parte de nosso acordo, levando em conta que sou candidato a ser promovido para outra turma.

– Que ferimentos?

O rosto dele é tomado por aprovação.

– Esta noite, então.

Dultatis logo chega e, para surpresa de todo mundo, começa imediatamente a falar sobre a matemática por trás da imbuição harmônica. Apesar de tentar controlar minhas expectativas, eu me vejo apreensivo. Não há nenhuma menção a Feriun, nenhuma indicação de que alguém está prestes a ser promovido. Isso é... preocupante.

O dia se passa em meio a uma névoa de incerteza. É difícil me concentrar, e percebo pelos olhares confusos e conversas baixas na Turma Seis que não sou o único. Quando almoço com Callidus, ele não soube de nada. Até Eidhin, estoico como sempre, admite estar intrigado.

O sol está baixo no céu, a aula a poucos minutos do fim, quando a porta se abre. Taedia entra por ela, e sua entrada abrupta e tensa atrai todos os olhares.

– Preceptor Dultatis. – Ela acena para ele com uma folha de papel. – Nós precisamos conversar.

Dultatis franze o cenho.

– É minha decisão, Taedia – diz ele com delicadeza.

Taedia se aproxima, e eles se envolvem em uma conversa sussurrada e furiosa; embora todo mundo devesse estar fazendo sua própria lição, posso ver que a maioria dos buris parou de se mover enquanto todo mundo escuta atentamente em busca de um indício do que está acontecendo. Taedia está ficando cada vez mais irritada; Dultatis, cada vez mais na defensiva, até que, de repente, a professora da Turma Cinco se apruma e se vira.

– Vis Telimus. Você pode por favor vir até aqui?

Ela parece estar com raiva. Estou *quase* certo de que não é de mim.

Todo mundo, agora, para o que está fazendo e observa com curiosidade aberta enquanto eu me dirijo até a frente da sala.

– Como posso ajudar, Preceptora?

– Você gostaria de ser promovido para a Turma Cinco?

– Gostaria muito.

O rosto de Dultatis está vermelho.

– Não importa. Não é decisão dele, e não é sua. Minha avaliação é a única que importa.

O rosto de Taedia se contorce. Parece que ela está precisando lidar com uma criança pequena.

– A Turma Cinco é muito mais difícil que as bobagens que você tenta ensinar, Dultatis. Mostre-me um aluno aqui que consiga fazer uma tarefa melhor que Vis, e eu mesma fico com ele em vez disso. – Não há dúvida de seu desespero, embora a voz permaneça baixa o bastante para não ser ouvida pelo resto da turma.

Por um momento de esperança, acho que Dultatis vai ceder. Então as rugas em sua testa se aprofundam.

– Está bem. Ianix Carenius. Seu trabalho com espadas é excepcional.

– Espadas? – escarnece Taedia. – Nós estamos à procura de futuros senadores, e não gladiadores. Qualquer um em minha turma que acabe brandindo uma arma, primeiro vai forjar a navalha.

– Essa continua sendo uma medida de aptidão. De força e habilidade. Da habilidade de pensar rápido.

Taedia parece prestes a discutir, então joga as mãos para o alto e se vira para mim.

– Ele é melhor que você?

– Duvido – digo calmamente, sem tirar os olhos de Dultatis. Ianix nunca gostou de mim; até onde sei, porque tem ciúme de sua posição como o favorito de Dultatis na Turma Seis. Eu também não gosto muito dele. Ele me lembra um pouco de Wermes, do orfanato em Letens.

Eu nunca o vi lutar com uma espada, mas Dultatis também não me viu. Isso me deixa confiante. O trabalho com espada foi algo que eu treinei todo dia – *literalmente* todo dia – por mais de cinco anos em Suus, onde eu tinha os melhores tutores. Homens e mulheres que de fato lutaram por suas vidas. A esgrima na Hierarquia, em comparação, é mais uma novidade. Considerada um retrocesso a uma época menos civilizada.

– Ele com certeza não é melhor em mais nada. Parece uma escolha terrível – acrescento.

Taedia esconde seu divertimento, enquanto o rubor de Dultatis ganha uma tonalidade arroxeada. Emissa mencionou que Taedia gosta de alunos com determinação, que não têm medo de enfrentar os Preceptores quando sentem que é o certo a fazer.

Além do mais, estou gostando disso. Eu olho para Eidhin, que viu a reação de Dultatis e não está fazendo nenhum esforço para esconder seu prazer. Eu contenho um sorriso.

– Então está resolvido. Um duelo de treinamento entre Ianix e Vis.

A Academia vai fornecer o equipamento. O vencedor vai ser promovido para a Turma Cinco. – A atenção de Taedia se volta para mim. – Vai ser amanhã, logo antes da refeição da noite. Espero que isso dê a vocês dois tempo suficiente para se prepararem. – Escuto um murmúrio às minhas costas; a Preceptora levantou a voz para que toda a turma conseguisse ouvir. Inclusive Ianix.

– Vai dar – respondo confiantemente, no mesmo volume; Ianix também sinaliza sua anuência.

– Excelente. – Ela sorri para mim, lança outro sorriso meio desdenhoso, meio desesperado para Dultatis, então sai andando antes que o homem tenha a chance de dizer mais alguma coisa.

Para minha surpresa, Dultatis, embora nitidamente frustrado por ter sido encurralado de forma tão pública, também parece satisfeito com o resultado enquanto gesticula para que eu volte a meu assento.

– Você está nesta turma pelo menos até amanhã. – Ele torce o nariz. – E imagino que até bem depois disso. Então precisa retomar o trabalho.

Eu torno a ocupar meu assento, notando os olhares curiosos de todos à minha volta. Ianix, sentado no canto a alguns assentos de distância, está profundamente envolvido em uma conversa com um de seus amigos. Ele também parece satisfeito com a situação.

– Escolha ousada – murmura Eidhin quando Dultatis retoma sua explicação interminável.

– Duelar com Ianix?

– Duelar com o mais recente campeão de duelos dos Jogos Catalães. Foi isso que fez com que ele fosse promovido da Sete no último semestre. Ele *não parava* de falar nisso.

– Ah. – Mesmo com o corpo doendo como está, eu não esperava que Ianix fosse uma ameaça. – Mas… imagino que isso signifique que ele seja muito bom.

– Ele é o melhor da nossa idade na República.

– O melhor dos que entraram na competição. Não vamos inflá-lo demais.

– Todo mundo que tem certo interesse em duelos estava na competição.

– Bem, agora não há nada que eu possa fazer em relação a isso. – Dou nele um tapinha animado e reconfortante. – Mas fico satisfeito por sua preocupação.

– Estou preocupado que nosso Preceptor possa sair dessa sem ficar constrangido. – Ele olha fixamente para mim. – Não *ouse* tirar de mim essa oportunidade.

Eu ergo as mãos.

– Vou fazer o meu melhor.

Dultatis escolhe esse instante para erguer os olhos do texto que está lendo para nós em voz alta e vê nossa conversa. Está à procura disso também; há meia dúzia de outros sussurrando tranquilamente a essa altura do dia, mas ele fica feliz por me identificar.

– Vis. Vejo que não está prestando atenção. Pela terceira vez hoje – diz ele, com um sorriso feio em seu rosto rotundo. – Parece que uma simples repreensão não é suficiente para curá-lo desse mau hábito. Eu soube que você não está mais trabalhando nos estábulos.

– Isso está correto, Preceptor – digo, com o resto de educação que consigo reunir, mas já sei para onde isso vai. Ao meu lado, Eidhin fica rígido.

– Talvez mais uma noite disso lembre você de suas maneiras. – Como se para destacar suas palavras, o sino do fim das aulas soa.

Olhamos fixamente um para o outro. Meus dentes se cerram. Ele sabe que esta noite seria minha única chance de praticar. Ele não tenta esconder isso.

– Obrigado, Preceptor – consigo dizer, respirando até que a nuvem vermelha passe. Ele está me instigando. Se eu explodir aqui, fizer uma demonstração de desrespeito diante de toda a turma, ele vai ter justificativa suficiente para cancelar o duelo de amanhã e promover Ianix a despeito de qualquer objeção. Eu suportei isso por mais de dois meses. Posso me conter por mais um dia.

Eu me levanto com tanta dignidade e frieza quanto consigo reunir, sem querer dizer mais nada. Meu movimento rompe a tensão no ar, e todas as outras pessoas seguem meu exemplo. Eu me junto à fila que se dirige à porta, me recusando a olhar para Dultatis, e sigo direto para os estábulos.

– Achei que você tivesse terminado com isso.

Eu ergo os olhos sorrindo e vejo Emissa na entrada da baia, de braços cruzados enquanto me observa com uma irritação gentil.

– Eu também. – Com a pá, jogo mais uma pilha de esterco no carrinho de mão. O trabalho físico familiar, embora nunca exatamente agradável, me acalmou. Parece até ter soltado alguns de meus músculos doloridos. Apesar dos grandes esforços de Dultatis, a punição poderia ter sido muito pior. – Meu estimado Preceptor tinha outras ideias.

– Para a noite anterior a seu duelo com Carenius. Que conveniente.

Eu paro e me apoio no forcado.

– Você soube disso?

– Ah, soube. Todo mundo está comentando.

Eu faço uma careta.

– É claro que está.

– Você sabia que ele venceu os Jogos Catalães há alguns meses?

– Foi o que me disseram. Depois que eu aceitei o desafio – admito, com um pouco de tristeza. Eu volto a trabalhar. – Está tudo bem. Faz tempo desde o Victorum, mas amanhã cedo vou encontrar duas espadas e ver se convenço Callidus a me ajudar a desenferrujar. – Eu vejo a expressão dela. – Não?

– Você vai precisar de armadura de treinamento também.

– Por quê?

– Porque... é o que você vai usar amanhã – diz Emissa devagar. – Você usava armadura de treino no Victorum de Letens, não? Você já usou uma antes?

– Uh. Já *vi* usarem armadura. – Já usei armadura, na época de meu treinamento, mas o passado que contei para todo mundo não se encaixa com esse fato.

– Não estou dizendo uma *armadura*. Estou falando em uma *armadura de treino* imbuída por Vontade. Um amotus. Você *sabe* do que estou falando, não sabe?

– Acho que não – digo com desconforto.

Emissa me estuda, então morde o lábio e olha para o telhado do estábulo.

– Hum.

– O que foi?

– Estou só tentando me lembrar da última vez em que superestimei tanto a inteligência de uma pessoa.

Não contenho o riso.

– Está bem. Eu *posso* ter sido precipitado. O que torna essa armadura de treinamento tão especial?

– É mais fácil mostrar. Há armaduras no depósito da Turma Três no ginásio. Enquanto você termina aqui, eu vou procurá-las. Me encontre lá. Não sou muito boa, mas vai ser melhor que nada. Nós podemos praticar um pouco quando você acabar.

Eu sorrio. Ela fala isso de maneira direta, mas o fato de querer ajudar diz muita coisa.

– Obrigado – digo com sinceridade.

Então hesito. Me lembro de Eidhin. Quase consigo ouvir a voz de meu pai. *Um homem não é nada se não honrar suas dívidas.*

– Eu… posso, porém, ter outro compromisso esta noite. – As palavras saem relutantemente de minha boca, mas eu assumi um compromisso. Eidhin tem sido muito paciente. Não vou abusar disso.

– Mais importante que isso? – Emissa não acredita.

– Não. Mas é algo que jurei fazer. Preciso resolver isso antes de praticar.

– Eu vou esperar por uma hora. Depois disso…

– Entendido.

Emissa me avalia, parecendo um pouco ofendida, então dá um passo em minha direção e me dá um soco de leve no peito.

– Assegure-se de estar lá. – Ela olha para mim como um alerta e sai andando sem dizer mais nenhuma palavra, ainda sacudindo a cabeça. Não consigo evitar uma risada enquanto a observo se afastar. Ela tem me ouvido falar sobre os disparates de Dultatis há semanas. Também tem levado muito para o lado pessoal. Desconfio que ela pode querer que eu vença amanhã mais ainda que eu.

Eu acabo minhas tarefas nos estábulos e perco o humor ao pensar no que Emissa disse. Então vou direto para o alojamento, aliviado por encontrar Eidhin a sua mesa como de costume. Nenhum de nossos outros colegas de quarto já foi dormir.

O garoto musculoso ergue os olhos e franze o cenho quando eu entro.

– Por que você está aqui?

– Eu prometi que ia ajudar você…

– Idiota. Não. Você precisa treinar. – Ele se levanta e me empurra porta afora antes que eu saiba o que está acontecendo. – Nós vamos para o ginásio.

– Na verdade, já tem uma pessoa lá esperando por mim. Ela vai conseguir armaduras de treinamento? – Eu termino isso como uma pergunta, tentando indicar que ainda não tenho ideia do que isso realmente acarreta.

Eidhin sorri para mim. Aparentemente mais focado em minha amiga do sexo feminino que em minha ignorância.

– Melhor ainda. Faz tempo que não uso um amotus.

Então ele também sabe o que é isso. É claro que sabe.

Sem dizer mais nada, ele me empurra para a frente, e nós seguimos para o ginásio.

XLIV

EMISSA ESTÁ ESPERANDO NO GINÁSIO, UM ESPAÇO COMPRIDO E disperso com paredes de concreto e chão de pedra. Não é surpresa, considerando a hora da noite, ela estar sozinha. Há quatro armaduras sentadas ao seu lado: duas de madeira e duas de aço. Ela pula de pé quando eu entro, embora seu sorriso vacile um pouco quando Eidhin chega logo atrás de mim.

– Ele insistiu – digo como explicação. – Eidhin, Emissa. Emissa, Eidhin.

Eidhin para. Olha para mim, depois para Emissa, então novamente para mim. Dá um grunhido, como se alguma coisa acabasse de ficar clara para ele.

– Você tem essa habilidade? – pergunta ele a Emissa em língua comum, apontando para a armadura ao lado dela.

– Não. Nããoo. – Emissa prolonga a segunda vez para dar ênfase. – Você?

– Um pouco.

– Então, por favor. – Emissa recua e faz um aceno amplo na direção da armadura, indicando que deveria ser Eidhin a usá-la.

Eidhin não discute e pega um par de grevas de madeira.

– As de madeira são as peças de controle – diz Emissa, indicando que eu devo fazer o mesmo com a outra armadura.

Eu franzo o cenho, mas começo a vestir a armadura de madeira. Não é um grande fardo, é nitidamente projetada para ser leve e forte. O suficiente apenas, porém, para proteger contra armas de treinamento. Duvido que resistisse sequer a um único golpe com uma espada de verdade.

– Então, o que isso faz, exatamente?

– Ela é conectada por Vontade às verdadeiras armadura e espada. – Ela me observa bem-humorada enquanto eu me esforço para prender as guardas dos braços, então se aproxima para ajudar. – Você tem toda a experiência de lutar com a coisa de verdade, sem nenhum perigo.

Eidhin já vestiu a armadura completa. Ele se dirige ao lado oposto do salão e se vira para olhar para mim.

– Mantenha a distância. – Ele insere uma placa de pedra triangular em uma fenda em seu peitoral.

Eu me encolho quando a armadura de aço que está amontoada ao meu lado explode inesperadamente em movimento, chacoalhando e voando em velocidade alarmante na direção dele. Ela se congela em pleno ar, talvez uns cinco metros a sua frente, formando uma réplica perfeita da posição de Eidhin. O garoto musculoso nem sequer pisca. Ele se alonga e, inacreditavelmente, a figura oca a sua frente se alonga também, com um barulho metálico. Um movimento idêntico. Completamente sincronizado.

– Ah. – Eu murmuro minha compreensão, mais para mim mesmo que para Emissa.

– Você nunca viu mesmo um amotus antes?

– Não. – Não há por que mentir. Eu continuo a prender peças ao meu corpo, embora parte de mim, agora, evite tocar as placas de madeira. Não consigo evitar usar dispositivos com base em Vontade, mas prender um a mim desse jeito faz minha pele se arrepiar. – Como funciona? – Eu já consigo deduzir a maior parte, mas não há mal nenhum em confirmar minhas suspeitas.

– Conectado por Vontade?

Eu paro de prender o último braçal e lanço um olhar para Emissa.

A garota de cabelo escuro responde com o mais leve franzido em torno dos olhos.

– A conexão está no emblema em forma de cruz no verso de cada peça; não deve falhar mesmo no caso de um golpe certeiro. Mas, se você conseguir atravessar qualquer coisa nos membros onde normalmente haveria carne, sua espada – Eidhin sopesa na mão a espada de madeira, sua contrapartida vazia imitando o movimento com a de aço – está imbuída com medidas contrárias, que acionam repulsão reativa da peça correspondente no corpo de seu adversário.

– O que faz com que ela pareça ter cinquenta quilos. Pelo menos – concluo, assentindo. É inteligente. Acerte um golpe através da armadura flutuante, e isso dispara uma reação análoga no corpo de seu oponente, sobrecarregando-o ao ponto de incapacitá-lo. Atinja sua perna, e de repente ele fica com uma perna só. Corte seu braço, e ele não pode fazer nada exceto deixá-lo pendente ao lado do corpo. – E para ganhar?

– Qualquer coisa na cabeça, no pescoço ou no peito vai desarmar completamente a conexão harmônica.

– Faz sentido. – Eu me levanto, ajustando um pouco o braçal direito, e então boto o elmo. Diferentemente do elmo correspondente na armadura secundária, ele é pouco mais que um chapéu de madeira. O que Eidhin vai ter como alvo é muito mais tradicional, com uma guarda na nuca e uma saliência protegendo a testa. Apenas um golpe preciso no espaço vazio onde deveria estar o rosto vai lhe valer uma morte.

Há escudos circulares menores em vez dos pesados escudos retangulares que as antigas legiões catenanas costumavam usar, e fico grato por isso – recuperei grande parte de minha força desde a noite de ontem, mas ainda é horrível colocar meu ombro sob muita pressão, e embora eu tenha treinado com escudos antes, sempre preferi os estilos de livre fluência que me foram ensinados originalmente. Quanto mais mobilidade eu tiver, melhor.

Quando o disco de madeira é preso ao meu braço, estou pronto. Apesar da leveza da armadura em si, o movimento é desconfortável quando eu me posiciono a cerca de dez metros de Eidhin, diante da última armadura no chão.

Eu ponho o triângulo de pedra no lugar em meu peito.

Há um borrão quando a armadura entra em posição à minha frente; apesar de esperar por isso, não consigo evitar recuar. Cada peça da armadura de madeira pendurada em cima de mim imediatamente ganha peso. Eu cambaleio.

– Malditos deuses. – Quando me ajusto e me aprumo outra vez, tanto Emissa como Eidhin estão escondendo risos.

Eu os ignoro, erguendo cautelosamente o braço e observando quando o aço vazio à minha frente faz o mesmo. Não há nenhum atraso nisso, nenhuma diferença visível de tempo. Quando olho com mais atenção, posso ver outras peças da armadura se movimentando continuamente, o peitoral chegando a subir e descer com minha respiração.

É incrível, atordoante. Eu dou um passo à frente, e a armadura diante de mim faz o mesmo.

– Como você vê o que está fazendo? – Eu respondo minha própria pergunta, me virando um pouco para o lado. Minha armadura faz o mesmo; eu agora estou parado atrás dela e talvez uns sessenta centímetros a sua direita. Não é perfeito e sempre vai haver um ponto cego, não importa onde eu esteja, mas parece muito mais fácil lutar nessa posição.

– Leva tempo para se adaptar. – Eidhin volta a falar em cymriano enquanto corta o ar com a espada, testando seu peso. Ele, um pouco para minha surpresa, realmente parece saber o que está fazendo.

Eu o copio, experimentando por um tempo com meu movimento e o peso de minha arma e meu escudo.

– É seguro? – Há uma desconexão inicial entre o que posso ver em meu corpo e o peso de tudo (depois de conectada por Vontade, a armadura de madeira assumiu o peso do metal), mas isso passa depressa. – Não quero machucar você.

– Você não quer… – Eidhin meio que escarnece, meio que olha para mim com expressão fechada. – Muito bem, então. Pronto?

– Pronto.

Emissa, evidentemente captando o teor de nossa conversa, se afasta para o lado e se senta, assistindo com interesse indisfarçado. Eu sorrio para ela.

Então mal tenho tempo de erguer meu escuro para defender o primeiro ataque severo de Eidhin quando ele salta para a frente muito mais rápido do que eu poderia razoavelmente esperar. Aço soa contra aço, e o impacto faz meu braço estremecer. Eu recuo cambaleante. Consegui fazer o bloqueio, mas quase foi tarde demais. Não foi de jeito nenhum uma reação instintiva, em comparação com uma espada tentando atingir meu corpo de verdade. Eidhin estava certo. Vou levar um tempo para me acostumar com isso.

Ele não está interessado em me dar tempo para me ajustar. Está andando para a frente, com o escudo erguido, golpeando com a espada em ataques rápidos e precisos. Eu me defendo de cada um deles de um jeito meio desajeitado, então contra-ataco com uma estocada. Ela é desviada com desdém.

– Achei que você tinha dito que estava pronto.

Olho para ele com expressão fechada. Respiro fundo para me acalmar. Entro em posição, observando minha contrapartida de metal fazer o mesmo. Faz anos, e estou inevitavelmente enferrujado, mas ninguém esquece com facilidade das coisas que exercitou todas as manhãs pela maior parte da infância.

Agora equilibrado, eu avanço.

Já ouvi pessoas escarneceram de estilos de luta que são comparados a uma dança, por não serem práticos, e em uma batalha campal, isso provavelmente é verdade. Um duelo, porém, é diferente. A fluidez – a habilidade de deslizar de uma ação para a seguinte, de atacar e atacar novamente sem interrupção – é vital. Há um jogo mental nisso que está totalmente ausente da brutalidade triturante e abrupta da guerra. Movimentos delicados e hipnotizantes podem intimidar tanto quanto causar dano. Fazer com que um adversário tenha dúvidas. Fique indeciso. Cometa erros.

Eu bato com força contra Eidhin, com o escudo à frente – não tenho a vantagem física, mas o momento faz diferença –, então dou vários golpes rápidos que o empurram para trás. Eles são aplicados para distrair em vez de penetrar. Uma manifestação de minha irritação mais que qualquer outra coisa. A espada de madeira em minha mão provoca uma batida surda e para em pleno ar cada ataque novo, o impacto fazendo meu braço estremecer ainda é surreal, ainda é novo, mas eu já me sinto um pouco mais capaz. Um pouco mais à vontade.

Capto um vislumbre da expressão fechada no rosto de Eidhin, tenho um momento de satisfação antes que ele de repente se abaixe e se esquive, de modo que seu substituto fica bem posicionado atrás do meu. Tento me movimentar para o lado, para ter uma visão melhor, mas em vez disso eu balanço, com a perna esquerda praticamente presa no lugar.

– Malditos deuses – digo com raiva, principalmente de mim mesmo, enquanto recupero desesperadamente o equilíbrio. Ele é mais rápido do que eu achava que fosse, de algum modo deve ter acertado um golpe por trás da greva. A de minha perna parece estar ancorada ao chão.

– Desiste?

– É conveniente – arquejo. – Justo... quando eu estava... pegando o jeito.

– Então não?

– Não.

Eidhin dá de ombros e começa a demonstrar como minha recém-descoberta falta de mobilidade é uma desvantagem. Em segundos, ele está se movimentando com agilidade, de forma zombeteira, ao meu redor, despejando golpes rápidos que não machucam, mas são difíceis de desviar com a espada ou o escudo. Um golpe penetra por baixo da minha guarda no ombro esquerdo e, de repente, o meu braço do escudo fica pendente, inútil do meu lado. Consigo defender de forma desajeitada mais algumas vezes, antes que ele avance, passe por minha defesa prejudicada e penetre no espaço onde estaria meu pescoço.

A armadura de metal à minha frente se desintegra em peças individuais com um barulho metálico. O peso do aço desaparece de meu corpo, eu cambaleio com a mudança abrupta, e a ancoragem em minha perna e meu braço desaparece. A pedra triangular que prendemos a meu peitoral cai no chão.

Eu olho de cenho franzido para a pilha de metal à minha frente enquanto recupero o fôlego. Eu só tinha treinado de armadura uma ou duas vezes em Suus. O peso extra sem dúvida muda o exercício.

– Não está terrível – diz Emissa animadamente, da lateral. – Levando-se em conta que é sua primeira vez. – Apesar da leve provocação, ela parece impressionada.

Eu escarneço, tentando não parecer irritado. Sem saber se estou mais furioso por perder ou por não ter esperado por isso. Faço uma careta para ela, então olho para Eidhin.

– Não a sua, pelo que vejo.

– Aprendi com os melhores artífices da espada de minha tribo. – Pelo jeito como diz isso, ele tem muito orgulho desse fato.

– Artífices da espada? – pergunto com hesitação. Eidhin mencionar seu passado, ou, na verdade, qualquer coisa pessoal, é mais que raro. Ainda não consegui descobrir quem o encarregou de atacar Callidus nem por que ele aceitou. Ele nunca aceita meu convite para se sentar conosco nas refeições. Mesmo quando nos falamos na aula, raramente são conversas longas. Apesar do tempo que passamos juntos recentemente, eu na verdade sei muito pouco sobre ele.

– Artífices da espada. Eles estão entre os melhores do mundo. – Há uma pausa, uma hesitação incomum da parte dele. – Estavam.

Isso é dito de maneira simples; ele não está à procura de compaixão. Mesmo assim…

– Sinto muito.

É a coisa errada a se dizer. A expressão de Eidhin se fecha.

– Eles mantiveram sua honra.

Não tenho certeza de como responder a isso. Emissa observa nossa conversa com interesse, embora estejamos falando em cymriano.

– Você conseguiria derrotar Ianix? – pergunto por fim, sentindo que deveria mudar de assunto.

– Não. – Isso é dito com uma honestidade simples.

– Está bem. De novo, então. – Pego o triângulo de pedra caído e o insiro na fenda. Como esperado, minha armadura se monta sozinha instantaneamente.

O turno seguinte é muito mais apertado, apesar de Eidhin atacar com mais força dessa vez, sua raiva sangrando por qualquer insulto que eu tenha cometido por acidente. Mesmo assim, começo a entender como usar linhas de visão em meu proveito, como posicionar a mim e a minha armadura, meu amotus, de formas que sejam estranhas para ele. Emissa também grita sugestões, desta vez, o que me ajuda a me concentrar em como eu devo reagir às várias táticas. Os fundamentos do duelo são os mesmos, mas a abordagem é diferente. Não há como passar pelo adversário e se virar abruptamente; fazer isso resultaria em ficar de costas para a ação. O que importa é o posicionamento. O trabalho de pés é tanto sobre ângulos como equilíbrio. E no fim, embora eu perca novamente, Eidhin está suando, e seu escárnio é muito mais forçado.

Na terceira vez, eu o derroto.

E não torno a perder pelo resto da noite.

– Você é um embuste – resmunga Eidhin em comum quando nós três deixamos o ginásio, cobertos por uma fina camada de suor que esfria imediatamente com a brisa da noite. Tochas brilham e crepitam em torno do quadrum. Fora isso, tudo está silencioso.

– Ele parece o tipo – concorda Emissa, seu rosto corado do exercício. Ela alternou com Eidhin depois de algum tempo, mostrando muito mais habilidade do que deixou transparecer inicialmente. Mas ainda não era páreo para uma infância de treinamento constante. – Talvez a armadura que estávamos usando estivesse com algum tipo de problema.

– É, é. É a única explicação. – Eidhin assente com seriedade para ela.

Eu dou um sorriso, saboreando a falsa contrariedade deles, então hesito e meio que me viro para trás.

– Ah. A armadura. Você precisa guardá-la novamente no depósito?

– Preciso. Mas se eu por acaso esquecer e você e Callidus passarem por aqui amanhã cedo… – Emissa estende as mãos, indicando não poder fazer nada diante dessa situação.

Meu sorriso se abre.

– Obrigado.

– Sempre às ordens. – Nossos olhares se cruzam antes que ela vire o rosto, ainda sorrindo.

Há silêncio, e então Eidhin, que estava nos observando, dá um suspiro alto.

– Ela é muito bonita. Por que você quis que eu viesse também?

Eu começo a enrubescer até perceber que ele falou em cymriano, então tusso para encobrir minha reação.

– O objetivo era treinar para amanhã. E você não me deu muita escolha.

– Ela gosta de você.

– E eu gosto dela.

– Você sabe o que estou querendo dizer. O jeito como vocês falam um com o outro é mais que apenas amizade. – Ele me dá um sorriso de soslaio.

– Não é assim. – Eu tento não olhar na direção de Emissa, torcendo para que ela não pergunte sobre o que estamos falando.

– Deveria ser.

Eu olho com raiva para ele. Já tive essa conversa com Callidus, mas ainda é difícil explicar. Que eu fui educado para nunca buscar algo que com certeza vá fracassar. Que minha mãe costumava me dizer que o amor não é nada sem honestidade. E que meu pai sempre insistia comigo que um príncipe de Suus não pode, *não pode* – viver romances.

Esses, sem dúvida, não são os princípios da República Catenana. E Suus desapareceu há muito tempo. Mas é quem eu sou.

E nunca vou poder dizer a Emissa quem sou.

– Pelo menos, reconheça que ela é bonita.

– E inteligente e divertida e absurdamente agradável. É claro que é. Ela é incrível – digo com irritação. – Agora deixe isso para lá.

Nós continuamos andando. Emissa, felizmente, não demonstra nenhum interesse aberto pelo que estamos dizendo. Quando, porém, fica claro que terminamos, ela de repente sacode a cabeça, como se acabasse de se lembrar de alguma coisa.

– Por falar nisso, você falou com Aequa na Necrópole?

Eu franzo o cenho.

– Aequa? Não. Eu não a vi depois que desembarcamos do Transvect.

– Ela anda perguntando sobre você. Especificamente, sobre quando você voltou. Ela estava agindo de forma um pouco estranha.

– Ah, é? – Eu franzo a testa e tento parecer tão confuso quanto deveria estar, enquanto a minha preocupação aumenta. Quaisquer que sejam os motivos de Aequa, não quero ninguém pensando demais em quando eu deixei a Necrópole. – É estranho. Vou ter de conversar com ela sobre isso.

Nós paramos ao chegarmos no ponto de divergência em nossos caminhos. Emissa me encara, com humor nos olhos verdes.

– Boa sorte amanhã. Eu vou torcer por você. – Ela parte na direção do alojamento das garotas, acenando despreocupadamente sem olhar para trás.

Levo um momento para me dar conta de que ela disse isso em cymriano.

Eu me volto para Eidhin, que está olhando fixamente para ela, tão boquiaberto quanto eu. Mas não acho que seu rosto esteja tão vermelho. O garoto grande olha para mim.

– Hein.

– Hein – repito, preso entre a mortificação e o divertimento enquanto procuro repassar tudo o que eu disse para Eidhin esta noite. O segundo sentimento prevalesce, e eu sacudo a cabeça antes de fazer um gesto bem-humorado de derrota.

– Vamos lá, Eidhin. Vamos dormir um pouco.

Tudo está silencioso em meio à neblina do início da manhã seguinte; a alvorada ainda não coloriu o céu quando eu e Callidus voltamos do ginásio, onde ele me ajudou a conseguir uma hora extra de treinamento valioso. Meu amigo está quieto enquanto andamos. Parece mais pensativo que aborrecido pela surra que acabou de levar. Ele é um adversário adequado com a armadura de treinamento, mas nem de longe tanto quanto Eidhin ou mesmo Emissa em termos de habilidade.

Eu deixo que o silêncio se prolongue, alongando músculos enquanto caminho. A rigidez prolongada que senti depois de acordar parece ter sido expulsa pelo exercício. Ainda tenho hematomas e estou machucado de minha jornada brutal até as ruínas dois dias atrás, mas com um dia de aulas à minha frente – nenhuma atividade física prevista –, eu devo estar em condições razoáveis para a disputa desta noite.

– Onde você treinou? – Callidus faz a pergunta abruptamente.

– Aquíria. Meus pais me fizeram aprender alguns anos atrás. Meu instrutor sempre dizia que eu tinha talento.

Ele para de repente, me forçando a fazer o mesmo.

– Chega. – Há uma tensão incomum em sua voz. – Você não precisa me contar, mas não minta na minha cara.

Eu engulo um desconforto repentino, me recusando a deixar que uma sensação deslocada de culpa me faça vacilar.

– O que quer dizer com isso?

– Você leu livros que a maioria dos terceiros nunca se daria ao trabalho de tentar. Fala línguas mortas. Duela usando estilos dos quais eu nunca ouvi falar antes. – Ele olha fixamente para mim, sem nunca quebrar o contato visual. – Você é tanto um aquiriano de classe média quanto eu.

A emoção luta contra a necessidade de uma resposta rápida e convincente. Eu faço um gesto leve de desdém. Uma expressão intrigada.

– Não sei o que dizer.

– Você não... – Callidus se cala, sacudindo a cabeça. Frustrado. – Sabe, eu tenho acesso aos registros do meu pai. Todos os nascimentos na Hierarquia, mesmo aqueles que nossos nobres senadores não querem que se tornem públicos. Eu provavelmente poderia descobrir.

Ele acha que sou o filho ilegítimo de alguém poderoso. É claro. É a conclusão mais lógica. Alguém que foi criado com todas as vantagens, mas em segredo, provavelmente treinado especificamente com o propósito de ter sucesso na Academia. Leal a um senador sem que essa conexão seja conhecida.

– Não é Telimus, obviamente. Ele é novo demais. Mas imagino que seja alguém dos Militares – continua Callidus, observando meu rosto com atenção. – Alguém poderoso. Um Quartus. Talvez mais? – Ele está sondando.

Eu permito que a incerteza passe pelo meu rosto. Permito que ele veja meu desejo de lhe contar a verdade e deixo que ele ache estar na pista certa. Ficamos parados por vários segundos longos e desconfortáveis, então Callidus suspira.

– Está bem. – Sua decepção é palpável. – Então as coisas são assim. Mas você precisa arranjar uma resposta melhor para as outras pessoas. Porque depois que virem você lutar hoje, vai haver muito mais perguntas sobre seu tempo em Aquíria. Acredite em mim.

Ele sai andando rigidamente na direção do alojamento da Turma Sete. Deixo que ele vá.

Eu como meu desjejum diante de Eidhin no nível da Turma Seis, discutindo a estratégia do amotus com ele. Não é uma reação às perguntas de Callidus mais cedo – eu mencionei que estava planejando fazer isso muito antes de nossa discussão esta manhã –, mas ainda fico desconfortável. Como se eu estivesse evitando meu outro amigo. Tenho a intenção de pelo menos cumprimentá-lo quando for embora do refeitório, mas quando termino minha refeição, a mesa dele está vazia.

Não posso culpá-lo por ficar magoado pelo que viu como uma mentira óbvia, mais cedo. E odeio tê-lo ofendido. Mas criei meu passado de forma que seja impossível provar que ele seja mentira. Admitir a fraude para qualquer um seria correr o risco de uma rachadura em uma fachada perfeita.

A mentira foi a decisão certa.

A turma hoje está com uma energia estranha. Dultatis está presunçoso toda vez que se dirige a mim, com Ianix e seus amigos me lançando olhares meio cautelosos, meio confiantes toda vez que eu olho na direção deles. Mais de uma vez escuto risos abafados quando um ou outro aluno discute o tamanho da surra que vou levar. Eu não me importo. O excesso de confiança, e o peso da expectativa, vai ser mais desvantajoso para Ianix que para mim.

Callidus, para minha vaga consternação, não aparece para a refeição do meio-dia. Isso não é estranho, mas espero que não tenha nada a ver comigo. Eu me sento com Eidhin outra vez, e nós dois observamos Dultatis chamar

Ianix de lado e começar a lhe dar conselhos, sem nem fingir imparcialidade. Pouco depois, o próprio Ianix, que estava conscientemente me evitando até esse momento, para junto de nossa mesa, assomando enquanto eu como.

– Você pode desistir, Vis. – Ele está firme. Confiante. – Reconheça seus limites. Desista e talvez você tenha outra oportunidade para subir daqui a alguns meses. Se você perder hoje, não vai ter outra chance.

– Não, obrigado.

Ianix aguarda, como se esperasse que eu dissesse algo mais, então assume uma expressão de raiva quando não faço isso.

– Eu tentei.

Ele sai andando. Eidhin acena com a cabeça em aprovação.

A aula da tarde se arrasta; toda vez que olho para o relógio movido a Vontade, ele praticamente não se mexeu. Finalmente, porém, o sino toca. Eu me levanto. Dultatis sorri para mim, mas eu não me encolho, não afasto os olhos enquanto me dirijo para a porta.

– Vejo você amanhã – murmura o homem em vias de ficar calvo quando eu passo.

Eu o ignoro e me dirijo para o quadrum.

XLV

DEPOIS DE FAZER UM DESVIO PARA COMER ALGUMA COISA NO REfeitório para me acalmar, eu encontro a Curia Doctrina praticamente vazia enquanto eu caminho por ela. Não entendo o motivo até chegar ao grande arco e sair no sol dourado do fim da tarde.

A multidão imensa que circula pelas bordas do quadrum já contém o que devem ser quase todos os alunos da Academia. Eu estremeço ao ver isso, quase congelo; eu presumi que íamos atrair espectadores, mas isso é mais do que tudo o que imaginei. As turmas diferentes estão amontoadas juntas, com a Sete ocupando quase todo um lado da praça enorme. Os terceiros estão separados, com um Nequias com expressão divertida no lado oposto. Emissa me vê e lança um sorriso simpático. Eu me esforço para retribuir.

Eu vejo Eidhin com os outros sextos do outro lado, Aequa com os quartos logo à minha frente. Os sétimos estão espalhados, mas não vejo Callidus. O fato de ele ter decidido não vir causa uma preocupação distante e incômoda. Espero que nossa conversa desta manhã não tenha prejudicado tanto nosso relacionamento.

De qualquer jeito, agora não há nada que eu possa fazer em relação a isso. Afasto a preocupação para o lado. Me concentro.

Ianix já está no centro do quadrum e vestido com seu amotus, confortável tanto com o equipamento como com toda a atenção enquanto agita a espada, experimentando-a. Dultatis está parado um pouco afastado, de braços cruzados, observando com aprovação. Atrás dele há uma Taedia de aparência insatisfeita, junto de um grupo de outros Preceptores. Veridius está com eles.

Eu me recupero da surpresa e começo a abrir caminho através da multidão. As conversas próximas se calam quando as pessoas me reconhecem. Aequa é uma delas; ela me dá um olhar estranho quando eu passo, uma mistura de perplexidade com curiosidade intensa. Eu a cumprimento rapidamente antes de tornar a me concentrar na minha frente. Tentando não me perguntar se suas investigações sobre mim revelaram alguma coisa com a qual me preocupar.

Os espectadores se calam quando eu piso na pedra branca do quadrum e ando pelo espaço aberto na direção de Dultatis e Ianix.

– Achei que você iria gostar de ter público, Catenicus. – Dultatis me viu e acena preguiçosamente na direção do segundo par de armaduras que está largado de lado, apoiado na fonte. Ele está gostando disso, gostando da atenção e do espetáculo. – Sua armadura está ali. Vamos começar assim que você estiver pronto. Não temos por que prolongar isso.

Ele provavelmente pensa que vou ficar abalado com a plateia. Não sabe sobre Letens. Não sabe que passei os primeiros quatorze anos de minha vida sob escrutínio constante, sendo observado em todos os lugares aonde ia, sempre o foco da atenção de alguma pessoa. Eu odiava isso, mas sei exatamente como aguentar.

Eu o ignoro, vou até a armadura de madeira e prendo metodicamente as peças. Ela é de melhor qualidade que aquela com a qual eu estava treinando. Quando estou confortável, enfio o triângulo de pedra no lugar, observando a concha vazia entrar em posição cinco metros à minha frente. Há um aumento nos murmúrios da multidão. Sua expectativa é dolorosamente densa.

Sopeso minha espada e fecho os olhos, acalmando a respiração, como me ensinaram a fazer. Todo o resto é distração. Essas lutas são vencidas por quem permanece calmo, quem é mais paciente. Eu me sinto provocado por Dultatis e seus gracejos pueris, não posso negar isso, mas preciso ignorá-los. Preciso ser *melhor*.

Dultatis recua para as laterais.

– Esta disputa é por uma posição na Turma Cinco – anuncia ele, projetando a voz para ser ouvido por todo mundo no quadrum, que foi silenciando rapidamente. – As regras habituais serão aplicadas: apenas um golpe mortal dá a vitória. – Ele se volta para nós. – Prontos?

– Pronto. – A resposta de Ianix é clara e confiante. Ele está se divertindo, até faz um movimento vistoso e desnecessário com a espada ao responder. Eu contenho a onda de raiva que sinto ao ver a alegria com que ele segue o plano de Dultatis. O garoto não está nem vagamente qualificado para a Cinco. Se ele tivesse qualquer senso de honra, teria recusado o desafio.

– Pronto. – Sem qualquer fingimento de estar relaxado. Com a guarda alta. Tenso. Eu não tiro os olhos do amotus de Ianix quando digo a palavra.

– Comecem.

Ianix ainda está sorrindo no fundo quando se move para frente e para o lado, ficando em posição para ver melhor. Ele anda, olhando de vez em quando para a plateia e sorrindo para seus amigos. Eu espelho sua posição e orientação.

Então corro na direção dele.

Ele é pego de guarda baixa, embora se recupere bem. Minha espada desce com força na direção de seus ombros, mas ele gira para o lado e ergue a sua em um instante, defendendo meu golpe com um tinido de aço. A reverberação provoca uma trepidação em meu braço enquanto a espada em minha própria mão para em pleno ar. Eu recuo. Ianix agora está se concentrando em mim; seu sorriso, desaparecido.

Então ele ataca.

É um borrão de aço, rápido como um raio, golpe atrás de golpe desabando sobre mim em um ataque que é muito mais forte e mais preciso que qualquer coisa que Eidhin e Emissa conseguiram fazer na noite passada. Eu me defendo desesperadamente, repetidas vezes, enquanto Ianix se movimenta, circunda, se reposiciona e gira, tentando colocar meu amotus entre mim e sua espada para me cegar.

Cerro os dentes e respondo, me movimentando de um jeito nada gracioso para o lado, mal conseguindo acompanhar. A multidão vibra, um zum-zum-zum emudecido que eu mal registro. Eidhin não estava exagerando. Ianix é *bom*.

E eu tenho a impressão de que ele ainda nem começou de verdade.

Mesmo assim, não mostrei nada que o faça pensar que sou especialmente habilidoso. Essa é minha única vantagem. Me defender como se mal conseguisse fazer isso, esperar por uma abertura; então atacá-lo com força. Ianix enfim interrompe seu ataque e recua; posso vê-lo ainda parecendo presunçoso atrás de seu amotus, mas menos que antes, vagamente irritado. Ele achou que eu fosse desabar diante do primeiro ataque. Um olhar rápido para a expressão incomodada de Dultatis indica que o Preceptor achava a mesma coisa.

Dessa vez, eu ataco, sem muitas nuances, apenas para manter Ianix ocupado enquanto me asseguro de não me abrir para nenhum contra-ataque.

Eu avanço, sem sucesso, mas o bastante para ocupá-lo por mais dez segundos enquanto sons variados de apreciação e lisonja vêm da multidão. Alguns deles estão um pouco surpresos, um pouco mais urgentes que antes. Provavelmente, vêm dos amigos e torcedores de Ianix.

O atraso de sua vitória supostamente inevitável parece estar começando a irritar o outro garoto. Ele perdeu totalmente a expressão de divertimento, seus olhos estão frios quando nos circundamos outra vez.

Ele ataca, mas dessa vez estou pronto para sua velocidade. Ele *é* bom, mas eu estou observando tanto a ele quanto a seu amotus, e eu treinei. Contra os melhores em Suus. Homens e mulheres que me atingiam antes mesmo que eu percebesse que eles estavam levantando a espada. Ianix ainda permite muita previsão de seus movimentos: seus músculos se tensionam nitidamente, sua boca se contorce antes que ele movimente a mão para trás para atacar. Ele está acostumado com adversários tentando ler seu amotus. Foi o mesmo problema que Eidhin teve ontem à noite.

E Ianix também não percebe isso. Assim, quando se prepara para seu próximo golpe, estou pronto. Me movimentando. Fluo para a frente e passo pelo ataque, então me abaixo sobre um joelho, tão perto que ele não vai conseguir ver minha espada chegando.

Eu giro e faço um corte limpo em sua perna esquerda.

Sei que o ataque é certeiro; vejo a espada perfurar o pequeno espaço no joelho. Imediatamente rolo para longe outra vez, evitando o golpe às cegas de Ianix e pulando de pé rapidamente, com uma empolgação me percorrendo inteiro. Eu consegui. Ele está aleijado. Tudo o que eu tenho de fazer agora é acabar com ele.

Eu me viro e vejo Ianix ainda de pé.

Meu coração se contorce e eu paro imediatamente, confuso por um segundo longo e feio. Ele está me circundando outra vez. Não há nenhuma indicação de dificuldade.

– Esse golpe o atingiu. – Eu levanto a espada, indicando que quero que a luta pare, e grito as palavras em alto e bom som na direção dos Preceptores. – Tem alguma coisa errada. Esse golpe o atingiu.

Eu evito usar a palavra *trapaça*, mas a sugestão é forte o bastante.

Ianix para, então abaixa a espada também. Há um murmúrio vindo da multidão. Olho na direção de Dultatis, esperando vê-lo preocupado; se esta luta está armada, então ele com certeza está envolvido. Mas em vez de preocupação, ele está com uma expressão intrigada exagerada que mal esconde sua emoção.

Ele está satisfeito.

– Esperem. – Taedia sai andando. Embora haja algumas vaias esparsas vindas dos alunos, posso ver que, pelo menos, tenho nela uma aliada. Ela viu o que aconteceu.

Dultatis vai atrás dela.

– O garoto só está interrompendo as coisas porque está perdendo – diz ele, alto o bastante para alcançar os espectadores. – Qualquer desculpa para recuperar o fôlego. Sua forma ruim.

– Não me pareceu que foi isso. – Taedia sinaliza para mim. – Tente de novo. Ianix, deixe que ele dispare a reação em seu joelho.

Eu caminho à frente com confiança e faço com que meu amotus ataque baixo, através do vão estreito na armadura de Ianix.

Ianix faz uma careta e cai sobre um joelho.

Eu franzo o cenho para ele, me sentindo desconfortável quando a plateia começa a murmurar e a vaiar. Ele está fingindo, certamente. Taedia pensa a mesma coisa; ela vai até lá e se abaixa, tentando erguer a perna dele do chão. Depois de um esforço fútil, ela suspira.

– Está conectada. – Ela pensa sobre isso e me lança um olhar, se desculpando. – Pareceu um golpe certeiro e justo, mas não deve ter sido suficiente para disparar a reação.

Isso está errado – eu *sei* que está errado –, mas qualquer outra coisa que eu diga só vai fazer com que eu pareça mais desesperado. Dultatis está sacudindo a cabeça em reprovação presunçosa e faz uma piada com os outros Preceptores que eu tão tenho dúvida de ser à minha custa. Só Nequias ri, mas vejo os alunos que estão por perto também sorrirem.

Outros na plateia zombam enquanto leva um minuto para reiniciar a armadura de Ianix. Cada segundo de atraso faz com que mais vozes se juntem ao coro. Frustração enrubesce meu rosto com os gritos. A armadura de Ianix pode estar manipulada de diversas maneiras – imagino que com algum tipo de imbuição Condicional ou talvez o próprio Dultatis a tenha imbuído –, mas não há como provar isso. Quando o outro garoto insere a placa de pedra e sua armadura toma forma outra vez, me permito um momento de dúvida sobre se eu estava errado. Se estava imaginando coisas.

Eu estava evitando olhar para a multidão, mas agora faço isso. Examino os rostos que estão nos observando, me observando. Muitos são hostis. Alguns – poucos, admito – parecem mais intrigados que irritados. Emissa, Indol e até Iro estão entre os últimos. Embora Iro também pareça muito satisfeito, na verdade.

Atrás da principal aglomeração de sétimos, eu finalmente vejo Callidus. Ele encontrou um local alto no topo das escadas do Templo de Jovan, encostado em uma das colunas grandes que formam seu pórtico. Ele vê que eu o avistei. Hesita.

Então ele dá um aceno sincero de encorajamento.

Eu engulo em seco, retribuo o aceno e torno a me concentrar. Ianix está em posição.

Nós começamos outra vez.

Ianix, agora, está mais cauteloso quando nos embatemos diversas vezes, estudando, testando as defesas um do outro. Não me contenho mais, não finjo qualquer falta de habilidade. O rosto de Ianix está congelado em concentração surpresa. A plateia parou com seus gritos zombeteiros e está quase em silêncio, tirando um grito ou outro de encorajamento. Perplexos, desconfio, por a luta ainda continuar.

Eu, porém, só estou resistindo, não ganhando. Com uma espada de verdade nas mãos, haveria uma boa chance de eu ser melhor que Ianix. Esse dispositivo, o amotus – mesmo com as horas de prática que tive ontem à noite e hoje de manhã –, é bem desconhecido. Meus golpes são limpos e rápidos, mas não precisos o suficiente; continuo sem saber onde o estou atingindo, frequentemente desviado pela armadura mesmo quando passo pelas defesas de Ianix. Minha própria defesa, sempre minha melhor habilidade, me mantém na luta, mas é inevitável que eu acabe cometendo um erro.

É por isso que fico tão furioso quando finalmente acerto um golpe no ombro de Ianix e nada acontece.

Eu sibilo e mostro os dentes por pura frustração quando recuo, olhando ao redor e rezando para que alguém grite em protesto. Ninguém faz isso. Talvez eles não tenham percebido ou mais provavelmente estejam como eu – sabem como vai ficar feio se pararem a luta de novo e não parecer ter nada errado. Desconfio que muitas pessoas estejam assim. Taedia está olhando para Ianix como se tentasse decifrar algum tipo de enigma, e até Veridius está debruçado para a frente com o cenho franzido pela atenção.

Dultatis também não parece mais estar se divertindo. Ele deve ter combinado isso com Ianix como uma garantia contra a sorte, e não com a expectativa de que eu conseguisse acertar mais de um golpe. Ele deve saber que, se isso acontecer mais vezes, alguém vai fazer muitos testes nessas malditas armaduras depois.

Isso, porém, não vai ser bom o bastante para mim. Mesmo que haja uma investigação, mesmo que haja *provas*, isso não vai acontecer a tempo. Sei como essas coisas funcionam. Ianix vai estar abrigado na Turma Cinco e alegar que não sabia de nada. Dultatis vai dizer a mesma coisa. Não vai haver ninguém para ser categoricamente responsabilizado, o assunto vai ser deixado para lá.

Então eu preciso vencer, aqui e agora.

Eu contenho a fúria impaciente que está crescendo dentro de mim. Ainda não. *Ainda não*. Preciso pensar. Ianix não é especialmente grande; eu com certeza tenho a vantagem do tamanho contra ele. Se minha espada não tem serventia para disparar a reação de Vontade em sua armadura, então preciso vencer de outra maneira. Também não posso atacar o próprio Ianix, por mais tentador que isso seja. É estritamente contra as regras, e mesmo que eu tivesse sucesso, não seria considerado vitorioso.

Recuo alguns metros e então, antes que Ianix consiga acompanhar, deixo que minha fúria me tome.

Ataco.

Ianix está pronto, calmo e em posição, mas a menos de dois metros de distância, arremesso minha espada em sua direção. Com força. Ele não espera por isso; ele reage instintivamente se agachando e afastando a espada que girava, saindo de posição. Um segundo depois, me choco contra ele, meu amotus derrubando o dele no chão e brigando alucinadamente por sua espada. Ele grita de pânico; eu quase dou uma gargalhada louca quando capto um vislumbre dele pelo canto do olho, rolando como um maluco, se defendendo desesperadamente de mim enquanto tenta acompanhar o que estou fazendo na disputa. Em torno do quadrum, há expressões de espanto, depois gritos, mas não consigo entender o que estão dizendo.

Agora estou no meu elemento; Letens fez desse tipo de luta um ambiente muito mais confortável do que ter uma espada na mão. Eu mostro os dentes em um esgar duro e rolo para o lado, de modo que o braço da espada de Ianix fica preso entre meu corpo e meu braço, se retorcendo e fazendo muita força. Ele grita de dor quando alguma coisa cede, e sua espada cai barulhentamente no chão.

Não lhe dou chance de se recuperar. Estou com raiva demais. Com raiva por ter de fazer isso. Com raiva por ter sido colocado nessa posição. Pessoas como Ianix e Dultatis são a epítome da Hierarquia. Eles tiraram tudo de mim e ainda assim querem mais. Sempre tentam tirar *mais*.

Eu rolo novamente e prendo Ianix embaixo de mim, agarro seu elmo com as duas mãos e o bato com força sobre a pedra.

Uma expressão horrorizada ecoa à minha volta quando a cabeça de Ianix a dez metros de distância se ergue e em seguida bate no chão de forma correspondente a seu amotus, e o som de metal soa nítido pelo quadrum. Com proteção ou não, o choque disso vai desorientá-lo. Machucá-lo. E esses elmos, mesmo que sejam de aço, não são inexpugnáveis. Eu não o solto e faço isso de novo. E de novo. Eu me permito ser tomado pela fúria. *De novo*. O aço embaixo de minhas mãos protegidas começa a ceder. Ianix está gritando. Berrando de dor.

Bato o capacete no chão mais uma vez, e seus gritos cessam. Nenhum som os substitui. É como se todo mundo que está assistindo tivesse parado de respirar.

Não ergo os olhos para eles. Ianix está inconsciente, mas eu preciso vencer. Não tenho força o bastante para arrancar sua armadura, mas seu elmo não está preso; eu puxo, e o correspondente na cabeça de Ianix se solta, a porção dele imbuída aparentemente ainda inabalada. Está escorrendo sangue. A parte de trás está amassada, a madeira rachada e afundada. Acho que causei um corte na parte de trás de sua cabeça. Espero que seja só isso.

Agora estou cansado. Esgotado. Eu rastejo até a espada de Ianix, a pego e ponho cuidadosamente seu elmo na ponta dela. Nada acontece; Ianix permanece inconsciente, e sua armadura permanece presa a ele. Eu fico de pé, vou até onde está minha espada e a junto à primeira, de modo que o elmo fica balançando nas duas pontas. Mesmo assim, nada acontece.

Meu amotus desmorona onde está quando solto a placa de pedra de ativação de meu peitoral, então jogo as duas espadas e o elmo em cima dela. Eles fazem barulho no silêncio chocado.

Removo a armadura de madeira de meu corpo enquanto caminho até os Preceptores, parando apenas para pegar o elmo ensanguentado de Ianix, que rolou até o meu caminho. Fora isso, mantenho o olhar erguido e para a frente, focado em Dultatis. O homem está totalmente pálido. Os outros se afastaram dele.

Eu paro a uns três metros de distância de Dultatis, respirando pesadamente, então jogo o elmo com desdém aos seus pés, sem deixar que meu olhar se afaste do dele. Sangue respinga na barra de sua toga.

Quero atacá-lo. Criticá-lo publicamente. Denunciá-lo como trapaceiro, mentiroso e o homem desonesto e amargo que ele é. Meu sangue está pulsando com tanta força que quase faço tudo isso de uma vez.

Então, ao fundo, vejo Callidus. Todas as outras pessoas estão assistindo com um horror atônito. Ele está apenas sorrindo, com o punho erguido alto em uma vitória silenciosa e alegre. Celebrando por mim. Celebrando *comigo*.

– Parece que o senhor precisa verificar o equipamento outra vez – digo com calma, o que, de algum modo, deixa Dultatis ainda mais surpreso. Estranhamente temeroso para alguém que poderia invocar a força de doze homens e me quebrar ao meio sem sequer pensar duas vezes.

Eu dou um suspiro e abro caminho através das pessoas.

– Aonde você vai, Vis? – É Taedia.

Eu paro.

– Comer. Mas vejo a senhora amanhã, Preceptora. Aguardo ansiosamente suas aulas. – Não deixo que nenhuma sugestão de pergunta soe em minha voz. Eu conquistei meu lugar.

Ela olha outra vez para Ianix, ainda imóvel no chão. Dois dos outros Preceptores se recuperaram o bastante para correr até ele, mas ele parece estar acordando, meio grogue. Em meio a toda a fúria que ainda ferve em meu peito, fico aliviado.

Então ela assente, ainda sem olhar para mim.

– É claro. Você pode levar suas coisas para o alojamento um nível acima hoje à noite.

Eu meio que espero que um dos Preceptores fale, que impeça minha partida, que me condene pelo que acabei de fazer. Porém, ninguém faz isso. Desconfio que ainda estejam chocados – e o fato de Dultatis nitidamente ser cúmplice da trapaça deve deixar as águas ainda mais turvas para eles. Mas não me importo mais. Taedia confirmou publicamente que eu venci a disputa. Isso é tudo de que preciso.

Minha raiva está diminuindo e, com ela, o que sobra de minha energia. Estou machucado e exausto. O resto dos alunos abre caminho para mim. Nenhum deles fala nada. Apenas observam enquanto avanço com dificuldade.

Quero falar com Callidus, mas ele desapareceu, então eu me dirijo ao refeitório. Esta noite, eu causei uma impressão duradoura. Por mais cansado que eu esteja, é melhor reforçar isso agindo como se não fosse nada, em vez de desabar em algum lugar fora de vista.

Minha cabeça gira, e percebo que minhas mãos estão tremendo enquanto eu ando. Não há alegria neste sucesso, nenhuma sensação de realização. Eu só fiz o que precisava fazer.

Por enquanto, isso terá de ser suficiente.

XLVI

– VOCÊ – DIZ CALLIDUS EM VOZ BAIXA, SEM TIRAR OS OLHOS DE sua leitura, quando me sento à sua frente – não sabe controlar sua raiva.

Ainda está escuro na manhã depois de minha vitória contra Ianix. Minha promoção ontem à noite, para o andar da Turma Cinco no alojamento, foi bem fácil, mesmo que eu tenha me sentido estranhamente relutante em relação a isso – com Eidhin como colega de quarto, meu aposento na Turma Seis era o lugar mais confortável em que estive desde minha chegada. Mas as acomodações são melhores. Mais espaço pessoal. Três em cada quarto, cada um com a própria cômoda, e uma mesa com o dobro do tamanho daquelas um andar abaixo.

Meus dois colegas de quarto ainda estavam acordados e estudando quando eu cheguei. Mesmo esgotado e machucado como eu estava depois da disputa, nenhum deles ofereceu ajuda, e eu não pedi.

O som de ondas distantes se derrama sobre nós.

– Você só percebeu isso agora?

– Não, não, eu sabia. Todas as outras pessoas, porém… – Callidus finalmente fecha o livro e lança um olhar divertido na direção do quadrum. – Pelos deuses, eles estão *morrendo de medo* de você, agora.

– Imagino que não tenha sido a luta controlada que eles esperavam.

– Não foi – concorda Callidus com ênfase zombeteira. Sua fala, porém, está um pouco rígida. Distraída.

Passam-se mais alguns segundos, nós dois procurando palavras.

– Então, ontem de manhã, você estava certo. – Eu me debruço para a frente e mantenho a voz baixa. Tamborilo nervosamente no banco de pedra, focando o movimento de meus dedos. Eu ensaiei isso. Quero ver sua reação, mas é importante parecer que não consigo fazer contato visual. Faz com que tudo pareça mais sincero. – E digamos que me senti… um pouco mal por não reconhecer isso. Ou por não ter contado antes a você. Isso seria suficiente?

Há silêncio, então:

– Um pouco.

Eu rio com pesar e ergo os olhos para encará-lo.

– Um *pouco* – repito com firmeza. Funcionou, já consigo ver. Ele está levando as coisas com bom humor. Satisfeito por eu estar lidando com a tensão entre nós.

– Eu entendo. Mesmo. De verdade. – A rigidez desapareceu da postura de Callidus quando ele se encosta. – Mas você sabe que vou acabar descobrindo os detalhes. – Ele ergue uma sobrancelha diante de meu recuo. – É tão ruim assim?

– Você me diga. Qual a penalidade por enganar o censo?

– Ah. *Ah*. Verdade. – Callidus está pensativo. Um caso que tivesse resultado em um filho ilegítimo é uma coisa, mas os esforços para me omitir totalmente do censo seriam impressionantes. Seria um abuso de poder escandaloso. O tipo de coisa com potencial para derrubar até um senador de alto escalão.

E se isso fosse descoberto, eu provavelmente desapareceria com minha mãe misteriosa em um Sapador.

Com sorte, isso será suficiente para impedir que Callidus use os recursos do pai para verificar meu passado. Estou apostando que ele vai valorizar nossa amizade mais que qualquer vantagem que a informação possa lhe proporcionar – o que, levando-se tudo em consideração, é a aposta mais segura possível.

– Está bem – diz Callidus por fim. – É um começo.

Eu sorrio de alívio.

Ele retribui o sorriso, então aponta a cabeça na direção do alojamento.

– Pelo menos agora eu entendo por que você odeia tanto o resto deles.

– Eu não diria que os *odeio*.

– Ianix diria. E eu já vi o jeito como você olha para eles. – Ele assente de maneira sábia para meu olhar carrancudo. – É, perfeito. Exatamente assim.

Eu começo a rir, sem insistir mais no assunto, embora eu tome nota da observação de Callidus. É verdade que não fiz nenhum esforço para me conectar com as pessoas aqui. Mas não pensei que fossem achar que eu *não gostasse* deles.

– Ontem, gostei de você ter ido assistir. Isso ajudou.

Callidus dá um grunhido.

– Não fique choroso. Eu só estava lá para ganhar dinheiro com você.

– O quê?

– Se tem uma coisa que praticamente todo mundo aqui ama é apostar. Eu tinha ouvido pessoas comentarem como a luta seria embaraçosa para você. Catenicus, preso na Seis. Ninguém achava que você pudesse derrotar Ianix. *Ninguém.*

– Exceto você.

– Exceto eu. Que achei que seria uma luta dura – esclarece.

– Você conseguiu apostar com muitas pessoas?

– Consegui. – Callidus se encosta, satisfeito. – Ah, consegui.

Eu dou um suspiro. Outro reforço para minha impopularidade, provavelmente.

– É justo, imagino. Uma compensação por você me ajudar a treinar. Não que você precise do dinheiro.

– Não mesmo – concorda ele, com entusiasmo. – Mas adoro tirá-lo deles.

– Que bom que eu pude ajudar.

Nós nos levantamos com um acordo não dito e vamos para onde normalmente treinamos luta todos os dias.

– Então imagino que isso explique por que você está tão dedicado a chegar à Turma Três – diz Callidus em voz baixa. – Isso agora faz muito mais sentido.

Eu concordo, deixando que ele pense na mentira. Se eu fosse mesmo o filho ilegítimo de um senador, eu seria um recurso valioso se minha conexão com ele não fosse conhecida – contanto que eu chegasse a uma posição elevada o suficiente. Qualquer coisa menos que isso, por outro lado, faria de mim nada mais que uma desvantagem.

Nós começamos a lutar. Callidus tem melhorado; ele ainda não seria páreo para mim se lutássemos de verdade, mas tem pés rápidos, é determinado, sabe quando e onde atingir com seus golpes. Não há som por algum tempo exceto por nossa respiração e o grunhido eventual de dor ou um palavrão abafado. Mesmo assim, o outro garoto parece desatento esta manhã. Um passo mais lento. Distraído.

Eu franzo o cenho e recuo.

– Tem alguma coisa errada?

Callidus também dá um passo para trás, esfregando uma gota de suor em sua testa. O amanhecer está luminoso e límpido. Ele exala vapor. Ele para, parecendo mais indeciso do que eu já o vi.

Então ele assente devagar.

– Não achei que fosse precisar contar isso para você – admite ele, um pouco estranho. – Mas o fato é que Taedia é uma Preceptora não muito justa. Você provavelmente vai estar na Turma Quatro antes do Festival de Pletuna. Então é melhor você saber disso logo.

Eu sinto a testa franzir.

– Fale.

Ele abaixa a voz.

– É... perigoso estar na Três ou na Quatro.

– O que quer dizer com isso?

– Quero dizer que nos últimos quatro ciclos na Academia, pelo menos dois terceiros e quartos morreram. *Em todos os ciclos*. – Callidus olha ao redor ao dizer isso, embora estejamos completamente sozinhos. – Não como Feriun, mas aqui. Em Solivagus.

Eu o estudo.

– Isso não deve ser verdade. As pessoas saberiam. Haveria ultraje. Investigações.

– É de se pensar que sim. – Callidus está inflexivelmente seguro. – Você se surpreenderia até onde pode ir uma combinação de dinheiro e favores para silenciar famílias inteiras.

– E os outros alunos que estavam aqui? Sem dúvida eles diriam alguma coisa.

– As mortes aconteceram durante o Iudicium, longe da maioria deles. Alguns dos que provavelmente sabem obtiveram posições preferenciais com a Religião. E, de qualquer forma, todo mundo está ligado a um compromisso de Silencium. Quebrá-lo seria correr o risco de ir para um Sapador.

– Silencium? – Eu estreito os olhos para me lembrar do termo. – Achei que isso era para processos jurídicos.

– É parte da papelada para cursar a Academia, seu pai deve ter assinado em seu nome antes de você vir para cá. É para manter a integridade da escola. Garantir que aqueles que vêm de uma linhagem de frequentadores não tenham uma vantagem injusta. – O desdém em sua voz indica como ele acha que isso é ineficiente. – Nunca é aplicado desse jeito, e é por isso que ele provavelmente não se deu ao trabalho de mencioná-lo para você. Mas para encobrir alguma coisa, a ameaça seria mais do que suficiente.

Eu sacudo a cabeça. Perturbado com a ideia de Ulciscor me comprometer com uma coisa dessas sem me contar, mesmo que seja padrão.

– Então alunos morreram. Como?

– Acidentes, supostamente. – Ele respira fundo. – E tem mais. Nesses mesmos quatro ciclos, outros dez formados da Turma Três desapareceram de suas pirâmides. Supostamente mortos. Todos eles estavam em posições de poder, mas ninguém parece ter feito mais que dar uma olhada superficial em seus desaparecimentos. – Ele vê a dúvida em minha expressão e gira os ombros desconfortavelmente. – Eu sei como isso soa. Eu *sei*. Mas tem alguma coisa acontecendo aqui, e se colocar nas turmas mais graduadas… é um risco.

Minha mente está acelerada. Penso no Labirinto nas ruínas. Em sua cópia aqui. Tem de haver uma conexão nisso.

– Então é por isso que você está na Sete? – pergunto depois de um tempo.

– O que contei a você antes é verdade. Mas isso ajudou a tornar a decisão mais fácil.

Sinalizo minha aceitação da explicação, mesmo que ela não pareça totalmente sincera para mim. Callidus é prático, sem dúvida. Pragmático. Mas é mais do tipo que eu esperaria que investigasse, em vez de evitar esse risco em silêncio.

– Então como você sabe de tudo isso quando mais ninguém sabe? – A resposta me ocorre enquanto as palavras saem de minha boca, e Callidus assente ao sentir a revelação tomar meu rosto.

– Meu pai. O censo. – Ele remexe com as mãos. Não está confortável admitindo isso. – Ele me contou. Me alertou antes que eu viesse. – Seu olhar destaca a importância do que está me revelando.

Sinto o peso disso. Se alguém descobrir que o pai de Callidus revelou informações dos censos, mesmo para o filho, seria *desastroso* para sua família. A Hierarquia protege essas informações acima de praticamente todas as outras coisas. Tertius Ericius seria exonerado do cargo, talvez até colocado em um Sapador por violar seu pacto de forma tão ostensiva.

Eu não teria nenhuma prova se tentasse alegar isso, é claro, mas o fato de Callidus me contar... está além da confiança. Ele está colocando em mim uma fé que não mereço.

– Não vou dizer nenhuma palavra sobre isso para ninguém.

– Eu sei. – Callidus me estuda. – Você ainda quer ser promovido?

– Eu preciso fazer isso. – Não é nenhuma mentira. Se Callidus estiver certo, e não tenho motivo para acreditar que não esteja, então o risco extra é algo para ter em mente, mas não muda o que eu preciso fazer. – Mas obrigado pelo aviso.

Ele me dá um meio sorriso, entendendo que eu estou reconhecendo a confiança que ele está demonstrando em mim, então voltamos a nossa luta. Callidus está com uma energia renovada, uma leveza em seus movimentos que não estava presente antes. O conhecimento estava pesando sobre ele.

Em pouco tempo, terminamos; passamos o desjejum em conversa agradável, a tensão do dia anterior assimilada e deixada para trás. Eu me vejo relaxando, rindo, conseguindo ignorar os olhares de soslaio dos outros alunos quando eles passam. Superei a barreira da Turma Seis. Investiguei as ruínas do outro lado da ilha, muito antes do previsto. Tenho amigos aqui, aliados que vão me ajudar. Pessoas que confiam em mim.

Pelo menos neste momento cintilante, o resto do ano parece que vai ser positivamente fácil em comparação.

As semanas seguintes transcorrem em uma névoa agradável de trabalho.

Eu começo toda manhã com Callidus, treinando luta, depois me sento para estudar tanto antes como durante o desjejum. Foi ele que sugeriu o acréscimo a nossa rotina; agora que me alertou sobre o que pode haver adiante, parece feliz, mesmo empolgado, para se envolver em trabalho acadêmico comigo.

Logo percebo por que: seu tédio na Turma Sete deve ser profundo. Ele é mais inteligente do que eu. *Muito* mais inteligente. Em pouco tempo, estamos abordando teorias muito mais avançadas do que estou aprendendo na Turma Cinco. A distribuição de Condicionais. A interação da Vontade com a mecânica. Métodos de segurança secundários. Limites de conexão, cálculos de limites de força superior e inferior com base em posição e taxa de cessão e imbuição. Meu entendimento da Hierarquia – de como ela funciona, como se perpetua e como construiu o que construiu – aumenta de forma drástica.

Emissa se junta a nós em algumas manhãs também, na luz bruxuleante anterior ao amanhecer, antes de irmos para o refeitório. Raramente por muito tempo e apenas de vez em quando, mas o suficiente para que eu fique ansioso com a possiblidade de ela aparecer. Ela e Callidus parecem confortáveis perto um do outro; nitidamente se deram bem durante o breve período que passaram na mesma turma. E as contribuições dela mostram que os assuntos que estamos estudando não a intimidam nem um pouco. Um bom sinal de que eu tenho muito a melhorar se quiser competir na Três.

Callidus sempre tem alguma observação maliciosa a fazer depois que ela vai embora. Eu continuo a ignorá-lo.

As aulas em si, que por tanto tempo foram a ruína de meu dia sob Dultatis, se tornam, se não *interessantes*, pelo menos não uma perda de tempo. Taedia tem uma rotina rigorosa, pressionando cada um de seus 24 alunos sem sobrecarregá-los. Suas aulas são informativas e claras. Embora, em geral, eu esteja ou familiarizado com a matéria ou a aprenda com facilidade, eu aprendo muito mais sob sua tutela em três semanas do que nos dois meses passados com Dultatis.

Os próprios alunos também são companhia mais agradável: não amigáveis, mas civilizados o bastante e dispostos a interagir quando necessário. É o máximo que posso esperar. Estou focado demais em me destacar para Taedia a fim de tentar conquistar alguma estima, e depois de minha luta com Ianix, minha reputação é tal que – segundo Callidus e Emissa, pelo menos – sou visto com certa hesitação pela maior parte dos alunos. Combinado com a nomenclatura Catenicus e a contínua influência de Iro, sou considerado uma… *pessoa não tão acessível*, como diz com delicadeza Emissa.

A maioria das minhas noites são passadas ensinando Eidhin. Embora ele continue reservado, gosto dessas sessões também. O garoto grande é um aluno rápido e disposto: seus fundamentos em língua comum já são relativamente fortes, mas ele avança com rapidez impressionante quando tem alguém que fale sua própria língua para orientá-lo. Eu tinha minhas desconfianças, mas depois de umas semanas, estou convencido de que ele também deveria estar em uma turma mais avançada. Talvez ele não esteja no nível de intelecto vasto de Callidus, mas é mais inteligente que todo mundo na Seis. E todo mundo na Cinco também, eu acho. São só sua falta de habilidade para se comunicar com eficácia e a oposição imerecida de Dultatis que o estão segurando.

O próprio Dultatis, para minha repulsa, pareceu escapar de censura por sua tentativa de trapacear. Ianix também; ele saiu da enfermaria no dia seguinte à luta e voltou direto para a Turma Seis. Ele agora me evita.

Nenhum dos Preceptores falou comigo depois da luta. Todos parecem querer agir como se ela tivesse sido vencida com lisura. Não vejo vantagem em insistir no assunto.

É difícil guardar apenas para mim o que eu vi nas ruínas, mas tenho pouca escolha quanto a isso. Não posso me comunicar livremente com Ulciscor antes do recesso do trimestre e não posso envolver nenhum de meus amigos – nem mesmo Eidhin, que já sabe uma parte. Portanto, em vez disso, fico acordado toda noite e reflito sobre o Labirinto. Fico repetidas vezes intrigado em relação a seu propósito. Seu gêmeo na Academia parece cada vez mais um campo de provas. A tentativa de Veridius e da Religião de encontrar alguém que consiga correr contra os pesadelos do original.

O que, por sua vez, me leva a me perguntar novamente se os estudantes desaparecidos sobre os quais Callidus falou encontraram seu fim ali.

Apesar do desconforto pesado desses pensamentos, o tempo passa depressa. Meu estado de ânimo melhora. Eu trabalho duro. Faço o possível para ser um aluno-modelo.

E Callidus está certo sobre mais uma coisa. No segundo dia de minha quarta semana sob a Preceptora Taedia, sou promovido para a Turma Quatro.

XLVII

– VOCÊ É UM BOM ALUNO, INTELIGENTE. DULTATIS ATRASOU VOCÊ por tempo demais.

O Preceptor Scitus bota distraidamente seu cabelo preto desgrenhado para trás com os dedos. É pouco antes do jantar, e estamos em seu gabinete particular. Não é tão espaçoso quanto o de Veridius e sem dúvida não tem uma vista tão boa, mas é arrumado. Estantes cobrem as paredes, e livros parecem estar organizados por assunto, com divisórias entre as seções. A mesa, grande como é, tem apenas um maço de papéis perfeitamente empilhados no canto superior esquerdo, uma pena e uma lâmpada. Não há um grão de poeira em lugar nenhum.

Sinto o que está por vir; por isso pergunto:

– Mas…?

– Mas se você vai entrar para a Turma Quatro, precisa começar a se conectar com seus colegas. E também estou falando em você ter amizades com sétimos e sextos. "Mais fortes juntos." Você se lembra disso, certo? Preciso saber se vai ter sempre isso em mente.

Olho para ele, confuso. Não sei o que estava esperando, mas não era isso.

– E se meus colegas de turma não estiverem interessados? – Mesmo antes da luta com Ianix, eu não era exatamente uma figura popular.

– Faça com que fiquem. Seduza-os. Suborne-os se for preciso, não me importa.

– Isso… não vai ser fácil. Metade deles parece ter medo de mim.

– Eles estão mesmo com medo e são mais da metade. – Scitus coça a barba desgrenhada. – E eu não os culpo. Você tem a reputação de ser um matador, Vis. Um matador que está do lado certo, mas… alguém que tirou uma vida humana. E depois todo mundo viu você espancar a cabeça de Ianix. O que, novamente, foi justificado – concorda ele quando abro a boca para protestar –, mas não o torna exatamente amistoso.

– Talvez eu goste das coisas assim.

– Ninguém gosta das coisas assim, e mesmo que você goste, eu não me importo. Estou dizendo a você o que é preciso fazer na minha turma, o básico. Do contrário, vou mandar você de volta para a Cinco, não importam seus outros atributos.

– Por quê?

– Quartos e terceiros acabam no Senado. Todos eles. Sim, quero que meus senadores sejam inteligentes. Fortes. Capazes de empregar uma grande quantidade de Vontade. Mas nada disso importa se não conseguem convencer os outros. Se não são sedutores. Se não conseguem criar redes de contatos e realmente fazer uma *diferença* para a República. – Ele diz isso tudo com uma convicção calma. – Essa também é uma habilidade, Vis. Uma habilidade importante, não importa o quanto você deseje que não seja. Então me mostre que está disposto a trabalhar nela.

Não há muito o que eu possa fazer além de assentir. Restam apenas seis meses até o fim do ano, e um mês disso é o recesso do trimestre. Tempo suficiente para progredir e ter uma oportunidade no Iudicium, mas não se eu não estiver bem com Scitus. Especialmente porque, pelo menos segundo disseram Emissa e Callidus, a Turma Quatro é um significativo degrau acima em competitividade.

– Bom. – Scitus me examina. – A primeira coisa que você precisa fazer é sentar com seus colegas de turma nas refeições. Ericius vai precisar encontrar um parceiro de refeições na Sete se ele quiser.

– Está bem. – Vou sentir falta da rotina confortável de comer com Callidus, mas ele vai entender. Ele até já sugeriu antes que eu poderia ser forçado exatamente a essa situação.

– E vai precisar passar seu tempo depois do jantar estudando no alojamento com eles também.

– Não.

– Não?

Eu sacudo a cabeça.

– Eu estou dando aulas para Eidhin.

– Ele está na *Seis*. Eu não me importo que vocês sejam amigos. Concentre-se nos seus iguais.

– Eu vou fazer amigos novos, tudo bem. Mas não espere que eu abandone os antigos nem que quebre um juramento que já fiz. – Eu olho fixamente em seus olhos. – Ou é isso que o senhor também quer de seus senadores? Uma completa falta de lealdade?

Scitus pensa a respeito, então se permite dar um sorriso pequeno e relutante.

– Concordo. Continue com suas noites, então. Mas não vou aceitar isso como motivo para ficar para trás.

– Entendido.

Ele se levanta, indicando que devo fazer o mesmo.

– Então, bem-vindo à Turma Quatro, Vis.

Eu vou para o jantar no refeitório, que já começou há algum tempo. Paro junto da mesa de Callidus.

Sua animação habitual diminui um pouco quando ele ergue os olhos e vê minha expressão.

– Ah. Chegou a hora?

– Acabei de ter a conversa com Scitus – confirmo, me desculpando. – Tenho de passar todas as refeições com a minha turma. Preciso fazer amizade com eles.

Ele quase engasga com o que está comendo.

– Isso é a sua cara.

– Cale a boca. – Eu sorrio para mostrar que estou brincando. – Você espere só. Em pouco tempo eles vão estar comendo na minha mão.

Ele dá um suspiro. Gesticula.

– Bem. Amanhã de manhã antes do desjejum, então?

– Sempre. – Eu dou um tapinha em seu ombro, então subo para o nível da Turma Quatro no refeitório.

Os outros onze alunos em torno da mesa estão rindo de alguma coisa, mas ficam em silêncio quando percebem minha aproximação. Eu adoto uma postura amistosa e relaxada. Me esforço para agir como se estivesse esperando ansiosamente por esse momento.

Embora nunca tenha feito amizades com facilidade, eu *sei* um pouco sobre como conquistar pessoas para o meu lado. No passado, eu ia ser diplomata. Tenho uma boa ideia de como agradar os outros.

Eu apenas, em geral, nunca dei importância para isso. Ter de fingir interesse por pessoas de quem não se gosta ou pelo menos não se conhece bem o bastante para ter opinião sobre elas. Fingir defender seus interesses quando, na verdade, se está apenas tentando descobrir como fazer o melhor uso deles. É tudo tão... falso.

Eu chego à mesa e paro desajeitadamente à cabeceira. Normalmente, eu tentaria parecer confiante, mas minha reputação é tal que demonstrar uma pequena dose de insegurança pode na verdade ajudar. Fazer com que pareça possível se relacionar comigo.

– Eu sou Vis. – Eu olho para Aequa, torcendo para que ela tome a frente. Ela é a única com quem já falei antes.

Há silêncio – surpreso, acho, mais que retraído –, então Aequa se encosta.

– Você demorou bastante.

– Nós apostamos em quanto tempo você ficaria na Cinco – explica a garota sentada ao lado dela, me estudando atentamente. Ela tem olhos verde-esmeralda em um rosto fino que acentua suas maçãs do rosto.

Eu sorrio para ela.

– Quem ganhou?

– Fui eu. – O garoto ao meu lado fica de pé. Ele é confiante, com cabelo preto encaracolado que emoldura um rosto cinzelado. – Axien. – Ele estende a mão.

Eu a aperto, o calor de minha reação não totalmente falso. Eu não esperava ser exatamente rejeitado, mas sem dúvida não havia nenhuma garantia de uma boa recepção.

Há outra sugestão de hesitação, então me oferecem um lugar, e os outros começam a se apresentar. É desnecessário; todo mundo na Academia sabe quem está na Três e na Quatro. Mas deixo que isso aconteça mesmo assim; é parte do contrato social. Além de Axien, há seis garotos – Lucius, Felix, Marcellus, Atticus, Tem e Titus. As garotas são Cassia, Ava, Valentina e, é claro, Aequa. Todos eles vêm de famílias poderosas, filhos de senadores de alto escalão ou procônsules regionais. Ninguém se empolga com minha presença, tampouco estão inclinados à brusquidão. É um começo.

– Mas você foi promovido mais rápido que a maioria de nós – observa

Valentina, a garota de olhos verdes sentada à minha frente. Seu sotaque, sem falar em seu cabelo louro e sua pele branca, indicam sangue sulista. – Só Aequa achou que você seria mais rápido. Como conseguiu?

– Bem, desta vez não tive de socar ninguém. Então foi tranquilo.

Um momento se passa, então há alguns risos em torno da mesa. A tensão relaxa um pouco. Espero até haver silêncio outra vez, então dou de ombros.

– Trabalhei duro. Além disso, eu já sabia muito do que estávamos aprendendo. A Preceptora Taedia achou que eu teria um desempenho adequado na Quatro, e parece que o Preceptor Scitus acha a mesma coisa.

– Conte para nós – diz Tem, os olhos castanhos curiosos quando ele se inclina para a frente. Seus dentes são brancos contra a pele escura. – Onde, pelos túmulos dos deuses, você aprendeu a usar o amotus? Estamos discutindo isso desde que você derrotou Ianix. Há rumores, é claro, mas… – Ele gesticula, indicando sua insatisfação por não ter a informação da fonte. – Aquilo foi bem impressionante.

– Eu lutava no Victorum em Letens quando era um órfão. – Lutar nos jogos não é algo que vá impressionar os filhos dos patrícios, mas todo mundo conhece meu passado. É isso o que tenho contado a todo mundo disposto a ouvir; só Callidus, até onde eu sei, desconfia que haja mais alguma coisa. Melhor essa meia-verdade que as perguntas desconfortáveis depois.

– Ah. – Seu olhar se volta para Aequa antes de retornar para mim, como se ele estivesse conferindo a reação dela.

A conversa continua muito bem a partir disso, enquanto sou atacado com perguntas que vão de minha educação, é claro, a naumaquia. Aequa, fico satisfeito ao ver, permanece amigável. Espero que isso signifique que suas perguntas sobre quando eu deixei a Necrópole não tenham dado em nada.

Enquanto todo mundo está disposto o bastante para conversar, Axien, Titus, Atticus, Tem e Cassia são os mais imediatamente amistosos. Todos de famílias Militares, eu logo percebo. É uma divisão que rapidamente fica óbvia: Lucius e Marcellus são da Religião, e parecem satisfeitos em ter sua própria conversa particular durante a maior parte da refeição, enquanto Aequa, Ava, Valentina e Felix – embora participem da discussão mais ampla – parecem mais inclinados a também fazer observações em voz baixa entre si.

É uma dinâmica que percebi ser dominante na Turma Cinco, e Callidus observou que também acontecia na Sete. Ele acha que é um resultado natural das tensões crescentes no Senado. Estou começando a concordar. Isso provavelmente foi um assunto popular no Festival dos Ancestrais, que é quando as divisões pareceram ter começado.

– É verdade que você venceu o Labirinto na Seis? – pergunta Ava, uma garota baixinha que usa o cabelo preto em uma trança. Seu pai é um Tertius da Governança, pelo que me lembro.

– Bem… Eu fui desclassificado, porque Dultatis disse que me comunicar em outra língua era trapaça.

– Qual é a diferença entre isso e usar sinais previamente combinados?

– Boa pergunta – concordo, com um humor seco.

– Você então vai ter um parceiro de corrida melhor que Tiberius, Aequa. – Felix ri. À menção do garoto, alguns do grupo olham para o nível abaixo de nós. Acompanho seu olhar e vejo uma figura abatida em meio aos outros quintos.

– Ele não tinha um padrão elevado – observa Axien.

Eu olho intrigado na direção de Aequa.

– Nós vamos formar dupla para o Labirinto. O de maior e o de menor classificação – diz ela, com um leve tom de desculpa. – Tiberius… não era o melhor. Não se preocupe. Ainda vai levar alguns dias para nossa próxima corrida. Temos tempo para criar um código.

Eu aceito sua observação, embora só de pensar no Labirinto eu me sinta um pouco desconfortável. Apesar de Veridius sugerir que eu podia praticar nele no início das manhãs, minhas descobertas desde então significam que foi por escolha que eu não voltei. Também só o corri uma vez durante o tempo que passei na Turma Cinco. Foi um fracasso abjeto: meu parceiro não só era horrível em manipular o braçal de controle, como confundiu totalmente nossos sinais combinados quando correu.

Mas os quartos treinam a intervalos de poucos dias, e os terceiros com ainda mais frequência. Terei de me acostumar com isso.

O jantar chega ao fim, e eu o considero uma apresentação tão bem-sucedida para meus novos colegas de turma quanto eu poderia esperar. Provavelmente não vou desfrutar tanto das refeições como quanto desfrutava com Callidus, mas ninguém na turma é ativamente belicoso. É um bom sinal.

Passo pelo Preceptor Scitus quando estou saindo. Ele ergue os olhos, e eu o cumprimento com um aceno de cabeça. Ele retribui de forma quase imperceptível. Aprovando.

Eu me vejo sorrindo enquanto me dirijo para a Bibliotheca da Academia.

– Eu soube que você merece parabéns.

Faço uma grande reverência para Eidhin quando me junto a ele na Bibliotheca quase vazia, jogando sobre a mesa o texto que escolhi para o estudo desta noite.

– Acabei de transferir minhas coisas.

– Como é o novo alojamento?

– Aceitável – digo distraidamente, sorrindo quando o outro garoto me olha de cenho franzido. Eu me sento à sua frente. – Agradável. É agradável – retifico, dessa vez com mais sinceridade.

Meus novos aposentos no penúltimo andar são, na verdade, muito agradáveis. Chegar ao patamar do andar foi como chegar a outro mundo: o piso é elegantemente acarpetado; os corredores, largos e convidativos, e há as mesmas arcadas que vão do chão ao teto que Veridius tem em seu gabinete no lado esquerdo do corredor de entrada, que proporcionam uma vista incrível do Mar de Quus. Na parede em frente a elas há mosaicos que, embora eu não tenha olho para o que é arte em Catena, também parecem caros.

Mais importante: com apenas os oito garotos da Turma Quatro e um andar inteiro para nós, eu agora tenho meu próprio quarto. O que significa que, se eu precisar embarcar em qualquer outra viagem noturna, não correrei os mesmos riscos da última vez.

– É bom que eles tenham sua aprovação – resmunga Eidhin em língua comum. Ele pronuncia com cuidado, mas o fluxo de suas palavras está consideravelmente mais natural do que era. Nossa ênfase recente em gramática está produzindo frutos.

– Dultatis disse alguma coisa?

Os lábios de Eidhin se retorcem em algo perigosamente próximo de um sorriso.

– Não. Mas desconfio que ele soube. Estava com um humor pior que o habitual. – Ele fica levemente orgulhoso. – Embora isso possa ter acontecido por eu tê-lo embaraçado diante da Preceptora Taedia e de toda a turma esta manhã.

– Como assim?

– Eu corrigi seu comum. Duas vezes.

Eu rio alto.

– Então nossas aulas certamente deram resultado. – Eu ergo a caneca de água, e ele bate a dele na minha, solenemente.

Nós mergulhamos na rotina de nossos estudos depois disso, uma combinação de trabalho com texto e prática de falar comum. É trabalho duro, tão tarde no dia, mas nossa integração de textos da Turma Quatro ajuda. Eu não aprendo nem de longe tanto quanto eu aprendia com Callidus de manhã, mas é suficiente para que o processo também seja recompensador para mim.

– Nenhum dos sextos sabe isso, muito menos consegue expressá-lo com tanta clareza – digo com admiração, encostando enquanto Eidhin termina nossa sessão explicando um conceito complexo de alta teoria da imbuição, falando o tempo todo em comum. – Você deveria estar pelo menos na Cinco.

– Na Quatro, se você conseguiu.

– Bah. – Eu faço um gesto de desdém e sorrio, reconhecendo a brincadeira apesar de as palavras de Eidhin terem sido ditas com sinceridade absoluta. Eu estou mais acostumado com seu humor agora, capaz de saber quando ele está fazendo uma piada. Pelo menos, na maior parte do tempo.

Começamos a arrumar as coisas.

– Você hoje se sentou com os quartos. – Eidhin voltou a falar em cymriano, indicando que parou de praticar por hoje.

– Scitus me disse que eu precisava me esforçar mais com outras pessoas. Ele basicamente me proibiu de me sentar com Callidus.

– Hum.

Também comecei a reconhecer os significados por trás dos grunhidos reservados de Eidhin.

– Você acha que eu não deveria ter feito isso?

– A decisão é sua.

Lanço um olhar levemente irritado em sua direção.

– Eu quero ser promovido para a Três. Para isso, preciso ter o Preceptor do meu lado.

Eidhin dá de ombros.

– Se você diz.

Isso é dito com indiferença, uma total falta de julgamento. Mas ainda me impacta.

– Você não faria a mesma coisa?

Ele dá de ombros outra vez.

– É o jeito da Hierarquia. – Um não, pela forma como ele diz isso.

Eu fico magoado, provavelmente mais do que devido a qualquer outra coisa que ele poderia ter dito.

– O que você quer dizer com isso?

Eidhin parece relutante. Ele franze o cenho.

– Eles pedem uma coisa pequena a você. Uma coisa que você preferiria não fazer, mas que não é tão terrível. Você acha que está trabalhando para subir, mas na verdade eles estão mudando você. Moldando-o do jeito que eles acham que você deveria ser, um acordo de cada vez. – Ele diz isso de maneira simples, mas há uma crença dura como pedra por trás das palavras. – Não estou sugerindo que você devesse ter ignorado o que Scitus disse. Só estou dizendo que neste lugar… cada homem precisa encontrar seus próprios limites. Precisa encontrá-los *rapidamente* e estar decidido a nunca cruzá-los.

Não digo nada por alguns segundos longos. Acho que essa é a fala mais longa que Eidhin já me disse de uma só vez.

– Sei – digo por fim. As velhas cicatrizes repuxam em minhas costas. – Não precisa se preocupar comigo em relação a isso, Eidhin. Tenho meus limites.

O garoto musculoso parece surpreso, como se esperasse discordância. Ele hesita.

– Foi o Principalis – diz ele abruptamente.

– O quê? – Não faço ideia do que ele está falando.

– No primeiro dia em que você estava aqui. Quando você me socou. – Há aspereza, mas também certa mortificação no jeito deliberado e sucinto como diz isso. Ele está fazendo uma revelação dolorosa. – Na manhã em que você chegou, o Principalis me chamou de lado. Ele disse que várias pessoas queriam usar

Callidus para mandar uma mensagem para seu pai. Ele sugeriu que, talvez, se eu batesse nele diante de todo mundo, eu pudesse satisfazer a necessidade deles de machucá-lo, sem que ele ficasse seriamente ferido. – Ele escarnece. De si mesmo, acho. – E ele sugeriu que, se eu fizesse isso, ele podia encontrar um jeito de… me ajudar com uma coisa. Um problema anterior à Academia.

– Ah. – Eu processo a informação terrível. Veridius realmente planejou a coisa toda, então. Talvez não com a intenção de fazer com que eu fosse expulso (ele teve a chance de intervir e me impedir quando ofereci desculpas triplas para Eidhin), mas pelo menos para fazer com que eu fosse mal recebido. Para me botar em desvantagem e garantir que minha recente reputação como Catenicus não tivesse muita importância dentro destas paredes.

Nenhuma surpresa, eu acho. Mesmo assim, ainda é perturbador.

– Desculpe.

– Eu parei de me preocupar com isso muito tempo atrás. Callidus também. – Agora vejo de onde veio sua explosão em relação à Hierarquia. – Mas obrigado por me contar. Eu fico satisfeito em saber.

Ele assente, com os olhos fixos no chão.

– Você… não fala muito sobre sua vida antes da Academia – eu pressiono, com cautela.

– Não foi minha época favorita.

Eu rio.

– Toda ela?

– Toda ela.

Meu divertimento desaparece. Não acho que ele esteja brincando.

A conversa parece ter acabado; nós terminamos de guardar as coisas e começamos a voltar para o alojamento, caminhando em silêncio. A noite está quente e imóvel, um eco de um verão que terminou há muito tempo. Escuto uma conversa animada entre dois estudantes no outro lado do quadrum, mas nós estamos, para todos os propósitos, sozinhos.

– Eu estive em um Sapador.

Levo um longo momento para processar as palavras, para revirá-las na cabeça e me assegurar de que não entendi errado.

– Do que está falando?

– Antes da Academia. Era onde eu estava. – O olhar de Eidhin se fixou à frente. Sua voz está inexpressiva. – Por quase um ano.

Eu olho boquiaberto para a escuridão à nossa frente, aturdido.

– Em um *Sapador*? Eu... *por quê*?

– Porque matei pessoas. Três Pretorianos.

– Três Pretorianos – repito, um pouco baixo. Homens e mulheres altamente treinados, com status mínimo de Sextus, portando navalhas.

Nós chegamos ao alojamento. A forma enorme de Eidhin está em silhueta contra as chamas laranja das tochas nas paredes.

– Eu entendo que isso possa... mudar a opinião que você tem sobre mim. Se quiser se liberar de sua obrigação, não vou me opor de jeito nenhum. Por minha honra.

Eu sacudo a cabeça.

– Não. Vejo você amanhã à noite.

– Mesmo que eu não queira mais falar sobre o assunto?

– Nós somos amigos. Você não precisa me contar.

Ele me estuda, então concorda delicadamente.

– Até amanhã, então.

Ele se vira e vai embora. Mas juro que o vejo sorrir ao fazer isso.

XLVIII

AS AULAS DA TURMA QUATRO SÃO IMEDIATA E NITIDAMENTE MAIS intensas que qualquer coisa que houve antes.

Scitus é de longe o professor mais envolvente e entusiasmado que eu tive. Ele praticamente quica de um lado para outro da sala de aula, distribuindo vigorosamente perguntas entre nós, estimulando conversas sobre inúmeros assuntos e, então, arrastando à força para o debate qualquer um que fique em silêncio. Em meus dois primeiros dias, tenho uma discussão de uma hora de duração sobre como a imbuição Condicional pode ser mais bem utilizada na agricultura e acabo em um debate acalorado sobre a precisão histórica da invasão da Sitrécia – da qual eu recuo só porque tenho consciência de como estou verdadeiramente irritado com os pontos de vista dogmáticos e catenanos de Felix –, então me deixo encurralar enquanto tento explicar a filosofia da maximização da Vontade de Namina.

Não é só Scitus. Os outros onze alunos na Turma Quatro são inteligentes, trabalhadores e agressivos se sentem fraqueza no argumento de outra pessoa. Habilidades de oratória que eram apenas teóricas nas turmas anteriores – em que, para ser justo, tenho vasto treinamento de meus anos passados – entram em ação cada vez mais. Disputas verbais são uma ocorrência comum.

Mais uma vez, acho interessante perceber os temas insignificantes que surgem desses debates. Se Axien faz uma afirmação, na maioria das vezes Atticus ou Cassia intervêm para defendê-la. Se Aequa ataca um argumento, são sempre Ava ou Felix que defendem sua objeção. Não é justo dizer que isso acontece sempre. Mas é suficiente para chamar a atenção.

De minha parte, mantenho neutralidade, escolhendo o lado de quem quer que realmente ache estar com a razão. Com isso, ganho olhares sombrios de Axien, em particular, e algumas expressões de surpresa de todos os outros. Mas a observação de Eidhin permaneceu comigo. Não vou me permitir ser mudado por eles. Me tornar um deles.

Mesmo assim, pelos dias seguintes, eu me sento com a Turma Quatro. Faço as refeições com eles. Além das manhãs com Callidus e das noites com Eidhin, eu estudo e treino com eles. Sou bem recebido com surpreendente facilidade em seu pequeno grupo, rapidamente me tornando membro de um clube exclusivo. De vez em quando, ainda percebo um olhar de soslaio – o espectro de minha reputação não desaparece com tanta facilidade –, e há muitas conversas e piadas sobre aulas antigas com as quais eu simplesmente não posso contribuir. Mas, na maioria das vezes, os quartos agem como se eu estivesse com eles por tanto tempo quanto qualquer outro.

Duas coisas ficam evidentes com o passar dos dias: Aequa é considerada a de melhor classificação na turma – por Scitus e pelos outros alunos –, e, de todo o grupo, é dela que todos menos gostam. Atticus, em particular, vive fazendo comentários discretos sobre ela com Cassia, que costuma encorajá-lo com um riso de garotinha que eu acho inexplicavelmente irritante.

Tirando a inveja de sua posição, porém, não consigo ver nenhum motivo para a antipatia. Minhas interações com Aequa são amistosas enquanto trabalhamos nos nossos sinais para correr o Labirinto. Sinto que as coisas estão indo bem.

Então, no início de meu quinto dia na Turma Quatro, nós vamos para o Labirinto.

– Os terceiros também estão aqui? – expresso minha surpresa para Aequa quando descemos até a plataforma elevada acima do Labirinto. Emissa, Indol, Iro e os outros estão reunidos no balcão um pouco além.

A boca de Aequa se retorce quando ela os vê.

– Nequias gosta que eles assistam às vezes.

– Por quê?

– Motivação, aparentemente. Para mantê-los sempre olhando para trás. Lembrar-lhes de que o resto de nós está melhorando. – Ela sacode a cabeça, demonstrando que não acredita na narrativa. – Na verdade, é para que Nequias tenha algumas horas sem fazer nada, e os terceiros possam se sentir bem por serem muito melhores nisso. – Uma amargura inconfundível surge em seu tom de voz.

– Eles são? Melhores, quero dizer.

– Eles treinam todos os dias. Nós temos uma sessão por semana. É inevitável.

O Preceptor Nequias está um pouco afastado de sua turma, com um livro na mão, abertamente entediado. Ele mal ergue os olhos quando os quartos entram, cumprimentando Scitus e examinando com desdém o resto de nós antes de voltar para sua leitura. Eu sinto a irritação de Aequa.

Os terceiros prestam mais atenção a nossa entrada. O olhar de Iro cruza com o meu, e seus lábios formam uma expressão de escárnio, como de costume. Eu fiz todo o possível para não ficar em seu caminho – uma tarefa bem fácil, levando em conta nossas respectivas turmas –, mas não é segredo que ele despreza minha presença na escola. Provavelmente não engole o fato de eu ter chegado tão longe.

Eu dou um sorriso alegre, apesar de saber que deveria apenas ignorá-lo. A expressão de Iro se fecha.

– Está todo mundo aqui? – Scitus examina o grupo. Então, satisfeito por todos os doze estarem presentes, aponta para Aequa. – Vamos começar pelo topo. Aequa, você faz a primeira corrida. Vis, você é o parceiro dela.

Bom. Nenhum tempo para ficar nervoso. As corridas no Labirinto são comuns o suficiente na Turma Quatro para contar com grande peso para nossa classificação. Eu me portei bem o bastante durante os últimos dias, mas esta é minha primeira oportunidade real para impressionar.

Prendo o braçal de controle a meu braço e me posiciono acima do ponto de partida, um pouco envergonhado diante dos terceiros. Na turma deles, o corredor também usa o braçal, e os parceiros apenas gritam informações. Outra indicação de que é uma espécie de campo de provas para o Labirinto do outro lado da ilha.

Aequa desce, e Felix, Marcellus e Valentina fazem a mesma coisa do lado oposto do Labirinto. Tem, Atticus e Lucius se posicionam nos pontos apropriados no balcão, um de cada lado e um ao fundo. Todo mundo na Turma Quatro tem experiência nisso, muito mais competentes que qualquer outra pessoa que eu enfrentei até agora. Eu me preparo.

Scitus sinaliza o início, e Aequa parte.

Fico imediatamente impressionado com sua velocidade, com o jeito como ela desvia com flexibilidade pelos corredores, entendendo os sinais de como estou abrindo passagens sem hesitação. Eu me movimento constantemente em torno da borda da plataforma, observando, de vez em quando gritando instruções em código, mas fazendo o possível para indicar um caminho usando apenas o braçal. Essa é uma tática que discutimos, e Aequa não parece ter nenhum problema para ler o que estou tentando fazer. Minha movimentação das pedras de controle no braçal é suave, rápida, ritmada. Começo a me sentir confiante.

Eu nem percebo que entrei na frente dos terceiros até ouvir a voz de Iro às minhas costas.

– Esquerda – murmura ele, fazendo com que eu me retraia com sua proximidade. – Volte. Esquerda. Direita. Aberta. Direita. Para a frente. Fechada.

Não é muito, mas o meio segundo de distração arruína minha cadência; eu hesito e, de repente, Aequa para abaixo, esperando por uma porta que já deveria estar aberta. Eu me jogo sobre a pedra no braçal enquanto a voz de Iro continua a fazer cócegas em meu ouvido. Meu movimento é espasmódico, e a porta se abre, mas com um ruído áspero e estridente que faz todo mundo no balcão se encolher. Aequa passa correndo, mas não sem antes me lançar um olhar. Perdemos um tempo valioso.

– Iro. – É Emissa. Sua voz está dura. – Não seja infantil.

Há um atraso, então a voz de Iro retorna ainda mais baixa que antes, de modo que apenas eu consiga ouvir. Calma e sombria.

– Ela é mesmo uma vadia, não é?

Minha respiração fica embargada. Vermelho tinge minha visão. Ele está me provocando. Não quero mais nada além de me virar e dar um soco nele, e nós dois sabemos que se eu fizer isso, não vai haver escapatória para mim dessa vez. Iro é um terceiro. Veridius não teria escolha além de me expulsar.

Tento abrir outra passagem para Aequa, mas minha mão está trêmula de raiva. O barulho de trituração é pior dessa vez. A pedra sai na minha mão. Aequa fala um palavrão e muda imediatamente de direção.

– Iro, sinto muito pelo que aconteceu com sua irmã. – Eu, nesse momento, não sinto. Nem um pouco. Mas preciso tentar acalmar a situação. – Mas você precisa saber que não foi minha culpa.

– Quanto tempo você levou para salvar sua amiguinha aí de baixo? Quantos milhares morreram enquanto você a acompanhava pelos esgotos? – Dor. Fúria. – Assuma sua culpa, *Catenicus*. – Há tanto veneno no nome que meus ombros se retorcem, antecipando um ataque.

Consigo manter os olhos no Labirinto. Qualquer sentimento de coesão desapareceu da minha corrida com Aequa. Os caçadores estão se aproximando. Já posso ver que ela perdeu. Há uma discussão acalorada ao fundo, a voz de Emissa se sobressai. Uma resposta de Nequias. Outra pessoa – Indol, talvez? – a está apoiando. Isso não importa. O dano está feito.

Eu me volto para Iro quando Aequa é encurralada abaixo. Mantenho tudo relaxado e calmo, me recusando a deixar que ele veja como estou furioso. Ele está perto demais. Deixo que ele fique ali.

– Eu defendo o que fiz.

O vermelho se esvai. Eu respiro. Passo por ele e arrisco dar uma olhadela em Emissa e Indol, torcendo para vê-los fazer algum progresso com Nequias. Em vez disso, o homem está encarando a situação com divertimento indisfarçável, sacudindo a cabeça diante de qualquer argumento defendido por Emissa.

Eu devolvo o braçal para Scitus. Ele olha para mim, em seguida para Iro.

– Homens e mulheres não usam Vontade em silêncio nem sem distrações. Não importa o que ele disse para você. Ele não interferiu fisicamente. Essa foi uma demonstração ruim.

– Foi mesmo, Preceptor. Desculpe. – Não adianta dar desculpas – Vou me sair melhor na próxima vez.

– Não deixe de fazer isso.

Eu me movimento para ir embora, mas Scitus estende o braço, me segura e se inclina para perto de mim.

– Também foi uma demonstração louvável de caráter. Um avanço em relação a seus últimos meses, se não estou enganado – acrescenta ele com delicadeza. – Todos sabemos da desavença que Iro tem com você, e ela não tem justificativa. Sua contenção foi admirável. Muito bem.

Minhas costas se aprumam. Eu caminho até a entrada, encarando Aequa enquanto ela sobe a escada.

Ela começa a me olhar com raiva muito antes de chegar ao topo e não para.

– Bom, isso foi embaraçoso.

– Iro estava sendo… bem. Pode ser que ele tente distrair você também. – Eu sinto necessidade de, pelo menos, alertá-la. – Vou pela esquerda, de modo que você não tenha de passar por ele.

Ela olha para os terceiros, que interromperam seu debate, embora Iro ainda esteja sorrindo, e Emissa ainda esteja lançando punhais com o olhar na direção dele.

– Vá para o lado que eu disser para você ir. Se ele tentar alguma coisa, dou um soco na cara dele.

Ela sai andando.

Minha corrida pelo Labirinto é significativamente mais bem-sucedida que a de Aequa. Conforme ela disse, ela vai para a direita, e se Iro lhe diz alguma coisa, então ela ignora isso de maneira muito mais competente que eu. Portas se abrem e se fecham sem fazer nenhum barulho, me conduzindo para mais fundo no Labirinto. Eu nunca preciso parar. Ela grita instruções apenas algumas vezes durante toda a corrida. Subo pela saída, pingando suor mas vitorioso, depois de dez minutos.

Aequa fica levemente mais satisfeita comigo dessa vez, embora a dor da derrota em sua própria corrida sem dúvida ainda incomode. Mesmo assim, ela se junta a mim no balcão para assistir às corridas subsequentes, sem falar muito, mas indicando com sua presença que não guarda mais ressentimento.

Cerca de meia hora depois, Indol se afasta dos terceiros, caminha até nós e me puxa de lado com um sorriso natural.

– Vis. – Ele está com as mãos às costas, como se estivesse em posição de sentido. Confortável, mas não despreocupado. – Me conte. Quais são os seus planos para o recesso do trimestre?

– O recesso? Voltar para a Villa Telimus, imagino. Treinar. – Não tenho certeza de aonde ele quer chegar com isso. Falta ainda um mês para o recesso. Eu praticamente não pensei no assunto. O Festival de Pletuna é antes disso, dentro de apenas uma semana.

Ele assente como se na verdade não estivesse ouvindo e não desse importância para a resposta.

– E se você treinasse conosco? – Ele aponta para onde os outros da

Turma Três (menos Iro, que está conversando com Nequias) observam nossa conversa com nítido interesse, embora não possamos ser ouvidos.

Eu pisco realmente surpreso pela oferta. Ulciscor e Lanistia com certeza tinham planos para dar continuidade a minha educação, especialmente agora que estou em uma turma mais graduada. Mas a chance de estudar com os terceiros parece uma oportunidade igualmente boa para aprender, se não melhor.

É uma proposta surpreendente. Estou um nível abaixo de Indol e mal o conheço. Eu sabia que alguns dos terceiros pretendiam ficar juntos durante o recesso – Emissa mencionou isso distraidamente um tempo atrás –, mas não há razão para Indol me convidar.

– Foi sugestão de meu pai – diz Indol como explicação, sem dúvida vendo como fiquei intrigado. – Ele soube que você foi promovido para a Turma Quatro. Está interessado em seu progresso, aparentemente, e está procurando algum jeito de expressar gratidão pelo que você fez na naumaquia. – Ele diz as palavras com muita calma, mas posso sentir por baixo disso uma corrente de ressentimento em relação a elas. Mas desconfio que isso se dirija mais ao pai que a mim.

– Iro pode não...

– Estaremos apenas entre famílias de Militares – acrescenta Indol em voz baixa. – Emissa, Belli e eu.

Finjo pensar no assunto, mas já sei a resposta. É o que Ulciscor iria querer que eu fizesse. O que Relucia iria querer que eu fizesse. O que seria melhor para minhas chances de progresso.

Eu não posso recusar.

– Isso parece maravilhoso. Eu ficaria honrado. – Estendo a mão; depois de um segundo de hesitação, Indol a aperta.

– Que bom. – Ele parece aliviado, como se não tivesse certeza se eu realmente aceitaria. – Nós vamos viajar direto daqui. Vou confirmar com meu pai, e ele pode informar os detalhes para o seu.

– Nós não vamos ficar aqui?

– Pelos deuses, não. – Indol ri. – Solivagus no meio do inverno é bem desagradável, eu garanto. Não. Minha família tem uma propriedade no norte, onde vai estar quente. Praias bonitas. Eu só estive lá uma vez, mas deve ser um lugar perfeito tanto para treinar como para relaxar.

– É perto do mar?

– É *no* mar. – Indol sorri. – É uma pequena ilha chamada Suus. Não se preocupe. Você vai amar.

Ele me dá um tapinha no ombro e volta para onde estão os terceiros, sem perceber o sangue deixar meu rosto.

XLIX

DESDE O DIA EM QUE SAÍ DO ESTREITO DE ELDARGO, CEGO DE exaustão e dor, imaginei que nunca mais fosse ver o lar de minha infância.

A semana seguinte se passa em meio a uma névoa enquanto luto contra o desafio dessa ideia, tentando imaginar maneiras para não ir. Em parte porque estou apavorado com a perspectiva, e embora eu duvide que vamos nos misturar com os locais, ainda há uma chance muito grande de alguém me reconhecer.

Além disso, simplesmente não estou pronto para enfrentar esses fantasmas. Não tenho certeza se algum dia vou estar. A própria ideia retorce alguma coisa dentro de meu peito, a aperta de modo que fica difícil respirar. Tento não permitir, mas isso assombra meus dias, me distrai tanto do estudo como do treinamento. Tenho vislumbres de minha casa dos quais não me lembrava há anos. Vejo pessoas que podem ou não estar vivas. Vejo os últimos momentos que tive com minha família, repetidas vezes. O rosto ensanguentado de meu pai, os olhos se esforçando para me acompanhar quando eu caio. Minha irmãzinha levada pelo mar. Eu nunca soube se encontraram seu corpo.

Meu trabalho é prejudicado. Não nitidamente nem a ponto de eu ficar para trás ou fazer papel de bobo. Mas não estou tão afiado quanto deveria. Scitus me repreende algumas vezes, embora eu ache que é porque ele acredita que sou capaz de mais, e não porque tive um desempenho inadequado.

Meus amigos percebem que estou distraído também, mas me defendo contando a eles uma meia-verdade: que estou surpreso e preocupado em relação ao convite de Indol. Eles riem e me garantem que é uma coisa boa, um sinal de que é esperado que eu chegue à Turma Três. Eu apenas assinto e continuo a me corroer.

A única coisa capaz de aplacar minha ansiedade é o fato de que o Festival de Pletuna está chegando rápido. Minha esperança está, por mais que eu deteste admitir isso, em me encontrar lá com Relucia. Ela vai entender o perigo. Vai ver o risco de exposição. Ela pode convencer Ulciscor a me tirar dessa.

Dois dias antes do festival, Scitus está nos dispensando depois do sino do jantar quando Aequa vem falar comigo.

– Vis. Você vai para Catena com a gente? – Há um interesse imediato de Axien e Cassia, que estão perto, e olhares encorajadores de Atticus e Felix. Parece que a maior parte da turma vai estar no festival.

Eu mantenho minha expressão neutra. Nós vamos pegar o mesmo Transvect, então ir em grupo implica ficarmos juntos como um grupo. Relucia deve se encontrar comigo em segredo. Me juntar com os quartos... não parece sábio.

Scitus está parado ao lado; quando olho em sua direção, ele ergue uma sobrancelha de forma muito significativa. Ele ouviu e quer que eu aceite. É claro que ele estaria aqui agora. É *claro* que acharia que esse era um jeito de eu mostrar a ele que estou me esforçando.

– Eu adoraria. – Na verdade, não há outra opção. Só vou ter de descobrir como escapar disso sem atrair atenção.

– Que bom. – Aequa parece satisfeita com a resposta. Nós saímos para o jantar. – Você soube sobre Feriun? – Quando nego, Aequa fica desolada. – A família amaldiçoou oficialmente a memória dele.

Eu fico pasmo.

– Lamento por isso. – É inevitável para um suicídio. Eu ainda me preocupo que não tenha sido.

Aequa observa minha reação.

– Você chegou a vê-lo antes que tudo acontecesse? Estou falando do Festival dos Ancestrais.

– Não.

– Achei que você pudesse tê-lo visto enquanto estava caminhando.

Eu estreito os olhos na direção dela.

– Não – repito, mistificado.

– É só que o Magnus Quintus disse que você estava explorando o vale, nas duas vezes em que fui à cripta dos Telimus. Ele disse que informaria que eu tinha passado lá.

– Ah. – Eu faço um bom trabalho para não revelar meu alarme. – Ele nunca mencionou que você passou por lá. Ele é assim – explico, me desculpando.

– Esquecido?

– Rude. – Eu dou a ela o que espero ser um sorriso sedutor e relaxado, e depois de um segundo, ela o retribui. Bom. Ulciscor deve ter feito todo o possível para me cobrir, mas o Festival dos Ancestrais está longe de ser um evento que permita ausências inexplicáveis. Levando em conta o tempo que Aequa demorou para tocar no assunto, ele nitidamente está na cabeça dela.

A conversa volta para nossas estratégias no Labirinto, que devemos correr novamente dentro de três dias. Aequa parece ter esquecido o assunto da Necrópole, mas ainda estou desconfortável. Quanto melhor a conheço, mais percebo que ela merece seu lugar no topo das avaliações. Ela é inteligente, focada e trabalha dura e ferozmente.

Inteligente o bastante para continuar mantendo suspeitas sobre mim, eu aposto. Para seguir insistindo em ter respostas.

O que significa que a Turma Quatro vai ser ainda mais difícil do que eu esperava.

– Não acredito que você vai ao festival.

Callidus mexe no braçal de controle; eu me encolho quando escuto um gemido arrastado abaixo, pontuando a decepção óbvia dele. Por sorte, somos os únicos dois no Labirinto esta manhã.

– Não pode ser *tão* melhor em Catena.

– Você está brincando? O Festival de Pletuna é… – Ele dá um suspiro, pensativo. – Sabia que apostar é legal nesse dia? Há jogos de dados em cada esquina da cidade. *Cada esquina*, Vis. E as mulheres… – Ele suspira outra vez.

– Parece que talvez seja bom que você não possa ir. – Eu demonstro estar achando graça quando ele me lança um olhar irritado e ergo minhas mãos defensivamente.

Callidus dá um grunhido, então volta para sua inspeção do Labirinto.

– Você já se perguntou como isto funciona?

– Por conexão com Vontade, obviamente. Mas também deve haver algumas Condicionais sérias. Para o braçal movimentar os painéis com tanta facilidade… – Eu gesticulo, indicando que não faço ideia.

Callidus assente, claramente tendo chegado à mesma conclusão. Ele movimenta mais algumas pedras – na maioria das vezes, sem sucesso, nas outras com mais sons arrastados terríveis, então para e olha de cenho franzido para o Labirinto.

– É um desperdício de Vontade manter isto ligado.

– Eu também pensei nisso. – Eu me junto a ele na borda do balcão.

– E é complexo. *Estranhamente* complexo, quero dizer. Entendo o benefício. Ele se encaixa em todas as categorias de bom uso de Vontade e as testa sem que ninguém precise realmente *usar* Vontade. Mas, com certeza, há maneiras mais simples de fazer basicamente a mesma coisa. Fazer tudo isso só para treinamento não parece muito eficiente.

Eu permaneço calado, impressionado. A conclusão agora me parece óbvia, mas antes de minha excursão às ruínas eu estava como todos os outros: não pensava em questionar isso.

– Mas então por que construí-lo?

Callidus, sem se abalar, sacode a cabeça.

– Quem sabe? – Ele tenta sem sucesso um último movimento, então indica que eu devo tomar seu lugar. – Quando é a próxima corrida?

– No dia seguinte ao festival.

Callidus dá outro suspiro. Eu lanço um olhar simpático em sua direção.

– Pelo que entendi, seus pais continuam aborrecidos.

– Meu pai está. – O assunto ainda é um pouco desconfortável para ele. – Eu não vou ficar sozinho, pelo menos. Quase nenhum dos sextos e sétimos têm autorização para ir. E apenas alguns quintos.

– Até os pais de Emissa disseram não – concordo consoladoramente.

Callidus imediatamente se anima.

– Decepcionado?

Eu o ignoro.

– Faz sentido. O que me surpreende é a Academia permitir a nossa ida.

– A Religião comanda a Academia. E esse é um evento religioso.

– Callidus estende as mãos para indicar a inevitabilidade. – Eles não se importam quando as famílias dizem não, mas nunca vão impedir ninguém de ir. – Ele hesita. – Por falar nisso, tem certeza de que *você* deve ir?

Eu não respondo de imediato. O Festival de Pletuna tem a reputação de ser selvagem, cheio de espancamentos, roubos e coisas piores. Era assim até nas cidadezinhas provincianas, o que eu sei porque arrisquei ir a um certa vez, antes de entrar para o orfanato.

Mas não é a isso que Callidus quer chegar. Esse não vai ser como o Festival dos Ancestrais, quando eu estava acompanhado por um Magnus Quintus, na Necrópole sob controle militar, um dos lugares mais seguros do mundo. A ameaça dos anguis – e, a julgar pelo que Relucia me contou, eles *são* uma ameaça – não faz da agitada Catena o destino mais seguro.

– Eu vou ficar bem. Não posso me preocupar com isso para sempre.

– Na verdade, você pode. Se quiser. Não que *eu esteja* preocupado, é claro. Obviamente. Mas posso imaginar como Emissa ficaria chateada se acontecesse alguma coisa com você.

Eu sorrio.

– Você só quer me privar da diversão da qual você está sentindo tanta falta.

Ele ri disso.

– Talvez.

O sino do desjejum logo toca, encerrando nossa prática matinal não muito animada.

– Espero por histórias quando você voltar. Muitas histórias – exclama ele com seriedade quando nos despedimos. – Não deixe que aqueles quartos impeçam você de fazer as coisas divertidas.

Eu rio e aceno para expressar anuência, embora minha mente já tenha voltado para meu encontro com Relucia. Fico me perguntando como ela vai conseguir entrar em contato comigo em segredo. Tentando imaginar como me desvencilhar dos quartos por qualquer período de tempo.

Vou para o desjejum, assumo uma conduta animada e me preparo para embarcar no Transvect para Catena.

L

A ATRAÇÃO DOS CATENANOS POR FERIADOS RELIGIOSOS SEMPRE ME cansou. Em parte, acho que isso vem do fato de haver *tantos* deuses. Mira, da guerra; Arventis, da sorte; Sere, da fertilidade; Ocaria, dos rios; Vorciano, da metalurgia; e Ferias, das chaves e portas. Cada um tem seus próprios domínios, sacrifícios, formas específicas a seguir. Sem todas essas celebrações, duvido que alguém, além dos sacerdotes, se lembrasse de para quem tinha de rezar e pelo quê.

O Festival de Pletuna, porém… o festival de Pletuna sempre foi a exceção para mim.

O primeiro ano depois de Suus me trouxe fome com bastante frequência. Eu roubava comida e tentava resistir à vontade de me vender para um contrato de servidão, fazendo todo o possível para evitar ser um Octavus apenas pela fome absurda. Feriados religiosos como o de Jovan forneciam o atrativo das distribuições, mas elas nunca eram suficientes para saciar um garoto faminto de quatorze anos.

Durante a celebração de Pletuna, deusa da colheita, porém, isso não era um problema. Mesmo nas províncias, os enormes banquetes públicos significavam que ninguém tinha de passar necessidade; o Princeps fornecia comida o bastante até para as multidões mais vorazes, e eu, mesmo orgulhoso como era, não tive escrúpulos em receber sua caridade. Havia bebidas e danças nas ruas, e decorações coloridas aonde quer que você fosse. Apostar era legal por todo o dia, e era impossível passar por qualquer esquina sem ver um jogo de dados em andamento. Claro, não havia como saber se os dados eram imbuídos com Vontade; por isso nunca fui burro o bastante para participar. Mas ainda era divertido de assistir.

Eu terminava a noite aquecido, de barriga cheia. Sorrindo. Era o único dia em que me lembro de sentir que realmente conseguiria sobreviver sozinho.

– Essa é a primeira vez que você vai voltar? – Scitus se junta a mim perto do vidro quando nosso Transvect desce na direção de Catena. Ele está aqui junto com a Preceptora Ferrea para acompanhar todos os alunos presentes, e não apenas a Turma Quatro, mas fico desconfortável com a presença dele. Mais um par de olhos do qual me esconder.

– É. – O céu nublado está escuro, mas a cidade abaixo parece um pouco diferente do Festival de Jovan. Não há lanternas coloridas tingindo os prédios dessa vez, mas as ruas pulsam com luz e movimento. Sinto uma pontada de desconforto diante do tamanho da multidão. Olho para Aequa, que está sentada em uma janela mais ao longe. Ela capta meu olhar e acena com a cabeça em um cumprimento perturbado. Ela sente o mesmo.

– Pegue isto. – Scitus produz uma plaqueta de pedra. Ele não percebeu minha interação com Aequa. – Guarde com você.

– Não é necessário.

– Todo mundo está recebendo uma.

– Está bem. – A recusa só o deixaria desconfiado. – Mas o senhor não precisa se preocupar. Os anguis não têm como me identificar.

– Que você saiba. Sei que você sabe cuidar de si, mas tenha cuidado lá fora hoje, Vis. E assegure-se de voltar antes da meia-noite. – Ele indica o pilar cinza e retorcido abaixo que se ergue com trinta metros de altura, assomando sobre todas as outras coisas por perto. A Coluna de Lordan. O ponto de encontro combinado para nossa volta.

Eu desembarco com o resto dos quartos em meio ao turbilhão festivo de atividade que é Catena. Ninguém está usando uniformes com a marca do cargo; além da sugestão da qualidade de suas roupas, não há como dizer se uma pessoa está mais perto de ser um Octavii ou um senador. Gritos incontidos de prazer vêm da multidão que assiste a artistas de rua e a apresentações, muitas das quais obscenas. Há lutas, música, disputas do Victorum. Cor em toda parte.

Marcellus me dá um leve cutucão com o cotovelo.

– É você. – Ele está sorrindo enquanto aponta para um prédio próximo.

Com consternação austera, percebo o retrato toscamente desenhado na parede. Navios em chamas. Dois homens entre eles. Um apunhalando o outro na cabeça. Para o caso de não ficar óbvio, embaixo disso está escrito CATENICUS.

– Venham! – O chamado de Aequa me distrai do lembrete desagradável. Ela está nitidamente brilhando de animação ao identificar alguma coisa na rua lotada. – Jogos de Fundação!

– É claro que ela escolheria Fundação no lugar de… você sabe, *qualquer outra coisa* – resmunga Atticus ao meu lado quando descemos a escada apressados atrás dela.

– Foi sorte Belli não ter vindo – murmura Felix. – Do contrário, ficaríamos aqui por horas vendo-a ganhar dinheiro.

– Nós sempre podemos encontrar alguma coisa melhor – observo, ao ver a oportunidade.

– É mais seguro se ficarmos juntos – diz Marcellus. – Vai haver muitos ladrões de bolsas à procura de alvos fáceis.

Eu baixo a voz, olhando para Aequa.

– Contanto que você fique feliz em fazer tudo o que ela quiser a noite inteira.

Há um ribombar de anuência em meio aos garotos em nosso campo de audição. Atticus, para minha satisfação, imediatamente leva isso um passo além.

– Aequa! Nós vamos por aqui.

A garota com cabelo cor de corvo parece surpresa.

– Você já quer se separar?

– Vamos ficar na área.

Aequa dá um suspiro; evidentemente esperava que, em algum momento, isso acontecesse.

– Não vão longe.

Aequa, Valentina e Lucius se sentam avidamente às mesas de Fundação assim que um espaço se abre, desembolsando dinheiro e entusiasmados em relação a suas chances. Eu escarneço enquanto observo Aequa se oferecer para girar a moeda que determina quem começa. Ela estava se exibindo para nós apenas alguns dias atrás; deve ter tirado umas quinze caras seguidas, pelo menos. Em nenhum momento pareceu que ela estivesse trapaceando.

Em outro lugar, Axien e Felix saem à procura de formas diferentes de diversão, então Cassia desaparece, seguida por Atticus. Nenhum dos outros alunos da Academia está à vista nem os Preceptores. Isso é encorajador. Escapar pode não ser tão difícil quanto eu esperava inicialmente.

Eu assisto às partidas de Fundação por algum tempo com Marcellus, curioso. Nenhum dos jogadores – nem os estudantes nem seus adversários – é muito habilidoso; até Hrolf lá em Letens teria vencido qualquer um deles. Sinto uma onda de nostalgia ao pensar no rosto marcado do carcereiro, com toques de tristeza. Faz mais de meio ano. Quem quer que tenha me substituído provavelmente comunicou seus lapsos aos superiores. Ele já deve ser um Octavus em uma pirâmide de aposentadoria.

Estou tão atento aos jogos que quase não percebo o puxão delicado em minha capa.

Eu me viro, mas não há ninguém perto de mim. Retomo minha observação das partidas, mas sinto o puxão outra vez. Mais forte que o vento, mas não muito. Seguramente não há ninguém por perto.

Alguém imbuiu minha capa.

Eu o ignoro por quase um minuto, cerrando os dentes. Finalmente, porém, um puxão com uma sensação mais impaciente quase me faz cair para trás. Dou um suspiro e capto a atenção de Marcellus.

– Vou dar uma volta. Se eu não voltar logo, encontro vocês todos na Coluna de Lordan.

– Está procurando um jogo de dados? – Ele parece esperançoso.

– Eu estava pensando em assistir a algumas dessas apresentações. – Sei exatamente o que Marcellus acha das apresentações e de atores em geral.

– Eca. – Ele acena para que eu siga meu caminho.

Vejo Aequa erguer os olhos quando começo a me afastar, e ela parece prestes a chamar, mas eu desapareço na multidão antes que ela consiga dizer qualquer coisa. Ela é, de longe, a aluna mais desconfiada; se eu conseguir escapar enquanto ela estiver ocupada, melhor.

Sigo da melhor maneira possível na direção em que a capa está me puxando; quando ela me leva na direção de uma coleção de prédios, desvio deles até estar aproximadamente no caminho certo outra vez. A relutância mantém meu passo lento. De vez em quando, olho para trás, para ver se ninguém resolveu me seguir, mas não vejo rostos familiares. Eu me afastei das áreas mais abertas e mais iluminadas agora e fui para uma região que parece mais pobre, embora não menos cheia de pessoas festejando.

Paro diante de uma porta característica de batente vermelho para esconder o rastreador de Scitus. Ele não é valioso nem mesmo identificável se encontrado por um estranho, e posso recuperá-lo com facilidade quando voltar. Duvido que Scitus vá usá-lo para tentar me localizar antes da meia-noite. Mesmo que ele tente, sempre posso dizer que o deixei cair.

Depois de mais vinte minutos e de três outras paredes exibindo retratos coloridos de mim na naumaquia, os puxões insistentes me levam primeiro a passar por uma casa e depois voltar até ela. Dois andares de altura e de madeira em más condições e suja. Igual a uma centena de outras amontoadas ao redor.

Faço uma careta para a porta, então bato.

Ela se entreabre o suficiente para uma mão sair do interior e me puxar abruptamente para dentro. Eu me solto da pegada enquanto entro aos tropeções no espaço mal iluminado, com passos ecoando. A porta é fechada depressa atrás de mim, me encerrando aqui dentro.

Eu me viro e olho de cenho franzido para a única ocupante do aposento.

– É bom ver você de novo. Filho – diz Relucia.

Não sei ao certo se a jovem de pé entre mim e a porta acha que está fazendo charme, mas deixo minha expressão declarar que não estou achando graça.

– Vamos fazer isso rápido. Os outros vão perceber se eu demorar. – Eu examino a sala. É pequena, sem ser apertada, com uma mesa e cadeiras em um canto. Através de uma cortina de contas, vejo uma cama e um pequeno santuário. Esta é a casa de alguém. Provavelmente sem qualquer relação com Relucia, apenas um cidadão em cuja casa ela conseguiu entrar às escondidas. Que, também, provavelmente poderia voltar a qualquer momento.

– Não tenho intenção de fazer de outro jeito. – Relucia coloca a trava na porta e se joga sobre a cadeira mais próxima. Ela ainda está sorrindo, mas seus olhos estão duros. – Sente-se, Diago.

Eu faço o que ela diz.

– Você progrediu desde a última vez em que nos falamos?

– Estou na Turma Quatro. – Frustração e ansiedade borbulham em meu peito, mesmo quando fico hesitante em perguntar. – Quando fui promovido da Seis, foi porque um aluno na Quatro morreu. Ele estava na Necrópole quando isso aconteceu.

– É. – É uma afirmação tanto de minha frase como da implicação.

Eu fecho os olhos. Minha respiração fica entrecortada e mais forte do que eu gostaria. Então foi por minha culpa.

– Vocês não precisavam matá-lo.

– Não tínhamos tempo para nada mais bondoso.

– Eu não me importo. Vocês não vão fazer isso de novo.

– Essa decisão não é sua.

– É, sim. Se matarem mais alguém por minha causa, vou dar um basta. Que se danem as consequências. – Eu a encaro para lhe mostrar exatamente como estou falando sério.

Relucia dá um suspiro e acena de forma cansada com uma das mãos.

– Eu não faço promessas para você, Diago. Isto não é um jogo. Mas, da próxima vez, se houver uma alternativa igualmente eficaz, eu vou escolhê-la. – O jeito como ela diz isso indica que ela não acha que vai haver alternativa e que com certeza acha que vai haver uma próxima vez.

Eu não demonstro reconhecer a afirmação, tampouco perco tempo insistindo no assunto.

– Tenho outro problema, um com o qual você talvez consiga ajudar. Me pediram que acompanhasse os terceiros durante o recesso no mês que vem. Eles vão passar as férias em Suus. Ulciscor vai insistir para que eu vá, mas talvez se você...

– Ah, eu sei. Foi minha ideia.

– O quê? – Eu fico confuso.

– Minha ideia – repete ela, parecendo inconsequentemente satisfeita consigo mesma. – Os Militares estão organizando um encontro de cúpula lá; não era a primeira opção, mas depois de alguns relatos de os anguis terem como alvo outras de suas locações, eles decidiram. – Ela dá um sorriso ensolarado. – Ulciscor vai, e metade dos outros senadores está louca para conhecer você. Bastou apenas sugerir a ideia de você vir junto no recesso do trimestre, e ele propôs isso para o Dimidius no dia seguinte.

Fico atônito demais por alguns segundos para responder.

– *Por quê?*

– Porque todos os senadores Militares que valem alguma coisa vão estar lá, e estou interessada em saber sobre o que eles vão falar.

– Mas é *Suus*. É a única droga de lugar em que posso ser reconhecido! – Ouço o tom de pânico em minha voz, mas não ligo. Relucia era minha última esperança de escapar disso. – Vek! Todas as pessoas naquela ilha sabem quem sou!

– Elas sabem quem você era. – Relucia está calma diante de meu nervosismo. – Faz três anos e meio, Diago, você era uma criança. E na mente deles, você está morto. Mesmo que alguém veja alguma semelhança, não vai começar a gritar que seu príncipe chegou para uma visita posando como aluno de uma das instituições mais… *catenanas* de Catena. – Ela dá de ombros. – Além disso, Suus foi conquistada: a maioria de seus antigos conterrâneos não vai estar em posição de poder, especialmente se costumavam estar. Eu me surpreenderia se você visse alguém que conhecia.

Eu estudo o chão de terra, com os dentes cerrados. Isso não ajuda a me livrar de meus medos, mas ela não está errada.

– Então, essa cúpula dos Militares. Você quer que eu de algum jeito… escute? Que descubra por que eles a estão organizando?

– Ah, eu sei por que a estão organizando. Eles estão preocupados com a Governança e a Religião – diz Relucia. – É esse assunto que eles vão discutir pela maior parte dos três dias, e não preciso de você para isso. Mas na última noite, Ulciscor e outros senadores de mais baixo escalão vão para casa, e vai haver um conselho apenas entre Quartii, Tertii e Dimidii Militares. Preciso saber se Dimidius Quiscil pedir qualquer coisa nessa reunião. *Qualquer coisa.* Junto com qualquer outra informação que possa ser de interesse, é claro.

Sinto um aperto no peito. Não vou apenas retornar para Suus, então. Tenho de espionar enquanto estiver lá.

– Isso é vago.

– É. – O jeito como ela diz isso indica que é deliberado e que não vai mudar.

Eu tento mesmo assim.

– Se eu soubesse mais sobre…

– Não vou contar mais nada, para o caso de você ser apanhado.

Meu lábio se curva.

– Seus planos para mim não vão chegar longe se isso acontecer.

– Verdade – Sem preocupação. – Mas imagino que você não seja arrogante a ponto de pensar que é nosso único projeto, Diago. Nem que é vital. Você é uma *opção*. Uma engrenagem. Uma que ainda nem vimos provar sua utilidade.

Eu fecho a cara. Porém, isso não deve ser mentira, considerando a aparente disposição de Relucia de me botar em risco.

– Está bem. Então como exatamente você propõe que eu consiga acesso a essa reunião secreta?

– Você é um garoto cheio de recursos, Diago, e a reunião de cúpula vai ser em seu lar ancestral, onde você, sem dúvida, vai estar protegido. Se alguém consegue descobrir um jeito de entreouvir, é você.

Faço uma pausa ao ouvir isso. Penso na rede de túneis secretos através dos quais eu escapei, os que percorrem quilômetros através do palácio e das falésias próximas. A miríade de caminhos secundários através de corredores que apenas eu e minhas irmãs realmente conhecíamos.

Por mais que eu odeie admitir isso, ela pode ter razão.

Há um longo silêncio enquanto luto com as notícias. Querendo dar para trás, mas sabendo que não posso, a luta pressionando meu peito até parecer que ele está sendo esmagado.

– Por que está fazendo isso comigo? – Eu sei como isso soa, mas minha frustração é grande demais e escapa. – Pelos deuses, por que você está entre os anguis, para começo de conversa? A Hierarquia *beneficia* pessoas como você. Por que quer tanto destruí-la?

– As injustiças não são razão suficiente?

Ulciscor. O Transvect. A naumaquia. Feriun.

– Não.

Há um brilho nos olhos de Relucia quando ela vira o rosto.

– Seu pai diria outra coisa.

– Você não conheceu meu pai. – É um rosnado. Um alerta.

– Sei que ele não iria querer que o filho fizesse vista grossa em relação a isso.

– Ele também não aprovava a morte de pessoas inocentes, acredite ou não.

– Inocentes? Aquelas pessoas lá fora? Você já teve essa conversa com Melior. – De repente, a raiva de Relucia transparece. – Você acha que um Octavus que cede sua Vontade é de algum modo menos responsável que o Sextus que nos mata com ela? Os fracos e os pobres permanecem na Hierarquia porque as alternativas são mais difíceis, e não porque não existam. Eles sabem que o sistema é errado, mas escolhem não pensar, não levantar a voz, não agir, porque esperam que, no fim, ganhem algo com seu silêncio. Ou, pelo menos, que não precisem dar mais do que já deram. Eles são motivados por interesse pessoal e ganância míopes tanto quanto os senadores e os cavaleiros, e é como Melior disse: você, entre todas as pessoas, deveria odiá-los por isso. A decisão pode ter sido tomada por poucos, mas foi a Vontade de muitos que matou sua família.

Eu olho fixamente para ela. Minha respiração está ofegante devido à violência verbal.

– Eu sei – digo as palavras com delicadeza, deixando que elas escapem através de dentes cerrados. – Mas o mundo é assim. Você não pode punir todos eles. Mesmo que queira fazer isso. – Eu vacilo, quase engolindo as palavras, mas a raiva dela provocou um pouco a minha. – E eu não quero.

– Esse é o problema, Diago. Se você não os responsabilizar, nada vai mudar. Não confunda falta de ação com neutralidade. – Ela me estuda – Você não deveria ficar tão apegado a seus colegas de turma – acrescenta depois de algum tempo. – Eles são o inimigo. Se você contasse a qualquer um deles quem é…

– Eu *sei*.

Relucia me observa por mais alguns segundos, então assente, satisfeita.

– Então nós terminamos aqui. Vou mandar um presente para Suus com Ulciscor. Um buril conectado por Vontade a outro que está comigo, ativado condicionalmente por cera. Você vai escrever tudo o que descobrir e depois quebrá-lo. – Ela estende a mão e faz questão de que eu a veja tocar minha capa para recuperar sua Vontade. Seus olhos ficam turvos. – E você vai descobrir o que houver para descobrir, Diago.

– E se eu não fizer isso? Você não abriria mão de mim por uma coisa dessas. – Apesar do que disse antes, ela fez esforços demais para me colocar nessa posição. Há certas coisas que nós sabemos que são muito importantes para ela desfazer isso tudo.

Os olhos dela permanecem sombrios.

– Não. Mas vou matar um de seus amigos.

Isso é dito com um jeito prosaico tão surpreendente que eu quase não entendo. Então o sangue se esvai de meu rosto, e cerro as mãos apertadas.

– Como eu disse. Nossos assuntos aqui terminaram. – Ela aponta para a rua. – Não deixe seus amigos esperando.

Eu me levanto, rígido, e vou até a porta. A destravo.

– Se você machucar qualquer um deles – digo com delicadeza, a voz trêmula –, juro que destruo totalmente você e os anguis. Não importa o custo.

Vou embora, saindo para a noite turbulenta antes que ela possa responder.

LI

AS MULTIDÕES PARECEM MAIS AGRESSIVAS QUE ANTES, SE RETORcendo à minha volta, gritando em dissonância, com risos bêbados e música desafinada, enquanto eu me situo e começo a voltar para onde estão os outros. Não tenho certeza se a noite apenas progrediu ou se a estou percebendo mais depois de minha discussão com Relucia. Faço o possível para evitar ser empurrado e tento realmente olhar para os rostos à minha volta. Vê-los como pessoas, e não uma massa de Vontade drenada pela Hierarquia. E não apenas uma multidão de cúmplices das mortes de minha família.

É mais difícil do que deveria ser.

Depois de um minuto, eu paro, tiro a capa dos ombros e faço um pequeno rasgo com cuidado. Não o suficiente para destruí-la, mas o suficiente para que a Vontade de Relucia seja removida. Não acredito nem por um segundo que ela realmente a removeu.

Então dou meia-volta e corro até uma soleira escura, à vista daquela pela qual acabei de sair.

De todos os obstáculos em meu caminho, Relucia atualmente é o mais problemático. Tenho uma chance real de chegar à Turma Três e vencer o Iudicium deste ano. Me formar na academia, escolher uma posição na embaixada em Jatiere e, potencialmente, ganhar anos sem ter de tocar uma Aurora Columnae.

Mas ela nunca vai me deixar fazer isso, não importa o que me disse na Necrópole – agora vejo isso. Eu preciso pressioná-la, começando com evitar a viagem a Suus. Preciso encontrar algo que possa usar contra ela.

E ela estava com pressa, lá, quase tanto quanto eu.

Relucia surge alguns minutos depois, com o rosto oculto por um capuz. Ela olha ao redor, mas a multidão está densa o bastante para que ela não tenha chance de me avistar. Ela sai apressada na direção oposta. Eu dou alguma distância, então a sigo.

A festa fornece uma cobertura fácil, e embora Relucia de vez em quando pare para verificar às suas costas, sempre estou bem longe e muito bem escondido, sem risco de descoberta. Eu a sigo por quase dez minutos até que ela chega a uma praça de mercado movimentada, exageradamente iluminada e cheia de mercadores aos berros e música cacofônica. Ela para. Olha ao redor – dessa vez, sem suspeitas, mas procurando alguma coisa.

Outro minuto se passa, então uma pessoa alta e magra surge atrás dela e põe a mão em seu braço. Ela se vira e olha por baixo do capuz do homem. E o segue.

Eu vou atrás, dessa vez por ruas estreitas e menos populosas. Várias vezes tenho de esperar que os dois desapareçam de vista e depois correr para alcançá-los, em vez de chegar perto demais. Eles, porém, não olham ao redor.

A dupla finalmente chega a uma estrutura de madeira de dois andares, uma das muitas nesta parte da cidade. Eles atravessam um pátio cercado de sacadas por todos os lados. Enquanto observo da entrada, eles sobem uma escada e desaparecem por uma porta ao longe.

Eu examino as pessoas que circulam por perto. Não há ninguém de olho, nenhum guarda. Prendo a respiração, entro e subo correndo a escada e me posiciono abaixo da janela mais próxima, escondido da porta por uma pilha desorganizada de caixotes. Palavras baixas vêm de dentro, mas a proteção do pátio permite que eu as identifique acima do barulho mais distante do festival.

– ... acha que eles vão aceitar? – Uma voz de homem. Calma e suave.

– Eles têm de aceitar. – Relucia. – Um navio é um preço pequeno por uma arma do Cataclismo. – Essa última parte parece uma zombaria.

E de fato escuto uma risada alta, seguida por outra pergunta que se perde na onda de barulho que chega da rua.

– Eles dizem que descobriram como usá-la como um ponto de ancoragem. Deve ser estável o suficiente.

– Deve ser?

– Vai ser.

– Nós podemos confiar neles?

– Vamos saber em breve.

Há outra pergunta, algo sobre uma quantidade, e a resposta de Relucia, eu acho, indica que vai haver "o suficiente". Eu fecho os olhos, me esforçando para ouvir, mentalmente desemaranhando palavras da bagunça ao redor. Os dois ali dentro mal são audíveis, mas isso é o mais perto que ouso chegar.

– Imagino que também vamos precisar impedi-los de voltar, não? – Eu ouço essa pergunta do estranho com bastante facilidade.

– É claro. Nosso homem deve ser o único que eles possam interrogar.

Eu prendo a respiração; arrisco dar uma olhada pela janela.

O interior é mal iluminado. Há duas pessoas sentadas à mesa: Relucia e o homem com ela. Entre eles, há três formas que, por um instante, acho que são alguma fruta grande e peluda.

Então meus olhos se ajustam, e eu vejo os fios de cabelo. Os olhos fixos, o fluido escurecido espalhado em torno delas.

Eu me encolho, cerrando os dentes para não gritar.

– Ninguém viu você esta noite? – Relucia outra vez, a calma em sua voz agora assustadora.

– Ninguém. Ainda dói, mas está ficando mais fácil de usar. Eu posso continuar.

– Mostre-me.

Uma pausa.

– É perigoso. O outro lado está olhando…

– Eu preciso ver o quanto você é eficaz.

Depois de alguns segundos, um ribombar praticamente inaudível faz trepidar o ar. Os pelos em minha nuca ficam arrepiados.

Silêncio ali dentro, então, à minha direita, passos subindo a escada. Eu me encolho nas sombras atrás dos caixotes. A porta range ao se abrir.

– Satisfeita?

Eu fico tenso, confuso. O recém-chegado parece ser o companheiro de Relucia.

– Você está muito mais rápido que antes.

Eu arrisco dar mais uma olhada para dentro. Relucia continua sentada à mesa, com os troféus horríveis diante de si. O outro homem está em uma cadeira à sua frente.

Não há mais ninguém na sala.

– Eu preciso estar. – O homem remove o capuz, revelando um cabelo castanho aparado rente. Ele é mais jovem do que imaginei, não muito mais velho que Relucia, e tem uma cicatriz feia dividindo seu rosto em uma diagonal que vai da testa ao queixo. – Mas ajuda conhecer o terreno. Você tem mapas?

– Por aqui.

Eu torno a me encolher; escuto um arrastar de cadeiras e, por um átimo, acho que eles estão de saída. Mas os passos se calam dentro da casa. Desaparecem.

Hesito, então retrocedo. O que quer que eles estejam falando, aquelas cabeças cortadas são um lembrete perturbador de que Relucia não está de brincadeira.

Não levo muito tempo para voltar por onde cheguei e pegar a pedra rastreadora de Scitus. Daqui, sigo sinuosamente até onde me separei de Aequa e dos outros, mas eles deixaram os jogos de Fundação, sem dúvida em busca de outra diversão.

Para mim, isso não é problema. Eu ando a esmo por algum tempo, sem realmente prestar atenção a nada nem a ninguém em especial. Só pensando. O que quer que eu acabei de ouvir não é nada que eu possa usar para fazer Relucia mudar de ideia em relação a Suus.

Depois de algum tempo, percebo que me afastei mais do que era minha intenção. Ainda falta pelo menos uma hora para a meia-noite, mas não tenho nenhum interesse verdadeiro nas festividades à minha volta. Meu pai costumava dizer que o verdadeiro poder da Hierarquia não estava na Vontade, mas em sua habilidade de distrair aqueles que abriam mão dela. Os risos inebriados e os festejos que ecoam por todas as ruas me irritam.

Eu mudo de direção para retornar para a Coluna de Lordan, então vejo dois homens me seguindo.

Não é difícil perceber, nenhum deles é especialmente sutil quando eles param a uns quinze metros de distância. Não há como dizer há quanto tempo eles estão me seguindo, mas eles veem que eu os notei, e um deles murmura algo para o companheiro. Os dois têm expressões feias no rosto.

Anguis.

Meu coração dispara. Eu caminho na direção oposta, lançando olhares para trás. Eles continuam me seguindo. Acelero o passo. É possível que permanecer em uma área cheia de gente ajude se chegarmos a lutar, mas pode igualmente não significar nada se a intenção for enfiar uma faca na minha barriga. Preciso escapar.

Eu corro.

Os prédios aqui são muito apertados; muitos dos becos são estreitos e escuros, apesar das ruas principais barulhentas e bem iluminadas. Eu viro rapidamente em várias esquinas, me agachando ao contornar as pessoas, com a respiração entrecortada.

Ainda estou lançando olhares rápidos para trás, começando a pensar que posso ter escapado, quando as mãos me agarram e me arrastam à força para as sombras.

Tento gritar, mas a palma suada e salgada de uma mão está envolvendo minha boca; sou puxado bem mais de cinco metros pelas sombras antes de finalmente ser empurrado para a frente com força e de forma inesperada o bastante para cair esparramado na sujeira. Dou um grunhido, rolo e fico de pé, com as palmas das mãos doendo e esfoladas, meio cego na luz fraca.

O beco não tem saída; percebo isso imediatamente. Eu me viro para olhar meus agressores. Eles são apenas dois, duas silhuetas contra a luz distante da rua. Um magro, o outro musculoso. Conforme meus olhos se ajustam, começo a ver seus traços. O grande tem um nariz adunco e uma cicatriz no lábio. O outro é um homem com cara de rato e queixo fraco. Os dois estão total e horrivelmente focados em mim.

– O que vocês querem? – Dou um passo cauteloso para trás, com as mãos estendidas e espalmadas para eles. – Eu só tenho um pouco de dinheiro, mas vocês podem pegá-lo. – Pego meu saco de moedas e o jogo no chão aos pés do homem forte.

– Nós não estamos interessados em seu dinheiro. Estamos aqui para matar você, Catenicus. – Sua voz é estridente e cheia de promessa. É quase imperceptível nessa luz, mas os olhos dele começam a se encher de preto. No instante seguinte, os de seu companheiro fazem o mesmo.

Vek.

– Vocês sabem quem eu sou? – Minha mente está acelerada. O uso de Vontade não significa nada; os anguis já mostraram que não estão acima disso. De qualquer maneira, esses homens seguramente são no máximo Sextii. Talvez apenas Septimii. Claro, eles são dois e estamos em espaço confinado. – Pelo menos me digam quem me quer morto antes de começarmos. – Estou falando depressa demais, meus nervos me entregando. Talvez isso ajude. Talvez os dois fiquem confiantes demais e me deem uma abertura.

– Boa tentativa. – Meus agressores avançam como se fossem um. Eu olho desesperadamente para trás deles. Pessoas estão passando na extremidade do beco, mas ninguém olha aqui para dentro, e, de qualquer modo, as sombras são escuras demais para que vejam qualquer coisa.

Esses homens devem estar armados, mas ainda não sacaram suas armas. Isso é um erro.

Eu ataco.

Suas reações são rápidas. Mesmo apanhado de surpresa, aquele que estou mirando – o menor – se firma o suficiente para não ser derrubado. Mesmo assim, sei onde mirar, onde aplicar pressão. Dou um soco rápido em seu pescoço antes de sair bailando do alcance do punho em movimento do homem grande. Eu não posso ser atingido. Com Vontade por trás, um golpe certeiro pode ser a única coisa de que eles precisam.

O homem com cara de rato cambaleia, de olhos arregalados, gorgolejando ao agarrar o pescoço. Seu parceiro se vira para olhar, então eu altero abruptamente meu movimento, avançando com velocidade para a frente e encolhendo os ombros e batendo com força em seu torso. Ele é pesado, mas é pego de surpresa. Eu o jogo contra a parede de madeira às suas costas, ouço o assobio do ar sendo expulso de seus pulmões.

Eu giro, usando meu ímpeto para serpentear entre os dois. Pelo mais breve dos momentos, há ar livre entre mim e a rua.

Então uma mão me agarra pelo tornozelo, apertada a ponto de machucar. Eu tropeço, caio, impedindo por pouco que minha cabeça bata na pedra do calçamento. E sou arrastado violentamente para trás.

– Seu escrotinho sujo – o homem mais magro diz com aspereza ao me puxar. O homem que bati contra a parede também está se aprumando. Mal-humorado. Eles não estavam esperando resistência.

Sou jogado até o fim sem saída do beco e deslizo contra a parede do fundo. Antes que consiga me recuperar, sinto um chute forte e rápido nas costelas e solto um gemido de dor.

Então sou erguido de pé. Eu luto, estapeando mãos da melhor maneira possível, mas sou incapaz de igualar a força do oponente. Sinto uma mão no pescoço – não apertando, ainda não, mas segurando com força o suficiente para me deixar com medo – e pontos por trás de meus olhos, piorados pela luz forte de uma lanterna. O homem de nariz adunco segura a luz perto de mim; eu estreito os olhos e me encolho, mas ele traz meu rosto de volta à força, me segurando pelo queixo, então abre meus olhos. A iluminação forte provoca lágrimas.

– Nada. – A palavra é dita alto, dirigida à parte de trás do beco.

– Então chega. Deixe-o ir.

Eu deslizo até o chão, me esforçando para recuperar o fôlego enquanto os dois homens recuam de forma abrupta e inexplicável. Eu pisco os olhos furiosamente quando duas outras figuras surgem à minha vista. Ainda estou cego pela lanterna. Eu reconheço a voz, mas tenho dificuldade para identificá-la.

– Vis. Você está bem? – O homem torna a falar, se agachando ao meu lado. Eu me encolho, mas ele faz um gesto para me acalmar. Meus olhos se ajustam.

É o Preceptor Scitus.

– Preceptor? – Eu olho para ele, ainda lacrimejante. – O que... o que está acontecendo? Por que o senhor está aqui? Quem eram esses homens?

Meu olhar vai para trás dele. Aequa está parada poucos metros atrás, apoiada na parede. Ela não está olhando para mim. Pálida, mesmo para ela, mesmo sob a luz mortiça.

– Eles não deveriam machucar você seriamente. Eu... peço desculpas pelo ardil. Peço desculpas de coração. – O Preceptor parece sincero; na verdade, ele parece horrorizado. – Isso foi muito mais físico do que deveria ter sido.

– *Ardil*? – A palavra sai como um rosnado rouco, feroz o suficiente para fazer Scitus se encolher.

– É minha culpa. Eu não contei a ele os detalhes. – Aequa move as costas para ficar ereta, parecendo determinada, mesmo que de forma um tanto doentia. – Tudo o que ele sabia é que eu ia enganá-lo para que você usasse Vontade.

– O quê? – Ainda estou atônito. – Você achou... mas nós não temos permissão...

As coisas se encaixam no lugar. Eu quase rio ao pensar nisso. Quase.

Aequa acha – ou achava, presumo agora – que eu estava trapaceando.

Usando Vontade para melhorar meu desempenho, subir nas fileiras da Academia. Faz sentido, eu acho. Ela nunca conseguiu encaixar bem meu relato sobre a naumaquia com o que aconteceu. Quanto mais ela observava, mais parecia isso. Minha vitória contra Ianix. Minha ausência inexplicada na Necrópole. Meu conforto com o Labirinto apesar de, supostamente, não ter nenhuma prática.

Tudo devia parecer frustrantemente suspeito. *Era* suspeito, eu acho. Ela só chegou às conclusões erradas.

– Eu lhe devo desculpas. – Aequa ainda não consegue se obrigar a olhar para mim.

– Deve mesmo – digo as palavras com rispidez e ponho ferocidade nelas em parte, porque preciso parecer enraivecido diante dessa acusação tão séria e, em parte, porque estou mesmo sentindo raiva.

– Não é só isso que você deve, infelizmente. – Scitus parece amargamente decepcionado ao se voltar para Aequa, e ela se encolhe diante de seu olhar. – Deixei que isso fosse em frente porque você tinha certeza, Aequa. Você *jurou*.

– Eu cometi um erro...

– Cometeu. – A voz de Scitus está dura como aço. – Cometeu sim, e apostou sua classificação nisso. – Ele aponta de forma enfastiada para nós dois. – Venham. Vamos voltar para a coluna. A noite de vocês acabou.

Nós seguimos atrás dele, eu me mantendo à frente de Aequa, sem nenhum interesse em ficar perto dela.

– Desculpe. Desculpe mesmo. Por favor... por favor, não conte aos outros. – Sua voz está baixa. Mal consegue atravessar o ruído da multidão.

Nós seguimos pelo resto do caminho em silêncio.

A viagem de volta no Transvect é estranha; embora mais ninguém saiba o que aconteceu, os outros quartos podem ver nitidamente a tensão entre mim, Aequa e Scitus. Eles estão em geral silenciosos, murmurando de vez em quando uns com os outros, mas fora isso, permanecem calados por todo o percurso.

Todos os outros vão direto para seus aposentos quando voltamos, mas preciso conversar com alguém, então eu me dirijo para o térreo do alojamento. Callidus normalmente ainda está acordado a essa hora.

Eu entro em silêncio e sigo meu caminho passando pelas fileiras de alunos adormecidos, um pouco maravilhado por como, apenas alguns meses atrás, eu achava que essas pequenas camas de aspecto duro eram um luxo. Lanternas encobertas queimam baixo, mas fornecem luz suficiente para eu me localizar.

Quando, porém, eu chego à cama de Callidus, ele não está lá. Não está dormindo nem a sua mesa, e a lanterna está apagada.

– Está procurando Ericius?

Eu começo a me virar e vejo uma figura mal iluminada sentada em uma das camas do caminho. Eu me aproximo, e o rosto de um garoto louro ganha definição sob a luz mortiça. Drusus.

– Estou.

– Ele saiu há cinco minutos. Foi lá para fora, não para o lavatório. Não tenho certeza de para onde ele estava indo.

– Obrigado. – Imagino que não devesse ficar surpreso com a ajuda, não importam nossas interações anteriores. Muita coisa mudou desde que eu era um sétimo.

Penso em esperar, mas não tenho nada a fazer além de me sentar com meus pensamentos no escuro. Uma caminhada vai cair bem, mesmo que eu não encontre Callidus. Esticar um pouco os músculos ainda sensíveis pela surra que levei. Com o festival hoje e levando em conta a hora em que voltamos, não consigo imaginar que vá me meter em nenhum problema por estar tão tarde ali fora.

No exterior, a Academia está silenciosa. Ainda há decorações das celebrações daqui – coroas de flores nas portas, estandartes coloridos pendurados por toda parte –, embora, além disso, tudo permaneça imaculado. Duvido que as festividades tenham sido parecidas com as de Catena. Pétalas farfalham sob meus pés e deslizam com a brisa enquanto caminho pela extensão vazia do quadrum, à procura de qualquer indício de que Callidus possa estar por perto. Porém, não há nada. O ginásio e outros prédios estão às escuras.

Eu franzo o cenho, agora curioso. Não há muitas outras áreas no campus para onde Callidus iria a essa hora. Duvido que ele arriscasse uma ida ao alojamento das garotas; isso é proibido mesmo durante o dia, e tenho quase certeza de que ele teria me contado se estivesse interessado em alguém por lá. Mesmo assim, ali e no parque próximo são praticamente os únicos outros lugares onde consigo pensar em procurar. Não vou me meter em problemas se passar por lá a distância.

O ar frio da noite faz arder cada centímetro de pele exposta enquanto eu caminho. A iluminação das trilhas margeadas por árvores é esparsa aqui.

Poucos minutos depois, eu vejo movimento.

Duas figuras caminham em ângulo oblíquo em relação a mim, para longe de minha posição, de cabeças baixas e nitidamente envoltas em conversa. Uma delas é Callidus, a outra é uma garota.

Eu vacilo, de repente horrorizado por estar me intrometendo. Eles passam por baixo de uma das lanternas e reconheço o brilho de vermelho vibrante, a massa de cachos que caem até a cintura. É Belli.

Eu sorrio.

– Bom para ele – murmuro para mim mesmo, recuando alguns passos para me esconder atrás de um tronco de árvore. Não posso culpá-lo pelo segredo. Belli provavelmente insistiu que ele não dissesse nada para ninguém, levando em conta suas respectivas turmas.

Estou prestes a dar as costas quando algo capta meu olhar. Um movimento de pulso de Callidus. Não consigo ouvir nada do que está sendo dito – estou muito distante para isso –, mas é um gesto de irritação. Na verdade, um gesto de raiva.

Eu hesito por um momento a mais, então vou embora. Talvez eu esteja vendo um relacionamento terminando, e não um em andamento. Ou talvez eu esteja interpretando a situação de maneira totalmente equivocada. De qualquer jeito, não é problema meu.

Eu afasto isso de minha mente. Em poucos minutos, estou de volta a meu quarto e dormindo.

O resto dos quartos nunca descobre a causa da tensão entre Aequa, mim e Scitus – eu, pelo menos, nunca conto a eles –, mas durante as semanas seguintes, fica aparente para todo mundo que algo certamente mudou.

Isso começa na manhã após o festival. Estamos na aula, aprendendo sobre a decomposição potencial de relacionamentos Condicionais. É uma aula de revisão mais que qualquer outra coisa, um relaxamento antes de abordar temas difíceis. Scitus faz uma pergunta sobre degradação mental versus degradação física nas próprias pessoas que imbuem e suas consequências em potencial.

Eu levanto a mão. Mais por hábito que qualquer outra coisa; é para indicar que eu sei a resposta, e não porque espero ser chamado. A mão de Aequa está levantada também, e ela sempre tem preferência.

– Vis.

Há um instante de um silêncio surpreso. Do outro lado da sala, Aequa fecha a boca que já estava aberta para responder, confusa, e abaixa a mão.

Levo um momento mais longo que o habitual para responder, tão surpreso quanto os outros.

– Hum. A degradação física daqueles que imbuem não importa para as Condicionais; contanto que estejam vivos, as Condicionais vão operar. Mas o gatilho pode mudar facilmente com a degradação mental, dependendo da especificidade. E mesmo quando são muito específicos, lapsos mentais significativos podem resultar em um disparo equivocado da Condicional. É por isso que as pirâmides de aposentadoria não têm permissão para sustentá-los.

– Muito bem. – Scitus reconhece a resposta como satisfatória e segue adiante, mas consigo sentir que os outros estão encarando, metade deles lançando olhares curiosos de soslaio para Aequa; os outros, para mim.

A aula continua de um jeito muito parecido durante esse dia, e o seguinte, e os outros depois, até ficar claro que esse não é um padrão temporário. Eu de repente me vejo ser desafiado pelas perguntas feitas, forçado por Scitus de jeitos que nunca tinha acontecido antes. Não posso mais divagar durante as aulas, prestar apenas meia atenção a qualquer assunto, mesmo que esteja confortável com o material – porque Scitus sempre vai chamar por mim, sondar os limites de meu conhecimento, tentando determinar se eu aprendi alguma coisa de cor ou se posso aplicá-la em situações únicas. Como ele costumava fazer com Aequa.

Nas manhãs, começo a correr o Labirinto com Callidus, apesar do desconforto que isso provoca em mim. Repetidas vezes. Ele faz perguntas, me forçando a responder ao mesmo tempo que percorro as passagens móveis. Estou ficando mais rápido, cada vez mais habilidoso com o braçal.

De vez em quando, faço perguntas delicadas sobre Belli. Nada direito, apenas perguntas com respostas específicas. Ele nunca sequer sugere que alguma coisa esteja acontecendo, que ele tenha qualquer conexão além de saber quem ela é. Às vezes me sinto um pouco ofendido por ele não confiar em mim. Então me lembro do que estou escondendo dele e decido não julgar.

Minhas noites com Eidhin continuam, embora seu comum agora esteja tão bom que isso mal seja necessário, e eu me beneficio do estudo quase tanto quanto ele. Eidhin nunca diz mais nada sobre seu passado, e eu não insisto.

Aequa, de sua parte, se retirou para dentro de si. Ela me evita sempre que possível, não saindo mais de seu caminho para se sentar ao meu lado nem para bater papo. Eu também não faço nenhum esforço.

Acima disso tudo, porém, assoma o recesso do trimestre. Estou progredindo, melhorando, me aproximando de meu objetivo – mas sinto náusea sempre que penso no que está por vir. Os dias passam cada vez mais rápidos.

Então, três semanas depois, eu me despeço de Callidus e de Eidhin e me junto aos terceiros em um Transvect destinado a Suus.

IN CAUDA VENENUM

PARTE III

LII

EU SONHEI IR PARA CASA COM MUITA FREQUÊNCIA NAQUELE PRIMEIRO ano após a chegada da Hierarquia. Às vezes, até pensava que *estava* em casa. Eu ficava perto do oceano porque não conseguia dormir sem o barulho das ondas. Vivia seguindo na direção do sul. Às vezes passava semanas sem ver ninguém. Mas eu dormia na praia ou em uma floresta próxima, acordava com o cheiro de sal e o barulho sibilante da água sobre a areia e, apenas por um momento, achava que estava lá outra vez. Acampando com minha família, talvez, ou simplesmente cochilando sob o sol da tarde.

Então um dia, depois que me lembrei de onde estava, do que tinha acontecido, eu desmoronei. Chorei por horas. Eu estava contendo repetidas vezes essa dor, mas, mesmo depois que verti minhas lágrimas, ela ainda estava presente. Um vazio que eu nunca conseguiria preencher, então me afastei do mar. Mesmo que isso fosse mais arriscado. Mesmo que eu não pudesse mais pescar para conseguir comida, que me afastasse cada vez mais da minha zona de conforto. Permanecer tão conectado com minha casa, com o que eu tinha perdido, era mais do que eu podia aguentar.

Faz mais de três anos desde então, mas quando nosso navio movido por Vontade corta o azul vibrante e brilhante ao se dirigir a Suus, meus fantasmas retornam. É tudo – não apenas a visão, mas os cheiros, os sons, o calor delicado do sol sobre meu rosto. A própria ideia de que dentro de aproximadamente dez minutos eu vou pisar na terra de onde fugi tanto tempo atrás, vou estar de novo entre as pessoas que, no passado, minha família liderou. Já estou visualizando alguns lugares, me lembrando de rostos que empurrei para o canto da mente muito tempo atrás. Será que a sensação vai ser a mesma ou agora Suus vai ser apenas outra parte da República?

– Vis. Você está bem?

Eu ignoro meu peito dolorido e abro um sorriso, satisfeito pela umidade em meus olhos estar encoberta pelo borrifo do mar na proa. Emissa, Indol e Belli estão parados um pouco para o lado; foi Emissa quem fez a pergunta.

– Eu não me dou bem com a água – minto.

Indol ri.

– Pelo menos, está melhor que Belli. – Emissa franze o nariz com o lembrete enquanto Belli fica mal-humorada e desconfortável. Ela não conseguiu chegar à amurada antes de vomitar.

– Você já esteve em um barco antes? – Emissa olha fixamente na direção da ilha, embora esteja claro que ela está falando comigo.

– Uma ou duas vezes. Minha família morava perto do rio Edaro, ao norte de Cartiz. Eu desci o rio com meu pai algumas vezes para buscar suprimentos na capital. – Faço uma careta, vendendo a mentira inventada às pressas. – Mas não era nada como este.

– O Edaro? Achei que ele fosse principalmente para corredeiras. Não servia para o comércio até que nós o dragamos – observa Belli distraidamente.

Vek. Era mesmo?

– O trecho que usávamos era calmo o bastante para um barco pequeno, contanto que a pessoa soubesse o que estava fazendo. – Eu faço uma pausa breve, como se estivesse melancólico. – Não sabia que tinham alterado o rio.

Os outros parecem aceitar a afirmação. Por que não aceitariam? Não é algo que possa ser provado. Mesmo assim, já estou me sentindo desconfortável. Desequilibrado graças à forma de Suus que cresce sem parar à frente da proa.

A conversa volta a se afastar de assuntos difíceis. Fica amistosa o suficiente. Eu passei a conhecer Indol e Belli um pouco melhor depois da viagem de onze horas de Transvect, que nos deixou a alguns quilômetros do estreito. Indol é um catenano perfeito: bonito, confiante, o filho de Dimidius Quiscil. Ele tem uma inteligência rápida quando é de seu interesse, mas com frequência fica satisfeito em se manter no fundo e observar a conversa se desenrolar, intervindo apenas quando tem alguma contribuição valiosa a fazer. Não há, porém, dúvida sobre sua inteligência. Ele é o atual favorito de Nequias, considerado o mais provável vencedor do Iudicium.

Eu deveria odiá-lo – ele é a coisa mais próxima que a Hierarquia tem de um príncipe –, mas não odeio. Na verdade, eu até me vejo gostando dele, o que é um pouco irritante.

Belli é estranha. Filha de Quintus Volenis, o governador sitreciano. Vem, porém, de uma linhagem do sul, a julgar por sua pele branca e pelo cabelo ruivo comprido. Ela não é hostil, exatamente, mas... às vezes, condescendente sem perceber. Os outros dois já sugeriram despreocupadamente que ela é a mais inteligente entre eles, a melhor estrategista. A melhor em correr o Labirinto também. Ela não tentou corrigi-los.

E também tem Emissa.

Ainda me parece estranho ser tão próximo dela na frente dos outros, mas ela não faz esforço para esconder o fato de que somos amigos há algum tempo. Os outros dois também não parecem surpresos. A presença dela, nossas brincadeiras familiares, é o que tem me ajudado a tirar minha cabeça de nosso destino. Tem me mantido são.

Nosso barco se aproxima da costa em ritmo constante. Tento me concentrar na conversa, mas não consigo deixar de sentir um nó no coração. Penhascos que eu costumava escalar, praias nas quais eu costumava brincar com minhas irmãs. O jeito como o vento quente e salgado acaricia meu rosto. As ondas quebrando ritmadas e sibilantes.

Esse era meu lar.

O píer mudou. Percebo isso assim que o vejo a distância. Ele era, no passado, uma coisa pequena e de madeira, robusta mas comum. Agora é uma monstruosidade de pedra, mais largo e se projetando trinta metros oceano adentro, com ondas batendo contra suas bordas lisas e cortadas por Vontade. Não se destina mais apenas para barcos pequenos como este. Há toda uma série de prédios novos um pouco mais longe, subindo pela trilha, onde antes havia um farol e mais nada. Lojas, pela aparência, abertas para negociar com o continente. Algumas pessoas andam a esmo em meio a elas. Apesar da nova cicatriz na paisagem, tudo parece pacífico.

Eu provavelmente deveria ficar satisfeito por isso. Mas não tenho certeza se estou.

Uma mulher de aparência dura, com pele marcada por varíola e óculos escuros, nos cumprimenta da doca. Indol a apresenta como Sextus Auctia, a despenseira da casa dos Quilscils. Ela fica satisfeita ao ver Indol e é educada com o resto de nós enquanto ele nos apresenta, mais alto que o barulho dos gritos dos pescadores e das ondas batendo.

– O Magnus Dimidius está esperando por vocês – diz logo Auctia, indicando que devemos segui-la. Nós vamos atrás dela. Os outros olhando ao redor com curiosidade, eu tentando não perder o controle.

– Aqui é muito bonito, não é? – murmura Emissa para mim enquanto caminhamos.

– É – digo com delicadeza. Costões escarpados imponentes. Florestas verdes vibrantes. Oceano cintilante. Quando era mais novo, eu achava isso tudo meramente natural. Mesmo minhas lembranças nunca fizeram justiça a estas paisagens.

– Estou muito satisfeito por meu pai ter resolvido fazer a reunião de cúpula aqui – diz Indol com entusiasmo quando nos escuta. – Só estive aqui uma vez antes, e faz alguns anos. Não era tão legal na época. Precisávamos de mais segurança, e a infraestrutura ainda não estava tão desenvolvida.

Eu mordo a língua. Sinto gosto de sangue na boca.

– Posso imaginar – intervém Belli, olhando ao redor. Não desdenhosa, exatamente, mas ela não me parece uma pessoa que aprecie a beleza natural. – Este não foi um dos últimos lugares a ser civilizado?

– Eles não usavam Vontade. Era basicamente tribal. – Indol dá um sorriso. – Meu pai teve sorte. Vários senadores queriam o palácio, mas ele fez parte da missão para tomá-lo. Solicitou sua posse apenas alguns dias depois. O Sextus encarregado da ilha também mora lá, mas é mais um cuidador quando não estamos aqui.

Minhas unhas estão machucando as palmas das mãos. Eu olho ao redor fingindo estar fascinado, sem conseguir olhar para Indol nem qualquer um dos outros. É um pouco mais fácil lidar com isso, dessa vez, pelo menos; eu já participei de algumas dessas conversas desde que deixamos a Academia. Discutindo despreocupadamente a conquista de Suus como se fosse uma nota de rodapé. Belli chegou até a dizer que o evento tinha ocorrido "sem derramamento de sangue". Eu não consegui falar por quase dez minutos depois disso.

Mesmo assim, odeio isso. Odeio a ideia de que meu lar agora seja um destino de férias para senadores, odeio que eles pensem nele como sendo menos que civilizado e *odeio* que sejam tão indiferentes em relação ao que foi feito comigo e com minha família. Talvez tenha sido por isso, em parte, que Relucia arranjou esse esquema. Talvez ela achasse que isso fosse reatiçar minha paixão pela luta.

No momento, está funcionando. Nem mesmo a centelha de empolgação nos olhos de Emissa consegue provocar nada além de sentimentos ruins.

Nós subimos o penhasco – outra mudança; em vez de uma trilha simples, há escadas elegantes esculpidas na pedra – e avistamos o palácio.

Eu tropeço.

Se apenas pequenas coisas mudaram abaixo, o prédio do qual estamos nos aproximando está quase irreconhecível. Desapareceram os belos relevos acima das entradas, os que contavam a história de meu povo, os que meus ancestrais passaram anos entalhando. Desapareceu o aspecto lavrado e cheio de personagens do arenito.

Em seu lugar, há uma monstruosidade. Muros lisos, polidos e pintados com tons berrantes nas cores laranja, branco e púrpura de Catena. Novos frisos decoram o exterior do palácio, e embora sejam tão impressionantes quanto os que já vi em outros lugares da Hierarquia, não têm nada a ver com Suus. Eles mostram heróis catenanos. Ideais catenanos. Vitórias catenanas.

É um tapa na cara tão forte que não consigo conter minha reação visceral. Minha respiração fica ofegante, e sinto sangue fluindo para meu rosto, incapaz de ignorar cada detalhe nojento. O esqueleto do palácio permanece; as portas ainda ficam nos mesmos lugares, a estrutura é do mesmo tamanho e da mesma forma que era. Mais simples, provavelmente. É mais fácil mudar apenas a fachada.

– Impressionante – murmura Belli de trás de mim.

Eu entrelaço as mãos às costas para que elas não tremam. Não sei por que eu esperava que fosse diferente, mas o *palácio*... ele era a joia de Suus. Mais de cinco gerações de minha família tinham morado ali. Uma parte de mim o considerava sacrossanto. Bonito demais para ser tocado, mesmo por Catena.

Tirando a espoliação de revirar o estômago de minha antiga casa, a caminhada até o palácio corre bem. Vejo pessoas no horizonte, mas elas nunca se aproximam o bastante para saudações, muito menos para me reconhecer. Fico no fim do grupo, em silêncio enquanto os outros conversam afetadamente sobre o que estão vendo. Fico satisfeito por ninguém me perguntar nada. Se eu tiver de falar, não há nenhuma garantia que seja de forma civilizada.

Somos conduzidos para dentro, e parte de mim fica aliviada ao ver que o interior, pelo menos, permanece familiar. O chão de mármore é o mesmo. A disposição dos cômodos é igual, com uma grande escadaria em curva saindo do foyer principal, múltiplas portas que levam para alas separadas. Fico tão absorto em estudo que quase não percebo o grupo parado ao lado, esperando para nos saudar.

– Magnus Dimidius – diz Auctia, fazendo uma leve mesura em deferência. – Seus convidados chegaram.

Há vários homens no grupo perto da escada, mas não há como confundir com quem ela está falando; aquele que dá um passo à frente capta toda a minha atenção, e posso dizer pela inalação coletiva que não estou sozinho. Ele tem um pouco mais de 1,80 de altura, tem ombros largos e é bonito, mas não é apenas sua presença. Ele *exala* poder. Irradia poder. Como alguma espécie de mecanismo instintivo de sobrevivência, não consigo tirar os olhos dele.

– Indol! – Dimidius Quiscil sorri ao ver o filho e o envolve em um abraço que parece capaz de quebrar os ossos de Indol. O garoto, porém, não se abala. Ele ri e dá um tapinha nas costas do pai quando eles se afastam. Eles parecem próximos.

Eu mantenho a respiração constante. Esse é um dos responsáveis pela invasão daqui, por matar minha família, e agora ele está tendo uma reunião alegre com seu filho. Em minha antiga casa. Minhas mãos se contorcem quando penso em todas as diferentes maneiras como eu poderia pegá-lo de surpresa, bem aqui. Provavelmente é sorte eu perceber depressa que nenhuma delas funcionaria.

Indol está nos apresentando; o Dimidius circula entre nós, fazendo perguntas rápidas e em geral indicando que sim, Indol falou sobre nós, e sim, ele está muito impressionado com o que ouviu. Ele é um senador em todos os detalhes. Eu oculto meu desdém com uma força de vontade que eu não sabia ao certo se tinha em mim. Calmo, afasto as emoções para o lado. Não sou um príncipe de Suus, não mais. Sou Vis Telimus Catenicus, e Vis Telimus Catenicus está honrado pelo convite para vir aqui.

– E este é Vis – diz Indol quando os dois chegam aonde estou.

– É claro! O garoto de Ulciscor, Catenicus. Eu estava ansioso para conhecê-lo há algum tempo. – Ele estende a mão, me oferecendo uma saudação de um igual. Vejo as sobrancelhas de Indol se curvarem um pouco para o lado. É um gesto com o objetivo de me honrar pelo que fiz na naumaquia. Um gesto que ele não precisa fazer.

Eu hesito, mais por surpresa que por qualquer outra coisa. Então, com o peito quase estourando de relutância, eu aperto seu braço e abro um sorriso lisonjeado e grato.

– É uma honra, senhor. De verdade.

Parece que alguma coisa morre dentro de mim quando digo essas palavras.

– Seu pai deve chegar aqui nas próximas horas, mas eu gostaria muito de passar algum tempo conversando mais com você também. Talvez no jantar? – O Dimidius olha ao redor, incluindo todo mundo na frase. – A partir de amanhã, infelizmente vou estar afogado com os assuntos de Estado, mas ficaria muito satisfeito se todos vocês se juntassem a nós para a refeição esta noite.

Eu não digo nada, mas também não faço nada para sinalizar discordar das respostas entusiasmadas dos outros.

– Claro, a partir de amanhã vai haver algumas regras a serem seguidas – continua o Dimidius. – A ala leste do palácio vai ser interditada para qualquer um de vocês pelos próximos três dias. Inclusive você – acrescenta ele com uma severidade zombeteira para Indol, que ri com bom humor. – Nós também não podemos ser lenientes, infelizmente. Qualquer um que desrespeite essa regra vai voltar para a Academia, sem exceções.

Quiscil fala com um tom jovial, mas algo em sua voz muda nessa última parte, e posso ouvir sua seriedade. Os outros também ouvem. Todos assentimos.

Quando o Dimidius instrui Auctia a nos mostrar nossos aposentos e vai embora, é que percebo o homem na comitiva que o segue. Ele talvez esteja na casa dos quarenta anos. Baixo, atarracado, perdendo o cabelo rapidamente e com a pele mais escura de um nativo de Suus. Em seu uniforme catenano e com óculos escuros, eu quase não o reconheci.

É Fadrique, um dos antigos conselheiros de meu pai. Encarregado do… comércio, eu acho? Um homem importante.

E um homem que foi meu tutor por algum tempo. Que com toda a certeza me conhecia.

Não me mexo, faço todo o possível para não me encolher. Ele não está olhando para mim. Mas nos viu entrar. Deve pelo menos ter dado uma olhada em meu rosto.

Eu desapareço no fundo do grupo com o coração apertado, então observo enquanto ele sai com Dimidius Quiscil. Ele não olha ao redor, não dá nenhuma indicação de ter ficado curioso em relação a mim. Talvez não tenha me visto ou talvez, como Relucia previu, eu esteja simplesmente irreconhecível. Eu não o identifiquei de imediato, afinal de contas, e estou atento a rostos familiares.

O alívio de sua partida é logo suplantado pela raiva congelante. O homem deveria ser um súdito leal, um amigo de meu pai e de minha família. E agora está trabalhando para a Hierarquia? Ele também é um Sextus, a julgar pelos óculos. Com certeza a posição mais importante na ilha. Para receber essa recompensa, ele deve ter feito um acordo antes que os corpos de minha família esfriassem.

– Você parece um pouco atordoado.

Eu levo um susto ao ouvir a voz ao meu lado. É Emissa, achando graça na minha distração.

– É a primeira vez que conheço um Dimidius. – Nós saímos andando atrás de Auctia, que está nos mostrando nossos aposentos. Eu sei o caminho. Nós não estamos nos dirigindo a meus antigos aposentos – esses, com certeza, devem estar reservados para os senadores –, mas o palácio tem uma grande ala de hóspedes. As passagens pelos penhascos também têm alguns pontos de acesso ali, embora sejam em menor número.

– Impressionado?

– Com certeza ele tem uma presença marcante.

Ela ri.

– Pode-se dizer que sim.

Ela parece esperar que eu dê prosseguimento à conversa, mas não estou no clima. Ficamos em silêncio.

Eu me asseguro também de não ficar para trás. Cada curva que fazemos me lembra do que eu perdi, mas logo fico insensível em relação a isso, e não posso me dar ao luxo de me distrair. Se adivinhei corretamente nosso destino, há apenas um quarto com acesso aos túneis.

– Vocês podem escolher seus quartos. – Auctia indica todo o corredor de hóspedes quando chegamos. Ele está enfeitado com cores catenanas, com tapeçarias catenanas. – Eles são todos iguais.

Eu passo por Indol e sigo para o terceiro quarto à frente antes que ela termine; pode parecer uma impaciência estranha para os outros, mas nada mais que isso. Eles ainda estão junto de Auctia quando empurro e abro a porta.

Desde o momento em que entro, odeio tudo no quarto. Por maior que ele me pareça agora, não consigo evitar me lembrar de como meus próprios aposentos eram maiores, como eram melhores. Escuto o som reconfortante das ondas pela janela, mas ele é estragado pela decoração; estandartes e móveis entalhados por meio de Vontade. As cores da Hierarquia em toda parte. Como se Catena fosse uma praga que tivesse infectado tudo o que amo.

Fecho a porta às minhas costas, sem me preocupar se os outros vão achar isso rude. Eu me encosto na parede e deslizo até o chão. Estendo as mãos à minha frente e as vejo tremer. Apenas me concentro nelas, tentando recuperar o controle.

Não acho que seja possível. Não consigo manter a fachada, não aqui.

Minha respiração sai em arquejos, depois em soluços. Eu enterro a cabeça entre os joelhos, com as mãos entrelaçadas na nuca, e fecho os olhos. Deixo que as lágrimas brotem. De forma delicada, caso alguém esteja logo ali fora. Mesmo minha tristeza precisa ser contida.

Minutos se passam. A torrente de pesares se esvai, desaparece o bastante para que eu cerre os dentes e torne a encontrar minha determinação. Eu simplesmente vou ter de passar por isso. O Iudicium é daqui a apenas quatro meses. Preciso chegar a ele. Vencê-lo. Talvez encontrar uma saída do jugo de Relucia, enquanto faço isso.

É difícil, mas não impossível. E se eu puder fazer isso, vou conseguir escapar de tudo.

Eu me levanto, tranco a porta e, enfim, avalio o quarto taticamente em vez de emocionalmente. Há uma cama de aparência macia encostada na parede dos fundos, um sofá e uma mesa no canto. Como na maioria das vistas do palácio, a paisagem incrível é da borda do penhasco. Não há risco de alguém passar por ali e olhar para dentro.

Então tem a lareira. Todo quarto desse corredor tem a mesma disposição, então não há nada incomum nela, nada visível que a diferencie. Mas, para meu imenso alívio, ela não foi alterada, bloqueada nem refeita. Por que teria sido?

Eu me ajoelho à sua frente. Lareiras não são usadas com frequência em Suus; mesmo nossos invernos são suaves, e apenas em raras ondas de frio nós sentimos a necessidade de aquecimento. Eu me inclino para dentro dela, tomando cuidado para não sujar a roupa com fuligem antiga, e tateio o interior da chaminé.

A alavanca escondida, por menor que seja, dá um estalido e se move para o lado, sem muito esforço.

O fundo da lareira se move para dentro, revelando um espaço escuro e vazio depois dele.

Eu me agacho e olho fixamente para ali por vários segundos. Ainda funciona. Uma parte de minhas lembranças intocada pelos catenanos. Faço o possível para lembrar onde esta entrada em particular se conecta com o sistema de túneis, mas quase nunca a usei.

Com cuidado outra vez para não me sujar de fuligem, eu agarro a porta, a puxo e a fecho. Agora não é hora para explorar, e ainda tenho três dias até que a maioria dos senadores vá embora e os de mais alto escalão façam sua reunião final. Vou precisar de uma desculpa para estar aqui sem ser incomodado durante toda aquela noite. Uma doença provavelmente vai ser o que vai funcionar melhor, mas vou ter de ser convincente. Eu devo apresentar sintomas com pelo menos um dia de antecedência.

Examino a lareira para me assegurar de que não há sinais que indiquem minha atividade, então torno a destrancar a porta. Alguém em breve vem nos buscar para o jantar.

No momento, é melhor apenas me preparar para mais profanação de minhas lembranças, eu acho.

LIII

ESTOU DEITADO NA CAMA COM O OLHAR FIXO NO TETO QUANDO uma batida finalmente rompe o silêncio melancólico.

– Vis. Filho – O entusiasmo de Ulciscor parece verdadeiro quando eu abro a porta, mais ainda por Lanistia ser a única outra pessoa por perto. Ele oferece a mão. – Estou muito satisfeito por ver você.

– Eu também, pai – A nomenclatura parece mais amarga em minha língua que o habitual, mas aperto seu antebraço em um cumprimento familiar, invocando um aceno de cabeça em compreensão. Não podemos conversar sobre nada importante, não aqui. Espera-se que eu mantenha minha atuação até o momento em que tivermos uma oportunidade de conversar em particular.

Em seguida, dou um abraço em Lanistia e beijos delicados em suas duas bochechas.

– Você está bem? – pergunta ela quando me afasto outra vez, seus óculos escuros brilhando.

– Bem o bastante. E tenho muitas coisas a contar para vocês dois.

Os olhos de Ulciscor brilham, mas fora isso, o homem esconde bem sua empolgação.

– Excelente. Mas, por enquanto, nos disseram em termos bem diretos que não devemos ir jantar sem sua companhia.

– É claro. – Eu dou um sorriso desanimado e me movo para fechar a porta.

– Espere! Antes de irmos. – Ulciscor leva a mão a um bolso, então saca uma caixa pequena e fina. – Um presente de sua mãe. Para você saber como ela está orgulhosa de seu progresso.

Eu pego o estojo fino de madeira e o abro. Dentro dele, sobre um forro de veludo, há um buril ricamente trabalhado e folheado a ouro. *Mais fortes juntos* está inscrito com delicadeza em sua haste.

– É bonito. Você vai ter de agradecer a ela por mim. – Eu torno a entrar em meu quarto e guardo a caixa em uma gaveta antes de me juntar de novo aos outros dois. Nós saímos andando.

O dia está luminoso fora das arcadas amplas, o céu azul marcado apenas por vestígios brancos muito distantes acima. Eu inspiro enquanto admiramos a vista, me deixando ser tomado por ela, focando nela em vez de no cadáver de minha casa. Há mais barcos atracados no píer enorme abaixo. Os senadores começaram a chegar em grandes números.

Nós conversamos pelos minutos que levamos para atravessar o corredor quase vazio que dá no salão de jantar. Ulciscor está empolgado por minha promoção para a Turma Quatro, com uma sugestão do que parece ser verdadeiro prazer em suas congratulações – então fica descaradamente satisfeito quando faço um breve relato sobre o Festival de Pletuna e a tentativa de Aequa de "desmascarar" minha trapaça. Não tenho certeza se seu prazer se deve mais a meu progresso rápido ou é à custa de Aequa e, portanto, de Advenius.

Tento igualar seu entusiasmo, mas meu coração não está nisso. É difícil culpar Aequa por achar o que ela achou, independentemente de suas ações.

Nós chegamos ao salão de jantar. A mesa comprida que ficava no centro foi substituída por várias menores, cada uma cercada por três divãs amplos no estilo catenano. O chão é feito em ouro e obsidiana em um mosaico catenano intricado. As paredes estão cobertas de arte catenana. Há esculturas catenanas escondidas em cada canto.

Nenhum dos terceiros já chegou. O salão, porém, está cheio, com pelo menos duas dúzias de homens mais velhos, em sua maioria divididos em grupos de dois ou três enquanto riem ou murmuram juntos. Eu reconheço apenas Dimidius Quiscil e sua esposa, que estão reclinados sobre divãs em torno da mesa de importância inconfundível na outra extremidade do aposento.

Antes que eu consiga absorver tudo, um senador se apresenta. É Magnus Quintus Omus. Eu me lembro do nome das lições de Lanistia. Pergunto educadamente sobre seus ativos no leste. Ele fica satisfeito por eu saber quem ele é.

Nós conversamos por alguns minutos, então Omus é substituído pelo próximo senador e pelo próximo. E o próximo. As coisas seguem assim por pelo menos meia hora enquanto Ulciscor me apresenta a cada um deles como um pai orgulhoso. Eu faço a minha parte. Sorrio, aperto mãos, ofereço, de vez em quando, um elogio ou gracejo. Todos eles me elogiam por minha coragem na naumaquia, e a maioria diz que espera me ver fazendo coisas grandiosas quando eu chegar ao Senado. Tento parecer entusiasmado em resposta.

Finalmente, porém, sinto um tapinha delicado no ombro, me viro e encontro Indol atrás de mim.

– Meu pai pediu que você se junte a nós, Vis. – Ele aponta educadamente com a cabeça na direção da mesa distante. Não há desdém, mas fica nítido que o convite é apenas para mim.

Ulciscor não se aborrece e diz que eu vá, concordando.

– Nós conversamos depois.

– Obrigado pelo resgate – murmuro enquanto atravessamos o salão. Enfim tenho uma chance de olhar ao redor outra vez sem parecer entediado. Vejo Emissa e Belli a uma mesa no centro do salão. Como todo o resto na Hierarquia, os lugares onde se sentar indicam posição, e fico interessado ao ver que os terceiros são colocados entre os Quartii e os Quintii. Emissa me dá um leve aceno ao perceber minha inspeção, que eu retribuo discretamente.

– Não me agradeça ainda – diz Indol com animação enquanto me conduz até seus pais.

– Catenicus. Bem-vindo. Por favor, junte-se a nós. – O comportamento relaxado do Dimidius parece estar em conflito com o poder que emana dele; por mais cordiais que sejam as palavras, elas ainda saem como um comando irresistível.

– É uma honra, senhor. – Eu me sento reclinado no divã, tentando parecer apropriadamente lisonjeado. As palavras são como cinza em minha boca, mas não posso correr o risco de demonstrar para ele sequer uma sugestão de minha raiva. O Dimidius não é uma pessoa com a qual brincar.

– Então, o que acha de nossa pequena ilha? – pergunta Quiscil quando Indol se afasta para se juntar às outras duas terceiras, nos deixando sozinhos.

– É bonita, senhor.

– É mesmo, não é? – O Dimidius olha ao redor, como se estivesse admirando os acréscimos que ele fez. – Ela mudou muito em três anos. – Felizmente, sou poupado de responder pela chegada do primeiro prato: faisão, lagosta e ostras cruas, nada novo para mim, mas exótico para a maioria dos catenanos. Até as louças, copos e talheres são vistosos, com detalhes em prata e pedras semipreciosas. Eu mantenho o olhar na comida, preocupado que Quiscil veja minha fúria fervilhante se eu erguer os olhos.

– Eu estava ansioso para conversar com você desde a naumaquia. – De algum modo, sua fala é ao mesmo tempo natural e intensa. – Ouvi histórias, é claro. Li os relatórios. Mas *você*. Você estava *lá*. Você viu tudo de perto. – Ele se recosta e sorve uma ostra em um único movimento suave. – Me conte tudo.

Ele está falando sério. Não está perguntando apenas por formalidade. Também não vai aceitar o que eu disser sem questionar, percebo isso.

A hora seguinte é uma das mais tensas que já passei. Quiscil não se furta em fazer perguntas diretas e curiosas, que são constantes, duras e focadas. Não ajuda que eu ainda esteja desequilibrado, abalado pelo entorno. Minhas respostas não parecem nem rápidas nem suaves o bastante, apesar das muitas horas de ensaio que fiz para satisfazer exatamente esse tipo de interrogatório. Com sorte, o Dimidius vai achar que o motivo foi eu estar intimidado.

Embora ele seja cauteloso, inteligente em sua abordagem, não levo muito tempo para perceber o ângulo do interrogatório de Quiscil. É claro, ele não está desconfiado de mim – ele apenas quer saber o máximo possível sobre a arma usada pelos anguis. Sem dúvida interessado tanto em encontrar uma defesa contra ela como em adquirir o poder para seus próprios objetivos. Foi provavelmente por isso que fui convidado a vir aqui, para começo de conversa.

Quando percebo no que ele está interessado, minhas respostas ficam mais fáceis, mesmo que o nervosismo persista. Para piorar as coisas, Fadrique aparece várias vezes durante nossa conversa, transmitindo em voz baixa informações no ouvido do Dimidius antes de desaparecer novamente. Pelo menos, não notei nada incomum em seu comportamento.

Isso não impede que meus músculos se tensionem toda vez que ele entra no salão. Eu me assegurei de também não falar muito em sua presença. Trabalhei por mais de três anos para minimizar meu sotaque, mas morro de medo de que minha voz desperte uma lembrança que o visual sozinho não despertou.

Depois de algum tempo, dois outros senadores se juntam a nós – ambos Magnus Tertii –, mas mesmo quando a atenção do Dimidius está em outro lugar, o jantar é interminável. A comida está toda errada: há peixe, mas ele é cozido à moda catenana; mexilhões frescos, mas fica nítido que não foram preparados por um cozinheiro de Suus. O Dimidius proclama orgulhosamente a autenticidade dos pratos, descrevendo alguns como iguarias locais. Ele conta versões muito imprecisas e exageradas da história de Suus. Presenteia todo mundo com histórias sobre a conquista de três anos e meio atrás, sobre como ela foi obtida sem derramamento de sangue, sobre como a população recebeu com avidez o progresso da Hierarquia. Da civilização.

Preciso me segurar muito para não pular de meu assento e ir embora. Para fingir estar me divertindo e entrar no jogo. *Ignorar. Conseguir a informação para Relucia. Deixar tudo isso para trás.* Não sei quantas vezes repito isso para mim mesmo.

– Vis. – A voz feminina enfim soa delicadamente em meu ouvido durante uma pausa na conversa, acompanhada por um toque delicado em meu ombro. Eu me viro e vejo Emissa parada às minhas costas. Ela sorri para mim, então se dirige para Quiscil.

– Desculpe por interromper, senhor, mas estou precisando de Vis para resolver uma discussão entre mim e seu filho. O senhor se importaria muito…

Quiscil olha de mim para ela.

– Nunca deixe uma dama esperando. – Ele estende a mão quando eu me levanto, escondendo meu alívio absoluto. – Foi um prazer, Catenicus. Confio que vamos conversar mais depois que a reunião de cúpula terminar.

Eu a aperto com firmeza.

– Estou ansioso por isso, senhor.

Emissa me tira dali. Seus olhos dançam quando ela olha para mim.

– Sabe, acho que essa pode ser a primeira vez que vejo você tão desconfortável.

Faço uma careta.

– Está tão óbvio?

– Não, não. Você é muito bom em disfarçar. Mas eu percebi.

Eu olho para a mesa onde Indol e Belli estão sentados. Nós não nos dirigimos para lá.

– Pelo que notei, não há nenhuma disputa.

– Nenhuma disputa. Apenas tédio.

Eu sorrio ao ouvir isso, apesar do lugar.

– Então está dizendo que sou um avanço em relação àqueles dois?

Ela faz um gesto vago e indeciso com a mão.

– Estou dizendo que você é, pelo menos, diferente.

Eu bato de leve nela com o ombro em sinal de reprovação, e ela sorri para mim.

Nós vamos até um canto pouco iluminado, paramos após um sinal não dito e nos viramos para olhar o salão e observar de dentro de um pequeno bolsão de privacidade. A conversa entre nós permanece leve, preguiçosa mas confortável. Há entretenimento: um recital de poesia do qual zombamos baixo mas sem piedade, seguido por acrobatas que são surpreendentemente incríveis. Em um momento, Emissa aponta para um senador cujo rosto é igualzinho a uma tartaruga inteira assada que está sendo servida em uma travessa, e eu quase engasgo com meu vinho de tanto rir.

Com tudo isso, o horror de meu entorno começa a diminuir, só um pouco. Meu peito não parece mais tão apertado. Até quando não estamos brincando com alguma coisa, meu sorriso parece… genuíno.

Os dois pratos seguintes passam antes que eu capte movimento no canto do olho e me vire para encontrar Ulciscor vindo em nossa direção.

– Amiga sua, Vis?

– Emissa Corenius.

Ela oferece a mão.

Ulciscor a segura e faz uma reverência educada.

– Ah, é claro! Eu conheço seu pai. Uma pena ele não poder estar aqui. Tivemos muitas discussões *robustas* no Senado. – Ele sorri para indicar que não está dizendo isso de forma negativa. – O que está achando da Academia?

– Desafiadora, é claro. Estou ansiosa para chegar ao fim do ano e passar para o serviço público.

– Nenhum plano de formar família?

– Eu prefiro, primeiro, melhorar minha posição. Ainda tenho cinco anos antes que haja implicações fiscais.

– É claro. É claro. Com minha esposa foi a mesma coisa. – Ele acena com a cabeça para ela. – Foi um prazer, Emissa, mas preciso roubar Vis, infelizmente.

Ainda há muitos senadores ansiosos para conhecê-lo, e eles vão ficar aqui por poucos dias. – A última parte é mais para mim que para ela. Uma leve reprovação.

Emissa aceita a sugestão com boa vontade.

– Foi um prazer conhecê-lo, Magnus Quintus. – Ela me dá um sorriso final de despedida, meio com pena, então volta para onde Indol e Belli estão sentados, profundamente envolvidos em uma conversa.

Ulciscor a observa se afastar, sem se mexer.

– Você precisa tomar cuidado com ela, Vis.

– Eu sei. Eu tomo.

– Não pareceu. – Ele finalmente olha para mim. – Foi ela quem deu a você de beber depois do ataque ao Transvect.

– Foi. – Encaro seu olhar. Parte do alívio que eu estava sentindo enquanto conversava com Emissa começa a desaparecer. – Estou tomando cuidado.

Ele me estuda por alguns longos momentos.

– Está bem.

Sigo atrás dele de volta à refrega da inquisição senatorial. Ainda que, de algum modo, as duas horas seguintes durem uma eternidade, a noite se aproxima do fim, e as pessoas começam a se retirar. Peço licença assim que considero ser educado. Estou quase cego de exaustão – muito dela devido a um custo emocional, eu sei – quando chego de volta ao meu quarto, fecho e tranco a porta às minhas costas. Não quero nada além de desabar na cama, fechar os olhos, deixar este dia para trás.

Em vez disso, eu contenho um bocejo, acendo a lâmpada de minha mesa, cubro-a e então vou cambaleante até a lareira.

Os túneis são escuros como breu além da luz fraca de minha lâmpada. Eles são menores do que me lembro, e em alguns pontos roçam em meus ombros. Eu sigo para o leste, revirando a memória a cada cruzamento. Não pretendo demorar muito aqui, mas faz anos, e a Hierarquia sabe dessas passagens. Preciso checar se não há guardas, alarmes com base em Vontade, nenhum caminho bloqueado entre meus aposentos e os salões onde espero que os senadores conduzam sua reunião de cúpula.

Até onde vejo, porém, não há nada. Talvez, com minha família morta, os catenanos tenham apenas decidido que esses caminhos secretos não são dignos de preocupação. Poucos outros em Suus sabiam de sua existência, e é praticamente impossível passar pelo único acesso externo. Está longe de ser um risco para a segurança no que agora é pouco mais que uma casa de férias.

O silêncio pesa sobre mim enquanto avanço com cuidado, arrastando os pés, marcando o caminho por onde vim nos cruzamentos gravando pequenas marcas na pedra com meu punhal. O barulho de raspagem ecoa pela escuridão sempre que faço isso, mas é uma preocupação necessária. Por mais tempo que eu passasse aqui no passado, é fácil ser desviado do caminho no escuro.

Há três salões que, eu acho, são grandes o suficiente para acomodar todos os senadores. Cada um deles, felizmente, ainda tem fendas de escuta: portinholas na altura dos olhos que deslizam para o lado sem fazer barulho, se misturando com perfeição à pedra ao redor quando fechadas. Mesmo sabendo desses túneis, os catenanos podem nunca tê-las localizado. Nenhuma delas emite nenhum som esta noite, como era esperado.

Estou no caminho de volta quando passo pela entrada do Grande Salão.

Eu paro. Ele é, acho, uma quarta possibilidade. É onde meu pai costumava receber e aceitar submissões de nosso povo. Mas mesmo com todas as mudanças aqui, eu ficaria surpreso se o lugar fosse usado para o encontro de cúpula. É grande demais, esmagadoramente grandioso. Há espaços melhores para esse propósito.

Mesmo assim, eu permaneço aqui, com o ouvido pressionado sobre uma fenda de escuta. Como nas outras, há silêncio completo.

Eu deveria continuar, mas minha curiosidade mórbida me arrasta até a porta. Eu a entreabro. Olho para dentro. Está vazio, embora as lanternas estejam acesas.

Eu costumava passar horas vendo meu pai dar vereditos de casos aqui. Ele ouvia cada um pessoalmente. Nunca delegava. Quando eu era mais novo, ele explicava cada decisão para mim. Então, no último ano antes do ataque, ele começou a me perguntar qual eu achava que deveria ser o veredito. Me fazia explicar meu raciocínio antes de me dizer o que ia determinar. Eu não estava sempre certo – às vezes, eu deixava passar uma tecnicalidade jurídica ou não entendia um aspecto de uma discussão. Raras vezes, apenas simplesmente discordávamos sobre quem estava com a razão. Na maioria das vezes, era deprimentemente sem graça.

O sofrimento em meu peito quando sinto saudade disso é uma dor profunda e vazia.

Como todas as outras coisas no palácio, o salão agora está diferente. A mobília familiar desapareceu. Como no salão de jantar, há tapeçarias e estátuas catenanas por toda parte. Mas as lembranças permanecem.

Fico parado por um minuto. Dois. Só sentindo a dor disso, mas sem querer que ela pare.

Depois de algum tempo, porém, um som distante me desliga do momento e me faz voltar voando e apressado para os túneis e fechar em silêncio a porta oculta às minhas costas.

Eu retorno para meu quarto depois disso. Melancólico. Exaurido.

Depois de limpar meticulosamente a mim e ao chão de qualquer sinal de que eu saí pela lareira, desabo na cama. Fecho os olhos. Hoje foi um pesadelo. Talvez o dia mais difícil que eu tive de suportar desde a última vez em que estive aqui.

Mesmo assim, houve, pelo menos, um alívio. Eu relembro o tempo passado com Emissa. Me vejo meio sorrindo outra vez diante de algumas observações espirituosas que ela fez, com um calor agradável no estômago enquanto estou aqui deitado. Não sei se teria conseguido terminar o dia são se não tivesse sido por ela.

Depois de algum tempo, eu pego no sono.

LIV

– VIS! BELLI! VOCÊS NÃO VÃO SE JUNTAR A NÓS? – ESTOU SENTADO na duna, com os braços em torno das pernas, observando as ondas azul-claro que brilham sob o sol do início da manhã. É antes do desjejum; por menos que eu quisesse descer até aqui, sei que não posso parecer desinteressado ou extremamente reservado. Emissa está acenando para nós. Ela e Indol estão com roupas leves, nadando e espirrando água na parte rasa. Atrás de mim, o palácio está escondido por trás do penhasco alto e irregular a leste. Eu me recuso a olhar em sua direção.

– Eu na verdade não nado – digo me desculpando quando Emissa se aproxima correndo.

– Nem eu. Aqui é raso o suficiente para não importar. Garanto.

Não consigo ficar convincentemente animado.

– Obrigado, mas estou bem só aqui sentado.

Emissa estreita os olhos para mim, mas então dá um suspiro e se volta para a garota reclinada a alguns passos de distância.

– Belli? E você?

– Não. – Belli afasta para trás uma mecha comprida de cabelo ruivo, dando um olhar firme para Emissa.

Emissa revira os olhos.

– Vocês dois não são divertidos – Ela volta correndo para onde está Indol.

Eu me recosto, fecho os olhos e deixo que o calor do sol acaricie meu rosto. Não há, porém, prazer nesse ato. Nenhum prazer por estar aqui, na praia onda eu costumava brincar com minhas irmãs. Este costumava ser um de meus lugares favoritos. Eu quase consigo ver Ysabel dando estrelas pela areia ou Cari construindo os castelos de areia elaborados que eu gostava tanto de derrubar.

Em vez disso, a certa distância, vejo o lugar onde arrastei o corpo sem vida de Cari para a praia. Onde passei tempo demais e não passei tempo suficiente tentando revivê-la. Então a enseada onde lancei seu corpo ao mar. Onde o observei girar e se revirar quando foi levado pela corrente. O que restava de meu mundo levado com ela.

– Você não é muito de nadar?

Desperto de meus pensamentos, me viro e vejo Belli olhando para mim com certo humor. Ela deve ter visto minha expressão enquanto eu olhava fixamente para a água.

Eu me esforço para dar uma risada.

– Não é das minhas coisas favoritas.

– Nós temos isso em comum. – Ela faz um gesto de desdém. – É até gostoso quando se está na água, mas a areia depois… ugh.

– Exatamente. – Isso não é algo que já tenha me incomodado, mas Belli é tão distante que vou aproveitar qualquer chance que tenha para me conectar com ela. – Pelo que entendo, você preferiria estar lá dentro diante de um jogo de Fundação.

– Algo assim. – Ela olha para mim com curiosidade. – Você sabe jogar?

Eu quase rio alto diante da presunção, embora eu ache que isso faça certo sentido: a maioria dos órfãos não teria tempo nem inclinação para aprender o jogo.

– O básico. – Já a vi em ação diversas vezes: ela é tecnicamente hábil, mas não tem a criatividade de um grande jogador, não faz nenhum movimento que eu não pudesse imaginar o velho Hrolf fazer.

– Quer jogar?

Eu aceno com a mão para indicar uma recusa apressada.

– Já vi você jogar. Não tenho interesse em ser humilhado, obrigado. – Sorrio para demonstrar que isso foi dito como um elogio. A habilidade em Fundação é quase tão valorizada quanto ser capaz de correr o Labirinto na Academia. Não há razão para que eu revele que sei jogar até que eu possa tirar total proveito disso.

Belli dá de ombros e volta a observar os outros.

– Você alguma vez jogou com Callidus quando ele estava na Três? – Não é planejado, mas eu estou me perguntando sobre seu relacionamento após vê-los juntos depois do Festival de Pletuna. Um leve incentivo não vai fazer mal. – Ele mencionou que gosta do jogo.

É sutil, quase imperceptível, mas Belli fica tensa.

– Ericius? Pelos deuses, não. Que perda de tempo isso teria sido. Há um motivo para ele ser um sétimo.

– Ele é mais inteligente que isso.

– Ele nunca demonstrou isso quando estava conosco. E por que outra razão ele estaria na Sete? – Ela olha para mim.

– Você está errada em relação a ele. – Há alguma coisa nas palavras de Belli. Não acho que ela esteja fingindo sua aversão por Callidus (minha suposição de que houvesse envolvimento romântico era, estou percebendo depressa, extremamente imprecisa), mas ela está observando minhas reações com atenção demais.

Eu me esqueço do que quer que fosse dizer em seguida quando vejo movimento na outra extremidade da praia, uma única pessoa caminhando com dificuldade pela areia em nossa direção, vinda do palácio. É Fadrique, a cabeça em vias de ficar calva e os ombros largos do homem identificáveis mesmo a distância.

– Parece que estamos sendo convocados – observo para Belli, tentando conter meu desconforto.

A garota de cabelo ruivo se volta para observar preguiçosamente a aproximação de Fadrique, então emite um grunhido do que, desconfio, seja alívio.

– É hora de ir! – grita ela para os dois que estão na água.

Emissa vem correndo, seu cabelo comprido pingando e brilhando sob o sol. Suas roupas estão coladas no corpo.

– Se divertiram? – Eu mantenho os olhos com firmeza em seu rosto.

Ela joga água em mim, de brincadeira.

– Me diverti. Eu não nadava há... não sei quanto tempo. – Ela se inclina para perto e baixa a voz para que apenas eu possa ouvir. – Eu estava pensando, na verdade, em escapar depois do jantar e voltar aqui. Se a noite passada foi um exemplo do que esperar, com certeza vai estar quente o bastante.

Eu olho para ela. Há a sugestão de um convite aqui. É inegavelmente tentador, mas preciso da noite para testar os túneis outra vez, para me assegurar de que o encontro de cúpula está mesmo sendo realizado onde eu espero que esteja.

– Nadar mais. Aproveite isso.

Ela sorri em resposta, embora eu não ache que estou imaginando o brilho de decepção em seus olhos.

Todo mundo está reunido quando Fadrique chega, me permitindo ficar no fundo do pequeno grupo. Posso ver o antigo conselheiro de meu pai conferindo mentalmente que todos estamos presentes quando chega até nós. Ele não para quando olha para mim.

– Seu pai achou que seria instrutivo tomar o desjejum hoje na cidade – diz ele por fim, se dirigindo a Indol. – Vocês não vão ter muitas oportunidades para ver a ilha depois que começar o treinamento. – Apesar de ainda faltar um mês para a Academia, não me restam ilusões do que vamos fazer durante a maior parte do tempo aqui. Como Belli observou rispidamente quando perguntei sobre isso, "Nós não queremos deixar que vocês, quartos, nos alcancem".

Indol olha ao redor para o resto de nós e, não vendo nenhuma objeção, gesticula.

– Vá na frente, Sextus.

Tento não deixar que minha preocupação transpareça enquanto caminhamos pela praia na direção da principal cidade. Correr o risco da presença de Fadrique é uma coisa, mas me misturar com as pessoas de Suus é outra muito diferente. Eu costumava ir à cidade com meu pai, que sempre insistia que um rei era inútil se não passasse tempo em meio a seu povo. Muitos deles me conheciam de vista.

Tampouco consigo pensar em um jeito de escapar. É cedo demais para fingir estar doente; se eu usar essa carta agora, sua eficácia na noite de amanhã vai ficar muito reduzida. E passar muitos dias acamado vai levantar perguntas, atrair mais atenção do que eu gostaria. Se for apenas um dia e uma noite, posso não ter de fingir sintomas para o médico local.

Então, em vez disso, eu me concentro nas costas de Fadrique enquanto ele fala animadamente conosco sobre as mudanças maravilhosas que foram feitas na cidade desde a chegada da Hierarquia. Preciso me segurar para não cerrar os punhos. Meu pai confiava nesse homem. Minha *família* confiava nele.

– É um pouco perturbador, não é? – murmura Emissa ao meu lado.

Eu pisco, então sigo seu olhar para a frente, para onde desconfio que ela acha que estou olhando. Belli está conversando com Indol, caminhando perto dele. *Muito* perto. O filho do Dimidius parece nitidamente desconfortável.

– Ah, eu... ah. Quando isso aconteceu?

– Acho que talvez tenhamos feito um desserviço para Indol ontem à noite, deixando-o sozinho com ela por tanto tempo. – Ela sacode a cabeça solenemente.

Eu contenho uma risada.

– Nós vamos ter de nos desculpar mais tarde. Como não percebemos?

– Bem, eu percebi, depois que voltei a ficar com eles. Você tinha seus próprios admiradores de quem se esquivar, imagino – diz Emissa animadamente.

– Hum. – Eu observo os dois. – Você não acha que Indol pode estar um pouco interessado?

Emissa esconde um sorriso.

– Não. Acredite em mim.

Estamos entrando na cidade. Ela cresceu desde a expansão do porto, as ruas principais foram pavimentadas, e cem casas de pedra de aparência parecida pontilham os arredores. As ruas têm muito movimento, com carroças puxadas por cavalos ao lado de outras movidas por Vontade, muitas das quais levando madeira para as docas. O comércio sempre foi a principal fonte de riqueza de Suus, e parece que a Hierarquia trabalhou duro para aumentá-lo ao longo dos últimos anos.

Fadrique continua a nos contar fatos inúteis sobre Suus, embora pelo menos sejam precisos. As ruas aqui são sinistramente familiares, mas os rostos cansados, não. Há um torpor mecânico na agitação. Meu povo era cheio de entusiasmo, de paixão, de alegria e risos enquanto trabalhava. Agora eles são Octavii. Têm energia suficiente para trabalhar. E não o suficiente para encontrar alegria nisso.

Por fim, paramos em frente a uma taverna que reconheço: uma instituição em Suus com vista para a baía. Já estive aqui antes. No passado, a insígnia real ficava acima da entrada. Resta apenas madeira vazia nesse espaço.

– A melhor comida de Suus – nos assegura Fadrique enquanto somos conduzidos pelas portas. Há algumas pessoas reclinadas sobre bancos do lado de fora, e embora Fadrique não pareça perceber, os olhares que dão para ele não têm nada de amistoso.

O interior da taverna é limpíssimo, iluminado e alegre, com janelas grandes que dão para a água, deixando entrar muita luz matinal. Vários clientes estão relaxando às suas mesas. Ao som da porta se abrindo, um homem enorme surge dos fundos, com uma vassoura na mão e um sorriso largo no rosto, apesar das indicativas bolsas escuras de um Octavus embaixo de seus olhos. Ele é um típico suusiano: pele bronzeada, ombros largos e dentes brancos reluzentes. Estes desaparecem assim que ele vê Fadrique.

– Você não é bem-vindo aqui.

Fadrique dá um riso desconfortável diante da frase direta e nitidamente honesta.

– Ora, ora, Menendo. Eu estava acabando de contar ao *filho do Dimidius* e a seus amigos como as coisas mudaram desde a nossa transição para a República.

Os olhos de Menendo nos examinam, e juro que há um tremeluzir de hesitação quando ele olha para mim. Meu coração dispara, mas ele segue adiante, sua testa se franzindo mais.

– Quer dizer desde a invasão? Quando eles enforcaram nosso rei e a família dele na rua como se fossem criminosos comuns? É disso que você está falando, Fadrique? – A vassoura em sua mão parece cada vez mais uma arma.

Felizmente, todo mundo está tão concentrado no taverneiro que não vê o jeito como o sangue se esvai de meu rosto ao ouvir essas palavras. Ninguém vê como fico enlevado pela emoção, apenas por um segundo, antes de conseguir me recuperar.

Indol dá um passo à frente com suavidade.

– Senhor, por favor. Não queremos causar problema. Nos disseram que vocês servem a melhor...

– Saiam daqui.

O lábio de Indol se retorce. Ele se empertiga, afrontado.

– Eu sou o filho do Dimidius...

– Eu disse para saírem. – A calma na voz de Menendo é mais ameaçadora do que qualquer grito poderia ter sido.

Não consigo evitar sorver isso. Era o que eu estava esperando ver, estava *desesperado* para ver desde que cheguei. Menendo vai ter problemas por isso, mas não liga. Ele não se esqueceu de minha família. Não se esqueceu de Suus. Sinto um nó na garganta ao me dar conta disso.

– Vamos. – Fadrique está vermelho. Com expressão raivosa, mas recuando. Eu percebo pela primeira vez que as expressões de quase todos os outros clientes estão duras como pedra enquanto observam Fadrique. Parece que o homem está longe de ser popular.

Indol parece querer discutir o assunto, mas Emissa o puxa pelo braço, e então nós saímos.

– Isso foi inaceitável! – Indol está furioso quando chegamos ao lado de fora. Posso ver que os outros parecem variar entre ultrajados e chocados também. – Quando meu pai souber disso…

– Deixe que eu fale com ele a respeito. Por favor – diz Fadrique rapidamente. – Isso é culpa minha. Foi meu erro trazê-los aqui. Menendo é um homem teimoso. Eu deveria ter imaginado que ele reagiria desse jeito.

A boca de Indol se retorce, mas ele se abranda.

Nós fazemos nossa refeição em outro lugar, depois disso – uma lojinha administrada por um cidadão catenano é perfeita para nossas necessidades –, e embora o jeito como fomos maltratados seja o assunto de muitas discussões ofendidas por algum tempo, no fim todo mundo parece se esquecer disso. Em pouco tempo, a conversa se volta para nossos planos para o treinamento, com debates calorosos sobre as áreas em que vamos nos concentrar. Minhas opiniões, quando me dou ao trabalho de emiti-las, são em sua maior parte descartadas. Mesmo com toda a amizade deles nos últimos dias, fica claro que, em grande parte, eles ainda me veem como um quarto.

Eu não me incomodo de jeito nenhum com essa descoberta.

Pela primeira vez desde que chegamos aqui, eu sinto só um pouco como se estivesse em casa.

LV

O BRILHO DOURADO DO SOL DESAPARECEU HÁ UM BOM TEMPO quando tenho a oportunidade de voltar a meus aposentos. Eu ando sozinho pelos corredores livres do palácio. É uma noite clara, e a lua já está nascendo, seu reflexo uma mancha prateada nas ondas distantes abaixo. Olho para elas e estremeço, as memórias aguçadas.

Estou cansado esta noite. O treinamento com os terceiros começou pouco depois de nossa refeição matinal e praticamente não arrefeceu ao longo do dia, me lembrando mais do horário brutal de Lanistia que qualquer outra coisa que experimentei na Academia até agora. Uma mistura constante de esforço físico e mental, uma luta seguida por um debate sobre economia, depois uma corrida que, no fim, fez meus pulmões queimarem. Depois disso, os outros três, que mal pareciam ofegantes, começaram a fazer uns para os outros perguntas sobre a matemática da imbuição que eu consegui acompanhar, mas não discutir de forma significativa.

Por melhor que eu esteja me saindo na Turma Quatro, ainda há mais que uma pequena distância entre mim e os terceiros.

Mesmo exausto, sei que ainda estou a horas de dormir. Os senadores vão se reunir até tarde da noite, então essa vai ser uma boa oportunidade para descobrir qual dos salões está sendo usado, testar o quanto consigo ouvi-los, então escutar por algum tempo. Relucia pode não ligar para o que está sendo discutido nesses primeiros dias, mas isso porque ela pode descobrir com Ulciscor. E ela não vai me dizer nada que não ache que eu precise saber.

Estou perdido em pensamentos quando faço a última curva até a ala dos hóspedes, me assustando um pouco com um movimento à frente. É Indol, parecendo refrescado como se tivesse acabado de acordar, caminhando na direção oposta.

– Você acompanhou bem hoje – diz ele quando nos aproximamos, seu comportamento amigável indicando que ele não tem nenhuma intenção de ofender.

Eu rio.

– Foi um pouco mais difícil do que aquilo com o que estou acostumado.

– Você vai se adaptar. Todo mundo se adapta. Pelos deuses, até Sianus conseguiu. – Ele me dá um tapinha nas costas. Sempre me perguntei se seu charme natural é algo que ele cultiva em nome dos outros, mas isso não fica menos em evidência por estarmos sozinhos. Ele se movimenta para seguir andando, então hesita. – Eu queria pedir desculpas. Por esta manhã.

Eu franzo o cenho.

– Por quê?

– O jeito como fomos tratados. – Uma sombra passa pelo rosto dele. – Assim que terminar a reunião de cúpula, vou ter uma conversa com meu pai sobre aquele taverneiro.

– Isso não é necessário. – Quando ele parece intrigado, eu dou de ombros. – Se você mandar muitos deles para os Sapadores, toda a ilha pode entrar em ebulição. Seu pai precisa caminhar no limite do respeito e do controle. Nós todos compreendemos isso.

Indol assente devagar.

– Acho que sim. Obrigado por reagir tão bem. – É evidente que ele está sentindo parte do fardo da hospitalidade. Ele olha pela janela na direção do oceano e dá um leve sorriso. – Pelo que vejo, você não vai aceitar o convite de Emissa de nadar à noite.

Eu dou de ombros outra vez, dessa vez de modo desconfortável, embora encubra isso com um sorriso encabulado.

– Não tenho certeza se foi exatamente um *convite*. De qualquer forma, estou exausto.

Indol ri.

– Isso não impediria a maioria das pessoas. E a laguna é *muito* reservada.

Eu tento responder, mas as palavras ficam presas em minha garganta.

– Laguna?

– Você sabe, na praia aonde fomos hoje. Ela disse que ia escapar e…

Eu começo a correr antes que ele termine, deixando para trás o que quer que ele fosse dizer.

Eu faço os cálculos enquanto disparo até a entrada do palácio; os corredores estão em geral vazios, mas preciso desviar de alguns Octavii aqui e ali, que me lançam olhares surpresos, mas não fazem nenhuma tentativa de me deter. Até onde sei, ninguém alertou Emissa. Eu com certeza não ouvi ninguém mencionar isso – embora esta manhã, quando a maré estava subindo, o perigo não estivesse lá; portanto talvez ninguém tenha pensado nisso.

Os melhores nadadores que eu conheci nunca foram páreo para aquela corrente. E Emissa, como ela mesma admitiu, não nadava de verdade havia anos.

Só a luz da lua ilumina o alto do penhasco, mas corro por ali a toda velocidade, confiando na memória tanto quanto na visão para guiar meus pés. Eu escorrego algumas vezes na rocha frágil, traiçoeiramente perigosa levando em conta a queda íngreme à esquerda. Quando enfim chego à trilha que desce, eu paro, examino abaixo. Ainda estou muito longe, mas este é o melhor ponto de observação.

Por alguns longos segundos, vejo apenas água calma e escura.

Então eu a vejo. Uma forma escura se debatendo e se esforçando inutilmente contra a corrente. Para ter alguma chance, ela precisaria nadar em paralelo à costa, para fora da corrente. Ela não vai se afogar se apenas boiar e esperar por ajuda. Eu posso alcançá-la. Mas ela não sabe disso.

Não consigo descer até a praia e depois chegar até ela – isso levaria minutos que ela não tem.

Com o medo me energizando, corro na direção da Falésia de Aznaro. Emissa vai passar por ali arrastada pela corrente, e um ponto de onde costumávamos mergulhar quando éramos crianças. De vez em quando. É uma queda de mais de quinze metros até a água. Nós fazíamos isso à luz do dia, com mais alguém presente. E nunca contamos para nossos pais.

Eu localizo a forma de Emissa enquanto corro. Ela se debate loucamente. Ela está em forma e é saudável, mas com a energia que está gastando, eu não tenho muito tempo.

Chego à falésia e salto sem interromper o passo.

Mesmo preparado como estou, a queda faz meu estômago saltar no peito. Tudo se cristaliza. Eu me enrijeço e aponto os pés para a água, percebendo a forma agitada de Emissa, calculando quase distraidamente para onde ela está indo. Ainda vou ter de nadar até ela. E, agora, só consigo ver sua cabeça. Ela está desaparecendo.

O impacto é forte, mas posso ver com clareza, e estou preparado, abraçando o frio da água e me orientando depressa. Assim que minha descida desacelera, eu nado para cima. Minha túnica está me puxando para baixo. Eu mantenho a calma, tiro-a e volto a nadar. Estou ansiando por ar quando surjo na superfície, mas não desesperado.

Saio nadando em ângulo de imediato, na direção para onde sei que Emissa está sendo arrastada. As ondulações felizmente estão fracas esta noite, mas não consigo vê-la. Estou quase entrando em pânico quando noto um leve movimento na água uns quinze metros à frente, seguido por arquejos gorgolejantes.

Eu a alcanço em menos de um minuto. Ela está se debatendo, meio soluçando e meio engasgando; quando percebe minha presença, demonstra uma nova onda de energia e se agarra a mim. Suas unhas arranham meu ombro.

– Emissa! Fique calma! – Ela está me arrastando para baixo. Eu cuspo quando inalo água, tentando manter a voz séria e delicada ao mesmo tempo. Mais pânico só vai piorar as coisas. Eu a agarro com força e a obrigo a me olhar nos olhos. – Nós estamos bem, mas você precisa ficar calma.

– Vis? – Emissa tosse o nome, como se não acreditasse no que está vendo, e por um momento eu acho que ela não vai escutar. Mas então algo dentro dela assume o controle. Ela ajusta a pegada em mim para que eu consiga segurá-la.

– Só mantenha sua cabeça acima da água. – Eu também fui apanhado pela contracorrente; a praia já se afastou significativamente. – Nós precisamos nadar acompanhando a costa, sair primeiro desta corrente. Não nade contra ela.

Nós conseguimos sair da corrente; é difícil saber quando ficamos livres, mas em algum ponto, percebo que Suus não está ficando mais distante. Isso é bom. Por mais que eu esteja tentando projetar calma, eu já estava mais que um pouco preocupado com a distância que teríamos de nadar.

A hora seguinte é um pesadelo, eu nadando com esforço através das ondas, parando constantemente para boiar em um esforço para conservar energia, sustentando Emissa tanto quanto aguento, com medo de que, se eu largá-la, ela apenas afunde. O pânico dela passou agora, e ela faz todo o possível para ajudar, mas está exausta. Mal se aguentando.

Tento localizar onde estamos quando os penhascos de Suus finalmente aumentam de tamanho. Nós fomos para o leste, para onde os penhascos açoitados pelos ventos se encontram com o mar. Não há nenhuma praia aqui, mas não acho que tenho forças para nos levar até uma. Há cavernas por perto, cavernas que eu e minhas irmãs costumávamos explorar de barco. Elas vão ter de servir.

Depois de algum tempo, nos aproximamos o suficiente para que eu aviste uma escuridão mais profunda na pedra alta: apenas poucos metros de largura, pouco mais que uma fenda, mas eu me lembro dela. Ela se abre no interior. Vai estar seca e protegida de qualquer vento que possa começar a soprar. A noite está quente o bastante, e a água não está tão gelada, mas não vai haver jeito de nos secarmos

– Aí dentro? – Emissa empaca ao perceber para onde eu a estou puxando, mas, ou por confiança ou por pura exaustão, ela não resiste. Nós nadamos através da escuridão. Quase imediatamente, há pedra à minha frente, e começo a sair da água, a barriga nua se arranhando sobre a borda irregular, então uso o que resta de minha força para puxar Emissa atrás de mim. Nós dois desabamos de costas, arquejantes de alívio. Água se ergue a apenas centímetros de nossos pés, ecoando pela câmara. Este lugar é menor do que eu me lembrava. Mas a maré ainda está baixando. Nós estamos bem seguros.

Nossa respiração arrastada soa ruidosa neste espaço por algum tempo, isso e as ondas são o único som. Depois de algum tempo, nós dois ficamos em silêncio. Meus olhos se acostumaram com a penumbra; a lua está refletida na água na boca da caverna, fornecendo luz suficiente para ver. Eu olho para Emissa. Ela está acordada. Apenas olhando fixamente para a escuridão. E se encolhe ao sentir meu movimento.

– Você está bem? – pergunto com a maior delicadeza possível.

Ela assente. Pouco mais que um movimento cansado da cabeça.

– Desculpe – sussurra ela.

Não consigo evitar uma risada.

– Por quê? – Eu me ergo de lado, de frente para ela – Não foi sua culpa.

Ela começa a chorar.

Eu fico olhando fixo, congelado, sem saber ao certo como reagir. Então me sento e me viro para ela, pegando sua mão desajeitadamente. Ela reage se sentando também e jogando os braços ao meu redor. Ela está tremendo, com o rosto enterrado em meu ombro.

Nós apenas ficamos assim sentados. Depois de algum tempo, ela para de tremer, sua respiração se acalma. Eu percebo, com um riso delicado, que ela adormeceu.

Eu me deito cuidadosamente na pedra, mantendo a cabeça de Emissa no meu ombro. Ela não se mexe.

Por mais desconfortável que seja essa cama, eu também durmo em instantes.

A luz do sol se reflete na água e se projeta ondulante no teto da caverna quando torno a abrir os olhos.

Levo um instante turvo para me lembrar onde estou, o que aconteceu ontem à noite. Emissa desapareceu de sua posição ao meu lado. Eu gemo quando me mexo, todos os músculos me lembrando por que as pessoas não usam camas de pedra.

Percebo movimento logo atrás de mim, e então Emissa se senta ao meu lado, olhando pela boca da caverna para a água cintilante. Ela não diz nada por algum tempo, então se vira para mim. Sorri.

– Achei que você tinha dito que não nadava.

Eu retribuo o sorriso.

– Eu disse que eu não nadava. Não que não sabia.

Ela me encara.

– Bem, então fico feliz que você saiba. Obrigada.

De repente percebo o quanto estamos perto um do outro. Apenas trinta centímetros entre nossos rostos. Eu fico vermelho e olho para a água.

– Você está bem?

– Com fome. Um pouco cansada. Nada do que reclamar. – Ela ainda está olhando para mim, ainda perto. – Onde nós estamos?

– Não tenho certeza. – Eu aponto para o sol. – No lado leste da ilha? Podemos ter de nadar outra vez para chegar a uma praia. Não consegui ver nenhuma ontem à noite. Se esperarmos pela maré baixa, porém, pode haver partes rasas o suficiente para apenas andarmos pela água.

– De qualquer jeito, pelo menos podemos ficar bem perto da costa.

Assimilar as coisas devagar. Não parece difícil demais ali fora. – Emissa não soa tão confiante quanto suas palavras, mas fico feliz por ela já ter chegado à mesma conclusão. – Foi sorte você ter visto esta caverna. Para mim, ela parecia apenas uma fenda na rocha.

– Foi sorte Indol ter mencionado que você ia para a laguna. – Odeio mentir neste momento, mas preciso me proteger. Eu tomei decisões ontem à noite que vão parecer terrivelmente suspeitas. – Ontem ouvi um dos habitantes locais falar sobre a corrente que há lá, como era perigoso. Eu costumava nadar com meu pai quando íamos até a costa, também havia correntes lá, e ele sempre estava preocupado com elas. Eu deveria ter dito alguma coisa. – Eu me curvo para a frente. Franzo o cenho através da abertura enquanto penso no que mais eu fiz. Saber que era seguro pular da Falésia de Aznaro é difícil de explicar, mas posso fazer com que isso passe como pura temeridade. O que eu acabei de dizer deve cobrir a maior parte do resto.

– Você não tinha como saber. – Emissa põe a mão delicadamente sobre meu braço. Minha pele formiga ao seu toque. Sei que deveria me afastar; posso ouvir os alertas de Ulciscor soando em meus ouvidos. Mas eu não me afasto.

Emissa inspira profundamente; quando viro para ver qual é o problema, ela está apenas olhando fixamente para mim. Para meu ombro. Com cuidado, ela faz pressão sobre meu braço, o que me faz puxá-lo para soltá-lo. Eu resisto quando entendo o que chamou sua atenção, então chego à conclusão de que não vai adiantar. Reluto, mas viro de costas para ela.

– Como? – sussurra ela, horrorizada.

Eu não respondo por um longo momento.

– O orfanato.

– *Eles* fizeram isso com você? Isso é… uma *barbaridade.* – Raiva verdadeira toma sua voz enquanto ela processa a informação.

– As coisas eram assim. – Eu mantenho um tom neutro. Dou a ela mais um segundo para examinar as cicatrizes, então deliberadamente as afasto dela outra vez. – Isso é passado.

Emissa me observa. Triste, mas não com pena.

– Está bem. – Parece que ela quer dizer mais, mas vê algo na minha expressão. – Está bem.

Algo relaxa em meu peito. Eu volto a me sentar ao lado dela. Nenhum de nós fala por algum tempo.

– Você acha que eles devem estar preocupados conosco? – pergunto por fim. O sol já está indicando o meio da manhã, e nós quatro deveríamos começar a treinar com as primeiras luzes.

– Não por algum tempo. Eles provavelmente vão fazer apenas suposições.

– Ah. – Nós trocamos sorrisos meio tristes. – Bem, Indol, pelo menos, deve estar se perguntando a respeito, depois do jeito que o deixei e saí correndo ontem à noite. Se ele estiver preocupado o suficiente para falar com seu pai...

– Ele não vai fazer isso. Indol odeia o pai.

– O quê?

– Eles fazem um bom teatro, mas essa é a verdade.

– Não acredito.

– Você vai acreditar quando este ano terminar.

Eu a olho com curiosidade, e ela enrubesce, parecendo com raiva de si mesma. Há uma pausa, então:

– Indol não vai servir aos Militares quando se formar. – É uma admissão relutante.

– *O quê?* – Eu tenho certeza de que ouvi errado. Seria estranho para qualquer formando da Academia não se juntar à facção de sua família. Para o primeiro filho do Dimidius dos Militares, não fazer isso é impensável.

Ela dá uma risada breve diante de minha reação.

– Foi o que eu disse quando ele me contou. Parece que ele vai para a Religião. Não disse por quê. Tenho alguns palpites, mas... – Ela me olha, alertando. – Você não pode dizer nada. E se disser, ele vai negar.

– É claro. – Esfrego a testa. – Pelos deuses. Isso é grande demais para contar.

– Eu acho que ele deve gostar de mim.

– Estou falando de *me* contar.

Os cantos dos lábios de Emissa se curvam para cima enquanto ela dá de ombros.

– Eu acho que devo gostar de você – diz ela com delicadeza.

Ela se inclina para perto, cautelosamente. Com a cabeça baixa, de modo que sua testa quase toca a minha. Seu hálito é cálido em meu rosto.

Sei, em algum lugar no fundo de minha mente, que devo me afastar.

Eu a beijo.

Há sal do mar em seus lábios enquanto ficamos assim por alguns instantes estranhos, doces e delicados. Apesar dos últimos dias, apesar de tudo, eu me sinto tonto. Com a cabeça leve, a respiração entrecortada e encantado. Nós nos afastamos depois de algum tempo, apenas um pouco, olhando nos olhos um do outro. Seus olhos estão iluminados pelos reflexos na água, brilhantes, vibrantes e verdes.

– Finalmente – ela murmura e se inclina em minha direção outra vez.

A maré baixa, de muitas maneiras, chega cedo demais.

Fazemos uma jornada desajeitada em torno da borda do penhasco; a pedra é áspera e escorregadia, e somos constantemente atingidos por ondas quebrando. Mas não é perigoso. Há uma leveza recém-descoberta em tudo; quedas que teriam sido frustrantes são motivo de risos e provocações, desculpas para sermos carregados e erguidos bem perto um do outro. Estamos cansados, e o progresso é lento enquanto o sol queima alto sobre nossa cabeça, mas nenhum de nós se importa. O terror da noite passada parece uma lembrança distante.

Quando as areias inclinadas da praia de Solencio surgem a nossa vista, porém, eu já tive algum tempo para pensar. O que eu já disse para Emissa deve corresponder à maior parte de meu aparente conhecimento local, mas preciso me assegurar de que Indol ouça a mesma coisa o quanto antes. É fácil prevenir suspeitas, muito mais difícil desfazê-las. Não posso permitir que elas criem raízes.

A aldeia de pescadores da praia de Solencio é pequena, só com moradores locais, mas nenhum que eu reconheça; em pouco tempo eles nos servem uma refeição quente e nos dão roupas secas, e tanto Emissa como eu prometemos pagar por isso assim que chegarmos ao palácio. Os Octavii aqui não ficam empolgados por encontrarem cidadãos catenanos surgindo em sua praia, tampouco são indelicados. Exatamente a resposta que eu esperaria de meu povo. Meu bom humor aumenta com sua generosidade de espírito.

Sou poupado de explicar como conheço o caminho de volta para o palácio por um pescador que se oferece para nos transportar até a baía principal.

Ele é um sujeito alegre, queimado de sol, rústico e com o peito nu, e sua falação constante na viagem de uma hora indica que ele está mais do que satisfeito com a companhia. Acho que ele vê o jeito como olhamos um para o outro, como ficamos juntos, embora nenhum de nós esteja tentando deixar isso óbvio. Seus sorrisos são astutos demais para serem dirigidos a qualquer outra coisa.

Minha leveza de espírito – aumentada pela viagem, pelo sol nas minhas costas, pelos borrifos do mar que se ergue enquanto nosso barquinho corta as ondas – inevitavelmente é amortecida ao avistarmos o píer reconstruído da baía, com a massa ancorada de navios elegantes movidos a Vontade que trouxeram os senadores. Eu encontrei um momento de alegria com Emissa, mas isso não muda nada. Ainda tenho um trabalho a fazer.

Então, quando descemos do barco, já tossi perceptivelmente algumas vezes. Quando somos conduzidos ao palácio e encontramos as expressões primeiro divertidas, depois horrorizadas de Indol e Belli enquanto explicamos o que aconteceu – menos alguns detalhes –, me asseguro de fazer com que minha garganta fique rouca. Cambaleio de pé, pareço agradecido quando tenho uma oportunidade de me sentar.

Eu descarto corajosamente a preocupação dos outros, inclusive de Emissa. Dou sorrisos pálidos e asseguro a eles que é apenas cansaço. Mas quando o jantar termina, eu não me oponho à orientação de me deitar mais cedo. O que, para ser justo, não é parte do teatro.

Fico muito tentado a explorar os túneis outra vez quando estou de volta ao meu quarto – eu já perdi uma noite, e se eu descobrir que as reuniões não estão sendo realizadas onde espero, não vou ter tempo de pensar em uma solução –, mas Ulciscor e os outros senadores vão saber de nossas aventuras quando a reunião de hoje acabar. O risco de receber uma visita é grande demais.

Minha cautela se mostra sábia quando uma batida delicada penetra em minha consciência mais tarde.

Não tenho de fingir a letargia ao cambalear até a porta. A lua está alta do outro lado da janela. É tarde.

– Você está acordado. Que bom. – Ulciscor me avalia quando abro mais a porta ao ver quem é. – Você está bem?

– Poderia estar pior – digo com reservas, dando uma leve rouquidão a minha voz.

Ulciscor entra. Lanistia vem logo atrás, impassível, os óculos escuros refletindo a luz prateada. Depois que eles entram, eu torno a fechar e a trancar a porta. Ulciscor está usando a desculpa de checar como estou, mas ele, sem dúvida, vai aproveitar a oportunidade para falar sobre assuntos mais sensíveis.

– Bem, meus parabéns. Você conseguiu virar assunto entre todos os senadores aqui. De novo. – Ulciscor parece não saber se deve ficar impressionado ou desesperado quando se senta em minha cama. – Arriscar a vida para tirar do oceano uma garota que está se afogando. Uma que, se tivesse morrido, teria feito você ir direto para a Turma Três. Um herói saído diretamente de uma maldita saga.

Eu olho sem foco para ele.

– Me... desculpe?

Ele me encara, então dá um suspiro e acena com a mão de forma cansada.

– Eu disse a você para se manter longe dela.

– Não achei que isso se estendesse a deixá-la morrer.

– Não se estende – intervém Lanistia, com uma expressão de reprovação na direção de Ulciscor.

Ulciscor assente, e eu me pergunto se estou imaginando relutância no movimento.

– Eu não pediria isso a você. Mas já está circulando o boato de que vocês dois parecem mais próximos que nunca desde que voltaram. E eu sei o quanto vocês pareciam próximos duas noites atrás.

Eu fico vermelho.

– Estou tomando cuidado.

Ulciscor suspira outra vez

– É melhor que esteja, Vis. – Ele olha ao redor, como se procurasse no quarto algum dispositivo de escuta escondido. – Agora... Depois do Festival dos Ancestrais. Você conseguiu ir até as ruínas?

A tensão extra na voz de Ulciscor trai sua ansiedade. Ele está querendo esta conversa desde que deixei a Necrópole.

– Consegui. Não foi *exatamente* como planejado, mas... eu vi. Vi o que acho que Caeror estava tentando contar a você, o que Veridius e a Religião estão escondendo.

Eu conto minha jornada e minha experiência na cúpula vermelha com tantos detalhes quanto possível, me assegurando de parecer fraco e cansado, me preparando para parecer doente amanhã. Ulciscor apenas escuta com a cabeça baixa, às vezes erguendo os olhos em minha direção, fora isso se mexendo apenas para tirar a capa quando o quarto esquenta com três pessoas dentro dele. Seus braços parecem inchados no local em que saem da túnica. Seus olhos castanhos profundos voltam a estudar o chão de pedra quando ele termina, mas percebo que está devorando cada palavra.

Lanistia, como era de se esperar, mal reage a qualquer coisa que digo. Nem mesmo quando falo sobre Artemius e Elia e conto que seus olhos são como os dela.

Quando termino, Ulciscor exala, de cenho franzido em meio ao silêncio. Pensando.

– Você vai ter de corrê-lo. No Iudicium, imagino, seria mais fácil.

As palavras pairam no ar, pontuadas pelas ondas distantes e ecoantes abaixo. Eu não reajo por vários segundos, certo de ter ouvido mal ou de não ter entendido, ou de que ele está brincando. Mas ele continua a olhar sombriamente para o chão, em silhueta contra as ondulações cintilantes abaixo, do outro lado da janela.

– Você ouviu o que eu acabei de dizer, certo? Sobre Artemius ser destroçado pelo que quer que haja lá?

– Ouvi.

Minha confusão se transforma em raiva.

– Não. Eu cumpri minha parte do acordo, e…

– Você não fez isso. – Ulciscor se levanta abruptamente, com a voz baixa. Dura. – Eu pedi que você descobrisse o que aconteceu com Caeror. O que você fez foi descrever lugares onde Caeror pode ter estado. Agora, se você encontrar *prova* de como ele morreu (algo que possa me trazer, algo que eu, então, possa levar para o Senado) antes do Iudicium, então eu dispenso você disso. Mas se não conseguir, então é isso o que vai precisar fazer. É isso que vai corresponder ao compromisso que você tem comigo. Faça isso e você pode de fato ser parte da Casa Telimus. Ou não. Você vai poder ir para onde quiser depois da formatura, sem interferência minha. – Ele olha para mim com determinação fria. – Não posso salvá-lo, você sabe. Com essa reputação que você está cultivando.

Se você fracassar, eu *vou* botar você em um Sapador. Ninguém vai ficar no caminho de meus direitos como seu pai, e ainda terei esses direitos por semanas depois do fim do Iudicium. Não duvide que eu os exercerei.

Eu fico boquiaberto. Então é por isso que ele está sendo ríspido comigo esta noite, por isso não ficou satisfeito por eu ter salvado Emissa. Ele ainda sente que está perdendo o controle sobre mim.

– Eu… eu não sou bom o bastante no Labirinto. Eu vou morrer – balbucio depois de algum tempo.

– Então melhore. Você ainda tem quatro meses.

– Lanistia. Diga alguma coisa. – Eu me volto para ela, suplicando que ela ponha alguma sanidade no Magnus Quintus.

Lanistia suspira.

– Ele tem razão.

– Está vendo, Vis? Você apenas…

– Não você. Ele. *Vis* está certo. – A voz de Lanistia está firme enquanto ela se volta para Ulciscor. – Ele fez o que você lhe pediu. Nós, agora, temos informações com as quais trabalhar.

Ulciscor olha com raiva para ela.

– Nós não vamos ter essa oportunidade outra vez. – Ele se vira novamente para mim. – Sinto muito, Vis, eu entendo que é perigoso. Mas eu perguntei antes se você estava disposto a arriscar sua vida. Você disse que estava.

Eu estou perdido, sem fala. Talvez pela primeira vez, estou vendo a profundidade da obsessão de Ulciscor – ou, pelo menos, vejo que sua determinação em descobrir o que aconteceu com o irmão supera e muito qualquer preocupação que ele tenha comigo.

– Acho, então, que não tenho escolha. – Estou amargo e atônito, perdendo a ilusão de ter feito o suficiente com aquela jornada brutal até as ruínas. O peso deste lugar e de minha posição aqui, brevemente esquecidos, voltam para me sufocar.

– Não, você não tem. – Ulciscor esfrega o rosto de um jeito cansado. – Nós já passamos tempo demais aqui com você. Duvido que tenhamos a chance de conversar outra vez desse jeito antes de eu deixar a ilha. Na verdade, talvez não antes do Iudicium. Então, se há mais alguma coisa que você queira me dizer…

Eu sacudo a cabeça de um jeito entorpecido.

Ele dá um breve aperto em meu ombro. Severo.

– Então que os deuses o guiem pelos próximos quatro meses, Vis.

Ele vai embora, sem olhar para trás.

Lanistia sai atrás dele, mas para na porta.

– Você entendeu o Labirinto mais rápido que a maioria que já vi. Treine duro. Você consegue. – Ela baixa a voz ainda mais, transformando-a em um sussurro de emoção. – Não morra.

Ela segue Ulciscor e me deixa sozinho novamente.

LVI

NO DIA SEGUINTE, NÃO É DIFÍCIL CONVENCER TODO MUNDO DE minha suposta doença.

Passei grande parte da noite bem acordado, agitado. Meus olhos bordejados de vermelho e minha lentidão durante o treino de luta matinal na praia ajudam a vender minha história, mesmo antes que eu comece a tossir. Passar tempo com Emissa – que, felizmente, parece ter se recuperado bem depois de uma noite de sono – é um bálsamo breve, mas nem isso consegue afastar o espectro das exigências de Ulciscor.

Quando me levanto com dificuldade e, em seguida, finjo cambalear depois da refeição, Emissa me diz em termos firmes que eu preciso descansar. Os outros sorriem e fazem comentários sobre nosso relacionamento em sussurros altos, mas nós os ignoramos, e eu aceito o conselho dela com relutância.

De volta a meus aposentos, eu fecho as cortinas e tranco a porta. É muito tentador dormir um pouco – ainda estou cansado de verdade –, mas se houver algum imprevisto, vou precisar de tempo para contorná-lo. E ninguém vai me incomodar. Os senadores ainda estão isolados, e os terceiros vão treinar o dia todo.

Fico satisfeito ao descobrir os senadores no Salão Menor, um dos lugares em que eu acreditava ser a reunião de cúpula. Eu vou até lá três vezes durante o dia. Suas discussões ressoam claramente através dos túneis, e eu me sento ao lado da fenda oculta por uma hora de cada vez, apenas ouvindo. É, em grande parte, sem graça. Uma combinação de discussões sobre como superar as outras pirâmides senatoriais com discussões sobre política interna. De vez em quando, ouço Ulciscor emprestar a voz para um lado ou outro, embora seja sempre com muitas pessoas e ele nunca tenha uma chance de falar sozinho.

Nada disso é útil. Mas, pelo menos, estou confiante de que vou conseguir escutar a reunião desta noite.

Eu saio do meu quarto pouco antes do jantar, me assegurando de parecer tão desgrenhado e esgotado quanto possível. Não é difícil, levando em conta que eu mal dormi. É melhor me apresentar agora, mostrar que ainda não estou bem, em vez de correr o risco de uma visita inesperada mais tarde por alguém que esteja curioso. Eu converso um pouco com os terceiros – principalmente com Emissa, que dispenso com relutância quando ela pergunta se eu gostaria de companhia para o fim de noite; insisto que quase certamente estarei dormindo –, então vou até as docas para me despedir de Ulciscor e de Lanistia. Ele me abraça na frente de todo mundo, como se eu fosse mesmo seu filho. Lanistia observa, impassível.

Eu os observo zarpar contra o sol poente e me pergunto se eles esperam me ver de novo.

De volta a meus aposentos, eu tranco a porta e cubro minha lanterna. Pego dois tabletes de cera e um buril na mesa, mas deixo o "presente" de Relucia na caixa.

É hora de descobrir pelo que, exatamente, ela está tão disposta a arriscar minha vida.

Vozes entram pelo túnel assim que me aproximo da fenda de escuta do Salão Menor. Eu exalo quando identifico a de Dimidius Quiscil. Pareceu uma suposição segura que os senadores restantes fossem continuar a usar este salão esta noite, mas não havia nenhuma garantia disso.

Eu me instalo perto da abertura e espero.

É uma confusão de vozes pelas primeiras duas horas. Alguma discussão preguiçosa sobre uma proposta de reforma agrária defendida por um patrício Militar de menor importância, mas, fora isso, apenas conversas educadas. Pessoas perguntando pelas famílias de outras pessoas. Observando como o clima está bonito aqui. Trocando histórias sobre suas viagens até aqui, lamentando a falta de um Transvect direto e comentando genericamente a necessidade de uma civilização adequada nesta parte do mundo. Eu ignoro a última parte. Já ouvi dos terceiros mais do que o suficiente desde que chegamos.

Por fim, porém, uma porta se fecha. Cadeiras se arrastam e a conversa se cala quando a voz carregada de poder de Dimidius Quiscil se impõe sobre tudo, se desculpando pela ausência de Dimidius Werex – ele aparentemente é necessário em Catena no momento –, então seguindo para o que parecem ser negócios oficiais.

– Relatórios, Ciserius?

Há uma tossida em meio a um breve silêncio, o Tertius parecendo folhear alguns papéis.

– A lista atualizada tem dezessete conspiradores conhecidos e outros 23 potencialmente suscetíveis de coerção. As preocupações mais urgentes são a Casa Remus, sobre a qual temos provas documentais apresentadas pelo Conselho dos Quatro, e a Casa Juvalis, que fontes confiáveis nos dizem estar pensando com seriedade em um movimento para a Governança.

Murmúrios. Alguns xingamentos. Parece que os números ou os nomes não são do agrado dos senadores reunidos.

– Nós vamos reexaminar todos eles, Ciserius. Vamos começar com as quantidades conhecidas – diz Quiscil, tão baixo que eu mal consigo ouvi-lo.

As duas horas seguintes são dedicadas a discutir qualquer um entre os Militares que seja digno de nota e que seja suspeito de trabalhar contra eles. Eu anoto cuidadosamente nome após nome em meu tablete, com a menor letra possível. Os detalhes de cada um, porém – atos documentados ou suspeitos, razões teóricas para se revoltarem, possíveis consequências de removê-los da equação política –, tenho de guardar na memória, junto com a inevitável lista de pontos fracos de cada um. Vícios. Negócios ilegais. Romances ilícitos, atuais e do passado, alguns com pessoas do mesmo sexo e, por isso, proibidos de acordo com o Direito de Nascença. Filhos que outras relações podem ou não ter produzido. Não deveria me chocar que tantos no Senado sejam corruptos, mas a ladainha é perturbadora. E traz informações muito valiosas para os anguis.

Alguns na lista foram marcados apenas como preocupações, e não necessariamente traidores, mas com segredos prejudiciais o suficiente para poderem ser coagidos com facilidade por forças externas. Outros foram comprados por cavaleiros, contornando de forma flagrante a proibição senatorial de se envolver em qualquer forma de negócio. Há, ainda, documentos sobre outros que apoiam os interesses da Religião ou da Governança. Há até um

Quintus que, segundo alguns relatórios, está de fato trabalhando para os anguis. Eu faço uma anotação contra ele.

Escuto discussões acaloradas depois de cada relatório. As opiniões sempre variam entre querer tentar atrair os conspiradores de volta ou mandá-los para Sapadores. Na maioria das vezes, a comissão decide apenas vigiá-los. Mas nem sempre.

Meus músculos estão doloridos pelo medo de me mexer quando a lista chega ao fim. Quiscil anuncia um breve intervalo. Eu estico os membros em silêncio, então me sento no chão de pedra, olhando contemplativamente os nomes em meu tablete.

Depois de um minuto, decoro e apago cuidadosamente três deles. Quintus Elevus. Magnus Sextus Doria. Magnus Sextus Titus. Aqueles com os quais a comissão decidiu não interferir, por enquanto. Espero que nunca chegue a isso, mas se eu precisar algum dia coagir um senador, essa informação vai ser útil. E Relucia não vai ter como perceber sua ausência pelo que eu enviar para ela.

Quando ouço o recomeço dos procedimentos ali dentro, volto a me posicionar. É Quiscil que está falando.

– ... as coisas de que vamos precisar outra vez. Me informem quem pode fornecer o quê, depois as listas devem ser queimadas.

Escuto o farfalhar de papéis sendo distribuídos. Meus punhos se cerram. Esse deve ser o motivo por que Relucia me queria aqui, mas não há muita chance de eu ver o que está escrito.

– Um *navio*, desta vez? Eu tenho minhas dúvidas, Dimidius. – A voz de Ciserius é cortante.

O pai de Indol suspira.

– Muito bem. Diga o que você acha. Sei que muitos de vocês estão ansiosos para discutir o incidente com os anguis no Festival de Jovan.

– Incidente? – É Magnus Tertius Nasmius. – Essa é uma descrição muito suave, Dimidius. E, sim, nós estamos ansiosos. – Escuto a aprovação murmurada de diversos senadores. – Um desastre que não vou ver repetido.

– Desastre? – O tom de Quiscil é suave. – Como assim, Nasmius?

– De que outra maneira você descreveria? – Nasmius está irritado, mesmo que uma sugestão de reverência nunca deixe totalmente sua voz.

– Eu perdi 97 na minha pirâmide – concorda Ciserius.

– Eu perdi 135. Eu apaguei quando aquilo aconteceu – intervém outra pessoa. Magnus Tertius Olicus, eu acho, embora ele tenha permanecido em silêncio pela maior parte do tempo. – Nós demos muita corda para eles. Dispendemos fundos demais e os subestimamos.

Eu franzo o cenho. Abaixo a cabeça e me inclino para mais perto, certo de ter entendido mal.

– E eu perdi quase quatrocentos – observa Quiscil. Repreendendo-o. – E é exatamente por isso que a possibilidade de nosso envolvimento não foi sequer considerada. Perdas pessoais são uma fachada necessária. É, eu sei que o momento pegou vocês de surpresa. É, o ataque deles foi mais destrutivo do que poderíamos ter antecipado. Mas foi *melhor* assim. Todos temos de fazer sacrifícios. Eu espero que a inconveniência de reconstruir suas pirâmides não seja seu parâmetro de sucesso ou fracasso.

– Eu discordo – diz Nasmius depois de alguns momentos. – Talvez se Melior ainda estivesse vivo, o Senado ficasse mais flexível, mas, com ele morto, eles quase nos veem como *menos* importantes, e não *mais*. Nós pelo menos descobrimos alguma coisa mais sobre a arma dos anguis?

– Não. Mas me disseram que esse segredo morreu com Melior. – Quiscil ainda está calmo, embora essa seja a primeira vez que ouço qualquer coisa semelhante a uma oposição a ele. – E mudar a opinião do Senado sempre foi um subproduto possível, e nunca o objetivo. O *povo* acredita que somos mais vitais que nunca. E, mais importante, os anguis acreditam que têm contatos de confiança. Eles, agora, não vão hesitar em fazer o que precisamos que façam.

– Eles sabem que estamos envolvidos?

– É claro que não.

Eu passo a língua nos lábios, tentando entender o que estou escutando. Não parece haver muita dúvida.

Os Militares ajudaram os anguis a atacar a naumaquia.

– Você tem certeza? O jeito como eles estavam impedindo que usássemos a Necrópole não caiu bem para você, Dimidius, você não pode negar.

– Isso foi obra de Melior. Não aconteceu nada desde a morte dele.

– Mesmo assim. Pelo menos o Festival de Jovan exigiu apenas informação e alguns uniformes. Desta vez você quer dar armas para eles? Dispositivos à base de Vontade? Uma *trirreme* inteira? O que acontece quando algum deles for apanhado? Alguém vai acabar descobrindo.

– Ninguém vai descobrir, porque os interrogatórios permanecem sob nossa jurisdição.

– Nós deveríamos, pelo menos, saber onde o ataque vai acontecer. – Quartus Redivius levanta a voz.

– *Não*. – A voz de Quiscil, calma até esse momento, fica dura. Não alta, mas o poder latente por trás dela parece pulsar através da parede, e eu afasto brevemente a cabeça da fenda de escuta com essa única palavra. Silêncio, depois, de forma muito mais plácida: – Ciserius, com sua frota, imagino que o desaparecimento de um navio não seria muito incomum.

– É frequente que navios se percam no mar, Dimidius – concorda Ciserius. Ele parece abalado. – Está previsto que o *Navisalus* viaje para Tensia. A travessia pode ser muito perigosa.

– Tome cuidado para não tripulá-lo com ninguém que você gostaria de ver voltar.

Silêncio de novo, então:

– Como quiser.

Eu sinto um calafrio. O Dimidius está fazendo planos que contrariam totalmente o Direito de Nascença, e ninguém está dizendo nada. Alguns minutos atrás, eu sabia que teria problemas se fosse apanhado escutando essa reunião. Agora, duvido que me deixariam vivo.

– Por que isso é tão importante? – É Nasmius outra vez. – Se nós ao menos entendêssemos…

– O Princeps diz que é. Isso é tudo o que vocês precisam saber.

O pronunciamento de Dimidius encerra com eficiência a discussão, e logo a conversa muda para outros assuntos.

Nada, porém, tão significativo quanto o que acabei de ouvir.

Depois de algum tempo, a reunião se cala rumo ao seu fim, com cadeiras se arrastando e vozes murmurantes. Eu espero, caso aconteça mais alguma coisa, uma discussão final despreocupada, mas, depois de alguns minutos, fico convencido de que todo mundo foi embora. Eu fecho a fenda de escuta, recolho os tabletes e a lanterna e sigo na direção de meu quarto.

As passagens úmidas ecoam enquanto eu ando. O *Navisalus*. Relucia mencionou alguma coisa sobre um navio quando eu a estava escutando escondido no Festival de Pletuna. Que ele estava sendo usado como um ponto de ancoragem. Mas o outro homem não tinha certeza se podia confiar em seus parceiros.

Deve ser por isso que Relucia queria que eu descobrisse o que o Dimidius estava requisitando em segredo. Eu estou me assegurando de que os Militares cumpram sua parte do acordo.

Eu cerro os dentes. O que quer que esteja planejado deve ser grande. Vital para os anguis. Mas, mesmo que seja outro ataque, o que eu faço? O que posso fazer em relação a isso? Alguma coisa? Se eu transmitir a informação errada para Relucia, é mais provável que eu me exponha ao perigo do que sabote um esquema sobre o qual eu nada sei. Não devo à Hierarquia me expor tentando contar isso para outra pessoa. Nem há muito a contar. Não suficiente para qualquer um me levar a sério, muito menos para realmente impedir o que quer que esteja por acontecer.

Ainda estou imerso em pensamentos quando faço a última curva no túnel. Eu não percebo que não estou sozinho até ver um movimento. Mas então é tarde demais.

Dou alguns passos cambaleantes e em pânico para trás, tentando pensar em alguma coisa a fazer, mas sem encontrar nenhuma. O homem se levanta de onde estava agachado em frente à entrada de meu quarto. Ele dá um passo à frente e entra na luz da lanterna.

É Fadrique.

LVII

— POR FAVOR. — FADRIQUE SUSSURRA AS PALAVRAS. ELE ESTENDE A mão, como se estivesse preocupado em não me assustar – Você não tem nada a temer de mim.

Eu hesito, confuso.

– É mesmo você, não é? – Ele olha para mim como se estivesse vendo um fantasma. O que, de certa maneira, é verdade.

Eu o olho fixamente, congelado. Ele já me flagrou aqui – os túneis sobre os quais apenas minha família e alguns poucos outros sabiam – na mesma noite da reunião dos Militares. Então, mesmo que seja algum tipo de estratagema para fazer com que eu admita minha identidade, isso é quase irrelevante.

Fadrique parece tomar minha falta de resposta como uma afirmativa, porque de repente anda em minha direção. Eu me encolho, mas ele me envolve em um abraço caloroso, me apertando como se eu fosse um filho há muito tempo perdido. Então ele toma minha cabeça nas mãos e me beija à força nas duas bochechas. Seus olhos, para minha surpresa, estão brilhando.

– Mestre Diago. Meu príncipe. Mestre *Diago*. – Não há como negar o grande prazer em sua voz, o alívio que dizer essas palavras está proporcionando a ele. Há alegria, mas também descrença, tristeza e arrependimento.

Eu o afasto de mim, não de forma antipática, mas com firmeza.

– Se eu *fosse* quem você acha que sou, provavelmente perguntaria por que um ex-cidadão de Suus agora é um Sextus. Eu provavelmente perguntaria quanto a Hierarquia lhe pagou para trair seu povo. Provavelmente perguntaria por que ele teve permissão para viver e prosperou depois que toda a família real a quem ele servia foi assassinada. – É uma acusação, eu sei, além de ser o mais perto de uma confissão que consigo fazer. É difícil, quase impossível, dizer a verdade em voz alta depois de tantos anos de prática.

Fadrique continua tomado pela emoção. Há sofrimento quando ele olha para mim, tanto que praticamente não consigo olhá-lo nos olhos.

– Seu pai me disse para cuidar do povo.

– Então você se tornou um *deles*? – Sou mais veemente do que pretendia.

– Eu e minha família sobrevivemos. E ficamos.

Não há raiva nessas palavras, mas a acusação me faz retroceder fisicamente. Minha mente está girando, uma mistura surreal de alívio e raiva.

– Perdoe-me, alteza. – Fadrique está em movimento outra vez. Ele se ajoelha e abaixa a cabeça. Sua voz está trêmula. – Eu não sabia o que mais fazer. Não pedi nenhum benefício por minha posição, mas eles disseram que era uma exigência. Que, se eu quisesse agir pelo bem de Suus, precisava aceitar tudo o que vinha com o emprego. – Há muita vergonha nessas palavras. – Por favor, meu príncipe. Eu imploro seu perdão. Eu não queria isso.

Ainda quero repreendê-lo, mas parte de mim já desconfiava, acho. Eu conhecia Fadrique. Ou melhor, meu pai o conhecia, e bem o bastante para confiar nele. Ele não teria assumido esse papel se não achasse que era o melhor para Suus.

Isso não acaba com minha raiva, mas a diminui bastante.

– Eu... acredito em você. – As palavras são um alívio da tensão, um desapego. – A Hierarquia iria precisar de um de nós para ajudá-los a controlar nosso povo, mas eles não poderiam deixar que você ficasse popular. Mesmo que os benefícios não comprassem você, eles sabiam que ser um Sextus iria distingui-lo. Ou, de qualquer forma, faria todas as outras pessoas acharem que você estava comprado. – Eu hesito, então dou um passo à frente e ergo o homem de pé novamente, com delicadeza. – Não se ajoelhe, Fadrique. Não há mais família real em Suus.

Dói dizer isso. Pode, na verdade, ser a primeira vez que admito isso em voz alta.

O homem aceita minha ajuda, seu alívio e sua gratidão quase grandes demais para aguentar.

– Até onde sei, vai haver uma enquanto você estiver vivo, alteza.

Eu engulo em seco. Assinto.

– Como você sabia que eu estaria aqui?

– Há alarmes imbuídos na maioria das portas secretas. Armados por mim – acrescenta ele para me tranquilizar. Ele percebe meu pânico crescente.

– Há alguma chance de mais alguém aparecer por aqui?

– Não. Eles selaram a entrada embaixo d'água. Não há como entrar ou sair destes túneis de outra maneira, então acabaram se esquecendo deles. – Ele dá um sorriso carinhoso. – Não está muito diferente de seu tempo, alteza. Eram só você e suas irmãs que os usavam.

Eu também sorrio ao ouvir isso, em meio à dor em meu peito.

Depois de algum tempo, eu dou um suspiro, me aproximo de Fadrique e deslizo encostado na parede até ficar sentado. Fadrique também se senta, nós dois encostados na pedra fria. Faz silêncio.

– Quando você me reconheceu?

– Vi a semelhança assim que você chegou, mas… – Fadrique sacode a cabeça. – Achei que não podia ser coincidência quando a entrada do Grande Salão foi aberta na outra noite. Então vi o quarto que você escolheu, e… eu soube. – Ele olha fixamente para a parede à sua frente – Você está aqui para matá-lo?

– O quê? – Eu olho para ele, inexpressivo. – Quem?

É a vez de Fadrique ficar surpreso.

– Quartus Latani. – Ele franze o cenho diante de minha expressão confusa. – O homem que chamam de Suusicus? O que liderou o ataque e ordenou a morte de sua família?

No início, não entendo totalmente. Então fico frio, atônito.

– Latani? – Eu o conheci.

– É. Ele está aqui pela primeira vez desde… – Sua voz se cala. – Não acho que ninguém na cidade saiba disso.

Minha respiração está mais pesada que o normal.

– Eu também não sabia.

– Bom. A violência não é resposta para o pesar, alteza, mas se der a ordem, eu encontro um jeito de lhe fazer justiça. – Fadrique sempre foi um homem plácido e de fala mansa, mas há aço em sua oferta.

Eu considero a ideia. Penso nela por alguns segundos muito longos.

– Uma coisa é ser corajoso, outra é jogar sua vida fora – digo, mesmo enquanto fúria borbulha em meu peito. – Se você fizer uma coisa dessas, vai acabar em um Sapador. E se você acabar em um Sapador, talvez a pessoa que eles escolham para substituí-lo aqui não defenda os interesses de nosso povo. E eles sofram como resultado. Sinto o resto de minha ira em relação a Fadrique se esvair com essas palavras. Eu me viro para ele. – Desculpe, Fadrique. Eu não deveria ter ficado com raiva. Meu pai estaria orgulhoso do que você fez, do que você sacrificou. *Eu* estou orgulhoso por isso.

Fadrique curva a cabeça. Ele leva alguns momentos para recuperar a voz.

– Obrigado, meu príncipe.

Silêncio outra vez. Eu me remexo, sem querer fazer a pergunta, mas preciso saber. Passei os últimos anos me perguntando isso. Me torturando com as diferentes possibilidades de um jeito tal que a realidade, sem dúvida, não poderia ser pior do que o que minha imaginação conjurou.

– Como eles morreram, Fadrique?

– Sua família? – Ele fica pesaroso. – Enforcados.

Como falou Menendo da taverna.

– Ysa também? – Minha voz está sumindo.

– Ela também, alteza.

Algo em mim se aperta, embora todas as partes lógicas de mim soubessem que essa seria a resposta. As informações sobre suas mortes eram escassas, quase impossíveis de encontrar. Eu *sabia* que eles estavam mortos, *absolutamente todos* os relatos diziam isso. Mas na verdade, todos os relatos diziam que eu também estava morto. Uma pequena parte de mim, eu acho, ainda tinha esperança.

Então, repentina e inesperadamente, começo a chorar. Grandes soluços ofegantes, os braços abraçando os joelhos, a testa apoiada sobre eles. Não sei por que a tristeza me atinge com tanta força, aqui e neste instante, mas é o que acontece.

Sinto Fadrique apertar meu ombro. Um gesto de solidariedade e conforto. De algum jeito, isso só me faz chorar mais forte.

– Você viu? – Eu consigo sussurrar a pergunta.

– Vi – diz Fadrique com delicadeza. – Não foi em público, mas me pediram para testemunhar, para confirmar suas mortes. Eu, Gelmiro e Polo. – Ele me dá um aperto de consolo. – Foi rápido. Eles foram corajosos. Especialmente sua irmã.

Tento não imaginar isso, mas imagino mesmo assim. Minha família com cordas em torno do pescoço, caindo das forcas. Outro soluço abala meu corpo, então me esforço para respirar fundo algumas vezes até me acalmar, a emoção contida sob uma semelhança de controle.

– Foram todos ao mesmo tempo? – Eu sofro com a ideia, mas preciso saber que nenhum deles teve de assistir à morte dos outros.

– Foram, alteza. Demonstraram essa piedade para eles. – Ele exala. – E só dois dias depois o corpo da princesa Carinza foi encontrado. Então, até onde seus pais sabiam, ela tinha escapado junto com você.

A tristeza me atinge novamente.

– Bom. – Eu engasgo. – Isso é bom. – Eu limpo o rosto com a manga.

Nenhum de nós fala enquanto Fadrique deixa que eu me recomponha. No fim, eu sacudo a cabeça.

– Eu tenho muitas perguntas, Fadrique. Sobre o que aconteceu naquela noite. Sobre o que aconteceu desde então.

Fadrique fica de pé.

– Antes que pergunte, tem uma coisa que eu gostaria de lhe mostrar. Mas não devemos correr o risco de falar até chegarmos lá. Vamos precisar passar por vários aposentos ocupados.

Eu franzo o cenho, mas também fico de pé.

– Está bem.

Fadrique pega minha lanterna e vai na frente, cada vez mais fundo nos túneis. Ele parece confortável andando por ali, sem hesitar nas intersecções. Eu só tenho lembranças vagas desta área. O bastante para encontrar novamente a saída, mas só isso.

Por fim, Fadrique entra em uma pequena câmara. Ele pega uma vela na parede e a leva até a lanterna, então acende várias outras em torno da sala.

Eu observo, intrigado. Há uma confusão de coisas aqui. Pilhas de objetos amontoados nos cantos.

Quando a luz começa a revelar os mais próximos, meu coração para.

– Isso é… o arco de minha mãe? – Já sei a resposta. Eu me agacho ao seu lado e o pego com reverência. A madeira é intricadamente entalhada com cenas da história de Suus. Um presente de meu pai, feito pelos melhores artesãos de Suus. Este era um dos bens dos quais ela tinha mais orgulho.

Fico paralisado, passando os dedos pela madeira, por tempo o bastante para que, quando eu torno a erguer os olhos, o aposento esteja adequadamente iluminado.

Por um momento surreal, sou transportado para meu passado.

Para todo lugar que eu olho, há uma lembrança da minha infância. Objetos que pertenciam a meus pais, alguns valiosos, outros que sei que eles mantinham apenas por razões sentimentais. Brinquedos de meu quarto, dos quartos de minhas irmãs. Coisas que fizemos uns para os outros. Instrumentos que aprendi a tocar. Até meu velho tabuleiro de Fundação está aqui, o saquinho de couro ao lado dele cheio de pedras.

– Eles iam saquear seus aposentos, cedo ou tarde. Sei que não deveria ter assumido a responsabilidade de escondê-los, mas…

Eu vou até ele e jogo os braços em torno do homem surpreso.

– Isso significa tudo, Fadrique. – Eu o solto e me afasto outra vez, olhando ao redor sem acreditar. Minha voz fica embargada. – Tudo. Eu sei que não deveria ser assim, mas é.

Eu passo os minutos seguintes apenas… mexendo nas coisas. Tocando objetos que nunca achei que veria outra vez. Folheio páginas de livros resgatados de meus aposentos: alguns são textos educativos, outros são histórias que eu tinha esquecido que existiam. Rio ao encontrar alguns navios toscos de madeira entre as coisas de meu pai. Eu os entalhei quando tinha dez anos. Eram dois grandes, três pequenos, com nossos nomes gravados nas ranhuras sobre seus conveses. Eu não sabia que meu pai ainda os tinha. Está faltando o que tinha meu nome. Eu sofro ao perceber que isso parece apropriado.

Também há moedas aqui. Uma pilha de prata circular. Eu passo o dedo em uma delas, olhando para a silhueta real de meu pai no verso. Elas não têm mais valor como dinheiro. Eu guardo algumas no bolso. Seria bem fácil dizer que as encontrei ou consegui com um morador local, se me perguntassem.

Finalmente, eu me volto para o homem mais velho, que estava me observando com um sorriso radiante.

– Obrigado, Fadrique. – Eu ponho toda a minha gratidão nas palavras. – Nunca achei que fosse rever nada disso.

Ele curva a cabeça em um reconhecimento satisfeito.

– Eu tive ajuda.

– De quem?

– Amigos. – Seu prazer vira melancolia quando ele diz isso, e percebo que as pessoas sobre as quais ele está falando estão mortas. Então ele se apruma. – Você não está sozinho aqui, meu príncipe. Foi por isso que o levei à taverna de Menendo no outro dia. Eu sabia que ele o reconheceria. Eu queria que você soubesse que ainda tem aliados aqui. Pessoas que não têm medo de enfrentar a Hierarquia, se tiverem a motivação certa.

– Obrigado. Você me ajudou a ver isso. De verdade. – Eu me asseguro de que ele veja meu apreço.

Fadrique pensa, então aponta para o chão e se senta ali.

– Infelizmente, não consegui salvar os móveis. Mas sei que você tem muitas perguntas. Então pergunte. E vou lhe contar tudo o que puder.

As horas seguintes – talvez várias horas – são passadas no desconfortável chão de pedra, apenas falando. Eu descubro como está a vida na ilha desde que fugi. O caos e o medo dos primeiros dias quando os soldados da Hierarquia começaram a chegar, mas tudo o que a maioria das pessoas sabia era que seu rei tinha dito a elas para não resistir. A fúria e o ultraje depois que eles descobriram que minha família tinha sido executada, os distúrbios que ocorreram depois.

Estou egoistamente satisfeito por isso, mesmo que a Hierarquia tenha usado Sapadores como punição. Ajuda saber que os assassinatos de minha família não ficaram incontestados.

Fadrique, aos poucos, preenche as lacunas depois disso. Após os levantes, os catenanos começaram a condenar aqueles acusados de resistir. Alguns de meus conterrâneos, fico envergonhado ao saber, se aproveitaram disso. O medo dos Sapadores tomou conta. Em três meses, a maioria da população tinha visitado a Aurora Columnae mais próxima, deixando apenas algumas eclosões eventuais contra a presença da Hierarquia. Em seis, eles tinham se reduzido a apenas resmungar.

O que, pelo menos até onde Fadrique sabe, é basicamente como ficaram as coisas. O ressentimento prolongado em relação à Hierarquia persiste, mas diminui um pouco mais a cada dia. As pessoas que antes odiavam a ideia de dispositivos movidos por Vontade agora estão clamando por um Transvect para levá-las e trazê-las do continente. Onde antes havia ameaças de violência contra as alterações em suas terras, em sua história, seu modo de vida, agora há apenas murmúrios. Aceitação dessas mudanças como progresso.

Depois de algum tempo, Fadrique fica em silêncio. Eu olho para ele e posso ver as perguntas em seus olhos.

– Não quero saber todos os detalhes, alteza – diz ele em voz baixa. – Mas preciso perguntar. A naumaquia. Dizem que você deteve os anguis. Isso é...

– É verdade o suficiente. – Eu vejo seu rosto se turvar. – As pessoas estavam morrendo aos milhares, Fadrique. Pessoas indefesas. Algumas delas crianças. – Eu decido não mencionar Estevan. Eles se conheciam, mas o adendo seria apenas uma crueldade.

Fadrique morde o lábio, então dá uma risada delicada e triste.

– Você é filho dos seus pais – diz ele, e o toque de aprovação em suas palavras faz com que eu me infle um pouco. Não de orgulho de mim mesmo, mas da admiração delicada com a qual ele fala de minha mãe e de meu pai. – Eu não deveria me surpreender que você não estivesse aqui por vingança. Eles nunca iriam querer isso.

Eu engulo o nó em minha garganta. Assinto.

– Fui mandado aqui para descobrir o motivo da reunião dos Militares. – Lanço um olhar cheio de significado em sua direção. Preciso confiar nele; na verdade, não há alternativa, mas não vou entregar mais informação do que o necessário.

Ele parece entender. Ele me compreende e fica pensativo.

– Que sorte – murmura ele.

– Por que você diz isso?

Ele dá de ombros.

– Você, provavelmente a única pessoa que conhece bem estes túneis, por acaso ser mandado aqui no mesmo momento em que os Militares estão fazendo sua reunião? Isso é *sorte*.

– Isso foi armado.

– Por uma pessoa que sabia que você conseguiria circular desse jeito? – Fadrique parece em dúvida, ainda mais quando vê minha hesitação.

– Não vou perguntar se você tem um aliado em Suus, é melhor que eu não saiba, mas não consigo imaginar como esperavam que você tivesse sucesso se não soubessem que você tinha uma vantagem.

Não digo nada. Ele tem razão. Relucia disse que me mandou aqui porque eu estava familiarizado com o lugar, que eu era a melhor pessoa para escutar às escondidas. Mas ela não tinha como saber sobre os túneis. E, sem isso, escutar aquela reunião esta noite teria sido... bem. Não impossível, talvez, mas bem perto disso.

Estevan não deveria saber dos túneis – poucos no palácio deveriam –, mas em seu papel como Melior, ele devia ter contado a ela.

– Ouvi rumores de que você encontrou companhia na Academia também, meu príncipe.

Eu pisco os olhos, sem entender por um segundo, então fico vermelho.

– Está falando de Emissa?

– Vocês parecem gostar muito um do outro.

Não há julgamento no tom de Fadrique, mas me preocupo com isso mesmo assim.

– Gostamos. – Espero um momento, então pergunto: – Você acha... acha que isso é uma traição?

– Se tudo estivesse como deveria estar, alteza, eu questionaria o potencial dela para ser uma princesa de Suus. Mas agora... – Fadrique dá um suspiro. – Eles são o mundo, meu príncipe. O orgulho e o respeito próprio podem significar que nunca vamos desistir, mas se todos eles forem nossos inimigos, nunca seremos felizes.

Eu assinto, agradecido. Nenhum de nós fala por algum tempo.

– Você quer saber por onde eu estive?

– É melhor que você não me diga. – Ele está triste, dessa vez. – Descobri duas coisas hoje. Uma, que você não é mais o garoto despreocupado que eu conhecia. Duas, que você ainda é o filho do seu pai. – Ele estende o braço e põe a mão no meu ombro. – Isso basta para mim.

Eu engulo mais um nó difícil com essas palavras.

Esse deveria ser o fim da conversa, mas nenhum de nós se mexe. Para mim, pelo menos, parece que fazer isso seria desistir deste lugar. Deixar para trás os últimos resquícios do que nós dois perdemos.

Então Fadrique começa a falar. Me lembra uma vez, cinco anos atrás, talvez, em que ele percebeu que eu e minhas irmãs estávamos mentindo para ele e para Iniguez sobre nossos horários e, então, estávamos escapando para a praia enquanto os dois tutores achavam que o outro estava nos dando aula. Nós rimos disso, da ousadia do plano e do ridículo de pensarmos que fosse funcionar. Não levou muito tempo até que Fadrique e Iniguez se encontrassem no palácio, e tudo desmoronasse. Nós passamos semanas aguentando as consequências.

Então nós apenas... falamos em meio ao silêncio. Nos revezamos para revelar lembranças de minha família, dos dias antes da Hierarquia. Eu escuto histórias de meu pai que me fazem rir de verdade, histórias que nunca tinha ouvido antes, histórias que ele, provavelmente, nunca quis que eu soubesse. É estranho, mas aprendo mais sobre ele com o passar da noite, ao vê-lo por olhos diferentes, de um jeito que nunca teria sido possível enquanto ele ainda era rei.

E eu acho que sobre Fadrique também. Quando criança, eu nunca teria pensado em me sentar com ele. Com nenhum de nossos tutores, por mais que gostássemos e confiássemos neles.

Nós recordamos, rimos e, de vez em quando, choramos. Às vezes é difícil, mas há um alívio em tudo isso que eu não percebi que precisava. Não estou cansado, não do jeito que deveria estar. Não é como se o peso tivesse sido tirado dos meus ombros – isso, desconfio, é algo que nunca vou experimentar –, mas me sinto mais leve.

Finalmente, porém, vejo o mínimo de iluminação na passagem externa quando a luz começa a penetrar pelas frestas.

– Está quase amanhecendo.

– Você tem razão – diz Fadrique com tristeza enquanto se levanta rigidamente.

Eu faço o mesmo, os músculos reclamando do abuso do assento desconfortável e frio. Então estendo a mão.

– Estou muito satisfeito por termos conversado esta noite, Fadrique. – Eu o olho nos olhos. – Nem sei como explicar o que isso significou para mim.

Fadrique aperta meu braço, compreendendo o que eu quis dizer. Nós não vamos conseguir conversar outra vez, nem mesmo em segredo como agora.

– Eu também, alteza. – Ele permanece ali. – O que você vai fazer em relação a Latani?

Por um longo momento, eu não respondo. Meu estômago ainda é um nó de raiva quando lembro que agora tenho alguém a quem culpar e que ele está andando por Suus como se não tivesse feito nada errado. Mas esta noite também libertou algo em mim.

– A violência não é resposta para o pesar – digo depois de algum tempo.

Fadrique me envolve em um abraço. Eu retribuo.

– Se algum dia precisar de um abrigo seguro, meu príncipe, você sabe onde encontrar. – Ele sorri para mim, então respira fundo e sai andando.

– Fadrique! – O homem para. Olha para trás. – Estou orgulhoso e grato pelo que você sacrificou por nosso povo. E sei que meu pai também estaria.

Fadrique me encara, sem dizer nada. Seus olhos brilham. Ele assente.

Ele desaparece pela passagem na escuridão.

LVIII

EU TINHA DOZE ANOS NO DIA EM QUE MEU PAI ME PERGUNTOU O que nos dava o direito de governar.

Eu fico ali deitado na cama depois da noite conversando com Fadrique – ainda sem dormir, apesar de o amanhecer estar penetrando através da janela –, e por alguma razão, isso é tudo em que consigo pensar. Era verão, e ele tinha me levado para o alto da torre leste, de onde se avista toda a ilha. Eu sabia que ele queria conversar comigo sobre um assunto importante. Ele estava em silêncio enquanto subíamos as escadas. Pensativo. Isso me deixou nervoso, certo de que estava prestes a ser castigado por alguma coisa.

Nós observamos o horizonte por algum tempo quando chegamos ao topo, sem dizer nada. Então ele finalmente se voltou para mim. Bonito, alto, poderoso. Cabelo preto, pele bronzeada pelo sol e olhos castanhos que transmitiam força, consideração e bondade. Um rei em todas as acepções da palavra.

– Você acredita que seria um bom governante, Diago? – Sua voz grave e calmante estava quase melancólica, mas eu pude ouvir sua intenção.

– É claro – respondi sem pensar, indignado.

– Por quê?

A pergunta me surpreendeu, e eu soube imediatamente que tinha sido pego, que tinha cometido um erro.

– Porque me importo com nosso povo. – Sem dúvida a resposta errada, mas eu era teimoso. Preferia fingir saber uma coisa a admitir que não sabia.

– Você *se importa*. – Meu pai disse as palavras deliberadamente, alongou-as e as saboreou. – Esse, sem dúvida, é um aspecto de ser um bom governante. Mas muitas pessoas se importam com Suus, e elas não a estão liderando. Então deixe-me perguntar isso de outra maneira. O que você acredita que define um bom governante?

Eu pensei por algum tempo.

– Educação. Saber como governar.

– Muitos podem aprender. E a maioria tentaria aprender com mais diligência que você – acrescentou ele, com uma crítica delicada que veio com um sorriso.

Eu revirei os olhos.

– Está bem. Eu não sei. Me diga quais são as qualidades de um bom governante. O que eu preciso ser?

Meu pai dá um suspiro.

– Inteligente.

– Eu sou inteligente – protestei.

– E forte.

– Eu posso ser isso.

– E corajoso. E bondoso. E astuto. E frugal. E generoso. E disciplinado. E ético. E implacável. – Ele fez uma pausa para respirar. – Você precisa ser atencioso e ter discernimento. Precisa prever as coisas, mas nunca de forma injusta. Você precisa ser completamente honesto com seu povo, mas ter cuidado com informações que possam lhe causar mal. Você precisa…

– É impossível – eu disse, um tanto impaciente. – Você está dizendo que não existe um bom governante.

– Não existe. – Ele parece surpreso por eu ter chegado à resposta tão rápido, embora não me elogie por isso. – E esse é o risco de nosso mundo, Diago. A falha de nosso sistema está no topo. Em nós. As qualidades de um rei mudam o reino. E nenhum de nós é perfeito o suficiente para ter *direito* de liderar.

Eu fiquei em silêncio, tentando entender aonde ele estava querendo chegar.

– Você acha que nós não deveríamos governar?

– Eu não disse isso. – Meu pai se estica, os músculos em seus braços se tensionando quando ele os oferece ao sol. – Quero que você entenda que o governo de nenhum país é perfeito. Qualquer um que olhe para um sistema de pessoas e ache que o sistema é o problema é um tolo. Mas também quero que você entenda que a Hierarquia é muito mais insidiosa. Porque ela não está em risco por causa de alguma falha. Ela é erguida sobre uma.

– A Hierarquia? – Eu fiquei intrigado. A Hierarquia era um muro polido, forte e absurdamente alto. Eles eram um obstáculo insuperável, uma força além de minha compreensão. – Qual falha?

– A ganância. – Meu pai, então, se virou para mim, e seus olhos escuros se fixaram nos meus. O vento nos atingia frio, naquela altura. – A ganância é por definição o governante moral da Hierarquia, Diago. Todas as decisões a têm como base. Não são os fortes que se beneficiam em seu sistema, não importa o que digam. São os fracos. São aqueles dispostos a fazer qualquer coisa, sacrificar qualquer coisa para avançar. O sistema premia a avareza e é tão inclinado para um jeito errado de pensar que aqueles dentro dele nem conseguem ver isso. – Ele sacodiu a cabeça de um jeito triste. – Não há forma de governo que seja imune a erros ou à corrupção, mas essa é a *base* da Hierarquia, filho. Nunca se esqueça disso.

Essas palavras ficaram comigo através dos anos. Não apenas porque elas revelavam, pela primeira vez, a profundidade do desdém de meu pai pela República Catenana, embora essa seja uma razão. Mas porque, mesmo na época, foi como se um véu caísse.

O sol está subindo do outro lado de minha janela. Eu não dormi. Sinto alegria por minha conversa com Fadrique, foi uma libertação ter falado com ele. Mas há uma nova dor também. Saber que Suus sofreu, exatamente como meu pai achava que sofreria. Saber que pessoas como Fadrique foram castigadas por fazer o certo. O cansaço vai chegar depois, eu sei, mas no momento me deixo ser levado pelas emoções.

Eu me levanto, me visto e me lavo na bacia. O espelho mostra círculos escuros embaixo de meus olhos, mas levando em conta minha suposta doença, isso não é uma condenação. Seria fácil permanecer no meu quarto pelo resto do dia, mas quanto antes eu me livrar das informações que reuni na noite passada, melhor. E, de qualquer forma, seria melhor que eu aparecesse. Para dar a aparência de uma recuperação gradual mas constante.

Eu pego o buril de Relucia da caixa em minha mesa, então volto para os túneis. Levo apenas alguns minutos para copiar os detalhes de meus tabletes de cera. Então acrescento o que entreouvi. A insatisfação dos outros senadores pela naumaquia. O *Navisalus*. O pedido de armas e dispositivos de Vontade. Não deixo nada de fora.

Quando termino, quebro o buril em dois e apago os tabletes de cera. Nenhum traço do que fiz.

Menos de dez minutos depois, escuto uma batida cautelosa em minha porta, e eu a abro e encontro Emissa parada à minha frente.

Ela cruza os braços quando me vê, me avaliando.

– Você ainda parece péssimo.

– Salvar você foi um trabalho mais duro do que eu pensava.

Ela ri e me dá um soco com delicadeza.

– Você vai se juntar a nós na praia esta manhã? Prometo ficar longe da laguna. – Ela continua a sorrir, sinceramente esperançosa.

– Acho que consigo fazer isso.

Ela olha ao redor discretamente, então se inclina e me dá um beijo suave e rápido.

– Que bom.

Antes que eu possa reagir, ela entrelaça seu braço no meu e me conduz até o saguão de entrada.

Eu deixo alegremente que ela me arraste. Tudo parece diferente esta manhã. As mesmas pessoas, a mesma praia, os mesmos céu limpo, mar quente e oceano azul cintilante. Mas não me sinto mais como um estranho invadindo minha própria casa. Não chego a ficar confortável. Sei que a sensação nunca vai ser a mesma de antes. Mas conversar com Fadrique mudou algo em mim. Lixou as bordas irregulares de minha dor. Esta não é apenas a praia onde Cari morreu. É onde eu passei anos antes disso, brincando com ela. Atormentando-a. Ensinando-a. Crescendo com ela.

É por isso que agora consigo sorrir quando Emissa faz uma piada. Consigo participar de conversas sem sentir que estou fazendo esforço para isso. E é por isso que não me sinto tão sozinho quando declino de me exercitar com todos os outros, citando minha atual recuperação.

Para minha surpresa, depois de um tempo, Indol se aproxima e se senta ao meu lado enquanto os outros continuam a dar seus piques. Nós observamos, reclinados nas areias douradas, nos embebendo de luz do sol.

– Faz quanto tempo que você não vem aqui?

Ele faz a pergunta preguiçosamente, ainda olhando para as ondas cintilantes. É abrupto, mas natural o bastante para que eu fique confuso por um momento.

Então entendo aonde ele quer chegar, e meu coração se aperta.

– Dois dias. – Eu lanço um olhar intrigado em sua direção, sem deixar que ele veja meu pânico. – Eu não venho aqui há duas manhãs.

Ele rola de lado e me encara fixamente.

– Não foi isso o que eu quis dizer, Vis. Mas acho que você sabe disso.

Eu não respondo, mantendo uma expressão confusa. Não importa o que Belli pense – ou, por falar disso, qualquer outra pessoa –, Indol é o aluno mais inteligente na Três. Ele simplesmente não alardeia isso do mesmo jeito que Belli faz. E ele é tão *amável*, bonito, atlético e tranquilo. Sua popularidade é tão natural que ninguém parece querer pensar que ele também é brilhante.

– Eu vi o jeito como você ficou quando chegamos aqui – continua Indol preguiçosamente, voltando a deitar de costas e fechando os olhos, sorvendo o sol da manhã. – Não importa o quanto você seja um bom ator. Tem alguma coisa em voltar para casa que você não consegue esconder.

– Casa? – Eu dou um riso forçado. – Eu contei a você onde cresci. Não era longe daqui – admito –, mas nunca estive aqui.

– Você fez bem em não demonstrar isso. Mas além de seu pânico quando soube onde estava Emissa, na outra noite, você talvez queira parar de andar pelas trilhas no alto dos penhascos sem olhar. Não percebeu como todo mundo toma cuidado por aqui? Pelos deuses, uma queda pode matar. Mas você age como se não fosse nada, e tem também o palácio. Você finge não saber para onde está indo, mas eu percebi. Alguma coisa no jeito como você passa pelas portas. Você conhece cada centímetro daquele lugar. – Ele se estica. – Me diga que estou enganado.

– Você está enganado.

Indol estica o pescoço, checando se as duas garotas não se aproximaram. Elas estão conversando, sem prestar nenhuma atenção a nós.

– Olhe, eu não sei o que você era. Amigo da família real, talvez? O filho de um de seus conselheiros? Mas está claro, para qualquer pessoa com um cérebro, que você teve treinamento. Nenhum órfão chega tão longe. – Ele sacode a cabeça, então olha de novo para mim. O olhar é intenso.

– Eu não me importo, não de verdade. O que quero saber é por que mentir sobre isso.

Minha mente está acelerada. Ele está muito seguro de si: se eu negar, só vou piorar as coisas. E ele não tem a menor ideia de quem eu realmente sou.

– Você ouviu o que todo mundo estava dizendo quando chegamos aqui. Ouviu as piadas que estavam fazendo. – Meu rosto fica vermelho, embora, por sorte, a diferença entre o embaraço e a raiva não seja sempre óbvia. – Quem vai me levar a sério se souberem que sou de um lugar como este? Eu seria um bárbaro para eles pelo resto dos meus dias. – Eu ponho todo o desdém que consigo reunir em meu tom de voz.

Não tenho certeza se teria sido capaz de fazer isso ontem. Dói fingir escárnio de meu próprio lar, meu próprio povo. Mas estou interpretando um papel. Como Fadrique disse em determinado momento ontem à noite, é o que meus pais teriam querido. Eles teriam desejado que as coisas fossem diferentes, mas ainda teriam escolhido uma vida para mim em vez de uma morte nobre.

Indol parece imediatamente satisfeito por comprovar que estava certo. Isso é bom. Se ele achar que sabe tudo o que há para saber, não vai fazer perguntas por aí.

– Não se preocupe. Eu sou muito bom em guardar segredos – diz ele depois de algum tempo. – Nas circunstâncias certas.

– Eu também – digo de forma significativa.

Indol não entende por um momento. Então ele olha de mim para Emissa, depois de volta para mim.

Ele emite um grunhido suave e assente.

Nós não falamos mais até as outras se juntarem a nós.

Depois da insanidade de meus primeiros dias de volta a Suus, as três semanas seguintes se passam em relativa paz.

O treinamento com Emissa, Indol e Belli continua a ser desafiador; especialmente em termos acadêmicos. As matérias são mais avançadas que qualquer outra coisa à qual fui exposto até agora. Em geral são relacionadas a tecnicalidades do uso de Vontade, fazendo referências frequentes a conceitos dos quais nunca nem ouvi falar. Nos primeiros dias, sinto que tudo está acima do meu nível. Só começo a sentir que consigo acompanhar porque Emissa passa as noites comigo, e às vezes me ajuda a recuperar o que perdi.

E mesmo com toda a paz que fiz com o passado, Emissa é a razão para eu não enlouquecer. Ela é a razão por que eu posso percorrer os corredores do palácio e sorrir. Não que sejamos inseparáveis – às vezes gosto de estudar sozinho, e às vezes ela prefere treinar com Belli ou Indol em vez de comigo –, mas quando estamos juntos, estamos *juntos*. Gravitamos naturalmente um na direção do outro, sem fazer esforço. Conversamos o dia inteiro e mesmo assim não queremos mais nada além da companhia um do outro à noite. É mais que uma distração. Aqui, de todos os lugares, ela faz com que eu sinta que estou andando para a frente.

As piadas dos outros logo param quando eles veem que não estamos fazendo nenhuma tentativa real de esconder nosso relacionamento. Belli, em um momento, percebe que Indol não está retribuindo seu interesse e retorna graciosamente a uma amizade desinteressada. Eu pergunto a Emissa despreocupadamente se ela já percebeu algo entre Belli e Callidus; ela diz que pode ter havido alguma coisa, no passado, mas nada tão óbvio que alguém tivesse percebido. A conversa faz com que eu me pergunte como estão meus amigos durante o recesso. Por mais que eu esteja me divertindo com Emissa, sinto falta de também passar os dias com Callidus e Eidhin.

Parte de mim começa a se sentir desconfortável com a sensação. Quando este ano terminar, o plano é nunca mais tornar a vê-los.

Na maior parte do tempo, eu evito a cidade. É bem fácil, pois após nossa primeira experiência, os outros fazem o mesmo. Mas em nosso último dia, quando o fim da tarde se aproxima, decido sair para dar uma volta. E antes mesmo que eu saiba de minha intenção, meus pés estão me levando na direção da baía. O sol está baixo em um céu sem nuvens, mais laranja que dourado. Brilhante sobre a água

Então, eu entro na taverna.

O interior está silencioso. Do jeito que estava quando vim aqui com os outros há um mês. Eu percebo alguns olhares de clientes nas mesas mais distantes, mas não dou atenção a eles. Eu me sento junto da janela. Olho para a baía. Um navio movido a Vontade está se afastando da doca extensa, cortando as ondulações. Eu o ignoro. Me concentro nos barcos de pesca menores e mais distantes, com velas enfunadas. Nem tudo mudou.

Depois de uns vinte minutos, percebo movimento ao meu lado, o que me arranca de meus devaneios. É Menendo, o taverneiro grandalhão que nos expulsou no primeiro dia. Eu olho para ele. Apesar do que Fadrique disse, eu ainda meio que espero ser expulso.

O homem grande não me olha nos olhos. Ele apenas põe um prato e uma bebida à minha frente. Ostras, caranguejo, lagosta. Sinto o cheiro doce do vinho em minha caneca. Uma refeição tão boa quanto eu veria no palácio quando meu pai era rei. Um banquete de rei tradicional de Suus.

Menendo me deixa sem dizer palavra. Eu volto a olhar de forma introspectiva para o oceano e como. A comida é melhor do que o Dimidius jamais poderia ter oferecido. Preparada à perfeição. Exatamente como eu poderia ter comido anos atrás. Eu me sinto mais confortável, mais em casa neste momento do que em qualquer outra hora durante o mês passado.

Não tenho pressa. Saboreio a refeição, a vista. A sensação de estar em meio a meu povo outra vez. O sol se põe, espalhando púrpura e ouro pelo céu.

Quando vou embora, ando até o bar. Pego do bolso as moedas que peguei do tesouro de Fadrique e as ponho com firmeza sobre o balcão. Elas tilintam quando eu as solto. A sombra de meu pai na prata.

Eu saio sem dizer palavra, sem olhar para trás.

O ar límpido e o cheiro de sal enchem meus pulmões enquanto caminho pela trilha que acompanha o penhasco de volta para o palácio. Eu precisava disso. Precisava desse mês, precisava voltar aqui e ver meu lar uma última vez. Mas agora, acabou. Estou me sentindo mais confortável com minha habilidade de competir com os terceiros, ainda assim me dando conta cada vez mais de que meu progresso na Academia vai ser difícil. Não porque eu não seja bom o suficiente – eu sou –, mas porque, pelo menos segundo os outros, não há ninguém obviamente incapaz de acompanhar a Três. Ninguém com deficiências que me levariam a usurpar sua posição.

Vou ter de fazer mais que apenas continuar a ser o melhor da Turma Quatro. Vou precisar fazer algo para atrair a atenção de todo mundo.

E vou precisar descobrir como fazer isso em pouco tempo, porque amanhã vamos voltar para a Academia.

E agora restam menos de três meses para o Iudicium.

LIX

HORAS DEPOIS DE O QUE RESTAVA DE SUUS DESAPARECER NO HORIzonte, essa segunda – e provavelmente última – partida me deixa vazio.

É um tipo diferente de tristeza do que há três anos e meio. Na época, tudo o que eu conseguia ver além da água era a perda de minha família, a morte de minha irmã, as pessoas que sem dúvida estavam se preparando para vir atrás de mim. Apenas terror, angústia e fracasso. Desta vez, é muito mais que isso. Não estou fugindo de casa. Estou dizendo adeus para ela.

Desta vez, parece que Suus está realmente perdida para mim.

Estou quieto e contemplativo no Transvect de volta para a Academia. Emissa cochila no meu ombro. Eu de vez em quando pego Indol observando pelo canto do olho, mas o ignoro. Nossas interações foram perfeitamente amigáveis ao longo do último mês. Nós chegamos a um entendimento tácito, eu acho.

A maioria dos alunos já está de volta à Academia quando chegamos. O lugar está agitado. Sinto certa familiaridade enquanto passo pela gaiola de Vontade na entrada, mas depois de Suus, não há como confundir isso com voltar para casa.

Depois de jogar meus poucos pertences de volta no quarto, vejo Callidus isolado em um canto da Bibliotheca.

– Vis! – Callidus me vê e acena com entusiasmo para que me aproxime. – Eu soube que temos motivos para celebrar. – Eu olho inexpressivamente para ele, e seu sorriso se abre mais. – Você e Emissa? Um resgate heroico e romântico das profundezas? Perdidos juntos por uma noite, com apenas um ao outro para se manterem aquecidos, com as roupas encharcadas...

– Está bem. Está bem. Já chega. – Eu rio, mesmo enquanto fico vermelho, apesar de isso não ser um segredo. – Como você soube?

– Quintus Dolivus estava lá para o encontro de cúpula. Anax, da Cinco, é filho dele. A história é de domínio público aqui desde a semana passada.

– Pelos túmulos dos deuses. – Eu sacudo a cabeça e ocupo a cadeira em frente a ele.

– Então. – Callidus se encosta, ainda radiante quando une as pontas dos dedos. – Me conte *tudo*.

Eu o atualizo sobre o que aconteceu no meu mês anterior, embora, é claro, omita muitos dos detalhes. Em parte porque as histórias mais interessantes são aquelas que eu não posso contar, mas em parte porque ainda dói demais falar a respeito. Apesar de minha reticência, Callidus sorve tudo. Tenho a forte impressão de que ele estava carente de entretenimento.

– E você? – pergunto, algum tempo depois de chegar ao fim de minha narrativa.

– Foi um mês delicioso... *disso*. – Ele faz um gesto expansivo para a biblioteca vazia.

– Então sua família não mudou de ideia?

– Não. – Percebo um lampejo de dor por isso, mesmo agora. Ele rapidamente muda de assunto. – Mas pelo menos isso permitiu que eu conhecesse um pouco melhor nosso amigo em comum Eidhin. Ele, na verdade, combinou de vir se encontrar comigo daqui a pouco. Seu comum está ficando bastante bom. Eu diria que é porque sou um professor muito melhor que você – acrescenta ele com modéstia.

Eu rio. Tanto Eidhin como Callidus pretendiam ficar na Academia durante o recesso – Eidhin por razões que ele se recusou a dizer, e Callidus porque sua família pediu que ele não fosse –; por isso sugeri que eles passassem algum tempo na companhia um do outro. Nenhum dos dois pareceu muito empolgado quando mencionei a ideia antes de viajar. Estou feliz que eles não tenham apenas evitado um ao outro.

– Nesse caso – digo de repente –, você teria alguma coisa contra Eidhin se juntar a nós nas manhãs?

– De jeito nenhum. – A expressão de Callidus está astuta. – Por quê? Você tem outros planos para suas noites?

– Eu quero correr o Labirinto. – Ele ergue uma sobrancelha, e eu dou um suspiro de derrota. – Com Emissa. – Eu preferiria passar tempo com ela em um ambiente mais relaxado, mas o ultimato de Ulciscor está pesando sobre mim. Vou ter de usar cada segundo a minha disposição para melhorar, porque, por mais duro que eu tenha me esforçado, ainda não consigo ver um jeito de satisfazê-lo sem voltar à cúpula.

– Correr o Labirinto. É claro – diz Callidus alegremente. Ele sacode a cabeça, bem-humorado. – Nenhuma outra notícia? Nenhum outro gesto heroico casual, nenhuma outra história de romance arrojado sobre o qual eu deva saber enquanto você estava longe?

Eu escarneço.

– A menos que você conte Belli se insinuar para Indol por um ou dois dias estranhos.

Eu fico atento a sua reação, não fosse isso poderia tê-la perdido. Um momento de tristeza enquanto ele processa isso, antes que a expressão desapareça e ele olhe para mim com indiferença.

– Estranhos?

– Para Indol. Belli acabou entendendo a mensagem.

– Ah. – Seu olhar se desvia. Ele assente por um instante longo demais, e o silêncio se estende enquanto ele se recompõe. – Pelo que vejo, ele não salvou a vida dela também.

– Não que eu saiba. – Eu o observo com atenção, e suas bochechas estão vermelhas.

– Você não vai me contar?

– Contar o quê? – Quando eu apenas continuo a olhar para ele com firmeza, sua testa se franze. – Não tem nada para contar.

Eu ergo as mãos em aquiescência e deixo que a conversa siga adiante.

Depois de algum tempo, Eidhin chega e grunhe ao me ver sentado com Callidus, o que quase pode ser interpretado como um cumprimento. Ele puxa uma cadeira.

– Você voltou.

– Voltei.

– Eu soube que você está com Emissa.

– Estou. – Eu olho para ele. Ele está falando comum, as palavras um pouco hesitantes mas bem suaves. Talvez Callidus não esteja exagerando.

– Já não era sem tempo. – Ele olha para Callidus. – Então?

– É tudo verdade. Ele a salvou da morte certa – assegura Callidus animadamente.

Eidhin confere minha expressão para ver se Callidus está mentindo, então franze o cenho.

– Está bem. Eu pago depois. – Ele joga um livro grosso sobre a mesa entre nós. – Vamos começar?

– Vocês apostaram se isso tinha mesmo acontecido? – Não sei se acho graça ou fico ofendido.

– Eidhin simplesmente não tem tanta fé em você quanto eu.

Eidhin olha com raiva para Callidus, que retribui com um olhar brando antes de se voltar para mim.

– Ele também é sempre assim tão azedo com você?

– Sempre.

– Deve ser cansativo ser ele.

– Eu consigo entender vocês – rosna Eidhin.

– Eu sei – retruca Callidus alegremente. – A pergunta é se você pode explicar por que ser você *não* é cansativo. Em comum.

– Eu posso explicar como você vai estar machucado daqui a pouquinho.

– Gostei disso – exclamo com um sorriso.

Depois que a disputa amistosa termina, passamos mais um tempo apenas conversando, e logo fica claro que Eidhin e Callidus têm uma harmonia confortável. O comum de Eidhin também melhorou de forma realmente dramática, fico satisfeito ao ver.

– Antes que eu me esqueça... Eidhin, tudo bem se trabalharmos no seu comum nas manhãs com Callidus? – digo de repente ao me lembrar.

– Tudo bem. – Seus olhos se estreitam. – Por quê?

– Ele está planejando *correr o Labirinto* com Emissa – diz Callidus para ajudar.

– Ah. Correr o Labirinto. Entendi – diz Eidhin, assentindo devagar e dizendo a frase como se experimentasse um eufemismo novo. Callidus não consegue conter totalmente o riso enquanto eu reviro os olhos.

Eu aturo mais algumas provocações dos dois, mas logo toca o sino do jantar. Nós vamos juntos para o refeitório. Recebo alguns olhares curiosos e expressões assombradas de muitos dos alunos quando entro. Parece que Callidus não estava subestimando a grande circulação de minhas aventuras em Suus. Provavelmente são versões exageradas, sabendo como essas coisas costumam caminhar.

Ignoro as expressões estupefatas, me sento com os quartos e passo a hora seguinte sendo encurralado e dando versões muito abreviadas sobre o tempo em que estive viajando. Meus esforços para me esquivar e perguntar educadamente como foi o recesso de todo mundo não têm sucesso. À mesa no nível acima, vejo Emissa observando. Eu dou de ombros, e ela retribui o gesto com uma agonia patética.

Só Aequa permanece em silêncio durante a refeição, praticamente ignorada pelos outros. O mês afastado resfriou minha raiva em relação a ela, e tento incluí-la na conversa, mas isso funciona poucas vezes.

Eu aguento o interrogatório até que o sino toca outra vez, satisfeito por saber que a curiosidade de todo mundo vai desvanecer assim que as aulas recomeçarem amanhã. Satisfeito também por já ter conseguido conversar com Callidus e Eidhin.

Não é exatamente bom estar de volta à Academia, mas *é* bom rever meus amigos.

Ainda estou um pouco suado, e a testa se refresca com a brisa noturna do oceano quando retorno do Labirinto para o alojamento.

Meu estado de ânimo está para cima. Em parte porque quase sempre fico assim depois de ver Emissa; se eu estava preocupado que o ambiente da Academia pudesse mudar as coisas entre nós, além da pequena irritação de não poder me sentar com ela durante as refeições, agora posso ficar tranquilo, pois não mudou.

Mas é principalmente porque estou mais confiante que nunca que praticar com ela vai me forçar a ficar melhor. Callidus e Eidhin fizeram tudo o que podiam para ajudar no passado, mas eles não tiveram os meses de experiência quase diária dela com o Labirinto. Ela é melhor que eu por uma margem significativa. Mesmo após uma única noite, ela me mostrou diversas maneiras por meio das quais eu posso melhorar.

Estou tão perdido em pensamentos que não vejo a silhueta de Callidus sair das sombras do alojamento até estar quase no meu caminho.

Ele dá um sorriso para mim quando paro de repente com surpresa, embora haja um toque de nervosismo na expressão. Uma incerteza que parece estranha em seu rosto. Ele move a cabeça bruscamente para o lado, na direção do parque próximo.

– Ave, Vis. Podemos conversar?

– É claro.

Nós saímos do alojamento. Não há ninguém por perto, tarde como é, mas Callidus não diz mais nada até estarmos bem afastados do prédio e cercados por árvores. Estou queimando de curiosidade, mas espero que ele fale.

Por fim, ele dá um suspiro e aponta para um banco embaixo de uma das lanternas colocadas no alto de postes. Nós nos sentamos.

– Olhe, Vis. Tem uma coisa que quero contar para você. – Ele se curva para a frente, apoiando os cotovelos nos joelhos, encarando fixamente a escuridão antes de olhar para o chão diante de si. – É sobre Belli.

Eu resisto à vontade de fazer uma piada. Há um peso nas palavras dele.

Os lábios de Callidus se retorcem em frustração; há outro silêncio enquanto ele organiza os pensamentos e olha ao redor como se estivesse desesperado por uma desculpa para adiar a explicação. Nós, porém, estamos sozinhos. Não há chance de ninguém ouvir.

– Foi três meses antes do primeiro trimestre. – Ele torna a olhar para o chão. – Alguns de nós que viríamos para cá começamos a treinar juntos. Belli, Iro, Axien, Sianus e eu. Meu pai organizou isso e os convidou à nossa villa. Ele achava que isso seria benéfico. Um jeito de sairmos à frente, mas também de formar laços entre as linhagens do Senado.

– Faz sentido. – Sianus é de uma família da Governança, como Callidus, e Iro é da Religião. Com Axien e Belli dos Militares, é uma mistura razoável.

– Faz. – Callidus sacode a cabeça. – Foi bom. Divertido, pelos primeiros dois meses. Todos parecíamos estar nos dando bem. Até minhas irmãs estavam gostando de tê-los por perto. E Belli... – Ele fica vermelho, cerra os dentes. Com dificuldade para admitir a próxima parte. – Eu achava que Belli e eu estávamos nos dando melhor que todas as outras pessoas. Achei que fôssemos pelo menos amigos, e... – Ele dá uma risada abrupta e pesarosa.

– Você gostou dela.

– Pelos deuses, gostei. Achei que estava apaixonado. – Ainda são palavras difíceis de dizer, embora ele as diga de maneira clara e sem rodeios. – É estúpido, eu sei. Olhando para trás, ainda não consigo acreditar que eu... – Ele dá um suspiro. – De qualquer forma, descobri sobre as mortes na Academia, aquelas que comentei com você há um tempo, e sobre as quais estava querendo alertar Belli, mas ela não acreditou em mim. Então, poucas semanas antes do início da Academia, eu consegui provas.

Fecho os olhos, meio me encolhendo. As peças todas se encaixam no lugar.

– Você roubou documentos oficiais lacrados por Vontade de seu pai. Da Governança. – Isso é... – Eu esfrego a testa, sem acreditar. – Você pode acabar em um *Sapador* por isso.

– Ah. É mesmo? Obrigado por avisar.

Eu aceno para me desculpar.

– Então, o que aconteceu?

– Exatamente o que você está imaginando. Eu dei os documentos a ela. Ainda não sei se estava tentando impressioná-la ou se estava mesmo preocupado com que ela pudesse ser morta. Mas confiei nela. Disse a ela para lê-los e devolvê-los para mim no dia seguinte, para que eu pudesse recolocá-los no lugar. Não era como se esses documentos estivessem sendo requisitados, de jeito nenhum, e alguns dias não iam fazer mal nenhum.

– E ela os guardou?

– E ela os guardou. – O rosto de Callidus fica branco só de lembrar disso. – Me disse que, se eu não me rebaixasse para a sete nas primeiras semanas, ela ia entregá-los a seu pai. Isso não teria sido um pesadelo apenas para mim – acrescenta ele, quase suplicando para que eu compreenda. – Teria destruído a posição de meu pai no Senado. O nome da minha família. Eles também poderiam acabar em Sapadores. A Governança não vê com bons olhos o desvio desse tipo de informação.

– Posso imaginar que não. – Informação, *especialmente* relacionada ao censo, é a fonte de poder da Governança. Callidus não está exagerando as consequências em potencial de ser descoberto. – Então ela tem usado isso contra você esse tempo todo? Porque... acha que você é uma ameaça para ela?

– Em parte. Ela seria a pior aluna da Três se eu tivesse ficado lá. Mas isso não foi tudo. – A voz de Callidus está baixa. – Ela tem me forçado a conseguir informações. Cada vez mais, nos últimos meses. Não vou revelar nada a ela – tranquiliza-me ele. – Mas ela está ficando cada vez mais ousada. Mais ameaçadora. Não faz sentido para ela realmente mostrar esses papéis para alguém, por enquanto, e eu estou melhor sob o jugo dela que em um Sapador em algum lugar, mas se alguma coisa acontecer, se meu pai fizer alguma coisa de que ela não goste... – Ele se cala.

Eu o observo, raiva e tristeza por ele se revirando em meu estômago. Callidus está aterrorizado. Ele escondeu isso bem – melhor, na verdade, do que eu teria achado possível –, mas está em uma situação da qual não vê saída. Nem um jeito para controlá-la.

– Seu pai sabe?

– Pelos túmulos dos deuses, não.

Eu assinto. Seu tom de voz diz tudo: contar ao pai não vai ajudar.

– Está bem. Certo. Pelo menos determinamos de uma vez por todas que sou mais inteligente que você.

Há uma pausa, então Callidus dá um riso delicado. Ele finalmente ergue os olhos e me encara.

– Não confunda ter um coração gelado com ser inteligente.

– Para ser honesto, não tenho certeza se foi seu coração que tomou as decisões. – Eu dou um meio sorriso para ele. – A pergunta agora é: como resolvemos isso?

– Não há como resolver. – Ele está triste, seu momento de humor desaparecido. – Eu pensei a respeito todos os dias desde que aconteceu, e apenas... Não acho que haja uma solução.

– Ela deve ter os documentos aqui. Não correria o risco de deixá-los em casa.

– Eu acho que não. Do contrário. Se eu em algum momento admitisse isso para meu pai, ele poderia descobrir um jeito de recuperá-los antes que ela fizesse alguma coisa com eles.

– Então estão em algum lugar por perto. Mas em segurança.

– No alojamento das garotas, supostamente. No último andar. – Callidus faz uma careta. – Mesmo que eu soubesse onde procurar, não há como entrar lá escondido. Alguém me veria. Então viria a expulsão, o que é pior que estar na Sete. E *aí* Belli liberaria os papéis de qualquer jeito, porque eu não valeria nada para ela.

– Hum. – Eu me encosto, pensando no tempo em que passei com Belli. O que eu sei dela. Callidus tem razão: não há como entrar lá escondido e roubar os documentos de volta, mesmo que soubéssemos exatamente onde eles estão. E não posso pedir que Emissa corra o risco das consequências de ser apanhada remexendo nos pertences de Belli. Mesmo assim. Todo mundo tem fraquezas, e Belli não é exceção. – Nós vamos descobrir um jeito.

– Obrigado, mas não esquente a cabeça se não descobrirmos. Esse fardo não é seu. – Callidus se esforça para dar um sorriso. – Fico satisfeito pelo menos por ter encontrado a coragem para contar a você. Desculpe por ter mentido. Odiei fazer isso. Eu quis contar a você algumas vezes, mas parecia simplesmente inútil.

Eu contenho o desconforto agitado de meus próprios segredos.

– Não tem nada de que se desculpar.

Nós conversamos um pouco mais. Não sobre Belli – o assunto ainda é nitidamente doloroso para Callidus, e ele parece mais aliviado do que qualquer outra coisa quando eu mudo de assunto –, mas apenas uma conversa despreocupada. Um jeito de meu amigo relaxar depois de suas confissões tensas.

Em pouco tempo, porém, nos levantamos. As aulas recomeçam amanhã, e eu preciso dormir – preciso de toda a energia que conseguir encontrar para esse esforço final. Teoricamente, posso ser promovido para a Turma Três a qualquer momento antes do Iudicium. Mas quanto mais próxima estiver a data, menos provável é que os Preceptores decidam fazer a mudança. Se vou progredir, precisa ser logo.

Mesmo assim, eu me vejo pensando sobre a situação de Callidus enquanto subo a escada até meus aposentos. Triste por ele ter sido tão descuidado – eu só não o repreendi porque sei que ele já se castigou mais que o suficiente – e muito mais furioso com Belli por colocá-lo em uma situação tão insustentável.

Quando eu me deito para dormir, algo me ocorre. Uma ideia em que tinha pensado antes, mas era arriscada demais para ser levada em consideração. Agora, porém, há mais coisas em jogo.

Ser promovido para a Três e ajudar Callidus. Pode haver um jeito de eu conseguir fazer os dois.

LX

PASSO AS DUAS SEMANAS SEGUINTES PENSANDO SOBRE OS DIVERSOS aspectos de meu plano, tentando aparar as arestas mais difíceis, avaliando exatamente o que preciso arriscar para que funcione. No fim, porém, fico confiante de que é possível.

Mas não vou conseguir fazer isso sozinho.

– Eu tenho um favor para pedir. – Estou andando com Emissa na direção do Labirinto. Na verdade, andando a esmo. O braço dela está em torno do meu.

Seus olhos brilham quando ela olha para mim.

– Qual?

– Acho que eu posso ter um caminho para chegar à Turma Três.

– O que faz você pensar que eu iria querer ajudá-lo com *isso*?

Eu bato delicadamente a lateral do meu quadril no dela.

– Por favor. A tentação de me ver o dia inteiro é forte demais, e você sabe disso.

Ela dá um suspiro teatral.

– Está bem. Vamos fingir que estou interessada. – Ela ainda está sorrindo, mas há sinceridade em sua voz. – Você vai precisar ser muito convincente para Scitus rebaixar Sianus. Ele está trabalhando duas vezes mais duro desde que soube sobre você em Suus.

– Não Sianus. Belli.

Emissa reduz o passo por apenas um segundo, nitidamente surpresa.

– Estou ouvindo.

Eu resumo meu plano para ela, mantendo a voz baixa apesar de nosso isolamento; nós estamos quase chegando ao Labirinto, mas não há ninguém à vista a essa hora da noite. Emissa escuta de cenho franzido, sem parecer, em nenhum momento, especialmente convencida.

– Esse não é um bom plano – confirma ela quando eu termino.

– Vai funcionar.

– *Talvez* funcione. *Talvez.* Com alguma sorte. E se você for mesmo tão bom quanto pensa que é.

– O risco compensa.

– Se você diz. – Ela para, se inclina em minha direção e me dá um beijo delicado. – Mas sim. É claro que vou ajudar.

Eu dou um sorriso estúpido para ela.

– Obrigado.

– Quando você quer fazer isso?

– Amanhã. No jantar. – Não faz sentido adiar.

– Vou estar pronta.

Nós continuamos andando.

– Tem mais uma coisa. Belli… – Eu suspiro. – Belli está com algo que pertence a Callidus. Não posso dizer a você o que é – acrescento quando ela abre a boca para perguntar –, mas vou tentar usar esse plano para recuperá-lo.

Ela me estuda.

– É por isso que você está apostando em um plano em vez de apenas trabalhar para superar Sianus. – Ela diz isso com tal mistura de frustração e afeição que não tenho ideia se é um insulto ou um elogio. – Espero que ele reconheça a sorte que é ter você como amigo.

Eu dou de ombros, sem jeito.

– Ele faria o mesmo por mim.

– Faria – concorda ela, com relutância. Com certeza, há mais afeição no gesto, dessa vez.

Eu sorrio para ela, e nós entramos no Labirinto.

Emissa e eu chegamos cedo ao refeitório na noite seguinte. Não há mais ninguém por aqui: ainda vai levar uma boa meia hora para servirem o jantar. Nós pegamos o tabuleiro de Fundação que normalmente fica na mesa da Turma Três e descemos com ele um nível até a minha, então nos sentamos em frente um ao outro.

– Você tem certeza disso? – digo em voz baixa enquanto arrumamos as peças. – Ela vai saber que você ajudou.

– Se você derrubá-la da Três, ela vai supor mesmo que eu tive alguma coisa a ver com isso – observa Emissa animadamente. – E Belli sempre deixou claro o fato de que tudo isto aqui, para ela, é uma competição. Ela não pode reclamar quando alguém tenta competir.

Nós começamos a jogar, sem pressa ou intensidade, e eu cometo alguns erros de propósito para dar a Emissa uma vantagem clara, embora não avassaladora. Em pouco tempo, mais alunos começam a chegar. Os outros quartos olham para Emissa surpresos, mas quando eles veem o que estamos fazendo, cumprimentam com educação e conversam entre si. Posso vê-los, porém, conferindo o andamento do jogo de vez em quando. – Aequa, especialmente. Curiosa para ver se eu consigo derrotar uma terceira.

Cinco minutos depois, Belli chega, com Iro em seu encalço. Emissa e eu fingimos não os ver. Demora mais um minuto antes de haver movimento e uma pequena agitação quando Belli desce novamente um nível.

Ela para atrás de Emissa.

– Você pegou nosso tabuleiro. – Levemente irritada.

– Vis e eu achamos que podíamos jogar uma partida antes que todo mundo chegasse. Desculpe. – Emissa me lança um sorriso reluzente. – Não vai demorar.

Eu faço uma careta para ela, então movimento deliberadamente uma de minhas pedras vermelhas para a direita. Um movimento um tanto inteligente. Heterodoxo.

Por um instante Belli se balança nas pontas dos pés, parecendo prestes a voltar para a mesa da Turma Três.

Então ela para de novo. Estuda o tabuleiro.

Emissa examina minha jogada, então responde de maneira bastante previsível. Eu já vi Emissa jogar contra Belli antes, e ela é como a maioria dos outros terceiros: inteligente, consegue pensar antecipadamente alguns movimentos e tem uma boa compreensão dos fundamentos do jogo, mas não tem chance contra qualquer um com verdadeiro treinamento.

Eu empurro uma peça vermelha e a alinho com duas outras. Não olho para Belli, mas ouço sua respiração passar pelos dentes cerrados, como se ela tivesse de se conter fisicamente para não me castigar por uma jogada tão ruim. E é mesmo, tenho de admitir. Três movimentos assim, e Emissa vai conseguir destruir toda a minha pirâmide, rompendo minhas linhas e enfraquecendo minhas forças de forma catastrófica.

Deixo que uma expressão de irritação passe pelo meu rosto. Mostro a ela que ouvi, mas não digo nada. Já vi Belli assistindo a outras partidas. Ela sempre faz comentários. Normalmente com ironia. Eu só preciso esperar.

E não tenho de esperar muito.

Dois movimentos depois, faço outra jogada ruim. Não uma jogada óbvia, mas uma que vai acabar com o jogo em meia dúzia de rodadas se Emissa estiver alerta à possibilidade. Belli escarnece quando meus dedos soltam a pedra e sacode a cabeça com desdém.

– Achei que você tinha dito que já havia jogado antes.

Suspirando de alívio por dentro – se o jogo tivesse terminado sem sua provocação, o plano não funcionaria –, eu olho para ela de cara fechada.

– Deve ser bom achar que derrotar as mesmas cinco pessoas o tempo todo faz de você uma especialista.

Belli enrubesce, mais visivelmente atingida do que eu poderia esperar. Não deve ajudar que quase todos os quartos estejam observando com interesse escancarado, e que eu tenha menosprezado uma das poucas coisas das quais ela de fato se orgulha.

– Você teve sua chance de jogar comigo. Falou que tinha medo – diz ela desdenhosamente.

Aprumo as costas. Aponto para o tabuleiro, tentando parecer ofendido.

– Quer, então, mostrar a todo mundo como você é boa?

– Vis. – Emissa sacode a cabeça. Visivelmente me alertando.

A essa altura, nós reunimos uma boa plateia. No canto, Nequias e Scitus também observam, embora estejam longe demais para ouvir o que está sendo dito.

Belli hesita. Sua reputação na Três é construída sobre sua inteligência e, esteja eu certo ou errado, muito disso está ligado a sua habilidade em Fundação. É uma armadilha que ela armou para si própria, uma ideia que usou demais. Suas vitórias constantes são vistas como prova incontestável de que ela tem uma mente tática superior, de que é uma estrategista mais forte que qualquer outro na turma. Uma derrota para mim seria embaraçosa. Talvez afetasse até mesmo sua posição.

– Não, obrigada. Isso não vale meu tempo – diz ela alegremente, se recuperando depressa. – Além disso, você já está jogando com Emissa. – Ela não acha que vá perder para mim, mas é inteligente demais para correr esse risco.

– Está bem. Eu desisto. Ela vai ganhar mesmo. – Eu começo a arrumar as peças em suas posições iniciais, demonstrando irritação.

– Mesmo assim, não vale meu tempo.

– Você tem medo de que eu consiga derrotá-la. – Essa isca é algo em que eu estava pensando há muito tempo. O problema (a razão pela qual não botei a ideia em uso muito mais cedo) é que Belli *é* muito boa. Eu jogo desde criança, ensinado por alguns dos maiores que já jogaram esse jogo, e eu *devo* ser capaz de derrotá-la. Mas isso não é uma certeza.

Belli parece querer ir embora, mas agora uma aglomeração se formou. Mesmo que ela recue, há interesse suficiente para garantir que essa seja uma competição que, mais cedo ou mais tarde, vai acontecer.

– Está bem. – Ela revira os olhos e se senta, melindrada, na cadeira que Emissa acabou de liberar. – Vamos fazer isso depressa.

– Preceptores! – Iro chama Scitus e Nequias, que estavam observando, mas se mantendo a distância. – Vocês podem estar interessados nisso. Vis e Belli vão jogar Fundação.

Eu tenho de me segurar para não rir. Eu precisava que pelo menos um dos Preceptores demonstrasse interesse ativo. Emissa ia chamá-los se eles mesmos não investigassem, mas Iro acha que vou passar vergonha.

– Isso vai ser interessante – concorda Scitus, com os braços cruzados quando se aproxima da mesa. – Vis, eu não sabia que você jogava.

– Um pouco, Preceptor.

Nequias me olha carrancudo.

– Isso é um desperdício do talento de Belli. – Eu raramente interajo com o homem severo de olhos cor de avelã, mas ele nunca escondeu que não gosta de mim.

– Acho que vamos descobrir – responde Scitus, gesticulando para que nós continuemos.

Em pouco tempo, as pedras estão arrumadas em suas pirâmides iniciais, minhas vermelhas dispostas diretamente em oposição às brancas dela.

– Sabe de uma coisa? Precisamos tornar isto justo – diz Belli, em voz alta o bastante para todo mundo ouvir. – Você pode retirar uma peça do tabuleiro. De vantagem. Do contrário, não seria justo.

Há muitas risadas, e sinto uma onda de pânico. Ela está tomando uma precaução, evitando qualquer competição verdadeira ao começar em desvantagem. É um movimento inteligente.

Eu me recupero. Dou de ombros, estendo a mão e removo uma de minhas próprias peças.

Há mais risos na plateia, embora dessa vez um pouco descrentes, como se estivessem chocados por minha indiferença quanto às habilidades de Belli. Nequias escarnece, e até Scitus apenas suspira e sacode a cabeça.

– Isto *não* vale o meu tempo. – O rosto de Belli está tão vermelho quanto seus cachos. Ela afasta os olhos, como se estivesse prestes a se levantar e ir embora, apesar de toda a atenção.

– Por que não fazemos uma aposta, então? – pergunto, girando de uma mão para a outra a pedra vermelha que acabei de pegar.

– Como o quê? – Ela zomba de mim, cada vez mais irritada por ser forçada a essa competição. – O que você poderia ter que pudesse me interessar?

– O compromisso com a Governança se você ganhar.

As conversas e os risos se calam. Os Preceptores parecem uma combinação de chocados e ultrajados com minha oferta despreocupada. Os olhos de Belli estão arregalados. Mesmo sendo apenas um quarto, mudar de lealdade desse jeito não passaria despercebido do mundo exterior – e eu sou Catenicus, além de tudo. É um golpe que melhoraria consideravelmente a posição de Belli, tanto com a Governança como aqui.

Ela passa a língua pelos lábios.

– E se você ganhar?

– Eu fico com seu lugar na Turma Três. O que – eu olho para os Preceptores – eu acho que vai acontecer de qualquer jeito se eu vencer.

Emissa se aproxima, põe a mão delicadamente no meu ombro. Eu olho para ela e vejo seus olhos tão cheios de preocupação que quase rio ao ver como ela está fazendo bem seu papel. Ou talvez não seja fingimento. Eu não mencionei o que ia apostar.

– Não faça isso. – Ela fala baixo, mas a essência é óbvia para qualquer um prestando atenção. – Ela é boa demais.

Eu a dispenso com um aceno, mantendo a fachada de irritação. Emissa me lança um olhar frustrado.

Belli não diz nada por um bom tempo. A plateia aumentou para muito além dos quartos, a notícia da disputa se espalhou. Eu vejo Eidhin no fundo, com expressão ilegível. Várias pessoas gritam para que Belli aceite. Ela as ignora, mas posso ver que está fazendo cálculos. Avaliando o risco diante da recompensa. Tentando decidir se recuar agora, diante de todas essas pessoas e dos Preceptores, prejudicaria suas chances na Turma Três. Acho que prejudicaria e acho que ela acredita a mesma coisa. Posso ver a conscientização em seus olhos, e então – olhando de novo para mim – a fome. Acima de tudo, ela acredita que vai me derrotar. Acha que pode conquistar um prêmio aqui, acertar um golpe contra os Militares do qual seu pai ficaria orgulhoso.

– Está bem.

Há muita coisa nessas duas palavras. Elas são ávidas e reflexivas, e confiantes e confusas, tudo ao mesmo tempo.

Eu não demonstro nada além de aceitar com irritação. Essa, infelizmente, foi a parte fácil.

Agora tudo o que eu tenho de fazer é vencer.

Começar um jogo de Fundação sem uma das pedras não é uma sentença de morte, é depender de que o adversário cometa pelo menos um erro.

Belli, pelo que vi, não comete *muitos*. A pergunta é na verdade se ela é mesmo adaptável: por mais que essa seja uma posição favorável, começar com uma pedra a mais é raro, e uma vantagem imprevista ainda exige ajustes. Muitas das estratégias que ela iria tentar de repente se tornam inúteis. E, ao mesmo tempo que estou teoricamente sofrendo a mesma desvantagem, já tive muita experiência de jogar com uma pedra a menos. Sempre que eu jogava contra Cari, eu deixava que ela removesse pedras do tabuleiro. E ela teve os mesmos tutores que eu. Perto do fim, ela estava jogando muito bem.

Sinto uma onda de emoção ao pensar em minha irmã e paro por um instante. Os Preceptores se afastaram para discutir: Nequias está veemente; Scitus, calmo mas firme. Consigo imaginar o que Nequias está dizendo e fico satisfeito ao ver que Scitus não está concordando com nada. Se eu derrotar Belli aqui, vou ficar furioso se os Preceptores não reconhecerem a aposta.

Callidus apareceu junto de Eidhin no fundo da multidão. Faço contato visual com ele e vejo sua expressão intrigada. Dou de ombros, e ele olha de Belli para mim, pensativo.

Já se passou um bom tempo desde o início do jantar, mas poucas pessoas estão comendo. Isso não me incomoda. Belli, por sua vez, está nitidamente abalada. Seu rosto está vermelho e rabugento, e ela não para de olhar para as pessoas como se esperasse que a apoiassem. Entre as jogadas, ela passa o polegar pelo coto do dedo que está faltando, como se estivesse frio.

É um bom sinal, mas Belli também não é burra: ela sabe que está distraída e sabe que eu não estou. Nos primeiros movimentos, ela não se apressa, se recusando a permitir que a pressão dos espectadores a atinja. Eu elevei a aposta, e ela não vai deixar que nada a apresse. Tudo bem. Distração ainda é distração. Vai transparecer não nos movimentos imediatos, mas na não percepção posterior das estratégias.

Mesmo assim, eu me esforço para contê-la nos primeiros dez minutos, especialmente quando ela se torna mais confiante, mais agressiva. Na posição dela, esse é o jeito certo de jogar – atacar de todos os lados, tentar encontrar a abertura que inevitavelmente vai aparecer devido a meu número inferior de peças. Mas ela também é previsível. Pode ser conduzida. Eu tenho a vantagem de ter assistido a muitas partidas de Belli. Sei quais são suas jogadas favoritas, seus estratagemas favoritos. Eu dou a ela vislumbres de buracos em minha fileira, tentando-a a se posicionar para um ataque que vai deixá-la em risco.

Ela não morde a isca nas primeiras vezes, mas, depois de algum tempo, a impaciência – ou talvez a pressão das expectativas de todos – acaba por tomá-la. Ela acha que vê uma abertura e avança.

Eu ouvi Fundação ser descrito como um jogo bonito. Isso normalmente vem de pessoas que não sabem jogá-lo ou não o jogam bem. Esse jogo não é uma dança nem um espetáculo. É brutal e sangrento como a guerra; o jogador ganha através de posicionamento, o que permite maximizar o atrito. Não se importa em perder uma peça se pode remover duas. Não se importa em perder cinco se puder remover seis.

No fim da primeira troca, perdi oito peças, e ela também. Ela não viu como o primeiro banho de sangue – no qual eu perdi uma peça a mais que ela – me permitiu começar o segundo, no qual removi quatro das dela e perdi apenas duas. Quando termino o movimento final da sequência, escuto um murmúrio baixo. Agora o peso dos olhares está em cima de mim, e não apenas no jogo.

Arrisco erguer os olhos. Belli está olhando fixamente para o tabuleiro, mas alguma coisa mudou em seu olhar. Não há mais apenas concentração. Há medo.

Ela percebeu que a competição está séria.

Ao fundo, posso ver os dois Preceptores juntos, observando com uma curiosidade tão intensa quanto a dos alunos. É perceptível que Nequias está apreensivo, enquanto Scitus, ao ver meu olhar, me dá um aceno de cabeça. Eu rapidamente volto o foco ao jogo, sem deixar que ninguém perceba meu alívio. Scitus não teria feito esse gesto se Nequias não tivesse concordado que eles deveriam honrar os termos da aposta.

Belli sai ferida da troca de ataques e recua para reabastecer as peças; eu faço o mesmo, garantindo que, ao reiniciarmos, estejamos no mesmo status. O posicionamento é diferente, mas estamos de volta ao início da partida – dessa vez, sem minha desvantagem.

Eu ataco.

Não sou tímido quanto ao que estou fazendo, ajo como se fosse um instrumento pesado, jogando minhas peças contra as dela em trocas iguais e furiosas. É um estratagema comum para jogadores que sentem estar sendo superados, que não conseguem lidar nem processar a extensão das opções que um tabuleiro inteiro lhes dá. Belli também sabe disso, e embora não haja nada visível, ela começa a fazer seus movimentos com mais certeza. Ela se surpreendeu pelo fato de eu ter conseguido me recuperar, mas quase consigo vê-la decidir que deve ter sido sorte ou talvez desatenção da parte dela. Que eu não sou capaz de superar sua consistência, não se precisei recorrer a isso.

Mas eu estou me posicionando de novo. Essa era uma das táticas favoritas de meu tutor: usar uma carnificina aparentemente aleatória para se organizar com cuidado, sem permitir nenhum alívio nem permitir que seu adversário faça qualquer coisa além de reagir. Pequenas escaramuças que formam um plano maior.

Para minha surpresa, funciona perfeitamente. Belli joga como se estivesse seguindo um livro, respondendo cada movimento do jeito mais inteligente – exceto pelo fato de que ela está, aos poucos, expondo o coração de sua pirâmide. Eu olho ao redor outra vez. Todo mundo está fascinado, mas ninguém viu o que está acontecendo, até onde percebo. Emissa parece preocupada. Callidus parece preocupado. Até Scitus passou da aprovação para uma expressão fechada pensativa.

Belli é a primeira a entender o que estou fazendo, mas tarde demais. Eu a percebo engasgar em seco, vejo o jeito como sua mão hesita, em seguida cai quando ela percebe o que estou prestes a fazer. Há trinta segundos de silêncio enquanto ela estuda o tabuleiro. Um minuto. Seu rosto fica cada vez mais pálido quando ela vê que não há saída, nenhuma sequência de acontecimentos que possa salvá-la, a menos que eu cometa um erro. A mão dela começa a tremer.

Eu olho ao redor, então me levanto e me inclino na direção dela. Aproximo a boca de seu ouvido, com a voz baixa.

– Nós ainda podemos empatar. Se você quiser negociar.

Ela não tira os olhos do tabuleiro, e, por alguns segundos, eu me pergunto se ela me ouviu.

– O que você quer?

– O que você pegou de Callidus. Tudo. Agora mesmo.

Ela se enrijece.

– Depois.

– Não. Você não está em posição de negociar. Nós fazemos uma pausa, você pega isso e, se ele confirmar que está tudo aqui, eu aceito o empate.

Seu maxilar se retorce embaixo dos dentes cerrados.

– O que vai impedir que você vença mesmo assim?

– Nada. Mas falta um, talvez dois movimentos antes que todos percebam minha posição. Então, se você não quer parecer suspeita, a hora é esta.

Ela respira fundo.

– Está bem.

Meu coração relaxa, e eu me ergo de pé e me dirijo à plateia.

– Infelizmente acho que minha bexiga vai explodir. Peço desculpas para todos. Eu já volto.

Um gemido zombeteiro percorre o salão, o burburinho de vozes aumentando quando fica claro que vai levar alguns minutos até o recomeço da partida. Belli também se levanta, pede licença e sai depressa. Eu paro quando passo por Callidus.

– Vá com Belli. Confira se está tudo lá. Volte e me conte. Se estiver tudo certo, guarde em um lugar onde ninguém vá procurar, depois finja tê-lo queimado. Imediatamente.

Os olhos de Callidus ficam arregalados quando ele entende o que estou dizendo, mas antes que ele possa responder, estou subindo a escada.

Dez minutos depois, Belli volta, parecendo composta. Callidus vem atrás. Ele me olha e dá a confirmação mais delicada, então sobe a escada e torna a desaparecer.

Bom.

– Está feito – murmura Belli ao se sentar.

Eu me demoro depois disso, pego um prato de comida e me asseguro de que Callidus tenha muitas oportunidades de esconder as provas. Demora mais cinco minutos para voltarmos ao jogo, e Belli fazer seu movimento seguinte. O único possível para ela. O que divide suas forças e me dá um caminho enviesado para o centro de seu território.

Há movimentos em torno do salão, e eu vejo Scitus sussurrando presunçosamente para Nequias, que parece cada vez mais espantado. Os Preceptores viram a abertura, mesmo que mais ninguém tenha visto. Belli olha para mim com expectativa.

Eu movimento calmamente minha peça, então encaro o olhar horrorizado dela.

Escuto um murmúrio, baixo no início, que depois aumenta quando alguns dos alunos veem o que está prestes a acontecer.

– O que você está fazendo? – murmura Belli, mantendo a fachada de calma. Ela move outra peça e me dá uma saída.

Eu não a pego.

– Ensinando a você o que são consequências. – Eu passei por suas defesas, agora sua pirâmide está quebrada, e vou capturar peças nas próximas rodadas. – Não é agradável quando alguém trai sua confiança, não é?

A multidão está ficando mais barulhenta, exclamações incrédulas diante da posição de Belli nitidamente audíveis.

– Eu ainda posso contar a eles o que Callidus me deu. Fazer com que revistem seus pertences se necessário.

– Não pode mais – diz Callidus, que estava parado no fundo pelo último minuto, quase como se em sua deixa. Eu aponto para ele discretamente; o sangue se esvai por completo do rosto de Belli enquanto ele acena para ela com os restos carbonizados de papel.

– Eles vão perceber que os papéis desapareceram. Se eu contar à Governança o que desapareceu, eles vão acreditar em mim.

– Talvez. Mas, com toda a certeza, não vão deixar que as outras facções saibam que isso é verdade. E não vão fazer nada sem provas. Exceto, talvez, expulsá-la da Academia por fazer acusações infundadas. – Era tentador fazer com que Callidus realmente destruísse os papéis, teria sido mais simples, mas não tenho certeza se ele teria feito isso, mesmo que eu tivesse pedido. Desse jeito, ele tem uma chance de devolvê-los sem que ninguém perceba que desapareceram.

A garota à minha frente não diz nada por um bom tempo. Então, de repente, começa a tremer e, em seguida, para o meu choque, a chorar. Ela estende a mão trêmula na direção de uma peça e a movimenta. Eu continuo dizimando sua base de apoio no tabuleiro e me endurecendo diante de suas fungadas cada vez mais altas. Mesmo que não fosse por necessidade, eu não estava mentindo sobre considerar essa uma lição difícil.

Dois movimentos depois, Belli se levanta, seus soluços sufocados e o rosto brilhante evidentes para todo mundo.

– Eu desisto. – Ela abre caminho através da multidão, quase correndo na direção da escada. As pessoas saem de seu caminho, observando com um choque indisfarçável até ela sumir de vista.

Não me sinto especialmente bem, não importa o resultado, mas fiz o que tinha de ser feito. Eu ergo os olhos para Scitus e Nequias.

– Vocês ouviram?

– Ela desistiu. Você ganhou. – Scitus confirma o resultado antes que Nequias tenha uma chance de falar. O homem mais velho franze o cenho, mas move a cabeça em reconhecimento.

Eu olho Nequias nos olhos.

– Então vejo o senhor amanhã cedo, Preceptor. – Eu aceno com a cabeça para agradecer a Scitus e saio andando antes que qualquer um dos homens possa dizer mais alguma coisa.

A multidão também se abre para mim enquanto eu saio, embora o gesto seja menos sair do caminho e mais... chegar para o lado de forma reverente. Callidus está esperando por mim perto da escada e me acompanha quando passo.

Assim que chegamos à Curia Doctrina, ele dá uma risada alta. Uma risada de verdade, uma liberação longa, profunda e cheia de alegria.

– Pelos túmulos dos deuses, Vis. Pelos deuses, pelos *deuses*. – Ele pragueja mais algumas vezes, então me dá um tapa nas costas de forma inebriada. – Me lembre de nunca pisar no seu calo. Não tenho ideia de como vou pagar por isso.

Eu rio também, contagiado por sua alegria.

– Com certeza vou pensar em alguma coisa – digo, retribuindo seu sorriso.

LXI

MINHAS PRIMEIRAS SEMANAS NA TURMA TRÊS SÃO MAIS DIFÍCEIS DO que eu poderia imaginar.

Levando em conta a atitude de Nequias em relação a mim desde que cheguei à Academia – e sabendo de sua amizade com Dultatis –, eu me preparei para uma repetição de meu tempo na Turma Seis. E no minuto em que entro na sala de aula, fica claro que Nequias não gosta de mim.

Diferentemente de Dultatis, porém, Nequias não se concentra em mim. Não me exclui. Ele me trata como trata todos os outros, com uma pressão fria e implacável, desdém quando cometo erros, raiva quando sou muito lento, ameaças quando há qualquer sugestão de que não estou prestando atenção. Mesmo sendo um homem velho e magro, ele é uma força aterrorizante durante a aula. Uma tempestade pronta para trovejar diante de qualquer pequeno deslize.

Já tive tutores como ele antes, mas nunca em matérias tão difíceis. Em meu primeiro dia, calculamos como a imbuição Causal e a sub-Harmônica podem ser combinadas para reduzir a quantidade de Vontade necessária para operar máquinas complexas. Depois passamos direto para as ramificações socioeconômicas de aplicar essas melhorias em potencial a segadores, teorizando como isso afetaria os Octavii, as províncias e a estabilidade da República como um todo. Em seguida corremos o Labirinto por três horas, e sofro derrotas estrondosas repetidas vezes, em uma lição desanimadora do quanto preciso melhorar. Então examinamos relatórios sobre as ruínas pré-Cataclismo de Altaris Machia, discutindo se as Aurora Columnae encontradas ali eram a confirmação de que essa sociedade perdida usava Vontade exatamente como a Hierarquia usa ou se eles tinham meios mais poderosos de fazer isso. E se esse poder os destruiu ou não ou se algum acontecimento externo precipitou sua extinção.

Minhas pálpebras estão pesadas no jantar; minha cabeça, doendo. Ainda corro o Labirinto com Emissa depois, fazendo todo o possível para absorver suas sugestões, aguçar minhas habilidades. Saber o quanto ainda preciso avançar afasta minha exaustão por duas horas a mais, mas depois disso, tenho de admitir que estou derrotado. Meu respeito por Emissa – que ainda está, de algum modo, se movimentando como se tivesse energia para queimar – aumenta.

E o dia seguinte e o outro são iguais. Continuamente. Uma névoa de concentração e esforço. No fim da primeira semana, percebo que era para isso que Lanistia estava me preparando. Foi para isso, e não para nenhuma das aulas anteriores, que ela me forçou tanto; por isso estava tão preocupada com minha capacidade de competir. Sem aqueles meses de preparação, eu nunca seria capaz de acompanhar.

Mas eu acompanho.

Perto do fim de meu primeiro mês, alguma coisa muda. Os dias começam a parecer mais uma rotina. Uma rotina imensamente desafiadora, mas algo que eu consigo administrar. Eu continuo a melhorar no Labirinto, o exercício extra me deixa ainda mais em forma, meu corpo mais duro. Tenho energia suficiente para aproveitar o tempo com Callidus e Eidhin de manhã, com Emissa de noite.

Nas semanas seguintes, começo a desafiar os outros no Labirinto. Me sinto confiante de poder melhorar minha posição na Três em pouco tempo. Não há chance de superar Indol ou Emissa – e Iro, mesmo que eu não goste de admitir, deve ser impossível de eclipsar antes do Iudicium. Mas Prav e especialmente Sianus estão ao meu alcance, e operam no mesmo nível há meses. Eles chegaram a seu melhor há muito tempo. De nós seis, eu sou o único que está progredindo.

Nequias também começa a perceber isso. E embora eu não possa dizer que ele me discriminou até agora, acho que é por isso que ele decide falar sobre o Iudicium antes do que qualquer um de nós esperava.

Esta manhã, o vento impetuoso do início da primavera está com força total do outro lado das janelas grandes da sala de aula da Turma Três. Não há chuva, mas o vento chacoalha as persianas enormes, e antes que elas fossem fechadas, o mar estava agitado e branco, ondas quebrando contra os pilares do Muro do Mar abaixo. O ar tem um travo que, mesmo depois de quatro anos, eu ainda desprezo. Esse é o tipo de dia que talvez tivéssemos uma vez por ano em Suus. No sul deprimente, é uma ocorrência regular há meses.

A sala habitual da Três é, sem nenhuma surpresa, de longe a sala de aula mais bem localizada: uma vista para o oceano parecida com a vista do refeitório, grande e confortável, com sofás e muitas coisas. Emissa e eu fomos os últimos a chegar hoje. Nós nos sentamos em nossos lugares de sempre, e eu murmuro um cumprimento para Iro e Indol, que estão perto. Eles acenam com a cabeça em resposta, embora, como sempre, Iro seja áspero. Ele me tolerou desde minha promoção, mas não finge amizade.

– Antes de começarmos… – Nequias estava esperando que nós chegássemos; ele começa a falar antes que estejamos instalados. – O Principalis e eu decidimos começar os procedimentos para o Iudicium.

Meu sorriso animado fenece. Eu olho ao redor, vendo tanta surpresa no rosto dos outros quanto deve haver no meu. Com base tanto no que Ulciscor me contou como no que os outros terceiros esperavam, eu estava prevendo que isso ainda levasse algumas semanas para acontecer, talvez mais.

– Já? – É Indol falando. Calmo e contido como sempre, mas é nitidamente uma pergunta.

– Já. – Nequias não se dá ao trabalho de explicar. – As suas posições na Turma Três estão asseguradas desde esta manhã, e suas classificações para o Iudicium estão definidas.

Emissa olha de maneira simpática em minha direção. Por mais que eu os estivesse alcançando, não há como negar que ainda sou o último neste grupo. Pelo canto do olho, vejo a forma corpulenta e de cabelo comprido de Sianus relaxando, e as tatuagens de cobras entrelaçadas que descem pelo seu braço se flexionam quando ele se estica.

Nequias para por um instante, como se esperasse protestos. Seu olhar percorre a turma, e eu sinto como se ele demorasse mais em mim. Se ele espera que eu reclame, porém, não lhe dou essa satisfação. Sou inteligente o bastante para saber que nada que eu diga pode mudar essa decisão.

– As especificidades do Iudicium serão, é claro, mantidas em segredo até que ele comece – continua o Preceptor depois de algum tempo. – Mas durante os próximos três dias, vocês terão de escolher dois alunos das outras turmas para seguirem seu comando durante ele. A classificação atual e oficial da Turma Quatro está disponível para vocês, e suas classificações vão ser disponibilizadas para eles. Se um aluno receber mais de uma oferta, ele tem permissão de escolher a quem quer se unir. E eles também podem recusar totalmente, se assim desejarem. – O tom de voz de Nequias informa que a última parte ele diz por formalidade, e não por achar que seja uma verdadeira possibilidade. – Quando encontrarem dois alunos que concordem em trabalhar com vocês, deem seus nomes para o Principalis. Ele vai instruir vocês depois disso.

Ninguém fala enquanto processamos a informação. O Iudicium muda a cada ciclo; embora o básico permaneça o mesmo – é realizado em Solivagus, em território necessariamente desconhecido de todos, e é uma competição para completar uma tarefa específica –, os detalhes podem variar muito. Ulciscor me contou que, na Turma Três de Caeror, eles eram deixados sozinhos no meio da floresta e tinham de passar uma semana sem serem capturados por toda a Turma Quatro e a Turma Cinco. E ele disse que o que ocorreu depois deste envolveu os terceiros comandando uma dúzia de estudantes em uma espécie de simulação de guerra.

– Quais critérios usamos se não sabemos o que vamos fazer? – É Prav, dizendo o que todos estamos pensando. Ele é um garoto de aparência extremamente comum, nem bonito nem feio, nem alto nem baixo, nem imponente nem invisível, apenas... ali.

Inteligente, porém. Com pés rápidos. Não deve ser subestimado.

– Isso é com vocês. Mas decidam depressa. Nós precisamos de dois nomes de cada um de vocês em até três dias ou nós mesmos vamos atribuí-los. Alguma pergunta? – Nequias espera e, considerando pelo silêncio que não há nenhuma, logo segue em frente. – Agora, esta manhã vamos cobrir relacionamentos refinados e reativos em engenharia. Nós sabemos das ruínas pré-Cataclismo de Serica que...

Eu meio que escuto por algum tempo – e sou repreendido por Nequias quando ele percebe minha desatenção – e faço cálculos furiosamente, sabendo que cada um dos outros deve estar fazendo a mesma coisa. A classificação é bem clara: Indol em primeiro, Emissa em segundo, depois Iro,

Prav, Sianus e eu. Com certeza vai haver recompensas para os membros da equipe vencedora, então os quartos vão querer se juntar ao terceiro de melhor posição possível. Os três candidatos óbvios, então – Axien, Cassia e Marcellus –, inevitavelmente vão para Indol ou Emissa. Depois disso, Iro pode ficar com Felix e Valentina como dupla – eles são quartos fortes e capazes que trabalham bem juntos –, e é provável que Prav e Sianus apenas escolham os próximos na classificação.

O que não se sabe, na verdade, é se alguém vai escolher Belli ou Aequa.

Belli é de longe a aluna mais capaz da Turma Quatro, mas o Iudicium com quase toda a certeza vai ser uma competição fisicamente exigente: ao mesmo tempo que ela está em forma, suas habilidades em luta e com armas deixam muito a desejar. Pior: desde seu rebaixamento, ela parece esgotada. Vazia. Um fantasma flutuando através dos dias. E mesmo que a classificação diga que sua motivação continua a mesma, todos a conhecemos bem demais para acreditar que ela vá ser uma boa subordinada.

Sempre que eu a vejo, digo a mim mesmo que ela está colhendo as consequências do que fez. Isso não alivia muito a minha culpa.

Então há Aequa. Sua posição sofreu graças a seu erro comigo, mas não faço ideia se Scitus manteve sua promessa de deixá-la como a aluna de classificação mais baixa na Quatro. Por sorte, não acho que os outros terceiros imaginem como ela é boa.

– Descobriu quem todo mundo vai chamar? – Emissa aproveita que Nequias está de costas para sussurrar as palavras em meu ouvido.

– Eu tenho alguns palpites.

– Você vai escolher Callidus e Eidhin?

Eu lanço um olhar altivo em sua direção.

– Talvez. Quem sabe?

Ela sorri.

– Você é muito misterioso e imprevisível.

Ela supôs corretamente, é claro; nunca tive dúvida sobre quem eu chamaria. Callidus é um dos alunos mais inteligentes da Academia, enquanto Eidhin tem um dos melhores físicos – e nenhum deles é horrível na área do outro. Eu não consigo imaginar uma combinação melhor.

Mas o que mais importa é que eu os conheço. Confio neles. A ideia de escolher qualquer outra pessoa é quase impensável.

Claro, não há garantia de que nenhum deles diga sim. Callidus, apesar da verdadeira razão para estar na Turma Sete, ainda tem suas preocupações em relação ao Iudicium e sua história mortal, e expressou várias vezes como estava satisfeito por não participar. Parte de mim acha que é bravata, um jeito de se sentir melhor por perdê-lo quando ele é tão obviamente qualificado. Mas desconfio que ele também esteja de fato aliviado. Ficou claro que os documentos que ele pegou do pai são conclusivos o bastante para ele se preocupar.

E Eidhin... bem. Eidhin é Eidhin. Mesmo depois de vários meses passando horas todo dia com ele, mal o conheço. É o suficiente para confiar nele, para confiar em seu caráter, mas não o suficiente para prever suas decisões.

Ao meu lado, Emissa hesita. Se inclina para perto.

– Me prometa uma coisa. – O tom de voz dela é sério; quando a olho, ela me encara fixamente. – Jure que isso não vai mudar nada. Nós competimos um contra o outro, e seja o que for que aconteça, vai acontecer. Mas depois, ainda temos a *nós*.

Meu peito se aperta. Dói. O Iudicium parecia muito distante, mesmo quando a pressão por sua aproximação estava crescendo. Mas quando ele terminar, eu vou embora. Ou para alguma parte distante da Hierarquia onde eu não tenha de ceder, ou vou fugir, ou vou para um Sapador.

E não importa o que acontecer, Emissa não pode ir comigo. Não vai. Da mesma maneira que eu não posso ficar por ela.

– É claro – digo com delicadeza. Eu sorrio para ela. – É claro.

Nesse momento, eu me odeio.

O resto do dia se passa ostensivamente como de costume, mas há um gume em tudo agora. Qualquer interação entre os terceiros e os quartos durante as refeições, qualquer olhar, parece de repente ganhar significado. Não que seja difícil adivinhar quem vai escolher quem – depois de examinar a classificação da Turma Quatro e ver Belli e Aequa na parte mais baixa, tenho quase certeza de que já sei quais vão ser os prováveis participantes –, mas a realidade do Iudicium já chegou. Nós somos rivais que foram forçados a trabalhar juntos por um período. Esse período está chegando ao fim.

Nessa noite eu não pergunto a Emissa quem vão ser suas escolhas, e ela não me conta. Nós, na verdade, não falamos sobre o Iudicium.

Eu tenho um sono desconfortável.

Na manhã seguinte, Callidus está esperando por mim quando chego ao Labirinto.

– Eu preciso que você me ajude no Iudicium – digo sem preâmbulos quando me sento ao lado dele.

Callidus congela. Então termina lentamente de esfregar as mãos para se esquentar, sem erguer os olhos.

– O quê?

– Você devia saber que eu ia pedir.

– Ah. É claro. Depois de tudo o que mencionei sobre todas as mortes misteriosas escondidas, eu deveria ter imaginado que você iria me querer ao seu lado.

– Isso. Pelo tanto que você ama o perigo. – Eu assinto para ele sem demonstrar emoção, então dou um sorriso triste. – Olhe, eu sei que você preferiria evitar. Mas preciso de pessoas em quem possa confiar.

– Você precisa é encontrar um jeito de ficar fora disso. Ou de perder depressa. – Ele vê minha expressão, então se inclina para a frente, intenso. – Estou falando sério, Vis. Não vale a pena.

Eu o estudo. Ele está sendo sincero. Ele estaria dizendo a mesma coisa, fazendo a mesma coisa, mesmo se estivesse em minha posição. Eu fico arrasado.

Estou prestes a responder quando há movimento na entrada, e Eidhin surge pela escada. Ele sinaliza para nos saudar, alheio à interrupção.

– Eu também vou pedir a Eidhin. Mas preciso avisá-lo dos riscos. Não vou contar a ele onde consegui a informação – digo em voz baixa e rápido.

Callidus faz uma careta, mas concorda.

– É claro.

Eu faço um aceno agradecido, então me volto para nosso amigo corpulento quando ele se aproxima.

– Eidhin! Eu tenho um pedido para fazer.

Eidhin para diante do pronunciamento. Olha para mim cauteloso.

– Eu preciso escolher duas pessoas para se juntarem a mim no Iudicium. Quero que você seja uma delas.

– O que eu vou ter de fazer?

– Não sei.

– Vai haver luta?

– Acho que sim? Eles ainda não revelaram muitos detalhes. – Eu tusso. – Antes, porém, de me dar sua resposta, você precisa saber uma coisa. No passado houve... incidentes que a Religião encobriu. Alunos morreram. E os outros estudantes que participaram do Iudicium também desapareceram depois da formatura. Não me pergunte como eu sei disso, mas pode ser perigoso. Provavelmente *vai* ser perigoso.

Eidhin olha para mim, pensativo.

– Mas você vai competir contra os outros terceiros.

– Vou.

– E se nós ganharmos, isso vai melhorar minha posição.

– Vai.

– Está bem. Eu concordo. – Ele passa por mim, se senta ao lado de Callidus e começa a ajustar suas botas, se preparando para correr o Labirinto.

– Tem certeza?

Ele faz uma pausa. Olha fixamente para mim.

– Eu disse que concordo.

Ergo as mãos num gesto bem-humorado de defesa.

– Está bem. Obrigado.

Eidhin olha para Callidus.

– Você também?

– Ele acabou de me pedir. Ainda estou pensando a respeito.

Eidhin olha fixamente para ele. Assente, pensativo, e retoma o que estava fazendo. Não há julgamento, e posso ver o quanto Callidus fica satisfeito por isso.

Nós corremos o Labirinto por algum tempo, eu com o braçal e anunciando alto cada curva que faço, simulando ter observadores. Mesmo com apenas dois adversários em vez dos três habituais, é difícil: Eidhin e Callidus são ambos frustrantemente rápidos, e perceber seus movimentos com base apenas no som e na adivinhação é mais que difícil. Em tese, eles também estão em desvantagem: se quiserem se coordenar, eles precisam gritar para fazer isso. Mas os dois já correram tantas vezes contra mim, a esta altura, que desenvolveram um entendimento mútuo silencioso. Um conhecimento quase premonitório de onde o outro vai estar, dependendo de como eu abordo a corrida do dia.

Eu passo por eles duas vezes em nove tentativas esta manhã, e suor está escorrendo de meu corpo quando o sino toca para a refeição matinal. Ainda estou respirando com dificuldade quando subimos a escada.

Eidhin, como sempre, desaparece e vai até o riacho do parque para se lavar. Callidus e eu vamos para o refeitório, mas, depois de um minuto, Callidus para de repente. Aponta a cabeça na direção do alojamento.

– Venha comigo. Quero mostrar uma coisa a você.

Ele sai andando, sem esperar por uma resposta.

O andar da Turma Sete está deserto a essa hora. Callidus faz um circuito rápido para se assegurar, de qualquer forma, de que não há ninguém por perto, então desatarraxa um poste da cama vazia a dois espaços da sua. Leva a mão ao interior e pega várias folhas de papel enroladas.

– É aqui que você está guardando isso? – pergunto preocupado, percebendo imediatamente do que se trata.

– Contrariando todas as minhas outras opções? – Ele me encara. – Você teria pensado em procurar aqui?

– Acho que não. – Se alguém soubesse que esses postes eram ocos, e eu sem dúvida não sabia, iria verificar a cama de Callidus, e não as próximas.

– Aqui. – Callidus me entrega os documentos. – Leia você mesmo.

Eu pego os papéis e examino o que está escrito. Cada um deles é um relato de uma morte ocorrida na Academia ao longo das últimas duas décadas. Até seis anos atrás – antes do ano de Veridius –, houve apenas duas: um acidente envolvendo um trabalhador Octavus e o suicídio de um aluno.

Desde então, houve oito. Todos eles terceiros ou quartos participando do Iudicium; todos, com a exceção de Caeror, listados como acidentes. Quedas. Ataques de animais. Afogamentos.

– Tantos assim? – Sinto a testa se franzir enquanto examino a lista. – Pelos deuses. Como eles mantêm isso em segredo?

– Eu disse a você. Silencium para os alunos. Subornos e interesse pessoal para todos os outros. Até para as famílias, eu acho. – Ele cruza os braços. – Foram um ou dois por ano. Um ou dois de seis. Ou de dezoito, imagino, se você contar todos os quartos. Mesmo assim. Você vai mesmo lutar contra essas probabilidades?

Eu não respondo por algum tempo, estudando mais os papéis.

– E os Militares e a Governança não sabem nada disso?

– Devem saber alguma coisa. Alguns estudantes promissores deles também desapareceram, e não apenas da Religião. – Callidus sacode a cabeça. – Mas, até onde sei, seu pai foi o único que criou problema por causa disso.

Eu devolvo os papéis para ele em silêncio e deixo que torne a enrolá-los e guardá-los em seu esconderijo. Entendo por que ele me mostrou. Ver isso documentado desse jeito – supostos acidentes, mas todos muito claramente e ligados – é diferente de apenas ouvir ele contar.

– Mesmo assim eu preciso fazer isso – digo em voz baixa. – Ainda tenho de tentar. Mas nunca vou culpá-lo se você decidir não...

– Bah. Deixe de ser bobo. Se você vai, é claro que vou com você. – Callidus não olha para mim enquanto atarraxa o poste da cama novamente no lugar, encerrando os papéis ali dentro. – Só queria ter certeza de que você apreciasse o risco que estou correndo por você. – Ele me olha de soslaio. Sorri.

Eu retribuo o sorriso.

– Bem, agora eu sei. – Callidus está fazendo uma expressão corajosa, mas está desconfortável. Eu não o culpo. – Você tem certeza?

– Tenho certeza.

– Obrigado. – Eu dou um tapinha em suas costas. – Vou comunicar a Veridius antes do almoço.

Depois de resolvido o assunto, nós nos dirigimos outra vez para o refeitório.

LXII

FAZ MESES QUE NÃO ENTRO NO GABINETE DE VERIDIUS. MESES QUE não interajo com o homem, na verdade. Por mais errado que isso pareça – grande parte do motivo por eu estar aqui é descobrir o que ele está fazendo, afinal de contas –, não é como se ele fosse deixar provas espalhadas por aí, esperando que um estudante explorador as descobrisse. Sem mencionar que deve haver alarmes imbuídos protegendo qualquer coisa de valor, impossíveis de detectar para mim até ser tarde demais. Simplesmente entrar escondido e revistar seus pertences nunca foi uma opção.

Eu bato na porta, então cruzo o umbral e olho para o homem de olhos azuis atrás da mesa quando ele me manda entrar. A vista da ilha de um lado e da área da escola do outro é impressionante como sempre. Veridius termina de escrever alguma coisa e então ergue os olhos, sorrindo ao ver quem é.

– Vis! – Ele aponta para a cadeira à sua frente. – Que maravilha. Eu estava querendo parabenizá-lo por sua promoção para a Três. Um avanço mais incrível que qualquer um daqui poderia esperar.

– Obrigado, Principalis. – Eu aceito o cumprimento com a quantidade exigida de respeito.

– Pelo que vejo, você escolheu sua equipe para o Iudicium? Todos os outros já comunicaram seus nomes.

Eu escondo minha surpresa. Por mais inevitáveis que parecessem as escolhas, isso foi mais rápido do que eu esperava.

– Escolhi. Callidus Ericius e Eidhin Breac.

Veridius se encosta, com as mãos unidas pelas pontas dos dedos. Pensativo.

– Escolhas interessantes. Por que eles? Todos os outros escolheram alunos da Turma Quatro.

– Eidhin estaria na Turma Quatro se fosse mais fluente em comum quando começou. E Callidus poderia facilmente estar na Três.

– Mas não está – observa Veridius. – Um companheiro de equipe que não está disposto a atingir todo o seu potencial pode ser muito pior do que outro que está disposto a entregar tudo.

– Eu confio nele. – Sou firme. – Confio nos dois.

Veridius me observa e então, para minha surpresa, sorri.

– Bom! Isso é bom, Vis. Na verdade, excelente. Se eu fosse sugerir um critério no qual basear sua decisão, seria exatamente esse. *Confiança.* Ericius. Breac. Excelente. – Ele está entusiasmado enquanto anota os nomes. – Vou ter uma conversa com eles nos próximos dias. Se eles contarem os detalhes a você, eles serão expulsos e você, desclassificado do Iudicium. Então não lhes pergunte a respeito.

Minhas sobrancelhas se erguem.

– Pois não, Principalis. – Eu hesito. – Senhor. Eu posso perguntar uma coisa sobre as escolhas dos outros?

– Depende do que você quer perguntar.

– Alguém escolheu Belli?

– Ah. – Ele me estuda. Ao mesmo tempo com e sem simpatia. – Escolheu. Ela vai participar do Iudicium. Entretanto, eu ficaria afastado dela durante o evento – acrescenta com delicadeza.

Eu dou um leve sorriso.

– Bom conselho, Principalis. Não se preocupe. Eu vou segui-lo.

Veridius começa a registrar alguma coisa no papel à sua frente. Eu acho que é uma dispensa e me levanto para ir embora.

Ainda escrevendo, ele ergue um dedo sem levantar os olhos.

– Mais um momento, por favor, Vis.

Eu torno a me sentar.

Veridius termina sua tarefa.

– Como está progredindo seu treinamento no Labirinto?

– Bastante bem, Principalis. Eu agora estou competitivo.

– É claro. É claro. Eu soube que você corre de manhã e de noite.

– Todo o resto da Turma Três teve dezenas de horas a mais de experiência que eu. Só estou tentando alcançá-los.

– Por quê?

A pergunta me surpreende.

– Eu... – Eu dou meia risada, confuso. – Porque estou para trás.

– Mas você não está, pelo que eu soube. Está tão bom quanto qualquer um deles. Talvez seja o melhor do grupo, com a exceção de Belli. – Veridius esboça um sorriso. – E, o que talvez seja mais evidente, você não precisa ser. Sua posição na Turma Três já foi determinada. Você não pode subir e não pode ser substituído. Mesmo assim, continua a praticar. – É uma pergunta.

Eu dou de ombros.

– Isso se tornou um hábito, eu acho.

Veridius parece prestes a insistir, mas em vez disso dá um suspiro. Sacode a cabeça com pesar.

– Confiança – murmura ele. – É uma coisa engraçada. Eu não sei o que seu pai pediu de você, mas não se esforce demais. Você é um aluno da Academia. Vai ter minha proteção, não importa o que aconteça ao longo do próximo mês.

Ele está jogando verde. E desconfia, com razão, do motivo pelo qual estou treinando tão duro no Labirinto. Por um instante fico tentado a aceitar sua oferta enviesada. Quero desesperadamente achar que, apenas talvez, eu não tenha de ir de novo escondido até a cúpula, no fim das contas. Ainda tenho pesadelos com o fim repulsivo de Artemius nas mãos dos Remanescentes.

Mas Veridius, como todas as outras pessoas, está jogando seu próprio jogo. Ele deseja o que quer que haja depois do Labirinto. E se eu estiver certo, ele projetou toda a Academia para encontrar estudantes para chegar até lá.

– Obrigado, Principalis. – Eu aceno com a cabeça para ele, com gratidão, enquanto me levanto. – Eu aprecio isso.

Veridius me estuda, então dá outro sorriso. Esse é vagamente triste.

– Mais fortes juntos, Vis. Vejo você em algumas semanas, no Iudicium.

Dois dias depois, eu encontro Eidhin esperando por mim na refeição do meio-dia.

– Venha – diz ele, apontando a cabeça na direção oposta ao refeitório.

Eu faço uma careta. Estou faminto.

– Eu posso só...

– Não.

– Está bem. – Mesmo para Eidhin, ele parece brusco. Desconfortável. O que quer que ele tenha a dizer deve ser importante.

Nós encontramos um lugar reservado nos degraus da Curia Doctrina. O céu está cinza hoje, como esteve nos últimos dias. O vento está cortante, mas não há chuva. Quando nos instalamos, eu olho com expectativa para Eidhin. O garoto grande examina o quadrum por alguns segundos.

– Você já ouviu falar do *ddram cyfraith*? – pergunta ele em cymriano. Ele, agora, raramente fala em sua língua nativa.

– O... Direito à Morte? – Meu cenho se franze. – Não.

– É um código que honra a morte como um sacrifício. Que considera uma desgraça se alguém vive além de sua hora. É o código pelo qual vive a minha tribo. Vivia. – Ele faz uma pausa após a correção. Exala. – Isso não é tão contrário ao Direito de Nascença quanto parece, mas sem dúvida não está em harmonia com ele. A Hierarquia valoriza a vida, mas não a respeita. O *ddram cyfraith* respeita. Eu fui criado para saber matar, e me ensinaram quando isso era necessário. Nós evitávamos a atenção da Hierarquia porque vivíamos nas montanhas, nossas aldeias ficavam inacessíveis durante a maior parte do ano. Éramos autossuficientes. Embora os catenanos tivessem conquistado Cymr, eles não deram muita atenção a nós. Achávamos que estávamos seguros. Ignorados. – Suas palavras, mesmo sendo nativas, estão hesitantes. Não é fácil para ele falar sobre esse assunto. – Quase três anos atrás, isso mudou. A Hierarquia atacou. Sem nenhum alerta, nenhuma tentativa de negociar.

Eu não digo nada. Essa parte é dolorosamente familiar.

– Eles nos pegaram de surpresa, mas nós lutamos. Matamos tantos deles que eles foram forçados a recuar, reagrupar. Mas eles pegaram alguns de nós. Eu, entre eles. – O peso das três últimas palavras é imenso. – A maior parte do meu povo aceitava que estava em uma luta que não podia vencer. Em vez de se submeterem, eles escolheram o caminho honrado e se entregaram ao pó.

Eu abro a boca para perguntar a ele o que isso significa, então torno a fechá-la. É bem óbvio.

– Mas meu pai não fez isso. – Amargura, densa e raivosa. – Ele e alguns dos outros traíram nossas ordens. E então ele fez um acordo. Em troca de ser nomeado Quintus, e nosso novo líder, todas as outras pessoas viveriam. E eu passaria um ano em um Sapador.

Eu olho para ele, horrorizado.

– Seu pai negociou para botar você em um Sapador?

– Ele negociou para reduzirem minha sentença. Eles me botaram em um Sapador porque matei três Pretorianos antes de me deterem.

– Ah. É claro. Bom, isso é… hum.

– Quando me acordaram, meu pai me contou o que tinha feito. Me contou sobre sua covardia. – Os lábios de Eidhin se curvam. – Ele disse que, se eu não viesse para a Academia e depois servisse sob ele após a formatura, todos nós seríamos postos em Sapadores. Eu, ele e o restante de nosso povo.

Há silêncio.

– Esse é… um fardo pesado. – Não tenho certeza se consigo entender, não totalmente, mas na posição do pai dele, eu teria feito a mesma coisa. Não há, porém, como negar a dor nas palavras de Eidhin. A traição e a aversão a si mesmo. Ele está aprisionado aqui. Se parece mais comigo do que eu tinha percebido.

Mesmo assim, essas revelações não são feitas por capricho.

– Por que está me contando isso?

– Porque quero que você entenda que eu os odeio tanto quanto você. – Eidhin fala em voz baixa enquanto olha para mim, me desafiando a protestar. Eu não protesto. – Quero que você saiba que é meu amigo. Que tem minha total confiança.

– É claro – digo cautelosamente. – E você tem a minha.

– Não, não tenho – diz Eidhin com reprovação. Não está com raiva, não está magoado. Só consciente. – Mas tudo bem. – Ele respira fundo. – Eu não posso me juntar a você no Iudicium.

Eu fico rígido. Pego de surpresa.

– Por que não?

– Não posso contar. Se eu contar, há o risco de nós dois sermos expulsos. – Ele me olha com firmeza nos olhos. – Você *é* meu amigo, Vis. Mas há coisas mais importantes na vida. Se eu fosse, você não poderia confiar em mim. Por isso eu não posso ir.

Sinto uma espécie de náusea e aperto no fundo do meu estômago. Estou louco para perguntar, para entender, mas Eidhin está sendo mais aberto comigo do que já foi. Ele quer que eu saiba que não é por nada que eu fiz, nada a ver com nosso relacionamento. Mas ele não vai contar nada.

– Está bem. – Eu exalo, limpando a cabeça. – Estou desapontado, é claro, mas tenho certeza de que você tem uma boa razão.

Eidhin relaxa, só um pouco. Balança a cabeça em um gesto de aprovação.

– Quem você vai chamar para me substituir?

Eu penso nisso por alguns longos segundos antes de responder, embora eu já saiba a resposta.

– Essa – admito – vai ser uma conversa interessante.

Aequa olha fixamente para mim quando estamos parados em frente ao alojamento das garotas, bem iluminados embaixo das três lanternas que guardam a entrada.

– Você quer que eu faça o *quê*?

– Seja parte de minha equipe no Iudicium – repito pacientemente.

Ela continua a olhar para mim como se eu tivesse enlouquecido. O que, reconheço, talvez eu tenha.

– Eu – diz ela com voz monótona.

– Você é, com folga, a melhor da Turma Quatro.

– É claro que não.

– Você cometeu um erro quando achou que eu estava trapaceando. Mas entendo por que fez isso. E se você resolveu também provar isso… vigorosamente… então, bem, você queria vencer. Essa é uma qualidade que eu posso usar. E *sei* que você quer uma oportunidade para melhorar sua posição.

Aequa enfim afasta os olhos, com a testa franzida. Ela sacode a cabeça.

– Mas por que correr esse risco? O que faz você pensar que eu não vou desviar dos objetivos para sabotar você em vez de ajudar? Por que me daria uma chance dessas?

– Honestamente? Porque você pediu desculpas.

Ela me lança um olhar vazio, então ri.

– Porque eu pedi *desculpas*?

– Porque eu acho que você estava sendo sincera. Você não ganhou nada dizendo isso, não podia ter achado que seria de alguma vantagem para você. E eu acreditei em você. – Eu estreito os olhos em sua direção. – Eu estava errado?

– Não – diz ela devagar, o riso se transformando em uma expressão intrigada bem-humorada. – Foi arrogância achar que você estava trapaceando, e mesmo que você estivesse, eu nunca deveria ter tentado expô-lo daquele jeito. Foi perigoso e mesquinho. Ainda fico horrorizada quando penso a respeito.

– Perfeito. – Eu sorrio para sua expressão azeda. – Está vendo? É uma chance de redenção. Me ajude a vencer, e estamos quites. *E* você ainda vai se beneficiar.

Ela morde o lábio.

– É difícil discordar disso.

– Então está combinado. Vamos lá contar para Veridius.

– Agora?

– Se não for problema. – Eu não vou esperar mais alguns dias nervosos só para descobrir que Aequa também mudou de ideia.

Nós seguimos na direção do gabinete de Veridius.

– Então. Quantas pessoas você chamou antes de mim?

– Só uma.

– Ah. – Ela nitidamente pensou que seriam mais. – Quem?

– Eidhin da Seis.

– Por que ele recusou?

– Se você descobrir a resposta, me conte.

Nós chegamos ao quadrum e nos dirigimos ao gabinete de Veridius. Ele, felizmente, está lá. Eu explico a situação.

– Ah. – Veridius assente consigo mesmo. – É decepcionante que o jovem Breac tenha dito não a você. Mas eu entendo. Não o culpe – acrescenta ele em voz baixa para mim. Então gesticula para Aequa. – Sente-se, então. Nós precisamos ter uma conversa. Vis, você pode esperar lá embaixo, se quiser. Não vai demorar.

Eu me retiro; como esperado, Aequa está de volta pela escada menos de dez minutos depois. Ela parece abalada.

– Você está bem? – Eu me junto a ela quando ela se dirige para a saída.

– Estou. Tudo bem. – Ela consegue dar um sorriso desanimado.

– Você ainda vem comigo?

Ela confirma devagar.

– Mas não posso contar a você nada do que Veridius me disse.

– Eu sei. – Sou tomado por alívio. Se Aequa tivesse me recusado, não tenho certeza de quem seria minha próxima escolha. – Eidhin, Callidus e eu temos treinado no Labirinto toda manhã por volta de uma hora antes de comermos. Talvez…

– Eu vou estar lá. – Ela, agora, parece ter se recuperado um pouco. – E obrigada. Por me dar outra chance.

Nós nos separamos, e eu volto para meu quarto. Mesmo cansado como estou, levo um bom tempo até conseguir dormir. Faltam apenas três semanas para o Iudicium, mas finalmente estou com tudo organizado.

Agora, tudo o que eu posso fazer é correr o Labirinto com a maior frequência possível e esperar.

LXIII

NO DIA DO IUDICIUM, ESTOU ACORDADO HORAS ANTES DO AMA-nhecer. O vazio frio da noite ainda espera lá fora; posso ouvir baixinho o som de ondas quebrando na costa distante, misturado com o suspiro delicado da brisa que o traz. Minha mente está cheia de planos e preocupações. Estou constantemente revisitando ideias de como abordar os próximos dias, tentando decidir se são boas. Adequadas. Falhas.

No fim, porém, a iluminação do céu lá fora é perceptível o suficiente para eu me espreguiçar, sair do calor de minha cama e me vestir com movimentos cuidadosos. Temendo o que está por vir, para ser honesto. Mesmo que a cúpula não estivesse à espera, os riscos ainda seriam dolorosamente altos. Por isso, quando me permito parar e pensar sobre as consequências do fracasso, mal consigo respirar.

Indol, Sianus e Prav emergem de seus quartos ao mesmo tempo que eu. Diferentemente da maioria dos dias, fazemos pouco mais que trocar saudações educadas e um pouco tensas antes de seguirmos para o quadrum. Não há conversas, nenhuma falação animada.

Estamos entre os primeiros a chegar, fazemos saudações emudecidas para o Preceptor Nequias e o Preceptor Scitus, então esperamos, um pouco afastados uns dos outros. Há cerca de dez minutos de espera no frio enquanto as pessoas chegam. Equipes se reúnem; logo há um murmúrio baixo quando discussões contidas começam. Aequa e Callidus aparecem quase ao mesmo tempo, alguns minutos depois de mim.

– Está frio – resmunga Callidus em voz baixa quando chega ao meu lado, esfregando os braços com vigor e olhando de soslaio para os outros grupos.

– Muito viril – diz Aequa quando bate despreocupadamente com o ombro no meu em uma saudação, as mãos enroladas embaixo da capa. As semanas de treinamento com Callidus, Eidhin e eu a deixaram confortável conosco ao ponto de, para minha vaga surpresa, ser amistosa. – Vocês dormiram?

– Como um carneirinho.

– Mentiroso – murmuram os dois em uníssono. Nós três sorrimos. O nervosismo se afasta só um pouco.

Em pouco tempo, todos os dezoito de nós estão presentes, com Prav revirando os olhos para Tem quando o garoto chega por último ao quadrum, aos tropeções e sonolento. As equipes são, em geral, como eu imaginava: Indol está ao lado de Axien e Cassia, Emissa com Marcellus e Titus. Prav ao lado de Valentina e Tem. Iro, na verdade, foi quem escolheu Belli. A garota ruiva está conversando em voz baixa com Felix, seu outro colega de equipe. Ela parecia mais viva nas últimas semanas. Nesta manhã, em especial, parece afiada como sempre. Focada.

Finalmente, há Sianus, que escolheu Ava e Lucius. Escolhas um tanto imprevisíveis, levando em conta que suas famílias são todas de pirâmides senatoriais diferentes, mas os dois quartos sempre foram amigos. Eles vão trabalhar bem juntos.

– Estamos todos aqui? – É Veridius. Ele está no alto da escada do Templo de Jovan, sua voz ecoando pela imobilidade gelada do quadrum e cortando através de qualquer vestígio de conversa. – Primeiro, parabéns a todos. Apenas por chegarem aqui, vocês deram provas de estarem entre a elite de Catena. Vocês vão ser líderes da República. Espero estar me reportando a alguns de vocês em pouco tempo. – Ele sorri, e há um murmúrio de risos educados. – Mas antes de mais nada, precisamos determinar sua classificação final. – Ele olha para nós. – O papel da Academia não é apenas dizer a vocês como usar Vontade; ela serve para preparar vocês para a experiência de usá-la. E isso significa liderança. Vontade é cedida, mas nem sempre com alegria. As pirâmides não são construídas sobre amizades. Nós somos mais fortes juntos, mas cada bloco da pirâmide ainda é um indivíduo. Um indivíduo com suas próprias opiniões. Seus próprios objetivos e desejos. A lealdade só é oferecida àqueles que podem convencer as pessoas que os estão erguendo de que elas vão ter sucesso.

Posso ver alguns rostos franzindo o cenho. Emissa e eu trocamos olhares. Veridius continua:

– Há um objeto imbuído de vontade guardado por dois Sextii em algum lugar da ilha. O Coração de Jovan. – Ele chama a nossa atenção para a estátua em tamanho natural que adorna a entrada do templo. Depois de um momento, vejo ao que ele está se referindo. Um buraco triangular onde antes ficava o símbolo da Hierarquia, no lado esquerdo do peito de Jovan.

Escuto algum arrastar de pés. Os outros também não tinham percebido que ele estava faltando.

– O vencedor do Iudicium deste ano vai obter o Coração, voltar para cá e devolvê-lo para Jovan. Se esse aluno for da Turma três, vai se tornar Domitor. E os membros de sua equipe vão se classificar no topo da Turma Quatro e vão ser recompensados de acordo.

Há uma pausa, uma respiração, enquanto eu e o resto da Turma Três processamos a frase. Callidus e Aequa estão olhando para o chão. Nenhum dos outros quartos também parece surpreso.

– E se for uma pessoa de nossas equipes que, em vez disso, recolocar o Coração? – Indol faz a pergunta que estamos todos nos fazendo.

– Então essa pessoa será a vencedora do Iudicium. Receberá a recompensa que lhe foi oferecida em particular. E a classificação da Turma Três será determinada por outros meios, que vou explicar quando chegarmos.

Há outro silêncio, este mais longo. Meu estômago se retorce quando tento argumentar com meu nervosismo repentino, minha vontade de começar a questionar Callidus e, em particular, Aequa. Consigo ver os outros terceiros fazendo o mesmo. Inconscientemente se afastando de seus colegas de equipe. Olhando para eles. Avaliando-os.

– Pelos deuses. – Eu escuto Iro murmurar em voz baixa, e nossos olhares se cruzam. Há algo estranho em seu olhar. Uma frustração compartilhada. Talvez a conexão mais forte que já tive com ele.

– Um barco está à espera para nos levar para o outro lado de Solivagus. Todos vocês, me sigam – encerra Veridius.

Nós saímos andando, seguindo o Principalis. Callidus e Aequa vão ao meu lado.

– Você não precisa se preocupar comigo – diz Callidus em voz baixa.

– Nem comigo – acrescenta Aequa, lançando um olhar com raiva para o garoto por não a incluir.

– Nós não podíamos contar nada – diz Callidus em tom de desculpas.

– Eu sei. – Dou para cada um deles um olhar demorado e penetrante, então expiro. – Eu sei.

Por dentro, ainda me sinto desconfortável. Eu confio mais em Callidus que em qualquer outra pessoa. Aequa, porém... Eu me pergunto se fiz a escolha certa. Mesmo sua cordialidade recém-descoberta nas últimas semanas de repente parece suspeita. Mas demonstrar isso não vai ajudar.

Nós seguimos calados atrás de Veridius.

As duas horas seguintes se passam em um desconforto silencioso.

Veridius nos leva para uma enseada abrigada por meio de um elevador de Vontade nos aposentos dos Preceptores; quando estamos lá, entramos no barco que nos espera e começamos a viagem em torno da ilha. A tensão é insuportável, o ambiente, cheio demais para qualquer conversa particular. O amanhecer tremeluz no horizonte, embora seus primeiros raios estejam escondidos por trás de uma massa densa de nuvens. O vento sopra violentamente, passando através de minha capa. Vários dos outros se remexem, desconfortáveis com o movimento agitado das ondas. A autoconfiança de Belli é temporariamente perdida para o enjoo.

Quando a extremidade norte de Solivagus surge à vista, Veridius começa a circular entre nós, entregando em silêncio nossas bolsas. Abro a minha e olho em seu interior. Há uma muda de roupa. Corda. Provisões suficientes para vários dias.

Scitus abraça a costa, e o casco do barco raspa a areia quando o sol finalmente sai de trás das nuvens. Outro elevador de Vontade nos leva para o alto da face norte do penhasco íngreme até um pequeno platô aberto antes do começo das árvores. Eu me remexo ao ver uma dúzia de homens e mulheres reunidos na borda da floresta. Eles parecem em forma, resistentes. Cada um usa uma capa verde-escuro.

Quando estamos reunidos, Veridius sinaliza para Nequias, que joga para ele um saco pequeno.

– Cada um de vocês da Turma Três vai receber um desses. – Ele derrama seu conteúdo. Há um triângulo branco de pedra emoldurado a ouro preso em um cordão. Junto dele, na palma da mão de Veridius, há seis esferas de pedra, todas de cores diferentes, assim como uma conta preta bem menor, do tamanho aproximado de uma ervilha. Ele ergue primeiro o medalhão. – Não percam isto e não o quebrem. Enquanto o Iudicium estiver em andamento, isso é sua vida. Vocês não vão ter permissão de recolocar o Coração de Jovan sem ele.

Ninguém diz nada enquanto processamos as implicações. Veridius não diz isso abertamente, mas fica claro de imediato que, se conseguirmos pegar o medalhão de outro terceiro ou destruí-lo, nós o eliminamos da competição.

Veridius espera para ter certeza de que todos compreendemos, então ergue uma das pedras coloridas.

– Estas rastreiam os medalhões dos outros alunos ou o Coração de Jovan. Indol, como nosso aluno de melhor posição, recebe todas as seis. Emissa, como segunda, vai receber cinco: a de todo mundo menos de Indol. Iro recebe quatro, e assim por diante.

– Pelos deuses – murmura Callidus, e tenho de concordar com ele. Todo mundo vai poder nos rastrear, e nós não vamos conseguir rastrear nada além do próprio Coração.

Então Veridius exibe a última conta preta significativamente menor.

– Estas são para sua segurança. Vocês vão precisar engoli-las. – Ele ergue a mão quando um murmúrio de desconforto percorre os terceiros. – Elas vão passar através de seu corpo em alguns dias sem causar nenhum mal. Mas enquanto isso, precisamos garantir que tomamos todas as precauções. Há alupi nestas florestas. Cobras venenosas. Ravinas profundas. Então decidimos atribuir dois Sextii para rastrear cada um de vocês. Vocês não vão vê-los a menos que eles sejam necessários, mas eles nunca vão estar a mais de quinze minutos de distância. – Ele aponta para o grupo parado na borda da floresta.

– Como eles vão saber que precisamos deles?

– Quebrem seu medalhão. Ou o deixem para trás. – Veridius diz isso muito diretamente. – Ele está pareado com esse rastreador interno; se o que está em seu estômago se afastar demais do medalhão irmão, todas as equipes de segurança serão alertadas. Uma delas vai chegar para resgatá-los.

Emissa se remexe.

– Então, nessa situação, nós ficaríamos fora da competição?

– Ficariam. Se uma equipe de segurança tiver de ir buscar vocês, então vocês voltarão para a Academia com ela. Sem exceções.

– Nós vamos saber se isso acontecer com alguma outra pessoa? – É Prav.

– Só saberão se o medalhão for quebrado. As equipes de segurança vão atrás do rastreador interno, mais nada.

Há silêncio enquanto todos fazemos cálculos. Então, se um terceiro for eliminado por tomarem seu medalhão, não vai haver nenhuma indicação para o resto de nós. Esses medalhões roubados podem facilmente ser usados como engodo. Armadilhas.

– E nós? – pergunta Axien, indicando com um aceno vago todos que não são da Turma Três.

– Vocês também vão ter medalhões que as equipes de segurança podem rastrear. – Veridius ergue outro triângulo pendurado em um cordão, este preto e emoldurado em prata. – Se vocês o encostarem em um medalhão da Turma Três – ele demonstra; há uma distorção estranha no ar em volta das duas peças de pedra quando elas se tocam –, eles ficam ligados e excluem todas as outras conexões. Se um terceiro vencer, qualquer quarto que esteja ligado a ele compartilha da vitória. E se um quarto quiser ele mesmo substituir o Coração de Jovan, seu medalhão ainda precisa estar ligado ao de um terceiro. Do contrário, não vai valer.

Outro silêncio, este tenso. Então os quartos podem mudar de equipe. Ou podem roubar o medalhão de seu terceiro para ganharem sozinhos.

Minha mente está acelerada enquanto processo as regras. Nós estamos em desvantagem – algo que eu esperava –, mas não é impossível. Essas regras vão plantar muitas dúvidas em meio aos outros. Não surpreende que Veridius tenha recomendado escolher pessoas em quem pudéssemos confiar.

– Se um dos membros de nossas equipes devolver o Coração – digo de repente –, como as posições finais na Turma Três serão determinadas?

– Quem for eliminado vai para baixo de qualquer um que ainda não tenha sido eliminado na Três. Caso contrário, a ordem permanece como está no momento.

Posso ver um lampejo de preocupação passar pelos olhos de Indol com a notícia. Bom. Contanto que ele sobreviva até o final, sua posição não vai mudar se um dos quartos for o vencedor. Isso com certeza vai criar uma tensão extra entre Axien e Cassia.

– Quanto aos limites desta competição – prossegue Veridius, vendo que ninguém tem mais perguntas –, há dois rios principais que separam o centro da ilha das partes leste e oeste. Nenhum de vocês deve atravessá-los. Se fizerem isso, vão ser imediatamente eliminados.

Por mais esperado que isso seja, ainda dói. A cúpula fica no lado oeste da ilha.

Veridius aponta para o sul.

– Além disso, será considerado que qualquer um a menos de cinco quilômetros da Academia já terminou o Iudicium. Então não achem que podem simplesmente voltar para a entrada e esperar que alguma das outras equipes lhes traga o Coração. – Ele olha para o sol. – Vocês têm até o pôr do sol do terceiro dia. Se o Coração de Jovan não tiver sido devolvido até lá, então não haverá vencedor, e apenas eliminações vão afetar a classificação.

Eu engulo em seco. Isso não é tempo suficiente para fazer o que preciso.

Veridius olha para Scitus e Nequias.

– Estou me esquecendo de alguma coisa?

– Que eles não devem matar uns aos outros? – sugere Scitus animadamente.

– Ah. – Veridius ri. – O que o Preceptor quer dizer é que vocês precisam ter cuidado com suas ações. Precisam demonstrar contenção. Nós vamos saber quando duas equipes se encontrarem. – Ele dá um suspiro, como se lamentasse que o lembrete fosse necessário. – Alguma outra pergunta? Se tiverem, agora é a hora.

Ninguém fala.

Nequias começa a distribuir medalhões, começando pela equipe de Indol. Veridius se junta a ele, entrega a Indol uma das pequenas contas pretas e observa atentamente enquanto ele a engole. O Principalis faz com que ele abra a boca depois, chegando ao ponto de olhar embaixo de sua língua. Então pendura o medalhão branco pareado em torno do pescoço de Indol, murmura algumas palavras em seu ouvido e sinaliza para que ele se vá.

Indol sai andando, seguido por Cassia e Axien. Eles chegam à borda da floresta, então Indol para e se vira.

– Quartos! – Os Preceptores e Veridius param, e todos voltamos nossa atenção para o catenano alto e moreno. – Todos vocês sabem que eu tenho a vantagem aqui. Qualquer um que quiser se juntar à equipe vencedora pode fazer isso. Um de nós vai estar esperando a uns dois quilômetros ao norte do Coração de Jovan até o amanhecer de amanhã. Tudo o que vocês precisam fazer é chegar com o medalhão de seu terceiro. – Seu olhar passa por nós. – Eu sou o único que não se beneficiaria de devolver pessoalmente o Coração. Não se esqueçam disso.

Ele se demora para garantir que suas palavras sejam registradas, então desaparece em meio às árvores. Dois dos Sextii na borda da floresta se agitam; posso vê-los olhando para o que parece ser um círculo fino de pedra com cerca de trinta centímetros de diâmetro. Eles, porém, não se mexem.

Emissa me lança um olhar desconfortável. Eu retribuo com um esgar. Foi inteligente da parte de Indol. Frustrante para o resto de nós. Posso ver Scitus olhando para Veridius; o Principalis apenas dá de ombros. Fica claro que isso não é contra as regras.

Nequias e Veridius continuam entregando medalhões e rastreadores por ordem de classificação. Veridius checa meticulosamente se as pequenas contas são engolidas pelos terceiros antes de deixá-los partir para a floresta. Emissa me dá um último sorriso antes de desaparecer. Eu observo sua direção, e a direção dos outros, embora eu duvide que qualquer um deles vá mantê-la por muito tempo. Também vejo que o Principalis está demorando de propósito. Abro minha bolsa e como um pouco de pão enquanto esperamos.

– Você acha que precisamos nos preocupar com uma emboscada? – É Aequa, com a voz baixa apesar de não haver ninguém por perto.

Callidus sacode a cabeça antes que eu possa responder.

– Nós não valemos o risco. Não tão cedo.

– Eu também duvido – concordo entre bocados –, mas isso ainda pode ser tentador. Não ser capaz de rastrear ninguém faz com que não sejamos uma grande ameaça, mas também nos torna os mais vulneráveis. Sou o único que vai rebaixar todo mundo se vencer. – Eu vejo sua expressão de dúvida e sorrio. – Você tem razão. É uma jogada ruim. Mas você precisa se lembrar de contar com a estupidez das outras pessoas.

Callidus resfolega, mas aceita o argumento.

– Então qual é o nosso plano?

– Não podemos esperar eliminar todos os outros, então é claro que temos de ir atrás do Coração. Mas nós *vamos* ser emboscados se formos diretamente para ele. – Eu mastigo. – Vamos dar uma volta. Tentamos ficar fora disso no primeiro dia, talvez até a metade do segundo. Torcemos para que alguns dos outros sejam eliminados. Improvisamos. – Não é um grande plano em se tratando do Iudicium, reconheço para mim mesmo. Mas meu primeiro objetivo é chegar à cúpula.

Sianus, Ava e Lucius enfim desaparecem em meio ao mato denso, e Nequias e Veridius caminham até nós. Faz uns vinte minutos desde que Indol saiu. Várias das duplas de Sextii agora também desapareceram na floresta, examinando as placas circulares. Deve ser assim que eles estão nos rastreando.

– Como está se sentindo? – pergunta Veridius em voz baixa quando me entrega a pequena conta preta, junto com um odre de água.

– Nervoso. – Eu a ponho na boca sem hesitação, engulo e permito que Veridius examine embaixo de minha língua depois.

– Bom, pelo menos você é honesto. – Ele hesita. – Tome muito cuidado por lá.

Eu olho para ele de forma inexpressiva.

Ele dá um suspiro.

– Você conhece a história de sua família aqui, e seu tio não foi o único. Alunos morreram no Iudicium. Levaram-no a sério demais, arriscaram suas vidas para vencer. Você precisa manter a perspectiva. Não importa o que aconteça, você vai se formar na Turma Três. Vai receber oportunidades incríveis na República. Se esforce na competição, Vis, mas lembre-se de que não vale a pena morrer por ela.

Eu quase rio. Ulciscor vai me botar em um Sapador se eu não correr o Labirinto. Se eu não ganhar o Iudicium, ou vou ceder em Catena ou fugir.

Levar a competição menos a sério não parece um bom conselho no momento.

– Obrigado, Principalis. – Eu deixo que ele pendure o medalhão branco pareado em meu pescoço. – Eu vou me lembrar disso.

Ele me entrega uma pedra esférica pintada de dourado, não maior que a unha do meu polegar Ela puxa quase diretamente para o sul quando eu a fecho na palma da mão.

– Não a perca – diz Veridius, em um tom seco. – Ele me segura brevemente pelo ombro. – Boa sorte, Vis.

Nequias terminou de dar os medalhões para Aequa e Callidus. Eu aceno com a cabeça para os Preceptores, então gesticulo para meus colegas de equipe.

Nós seguimos para a floresta.

– Você está nos levando muito para *oeste* – observa Aequa, um pouco desconfortável, cerca de dois minutos depois que os Preceptores e os Sextii restantes são substituídos pelo mato às nossas costas.

A floresta é densa, com galhos se estendendo sobre a trilha estreita que estamos seguindo – mais uma trilha de animais. É uma manhã fria de primavera, e as folhas estão úmidas quando as afastamos do caminho, a geada só agora derretendo da grama, a maioria das clareiras com as quais deparamos ainda polvilhadas de branco escorregadio. Há uma imobilidade em tudo, nenhum vento, apenas o canto baixo de pássaros se agarra às bordas do silêncio.

– Se alguém estiver planejando nos emboscar, precisamos fazer com que nos persigam; é melhor nos aproximarmos do limite oeste, bem fora do caminho de qualquer pessoa. Vai demorar um pouco mais, mas nenhum dos outros vai tentar pegar o Coração sem explorar onde ele está sendo mantido. Nós temos tempo.

– É um risco. Que nos deixa para trás – observa Callidus.

– Nós estamos começando em desvantagem. Precisamos correr riscos.

Eu saio andando, sem esperar por uma resposta, tentando não demonstrar como estou desesperado para que Aequa e Callidus simplesmente aceitem nossa direção.

Nós caminhamos por uns dez minutos, então eu levanto a mão e nos faço parar perto de um riacho.

– O que foi? – Callidus franze o cenho para mim. – Não podemos nos atrasar se vamos por esse caminho.

– Eu preciso tirar esse rastreador de mim.

Suas expressões mudam de confusão para desprazer ao entenderem o que estou dizendo.

– Por quê? – pergunta Callidus. – Ele é só para segurança. Os outros não podem usá-lo para ver onde estamos.

– Porque assim podemos botar o medalhão e o rastreador juntos mesmo que eu não esteja presente. Podemos enganar as outras equipes.

Aequa e Callidus se entreolham.

– Nós vamos esperar aqui.

Eu passo os cinco minutos seguintes enfiando desajeitadamente um dedo na garganta e vomitando. O pão que comi antes ajuda; não tenho certeza se a pedra pequena seria expelida, mas os pedaços brancos meio mastigados a forçam a sair. Eu tusso forte, então limpo a saliva da boca enquanto pego a pedrinha preta no chão e lavo a ela e a mim mesmo na água límpida e corrente. Então passo um minuto cuspindo antes de beber um gole grande.

– Terminou? – pergunta Callidus de um jeito estranho quando eu torno a me juntar a ele e a Aequa.

Eu ergo a conta em um triunfo cansado, então a guardo no bolso da capa.

Nós caminhamos por mais uma hora antes de pararmos para descansar, discutindo em voz baixa nossa melhor estratégia pela maior parte do tempo. Sem termos como saber o que os outros grupos estão fazendo, estamos praticamente cegos. Callidus acha que deveríamos localizar o Coração, correndo o risco de uma emboscada, na esperança de conseguirmos aproveitar o caos que vai surgir no momento em que alguém tentar pegá-lo. Aequa insiste que estaríamos melhor fazendo um círculo completo ao seu redor. E nos posicionando em terreno elevado em algum lugar entre o Coração e a Academia. Desse jeito podemos nos movimentar quando ele se movimentar, escolher o terreno, preparar nossa própria emboscada.

Eu escuto os dois argumentos, mas nenhum deles parece uma boa opção. De vez em quando verifico o rastreador dourado em busca do Coração, mas ele continua a apontar solidamente na direção do meio de Solivagus. O rastreador, porém, não é de todo preciso: só mostra a direção, não a distância. E enquanto estivermos em movimento, vai ser difícil avaliar se o Coração também está se mexendo. Em especial se estiver muito longe.

– Não vamos conseguir vencer desse jeito – digo de repente, interrompendo Callidus.

– Que inspirador – observa Aequa.

– Não estou dizendo que não podemos vencer. Estou dizendo que precisamos melhorar nossa situação antes de tentar qualquer outra coisa. – Eu esfrego a testa. – Algum de vocês viu aqueles círculos de pedra que os Sextii tinham?

Os dois assentem. Então param. Em seguida franzem o cenho.

– Vis… – diz Callidus devagar. – Não.

Aequa abre a boca para concordar, mas em vez disso, seus olhos ficam arregalados. Escuto um barulho na folhagem à minha esquerda. Callidus grita algo incompreensível. Eu me encolho, me retorço e ergo o braço por instinto.

Algo duro e pesado bate nele, enviando um tremor de agonia que ricocheteia pelo meu ombro. Eu dou um grito com o choque e a dor e me afasto, capaz apenas de captar um vislumbre da forma escura e ameaçadora que cai sobre mim das árvores antes que eu seja derrubado no chão, expulsando o ar de dentro de mim. Eu arquejo, mas não adianta nada, estou zonzo demais para defender o golpe seguinte quando ele acerta bem no lado da minha cabeça. Nem o seguinte.

Há mais gritos, vagos, em pânico e furiosos. Eles logo desvanecem junto com todas as outras coisas.

LXIV

ACORDAR NÃO É UMA EXPERIÊNCIA AGRADÁVEL. A PRIMEIRA COISA DE que tomo consciência é da pulsação em minha cabeça, logo seguida pela dor embotada mas não menos forte em meu braço. Estou preso contra uma coisa dura e áspera. Há cordas prendendo meus pulsos às costas e dolorosamente apertadas em torno de minha barriga. Imagino que esteja amarrado a uma árvore.

Eu não abro os olhos, mas a mudança em minha respiração deve me entregar, porque escuto um farfalhar quando alguém perto de mim se mexe.

– Belli. Ele está acordado.

O ruído de passos vai ficando mais alto. Não adianta fingir; eu abro os olhos e os estreito contra o ardor do que parece ser o meio-dia filtrado até a clareira. Uma forma escura assoma sobre mim.

– Bem-vindo de volta.

– Obrigado. – Eu testo com movimentos discretos os nós que estão me prendendo. Era, infelizmente, esperança demais que eles não estivessem apertados. – Onde estão os outros?

– Estamos aqui. – É Callidus, em algum lugar à direita às minhas costas. Perto.

Belli está satisfeita consigo mesma quando minha visão enfim desanuvia. Iro está ao lado, de braços cruzados. Não tenho certeza de onde está Felix.

A garota ruiva dá um suspiro e parece decepcionada.

– Achei que isso seria mais difícil, para ser honesta, Vis. Todo mundo fica sempre falando como você é bom. Catenicus. Da Sete para a Três em menos de um ano. – Ela sacode a cabeça com desdém. – E agora você foi eliminado menos de seis horas após o início do Iudicium.

Meu coração quase para, e eu olho para meu medalhão. Ele ainda está aqui. Ainda inteiro.

– Como vocês passaram à nossa frente? – Minha voz está firme, felizmente, e ignorar sua satisfação perversa parece ser o melhor a fazer. Eu deveria saber que Iro e Belli viriam atrás de mim. Mas eles ainda não me eliminaram; não de verdade. Deve haver uma razão. Algo que eles queiram de mim.

– Isso importa? – Belli se agacha e fica no nível dos meus olhos. – Tudo o que você realmente precisa saber é que foi superado. – Atrás dela, ecoa um riso feio de Iro.

– Você bateu na parte de trás da minha cabeça. Superado mesmo – digo em tom seco. – Pelo que vejo, ainda está ressentida por perder no Fundação, não?

Eu me arrependo das palavras assim que elas saem de minha boca. A expressão de Belli fica mais sombria.

Ela se levanta, leva a bota para trás e me dá um chute direto no rosto.

Dor explode em minha face, e tudo escurece por um momento; eu ouço gritos ultrajados de Callidus e duas outras vozes urgentes, mas não consigo me concentrar no que nenhuma delas está dizendo. Minha cabeça cai para a frente, então eu respiro fundo e me aprumo outra vez. Cuspo sangue. Foi um chute dado com maldade, mas não com toda a força. Não foi pior do que receber um golpe no Teatro. Eu não acho que nada esteja quebrado.

Respiro mais algumas vezes, tanto para me firmar como para esfriar minha fúria. Então ergo os olhos para os dois outra vez. Iro puxa Belli para longe e a segura enquanto ela olha com raiva para mim, mas ela não está fazendo nenhum esforço para se soltar e com certeza conteve o chute. Me desprezando ou não, eles se lembraram do alerta de Veridius. Ainda querem vencer.

– Então. Vocês ainda não tiraram meu medalhão; portanto acham que eu tenho alguma utilidade. Como eu posso ajudar?

Iro escarnece.

– Não fique com a ideia errada. Acabamos agora de amarrar você. Eu só queria me assegurar de que estivéssemos prontos antes de trazer os Sextii aqui.

Ainda estou tentando sair do torpor de múltiplos golpes na cabeça.

– Eu sei que você quer ganhar. Sou mais valioso para você como aliado. Juntos podemos cobrir mais território, eliminar as outras equipes. Você pode não confiar em mim, mas se for fazer isso sozinho, deve saber que Indol ou Emissa vão ganhar, de qualquer jeito.

– Ele está certo – diz Callidus.

– Ele está *meio* certo – retruca Iro. – Nós precisamos de mais gente. Mas não precisamos *dele*.

Há silêncio quando Iro olha para trás de mim. Eu me retorço e vejo Callidus e Aequa. Felix está parado a uma pequena distância deles, observando. Callidus está sorrindo e sacudindo a cabeça.

– Eu acho que não. Não sem Vis.

Belli o ignora, com o olhar fixo em Aequa.

– Está bem.

Callidus franze o cenho e se volta para a garota à sua frente. Eu olho para ela também. Ela está encarando Belli, e posso ver as engrenagens em sua cabeça girando.

– Ela não vai soltar você, Vis, não importa o que aconteça. – Sua voz é suave e ela não olha para mim. – E eu não quero perder. *Não posso* perder.

– Aequa. – A expressão de Callidus está ficando indignada.

– Escolha inteligente. – Iro se aproxima e se agacha. Aparentemente, qualquer raiva que ele tenha de mim por causa da naumaquia não se estende a Aequa. Fico furioso, mas não digo nada. Ela tem razão. Não estou em posição de vencer.

Uma pequena fração de mim ainda espera que isso seja parte de algum plano de Aequa, mas essa esperança acaba quando ela se curva para a frente, expondo a parte de trás do pescoço.

– Pegue.

Callidus se debate inutilmente em suas amarras, olhando de cara fechada para Aequa. Eu abaixo a cabeça, sentindo mais melancolia que qualquer outra coisa. Eu a avaliei de maneira equivocada. Achei que ela fosse sentir alguma obrigação em relação a mim, achei que tivesse mais lealdade nela que isso. Mas não consigo culpá-la. Na posição dela, eu poderia muito bem ter feito a mesma coisa.

Felix solta o medalhão dela e o entrega a Iro, que o aperta contra o dele. Vejo aquela estranha deformação no ar, uma bolha de distorção que desaparece em um instante.

– Está feito. – Ele põe o medalhão de volta no pescoço de Aequa, então a avalia. – Eu vou soltar você assim que destruirmos o medalhão de Vis.

– Não faça isso. – Aequa olha para ele com o cenho franzido em reprovação. – Nós podemos eliminá-lo apenas levando o medalhão conosco, e aí os outros não vão saber que ele está fora do Iudicium. Eles vão ter de pelo menos considerar a possibilidade de que nós tenhamos nos unido temporariamente.

Iro reflete, então olha para Belli, que sinaliza concordar.

– Nós vamos ter de mantê-la amarrada por cerca de uma hora. Até termos certeza de que os Sextii vieram recolhê-lo.

– É claro.

Belli ajuda Aequa a se levantar e torna a amarrar as mãos dela à sua frente.

– Precisamos ir andando.

– Vamos levar as capas deles também – diz Aequa. – As noites vão ser frias, e eles não vão precisar delas.

Mais palavrões de Callidus, ainda mais vulgares que antes, e dessa vez eu me junto a ele na fúria enquanto Felix tira nossas capas. Mas é principalmente para esconder um vislumbre de esperança.

– E os suprimentos deles? – pergunta Felix.

– Não precisamos – diz Iro. – Temos mais do que o suficiente, e Aequa não vai conseguir carregar muita coisa enquanto está amarrada desse jeito.

Belli se aproxima de mim. Eu resisto ao instinto de me encolher quando ela se inclina em minha direção, e em vez disso eu a apunhalo com o olhar. Ela me encara, agarra meu cordão e o arranca com força. A pele no meu pescoço arde. Escuto o ruído de algo se partindo, então a pedra branca e fria é puxada de baixo de minha túnica.

– Você perdeu – diz ela delicadamente.

Ela guarda o medalhão no bolso, e os quatro saem andando, ignorando os palavrões furiosos que Callidus dirige às suas costas.

Faz silêncio enquanto esperamos no escuro. Escuto o farfalhar constante e delicado dos galhos ao vento, que está frio demais para ser enfrentado apenas com minha túnica. Os passos rápidos eventuais de animais noturnos por perto quando captam nosso cheiro e disparam na direção oposta. O bater de asas acima, embora o pio de pássaros seja raro. A respiração constante de Callidus na árvore a dois metros de distância. E mais nada.

– Ainda está acordado? – Minha voz corta o ar, rouca por falta de água e pelo excesso de uso.

– Duvido que eu durma até ela voltar.

Eu trabalhei constantemente em minhas amarras desde que Iro, Belli, Felix e Aequa foram embora. Meus pulsos estão esfolados, agora é doloroso movimentá-los, e tenho quase certeza de que a umidade escorregadia que cobre as palmas das minhas mãos não é suor. Às vezes ainda me deixo ser tomado pela frustração, forço em vão a corda grossa, tento arrancar minhas mãos das amarras. Isso não resulta em nada além de uma pulsação embotada.

– Ela não vai voltar, Callidus.

Conversamos por horas depois que os outros foram embora. Na maior parte do tempo, debatemos o plano de Aequa. Não há dúvida de que ela levou minha capa para garantir que os Sextii não venham nos buscar; ela sabia que o rastreador que eu tinha engolido estava escondido ali. No início, compartilhei do otimismo de Callidus. Até fizemos um plano. Eu não acreditava que ela simplesmente nos deixaria aqui – isso está longe de ser uma sentença de morte, pois alguém vai acabar se perguntando por que o medalhão de Callidus não está se movendo, mas pareceu uma crueldade desnecessária.

Depois de algumas horas, porém, eu percebi a verdade. Aequa pretendia usar meu rastreador como arma, como meio de sabotagem, levando nossa equipe de segurança para outra pessoa em vez de para nós. Executado no momento certo, isso poderia ser a vantagem que a faria vencer o Iudicium.

Callidus não quis pensar na possibilidade. Ainda não quer. Mas, à medida que nossa conversa aos poucos diminui, ficamos apenas com a vastidão da noite. Acho que ele está começando a aceitar meu ponto de vista.

– O que você acha que Veridius ofereceu a ela? – pergunta preguiçosamente Callidus.

– Deve ter sido algo grande.

Ele dá um grunhido.

– Isso não deveria ter importado.

Dou um sorriso afetuoso na escuridão.

– Você deveria ter ido com ela, sabia? Eu teria entendido.

– E aguentar Belli por três dias? – Callidus se esforça para botar um pouco de humor em seu tom de voz, rejeitando a sugestão. – Pelos deuses, não.

Eu rio, satisfeito com a breve frivolidade. Satisfeito com a companhia de Callidus, também, mesmo que eu seja responsável pelo seu sofrimento.

Há silêncio outra vez, e então eu tenho de perguntar.

– O que eles ofereceram a você?

Callidus não se apressa para responder.

– Domitor.

– O quê? – Eu sacudo a cabeça, certo de ter ouvido mal. – *O quê?*

Callidus ri.

– Essa também foi minha reação quando o Principalis me contou, palavra por palavra. Ele disse que, se eu estivesse na equipe vencedora, eu me formaria como parte da Turma Quatro. E se eu mesmo levasse o Coração de volta... – Quase consigo ouvir seu dar de ombros. Ele está embaraçado.

– Pelos *deuses*. Um prêmio e tanto. – Estou pasmo com a enormidade da decisão de Callidus. – Você é um amigo melhor do que eu mereço.

– Na verdade, não. Eu só achei que não causar nenhum problema era o jeito mais rápido de voltar para a Academia.

Há uma pausa, então dou uma risada de verdade. Ouço Callidus se juntar a ela. Relaxo, apoio a cabeça no encosto áspero e olho para cima através do dossel folhoso para a luz difusa das estrelas que, de vez em quando, passa por ele.

– Você não liga mesmo para onde vai terminar depois disso, não é?

– Eu ligo. Mas acho que existem coisas mais importantes.

Continuo a sorrir para o céu. Estou morrendo de medo do que está por vir, mas a simplicidade nessa resposta é, de algum modo, reconfortante.

– Você ainda acha mesmo que ela vai voltar?

– Uma hora amarrada. Um tempo decente até eles abaixarem a guarda. Ela pode até estar esperando que eles durmam. – Há uma espécie de determinação desesperada em sua voz. Ele odeia a ideia de Aequa nos trair. – Ela é nossa amiga, Vis. Essas últimas semanas significaram alguma coisa.

– Invejo você, sabia? Sua capacidade de fazer isso. De confiar desse jeito.

Há um silêncio, então ele escarnece.

– Por um segundo, achei que isso ia ser um elogio.

– Estou falando sério. – Estou reflexivo. Sei que perdemos, já sei disso há horas, agora. Isso me deixou introspectivo. – Não estou falando apenas de Aequa. Estou falando de coisas como me contar sobre Belli, sobre o verdadeiro motivo de você estar na Sete. Quero dizer, você decidiu me alertar sobre o Iudicium, mesmo depois de isso criar tantos problemas para você na última vez. – Passo a língua pelos lábios rachados. – Pelos túmulos dos deuses, Callidus. Você me mostrou onde escondeu os documentos. Você fez isso como se não fosse *nada*.

Ele ri, um pouco desconfortável.

– Bem, eu confio *em você*.

– Não tenho certeza se sou merecedor disso.

Outro silêncio.

– Eu sei que você não vai contar a ninguém. – Ele está preocupado. – Você está bem?

Eu fecho e aperto os olhos por frustração, o gesto mal fazendo diferença diante da escuridão de breu.

Quero contar a ele. Não acho que ele me entregaria. Acho que Callidus levaria meu segredo para o túmulo.

– Estou cansado – digo com delicadeza depois de algum tempo, xingando a mim mesmo pela covardia. Pelo menos é verdade. Estou cansado de mentir. Cansado de lutar. Cansado de ter medo. – E obrigado. Você tem razão, é claro. Eu nunca contaria para ninguém.

Nada por um tempo, só o vento sussurrando através das árvores tocando meus ouvidos.

– Por que você acha que eles fazem isso? – pergunta Callidus de repente.

– Fazem o quê?

– Isso. O Iudicium. Nos colocam uns contra os outros enquanto ninguém está olhando. Nos fazem descer a este nível. – Há um tom de amargura. – Não é exatamente o auge de tudo o que eu aprendi na Academia.

– Não acho que seja isso. Acho que o objetivo é ser uma lição final – digo com uma certeza cínica. – Este é o mundo real. Eles estão procurando pessoas para liderar, e em Catena… é como Thavius diz. Catena premia a ganância acima de tudo. Então eles estão vendo quem vai fazer tudo o que for necessário. Quem vai fazer qualquer coisa para vencer.

Há silêncio por algum tempo, e percebo que Callidus está processando as palavras.

– Esse é um jeito horrível de ver as coisas.

– Diga que estou errado.

– Não. Não acho que você esteja errado. – Escuto um ruído arrastado, Callidus se reposicionando contra seu tronco de árvore. – Então, se não somos nós, você está torcendo para Emissa vencer?

– Estou. – Isso é verdade. – Ela tem uma boa chance também. Vai ser difícil superar Indol. Especialmente se ele conseguir mais quartos para sua equipe. – Eu dou um suspiro. – No momento, para ser honesto, não me importa, desde que não sejam Iro e Belli.

– Com toda a certeza. Não consigo acreditar que ela deu mesmo um chute na sua cara. Eu sabia que ela não era uma boa perdedora, mas isso foi... – Callidus levanta a voz e faz uma imitação bem decente da de Belli. – *"Tudo o que você realmente precisa saber é que foi superado."*

– *"Você perdeu."* – Eu o copio.

Não é tão engraçado, mas é o suficiente para provocar um acesso de risos, altos o bastante para que nenhum de nós perceba gravetos se quebrando até uma voz atravessar nossos risos, afiada na escuridão total.

– Os dois idiotas não se importam em serem devorados por alupi ou não sabem o quanto estão falando alto? – A luz de uma tocha ilumina o chão ao meu redor.

– Aequa? – Eu me contorço com o coração aos pulos mesmo enquanto a corda raspa em meus pulsos esfolados.

– Quem mais seria? – diz ela com impaciência, sua forma magra emergindo das sombras movediças. Ela se agacha ao meu lado com a tocha em uma das mãos e aço na outra. – Fique parado.

– Pelos deuses, Aequa. Por que você demorou tanto? – pergunta Callidus.

– *Silêncio.* – Ela me empurra para a frente, para chegar às minhas mãos. Sinto uma pressão na corda, um movimento frenético de serra por cerca de dez segundos, então as cordas que estavam me prendendo no lugar pelas últimas horas caem. Eu quase tombo com elas, insuportavelmente rígido, mas consigo me segurar de uma forma desajeitada. Antes que eu me levante, ela vai até Callidus e repete o processo.

– Como conseguiu escapar?

– Nós chegamos a um ponto sem passagem há algumas horas e tivemos de voltar por quase uma hora. Eles são horríveis em sobrevivência na floresta. Eu me ofereci para explorar à frente por algum tempo esta noite, para garantir que o novo caminho estivesse livre. Eles nem pensaram que eu poderia os estar traindo.

– Ah. Como eles foram tolos. Ah – digo sem forças quando me levanto de pé e me alongo com cuidado. – Você está com meus rastreadores?

– Não. Mas vou voltar para pegar seu medalhão. – Ela termina o que está fazendo. – O outro está no estômago de Iro.

– *O quê?*

– Eu botei na sopa dele no jantar.

– Isso é... incrível. – Callidus está pasmo. – E *nojento.*

Aequa está calma, mesmo que a respiração esteja ofegante.

– Foi no calor do momento, mas acho que vai funcionar. De manhã, vou me oferecer para seguir com o medalhão de Vis por outro caminho, como um engodo. Não há razão para eles suspeitarem disso, eles acham que você está fora do Iudicium, e seria insano que eu tentasse ganhar sozinha tão cedo, sem ter como saber onde estão os outros. Quando o rastreador no estômago de Iro se ativar, a equipe de segurança vai fazer contato, e todos eles vão ser eliminados. Encontro vocês depois disso.

Eu exalo, tão impressionado quanto Callidus.

– E Veridius só disse que precisávamos do medalhão para vencer. – Eu faço o sangue correr de volta para meus dedos. – Quanto tempo você levou para voltar até aqui?

– Só cerca de uma hora. Nós ficamos bloqueados por um penhasco, tivemos de voltar para o leste antes de montarmos acampamento. – Ela sacode a cabeça, com as mechas balançando sob a luz mortiça. – Foi sorte. Eu estava me preparando para pegar seu medalhão e simplesmente sair correndo com ele quando eles perceberam que não havia caminho à frente.

Eu franzo o cenho.

– Leste?

– Eles tiveram a mesma ideia que você: ir para o oeste, permanecer nos limites, se manter longe de Indol e de Emissa até que o Coração comece a se movimentar. Foi assim que eles chegaram à nossa frente. Apenas azar.

Eu dou um grunhido. Não é um plano *horrível* de Iro, mas... sem dúvida é uma coincidência.

– Como está seu rosto, por falar nisso? – Ela hesita. – Você sabe que eu a teria impedido se ela tivesse se aproximado de você outra vez.

– Eu sei. – Eu esfrego o queixo machucado. – Não está pior que o resto de mim.

– Que bom. Então, precisamos ir andando. – Ela ergue a tocha e corre para dentro da floresta, sem esperar por uma resposta.

Callidus bate em mim com o ombro.

– Eu falei – diz ele com delicadeza.

Eu lhe dou um olhar superior.

– Nunca duvidei.

Nós dois sorrimos e seguimos a luz da tocha de Aequa que se afastava.

LXV

EU CONTO MEU PLANO NO CAMINHO. NENHUM DOS DOIS PARECE gostar dele.

– Esse é um plano horrível – diz Aequa.

– É mesmo – concorda Callidus enchendo os pulmões de ar enquanto corremos. – E se alguém precisa fazer uma coisa tão estúpida, devo ser eu. Você iria se arriscar sem nenhum motivo.

– Ele tem razão – diz Aequa irritada. Ela está indo na frente, impondo um ritmo impressionante considerando que está se orientando com a luz da tocha e já fez esse percurso correndo esta noite. – Embora eu também ache que seja apenas desnecessário.

– Estamos às cegas aqui. O que aconteceu com Iro e Belli prova isso. – Minha respiração está entrecortada, mas me sinto surpreendentemente bem. Um benefício de ter cochilado, mesmo que de forma muito desconfortável, por algumas horas esta tarde. – Pelo que Veridius disse, aqueles círculos de pedra que os Sextii têm podem rastrear todos nós. Cada um dos terceiros e dos quartos. Então precisamos de um. E essa pode ser nossa única chance de obtê-lo. – Não há julgamento na frase. O plano de Aequa era inteligente, o movimento certo na situação. Mas agora sabemos tanto a localização de Iro como a direção de onde ele veio; portanto pode ser nossa única oportunidade para agir.

– Então nós devemos ir juntos – diz Callidus.

– Concordo.

Há uma pausa, então Callidus resmunga:

– Bom. – Ele claramente esperava mais resistência. – Então... nós vamos enfrentar dois Sextii. Ou talvez quatro se nossa equipe de segurança tiver encontrado a de Iro. Sozinhos?

– Nós só vamos roubar o rastreador – corrijo eu. – Eu não sou louco.

Callidus troca um olhar cheio de dúvida com Aequa sob a luz tremeluzente da tocha.

– Um deles ficará cuidando do rastreador o tempo todo – alerta Aequa. – Mesmo com Iro acampado, eles vão querer saber assim que ele se mover. E também precisam monitorar caso haja qualquer emergência.

– É por isso que Callidus, aqui, vai distraí-los. – Eu explico animadamente para ela. Callidus se remexe, de repente parecendo menos entusiasmado por ter vindo junto.

– Se algum de nós for pego, vamos ser desclassificados. – A fala de Callidus é menos um protesto que uma observação. Ele me conhece bem demais para saber que já tomei minha decisão. – Mesmo que não sejamos, se alguém descobrir depois...

– Não estamos quebrando as regras que nos foram apresentadas.

– Estaríamos indo contra o espírito delas.

– O que quer que seja necessário – lembro a ele.

Temos algumas discussões depois disso, mas são mais brandas. Callidus e Aequa sabem que precisamos de alguma vantagem; não importa o quanto somos bons em uma luta – e é verdade que somos razoavelmente bons –, isso não vai ajudar se formos apanhados de surpresa outra vez.

Quando reduzimos a velocidade e Aequa gesticula para que fiquemos quietos, está decidido. Aequa vai se unir de novo a Iro e Belli enquanto Callidus e eu localizamos uma das equipes de segurança que agora os estão seguindo e roubamos sua placa rastreadora. Aequa vai encontrar um jeito de escapar da equipe de Iro com meu medalhão pela manhã. Vamos nos reagrupar antes do meio-dia na base de um penhasco alto a cerca de uma hora na direção nordeste de onde estamos.

Muita coisa pode dar errado. Mas levando em conta os riscos de roubar dos Sextii, vai bem fácil me separar de Callidus.

Isso me dará uma noite e uma manhã inteiras sozinho, sem ser rastreado, para atravessar o rio do oeste. Encontrar a cúpula. Correr o Labirinto.

– É isso – sussurra Aequa enquanto recupera o fôlego. – Iro está a alguns minutos de distância. Nós viemos por aquele caminho. – Ela se orienta em relação à montanha alta próxima e aponta. – Há uma ravina profunda. Vá pela borda esquerda. É a única passagem em quilômetros, então se eles estiverem mesmo apenas quinze minutos atrás, pelo menos uma das equipes de segurança deve estar por ali em algum lugar.

– Obrigado.

Ela assente.

– O que acontece se você não estiver lá ao meio-dia de amanhã?

– Siga na direção do Coração de Jovan. Eu vou ter uma placa rastreadora até lá. Vou encontrar um jeito de alcançar você. – Aequa abre a boca para protestar, mas eu sacudo a cabeça com firmeza. – Se alguma coisa acontecer com a gente, é minha culpa. Se nós nunca aparecermos, tente vencer sozinha. – Aequa parece insatisfeita diante dessa perspectiva, tanto que eu rio. – Também não é minha situação favorita.

Callidus resfolega, enquanto Aequa dá um meio-sorriso.

– Está bem.

Eu vejo Callidus tirar o medalhão do pescoço; ele não pode usá-lo esta noite, não se queremos pegar os Sextii de surpresa. Ele não hesita ao entregá-lo para Aequa.

Eu começo a ir embora, então paro.

– Devo desculpas a você. – Eu tinha pensado em não dizer nada, mas deve ter ficado óbvio. – Lá atrás, achei mesmo que você estava mudando de lado.

Aequa, para minha surpresa, sorri.

– Eu sei. Foi um tanto difícil não rir da sua expressão. – Ela acena com a mão desdenhosamente. – Não teria funcionado se você não tivesse acreditado.

– Mesmo assim eu deveria ter confiado em você.

– Não, não deveria. Você tinha todas as razões para não confiar. E eu contei com o fato de que não confiaria. – Ela olha para mim. – Mas, *agora*, você deve.

– Eu confio. – Estou falando sério. Ela provou seu valor, até onde sei. – Boa sorte, Aequa.

– Para vocês também – responde ela em voz baixa.

Callidus e eu saímos da trilha, e a folhagem logo esconde Aequa de vista.

Nós avançamos na direção indicada por ela por grande parte de uma hora, na maior parte do tempo sem dizer palavra, o progresso atrapalhado tanto pelos arbustos emaranhados como pela necessidade de silêncio. Tudo está quieto.

Meus músculos doem de tensão. Caminhar no escuro é avançar deliberada e perigosamente, mas não podemos correr o risco de acender uma tocha.

Estou começando a me perguntar se de algum modo deixamos que as equipes de segurança passassem sem que percebêssemos quando capto um vislumbre laranja através das árvores à frente.

– Vis – diz Callidus em voz baixa às minhas costas.

Agachamos. Rastejo para a frente, ignorando o jeito como o arbusto arranha meus braços e perfura minha túnica. Vozes baixas chegam até nós, então uma gargalhada rouca. Os Sextii parecem estar de bom humor. Relaxados.

– ... Latrius é um condutor melhor.

– Bah. Talvez, mas os Vermelhos são uma equipe melhor.

Há uma discordância imediata e turbulenta por parte do outro. Ambos são homens. Estão encolhidos perto do fogo, falando sobre bigas; Latrius é um dos competidores mais famosos dos Azuis.

– São só dois. – Escuto alívio no sussurro de Callidus.

– Você consegue ver a placa rastreadora?

– Não. Mas ela não pode estar longe.

A discussão amigável no acampamento continua por vários minutos – mais longa do que deveria ser, levando em conta o assunto –, e eu continuo me aproximando em silêncio, me recusando a sucumbir à impaciência. Os dois têm ombros largos e túnicas cinza que se destacam diante das cores contidas de seu entorno. Apesar do frio, nenhum deles está usando capa.

Então eles falam rapidamente sobre algo que não entendo direito, e em seguida mudam para resmungos sobre restrições em Catena para o Festival de Ocaria que está se aproximando, mas o fluxo constante de conversa nos dá uma maneira fácil de circundar o perímetro em torno do acampamento sem ser ouvidos.

O tempo passa em meio à nebulosidade tensa de rastejar muito devagar, fazendo pausas constantes para procurar a placa rastreadora. Os nomes dos Sextii, pelo que entendi, são Borius e Darin. Depois de uns vinte minutos, Darin dá um resmungo enquanto recolhe um pouco de lenha para a fogueira.

– Maldito braço – murmura ele, esfregando o ombro. Ele olha para Borius. – Eles tiraram seu sangue também?

Borius assente.

– Essas coisas deixam um homem desconfortável.

Darin alimenta as chamas, então olha para alguma coisa no chão.

– O que tinha se afastado agora está com eles há uma hora. Não acho que vão se mover novamente esta noite.

– Sorte nossa. – Borius esfrega a testa. – Queria que ele só saísse do caminho.

– De qualquer forma, isso não importa até amanhã à noite. – Darin se remexe, e eu sinto um frisson de empolgação quando ele pega a placa rastreadora circular e a oferece para Borius.

– Você quer ficar com o primeiro turno de vigia?

Borius a aceita e percorre sua superfície com um olhar desinteressado antes de colocá-la sobre o tronco ao seu lado.

– Seis horas?

– Daí você me acorda.

Eu sinalizo com a cabeça para Callidus enquanto Darin prepara seu saco de dormir a pouca distância da fogueira que crepita alegremente. Nós retrocedemos, tão devagar que levo cinco minutos até me sentir seguro para ficar de pé outra vez, os músculos tensos gemendo.

– Aequa estava certa. Eles não vão perder aquela coisa de vista.

– Eles vão acabar precisando se aliviar. Ou um deles pode pegar no sono enquanto está de guarda.

– Duvido que vão mais longe que a borda do acampamento. E eles são Sextii. Não vão cochilar no cumprimento do dever, mesmo que achem que não há nada com que se preocupar. – Eu lhe peço desculpas com o olhar. – Nós precisamos dessa distração.

Callidus franze o cenho.

– Por que eu tenho de ser a isca?

– Você quer tentar lutar contra eles se o plano não funcionar?

Callidus resfolega.

– O que você quer que eu faça?

– Nada demais. Não precisa atear fogo na floresta nem nada assim. Algo suficiente apenas para atraí-los até a outra borda do acampamento. Eu posso chegar perto. Tudo o que preciso é de um minuto para me aproximar, pegar a placa rastreadora e voltar para as árvores. – Eu penso. – Tente fazer algo que não seja ameaçador. Na melhor das hipóteses, Borius nem mesmo vai acordar Darin antes de ir dar uma olhada.

Callidus ergue uma sobrancelha.

– Então uma distração, mas que não seja ameaçadora. E silenciosa o bastante para não acordar o cara que está dormindo.

– Fácil. – Eu sorrio para ele. – Dê a volta e comece em cerca de... meia hora? Deve ser tempo suficiente para Darin pegar no sono e para Borius se acomodar. Quando terminar, porém, apenas corra. Não espere por mim. Não corra o risco de ser apanhado.

Callidus não discute. Entende a dificuldade de tentar escapar de um Sextus.

– E depois disso?

– Volte para onde vamos nos encontrar com Aequa. Eu vou estar com a placa rastreadora. Encontro vocês no caminho.

– E se você não encontrar?

– Então alguma coisa me atrasou. Apenas volte para aquele penhasco e espere por mim lá. – Não tenho intenção de encontrar Callidus esta noite; eu vou me dirigir para o oeste, direto para a cúpula. Mas uma história sobre evitar ser capturado por dois Sextii deve ser uma boa explicação para o atraso.

Callidus confirma com um aceno de cabeça, me dá as costas para ir embora, então para.

– O que você acha que eles quiseram dizer lá atrás sobre amanhã à noite?

Eu sacudo a cabeça. Também ouvi isso.

– Não faço ideia.

Callidus indica a mesma coisa com um humor irônico, então respira fundo.

– Boa sorte, Vis.

– Pra você também. Nos vemos em breve.

Ele desaparece nas sombras.

Em pouco tempo, ouço uma respiração constante vindo da direção de Darin, e um silêncio se abate sobre a mata. Borius faz uma ponta em um galho com uma faca curta, na maior parte do tempo olhando fixamente para a fogueira.

Ele está acordado para vigiar a placa de controle, então, não para se proteger da aproximação de intrusos. Isso é bom. Não prestará muita atenção ao entorno, e sua visão noturna estará prejudicada.

É difícil calcular a passagem do tempo, congelado no lugar como estou, cada respiração parecendo durar uma hora. Estou começando a me perguntar se aconteceu alguma coisa com Callidus quando vejo Borius se enrijecer. Ele franze o cenho na direção da linha de árvores do outro lado.

Um segundo depois, uma voz masculina forte flutua junto com a brisa, baixa mas audível.

– *... para atender sua súplica, para contar a melhor parte, ele disse que ela nunca ia adivinhar...*

Eu quase tenho de segurar o riso quando reconheço a música. Um dos quartos a estava ensinando para todo mundo há algumas semanas, pouco mais que uma rima obscena musicada mas grudenta. Callidus está longe de ser um grande cantor, mas acho que, no contexto, seu lamento desafinado é eficaz.

– O que é isso, em nome dos deuses? – Borius confere o círculo de pedra ao seu lado, então fica de pé e olha para o companheiro adormecido. Meu coração para quando ele hesita, então dá um passo na direção oposta. Dois. Sua cabeça está inclinada para o lado, como se ele ainda não estivesse acreditando em seus ouvidos. A placa rastreadora permanece em cima do tronco onde ele a deixou, entre mim e ele.

– *... ele gostava tanto dela que a levou para o mato, e agora ele está...*

Eu desejo que Borius continue em frente. Sua mão está pousada sobre a espada ao seu lado. Aço, não uma navalha. Mais alguns passos. Ele está quase no lado oposto da pequena clareira. Eu prendo a respiração. Resisto à vontade de agir imediatamente. Isso é sábio; Borius olha para trás, para Darin, que ainda está dormindo, parecendo dividido. Seus olhos estão escuros.

Com uma sacudida confusa da cabeça, ele toma sua decisão. Desaparece no meio das árvores.

Eu não me demoro, me levanto de pé e corro os cerca de dez metros até a placa. Uma olhada rápida me diz que é isso o que estou procurando: há pedrinhas coloridas espalhadas por sua superfície, e elas não se mexem quando eu a pego. Vou ter de descobrir como lê-la depois.

Eu me viro para ir embora, então vejo por perto uma capa jogada no chão, nas sombras. Dou alguns passos extras e a pego. Está frio esta noite, e mesmo que eu provavelmente possa sobreviver com minha túnica, não quero ter de fazer isso. Em especial porque daqui a pouco vou ter de nadar.

– Pare.

Gelo percorre minha espinha quando ouço a ordem de Borius enquanto ainda estou a dez passos da segurança das árvores. Eu faço o que ele diz. Fecho os olhos. Apenas o som de brasas moribundas perturba o silêncio. Quando ele vir meu rosto, será o fim.

– O quê...? – É uma meia pergunta sonolenta de Darin.

Estou a uns trinta metros de Borius. Ele vai conseguir atravessar a floresta com muito mais facilidade que eu, mas ser um Sextus não lhe dá nenhuma velocidade extra.

Eu corro.

– PARE! – grita Borius, alto o bastante para que os pássaros dormindo ao redor disparem em um voo agitado. Eu já estou entre as árvores, mas de repente escuto um estalo horrendo atrás de mim. Algo corta o ar a menos de três metros de onde estou. Girando e atravessando galhos com um estrondo ribombante.

É uma árvore. Borius acabou de jogar uma *árvore* na minha direção.

O Direito de Nascença não parece ser sua principal preocupação, agora.

Eu mergulho para a esquerda, para os arbustos profundos. Então me forço a me abaixar e a me mover metodicamente, me arrastando, em vez de correr às cegas. Aqui, um tornozelo torcido vai ser tão ruim quanto ser apanhado, e pior: se eu for barulhento demais, Borius vai conseguir identificar a direção para onde fui. Há muito mais árvores para ele arrancar e jogar em mim.

Escuto gritos confusos de Darin, respondidos por um Borius furioso e perturbadoramente próximo. O barulho de outro objeto enorme ribombando através da mata, embora mais distante, desta vez. Antes que o barulho ensurdecedor silencie, eu fico deitado de bruços em meio a um aglomerado denso de arbustos, ignorando as espetadelas que percorrem minha pele, fazendo todo o possível para conter minha respiração entrecortada e em pânico. Acho que saí com vantagem suficiente para Borius poder pensar que escapei. Em vez de perder tempo procurando por mim, ele e Darin com certeza vão se dirigir a algum lugar onde possam relatar o ocorrido.

Borius pragueja contra mim, contra o ainda grogue Darin e contra os deuses. Depois de um minuto, sua fúria se reduz a gritos raivosos enquanto ele ordena que Darin desmonte o acampamento, então há um silêncio perturbador. Eu não me mexo, me esforçando para prender a respiração, os olhos apontados na direção em que estão os dois homens.

Não há nada por um minuto. Dois.

Então o barulho de gravetos quebrando e um tremeluzir de luz na escuridão. Borius está segurando uma tocha no alto, andando pela mata, a chama laranja mostrando uma fúria horrenda. Ele olha com raiva para a floresta ao redor, e, embora esteja a quase vinte metros de distância, ainda preciso conter um resto de pânico quando seu olhar passa pela minha posição.

– Eu sei que você ainda está aí. – Sua fala é mais um rosnado que qualquer outra coisa.

Ele está jogando verde, é claro. Desesperado.

Minha confiança desaparece quando ele se agacha, examinando alguma coisa no chão, então vem andando na minha direção.

Vek. Ele deve ser um caçador habilidoso, e eu não consegui esconder meus rastros durante a corrida inicial e desesperada. Acho que vai ser mais difícil ver para onde eu fui depois que reduzi a velocidade – e eu mudei de direção algumas vezes –, mas ele vai me encontrar. Eu me esforço para respirar em um ritmo silencioso. A julgar pelas árvores que ele estava atirando mais cedo, não há como eu conseguir enfrentá-lo. Vou ter de correr; a pergunta é quando, por quanto tempo esperar, quanto tempo arriscar na esperança de que ele simplesmente desista. Quanto mais perto ele chega, menos provável é que eu escape.

Borius continua em frente, concentrado no chão, embora sua cabeça gire para o lado a qualquer sugestão de movimento em sua visão periférica. Ele está a quinze metros de distância. Dez. Em uma trajetória diferente de onde estou, mas vai chegar tão perto que acho que não vou conseguir evitar ser visto, mesmo escondido aqui sob a vegetação.

– Borius! – É Darin. – Estou pronto!

Borius não responde, examinando a área próxima, com os olhos estreitos.

– *Borius!*

– *Estou indo!* – Sua cabeça se volta na direção do colega, o grito cheio de frustração. Ele apoia a mão sobre o tronco grosso de uma árvore próxima. A coisa toda parece estremecer; de repente, ela é arrancada do chão, colide com a folhagem ao redor e para no ar. Darin está de frente para mim. Ele dá um rosnado e a arremessa.

Tenho de me esforçar muito para não fazer mais que piscar, para não sair de meu esconderijo e saltar para desviar da força destrutiva que cai com um estrondo a menos de três metros de distância. Galhos se partem e caem, alguns sobre os arbustos onde estou escondido.

A floresta engole os ecos finais de destruição, e Borius se vira e volta na direção do acampamento.

Espero até ele sumir de vista antes de fechar os olhos, apoiar a testa sobre o solo irregular e exalar, tremendo. Isso não correu de acordo com o plano, e a equipe de "segurança" estava sem dúvida muito menos inclinada à segurança do que eu esperava. Ainda consigo ouvir Borius gritando ordens. Darin falando de um jeito meio defensivo, meio desesperado. Recebendo uma pequena porção do que Borius quer descontar em mim, sem dúvida.

Eu espero por uns vinte minutos depois que suas vozes desaparecem na noite, sem querer correr o risco de que eles tenham decidido retornar. Entretanto, não há nada. Nenhuma indicação de que haja qualquer pessoa por perto. Com sorte, Callidus já deve estar bem longe daqui.

Por fim rastejo para fora dos arbustos, me levanto cambaleante e me dirijo a um tronco recém-caído. Jogo a capa roubada em torno dos meus ombros e me sento. Luz do luar suficiente atravessa as árvores para que eu agora enxergue, e eu ergo a placa rastreadora até junto de meu rosto.

Ela tem cerca de trinta centímetros de diâmetro, fina, mas pesada. Em sua superfície, destacam-se dezenas de pedras, firmemente presas, e algumas – eu acho, embora seja difícil saber nesta luz mortiça e prateada – são de cor diferente da maioria. Eu franzo o cenho e tento movê-las. Nenhuma se mexe. Eu giro a placa, a viro de lado e faço um círculo com ela. Nenhuma se mexe.

– Vek. – murmuro. Será que a placa, de algum modo, precisava estar na posse de Borius? Isso parece improvável; ele a estava verificando sem tocá-la esta noite. Será que eu posso tê-la quebrado de algum jeito na correria louca para escapar? Nada parece rachado, nem mesmo lascado.

Eu a guardo em minha bolsa, fico de pé outra vez e me oriento em relação à lua minguante, deixando um exame mais detalhado para mais tarde. Não tenho tempo a perder.

Vou para o oeste, na direção do rio, na direção da cúpula.

LXVI

AO LONGO DOS ÚLTIMOS ANOS, APRENDI A CONTROLAR O MEDO. A aceitar sua presença à espreita. A dormir apesar de seu toque sorrateiro. A estrangulá-lo bem fundo quando preciso.

É diferente, esta noite, enquanto abro meu caminho através da floresta sob o luar esmaecido. Sinto um nervosismo que tritura meu peito, se aguçando toda vez que me lembro para onde estou indo. Quanto mais tento não pensar nos Remanescentes e no jeito como eles destroçaram Artemius, mais as imagens penetram em minha consciência. Mais pesados ficam meus passos. Penso em mil histórias que eu poderia contar a Ulciscor em vez de realmente ir.

Mas eu sei que nada além da verdade vai satisfazê-lo. Esse é o único motivo para eu conseguir me forçar a botar um pé à frente do outro.

Estou confiante em minhas habilidades de navegação, mas ainda falta mais de uma hora até eu chegar ao rio que demarca os limites do Iudicium. Eu paro em sua margem leste e lanço um olhar fixo para o outro lado. Ele não é terrivelmente largo, tem uns trinta metros, mas a corrente é forte e rápida. Nadar pelo desconhecido desse jeito, sozinho e à noite, não é algo que eu costumo tentar.

E quando eu estiver do outro lado, se alguma coisa acontecer comigo, não vou ser encontrado. Ninguém vai pensar em procurar por mim na parte mais a oeste de Solivagus.

Mas não tenho opções. Nenhuma escolha melhor. Eu tiro a roupa com cuidado e guardo tudo em minha bolsa. Então me dirijo para a água.

Ela está congelante, provavelmente fluindo desde um dos picos mais altos da ilha; eu me preparo contra o frio cortante, cerrando os dentes quando afundo além dos juncos, com lama macia de rio sugando meus dedos dos pés. Eu sigo em frente, submergindo o corpo tão depressa quanto possível enquanto seguro minha bolsa acima da água. Não acho que vou conseguir levá-la até o outro lado completamente seca, mas não posso me dar ao luxo de usar roupas encharcadas pelo resto da noite.

Eu não estava errado sobre a correnteza, mas chego ao outro lado com poucas dificuldades; a bolsa está pingando, mas seu conteúdo em grande parte ileso. Devo estar uns 150 metros mais abaixo do rio que onde comecei, mas isso não importa muito. Eu subo na margem e então, sob tremores violentos, começo a me secar com a capa.

Minha testa se franze depois de um momento. Minha pele está coberta por algo escuro. Eu a esfrego com um dedo dormente. Um pouco sai em minha mão.

Sangue.

Procuro um corte por quase um minuto até perceber que não há nenhum. É a capa. Há uma mancha escura sobre o tecido verde.

Eu o limpo de meu corpo o mais depressa possível, tentando definir seu significado. Há muitas coisas possíveis. Pode ser de um ferimento que não vi; Darin, em especial, mal se mexeu por todo o tempo em que eu estava observando, e sendo um Sextus, ele poderia facilmente estar compensando o ferimento. Ou o sangue é de um animal. Algo que eles caçaram, talvez usando a capa para arrastá-lo de volta ao acampamento.

Ambas são possíveis. Nenhuma delas parece provável.

A reação tão violenta de Borius à perda da placa rastreadora já estava me incomodando, e isso não ajuda em nada a diminuir minha inquietação. Mas é um enigma com o qual vou ter de me preocupar quando voltar. A tarefa desta noite não vai permitir distrações nem atrasos.

Eu lavo a parte afetada da capa no rio da melhor maneira possível – o cheiro de sangue não é algo que quero em mim na floresta – antes de me vestir outra vez. Ainda estou tremendo de frio mesmo depois de botar a roupa, mas o esforço deve resolver isso em pouco tempo.

Acho que já passa da meia-noite. Tenho doze horas para chegar à cúpula, correr o labirinto e então voltar para Callidus e Aequa.

Eu corro para o oeste.

Uma hora depois, estou suando, o frio da noite e de minha travessia não são mais uma questão. A floresta está perturbadoramente silenciosa. Através da copa das árvores, capto vislumbres ocasionais da montanha que esconde a cúpula vermelha. Isso é útil: várias vezes me vejo mudando de direção nas trilhas irregulares e íngremes, a maior parte da minha concentração ocupada em não tropeçar em nenhuma irregularidade do terreno enquanto avanço.

Eu enfim resolvo descansar, me sento no chão sobre uma pedra alta e tiro a bolsa do ombro. Não escuto cantos de pássaros nem zumbidos de insetos. A lua está alta e fornece luz nessa pequena área rochosa, sem árvores para bloqueá-la. Eu tomo um gole rápido de meu odre, então torno a pegar a placa rastreadora que roubei de Borius.

– Pelos *deuses* – murmuro comigo mesmo quando ela sai lisa de dentro da bolsa, sem pedras em cima. Eu procuro no fundo da bolsa, encontro algumas delas e as coloco esperançosamente sobre sua superfície. Nada acontece.

Eu olho para ela fixamente, com uma descrença morosa, então torno a guardá-la com irritação, jogando as pedras em seguida.

– Que desperdício.

Escuto um farfalhar atrás de mim quando digo as palavras, um farfalhar que seria inaudível se eu ainda estivesse em movimento, e minhas omoplatas se retorcem. Eu não reajo, não faço nada para indicar que ouvi ou senti algo incomum, e continuo remexendo no interior da bolsa. Eu encontro e saco minha faca de caça, a única arma que tenho, e a enfio no cinto antes de tornar a me levantar.

Os pelos em minha nuca se arrepiam enquanto eu sigo em frente, tentando detectar algum sinal de perseguição. Não percebo nada pelo que parece ser uma eternidade, embora não possam ter sido mais que dez minutos. Então ouço gravetos se quebrando às minhas costas. Nítidos em meio a minhas respirações e ao silêncio.

Não aguento mais a tensão. Estou em outra clareira, a luz boa o bastante para ver por muitos metros. Eu pego a faca do cinto.

Um rugido baixo e trovejante enche o ar.

Eu congelo e percorro os arbustos com os olhos. Não tenho certeza do que posso fazer. Dar a volta e sair correndo é uma ideia terrível; o que quer que seja, não tenho dúvida de que vai ser mais rápido que eu. Mas eu provavelmente também não tenho chance apenas com uma faca.

O rugido se aprofunda. Meus nós dos dedos estão brancos em torno do cabo da faca. Apenas um animal, eu acho, mas parece *grande*.

Há movimento nas sombras. Arbustos farfalham quando surge uma forma mais escura. A luz mosqueada da lua brilha em dois olhos estreitos e em dentes à mostra.

Um alupi.

A criatura dá outro passo à frente, então mais um, com os olhos fixos em minha faca enquanto eu a ergo na defensiva. Eu retrocedo no mesmo ritmo, com a boca seca. Ele é enorme. Mais da metade de minha altura. Gotas de saliva escorrem e brilham, destacando as pontas mais finas e afiadas de seus dentes.

Ainda estrou tentando furiosamente calcular uma solução para o problema quando o alupi ataca.

Eu não percebo sua aproximação até que ele está no ar, todo sombras, dentes e graça enquanto se lança em minha direção. Tento posicionar a faca, mas é tarde demais; todo o peso do animal bate contra meu peito e meu braço direito, derrubando a faca e me jogando para trás. O ar escapa de meus pulmões com o impacto.

Meu atordoamento desvanece quando mandíbulas salivantes enchem minha visão. Eu tento me soltar, mas a criatura está em cima de mim, e eu mal consigo me mexer. Seu hálito fede a carne podre e sangue.

Os olhos da criatura, a centímetros de distância, perfuram os meus. Seus lábios estão em um esgar, revelando o que me disseram inúmeras vezes serem dentes afiados como navalhas. Ele rosna outra vez. Eu me deito, tentando demonstrar que estou me rendendo. Na verdade, não há muito mais que eu possa fazer.

A bola de pelos e músculos monstruosa continua com seu trovejar agourento.

Então, para minha surpresa, ele salta de cima de mim outra vez e para a alguns metros de distância.

Eu olho para onde minha faca caiu, mas ouço imediatamente a mudança no timbre no alerta da criatura. Eu tiro os olhos da faca outra vez, deixando claro que não vou pular para tentar pegá-la. O lobo tem 1,20 metro de altura, os pelos pretos acentuam a prata molhada de seus dentes sob a luz do luar.

Eu olho com mais atenção. Vejo uma linha em suas costas, uma faixa sem pelos onde há uma cicatriz.

– Diago? – Eu sussurro o nome. Embora eu ache que o filhote que salvei há seis meses não possa ser esse monstro. E, mesmo assim, não consigo tirar os olhos da cicatriz. Ela fica no mesmo lugar. – É você?

Eu me sento e lenta e cuidadosamente começo a esticar a mão.

O rosnado do lobo aumenta até que ele salta para a frente e tenta dar uma mordida terrível em meus dedos; eu os puxo bem a tempo de evitar que sejam arrancados.

– Certo. Certo – murmuro de um jeito trêmulo para mim mesmo. – Não faça isso.

Eu fico sentado enquanto o alupi anda para o lado, me circundando. Ele não tira os olhos de mim.

Ele completa duas voltas inteiras. Então, de forma tão abrupta quanto apareceu, dá meia-volta e sai andando para dentro da floresta. Em segundos, antes que eu possa reagir, as sombras o escondem mais uma vez.

Eu prendo a respiração, em seguida exalo, mal ousando acreditar que não fui devorado. Aquele *podia* ser Diago? Bizarro, mas a coincidência parece grande demais para ser ignorada. De qualquer forma, não sou tolo a ponto de acreditar que estou em segurança nem que o lobo realmente foi embora. O cheiro de sangue em minha capa deve tê-lo atraído.

Não há muito mais que eu possa fazer além de seguir em frente com os ouvidos atentos a qualquer indicação do retorno do alupi. Se eu estava desconfortável antes, estou quase atônito de tanta ansiedade. Meus nervos são uma ladeira que tenho de superar, cada respiração mais difícil do que deveria. Mas não há nada vindo da floresta à minha volta. Nenhum sinal de que a criatura esteja me seguindo.

Cerca de meia hora depois, através da copa das árvores, eu capto meu primeiro vislumbre da cúpula.

É com tanto alívio quanto medo que eu paro e saúdo a visão, o vermelho ameaçador sorvendo a prata amortecida do céu. As árvores estão ficando menos densas, e aquele silêncio estranho e pesado me pressiona com mais força que nunca. Eu continuo em frente.

Quando finalmente deixo para trás os últimos arbustos e chego à base da cúpula, o alupi está esperando por mim.

Eu dou um passo à frente. Ele mostra os dentes e emite um rugido baixo e aterrorizante, seus músculos protuberantes.

Minha faca agora está ao meu lado, mas dessa vez eu não tento pegá-la. A visibilidade aqui é melhor, sem a cobertura das árvores, e eu estava certo em relação à cicatriz da criatura: é igual à do filhote que salvei. *Tem* de ser ele. Seu crescimento é quase inacreditável.

– Diago. – Eu sei que ele não vai reconhecer o nome, sei que a palavra não vai ter nenhum significado para o lobo, mas a digo mesmo assim. Mais para meu próprio conforto do que qualquer outra coisa. – Diago. Você se lembra de mim? – Eu dou mais um passo.

O rugido de Diago fica mais ameaçador. Eu recuo. Os roncos param, e o rosnado se reduz a mostrar os dentes.

– Pelos túmulos dos deuses – murmuro comigo mesmo. Fico satisfeito que a criatura não tenha me matado na primeira oportunidade, mas ainda preciso passar por ele. Não posso matá-lo; mesmo que eu tente e de algum modo tenha sucesso, não há chance de eu sair desse confronto sem ferimentos graves. E levando em conta que ele devia estar me seguindo por esse tempo todo, duvido que eu possa simplesmente me afastar, para voltar depois que ele for embora.

Eu fico imóvel por quase um minuto, encarando os olhos cinza e brilhantes do lobo. Nenhum de nós se mexe enquanto faço cálculos desesperados, com demasiada consciência de que o tempo está se esvaindo.

Com relutância, eu tomo uma decisão. O alupi estava me seguindo havia pelo menos meia hora, provavelmente mais, mas não atacou. E consigo ver o enorme símbolo da Hierarquia que marca a entrada. Se eu conseguir entrar, posso fechar a porta às minhas costas.

Dou um passo para a direita de Diago; no mesmo instante, o lobo mostra os dentes, e aquele rugido baixo recomeça. Eu engulo em seco, com a respiração entrecortada, e dou mais um passo. Então outro. Diago não se mexe, mas agora está rosnando. Saliva escorre de sua boca.

– Scintres Exunus – digo com firmeza.

A montanha geme, a pirâmide se abre, e vidro vermelho se recolhe. O alupi não se vira nem se mexe. Eu não estou longe – pouco mais de cinco metros mais ou menos. Ainda afastado demais para tentar correr; Diago me alcançaria assim que eu desse o primeiro passo. Então dou mais um passo arrastado, com o coração na boca e as mãos estendidas para mostrar que não tenho nenhuma má intenção. Isso não parece fazer nenhuma diferença. Diago continua rosnando, então dá um passo silencioso e ameaçador em minha direção.

Eu faço uma careta. Tiro a bolsa do ombro e a ponho com cuidado no chão. Ela vai me atrapalhar se eu for atacado e não vai ter nenhuma serventia depois que eu entrar na cúpula.

Então começo a andar confiantemente na direção da entrada.

Eu quase hesito quando os alertas de Diago ecoam pela montanha, mas não há tempo a perder, e fazer isso em etapas tão pequenas é demais para meus nervos. Os primeiros cinco passos são uma agonia enquanto eu espero pelo ataque inevitável.

Então, para minha surpresa, os rosnados param. Se transformam em um ganido quando Diago se senta, ainda me observando.

– Desculpe – murmuro para ele, sem parar e fazendo tudo em meu poder para não sair em disparada. – Eu não tenho escolha.

Então eu entro pela escuridão e me viro para olhar para o lobo. Ele parou de ganir. Está de pé outra vez, apenas me encarando em silêncio.

Eu estremeço.

– Scintres Exunus. – Odeio perder a luz prateada lá de fora, mas alguns minutos perturbadores no escuro são melhores que ser morto a mordidas pelas costas.

A porta começa a se fechar. Eu arrisco dar uma olhada rápida para a escada, observando-a com arrependimento enquanto a prata suave que teria iluminado meu caminho vai se apagando.

Quando torno a olhar pela abertura cada vez menor, o alupi desapareceu.

LXVII

O SALÃO CAVERNOSO NO CORAÇÃO DA CÚPULA É EXATAMENTE como eu me lembrava.

Tochas ganham vida uma a uma, iluminando fileiras de colunas enquanto a plataforma de pedra me leva até o solo. Na outra extremidade, a muitas dezenas de metros de distância, uma luz quente se reflete naquelas três linhas divergentes em bronze na parede. O símbolo cintilante da pirâmide que elas formam se ergue acima do vasto espaço aberto entre nós.

Eu desço da plataforma assim que ela toca o chão, sem tempo para hesitar. Caminho a passos largos até o centro do salão.

– Quero fazer o teste! – grito para as paredes. Minhas palavras são engolfadas pela enormidade do espaço.

Mesmo esperando por ela como estou, ainda me encolho ao ouvir a voz atrás de mim.

– Eu me chamava Elia Veranius. Fui uma traidora do mandamento do isolamento. Tentei obter sincronismo e remover o selo de Obiteum durante a 11ª era depois das Lacerações. Por isso fui justamente condenada à servidão, guiando aqueles que vêm até aqui. – A mulher de olhos vazios com cabelo preto emaranhado e roupas rasgadas está parada às minhas costas. Como na última vez, não sei ao certo como ela chegou aqui.

– Elia. Bom. Bom. – Eu cruzo os braços, principalmente para esconder meu desconforto. – Você se lembra de mim? – Eu faço a pergunta sem esperar nenhuma resposta, e não recebo nenhuma. Tudo bem. Não tenho mesmo tempo a perder. – Eu gostaria de fazer o teste.

Sem alterar a expressão, ela tira as mãos de trás das costas. Solta o braçal de controle do braço esquerdo e o oferece para mim.

Eu o encaro por alguns segundos terríveis, então o pego.

Tenho a mesma sensação rastejante doentia quando o calço; o salão entre nós e o símbolo distante explodem em atividade, e muros escuros se erguem para seus lugares. Eu observo friamente, com a atenção fixa no arco da entrada. Eu pratiquei para isto, sem parar. Dia após dia após dia. Mas ainda não me sinto pronto. Não sei o suficiente sobre as regras, aqui, nem sobre os Remanescentes ou o que há depois do Labirinto.

– Elia. Há um jeito de ver o Labirinto, o teste, de algum lugar mais alto?

Não há resposta.

Eu não fico surpreso, mas valeu a tentativa.

– E um jeito para treinar para o teste? Existe algo assim?

– Uma visão geral pode ser ativada.

– Ah. – Eu não estava esperando uma resposta. – Vamos… fazer isso.

Elia vai até uma das colunas e pressiona a mão sobre ela.

O chão faz barulho de trituração e se move de novo, dessa vez quase a meus pés. Pulo para trás, assustado, mas o movimento para de forma tão abrupta quanto começou, uma massa de linhas perpendiculares com cerca de três metros de comprimento e cinco de largura se projetando a dois centímetros do chão.

Eu olho para baixo. É fácil reconhecer os padrões.

– Este é o Labirinto? – Não há resposta de Elia. Eu ergo o braçal de controle e giro uma pedra. Um arrastar baixo vem do Labirinto quando um painel se move lá dentro.

E um movimento correspondente acontece na versão à minha frente. Pedra se movimentando de um lado para outro, exatamente onde eu esperava.

Eu olho de cenho franzido para a versão em miniatura do Labirinto.

– Isso é bom – digo devagar. – Mas quero ver como os Remanescentes se movimentam, e não apenas os muros. Há algum jeito de localizá-los?

– Movimento vai ser exibido quando presente.

– Ah. – Eu examino com desconforto a pequena versão do Labirinto, em seguida o escuro e alto à frente.

Então Elia.

– Elia – digo em voz baixa. – Você está viva?

Nenhuma resposta.

– Eu… eu não quero condenar você à morte. Mas… – Eu respiro fundo.

– Não estou convencido de que você está viva. Não mesmo. E se eu estiver errado e você estiver presa nesse… *estado*, sem dúvida isso é igualmente ruim. – Digo as palavras sobretudo para mim mesmo, para me reconfortar. Eu me preparo. – Então, *se* você não estiver viva, Elia, eu gostaria que você me demonstrasse o teste.

Elia se vira e se dirige para a entrada.

Eu estremeço. Supondo que sua obediência seja uma indicação de que ela está mesmo morta, o que significa que não sou responsável pelo fim de Artemius. Significa que eu tenho uma chance de avaliar como esses Remanescentes caçam antes de entrar ali.

Por outro lado, ela estar morta levanta *muito* mais perguntas.

Elia chega ao arco; quando passa por ele, o ar ao seu redor ondula, e as passagens à frente parecem vacilar antes de se solidificarem outra vez. Imediatamente, há uma mudança no chão diante de mim. Um círculo de luz verde brilhante e doentia na representação da entrada do Labirinto. Ele, porém, não paira sobre a pedra. É como se a iluminação estivesse gravada nela. Igual aos textos e diagramas riscados nas ruínas perto da Academia.

Passa-se um instante, então surgem mais três círculos de luz verde. Todos na outra extremidade do Labirinto. Diferentemente do que representa Elia, esses tremeluzem e desvanecem, pulsam de um jeito desconfortável.

Eles explodem em movimento.

A velocidade de Elia não mudou; os muros pretos do Labirinto agora a esconderam de vista, só a luz verde próxima me permite acompanhar seu progresso. Ele é lento em comparação com o que eu suponho serem os Remanescentes. Os círculos percorrem tremeluzentes as passagens e fazem curvas com velocidade aterrorizante enquanto convergem para sua presa. Quando cada um deles se movimenta, deixa para trás um rastro verde pulsante, mostrando sua rota até agora.

– Vek. – Eu levanto o braçal, começo a girar e a movimentar pedras para bloquear o caminho dos Remanescentes. As luzes não hesitam quando eu faço isso, mudando imediata e suavemente de curso. Elas seguem direto para o próximo caminho mais eficiente até seu alvo.

Eu engulo em seco. Trabalho com ardor no braçal de controle. Eu os atraso por um minuto. Dois. Elia mantém o ritmo, deliberadamente indo em frente. Nunca aumentando a velocidade.

Ela não percorreu nem um quarto do caminho antes que uma das luzes em rápido movimento colida com a dela. Escuto um chiado, uma engasgada.

Os outros dois Remanescentes param. Quando o que alcançou Elia começa a se mover, a luz dela está apagada.

Eu fico ali parado, frio, sem saber como me sentir. Me lembrando do que aconteceu com Artemius, sabendo que acabei de condenar Elia ao mesmo destino. Dizendo a mim mesmo que ela já estava morta. Ela já estava morta, e isso foi necessário.

Meus olhos se dirigem para as linhas verdes brilhantes que traçam o caminho dos Remanescentes. Eu me concentro. Examino-as. Repriso minhas escolhas. Depois de um minuto, as representações dos Remanescentes começam a se apagar. Logo, elas desaparecem por completo, junto com os caminhos que eles fizeram.

– Eu me chamava Dorail Numinus. Eu fui uma traidora do mandamento do isolamento. Eu tentei remover o selo de Obiteum durante a segunda era depois das Lacerações. Por isso fui justamente condenada à servidão, guiando aqueles que vêm depois.

Eu não me viro ao ouvir a voz feminina desconhecida. Continuo concentrado no Labirinto em miniatura. No ponto onde Elia e os Remanescentes se encontraram.

– Se você não estiver viva, Dorail, eu gostaria que você demonstrasse o teste – digo, de um jeito vazio.

Eu passo por mais quatro demonstrações até não aguentar mais.

Em cada uma delas, aprendo algo novo sobre os Remanescentes. As monstruosidades começam sempre na mesma posição, na outra extremidade do Labirinto, perto da saída – isso é bom. Quando uso o braçal para alterar os caminhos, atrasá-los, eles escolhem imediatamente a próxima rota mais eficiente. Isso também é bom, decido depois de algum tempo. A previsibilidade perfeita faz deste um enigma de lógica e momento, e não um de blefes e raciocínio contra um adversário desconhecido. Os Remanescentes parecem não pensar muito. Têm total consciência de onde está sua presa e do estado do Labirinto, mas não são inclinados a bloquear caminhos adiante ou apenas esperar perto da porta do outro lado.

Mais importante, porém: eles nunca variam.

Durante o terceiro teste, vejo um caminho em potencial. Supondo que eles sempre peguem os caminhos mais curtos para o alvo e se movam com a mesma velocidade, posso prever para onde cada um deles vai. E na quarta corrida, eu provo para mim mesmo que, se eu conseguir cronometrar com precisão certas alterações no Labirinto, devo conseguir chegar até o outro lado.

Talvez. *Talvez.*

Eu deveria continuar experimentando. Continuar praticando. Mas o tempo não está do meu lado, e quando uma garota – ela não deve ter mais de doze anos e lembra vagamente Cari – aparece atrás de mim, com o cabelo castanho comprido quase escondendo seu olhar assustador sem olhos, sei que terminei.

– Está bem – digo olhando diretamente para ela. Sangue pulsa em meus ouvidos. Ela me disse seu nome, mas eu já aprendi a parar de ouvir. – Estou pronto. Quero fazer o teste.

– Tem certeza? Depois que você passar pela entrada, será impossível recuar.

– É claro. – Eu gesticulo com tristeza. – Eu tenho certeza.

– Então vá em frente.

Estou com a respiração entrecortada e as mãos trêmulas quando as fecho aos meus lados. Eu caminho na direção do arco escuro, fazendo e refazendo cálculos. Os Remanescentes se movem a uma velocidade constante; eu vou ter de contar os segundos enquanto corro, alterar passagens no momento exato para direcioná-los. Um erro e tudo estará acabado.

Antes que possa mudar de ideia, eu entro no Labirinto.

Há aquela distorção estranha no ar, uma vibração que faz tudo tremeluzir por um momento, como se eu tivesse acabado de atravessar a superfície de uma bolha enorme. Os pelos se arrepiam em minha nuca, e eu me lembro imediatamente da aura em torno de Melior na naumaquia. Pelo menos, não há nenhuma visão estranha aqui.

Os muros se erguem altos à minha volta. Escuros e lisos, três metros mais altos que os da Academia. Sua altura faz com que tudo pareça mais próximo, sufocante.

Eu me sacudo para me livrar do calafrio que faz meu corpo estremecer, começo a contar e saio correndo.

Um. Dois. Três.

Por mais que eu esteja com medo, por mais que meu entorno seja estranho. Minhas horas e mais horas de treinamento fazem com que os movimentos sejam algo em que praticamente não tenho de pensar. Viro à direita depois de cinco segundos. Corro para a frente por outros dez. Faço meu primeiro ajuste no braçal, uma mudança que deve redirecionar os Remanescentes para a direita em uma volta no sentido oposto. Três curvas mais, e o caminho se abre à frente. Isso vai fazer com que o Remanescente mais à esquerda mude de curso e pegue o caminho mais fácil em minha direção. Eu torno a fechá-lo depois de mais cinco segundos. Criando um atraso suficiente apenas para que eu passe por ele antes de alterar o caminho de novo.

Entro em um estado quase meditativo pelos primeiros cinco minutos, cada curva familiar, cada ajuste do braçal treinado, impecável. Nem vejo os Remanescentes, embora escute um de vez em quando, raspando o chão ameaçadoramente em um corredor próximo. Mas minha confiança aumenta.

Então eu faço uma curva e vejo o corpo mutilado de Belli.

Ela está presa à parede a cerca de 1,5 metro do chão. Há sangue espalhado pela pedra embaixo dela, formando uma poça vermelha densa e escura para onde ele fluiu de seu corpo e escorreu pelos seus pés. Seu rosto, porém, está intocado. Aquele cabelo ruivo comprido emoldurando uma expressão pálida de dor e horror e descrença. Ela está sem metade do torso.

Choque. Confusão. Repulsa. Tristeza. Todos disputam minha atenção, eliminando qualquer foco que eu tivesse. Eu paro de correr, meio que vou na direção dela como se quisesse ver se ainda há algo que eu possa fazer, antes de me dar conta de como esse pensamento é tolo. Como ela chegou *aqui*? Eu me encolho quando ela parece tremeluzir, translúcida por um instante. Sangue ainda escorre. Isso é recente. Talvez não muito antes de minha chegada.

Surpreso, eu percebo que parei. Estou apenas com o olhar fixo. Perdi minha conta. Perdi a noção de onde devem estar os Remanescentes.

Eu engasgo em seco. Medo e choque ameaçam me tomar por completo quando registro que estou prestes a ter o mesmo fim. Que nem mesmo Belli, a melhor de nós no Labirinto, conseguiu passar.

De algum modo, forço minhas pernas a se movimentarem. Me esforço para continuar correndo.

Eu perdi… cinco segundos, talvez, olhando para Belli? Dez? Isso é ruim, e é ainda pior eu não saber ao certo.

Coloco uma velocidade desesperada em minhas pernas. Cinco segundos, e eu talvez consiga chegar à nova junção. Dez e estarei morto.

Eu faço a curva meio escorregando e vejo o Remanescente na extremidade do corredor comprido. Correndo em minha direção. A, talvez, menos de vinte metros de distância.

Se os Remanescentes eram intimidadores de longe, de perto eles são aterrorizantes. Uma massa de obsidiana com gumes que corre para a frente como uma onda de seis metros, fazendo um ruído faminto sobre a pedra, ávida e sem forma.

Eu corro em sua direção.

Ele é mais rápido que eu, mas não muito, e a passagem da qual preciso está mais perto de mim. Eu me detenho para fazer a curva, deixando que meu ombro direito bata com força no muro enquanto giro desesperadamente a pedra correspondente no braçal. Escuto um leve som arrastado. Fui precipitado demais. Não consegui fechar a porta, selei meu destino.

Uma olhadela rápida para trás mostra que estou errado. Não vejo nada além de pedra lisa, uma passagem bloqueada recém-formada.

Eu não paro para comemorar.

Ainda tenho um caminho, mas não era por aqui que eu pretendia ir. Tento reavaliar enquanto corro, calcular as trajetórias dos três Remanescentes diferentes com base em sua velocidade, minha posição atual e o estado atual do Labirinto. É algo que fiquei muito acostumado a fazer durante os treinos, o que não quer dizer que seja fácil. Com certeza não quer dizer que eu vá acertar.

Corro por mais dois minutos, os pulmões começando a queimar, suor escorrendo em meus olhos. Agora, ouço o ruído gelado e chacoalhante da perseguição em quase toda curva. Eu ajusto o Labirinto em intervalos de trinta segundos. Ainda não cometi erros. Estou focado outra vez. Tentando não deixar que meu sucesso me distraia.

E então, finalmente, faço uma curva e vejo nas sombras a saída que surgiu abaixo da enorme pirâmide de bronze.

A arcada está aberta. Sem vigia. Eu estava fraquejando, mas a visão empresta um impulso a minhas pernas. Parece que mal estou tocando o chão.

Faltando dez metros, ouço um Remanescente às minhas costas. Eu não me viro, estou quase no arco quando outro deles aparece. Cerca de dez metros depois da saída. Um pouco mais distante dela que eu.

Eu vou morrer.

Continuo correndo na direção da sombra reluzente e fendida, me recusando a hesitar. Uma morte escura e agitada corre em minha direção.

Eu grito quando me jogo pela saída, para a escuridão que há depois, com o braço à frente do rosto enquanto deslizo pelo chão e espero que a obsidiana afiada me faça em pedaços.

Nada acontece.

Eu fico ali deitado por um segundo congelado e apavorante. Dois. Apenas tremendo. Aos poucos, eu me esforço para me virar e olhar para trás.

Os Remanescentes enchem a arcada como sombras irregulares, a apenas um metro de distância. Cacos de vidro rodopiantes se agitam furiosamente no limite do Labirinto. Escuto um trovejar estridente e arranhado enquanto eles se chocam com a abertura. Eu mexo com urgência no braçal. Eu o solto e o jogo para longe, como se o gesto pudesse de algum modo remover minha lembrança dos últimos dez minutos.

A saída começa a deslizar para dentro do chão, levando consigo a luz mortiça. Em momentos, tudo desaparece, Labirinto e Remanescentes igualmente escondidos de vista.

Então há silêncio.

LXVIII

FINALMENTE, EU PARO DE TREMER.

A escuridão completa deixada para trás quando o Labirinto foi selado é rompida: essa iluminação nova e perturbadora é de um vermelho virulento, cor de chamas moribundas, cobrindo as paredes e, mesmo assim, sem uma origem perceptível. Um túnel se estende à frente. Há símbolos de 1,5 metro de largura gravados no chão em intervalos regulares. Alguns deles são familiares – é a mesma língua das ruínas perto da Academia, eu acho. A luz injetada de sangue projeta sombras profundas onde esses símbolos estão entalhados, fornecendo um caminho enervante à frente.

Eu não me mexo por alguns longos minutos. Ainda tentando acalmar a respiração. Não paro de visualizar Belli. Os Remanescentes não a consumiram como fizeram com Artemius e os outros. Não faço ideia de como ela ainda estava presa ali, depois que os muros do Labirinto retrocederam quando ela correu e então emergiram novamente para mim. E ela sem dúvida não podia ser a primeira baixa deste lugar, embora eu não tenha visto os restos de mais ninguém.

Não há como saber se Iro sabia do plano dela ou não, mas provavelmente era por isso que eles estavam se dirigindo para o oeste. Veridius deve tê-la enviado.

E agora, ela está morta. Tudo na busca do que quer que esteja aqui atrás.

Com cuidado, de forma rígida, eu me levanto. Começo a seguir pelo corredor.

A esta altura, devo estar embaixo do enorme símbolo da Hierarquia, embora não haja nenhuma indicação dele aqui embaixo. A luz vermelha oscila à minha volta. Estremece. Paredes começam a se distorcer no canto dos meus olhos, ecos soam em meus ouvidos, o hálito moribundo de gritos que parecem ter viajado por quilômetros até me alcançarem.

Eu sigo por… um minuto, talvez? É difícil dizer. Os símbolos no chão continuam por todo o caminho; alguns deles se repetem, mas não em nenhum padrão. Mantenho meu foco neles, em grande parte para evitar a náusea originada pelo visual distorcido à minha volta. Será que eles são algum tipo de história? Um alerta? Instruções para quem quer que passe por aqui? Espero que não seja a última opção. O ar fica mais pesado.

A passagem termina em uma escada que desce e desaparece. Sigo em frente.

Em pouco tempo, paro relutantemente quando a escada termina em uma câmara banhada em vermelho, não muito maior que uma sala grande, embora com o teto alto demais para que eu o veja. No centro, várias protuberâncias finas como navalhas do que parece ser de bronze emergem do chão, arrumadas em um círculo. Elas são pontiagudas, com os gumes afiados. Como lâminas enormes. A luz vermelha na câmara emana de algum lugar atrás do arranjo, deixando-o quase em silhueta.

Eu hesito, mas não há mais nada em que me concentrar. Nenhuma saída que eu consiga ver.

As distorções nos cantos de minha visão diminuem quando me aproximo. As lâminas de bronze têm quase a minha altura; todas estão erguidas e inclinadas para dentro, como garras metálicas se projetando da terra. Não há nada dentro do círculo, nada que indique por que ele está aqui. O ar em seu interior parece estremecer.

Há escritos em torno do círculo. Uma inscrição longa gravada no chão em torno das lâminas, espiralando para fora. Eu me agacho. Mais daquele antigo dialeto vetusiano.

Eu começo a andar em seu redor.

– Aqui está o caminho para Luceum e Obiteum, oferecido a todos os que podem contestar nossa... extinção? – murmuro para mim mesmo, traduzindo. – Saibam que ninguém que aceite esta tarefa pode... permanecer? O fardo de... – Minha testa se franze, e eu paro diante de uma palavra. – União? Harmonia? – Eu escolho a segunda. – É reservado para aquele que selar os... autores? Os autores da guerra deste mundo. Só ele pode... superar? Superar as capacidades prejudicadas desta... duplicação? Ele, e apenas ele, pode arriscar... a *harmonia*... para fazer o grande... sacrifício? *Vek*.

Eu sacudo a cabeça e me distraio. Em frases simples, o contexto sempre pode compensar o dialeto estranho e as lacunas em meu conhecimento. Mas esse texto está além de minha capacidade. Específico demais. Talvez, porém, com tempo, com outros textos em vetusiano para ajudar, eu conseguisse traduzir isso. Faço o circuito várias outras vezes, falando as palavras estrangeiras para mim mesmo enquanto tento decorar as frases. Quanto mais eu der a Ulciscor, melhores vão ser minhas chances de que ele não me mande para um Sapador.

Quando estou satisfeito, faço um breve tour pelo resto do aposento. Vejo outras inscrições na parede mais distante, várias frases, embora dessa vez sejam na mesma língua que encontrei nas outras ruínas. Não são algo que eu consiga começar a traduzir.

Não há mais nada. Nenhum outro ponto de interesse e, mais preocupante, nenhuma saída além de voltar por onde vim.

Eu volto até o círculo de lâminas de bronze e o estudo com desconforto. *O caminho para Obiteum e Luceum.*

A inscrição ao redor é um alerta, mas seu perigo desconhecido ainda parece muito mais preferível que a alternativa. Mesmo que navegar pelo Labirinto desta direção deva ser totalmente simples – considerando que eu estaria correndo dos Remanescentes em vez de em direção a eles –, não consigo escapar da imagem do corpo eviscerado de Belli. Não consigo me forçar a voltar por aquele caminho.

E Ulciscor… Parte de mim sabe que o que descobri até agora não vai ser suficiente para ele.

O ar estremece e vibra quando eu paro na borda do círculo. Estendo cautelosamente a mão para seu interior. Parece um pouco mais quente, sinto uma pressão sobre a pele. Não dói.

Eu respiro fundo. Já cheguei até aqui.

Entro pelo meio das enormes garras curvas de metal.

No início, nada acontece, o que me dá confiança suficiente para dar mais um passo na direção do centro do anel. Eu olho ao redor. Nada no aposento mudou.

Tento exalar, mas não consigo.

Não consigo respirar.

Meus olhos se arregalam, e eu tento retroceder, mas também não consigo fazer isso. É como se o ar ao meu redor tivesse congelado, coagulado em algo que me envolve por completo. Um pânico retorcido começa a rastejar pelas minhas veias.

As lâminas que formam o círculo à minha volta começam a se mexer. A crescer. A se curvar para dentro. Elas param antes de se encontrarem no alto, mas por pouco, agora sem nenhum espaço na base do anel. As garras de bronze brilham com uma luz branca, até de repente haver uma piscada de escuridão, então tudo volta a se cobrir daquele vermelho de chamas moribundas.

Só que, dessa vez, a luz não emana de uma única fonte, mas de centenas de inscrições gravadas no interior das lâminas. Linhas sobre linhas sobre linhas se acendem em vermelho, ondulantes, como se sangue estivesse pulsando através do metal.

A pressão sobre meu corpo aumenta. Se torna insuportável. Uma compressão implacável e esmagadora. Então, de repente, ela se esvai, mas em vez de trazer alívio, ela se torna o oposto, uma força me puxando para todas as direções concebíveis. Puxando como se tentasse arrancar a carne dos ossos. Sou erguido para cima, pairando em pleno ar, completamente impotente. Tento gritar, mas não há som, nenhum ar para que eu inspire ou expire. Minha visão está se turvando. Estou apagando.

Então tudo termina.

Estou esparramado no chão, soluçando, engasgando com pulmões cheios de ar. Tudo queima, como se eu tivesse sido aguilhoado em cada centímetro de meu corpo, como se algo tivesse rastejado para o interior de meus pulmões, de meu estômago e de minha cabeça, aguilhoando aí também. O metal ao redor, reconheço vagamente, está retrocedendo outra vez. Há um espaço pelo qual posso fugir. Eu me arrasto em sua direção, desesperado.

Não chego até lá antes que tudo se apague.

A sensação de queimação desanuvia, tão devagar que nem sei ao certo quando ela de fato termina e se transforma apenas em uma memória que faz com que eu me retorça no lugar.

Não penso em quanto tempo se passou depois disso. As lâminas de bronze nas sombras ao meu redor me observam. Eu só fico ali na pedra fria, tremendo, o olhar fixo na escuridão ao alto, minha mente fazendo todo o possível para encobrir a dor e o medo.

Finalmente eu me sento. Tomo nota de meu entorno. A luz medonha voltou ao aposento, embora dessa vez esteja embaçada pelo que parece ser uma nuvem de lascas malignas de obsidiana que circunda o anel em que estou. Pairando. Trêmula.

Dentro dessa nuvem preta, percebo, com um susto, que há figuras.

– Quem está aí? – Minha voz está rouca, as palavras escapando em um sussurro. Nenhuma das silhuetas escuras se mexe. Deve haver uma dúzia delas. Todas têm armas, percebo. Espadas longas a postos.

Há, porém, um caminho através da nuvem. Um corredor aberto que leva à escada.

Por mais desconfortável que isso me deixe, não há nenhum outro lugar para onde ir, e agora não quero mais nada além de sair do que quer que seja este lugar. Estou prestes a me levantar quando percebo que minha túnica está escura por cima do braço esquerdo. Molhada e grudenta. Eu rapidamente enrolo a manga e a uso para limpar o pior do sangue, para poder ver a fonte do ferimento.

Há linhas gravadas em minha pele. Sinto um calafrio quando limpo mais sangue.

Os cortes vermelhos e inchados formam uma única palavra.

ESPERE

– Complete a jornada, guerreiro. – O comando sem vida, em vetusiano, vem da escuridão. Eu não sei dizer de qual direção.

– Não parece haver muita jornada – digo com um gemido enquanto me levanto. – Achei que isto fosse me levar para Luceum ou Obiteum.

– Complete a jornada, guerreiro. – É outra voz.

– Este foi o caminho pelo qual eu vim. É o mesmo maldito lugar.

– Complete a jornada, guerreiro. – Dessa vez, uma mulher.

Estremeço. Não acho que eu vá conseguir uma resposta diferente de quem quer ou do que quer que esteja ali.

Fico de pé, apreensivo por um minuto. Dois. Nada fora do círculo se mexe.

Quando estou começando a duvidar de mim mesmo, sinto um tremor nas lascas de obsidiana. Uma ondulação que cintila sob a luz vermelha.

Então elas começam a se mexer.

Eu observo horrorizado enquanto elas giram e circundam a garra de lâminas de bronze, voando cada vez mais rápido até que consigo ouvir o ar sendo cortado enquanto elas zunem como centenas de vespas pretas. As figuras paradas em seu meio, no início, não se mexem, mas em pouco tempo começam a caminhar, cambaleantes. A se retorcer. Deixam cair as armas e erguem os braços para se proteger.

Elas logo desaparecem em meio a um furacão formado pela nuvem de lascas pretas.

Então sinto uma queimação repentina no braço esquerdo outra vez. Eu rasgo a manga quando novas linhas de sangue começam a se formar, cortes rastejantes que abrem a pele enervantemente.

C

Fora, além do círculo de bronze, a obsidiana estremece. Vacila, lascas começam a se lançar loucamente para os lados, estilhaçando-se contra as paredes de pedra.

Em segundos, não resta nenhuma. Onde antes estavam as silhuetas, restam apenas pilhas disformes e sangrentas de carne.

O

Eu corro.

De volta pelo caminho por onde cheguei, tudo banhado na luz vermelho-escuro que fica difusa e se retorce nos cantos dos meus olhos. Por um minuto não há nada além de minha respiração difícil e do ar vibrando ao meu redor. Eu me sinto nauseado, tonto devido ao que quer que tenha acontecido comigo lá atrás. Aterrorizado demais para fazer qualquer coisa além de manter minhas pernas em movimento.

Eu só desacelero o passo quando o fim do Labirinto me saúda. Tremendo, verifico o braço esquerdo, ainda há apenas CO riscado na pele. Sangue goteja no chão.

O braçal ainda está onde eu o deixei, descartado no canto. Eu me abaixo. Pego-o com relutância.

A entrada encimada por arcos se ergue ruidosamente do chão assim que coloco o braçal. Depois que o ribombar das paredes se erguendo silencia, não há nenhum som ali. Assim como antes. Os Remanescentes não vão aparecer até terem a possibilidade de me alcançar.

Eu faço alguns ajustes rápidos no Labirinto, abrindo uma linha quase reta adiante.

Então saio correndo.

Passam-se apenas alguns instantes antes que o barulho assustador dos Remanescentes ganhe vida atrás de mim, mas já estou na passagem principal pelo centro do Labirinto. É fácil seguir nesse sentido, correndo para longe deles. Alguns giros rápidos para bloquear os caminhos mais diretos de perseguição e, por mais rápidos que eles sejam, não têm nenhuma chance de me alcançar. Em poucos minutos, eu passo pelo arco do outro lado e arranco o braçal do braço ensanguentado, com os pulmões queimando.

Tudo está silencioso. Nenhum conselheiro de olhos vazios se anuncia. Eu me dirijo para a plataforma, subo nela. Dou um suspiro de alívio quando as balaustradas vermelhas pulsam e ganham vida.

A viagem para cima enfim me dá uma chance de respirar. Minhas mãos tremem, e mesmo assim se agarram com firmeza à balaustrada. Meu braço esquerdo queima. Não entendo o que acabou de acontecer.

A plataforma chega a seu destino e eu desço dela, permitindo que o brilho baço e vermelho da balaustrada me forneça alguns passos em segurança.

– Scintres Exunus – grito para a escuridão.

Em algum lugar no alto e à frente, uma luz turva tremula e se filtra até embaixo, desvelando as silhuetas paradas entre mim e a escada.

Eu paro bruscamente. Há iluminação suficiente apenas para ver os nichos vazios nas paredes do corredor.

Atrás de mim, a luz vermelha se apaga.

– Complete a jornada, guerreiro.

Há uma dúzia delas no caminho à minha frente. Mais. Não estão avançando, mas não há nenhuma dúvida de sua intenção. Eu contenho a náusea. Retrocedo até chegar à plataforma estreita outra vez.

Nada acontece.

– Vek. – Eu agarro a balaustrada freneticamente algumas vezes. – Vek, vek, *vek*. – Eu giro de volta. Nada mudou.

– Complete a jornada, guerreiro.

As palavras ecoam na pedra. Eu olho em desespero para o braço. Desejando que aquela dor ardente comece outra vez para sinalizar que alguém ou alguma coisa quer que eu sobreviva. Não vejo nada além da ferida sangrando.

Eu dou um passo trêmulo à frente. Depois outro. Não tenho armas, nenhum lugar para onde correr. Vou ter de tentar passar por eles. Abrir uma brecha, de algum modo, e fugir.

Eles não se mexem. Imagino que não precisem fazer isso. Eu posso ir até eles ou esperar pela morte.

Estou, agora, a uns vinte passos de distância, com os músculos se preparando para uma corrida final e inútil, quando a bola furiosa de pelos pretos e dentes brilhantes chega correndo pela escada e atinge o grupo.

Fico congelado apenas por um segundo, em seguida saio correndo direto na direção da abertura criada por Diago, salto por cima de corpos que se debatem e rolo antes de ficar de pé novamente e subir a escada em disparada. Rugidos ecoam pelo corredor apertado, sufocados pelo que só posso imaginar serem dentes rasgando carne, mas não há nenhuma resposta de dor ou de alarme. Pés pisam a escada atrás de mim, passos em perseguição. Diago dá um ganido. Eu não olho para trás.

– Scintres Exunus! – grito quando a abertura triangular se aproxima.

O primeiro rubor do amanhecer cai sobre mim junto com o ar frio abençoado. Eu não paro. Arrisco dar uma olhada para trás. Demorei demais para ordenar que a porta se fechasse; dois homens já passaram pela entrada que se fecha aos poucos, os olhares sem olhos focados em mim. Mais se derramam através do buraco cada vez menor atrás deles.

Pego minha bolsa ao passar e apanho a faca em seu interior. Não escuto nenhuma respiração arquejante, nenhum uivo ou grito às minhas costas para que eu pare. Apenas uma forte determinação de pés ágeis. Não sei quantos conseguiram sair.

Eu corro para a floresta. Talvez consiga despistá-los em meio às árvores. Embora não tenha ideia de como sua visão funciona.

Atravesso arbustos com dificuldade por cerca de trinta segundos, o barulho de gravetos e galhos se quebrando atrás de mim indicando que meus perseguidores estão cada vez mais perto, antes que eu chegue a uma clareira e me dê conta de que não tenho outra escolha. Eu paro. Me viro. Ergo a faca em posição de luta.

Meia dúzia de homens e mulheres irrompem das árvores e diminuem a velocidade, percebendo que decidi enfrentá-los. Logo se espalham, embora não pareça passar nenhuma comunicação entre eles. Meu olhar se desvia brevemente para as árvores atrás deles, mas não há mais movimento. Com certeza havia outros. Minha pele se arrepia ao pensar em outros me cercando através do mato.

Os seis avançam, e eu me preparo, a respiração entrecortada, músculos tensos. Vou ter de atacar primeiro, e atacar com força, se eu quiser ter qualquer esperança de sair vivo. Não que eu ache haver muita chance disso.

Vejo o borrão de uma sombra no canto de minha visão, então, um dos homens tomba quando Diago pula em cima de suas costas.

Os outros agressores não hesitam e continuam andando em minha direção. Escuto o som terrível e molhado de carne se rasgando, seguido por um jorro vermelho-escuro quando Diago movimenta a cabeça para o lado, a garganta do homem aberta. Sem se dar ao trabalho de verificar se sua vítima está morta, o lobo rosna, salta nas costas da seguinte e a derruba no chão, garras enormes se prendendo em torno de seu crânio e girando. Escuto algo se quebrando quando o rosto do homem é rasgado e torcido de lado em um ângulo nada natural.

Restam quatro, e eles agora se viraram, decidindo que Diago é uma ameaça com a qual precisam lidar. Os três homens e uma mulher saltam com um abandono horrendo e animal na direção do lobo e o atacam, ignorando as garras de três centímetros de comprimento que os rasgam e os dentes rangentes que os mordem repetidas vezes. Um turbilhão de membros, rosnados e sangue.

Fico tentado a correr outra vez, mas sei que não adianta; se eles conseguiram me rastrear antes, então não há nenhuma razão para acreditar que me afastar deles vá ajudar. Eu tenho de tirar proveito de meu aliado – supondo que Diago seja um aliado em vez de estar simplesmente enlouquecido – enquanto posso.

Eu ataco.

Minha faca encontra as costas do primeiro homem, deslizando entre suas costelas com uma facilidade doentia, direto até onde deveria estar seu coração. Ele dá um puxão poderoso para se soltar e me acerta um golpe com as costas da mão, me pegando de guarda aberta e me fazendo girar, com dor atravessando meu ombro. Não é o golpe de um homem normal – não é tão forte quanto o de um Septimus, talvez, mas mais forte que o de um Octavus.

De qualquer forma, com certeza um golpe mais forte do que eu esperava de alguém que acabou de ser esfaqueado no coração.

Os rosnados de Diago estão misturados com ganidos de choque enquanto as cascas humanas de olhos vazios o mordem e o arranham; meu estômago se revira quando vejo a mulher puxar a cabeça para o lado, tal como fez Diago momentos antes, sangue jorrando e os dentes dela sujos de vermelho.

Meu ataque não passou despercebido, e dois dos homens se separaram, entre eles o que esfaqueei. Eles vêm em minha direção, sem nenhuma sutileza em seu ataque. Isso ajuda. Eu desvio, passo por um deles e derrubo o outro, caio por cima deste e seguro sua cabeça. Com toda a minha força. Eu torço.

Escuto o barulho pronunciado de algo se quebrando, e o homem fica imóvel.

Não há tempo para comemorar; eu dou um grito quando os dentes do outro homem encontram meu braço esquerdo, mordendo com força a parte de trás perto do bíceps. Eu o afasto com um golpe, mas não antes que haja sangue escorrendo do ferimento. Dou um grunhido e conjuro o que me resta de energia para socá-lo na cabeça; embora isso não o derrube, parece desorientá-lo, e torno a fazer isso repetidas vezes através de um halo de suor, sombras e lágrimas. Por fim, quando ele para de se mexer por tempo suficiente, eu também quebro seu pescoço. É a única coisa que parece detê-lo de verdade.

Eu cubro em vão o ferimento no braço com a outra mão e faço uma careta diante do fluido quente e grudento que escorre entre meus dedos. Há corpos espalhados pela grama, coloridos pelo amanhecer que aos poucos se ilumina. Diago está se afastando dos últimos deles em minha direção, com um gemido interrompido por ganidos suaves. É um som triste, agudo e de partir o coração.

– Está tudo bem – digo com delicadeza ao me arrastar para perto. Ele dá um rosnado sem forças quando estendo a mão em sua direção, mas ou está fraco demais para agir ou com dor demais para manter sua fachada. Eu acaricio sua cabeça com delicadeza. Ele se enrijece ao toque, então saboreia a carícia, fechando os olhos com uma respiração difícil.

Fico sentado com ele, esparramado, com a cabeça enorme da criatura em meu ombro. Ele de vez enquanto choraminga, com dificuldade para respirar, e eu continuo a acariciá-lo, tentando acalmar a mim mesmo tanto quanto a ele.

– Obrigado – sussurro, aproximando a cabeça da dele. – Obrigado. – Sei que ele é apenas um animal selvagem, um predador que aparentemente se lembrou de um ato aleatório de bondade ocorrido meses antes. Se ele ficar com fome suficiente, não tenho dúvida de que ainda vá me devorar. Mesmo assim, sinto uma ligação com ele.

Os arquejos difíceis de Diago estão ficando cada vez mais lentos, e acho que ele não está mais consciente. Ele não tem muito tempo. Quero esperar junto, cuidar dele até o fim. Mas, embora meu ferimento não seja fatal, eu perdi muito sangue. Estou exausto.

Eu apago ouvindo o som arranhado da respiração difícil do lobo.

LXIX

PARA MINHA CONFUSÃO, AVERSÃO E PRAZER, EU ACORDO COM O resfolegar de pulmões cheios de Diago.

O alupi ainda está esparramado no chão ao meu lado, mas seus olhos estão abertos, sua respiração regular e sem dificuldade. Ele se retorce para longe cautelosamente quando vê meu movimento, se ergue de pé e se afasta. Me analisa. Não há nenhum rosnado, nenhum dente à mostra, ele está apenas impassível.

Então ele dá meia-volta e vai andando claudicante para o interior da floresta.

Eu o observo se afastar, preocupado que o ferimento da criatura ainda acabe por derrubá-la, mas sei que não há muito o que eu possa fazer em relação a isso. Diago pode estar ferido, mas eu também estou – não de forma crítica, eu acho, mas o suficiente para fazer com que uma luta contra um alupi não cooperativo pareça uma perspectiva ousada demais. A mordida em meu braço praticamente parou de sangrar, mas não estou com vontade de remover a tira escurecida de pano que a cobre. Todo o membro dói, queima e formiga. Só posso torcer para que não fique infeccionado, e que o esforço que estou prestes a empreender nos próximos dois dias não torne a abrir o ferimento.

Os cortes das instruções em meu antebraço pararam se sangrar, pelo menos; a manga de minha túnica é uma massa enrijecida, mas posso lavá-la no rio. Não tenho nenhum desejo de tentar explicar esses ferimentos para os outros.

Eu olho para as palavras gravadas em minha pele por mais tempo do que deveria. Mais um mistério para adicionar à lista. Alguém me ajudou a sair dali. De algum modo, impediu a abertura do caminho para Obiteum ou Luceum, ou para qualquer outro lugar que ele poderia levar – se o que li sobre isso era verdade –, então esvaziou o aposento para que eu pudesse fugir. Mas depois de tudo isso, nem sequer tenho certeza de que sei mais do que sabia no começo da noite.

Só posso torcer para que o que sei seja suficiente para Ulciscor.

Eu me ajoelho, depois fico de pé, um pouco surpreso por me ver menos dolorido do que esperava, menos exausto. Depois da surra que levei quando fugi da cúpula, eu mal deveria conseguir me mexer. Mas eu me sinto... bem enquanto flexiono e estendo as pernas. Não exatamente enérgico, mas forte o bastante para seguir em frente.

O sol está fazendo mais que espiar acima do horizonte agora, me ajudando a me orientar. Eu caminho de volta para o rio. Duas vezes, acho que ouvi alguma coisa me seguindo e viro para trás. Não vejo nada. Não sei ao certo se Diago e eu matamos todas as cascas de forma humana que escaparam da cúpula. Também poderia ser o próprio Diago, eu acho, seguindo atrás de mim. Ou algum outro animal selvagem.

Eu tiro a roupa e atravesso o rio a nado, depois paro do outro lado para acender uma fogueira e esfregar minha túnica. A fumaça vai ser visível, mas é difícil que eu me importe com isso. Ninguém deve estar perto o bastante para vir atrás de mim na próxima hora, aproximadamente. E o Iudicium parece... não irrelevante, mas uma pequena preocupação risível em comparação com aquilo pelo que acabei de passar.

Eu me sento em um tronco, quase nu enquanto minha roupa seca. Procuro alguma comida úmida dentro de minha bolsa, pois meu estômago não permite que eu vá mais longe antes de saciá-lo. Minha mão roça o fundo da bolsa, e eu paro. Só consigo sentir duas das pedras que deveriam estar ali.

Eu a abro direito dessa vez e retiro todo o dispositivo rastreador. Quase todas as pedras tornaram a se prender; quando tento movê-las ou removê-las, elas se recusam a se mexer. Também não se alteram quando eu giro a placa circular, ainda não parecem reagir a nenhuma orientação diferente – mas é alguma coisa.

Eu como o que resta de meu pão molhado, me visto e dou início à jornada de volta para o leste, para tornar a me juntar a Callidus e Aequa.

– O que, em todos os infernos, aconteceu com você?

Callidus está olhando diretamente para os restos esfarrapados e ainda um tanto ensanguentados de minha túnica, enquanto Aequa me examina com o que suspeito ser também uma sugestão de preocupação. Eu sorrio e dou de ombros, fazendo o possível para informar que estou bem.

– Alupi. – É a melhor explicação em que consegui pensar, considerando o ferimento óbvio na parte de cima de meu braço. – Mas fiz o suficiente para espantá-lo. – Se eu o tivesse matado, eles teriam esperado que eu trouxesse alguma carne de volta.

– Ah. – Callidus parece vagamente decepcionado. – Precisa que demos uma olhada nesse braço?

– Ele vai ficar bem. – Não quero que ele olhe para as marcas de dentes muito de perto.

– Não, não vai. – Aequa fala pela primeira vez, afiada e com autoridade. Eu abro a boca para protestar, mas ela me cala com um olhar. – Não. *Não.* Eu não vou permitir que percamos porque você é heroico demais para aceitar ajuda. Isso precisa de limpeza e de um curativo ou vai infeccionar. – Ela já está remexendo em sua bolsa, à procura de materiais.

Eu dou um suspiro. Ela tem razão, é claro; fiz o possível com o ferimento depois de nadar no rio, mas ele ainda está escorrendo sangue e em uma posição estranha. Na verdade, me surpreendo por ele não ter me afetado mais.

Fico sentado enquanto Aequa remove com cuidado a minha túnica e ouço sua inspiração súbita quando ela vê toda a extensão do ferimento.

– Pelos deuses, Vis. Você é um idiota – murmura ela, o xingamento uma surpresa vinda de sua boca. – Quando isso aconteceu?

– Hoje de manhã. – Eu só permito que ela tire minha túnica pela metade, ainda conseguindo esconder as inscrições na parte mais baixa do braço.

Callidus espia por cima do ombro dela, então empalidece e se afasta.

– Certo. Está bem – diz ele, parecendo um pouco nauseado.

Eu franzo o cenho, então me retorço de um jeito desconfortável, tentando olhar para as costas embaixo de meu ombro, mas isso é impossível. Pela sensação, sei que a pele está rasgada e em carne viva, e o reflexo que consigo ver na água indica que é um corte grande.

– Está assim tão ruim?

O fato de Aequa não responder e de estar concentrada em limpar a área – que, estranhamente, não dói tanto quanto eu achava que doeria – é preocupante, mas resolvo deixar isso para lá e apenas esperar que ela termine. Callidus se senta à minha frente, ainda parecendo verde.

– Então, imagino que, além do buraco aberto em seu braço, tudo correu como esperado? Os Sextii com certeza pareceram… furiosos, pelo pouco que ouvi antes de decidir que era hora de ir embora.

– Eles ficaram mesmo. – Eu me esforço para botar alguma jovialidade na voz diante do toque de Aequa. – Por falar nisso, sua pequena balada foi algo e tanto.

Callidus faz uma reverência diminuta.

– Então nós temos um rastreador?

– Temos e não temos. – Eu me inclino para a frente, para pegar a placa rastreadora de minha bolsa, provocando um resmungo de reprovação de Aequa. Eu a passo para Callidus, me esforçando para não mexer o braço. – As pedras são conectadas por vontade à placa. Mas não parecem reagir a nada.

Callidus gira a pedra circular fina, de forma experimental.

– Elas não são, então, presas à própria placa. Isso faz sentido.

– Faz?

– É mais eficiente. Você só precisa que os medalhões estejam conectados por Vontade a um ponto central, em vez de a cada uma das placas. O ponto central reflete as posições de todos e as transmite em resposta.

– Hum. – Ele está certo; fico um pouco irritado por não ter pensado nisso antes. – Então qual é o ponto central?

– Não importa – diz Aequa distraidamente de trás de mim, a maior parte de sua atenção ainda ocupada a tarefa. – Tudo o que você precisa é de alinhamento.

– Exato – concorda Callidus. – A placa só precisa ser apontada na direção certa, provavelmente usando esta marca aqui em cima. – Ele aponta para uma linha fina gravada em uma das bordas do círculo. – O norte é o mais provável, imagino.

Eu assinto devagar.

– E as pedras não estão se movendo, ou não parecem estar se movendo, porque o sensor cobre uma área muito vasta. Dois centímetros devem equivaler a uma hora de viagem.

– Concordo. – Callidus está olhando para o sol com olhos estreitos, então se vira para o norte. – Não estamos longe do limite oeste, então é de se imaginar que estes aqui sejamos nós. O quadradinho sobre ela provavelmente representa a própria placa rastreadora. E está faltando metade de sua pedra porque você não tem mais o rastreador no estômago. – Ele cutuca o grupo de pedrinhas na parte superior esquerda da placa e as arruma em um nítido semicírculo preto com veios brancos. – O que significa que a equipe mais perto de nós está… a quilômetros de distância.

– Se você estiver certo – acrescento, mais para lembrá-lo que isso não está confirmado que para sugerir que ele não esteja.

– Eu estou certo.

Nós continuamos a estudar a placa, mas quanto mais tempo olho para ela, mais fico convencido da teoria de Callidus. A maioria dos outros grupos está aglomerada em torno do centro da ilha. Em torno da pedra dourada, que decerto representa o Coração de Jovan. Um teste rápido – alinhar a placa, em seguida usar a pedra arredondada que nos deram no início – confirma a ideia, com as duas indicando a mesma direção.

– Esse deve ser Indol – diz Aequa, apontando para um grupo de quatro pedras em torno de uma única pedra branca, que é composta de duas metades bem conectadas. Todas as pedras de coloração distinta são parecidas nisso. – Ele é o único que pode ter convencido outros dois quartos a mudar de lado tão cedo.

– Iro está fora – diz Callidus pensativamente.

– Belli e Felix também. – Aequa franze o cenho ao fazer a observação, apontando para a área livre à nossa volta. – Belli deve ter voltado logo depois que eu os deixei, eu estava preocupada que a equipe de segurança chegasse lá antes dela. Ela saiu para explorar alguma hora na noite passada, mas ainda não estava lá quando eu saí esta manhã.

Meu estômago se revira, mas tento me esquecer disso.

– Parece que mais algum foi eliminado. – Além do Coração, há apenas quatro outras pedras sobre o tabuleiro.

– Aliás, você deveria voltar a ficar com isso – diz Aequa de repente, parando brevemente seus cuidados para soltar o medalhão branco de seu pescoço e botá-lo em torno do meu.

– Tem algo mais que precisamos saber sobre ontem à noite? – pergunta Callidus.

Eu penso, então, com dentes cerrados devido à atenção continuada de Aequa, conto a eles como Borius tentou me deter quando peguei a placa rastreadora. Depois sobre o sangue na capa que encontrei. Eu quase tinha me esquecido disso, em meio a todas as outras coisas.

– Ele, com certeza, só estava tentando assustá-lo para tentar fazer com que você saísse do esconderijo – diz Aequa. – O sangue poderia ser de caçar ou de algum ferimento sofrido por um deles enquanto seguia em nosso encalço.

– Pode ser – admito.

– Eu provavelmente também teria jogado umas árvores por aí se tivesse acabado de ser humilhado por um dos alunos que eu deveria estar protegendo. – Callidus está sorrindo.

Eu deixo isso para lá, e a discussão segue para o que Aequa e Callidus fizeram desde a última vez em que estivemos juntos, mas seus relatos são breves e sem graça. Callidus não chegou nem perto de ser descoberto e chegou até aqui sem incidentes. Aequa deixou a equipe de Iro sob o pretexto de agir como engodo com meu medalhão. Para eles, tudo correu bastante de acordo com o planejado.

Nós passamos um tempo depois disso decidindo o que fazer em seguida: a placa rastreadora nos dá não apenas uma nova gama de opções viáveis mas opções que as outras equipes não vão saber que temos. No fim, porém, concordamos em ter cautela. Estou ferido e mesmo que consiga correr depressa, provavelmente não vou ser de muita serventia em uma luta. De qualquer forma, é inteligente deixar um dos outros tentar pegar o Coração dos Sextii que o estão guardando. Com sorte, mais equipes vão ser eliminadas antes que sejamos forçados a agir.

Aequa se remexe às minhas costas.

– Feito. – Ela demorou mais do que eu esperava, dez minutos, eu acho, do começo até o fim. Na maioria do tempo, porém, foi indolor, o que não tenho certeza se é algo com que eu deveria me preocupar. Eu movimento o ombro, testando-o, sentindo um puxão renovado, e ela me dá um tapinha de leve no lado da cabeça. – Não faça isso, idiota. Dê a ele o máximo de descanso possível.

Eu resmungo e esfrego a orelha.

– Está muito ruim? – Ela e Callidus trocam um olhar. – Eu preciso saber.

– Acho que está infeccionado – admite Aequa. – O braço inteiro está muito feio. Eu limpei a ferida e fiz o melhor curativo possível, mas você vai precisar ver alguém assim que terminarmos.

Eu assinto, relutante, me perguntando como vou explicar as marcas de mordida para alguém que saiba o que está vendo. Sem mencionar as inscrições em minha pele.

Depois de uma refeição leve, começamos a nos deslocar outra vez; em vários momentos eles sugerem que eu descanse, mas, depois de algum tempo, minhas expressões de desdém fazem com que ambos parem de insistir. Meu braço *dói*, e sob circunstâncias normais, eu não desejaria nada além de parar por algumas horas e fechar os olhos. Mas já fiz a parte mais difícil, exatamente como Ulciscor queria – não acho que ele vá me atirar aos lobos, agora, mesmo que suas perguntas sobre Caeror permaneçam sem resposta. Tudo o que preciso fazer a partir de agora é encontrar um caminho para aquela posição na embaixada em Jatiere.

Estou muito perto. Não acho que vá conseguir descansar até que termine.

Nós seguimos direto para a equipe mais próxima, embora Aequa estime que eles estejam a algumas horas de distância. Callidus mantém um olhar atento à placa de pedra, depois de algum tempo anunciando de um jeito um tanto presunçoso que ele estava certo: ao apontar a placa para o norte, nosso progresso é perfeitamente acompanhado pela meia pedra preta e branca, por um pequeno quadrado de pedra e pela companhia de duas pedras cinza.

Nós avançamos através da floresta densa, atravessando riachos e ravinas, em um momento tendo de dar uma volta de quase dois quilômetros em torno de uma espécie de pântano. É um trabalho cansativo e lúgubre, exigindo tanto foco que conversar é quase impossível. Algumas vezes penso ouvir folhas farfalhando ou gravetos se partindo, e parte de mim se pergunta se Diago de algum modo atravessou o rio e continuou a me seguir. Não menciono isso para os outros. Não tenho certeza sequer de como eu explicaria essa possibilidade para eles sem parecer louco.

O sol está começando a mergulhar quando Callidus afasta outro galho de árvore, olha para a placa rastreadora e ergue uma das mãos.

– Estamos chegando perto. Talvez uma hora de distância.

– Já? – Ele fez atualizações ao longo do dia, mas ainda fico surpreso.

Estamos caminhando o mais depressa possível, mas raramente seguimos trilhas estabelecidas. Não achei que fôssemos chegar aqui tão depressa.

– Eles não estão se movendo. Todo mundo está vigiando o Coração, esperando que outra pessoa o pegue. – Ele sacode a cabeça e franze o cenho. – Aquele rastreador ainda está girando também. Eu achava que uma equipe de rastreamento estaria lá a essa hora. – Uma metade da pedra azul caiu da placa logo depois que partimos, e seu semicírculo correspondente começou a girar gradualmente. A hipótese de Callidus é que isso indica a eliminação de um terceiro, mas que uma equipe de segurança ainda não o resgatou.

– *Supondo* que sua teoria sobre o funcionamento da placa esteja certa – diz Aequa.

– É claro que está… – Callidus começa a responder, mas então ergue os olhos e vê que nós dois estamos sorrindo. Nós o estamos provocando há algum tempo em relação a isso. Ele estreita os olhos em nossa direção. – Está.

Nós paramos; Callidus nos mostra a placa.

– Indol não vai saber que estamos indo atrás dele – digo, apontando para a pedra branca com as quatro cinza reunidas a sua volta. Também há outras quatro reunidas em torno do outro terceiro remanescente agora; achamos que é uma deserção da eliminação da azul. – Estamos seguindo em linha reta na direção dele, e ele só sabe nossa direção, e não o quanto estamos perto. Ele provavelmente acha que paramos em algum lugar. Mas quem quer que reste vai perceber que estamos nos aproximando. Precisamos nos separar.

Nós estamos falando sobre isso – discutindo a ideia – há um bom tempo, e os meneios de cabeça de Callidus e Aequa ainda estão mais relutantes do que eu gostaria. Um de nós precisa levar nossos rastreadores para a frente, não muito longe da própria Academia, como se estivéssemos nos posicionando para esperar que o Coração seja pego. Isso é o que teríamos feito sem a placa rastreadora. E isso significa que podemos ao mesmo tempo manter o elemento surpresa aqui e agora e forçar qualquer equipe que pegue o Coração a fazer um caminho mais lento e indireto, desviando de nossa suposta emboscada.

– Então, quem vai? – pergunto aos dois. Não quero perder nenhum deles.

Eles olham um para o outro. Cada um deles falou muito sobre por que deveria ser o escolhido para ficar.

– Vamos jogar uma moeda para decidir. – Aequa tira um triângulo de bronze do bolso. O equilibra no polegar, então aponta para Callidus. – Escolha.

– Cara.

Aequa joga a moeda para o alto, então a pega com habilidade e a exibe.

– Pirâmide. Eu escolho ficar com Vis.

Não digo nada. Ela é uma lutadora melhor.

Callidus franze o cenho, mas aceita o resultado, pega relutantemente meu medalhão e depois o de Aequa. Eu entrego a ele também a pedra dourada para rastrear o Coração.

– Fique de olho nisso e mantenha sempre uma boa visão – lembro a ele. – Duvido que alguém vá desviar do próprio caminho para tentar me eliminar se o Coração já estiver a caminho da Academia, mas ter cuidado nunca é demais.

– Eu sei. – Callidus guarda os itens no bolso, então dá um suspiro. – Se cuidem. Se alguma coisa acontecer, ninguém vai conseguir achar vocês.

Aequa resfolega com escárnio. Eu me esforço para sorrir. Ele está pensando nas mortes dos últimos Iudicia – mortes que, tenho quase certeza, aconteceram porque Veridius, por alguma razão, está mandando alunos para aquela cúpula maldita. Pelo menos, não há nada com que me preocupar em relação a isso.

– Nós vamos ficar bem. Vou encontrar você quando estivermos com o Coração.

Callidus para outra vez, como se quisesse dizer mais algo, então retribui o sorriso.

Ele me dá um tapinha nas costas e desaparece pela floresta.

LXX

UMA LUFADA ISOLADA DE VENTO SOPRA SOBRE A ENCOSTA QUANDO Aequa e eu nos agachamos para examinar, a distância, o Labirinto em ruínas onde o Coração de Jovan parece estar escondido.

– Ali – diz Aequa, apontando na direção de torres duplas que dão vista para o rio profundo e de águas rápidas que corre pelo vale. As ruínas parecem ser de uma antiga cidade fortificada. Não pré-Cataclismo, como aquelas em torno da cúpula ou perto da Academia, mas pelo menos com um século de idade, a julgar por seu estado. Aequa aponta para onde a pedra dourada na placa de pedra está alinhada com o baluarte. – Ele deve estar em alguma daquelas torres.

– É difícil chegar lá sem ser visto. – Além do rio protegendo o limite oeste da fortaleza, a floresta está limpa por algumas boas dezenas de metros em torno das paredes em ruínas. Nós estamos a noroeste do Coração. Indol está acampado do outro lado do vale quase diretamente para o sul, se nossas suposições estiverem corretas, e a única outra pedra colorida restante (que estou torcendo em silêncio para que seja Emissa) está bem para o leste. Todos à distância de alguns quilômetros uns dos outros. – Nós deveríamos seguir um pouco mais para o sul. Confirmar isso de um ângulo diferente.

– Está bem.

Nós saímos andando outra vez, nos mantendo abaixados. Ninguém consegue nos rastrear, mas estamos expostos aqui em cima.

Eu confiro a placa rastreadora algumas vezes durante os quinze minutos seguintes. Quando o chão começa a se nivelar outra vez e as árvores ficam mais densas, eu olho para ela de cenho franzido. Então mais uma vez, alguns segundos depois.

– O que foi? – Aequa percebeu minha hesitação.

– Vamos passar muito perto de quem quer que tenha sido eliminado.

Aequa franze o cenho.

– Não. – Ela vê minha expressão. – *Não*. É para isso que as equipes de segurança estão aqui.

Eu penso no sangue na capa que peguei. Mesmo que Callidus e Aequa tenham descartado minha preocupação com facilidade, eu ainda não engoli essa história.

– Não precisamos fazer contato. Apenas explorar. – Eu esfrego a nuca quando Aequa me olha com raiva. – Faz horas desde que a pedra começou a girar, e nenhuma das outras eliminações teve metades caindo da placa. Eu passei muito tempo com essas pessoas, Aequa. Nós podemos não ser todos amigos, mas não quero que nenhum deles morra. – *Mais nenhum deles.*

– É você quem manda – diz Aequa, de um jeito que indica que ela acha que, talvez, eu não devesse mandar.

Ajustamos o curso um pouco para o oeste, cada vez mais cautelosos. O pequeno quadrado de pedra representando a posição da placa fica cada vez mais próximo do semicírculo que gira lentamente, até quase se tocarem.

Depois de algum tempo, eu paro.

– Aqui diz que acabamos de passar por eles – murmuro, mostrando a Aequa.

Ela olha para a placa, então de novo para a clareira que acabamos de atravessar.

– Você quer ir ver?

– Já estamos aqui.

Nós refazemos nossos passos. É meio-dia, há bastante luz. Eu paro no centro da faixa aberta de grama e estudo a linha das árvores, franzindo o cenho. Escuto um zumbido vindo de uns arbustos. Moscas, acho. Eu vou até lá.

O que percebo primeiro é o cheiro. Adocicado de um jeito doentio. Pego um galho no chão e afasto para o lado, com apreensão, as moitas mais próximas. Eu meio que desconfio do que vou encontrar antes de ver, mas a visão ainda faz com que eu cambaleie para trás.

– O quê? O que é… – Aequa está atrás de mim. Ela também sentiu o cheiro, mas estou bloqueando sua visão. Meu estômago se revira, mas eu me firmo, com o galho como muleta, então o uso para afastar direito para trás a cobertura de folhas, com a outra mão sobre a boca.

Atrás de mim, ouço uma expressão de surpresa, então Aequa vomita. Eu nem penso em tirar os olhos do que está à minha frente para ajudá-la.

Não sei quantos corpos há dentro da cova aberta. Uma dúzia? Mais? Todos jogados em uma horrenda pilha emaranhada de membros, torsos e roupas rasgadas. São as cabeças, porém, que chamam minha atenção. Todas elas estão abertas ao meio, esmagadas e destroçadas, o sangue preto-avermelhado com áreas cinzentas formando bolhas que são irreconhecíveis como rostos. Há muitas moscas se banqueteando.

– Ahhh. – Aequa exala uma grande respiração trêmula, limpa a boca e relutantemente vem até o meu lado.

Eu assinto, distraído, ainda em choque enquanto tento me dissociar o suficiente da visão para ver algum sentido nela. Eu me recupero o suficiente para percorrer um círculo lento, examinando a encosta ao redor. Não encontro nada. Até onde posso dizer, quem quer ou o que quer que tenha feito isso já foi embora há muito tempo.

– São as equipes de segurança – murmura Aequa.

Ela está certa; é impossível reconhecer os rostos, mas alguns ainda estão vestindo as capas verde-escuro características. A que estou usando, por mais lavada que esteja, de repente parece suja sobre minhas costas.

– E Sianus – acrescento com delicadeza. Eu aponto. Um braço se projeta do fundo da pilha. Ele está ensanguentado, mas as tatuagens de serpentes são inconfundíveis.

Dessa vez, eu vomito.

– Isso… isso foi feito usando Vontade. – Aequa se recompôs mais depressa que eu; ela ainda está trêmula, mas seu tom de voz ficou analítico. Ela aponta para buracos no chão além da cova coletiva. – Havia árvores aqui. Não teria sido difícil atingi-los antes que eles soubessem o que estava acontecendo.

Eu respiro através do tecido de minha túnica. Atônito, mas, depois da noite passada, também de algum modo imunizado contra o horror. Ela tem razão.

– Foi uma armadilha. – Eu olho ao redor novamente, embora saiba que, se os assassinos ainda estivessem aqui, nós já estaríamos mortos. – Eles sabiam que as equipes de segurança viriam. E queriam exterminá-los.

– Por quê?

– É um ataque. – Eu sinto um calafrio quando peças se encaixam no lugar. – A equipe de segurança de quem roubamos o rastreador estava falando sobre algo que aconteceria esta noite. Precisamos alertar os outros.

– Eles não vão acreditar em nós.

– Eles vão ter de acreditar. – Eu passo a mão pelo cabelo. – Um de nós precisa ir atrás de Callidus…

– Não. – Aequa põe a mão sobre meu braço bom. No início, eu acho que ela vai se opor, posso ver o medo em sua expressão, mas ela apenas respira fundo. – Nós vamos alertá-lo. Mas há uma chance de que ninguém esteja sequer o seguindo. Ele pode ser, entre todos nós, o que está mais seguro no momento. – Ela aponta para a placa em minha mão.

Eu compreendo com relutância o que ela está querendo dizer.

– Está bem. – Eu verifico o círculo de pedra outra vez. – Indol é quem está mais perto, depois quem quer que seja o outro que resta. – *Emissa. Que seja Emissa.* Eu me sinto mal quando me pergunto o que nós na verdade causamos a Iro. Então olho para o céu. O sol já está mergulhando atrás da linha das árvores. – Vamos nos separar?

– Ainda não. Vamos passar perto de Indol a caminho da segunda equipe, de qualquer maneira. Quando o alcançarmos, um de nós fica para convencê-lo. O outro pode pegar a placa e seguir para a próxima equipe. Depois que ambas tiverem sido alertadas, nós nos juntamos a Callidus, ele joga os rastreadores fora e todos voltamos para a Academia.

Eu concordo, grato por ela estar pensando com clareza. Nós começamos a andar, então eu paro. Olho para trás, para a pilha amontoada de corpos. Meu estômago se embrulha quando visualizo o que está prestes a acontecer.

– Nós precisamos fazer mais uma coisa – digo, com tom sombrio.

Nós saímos na direção de Indol. Que está a menos de meia hora de distância, a julgar pela placa rastreadora. Pelos primeiros minutos, permanecemos em silêncio, examinando a mata à nossa volta, nos encolhendo diante de qualquer movimento imaginado ou som mal interpretado.

– Por que isso está acontecendo? – A voz de Aequa está diminuta ao chegar aos meus ouvidos.

Eu não respondo de imediato. Através do choque e da repulsa de nossa descoberta, também estou tentando chegar a uma conclusão. Não demorou muito para eu me perguntar se esse pode ser o ataque anguis de Relucia apoiado pelos Militares, aquele que ouvi ser discutido em Suus. A princípio, descarto a ideia rapidamente. Mas quanto mais penso nela, mais ela faz sentido.

– Quem se beneficia com as consequências? – Eu não posso contar a ela o que sei.

– Os anguis. Devem ser os anguis de novo.

Consigo ver agora. Vejo por que o Dimidius achou que a naumaquia foi um triunfo tão grande. Os anguis serem capazes de se infiltrar em Solivagus, matar Sextii e alguns dos alunos mais valorizados da Hierarquia seria impensável há um ano. Agora, Aequa nem questiona essa ideia.

– Talvez. – Eu afasto um galho de meu caminho e faço uma careta quando ele quebra. – Mas por que eles atacariam a Academia?

– Somos um alvo fácil. Nenhum de nós usa Vontade, mas somos os filhos e filhas das pessoas mais importantes do país. Talvez o objetivo não seja matar todos nós. – Ela se dá conta disso, desolada. – Pedir resgate seria fácil.

– E como eles saberiam *exatamente* como funciona o Iudicium?

Ela abre a boca, então muda de ideia em relação ao que quer que fosse dizer.

– Eles devem ter informantes. – Ela franze o cenho. – Você não acha que são eles?

– Não sei. Provavelmente são. Mas parece tão óbvio que eu me pergunto… – Eu hesito. – Quem mais se beneficia? O que acontece de fato no Senado se todos nós morrermos aqui?

Aequa me olha com raiva por lembrá-la da possibilidade, mas posso vê-la pensando na pergunta.

– Não sei. Todo mundo perde. As três pirâmides estão representadas aqui, então todas perdem líderes potencialmente fortes.

Eu não digo nada. Espero.

– Mas eu acho… que a Religião seria culpada – acrescenta ela devagar. – São eles que deveriam nos manter em segurança.

– Eles perderiam seu poder sobre a Academia – concordo. – E muitos pediriam que os Militares interviessem.

– Mas isso não seria motivo para fazer uma coisa como essa. – A voz de Aequa está baixa mas veemente. – Pelos túmulos dos deuses, nós estamos prestes a alertar Indol. Ele é *filho* do Dimidius dos Militares.

Todos temos de fazer sacrifícios, disse Quiscil.

– E se eu contasse a você que ele pretende entrar para a Religião quando o Iudicium terminar?

Aequa para.

– Você tem certeza?

– Tanta certeza quanto possível.

Ela não pergunta como eu sei.

– Isso seria embaraçoso. Um grande golpe para os Militares. Mas não prova nada. – Ela ainda está confiante, mas a certeza desapareceu.

Isso vai ter de ser suficiente. Não posso correr o risco de contar mais a ela.

– Eu sei. Mas se você sair dessa e eu não, não faça pressuposições. Quem quer que esteja fazendo isso, nós não podemos deixar que se safe.

Nós mergulhamos de novo em um silêncio tenso ao nos aproximarmos da posição de Indol, a mata rareando, o avanço ficando mais fácil.

– Se presumirmos que este é Indol – eu passo a placa rastreadora para Aequa e aponto para a pedra branca da qual nosso marcador azul está se aproximando –, então ele deve estar em uma posição elevada ali em cima. – Eu indico uma colina à frente.

– Ele está preparado para vigiar o Coração. E está postado entre ele e a Academia – diz Aequa, assentindo.

– Nós devemos fazer a volta e nos aproximar dele por trás. De uma direção que sua equipe não esteja vigiando. – Eu aponto para as pedras cinza reunidas em torno da branca. – Parece que só um dos quartos está de fato com ele; o resto está espalhado. Mantendo guarda, imagino. Faz sentido para ele, já que ninguém deve ser capaz de rastreá-lo. Mas há uma chance de ele avançar se for alertado de nossa aproximação.

Nós ajustamos o curso e caminhamos por quase vinte minutos enquanto passamos para uma posição às costas de Indol. Ele está ocupando um dos pontos mais elevados disponíveis: a uma pequena distância, mas com vista suficiente para rastrear qualquer um que se aproxime do Coração. É a estratégia mais inteligente para ele. Paciente e eficaz.

Finalmente ouvimos o murmúrio de vozes, e eu sinalizo para Aequa. Nós nos abaixamos e vamos nos arrastando até vermos cores através das árvores. Indol montou bem seu acampamento, bem no alto, mas escondido de quem está embaixo, sem aproximação fácil.

– Então. Opções? Ele vai achar que nós o estamos atacando – sussurro.

– Nós ainda poderíamos apenas deixar que ele se virasse sozinho. – Eu a encaro fixamente. – Eu disse que *poderíamos*, e não que *deveríamos*.

– Hum – resmungo, então sacudo a cabeça na direção do sol. Ele está ficando baixo, e a necessidade de seguir em frente está queimando em mim. – Não temos alternativa. Não podemos nos dar ao luxo de perder tempo. – Eu ponho a placa rastreadora na mão de Aequa. – Indol não vai acreditar apenas em você, e eu não sei quanto tempo vou levar para convencê-lo. Para alcançar a outra equipe. Mostrar a eles o que pegamos. E se isso não funcionar… se for Emissa, conte a ela o que contei a você sobre Indol. Foi ela quem me contou. Ela vai saber que eu nunca diria nada a menos que se tratasse de mais que apenas o Iudicium. – Eu respiro fundo. – Eu me junto a você assim que puder. Aí nós vamos encontrar Callidus.

Antes que ela possa protestar, eu fico de pé e saio andando para a frente, sem me dar ao trabalho de me esconder ou de permanecer em silêncio.

– Indol! – grito, levantando os braços. – É Vis! Nós precisamos conversar! Juro pelos meus ancestrais que não estou aqui para lutar!

Há agitação à minha frente, seguida por um silêncio pesado.

Então a voz de Indol chega até mim através das árvores.

– Fale, Vis. – Ele parece com raiva. Imagino que eu também estaria se momentos antes eu estivesse confortável sabendo a localização de todas as outras pessoas na competição. – Mas se você tentar alguma coisa…

– Há anguis por aqui, Indol. – Minha voz dessa vez está mais baixa; eu continuo a entrar na clareira onde Indol montou acampamento. Não consigo vê-lo, mas acho que ele está perto o bastante para me ver. – Eles substituíram nossas equipes de segurança e conseguem nos localizar. Eu ouvi um deles dizer que vão executar seu plano esta noite. – Eu paro no meio da clareira, com os braços ainda erguidos. – Acho que eles estão aqui para nos matar, Indol. A todos nós. Precisamos correr.

– Isso é um embuste. – A voz de Indol, desta vez, vem de uma direção diferente. Abafada pela folhagem densa, impossível de localizar. – E não é nem mesmo um bom embuste.

Tiro a bolsa do ombro. Pego uma capa verde ensanguentada – a mais limpa que consegui encontrar na pilha de corpos –, a jogo no chão e a abro.

Eu pego a mão por um dedo e a ergo, com o estômago se revirando tanto diante da visão como do cheiro. Eu a giro devagar, me assegurando de que, onde quer que esteja, ele consiga vê-la.

– Isso é de um membro de uma equipe de segurança. Não sei de quem, porque eles estavam todos amontoados. – Eu hesito. – Junto com Sianus.

– Pelos deuses. – Há um atraso, então um farfalhar à minha frente. Indol entra na clareira, com o horror tomando seu rosto sob a luz evanescente. Ao lado dele, Axien emerge com uma expressão parecida. – Jogue-a no chão aqui perto.

Eu faço o que ele pede. Indol se agacha ao seu lado e a observa por todos os lados, ainda esperando algum tipo de armadilha. Quando seu olhar se fixa na mão, porém, ele não se desvia.

– Você não está com seu rastreador?

– Eu o vomitei assim que começamos.

Indol dá um grunhido.

– Eu pensei nisso. Não pareceu que valesse a pena. – Seu arrependimento é pesado. – Como você me encontrou?

– Roubei uma placa rastreadora.

Ele ergue as sobrancelhas, embora seus olhos ainda não deixem a mão ensanguentada.

– Inteligente. – O elogio, porém, é vazio. Quieto. Ele está tão chocado quanto eu fiquei. – Você ainda está com ela?

– Está com Aequa. Ela foi alertar a outra equipe que resta. Callidus ainda não sabe; ele foi na frente com nossos rastreadores antes de descobrirmos. Nós vamos encontrá-lo depois. Não sei onde estão os outros.

– Eu eliminei Sianus. Ele e Ava se aproximaram demais do acampamento.

– A voz de Indol está suave. – Pelos túmulos dos deuses. Eu os deixei para serem encontrados pela equipe de segurança esta manhã.

Eu faço uma careta. Ava provavelmente está morta também, mas dizer isso em voz alta não vai ajudar.

– Informe o resto de sua equipe, e se separem. Esses anguis são Sextii, talvez mais graduados. Não há segurança nos números. Nós precisamos apenas nos espalhar e fugir.

– Está bem. – Indol respira fundo. Ele está calmo, recebendo as informações com mais equilíbrio do que eu poderia ter esperado. – Vou mandar os outros prenderem seus medalhões em troncos e os botarem para boiar rio abaixo assim que puderem. Ou amarrá-los a animais selvagens. Ou deixá-los no lugar depois de algumas horas se não puderem fazer nada disso.

– Boa ideia. – Nós dois sabemos que Indol vai ser o alvo, mas isso vai dar aos outros uma chance melhor de escapar. – Você deve seguir para o oeste. Atravesse o rio. Não acho que o rastreador alcance tão longe.

Indol aceita o que digo.

– Vá chamar os outros – instrui ele a Axien em voz baixa. – Diga a eles o que fazer, então você também vá. Não faz sentido nenhum de vocês voltar aqui.

Axien lança um olhar preocupado em nossa direção, mas abaixa a cabeça e desaparece entre as árvores.

Indol espera até que ele desapareça, então se volta para mim. Há um peso em seus gestos. Ele sabe quais são suas chances.

– O que aconteceu com seu braço?

Eu olho para baixo e faço uma careta. Uma ferida escura que viaja pelo braço, visível através dos rasgos de minha túnica. Ela quase chega ao meu pulso.

– Mordida de alupi.

– Está feio. Assegure-se de que Ulnius o examine assim que você voltar. – Ele gira para ir embora.

– Espere. – Eu preciso que ele saiba. Essa pode ser minha única chance. – Quando tudo isso terminar, tome cuidado com seu pai, Indol.

– O quê? – A expressão de Indol endurece, mas ele vê a mão no chão outra vez e engole qualquer resposta raivosa que estivesse planejando. – Por que você diz isso?

– Eu ouvi algo em Suus. – Mantenho meu olhar fixo no dele. – Parecia que ele estava ajudando os anguis em alguma coisa. E se ele soube que você está planejando entrar para a Religião…

Indol fica pálido.

– Como você sabe disso?

– Emissa me contou. – Achei que ele já tivesse adivinhado isso.

– Como *ela* soube?

Meu coração quase para enquanto eu processo a pergunta.

– Ela me disse que você contou.

– Ela mentiu. – Ele observa minha expressão, então dá um suspiro. – Você vai encontrá-la, não vai? – Ele sacode a cabeça, então leva uma mão ao bolso e me joga algo. Um saco que tilinta. – Ela é a verde. A última que resta além de nós. Boa sorte, Vis. Se eu não escapar dessa… obrigado por tentar.

Ele me dá um sorriso estreito e exausto, então pendura a bolsa no ombro e desaparece em meio aos arbustos.

LXXI

EU SEGURO O RASTREADOR DE EMISSA NA PALMA DA MÃO E VERIFICO se ainda estou seguindo na direção certa. Avanço novamente o mais depressa que ouso. Eu saí apenas alguns minutos depois de Aequa.

Meus pensamentos continuam acelerados enquanto abro caminho através de espinheiros que me arranham e folhas úmidas, a turbidez chocada de encontrar os cadáveres aos poucos desanuviando. Se esse é mesmo um ataque dos anguis apoiado pelos militares, então Relucia sabe que eles estão aqui. E se ela sabe que estão aqui, eles com certeza têm ordens de não me matar.

Por outro lado, ela disse que apenas uma outra pessoa dos anguis sabia sobre mim. Que eu era uma engrenagem.

E se os anguis aqui não souberem quem sou, então ainda serei um alvo. Talvez, para muitos deles, *o* alvo.

Menos de quinze minutos depois, entro em uma clareira e encontro Aequa e Marcellus se encarando. Marcellus parece mal. Aequa se encolhe quando eu chego e me lança um olhar reflexivo antes de relaxar outra vez.

– Ele sabe – diz ela gesticulando para a mão amputada no chão entre eles.

– Onde está Emissa? – Eu verifico a pedra rastreadora. Ela está sendo puxada diretamente para Marcellus.

– Ela fez o mesmo que você. Vomitou o rastreador lá atrás e o usou como engodo. – Aequa está sombria. – Ela convenceu Valentina e Tem a também se juntarem a ela, depois que ela eliminou Prav. Esses três e Titus estão agora mesmo indo atrás do Coração.

– Está no alto da torre leste – diz Marcellus com uma voz fraca. – Está usando os outros três para atrair os Sextii que estão de guarda. Então ela mesma vai subir até lá e pegá-lo.

Meu sangue fica gelado.

– Faz quanto tempo? – Quando Marcellus não responde imediatamente, eu dou um rosnado e um passo ameaçador em sua direção. – *Faz quanto tempo que ela partiu, Marcellus?*

– Uns quinze minutos. Não mais que isso.

Olho para o céu, com a mente girando. Ela vai executar seu plano no momento em que o crepúsculo virar noite. Eu me volto para Aequa.

– Mostre-me a placa rastreadora.

Não levo muito tempo para ver o que Emissa está planejando, levando em conta como Titus, Valentina e Tem estão dispostos. Emissa achou que Indol estaria de vigia; por isso está deixando que eles sejam vistos. Ela os está usando como distração tanto para Indol como para os Sextii que devem estar guardando o Coração, enquanto ela dá a volta e se aproxima da torre pelo outro lado. Com a noite escurecendo e sabendo que membros de outras equipes estarão envolvidos... as coisas ficariam difíceis quando ela se apoderasse do Coração, mas ainda seria o melhor começo possível. Confuso para todo mundo, menos para ela.

Eu olho de cenho franzido para a floresta. Há alguma coisa em minha mente me incomodando. Como um som que não consigo ouvir direito, um movimento que consigo ver, mas não exatamente. Distante.

– Você está bem? – Aequa olha para mim com preocupação.

– Estou. Vá buscar Callidus. Marcellus, você vem comigo. Nós precisamos avisar os outros.

Marcellus tira os dois medalhões que estavam em seu pescoço e os larga no chão. Então leva a mão ao bolso e joga uma pequena conta preta com eles.

– Não.

Aequa e eu olhamos para ele.

– O quê?

– Eu vou embora. – Há vergonha no rosto de Marcellus, mas também decisão. – Eu não vou morrer por isso.

– Você é muito covarde. – Aequa cospe as palavras e parece prestes a dizer alguma coisa pior, mas eu ponho a mão em seu braço.

– Ignore-o. Não temos tempo.

A expressão de Aequa ainda está sombria, mas ela dá as costas para Marcellus. O garoto sai correndo para dentro da floresta. Eu o deixo ir.

– Avise Callidus. Faça com que ele destrua meu medalhão. – Eu encarno meu pai ao dar as ordens. Calmo e severo. – Nós nos atrasamos por muito tempo; essas pessoas vão perceber que alguma coisa está errada muito em breve. E se forem os anguis, podem me querer morto mais que qualquer outra coisa. – Eu ponho o saco de Indol com as pedras rastreadoras na mão dela quando ela abre a boca para protestar. – Se você for vista, não arrisque sua vida. Apenas corra e saia de perto. Se minha pedra ainda estiver na placa rastreadora, vou saber que alguma coisa deu errado e descobrir um jeito de eu mesmo alertá-lo.

Aequa olha para a bolsa.

– Eu ainda acho que…

– Espere. – Eu ergo um dedo e a interrompo. Há alguma coisa vinda da direção das profundezas da floresta. A mesma sensação que tive antes, mas mais insistente. A sensação de uma pulsação, mas não audível nem visível. E está ficando mais forte. – Se esconda.

– O que você vai…

– *Se esconda.* – Eu chuto apressadamente a mão que está no chão para dentro dos arbustos, então arrasto Aequa à força para o mato mais denso nas proximidades. Ela tem a compostura de não protestar, embora tente se soltar de minha pegada e me olhe com uma irritação confusa depois disso.

Dez segundos se passam. Vinte. Aequa se remexe, parecendo prestes a me repreender.

Escuto um farfalhar, e dois homens entram na clareira. Um deles está carregando uma placa rastreadora.

– Eles devem estar aqui – murmura o que está com a placa, com a cabeça curvada sobre ela. O outro examina o entorno, com olhos estreitos diante da luz que aos poucos se esvai. Seu olhar passa por nós. Não há sinal de que ele tenha visto nada fora do comum.

Aquela sensação estranha está emanando deles. É impossível descrever. Um farol pulsante que sinto estar totalmente na minha cabeça, mas que consigo localizar no espaço físico.

O segundo homem de repente dá um passo à frente, pega alguma coisa no chão. Os medalhões de Marcellus e Emissa.

– Mais dois.

– Esses pequenos filhos da mãe sabem.

– Como?

– Não importa como. – O homem maior joga os medalhões de volta no chão. Pisoteia-os enfaticamente, quebrando e triturando a pedra. – Nós só precisamos pegar o maior número possível deles. Vamos.

Eles desaparecem por onde tinham chegado. A sensação pulsante desvanece.

Aequa e eu ficamos abaixados por bons vinte segundos a mais antes de ela se voltar para mim.

– Você os ouviu chegar?

Eu assinto.

– Bons ouvidos. – Eu percebo que ela quer saber mais (ela não acredita em mim, e toda a naumaquia retorna), mas, em vez disso, ela desiste. – Está bem. Você tem razão. Vou avisar Callidus. Só... tome cuidado lá embaixo.

Nós trocamos sorrisos tensos. Sem dizer mais nada, ela desaparece rumo ao sul.

As torres duplas se erguem contra o horizonte evanescente enquanto eu corro agachado, com um aperto no peito, então escalo um muro em ruínas coberto de musgo e me escondo de vista.

Os passos do guarda passam pelo outro lado da pedra um instante depois. Eu sinto sua passagem em minha cabeça, arrisco dar uma espiada depois que ele passa. Não consigo ver seu rosto, só o cabelo louro-sujo que cai abaixo dos ombros. Ele está envolto em uma capa cinza. Não faço ideia do que os homens guardando o Coração deviam estar vestindo, mas isso não importa. Quem quer que esteja por trás desse ataque sabia o suficiente para eliminar todas as equipes de segurança. Eles não correriam o risco de deixar vivos os últimos Sextii que poderiam se opor a eles.

O homem vira na extremidade do caminho, e volto a me erguer. Não tive tempo de questionar essa nova habilidade estranha, mas ela está se revelando ser útil: esta é a terceira vez que sinto a presença de alguém antes de vê-los ou ouvi-los. Sem isso, eu não teria como ter chegado tão fundo na floresta sem ser visto.

Eu me esforço para ter paciência, esperando antes de me mover. Por mais tentador que seja apenas sair correndo e gritar um alarme, sei que isso não adiantaria nada. Além do risco óbvio para mim mesmo, Emissa e sua equipe iriam apenas supor que fosse uma armadilha. Tudo o que eu estaria fazendo seria alertar quem está nos atacando.

Eu consulto minha placa rastreadora. Marcellus parece estar certo em relação ao Coração estar na torre diante de mim, e felizmente – ou talvez preocupantemente – ele não se moveu. Os três alunos que serviam de distração para Emissa estão perto; devem ter se escondido em um conjunto de prédios quase intactos logo ao norte. Com sorte, ela ainda está com eles.

Quando a pulsação do perigo se reduz em meus sentidos, eu saio outra vez de onde estou, mantendo-me abaixado, indo sorrateiramente na direção dos prédios cobertos de mato. O crepúsculo agora já caiu sobre mim, vestígios tingidos de rosa nas nuvens acima estão ficando cinza. Folhas mortas são trituradas sob meus pés. Todo o resto está em silêncio.

Levo dois minutos para correr de sombra em sombra, o mais rápido que ouso, antes de chegar a um grande pátio murado. Em seu centro, estão os restos de uma fonte, e arcos o cercam. Eu olho de cenho franzido para minha placa rastreadora. Examino a área.

Me escondo horrorizado quando vejo formas mais escuras no muro a minha esquerda.

Os corpos estão intocados, exceto por duas áreas. Nas quais estacas com pontas serrilhadas de pedra os prenderam, de braços abertos. E onde suas cabeças foram golpeadas até se transformarem em uma polpa horrenda e irreconhecível.

Como aconteceu com as equipes de segurança. Como aconteceu com Sianus.

Minhas mãos tremem quando afasto os olhos dos destroços de seus crânios, à procura de qualquer outro traço que possa identificá-los. Há apenas três deles. Uma garota de cabelo louro comprido – Valentina. Um de pele escura – Tem. E o outro garoto deve ser Titus.

Fico envergonhado por meu alívio por Emissa não estar entre eles, enquanto minhas mãos se cerram em punhos.

– Não chore por eles.

As palavras são acompanhadas por uma presença abrupta às minhas costas. Perto demais. Ardendo brilhante dentro de minha cabeça. Eu giro, com a faca na mão e a postos.

O homem é alto e magro, de feições finas recortadas por uma linha rosa esbranquiçada que vai da testa ao queixo. Levo apenas um instante para identificá-lo.

O Festival de Pletuna. O encontro misterioso de Relucia.

– Você me conhece – diz o homem, inclinando a cabeça para o lado. – De onde?

– Não conheço. – Eu não abaixo a faca. – Fique longe.

– Ora, ora. – O olhar do homem vai de mim para os corpos presos ao muro às minhas costas, depois volta para mim. – Nós temos tempo, meu jovem. Vamos conversar.

– Nós não temos nada para conversar.

– Eu discordo. – O estranho começa a me circundar. Lentamente. Sem se aproximar de mim, mais como se quisesse me ver melhor. – Interessante. Ah, *interessante*. De todas as pessoas neste mundo, nós dois temos pelo menos uma coisa a discutir. – Ele faz um sinal estranho, batendo três vezes com três dedos sobre o coração.

Eu o ignoro. Minha faca está firme entre nós.

– Por que você está fazendo isso? – Eu aponto a cabeça na direção dos corpos dos quartos, sem desviar o olhar dele.

O homem parece desapontado.

– Essa não é *a pergunta*, meu jovem. Essa não é uma conversa que vale a pena. – Ele saca sua própria faca. Menor que a minha. Ele a movimenta preguiçosamente na mão. Deixa que role por seus dedos, a lâmina pequena e de aparência terrível entrando e saindo entre eles com a fluidez da água. – Mas vou perdoar você, só desta vez. Nós estamos fazendo isso em nome dos Militares, embora eles achem que não sabemos disso. Eles esperam que, como na naumaquia, nós fiquemos ansiosos por assumir a responsabilidade. Eles esperam que isso nos solidifique como uma ameaça a toda a República, permitindo que eles aprovem novas leis e aumentem seu poder, que está se desfazendo no Senado. E esperam que o Senado exija que eles assumam a Academia, para garantir que tamanho massacre de jovens líderes promissores nunca mais torne a acontecer. Já que eles não sabem por que esta ilha é especial, mas sabem que ela é.

Ele continua me circundando, brincando com a faca.

– É claro, no fim apenas um dos nossos vai ser capturado. E seu interrogatório vai revelar que foi um ataque patrocinado de dentro da Hierarquia, uma jogada para subtrair da Religião seu controle sobre a Academia. Embora não revele exatamente quem estava por trás disso. – Ele sorri. Um sorriso escuro e sombrio. – E mesmo que outros ganhem acesso a Solivagus por causa deste pequeno incidente, nunca vão encontrar o portão. Porque Veridius vai enterrá-lo antes de permitir que qualquer outra pessoa se aproxime dele.

Meu coração bate forte.

– Não sei do que você está falando.

O estranho suspira.

O ar se distorce, e ele desaparece de vista.

Um segundo se passa. Dois. Eu olho ao redor loucamente. Sem saber ao certo o que pensar disso.

– Sabe, sim. – O sussurro vem de trás de mim, com uma lâmina fria parada em meu pescoço.

Largo a faca e abro os dedos em sinal de rendição, fora isso permaneço totalmente imóvel. A pressão em minha garganta relaxa, mas não desaparece.

– Agora – murmura o homem. – Sua equipe de segurança sabia que não deveria atacar você, mas esses outros... bem. Eu *poderia* contar a eles. Mas aí eles iriam se perguntar por que o garoto que matou seu líder estava sendo poupado. E isso não pode acontecer. Então vá. Pegue seu prêmio. – Há uma nota de bom humor e satisfação na voz do estranho. – Agora que eu sei que temos afinidade, meu jovem, estou *muito ansioso* para ver o que você pode fazer.

Eu não falo imediatamente, medo e fúria travando minha língua.

– Não. Relucia deveria ter pensado melhor – digo por fim. Minha voz estremece. É o movimento errado, a coisa errada a dizer, mas algo está se rompendo dentro de mim. Os anguis são responsáveis. Os anguis são responsáveis e, pelo menos em parte, eles estão fazendo tudo isso para me tornar Domitor. – Achei que tínhamos chegado a um entendimento. Eu estava disposto a colaborar, antes disso.

– Relucia? – O homem para, então dá uma gargalhada cheia de prazer. – Ora, vamos. Ela apenas faz o que mandam. Temo que nossa pequena revolucionária sonhe muito pequeno para pessoas como nós.

Minha testa se franze. No Festival de Pletuna, achei que Relucia estava dando ordens para esse homem. Mas o jeito com que ele está falando dela agora é carinhosamente condescendente.

– Por que, então, em mil infernos, eu faria o que você quer que eu faça?

– Porque ela também está lá em cima.

Eu quase perco o fôlego. Pelo jeito como ele diz *ela*, não há dúvida de quem ele está falando.

– Ela está viva?

– Por enquanto.

– Toque nela, e vou encontrar um jeito de matar você.

Ele ri, como se eu tivesse acabado de fazer uma ótima piada.

– Vença, e você tem minha palavra. Ela vai permanecer ilesa.

Eu penso. Fecho e aperto os olhos de frustração.

– Fechado.

A pressão em meu pescoço desaparece. Eu me viro cautelosamente. O homem recuou.

– Um último conselho, meu jovem – diz ele em voz baixa. – Você deve se preparar para perder esse braço. Nenhum de nós sai sem cicatrizes. – Ele toca de leve sua desfiguração.

Há outra distorção no ar, então ele desaparece.

Eu exalo uma respiração trêmula quando tenho certeza de estar sozinho, então corro até minha faca e torno a pegá-la. Minha sensação da presença do estranho desapareceu; há apenas duas pulsações mais leves vindas de perto, as duas do alto da torre mais à esquerda.

Olho para cima. A torre está perto, a apenas algumas construções de distância. As fachadas quadradas se erguem uns trinta metros no ar, embora haja muitas falhas onde o tempo desgastou a pedra. Está, porém, em melhores condições que sua gêmea, e seu topo parece intacto. Não vejo nenhum movimento lá em cima, mas há luz. E não há como confundir esses latejos perturbadores em minha cabeça.

Ando pelas sombras cada vez mais profundas até sua base e começo a subir.

As escadas que contornam o núcleo da torre são velhas e estão se desfazendo. Uma pequena queda d'água no rio abaixo murmura na noite.

Eu subo o mais depressa possível, em silêncio. Se o estranho estava dizendo a verdade e Emissa estiver aqui em cima, ela não deve fazer ideia do que aconteceu lá embaixo. Provavelmente não faz ideia do perigo em que está. Isso me deixa com poucas opções. Ela ainda acha que estamos um contra o outro; enquanto ela ainda estiver tentando pegar o Coração, gritar um alerta nada vai fazer além de atrair todos os anguis na área.

O que significa que vou ter de enfrentar quem quer que esteja ali em cima e torcer para que Emissa ajude a derrubá-lo antes que ele alerte os outros ou me mate.

A pulsação acima aumenta de intensidade enquanto subo. Com certeza são duas fontes. Ainda estou profundamente perturbado pela ideia de que posso sentir pessoas desse jeito, mas, por enquanto, a utilidade disso supera meus medos.

Chego ao topo e dou uma olhada por cima do parapeito de pedra. Há tochas acesas em torno das bordas da torre. Um único homem está descansando no centro das ameias. Ele é enorme. Uns quinze centímetros mais alto que eu, magro e musculoso. Maior que muitos dos Octavii com quem eu costumava lutar em Letens.

Não há sinal de Emissa nem de mais ninguém, mas a outra pulsação está vindo de um amontoado de caixotes de madeira e escombros do outro lado da torre. Emissa deve estar escondida ali, esperando que sua equipe provoque uma distração abaixo. Ela provavelmente subiu pela parede mais distante para evitar ser percebida pelo guarda.

– Você veio atrás disto? – O homem se levanta com um ar preguiçoso, segurando o Coração de Jovan com dois dedos, embora não olhe para mim. Ele deve ter me ouvido chegar, apesar de todo o meu esforço.

Não adianta me esconder. Eu subo o resto da escada e chego às ameias.

– Vim.

O guarda finalmente se vira para mim. Seu rosto se ilumina ao me reconhecer.

– Catenicus. – Há um prazer baixo e cruel no nome.

Seus olhos se enchem de escuridão.

LXXII

O SOLDADO ANGUIS IMBUÍDO DE VONTADE DÁ UM GRITO QUANDO salta em minha direção.

Não há nenhuma sutileza, nenhum estudo aqui. Ele cobre os seis metros entre nós em um salto poderoso, recuando o punho. Não há como confundir sua intenção.

Estou preparado para o ataque, mesmo assim mal consigo desviar a tempo. Enquanto subia até aqui, uma parte de mim se perguntava se eu tinha alguma chance em uma luta direta, com a vitória contra o Sextus em Letens no fundo de minha mente. Agora é tarde demais, posso ver como essa ideia foi ridícula. Meu adversário no Teatro praticamente não era um lutador, era fraco para sua posição, e mesmo assim eu só o derrotei porque ele decidiu me ignorar. Não há público aqui. Nenhuma distração.

E esse homem… esse homem não parece fraco nem inexperiente.

Essas conscientizações vêm em uma onda quando o punho do guarda atinge o lugar onde eu estava. A torre trepida enquanto pedra se estilhaça, espalhando fragmentos do tamanho de meu punho para o lado, que desaparecem no vazio cada vez mais escuro. Eu torno a ficar de pé, com a respiração pesada. Ele é um Sextus, então; nenhum Septimus consegue fazer isso. Uma nuvem de poeira envolve a tocha mais próxima quando ele se vira e limpa os restos de pedra em seus nós dos dedos com um sorriso largo.

– Melior vai assistir a isso com muita alegria.

– Melior morreu. Você lembra? – Eu dou um sorriso um pouco presunçoso. Provavelmente uma má ideia, mas não consigo pensar em mais nada a fazer. Não tenho chance se ele estiver no controle de si mesmo.

O sorriso do Sextus fenece. Seu corpo se enrijece.

Ele ataca. Sem gritar dessa vez, sem pular. Apenas olhos de meia-noite, ódio e um silêncio absoluto.

Minha experiência contra Septimii no Teatro é de muita serventia aqui; essa era uma tática bem comum deles, mesmo que na verdade não estivessem tentando me matar. Eu danço para o lado, desequilibrando o Sextus enquanto ele se ajusta, então, no último segundo, me jogo na direção oposta, passando por baixo de um soco que teria removido minha cabeça. Eu me retorço quando ele passa e dou um soco com toda a força em seu rim. É como socar pedra.

Ele sente; percebo pelo jeito como engasga em seco e hesita. A reação dura apenas um momento.

Ele grunhe. Ainda sem olhar para mim. Direciona um soco contra a parede a sua frente.

Ela explode para fora, provocando uma chuva de destroços.

Então ele começa a girar. A se movimentar como se eu não o tivesse acertado, como se ele não tivesse acabado de atravessar com o punho uma parede de pedra com um metro de espessura. Ele me ataca novamente, dessa vez de forma mais deliberada. Tentando me prender contra uma das bordas da torre. Consigo ouvir a corrente do rio lá embaixo.

O Sextus não está imbuindo nada, apesar de haver muitos escombros espalhados à nossa volta: ou ele não tem habilidade o bastante ou isso demoraria demais. Essa é minha única vantagem no momento. Levando em conta a facilidade com que Ulciscor matou Sacro depois do ataque ao Transvect, isso é mais que sorte.

Nós circundamos um ao outro, eu focado em fazer movimentos rápidos, sem me permitir ser encurralado. Os lábios do Sextus se curvam de frustração – ele achou que a luta, a essa altura, já teria acabado –, e então ele para. Se abaixa e pega um bloco de pedra talvez duas vezes do tamanho de meu punho.

Estupidamente, eu acho que ele vai imbuí-lo. Ele não faz isso.

Ele apenas o atira em minha direção.

Eu me esquivo, mas sou pego totalmente de surpresa pela simplicidade disso, acostumado demais a lutar segundo um conjunto de regras. A pedra me acerta no braço ferido, rasgando através da túnica. Sinto uma dor calcinante, um barulho de trituração. Eu sou girado apenas pela força disso.

Meu pé esquerdo desliza para trás, à procura de um apoio. Não há nada ali. Eu balanço de forma precária, faço um movimento brusco para o lado.

Caio com metade do corpo para fora da torre e tento loucamente me agarrar para me puxar de volta, quase sem conseguir enxergar devido à agonia.

Minha visão desanuvia e vejo o Sextus parado sobre mim. Ele ergue o pé para me chutar para fora da borda.

Uma expressão estranha toma seu rosto. Incompreensão, mais do que qualquer outra coisa. Ele dá um passo cambaleante. Então mais um. Seu punho se abre, e o Coração de Jovan cai ruidosamente no chão ao meu lado. A escuridão se esvai de seus olhos. A pulsação em minha cabeça pela sua presença morre.

Ele cai para a frente.

Eu pego o Coração antes que o homem caia sobre ele, então me afasto o suficiente para ele passar por mim e cair pela borda. Capto um vislumbre de alguma coisa escura se destacando da base de seu crânio e adejando de volta atrás de mim. Sangue jorra enquanto seu corpo gira pelo ar, uma sombra estranha e lenta na escuridão, até haver o barulho de seu corpo batendo na água lá abaixo. Ele está de bruços quando é levado pelas águas.

Eu me viro e vejo Emissa ali parada, com uma lâmina curta e gotejante de obsidiana na mão trêmula.

Seus olhos estão pretos.

– Ele estava tentando matar você – diz ela, com delicadeza. Sem acreditar. – E não apenas impedi-lo de pegar o Coração. *Matar* você, de verdade. – Ela corre até onde estou. Delicada. Preocupada. Seus olhos voltaram ao normal, um belo verde.

– Basicamente. – Eu gemo enquanto estou ali deitado, deixando que ela examine meus ferimentos. Meu braço está trovejando de dor.

– Por quê? – Ela respira alto quando vê o membro escurecido. – Pelos deuses, Vis. O que está acontecendo?

– Isso foi um alupi. – A respiração está difícil, eu ainda estou sem fôlego. – Mas as equipes de segurança e todo mundo aqui que não é aluno são anguis. Eles estão tentando matar todos nós, Emissa. Precisamos encontrar Callidus. Os outros ou já estão mortos ou fugindo para a Academia.

Seu rosto está pálido sob o luar nascente.

– E minha equipe?

Eu sacudo a cabeça.

Emissa inspira de forma trêmula. Eu quase consigo vê-la compartimentalizando, separando o horror do que acabei de lhe contar do que precisa ser feito. Ela, porém, acredita em mim. É difícil explicar como fico grato por isso.

– Nós temos de ir embora, então. Mas não antes de eu olhar esse braço.

– Aequa já o enfaixou. – Eu tento me levantar.

– Isso foi antes que jogassem uma parede nele. – Ela me empurra para baixo com muito pouco esforço. Dá um sorriso cansado e seus olhos cruzam com os meus quando ela toma meu rosto em sua mão. Há muita coisa em seu olhar. Preocupação. Alívio. Afeição. Culpa.

– Você usou Vontade – observo sem forças.

– Podemos conversar sobre isso depois. – Emissa é rápida em pegar sua faca de obsidiana e cortar com habilidade um pedaço de minha túnica, e sibila outra vez ao ver a extensão do dano em minha carne. – Precisamos levar você para…

Ela congela.

– O quê? – Eu estico o pescoço na direção para a qual ela está olhando fixamente, mas não consigo ver nada. – O que foi?

– Nada. – Sua voz está estranha. Sem olhar para mim, ela rearruma com cuidado as dobras de minha túnica e então se levanta. Se afasta alguns passos.

– Emissa? – Eu me ergo de pé. – Qual é o problema?

– Você tem de me dar o Coração.

Eu dou uma risada fraca, embora meu humor feneça quando vejo que ela está falando sério.

– Nós temos coisas mais importantes que…

– Eu preciso dele. Preciso vencer o Iudicium. – Ela ergue o rosto e, para minha incredulidade, seus olhos estão pretos outra vez. O punhal de obsidiana está na mão dela. – Não posso correr o risco de nos separarmos. Por favor.

Eu a encaro em total confusão, a sensação de ser traído chocantemente dolorosa.

– Você não precisava me ameaçar – digo com delicadeza. Eu cambaleio e me aprumo. Jogo o triângulo dourado aos seus pés. Ele cai fazendo barulho no chão da torre.

Ela o olha sem falar, o cabelo caindo sobre o rosto. Seu peito arqueja, e eu percebo que ela está chorando.

Dou um passo à frente, agora tão preocupado quanto confuso.

– Emissa…

O punhal voa em minha direção. Eu me encolho, mas não o bastante.

Ele se enterra em minha barriga.

Há um momento de descrença, no qual eu quase não registro a queimação terrível em minhas entranhas. Eu engasgo em seco levemente. Atônito e magoado demais para fazer qualquer outra coisa quando o punhal continua entrando. Eu o puxo pelo cabo, mas ele é forte demais e me empurra para trás.

Para fora da borda.

Eu agito os braços, caio. Emissa ainda está olhando para o chão, ainda tremendo. Eu largo a faca e tento me agarrar ao ar. Frenético. À procura de qualquer coisa em que me segurar. Sabendo que vou morrer e sem entender por quê.

O Coração, ainda jogado aos pés de Emissa, volta bruscamente para minha mão.

Eu só tenho tempo para ver o rosto marcado por lágrimas de Emissa se contorcer em confusão antes que ela suma de vista.

Eu caio.

Não há controle, nenhum pensamento de me aprumar. Só dor, exaustão e confusão, e um sofrimento muito, muito profundo.

Sinto a água se aproximar mais que a vejo. Eu estava alto demais, dessa vez. Despreparado demais. Ferido demais. O impacto não vai ser muito melhor do que atingir o chão.

Eu fecho os olhos e finalmente desisto.

LXXIII

CONTRA TODAS AS CHANCES, EU ACORDO.

O mundo parece estar em chamas; a primeira coisa que faço é vomitar água, me retorcendo e tossindo e estourando os pulmões, deitado nos seixos à minha volta. Minha visão desanuvia. É noite. O luar se reflete prateado sobre o rio, que corre por toda a minha volta, de um jeito entorpecente. Eu me arrasto pela praia de pedra usando meu braço bom; o outro se movimenta quando eu comando que ele faça isso, mas acompanhado por uma dor significativa. Sangue escorre de pequenas perfurações em meu antebraço. Mais sangue ainda escorre de minha barriga, vermelho emanando de minha túnica e se misturando à água límpida antes de se dissipar.

Meu punho está cerrado, dolorosamente apertado. Eu me esforço para abrir os dedos.

O Coração de Jovan brilha na palma da minha mão. Um pequeno alívio.

Há movimento no alto da margem. Uma massa de pelos emaranhados e olhos brilhantes me observa.

– Diago – digo o nome com voz rouca. O alupi enorme se mexe, continua a me encarar.

Rastejo um pouco mais, respirando com dificuldade. Atordoado. Uma parte de mim reconhece que as marcas em meus braços são dos dentes de Diago. Ele me tirou do rio. Salvou minha vida. Estendo a mão em sua direção. Ele rosna.

– Para você também – murmuro exausto, deixando que minha mão caia.

Não há nenhuma parte de meu corpo que não doa. Nenhuma parte que não pareça estar quebrada. Isso, porém, parece estar certo. Eu deveria estar morto. Talvez alguém que tivesse imbuído a si mesmo pudesse ter sobrevivido àquela queda – um Sextus, talvez até mesmo um Septimus. Mas não eu. Especialmente não com o dano físico que eu já sofrera.

Eu me deito de costas. As estrelas esta noite estão brilhantes. Meus dedos relutantemente encontram o caminho até minha barriga. Examinam com delicadeza, esperando pela onda de dor que os acompanha, a sensação de carne rasgada, o sangue grudento escorrendo.

Estou sensível – mas não tanto quanto eu esperava. Eu me ergo sobre um cotovelo, afasto com cuidado minha túnica rasgada.

O furo em minha barriga está ali, lavado pela água corrente. Ainda está escorrendo sangue, mas é apenas um filete. Não está pior que meu braço. E o ferimento parece menor do que deveria ser. Mais raso.

Eu junto coragem o bastante para apertar com um pouco mais de força; uma pulsação de sangue escapa de imediato, e eu paro, com uma careta. Não estou milagrosamente curado, então. Só não estou tão mal quanto pensava. Era, admito, um punhal muito pequeno.

Só pareceu muito pior quando estava enterrado em mim e me empurrando para fora da torre.

Emissa tentou me matar.

A lembrança nauseante penetra em todas as outras coisas. Não consigo entender. A ideia me rouba energia, qualquer desejo que eu pudesse ter para me levantar do chão. Ela estava contrariada, mas fez isso mesmo assim. Tudo para... vencer? Vencer o Iudicium? Sem dúvida não. Eu já tinha dado o Coração para ela. E eu a conheço melhor que isso.

Ou achei que conhecesse. Uma onda de amargura ameaça me tomar.

Minha bolsa continua presa às minhas costas; com um esforço, eu a solto e remexo em seu conteúdo encharcado até encontrar a placa rastreadora. A maioria das pedras desapareceu. As da equipe de Emissa, porém, permanecem nela, o que me ajuda a estimar até onde fui levado para o leste pelo rio. Vários quilômetros, eu acho. Isso é bom. Útil.

Eu percebo que o marcador do Coração também está faltando. Outro exame do próprio Coração não revela nenhum dano, nada que possa tê-lo deformado o bastante para fazer a imbuição falhar. Estranho. Eu estremeço ao me lembrar do jeito como ele voou para a minha mão. Eu estava agitando os braços, tentando me agarrar a qualquer coisa que pudesse deter minha queda, e ele simplesmente... veio.

Primeiro a habilidade de sentir outras pessoas sem vê-las, e agora isso. Minha pele se arrepia. Há algo errado comigo. Um resultado do que quer que aquele lugar depois do Labirinto tenha feito comigo, imagino. É a única explicação.

Por mais que esse pensamento faça com que eu me sinta mal, pelo menos qualquer imbuição que houvesse no Coração parece ter sido perdida, então posso ficar com ele sem ser rastreado. Eu afasto minhas outras preocupações e toco a meia pedra escura que indica meu medalhão. Ele não se mexeu de onde estava desde a última vez que chequei. Não caiu. E a julgar pela lua, grande parte da noite se passou.

A urgência empresta uma energia repentina a meus músculos.

A dor persiste, mas quando fico de pé, me surpreendo com a capacidade de meu corpo resistir a desabar outra vez. Meu braço esquerdo fica entorpecido de dor se faço qualquer coisa além de deixá-lo pender inerte do meu lado, mas todo o resto parece apenas dolorido. Sensível, mas não incapacitado. Quanto mais eu me mexo, hesitantemente me testando, mais fico convencido de que tudo está muito machucado, mas não quebrado.

Eu torço o excesso de água de minhas roupas, e a cabeça desanuvia o bastante para avaliar a situação. Callidus deve estar a meio dia de distância, talvez mais; se tiver acontecido qualquer pequeno atraso, Aequa ainda não o alcançou. Mas também é possível que ela tenha feito o que eu lhe disse para fazer. Valorizar sua vida. Correr em uma direção diferente se surgisse a necessidade.

Eu tiro um pouco de carne encharcada de minha bolsa e mastigo sombriamente por alguns minutos, sabendo que partir sem recuperar pelo menos um pouco de força seria tolice. Jogo um pedaço pequeno para Diago, que ainda está deitado perto do rio. Ele o ignora. Eu olho para ele. Ele me ignora.

Por fim, quando o amanhecer está colorindo o céu, eu chego ao ponto em que sei que preciso me movimentar. Longe de estar descansado, mas começando a endurecer. Correndo risco demais de pegar no sono.

Então saio andando na direção de Callidus.

O dia se passa, meus movimentos estão vagarosos, o progresso muito mais lento do que eu gostaria, apesar de minha determinação de seguir em frente. Diago desaparece entre os arbustos; de vez em quando, eu o vejo se movendo rápido entre as árvores, mas, fora isso, ele se mantém escondido.

Eu não me importo. Em parte porque a criatura ainda me deixa desconfortável, e em parte porque acho que ela pode estar explorando à frente. Assegurando-se de que meu caminho esteja seguro.

Minha meia pedra na placa rastreadora nunca se mexe.

O sol está brilhando perto de seu zênite quando eu chego perto o bastante para começar a subida desconfortável até a posição elevada de Callidus. É um local inteligente, com uma vista de quilômetros para o norte. Minha inquietação cresce. Ele já deveria ter percebido minha aproximação. E Callidus seria rápido em aparecer, em vir ajudar quando visse meu estado lamentável.

Mas não há nada. Apenas pios de pássaros, gravetos se partindo e o farfalhar da brisa através das folhas.

Minhas pernas doem, meus olhos se concentram, e meu braço esquerdo preocupantemente escurecido não reage quando eu me ergo mais alto.

À frente, escuto um grito.

Eu começo a correr o mais depressa que meu corpo aguenta, passo por galhos e chego a uma clareira. Meu coração para. Há dois homens jogados no chão no outro lado, e mesmo dessa distância, posso ver vermelho brilhando em suas túnicas.

Os dois estão imóveis. Um deles é Callidus.

– Vek! – A palavra sai com violência de minha garganta. Eu corro até lá e me ajoelho ao lado de meu amigo.

Callidus está de lado; o outro homem está com os olhos vidrados na direção do céu, a garganta rasgada de forma limpa. Eu viro Callidus de costas e dou um gemido quando vejo os cortes feios em seu peito, barriga e braços. Ele perdeu muito sangue.

Estou me levantando quando ele, de repente, tosse de forma arrastada e espasmódica.

– Callidus. – Eu rasgo uma tira de minha túnica e começo a envolver os ferimentos da melhor maneira possível enquanto seguro sua cabeça com uma das mãos. – *Callidus.* Acorde.

Callidus se remexe. Geme. Seus olhos adejam e se abrem.

– Vis?

– Não se mexa. Você está ferido.

– Sério? – Callidus dá uma tossida estranha, então respira ruidosamente, de um jeito estranho e desconfortável. – Mas estou me sentindo tão bem.

– Talvez, então, eu deva apenas deixar você aqui. – Eu sorrio, embora duvide que isso faça qualquer coisa para esconder minha preocupação. Há sangue *por toda parte*. – Não se preocupe. Eu consigo levar você de volta.

Callidus olha para mim.

– Tem certeza de que não precisa que *eu* leve *você* de volta? – Ele tosse de novo. Há sangue encrostado no canto de sua boca. – Pelos túmulos dos deuses, cara. Você parece péssimo.

Eu dou uma risada que é meio abafada pelo medo.

– Vou conseguir, mas preciso enrolar esses cortes um pouco melhor. – Eu rasgo outra tira. – O que aconteceu? – Eu na verdade não preciso saber, mas é a única coisa em que consigo pensar para mantê-lo falando. Para mantê-lo comigo.

– Não tenho certeza. Eu não estava fazendo nada, então... aconteceu isso. – Ele vira a cabeça de um jeito fraco em direção ao homem morto. – Ele estava com raiva. Ficava dizendo que tinha sido deixado para trás. Estava falando como não iria ter pressa comigo. Um sujeito sedutor. Deve ter ficado comigo por uma hora, pelo menos, antes que aquele alupi aparecesse e rasgasse a garganta dele. – Ele sibila. – Bons momentos.

– Ele era anguis. Eles assassinaram as equipes de segurança, pegaram suas placas rastreadoras. Tentaram matar todos nós.

– Eu... imaginei. E Aequa?

– Não sei. – Ela deve ter sido forçada a não vir para cá. Eu não deveria ter dito a ela para não correr esse risco. – Muitos dos quartos não sobreviveram. E Sianus.

– Pelos deuses.

– Está vendo? As coisas não estão tão ruins para nós.

– Eu me sinto com muita sorte.

– Exato. Agora espere. Vou levantar você. Isso... provavelmente vai doer.

Tento erguê-lo com o maior cuidado possível, mas meu braço esquerdo está excruciante e quase inútil. Eu mal consigo carregá-lo, muito menos de forma delicada. Callidus dá um gemido de agonia enquanto eu o ajusto desconfortavelmente em meus braços.

– Não... doeu... nada – arqueja ele.

Eu começo a andar.

– Você deveria... ficar com isso.

Eu penso seriamente em jogar fora o medalhão branco que ele está me oferecendo, mas parece que o agressor que Diago matou era o último. Se não fosse tão importante – se, talvez, não fizesse toda a diferença para mim –, eu faria isso sem pensar duas vezes, que se danasse o Iudicium. Mas eu preciso disso. Mesmo depois de todo esse sangue e dor, ainda preciso vencer. Então eu o pego sem jeito e o guardo no bolso.

– Vis? – Callidus parece sonolento.

– Fique acordado, Callidus.

– Você pode contar ao meu pai?

– Contar a ele o quê?

– Por que eu estava na Sete. – Ele dá um leve suspiro. – Não precisa mencionar Belli. É melhor você dizer que não sabia quem era. Mas eu... eu quero muito que ele saiba.

Eu não conto a ele que Belli está morta. Não tenho nem certeza do quanto disso seria registrado.

– Eu conto a ele. – O nó em minha garganta dói. Não sei o que mais dizer.

Nós seguimos em frente com dificuldade por algum tempo. Faço o possível para falar, embora precise de toda respiração para continuar em frente. Faço piadas. Reclamo do quanto ele está pesado. Digo como ele vai ficar invejoso quando nós dois estivermos no Senado e eu explicar a todo mundo como o salvei sozinho. Callidus fica em silêncio na maior parte do tempo, falando apenas o suficiente para indicar que ainda está comigo.

Em determinado momento, estou balbuciando sobre a época do ano, e uma coisa me ocorre.

– Que dia é hoje?

– Eu... não sei. O sétimo... dia... de jovanius?

Dou uma única risada impotente. Foi isso o que pensei.

– O que... foi?

Eu sigo em frente.

– Nada. É só engraçado como o tempo passa rápido.

Eu me lembrei disso uma ou duas vezes nos dias que antecederam o Iudicium, mas essa é a primeira vez que isso chama a minha atenção desde então.

Hoje é meu aniversário de dezoito anos.

Não sei o momento em que Callidus morre.

Ele primeiro fica inconsciente, com a respiração arrastada, talvez uma hora depois de nossa partida. Tento acordá-lo, mas não adianta nada. Eu sei que, se parar, não vou conseguir recomeçar. Então continuo em frente. Continuo a carregá-lo. Ainda falo, de vez em quando, mesmo sabendo que ele não consegue me ouvir. Eu o encorajo. O animo. Peço que ele fique vivo.

Quando conto a ele com empolgação o fato de conseguir ver a Academia à frente, percebo que seu peito não está mais se movendo. Sigo em frente, mesmo enquanto minha visão começa a se turvar. Não sei o que mais fazer.

Os guardas na entrada me veem chegando pela trilha ao longe e correm para ajudar. Eu rosno para eles. Me solto de suas mãos. Continuo andando. Eles olham um para o outro, então seguem sem dizer palavra.

Não vejo mais ninguém até chegar ao quadrum. O sol está começando a mergulhar no oeste. Esta é a última hora do Iudicium, percebo vagamente. Daqui a meia hora, tudo isso teria sido ainda mais sem sentido do que já é.

Veridius está no alto da escada do Templo de Jovan. Ele está se dirigindo à escola. Falando sobre o ataque. Da tragédia. Das perdas. Emissa está ali em cima ao lado dele, com o rosto cansado, os olhos vermelhos. Assim como Indol. Iro. Aequa. Alguns outros quartos. Não tantos quanto eu esperava.

Veridius para de falar quando me vê surgir cambaleante à vista.

Há um murmúrio baixo, uma onda de movimento quando rostos se viram em minha direção. Eu cambaleio à frente. A multidão se abre. Em silêncio. Seus rostos estão pálidos. Horrorizados. Não sei se eles estão olhando para mim ou para o corpo em meus braços. Não me importo.

Ponho Callidus delicadamente sobre a pedra aos pés de Veridius. Olho em seus olhos, depois nos olhos atônitos e horrorizados de Emissa. Coloco todo o meu veneno na voz, mantendo-a tão baixa que apenas eles dois podem me ouvir. Sangue cobre todas as partes de minha pele. Devo parecer um pesadelo encarnado.

– Eu vou garantir que você queime por isso.

Quando a última luz da tarde desaparece do quadrum, com o fim de minha força, eu ponho a pirâmide dourada no lugar no peito de Jovan.

Então, com minha tarefa terminada, eu desabo sobre a pedra e abraço a fuga do esquecimento.

LXXIV

EU ENTRO E SAIO DA REALIDADE.

Estou na enfermaria. Na mesma cama em que estava na primeira vez em que vim à Academia. Emissa, Indol e Belli curiosos em relação a mim, curiosos em relação ao Transvect destruído. Uma está morta agora. Uma partiu meu coração. Eu vejo suas impressões visuais, como fantasmas. Belli na porta. Emissa olhando para mim. Sorrindo. Linda.

Então eu durmo, e há um desfile de rostos. Callidus brincando sobre sua morte. Aequa prometendo alertá-lo. Eidhin recusando seu lugar no Iudicium.

Emissa, com o rosto marcado por lágrimas, me apunhalando repetidas vezes.

Então, finalmente, meu pai. Sentado ao lado da cama, com o rosto retorcido. Tão real quanto eu posso imaginá-lo, mas sem mudanças depois de anos. Outra ficção. Turva pela exaustão e pela dor.

Ele vê meus olhos se abrirem. Me vê olhando para ele. Dá um sorriso delicado com tanto carinho e tristeza que meu coração não aguenta mais, e sinto lágrimas brotarem. Tento me mexer para enxugá-las, mas não consigo. Estou amarrado à cama. Imobilizado.

Também há lágrimas nos olhos de meu pai. Eu só o vi chorar uma vez antes. Isso só me deixa mais triste.

– Meu garoto. – Há sofrimento nas palavras. Ele estende a mão e aperta meu ombro. Descansa sua mão ali. Nada diferente do toque de nenhum outro humano, entretanto, esse significa tudo.

Fecho os olhos contra a dor que a lembrança de sua perda me traz. Odeio que esse espectro possa me dar mais conforto com um toque que qualquer pessoa viva. Minha respiração está entrecortada, a emoção ameaçando me sufocar.

– Você está morto.

Sua expressão pesarosa se aprofunda.

– Estou – diz ele com delicadeza.

Eu assinto. Cerro os dentes conforme sua admissão assenta na boca de meu estômago. Eu queria que ele estivesse vivo. Que fosse real. Queria isso mais do que qualquer outra coisa que já quis. A conscientização rompe algo em mim. Eu tremo de choro. Lágrimas e coriza escorrem pelo meu rosto. Quase quatro anos de cicatrizes se abrem em um instante.

– Estou muito solitário – sussurro para ele. Eu sinto as palavras com todo o meu coração desesperançado.

Então ele está ali. Ajoelhado ao lado da cama. Me tomando nos braços com a cabeça contra a minha, e nós choramos juntos.

Por fim, meu choro diminui, e ele se afasta, limpando meu rosto carinhosamente com a barra do lençol.

– Eu nunca quis isso para você – diz ele para mim. – Mas estou *orgulhoso*, Diago. Orgulhoso das decisões que você tomou, da força que demonstrou, do homem que se tornou. Orgulhoso demais. – Ele acaricia minha testa. Afasta fios de cabelo para trás. – Sei que vai ser doloroso, mas você não pode desistir agora. Lembre-se de quem você é. – Ele para e se mexe como se estivesse fazendo alguma coisa fora de minha vista. – Você tem de *lutar*.

– Por quê? – Eu digo a palavra com voz rouca, olhando para ele. Com o coração pesado, mas não sei o que mais dizer. – Eu tentei. Tentei tanto viver neste mundo e ainda ser eu mesmo. Ainda ser seu filho. Mas qual o sentido disso? Suus continua no passado, e a Hierarquia ainda tira tudo de mim, de um jeito ou de outro. – Eu penso em Callidus, sem vida e frio em meus braços. Porém, estou vazio. Não tenho mais lágrimas para derramar. – Não consigo mais fazer isso. Não posso perder mais ninguém, pai. Eu simplesmente… não posso.

– Você chora pelo seu amigo. – Ele toma meu rosto na mão. – Mas a morte é um portal. Você vai tornar a vê-lo. Ninguém nunca está perdido de verdade. – Ele se debruça sobre mim e pressiona os lábios com delicadeza em minha testa. – Estou muito feliz por ver você outra vez. Mesmo que por muito pouco tempo. Mesmo que acabe sendo a última vez. – Sua voz fica um pouco embargada. Sofrida. – Eu amo você, Diago. Eu amo você. Nunca se esqueça disso.

Ele se vira, como se estivesse se soltando, e sai andando de minha visão.

– Não vá. – Eu sei que ele não é real, mas não consigo evitar. Suplico. Minha voz fica fraca e embargada. – Por favor, pai, não me deixe.

Ele não para.

– Coragem. – Eu o ouço sussurrar enquanto desaparece na escuridão do sonho.

Quando acordo, Veridius está onde imaginei que estava meu pai.

Eu tusso, e o homem se remexe na cadeira onde estava cochilando. Ele está usando sua capa branca de médico. Eu me esforço para manter os olhos abertos, respiro mais uma vez de forma apreensiva. Até isso dói. Meus pulmões queimam. Todo o meu corpo está dolorido.

Quando tento me mexer, não consigo. Um puxão rápido e em pânico confirma isso. Eu não estava imaginando estar amarrado à cama.

– Calma, Vis. – Veridius parece cansado. Ele se vira para alguém às suas costas.

– Vá chamar a comissão. Eles vão querer saber que ele acordou.

Fora de vista, eu ouço alguém sair andando.

– Eu sou um prisioneiro? – As palavras rouquenhas ardem em minha garganta, e tusso forte depois. Falar vai ser difícil.

– Não. – Veridius faz uma pausa, como se estivesse pensando mais uma vez na pergunta. – Não.

– Por quê…

– Nós precisamos mantê-lo imóvel. – Ele está falando com delicadeza. Minha expressão deve revelar minha confusão, porque ele se inclina para a frente e afrouxa as amarrações em torno do meu peito. Com cuidado, puxa o lençol de meu lado esquerdo. – Sinto muito.

Eu olho para baixo. Há uma desconexão, um momento em que minha mente se recusa a aceitar o que estou vendo. Meu ombro esquerdo está envolto em ataduras brancas limpas e bem presas.

Não há nada ligado a ele.

Eu olho fixamente. Minhas mãos tremem. *Minha mão* treme. A sensação é de que o braço ainda está ali. Posso ver que ele se foi, mas latejo e desconforto ainda assim o percorrem.

– Estava com uma espécie de podridão. Não houve como salvá-lo.

Ainda não digo nada. Sinto raiva, frustração e desalento recém-encontrados, mas estou esgotado pelas emoções. Elas perderam todo o sentido para mim.

Veridius olha ao redor do aposento, que, a não ser por nós dois, está vazio. Abaixa a voz.

– Seu sangue foi afetado, Vis. Se as pessoas erradas virem isso, vão matar você. Então, quando eu digo que preciso que você seja honesto comigo em relação ao que aconteceu, não estou minimizando a situação. – Ele espera e confirma que eu entendo. – Você correu o Labirinto nas ruínas, não correu?

Eu apenas assinto. Desorientado e dolorido demais para inventar uma boa história, se pudesse haver uma.

– As inscrições em seu braço. Isso foi ajuda para tornar a sair?

Novamente, assinto sem forças.

Para minha surpresa, um sorriso pequeno e irrefreável passa pelo rosto de Veridius.

– Como você sabia que o Labirinto estava lá?

– Ulciscor. – Minha voz está rouca; Veridius leva depressa uma caneca aos meus lábios, e eu bebo com avidez, água escorrendo pelo meu queixo. – Ele estava convencido... de que o Labirinto tinha alguma coisa a ver com o senhor... matar Caeror.

– Pelos túmulos dos deuses, como eu queria que esse homem apenas escutasse. – Veridius parece esgotado. – Você viu mais alguém por lá?

– Belli morreu – eu digo isso de forma rouca e sem rodeios. Para que ele saiba que eu sei que é culpa dele.

Veridius abaixa a cabeça e não responde.

– Emissa vai querer ver você – diz ele depois de algum tempo. – Ela tem andado abalada.

– Ela tentou me matar.

– Não tentou.

– Eu estava lá.

– Não, ela... – Ele faz uma careta. – Foi seu sangue. Ela achou que você não tinha mais salvação. Ela quer ver você. Só... pode ser mais fácil deixar que ela explique.

– Eu não quero vê-la.

Escuto ruídos baixos lá fora no corredor. Vozes. Veridius sibila de frustração.

– Estamos sem tempo. Você vai ter de confiar em mim, Vis. As coisas estão prestes a ficar muito complicadas. Diga à comissão que você quer entrar para a Religião. Que quer ser um Imperator subordinado a Magnus Tertius Pileus. Isso não tem nada a ver com política. – As palavras saem apressadas de sua boca. Ele põe nelas tudo o que tem. – Por favor. Nós precisamos de sua ajuda para evitar o próximo Cataclismo.

Atrás dele, a porta se abre, e o que quer que Veridius fosse dizer se perde. Eidhin entra.

Eu mal registro quem é. A última frase de Veridius é tão importante, tão bizarra, que tenho dificuldade para processá-la. Com esforço, afasto isso e me concentro outra vez. O garoto grande vindo em nossa direção tem círculos escuros sob os olhos. Ele está olhando para Veridius.

– Eles estão aí fora.

Veridius dá um suspiro.

– Deixe-me falar com eles. – Ele sai, fechando a porta às suas costas.

Eidhin vem até minha cama e se senta ao meu lado. Nós estudamos um ao outro, então ele assente para mim de forma significativa. Está aliviado por me ver acordado. Está atormentado por tudo o que aconteceu.

Eu dirijo o olhar para a parede oposta.

– Ele não queria ir – digo essas palavras infelizes em meio ao silêncio.

– Queria sim. – Em voz baixa e calma. Segura.

– Eu tentei salvá-lo. – Minha voz fica embargada. – Eu *tentei*, Eidhin.

– Eu sei. – Sem julgamento. Sem culpabilizar.

– Eles não estavam atrás dele. Estavam atrás de mim. Isso foi simplesmente tão… – Eu xingo. De um jeito amargo e em voz baixa. – Foi tão *sem sentido*.

Eidhin olha na direção de uma discussão no corredor do lado de fora. Torna a se levantar e se inclina sobre mim. Me segura pelo ombro bom e espera assim até que eu, com relutância, olhe em seus olhos.

– Não. – Seus olhos estão tristes. – A morte só é sem sentido se não nos muda, Vis.

A porta da enfermaria torna a se abrir, e Eidhin me solta. Se afasta.

– Quando você estiver bom, vamos celebrá-lo juntos – promete ele, com delicadeza.

Ele se vira e educadamente desvia de Veridius e dos outros homens que estão entrando. Vai embora antes que o mandem fazer isso.

Três estranhos agora se aproximam de minha cama, nenhum deles familiar, mas todos parecendo estar muitíssimo aliviados por me verem acordado.

– Graças aos deuses – diz o homem baixo e de barba à direita, com um sorriso largo. Ele dá um tapinha nas costas de Veridius. – Que trabalho maravilhoso, Principalis. – Ele é um homem mais velho, na casa dos cinquenta, com mais que alguns fios brancos nas têmporas. Os outros dois têm idades parecidas. Todos senadores, a julgar pela púrpura em suas togas.

– Ele ainda está fraco, ainda não está fora de perigo. Não o façam falar demais. – Veridius não esconde sua insatisfação com a presença dos homens. – Mas parece que você ainda vai ter seu herói, Magnus Quartus. Ainda vai ter seu Domitor.

É claro. O Iudicium já foi um desastre de magnitude inimaginável para a Religião. Mas minha morte nas mãos dos anguis, levando em conta minha reputação depois da naumaquia, teria sido um golpe do qual eles poderiam nunca se recuperar.

– Domitor Vis Telimus. Eu estendo as congratulações do Senado pela sua vitória, em especial sob circunstâncias tão difíceis. Eu sou Magnus Quartus Vaesar. Me pediram para contar ao Senado se você tem uma posição desejada depois da formatura. – O pronunciamento de Vaesar é todo pompa e cerimônia. Eu me lembro de seu nome das lições de Lanistia, mas, fora o fato de ele ser da Religião, os detalhes são vagos.

– Isso não pode esperar? – Eu preciso de tempo para pensar.

– Não pode. O gabinete do Recenseador está... hostil em relação à Academia do jeito que as coisas estão atualmente. Se você não informar logo quais são suas intenções, eles vão ter o direito de nomeá-lo para o serviço militar.

Eu olho confuso para Veridius, que assente.

– Faz cinco dias.

Eu fico em silêncio, processando a notícia. Pensando desesperadamente. Está bem ali. Tudo o que preciso fazer é dizer que quero assumir um posto na embaixada em Jatiere. Vou estar longe de Catena, longe da ameaça de precisar ceder. Vou ter anos para descobrir meu próximo passo. Isso nem vai parecer muito estranho, considerando... tudo.

Mas se eu fizer isso, nada vai mudar.

O entendimento lento e atordoante é quase pesado demais para aguentar. Ainda estarei fugindo. Me escondendo. E desta vez, fugindo de uma luta na qual posso realmente ser capaz de causar um impacto. Vou estar deixando as pessoas responsáveis pela morte de meu amigo continuarem a fazer o que estão fazendo. Tornando a Hierarquia o que ela é. Mantendo-a como ela sempre foi.

Eu não fui um covarde naquela noite em Suus. Eu tinha quatorze anos e estava sozinho e com medo.

Eu não estava errado ao me recusar a ceder por todos esses anos. Eu precisava manter sagrada essa parte de mim. Precisava que ela continuasse a ser *eu*.

Mas isso não significa que essas desculpas sejam válidas agora.

Em algum lugar bem fundo, a decisão está tomada. A parte de mim que resistiu por tanto tempo se rompe.

Eu ergo os olhos. Os quatro homens estão olhando para mim, atentos. Especialmente Veridius.

– Está bem – digo em voz baixa.

Ainda não faço ideia do que pensar em relação ao que Veridius disse sobre evitar outro Cataclismo. Mas, mesmo que ele de algum modo esteja dizendo a verdade – e levando em conta os acontecimentos surreais do Iudicium, estou quase inclinado a acreditar nele –, o corpo mutilado de Belli ainda está fresco em minha mente. Eu me recuso a ficar em qualquer lugar perto da influência desse homem. Pelo menos até que eu entenda o que está acontecendo.

E não posso me juntar aos Militares. Simplesmente não posso. Não sabendo de seu envolvimento no massacre. Ulciscor pode ver isso como uma traição, mas, mesmo que não fique satisfeito com o que tenho a lhe dizer sobre o Labirinto, ele não vai me mandar para um Sapador. Não depois de tudo isso. Sou Catenicus. Domitor. Uma testemunha importante de um Iudicium que com certeza já é infame. Mesmo que ele tente invocar seus direitos, o Senado vai detê-lo.

– Eu quero trabalhar para o Recenseador.

Há um silêncio mortal.

– Vis – diz Veridius com delicadeza. – Pense sobre o que você está...

– Eu já pensei. – Apesar de tudo, Callidus sempre falou bem do pai. E se quero fazer alguma diferença, então o gabinete do Recenseador é onde preciso estar. O lugar por onde passa toda a informação na Hierarquia.

Vaesar fica relutante, mas também aliviado por ter uma resposta. Ele se debruça sobre uma mesa próxima para escrever os detalhes em um papel, então usa uma vela para derreter três bolhas de cera de lacre no pé da página. Cada um dos senadores, um por vez, imprimem seus anéis de sinete. Seus olhos brilham em preto quando eles imbuem a cera gravada.

– Feito e testemunhado. – O Quartus pega a folha com cuidado. – Vou submeter isso hoje mesmo ao Senado, Vis. Obrigado. E meus parabéns mais uma vez. – Ele se volta para Veridius. – Principalis, se pudéssemos arranjar as coisas para o Transvect retornar o mais depressa possível…

– É claro. – Veridius está calmo; sua expressão, suave. – E já vou me juntar a vocês. – Ele espera até a porta se fechar antes de me encarar. Sua fachada de compostura desaparece. – Vis, você não pode…

– O senhor deveria estar nos protegendo – interrompo, com voz baixa e dura. Deixo que ele escute minha raiva. – Mas o senhor tem nos usado. Tem mandado alunos para a *morte*. Então, em algum momento vou ouvir o que o senhor quer dizer, Principalis, o senhor tem minha palavra. Mas estamos muito distantes de trabalhar juntos.

O rosto de Veridius está duro como pedra. Acho que é a primeira vez que o vejo sem qualquer sugestão do charme calmo que ele geralmente transmite.

– Então, por enquanto, isso vai ter de ser o bastante – diz ele. – Eu preciso cuidar dos senadores. Descanse. Nós conversamos em breve.

Ele vai embora.

Eu não me mexo por um bom tempo. Só fico aqui deitado. Vazio por dentro.

No fim, faço um esforço para me sentar. É um movimento doloroso e desajeitado. Eu quase caio, com músculos gritando, quando meu cérebro joga inutilmente meu braço esquerdo para trás. O esforço de estar erguido me deixa tonto.

Quando por fim estou sentado em segurança na beira da cama, meu olhar percorre a enfermaria. Não há como saber se as camas estão vazias porque todas as outras pessoas feridas no Iudicium se recuperaram ou se fui posto em isolamento. O símbolo da Hierarquia, com MAIS FORTES JUNTOS inscrito abaixo dele, me olha maldosamente da parede oposta. Eu estremeço. Não consigo vê-lo, agora, sem ver o Labirinto.

Há uma lâmpada, um jarro de água e uma caneca na mesa ao lado de meu leito, e o que parece ser um navio de brinquedo. Eu franzo o cenho ao ver este último, registrando sua incongruência. Ele é de madeira. Grosseiramente esculpido. Familiar.

Com um choque, minha confusão se transforma em algo diferente.

Me arrasto pela cama até a mesa ficar a meu alcance. Eu me inclino em sua direção com a mão trêmula e pego o navio. O entalhe tem certa habilidade, mas está longe de ser o trabalho de um artista.

O trabalho de um garoto de dez anos tentando impressionar seu pai.

Eu o giro na mão. Tateio desajeitadamente sua proa até encontrar a trava oculta, abri-la e soltar a parte traseira do convés. O nome do navio está inscrito na parte interna da madeira. Desgastado pelo tempo, mas legível.

Diago.

EX UNO PLURES

SINCRONISMO

A SENSAÇÃO DE QUEIMAÇÃO DESANUVIA, TÃO DEVAGAR QUE NEM sei ao certo quando ela de fato termina e se transforma apenas em uma memória que faz com que eu me retorça no lugar.

Não penso em quanto tempo se passou depois disso. As lâminas de bronze nas sombras ao meu redor me observam. Eu só fico ali na pedra fria, tremendo, o olhar fixo na escuridão ao alto, minha mente fazendo todo o possível para encobrir a dor e o medo.

Finalmente eu me sento. A luz medonha voltou ao aposento. Tudo está como era. A escada pela qual entrei ainda é a única saída.

Por mais desconfortável que isso me deixe, não há nenhum outro lugar para onde ir, e agora não quero mais nada além de sair do que quer que seja este lugar. Estou prestes a me levantar quando percebo que minha túnica está escura por cima do braço esquerdo. Molhada e grudenta. Eu rapidamente enrolo a manga e a uso para limpar o pior do sangue, para poder ver a fonte do ferimento.

Há linhas gravadas em minha pele. Sinto um calafrio quando limpo mais sangue.

Os cortes vermelhos e inchados formam uma única palavra.

ESPERE

Eu me ergo cambaleante, olhando com horror e apreensão para a mensagem gravada em minha carne. Fico ali parado, congelado pela indecisão, por um minuto inteiro. Dois. O ar fica borrado e tremeluz além das garras de metal em círculo. Nada acontece. Eu mudo meu peso de um pé para o outro. Não tenho ideia se posso confiar no alerta terrível.

Então, sinto uma queimação repentina no mesmo braço. Eu rasgo a manga quando novas linhas de sangue começam a se formar, cortes rastejantes que abrem a pele enervantemente.

C

O

Eu corro.

De volta pelo caminho por onde cheguei, tudo banhado na luz vermelho--escuro que fica difusa e se retorce nos cantos dos meus olhos. Por um minuto não há nada além de minha respiração difícil e do ar vibrando ao meu redor. Eu me sinto nauseado, tonto devido ao que quer que tenha acontecido comigo.

Eu só desacelero o passo quando o fim do Labirinto me saúda. Tremendo, verifico o braço esquerdo, ainda há apenas CO riscado na pele. Sangue goteja no chão.

Eu procuro o braçal. Ele devia estar onde eu o larguei no canto.

Ele desapareceu.

Mais trinta segundos de buscas infrutíferas não fazem nada para reduzir meu pânico cada vez maior. Eu cerro o punho enquanto ando de um lado para outro. A luz vermelha e difusa queima minha visão.

Estou tão aflito que quase não percebo a inscrição na pedra.

Eu paro. Olho com olhos estreitos para as palavras na parede que bloqueia o caminho para o Labirinto. Eu não estive aqui antes, tenho certeza disso. Os escritos estão em vetusiano antigo, da mesma forma que a mensagem em torno das lâminas de bronze. Eu acalmo minha respiração ruidosa e me concentro.

PROTEGIDO CONTRA AS FERRAMENTAS
DO INIMIGO DEPOIS DA LACERAÇÃO.
A PASSAGEM PARA LUCEUM EXIGE UM PEDÁGIO
PARA GARANTIR SUA VALIDADE.

Há dois círculos riscados abaixo disso, gravados a menos de trinta centímetros de distância, Posicionados aproximadamente na altura do meu peito e afastados pela largura de ombros. Os dois contêm o símbolo da Hierarquia.

Eu leio as palavras de novo. E de novo. *A passagem para Luceum.*

Estou cansado, confuso e amedrontado demais para questionar a mim mesmo. Preciso sair deste lugar, e parece claro o que devo fazer.

Eu ponho as mãos nos dois círculos, espalmadas sobre pedra fria. Os símbolos de pirâmide pulsam e ganham vida sob meu toque.

Há um clarão. Envolvente. Branco e cegante.

Então uma dor inimaginável em meu ombro esquerdo.

De repente estou no chão. Gritando, me contorcendo. Eu tento levar a mão direita até ele, mas ela se afasta grudenta e molhada e quente. Minha visão desanuvia o suficiente para ver o coto vermelho e pulsante onde deveria estar meu braço.

Através do choque e da agonia, percebo que não estou mais no corredor. Estou deitado no meio de uma rotunda vasta, cercada por colunas. Pedra branca por toda parte, exceto onde estou sujando de vermelho. Um vento gelado sopra em meu rosto. Também há branco além das colunas. Neve. Estamos em um lugar alto, com montanhas de picos brancos a distância.

Tudo tremeluz. Por um instante, estou de volta à escuridão. Como uma impressão visual. O caminho à minha frente está aberto, revelando o grande salão que contém tanto o Labirinto como a plataforma de saída.

Então tudo torna a desaparecer. Neve e pedras cinza se reafirmando.

Há pessoas correndo em minha direção. Dois homens e uma mulher. Gritando uns com os outros em uma língua que não conheço. O tom deles é de pânico. Fico vagamente consciente de que dois deles se ajoelham perto de mim, enquanto o outro sai correndo de vista.

– Viajante. Viajante, fique conosco. – O homem de barba ruiva leva as mãos à minha cabeça. Ele está falando em um vetusiano tosco. – O outro de seu mundo está por chegar.

Ele se vira para a mulher, diz algo que eu não entendo. Ela discorda.

Suas vozes se misturam, se transformam em murmúrios e então se calam, e eu perco a consciência.

A SENSAÇÃO DE QUEIMAÇÃO DESANUVIA, TÃO DEVAGAR QUE NEM sei ao certo quando ela de fato termina e se transforma apenas em uma memória que faz com que eu me retorça no lugar.

Não penso em quanto tempo se passou depois disso. As lâminas de bronze nas sombras ao meu redor me observam. Eu só fico ali na pedra fria, tremendo, o olhar fixo na escuridão ao alto, minha mente fazendo todo o possível para encobrir a dor e o medo.

– Levante-se.

A voz penetra em minha consciência. Delicada e urgente. Eu me ergo com um gemido. A luz medonha voltou ao salão. Há alguém agachado a poucos metros de distância, logo além das garras ao redor.

– Nós não temos muito tempo. – O homem olha para mim. Ele é cinco, talvez dez anos mais velho que eu. Moreno e magro, com uma barba farta e malcuidada e uma cabeleira preta cacheada. Há uma massa de tecido cicatrizado em seu rosto, que se estende até substituir sua orelha esquerda. Olhos castanhos sérios olham nos meus. – Qual o seu nome?

– Vis.

– Bem-vindo a Obiteum, Vis. Veridius mandou você?

– O quê? Na verdade, não. Eu... não. – Eu olho para trás dele, com a cabeça ainda girando. – Isso é Obiteum? Para mim parece igual.

– Você vai mudar de ideia quando sairmos – diz ele secamente. – Mas você *conhece* Veridius?

– Conheço. Ele é o Principalis da Academia. – Eu me ergo cambaleante. Ansioso para sair do círculo de metal, mas atento ao homem fora dele. – Quem é você?

– Principalis. É claro que ele é – o estranho murmura consigo mesmo. – Meu nome é Caeror. Não sei o quanto você sabe, mas temos cerca de dois minutos para salvar você em Res. Então você precisa confiar em mim e sair daí *agora*.

Eu me esforço para entender. Torno a olhar para ele, dessa vez olho *de verdade*. As semelhanças são tão óbvias que eu me sinto tolo por não ter percebido antes.

– Pelos infernos. É você. Seu irmão acha que você morreu.

Caeror congela.

– Você conhece *Ulciscor*? Ele está bem? Ele está… – Ele se cala e volta a se mexer, se sacudindo. – Depois. – Ele me chama com urgência.

A incerteza ainda detém meus pés.

– O que você quer dizer com "me salvar em Res"?

Caeror cerra os dentes. Perde o fôlego de aflição.

– Você foi… copiado, imagino. Do mesmo jeito que aconteceu com o mundo milhares de anos atrás, na guerra contra a Confluência. Foi assim que você chegou aqui. – Ele resmunga ao ver minha expressão. – Também foi uma surpresa para mim. Mas isso agora não é importante. Você ainda está fortemente ligado a Res e a Luceum, mas isso vai terminar rápido. Posso explicar mais depois, mas só se você não estiver *morto*. – Ele está falando tão depressa que é difícil acompanhar. Não há, porém, como me enganar quanto a seu desespero. Ele está suplicando que eu acredite nele.

Eu fecho os olhos. Estou em uma situação difícil. Não entendo o que está acontecendo.

Confiar em uma pessoa que aparentemente entende não é a pior opção.

– Está bem. – Ainda estou em dúvida. A luz vermelha fica turva e tremeluz. Eu dou um passo na direção dele. Mais um, depois mais um, até passar cambaleante pela abertura no bronze.

Caeror me ajuda a me equilibrar quando eu chego até ele. Me segura com força e assente de forma reconfortante.

– Bom. A primeira coisa que precisamos fazer é transmitir a você uma mensagem em Res, para que você não saia mais pelo portão, ainda não.

Ele saca uma faca curta do cinto. Se desculpando, ele põe o cabo com firmeza em minha mão.

– Arregace a manga, Vis.

AGRADECIMENTOS

Este livro é a soma do tempo, do apoio, do esforço e do talento de uma equipe de pessoas trabalhando ao longo de vários anos (e neste caso, também durante uma pandemia global). Devo agradecimentos sinceros a todas as seguintes pessoas:

Paul Lucas, meu agente fenomenal. Eu consigo fazer deste nonsense um emprego, e não apenas um hobby, graças a seus esforços. Dizer que aprecio o que você faz seria muito pouco.

Joe, meu editor que trabalha demais mas é fantástico, que chegou a uma versão mais enxuta e melhor deste livro. É um verdadeiro prazer passar por esse processo com alguém que é ao mesmo tempo entusiasmado e confiável na mesma sintonia que eu. Até mesmo, como vou acrescentar com relutância, quando se trata de fazer cortes.

O resto da equipe da Saga. Eu não poderia estar mais feliz com como tudo aconteceu com este livro, da edição de texto ao design. Que trabalho brilhante. Estou ansioso de verdade para continuar essa jornada com todos vocês.

Meus primeiros leitores, que incluem, mas não se limitam a, Sinja, Elisabeth, Nick, Chiara e Jordan. Vocês dedicaram animadamente horas e horas de seu tempo para ler uma coisa que, vamos encarar, àquela altura devia ter apenas uma possibilidade de ser boa. Seu retorno e encorajamento foi muito valioso.

Minha assistente, Elisabeth, sem a qual eu provavelmente ainda estaria escrevendo esta coisa. Os cortes de Em ainda são obra do diabo, mas me recuso a criar um atalho do Word para eles (editores de texto, do passado e do presente, me desculpem).

As pessoas na Audible, por sua empolgação com um novo mundo vindo de mim e por sua paciência para esperar que ele fosse entregue.

Meus filhos, por principalmente não me perturbarem de propósito quando estou trabalhando e, às vezes, por não fazerem barulho demais. Amo vocês.

E por último, mas mais importante, minha esposa, Sonja, que incrivelmente continua a aguentar o fato de minha cabeça estar em mundos imaginários com mais frequência que no mundo real. Muita coisa mudou nos últimos anos, mas seu amor e seu apoio – e como eles são vitais para mim –, não. Amo você. Nem este livro nem os anteriores existiriam sem você.

PERSONAGENS

Advenius Claudius – Pai de Aequa. Senador da Governança que visita Vis na Villa Telimus.

Aequa Claudius – Aluna da Turma Quatro da Academia. Filha de Advenius. Foi à naumaquia com Vis.

Ascenia – Septimus encarregada dos estábulos na Academia.

Atrox, matrona – Mulher encarregada do orfanato em Letens.

Atticus – Aluno da Turma Quatro da Academia.

Auctia – Sextus e despenseira da casa dos Quiscil.

Ava – Aluna da Turma Quatro da Academia.

Axien – Aluno da Turma Quatro da Academia.

Belli Volenis – Aluna da Turma Três da Academia. Conhecida por sua habilidade em Fundação e em correr o Labirinto.

Brixia – Uma criança do orfanato em Letens.

Caeror Telimus – Irmão de Ulciscor. Morto durante o Iudicium na Academia anos atrás.

Callidus Ericius – Aluno da Turma Sete da Academia.

Carinza – Irmã mais nova de Vis, princesa de Suus.

Cassia – Aluna da Turma Quatro da Academia.

Cristoval – Pai de Vis, rei de Suus.

Diago – Nome de nascença de Vis e também o nome que ele dá ao filhote de alupi que salva em Solivagus.

Drusus Corani – Aluno da Turma Sete da Academia.

Dultatis, Preceptor – Professor responsável pela Turma Seis da Academia.

Eidhin Breac – Aluno da Turma Seis da Academia.

Ellanher – Mulher responsável pelas lutas no Teatro em Letens.

Emissa Corenius – Aluna da Turma Três da Academia.

Estevan – Também conhecido como Melior, líder dos anguis. Antigo conselheiro do rei Cristoval e ex-tutor de Vis.

Exesius, Princeps – Princeps dos Militares.

Fadrique – Antigo conselheiro do rei Cristoval e ex-tutor de Vis. Atualmente é administrador de Suus sob a Hierarquia.

Felix – Aluno da Turma Quatro da Academia.

Feriun – Aluno da Turma Quatro da Academia.

Ferrea, Preceptora – Professora responsável pela Turma Sete da Academia.

Gaius Valerius – Médico que testa o sangue de Vis depois da naumaquia.

Gaufrid – Contador das apostas nas lutas do Teatro de Letens.

Hospius – Nome falso que Ulciscor usa na prisão de Letens.

Hrolf – Septimus encarregado da prisão de Letens, sob quem Vis está empregado.

Ianix – Aluno da Turma Seis da Academia.

Idonia – Prima de Ellanher no Teatro de Letens.

Indol Quiscil – Aluno da Turma Três da Academia. Filho de Dimidius Quiscil dos Militares.

Iro Decimus – Aluno da Turma Três da Academia. Sua irmã mais nova foi morta durante o ataque na naumaquia.

Kadmos – Despenseiro encarregado de administrar a Villa Telimus. Antigo diretor do Azriat na Sitrécia.

Lanistia Scipio – Tutora de Vis durante o período que ele passou na Villa Telimus. Ajuda Ulciscor em sua busca para descobrir a verdade sobre a morte de Caeror.

Lerius Telimus – Pai de Ulciscor e Caeror.

Lucius – Aluno da Turma Quatro da Academia.

Manius, Procônsul – Catenano no comando da província tensiana.

Marcellus – Aluno da Turma Quatro da Academia.

Marcus Carcius – Assistente de Veridius na Academia.

Menendo – Proprietário da taverna à beira da baía em Suus.

Nateo – Um prisioneiro ligado a um Sapador na prisão de Letens.

Nequias, Preceptor – Professor responsável pela Turma Três da Academia.

Prav – Aluno da Turma Três da Academia.

Quiscil, Magnus Dimidius – Pai de Indol.

Relucia Telimus – Esposa de Ulciscor.

Scitus, Preceptor – Professor responsável pela Turma Quatro da Academia.

Sedotia – Nome usado pela agente dos anguis que organiza o ataque ao Transvect de Vis.

Sianus – Aluno da Turma Três da Academia.

Taedia, Preceptora – Professora responsável pela Turma Cinco da Academia.

Tem – Aluno da Turma Quatro da Academia.

Titus – Aluno da Turma Quatro da Academia.

Ulciscor Telimus – Senador que conhece Vis na prisão de Letens e acaba por oferecer a ele a oportunidade de frequentar a Academia Catenana.

Ulnias Filo – Médico da Academia.

Valentina – Aluna da Turma Quatro da Academia.

Veridius Julii – O Principalis responsável pela Academia.

Vis – Nome adotado por Diago depois de fugir de Suus.

Wermes – Uma criança do orfanato em Letens.

Ysabel – Irmã mais velha de Vis, princesa de Suus.

GLOSSÁRIO

Alupi – Criaturas enormes e inteligentes semelhantes a lobos que habitam Solivagus.

Anguis – Grupo que continua se rebelando contra a Hierarquia.

Arventis – Deus dos partos, das profecias e da sorte.

Aurora Columnae – Dispositivos pré-Cataclismo que possibilitam que as pessoas cedam Vontade.

Azriat – A instituição de ensino de maior prestígio na Sitrécia.

Bibliotheca – Biblioteca.

Birreme – Navio militar com dois conveses de remos.

Ceder – Na Hierarquia, o ato de dar metade de sua Vontade para alguém de posição diretamente superior a você.

Curia Doctrina – Principal salão da Academia.

Direito de Nascença – Conjunto de leis catenanas criado para "honrar a vida".

Ferias – Deus das chaves, das portas, do gado e dos portos.

Fundação – Jogo de estratégia popular na Hierarquia, jogado com triângulos de pedra brancos e vermelhos.

Iudicium – O teste final na Academia para os alunos da Turma Três, usado para determinar sua classificação.

Jovan – Deus do céu e do trovão, o rei dos deuses.

Mira – Deus da guerra e dos lutadores, guardião da agricultura.

Naumaquia – Batalha de gladiadores realizada em barcos em um lago artificial. Seus participantes se chamam naumaquiarii.

Navalha – Nome de uma arma de obsidiana feita por oficiais catenanos.

Ocaria – Deusa dos rios.

Pletuna – Deusa do outono e das colheitas.

Ponto de ancoragem – Monólitos usados como infraestrutura para Transvects.

Praetorium – Prédio que abriga os gabinetes dos professores na Academia.

Preceptor – Status de professor da Academia.

Quadrum – O grande pátio central da Academia.

Recenseador – O senador da Governança encarregado de determinar quem pode ser indicado para o Senado.

Sere – Deusa da primavera, das flores e da fertilidade.

Silencium – Na Hierarquia, compromisso legal de não falar sobre determinado assunto.

Solum – Nome atribuído a todos os órfãos da Hierarquia.

Transvect – Enormes dispositivos de transporte movidos por Vontade.

Trirreme – Um grande navio militar com três conveses de remos.

Vitaerium – Dispositivo que pode alimentar de Vontade qualquer corpo ou substância sujeitos a decomposição.

Vorciano – Deus dos vulcões, dos desertos, da forja e do trabalho duro.

LUGARES

Acharnae – Pequeno vilarejo sitreciano.

Agerus – Região perto de Catena onde se localiza a Necrópole.

Alta Semita – Distrito de Catena.

Aquíria – Pequeno país vizinho de Suus. O país no qual Vis declara oficialmente ter nascido.

Butaria – Região com ligação com o mar a oeste de Catena.

Cartiz – A capital aquiriana, perto da qual Vis diz ter crescido.

Catena – A capital de Deditia e da República Catenana, considerada o centro do mundo conhecido.

Catenana, Academia – A Academia frequentada por Vis, localizada na ilha de Solivagus.

Catenana, Arena – O grande estádio em Catena que pode receber até cem mil pessoas.

Catenana, República – O nome usado para descrever qualquer região governada pelas leis de Catena.

Cymr – País a sudoeste de Catena.

Deditia – Região em torno de Catena.

Deopolis – Capital da Sitrécia.

Edaro, Rio – Um rio em Aquíria.

Eldargo – A faixa de água que separa Suus de Aquíria.

Esquilae – Um distrito de Catena.

Falésia de Aznaro – Penhasco de frente para o oceano em Suus.

Ganice – Um território catenano.

Guridad – Uma cidadezinha comercial aquiriana, localizada em frente a Suus do outro lado do Estreito de Eldargo.

Jatiere – País cujo tratado impede que embaixadores catenanos ali usem Vontade.

Letens – Capital da Tensia.

Letens, prisão de – Prisão na qual Vis trabalha.

Lordan, Coluna de – Um ponto de referência famoso em Catena.

Luceum – Um lugar misterioso, em geral mencionado junto de Res e Obiteum.

Lyceria – Um território catenano.

Masen – Um território catenano.

Necrópole – Uma área grande dedicada aos mortos catenanos, localizada na região de Agerus.

Nyripik – Território desértico no nordeste distante.

Obiteum – Um lugar misterioso, em geral mencionado junto de Res e Luceum.

Praedium – Distrito de Catena.

Quus, Mar de – Mar onde estão localizadas Solivagus e Catena.

Res – Um lugar misterioso, em geral mencionado junto de Obiteum e Luceum.

Sarcínia – Distrito de Catena.

Solencio, praia de – Uma praia em Suus.

Solivagus – Ilha na qual se localiza a Academia.

Suus – Ilha natal de Vis.

Sitrécia – País a leste de Deditia.

Tensia – País habitado mais ao sul no mundo conhecido.

SUA OPINIÃO É MUITO IMPORTANTE

Mande um e-mail para **opiniao@vreditoras.com.br**
com o título deste livro no campo "Assunto".

1ª edição, nov. 2025

FONTES Academy Engraved LET Plain 36/16pt
Cinzel Semibold 9/16pt
Adobe Garamond Pro 11/16pt

PAPEL Polen Bold 70g/m²

IMPRESSÃO Geográfica

LOTE GEO010925